Thomas Glavinic

DAS GRÖSSERE WUNDER

Roman

Carl Hanser Verlag

1 2 3 4 5   17 16 15 14 13

ISBN 978-3-446-24332-3
© Carl Hanser Verlag München 2013
Alle Rechte vorbehalten
Satz: Satz für Satz. Barbara Reischmann, Leutkirch
Druck und Bindung: Friedrich Pustet, Regensburg
Printed in Germany

Ich war hierher gekommen, an diesen Ort, und war nicht intakt genug oder hatte nicht genug reale Substanz, um seine Bedingungen zu akzeptieren.
Denis Johnson

Ich bin die Milliarden.
Fitzcarraldo

I

Das Gestern stand klar vor ihm, das Soeben schwand, zerfloss, ungreifbar und verbraucht.

An seinem Zelt wurde der erste Leichnam vorbeigetragen, notdürftig bedeckt mit einer im Wind flatternden Plane. Nach den Überresten der zwei anderen Sherpas, die ein tonnenschwerer Sérac im Eisbruch erschlagen hatte, wurde noch gesucht. Weiter oben am Berg, zwischen Lager 3 und Lager 4, waren mehrere Franzosen in einem Schneesturm verschwunden, ohne Funkkontakt und ohne Vorräte an künstlichem Sauerstoff für einen ihrer Kameraden, der angeblich schon das Bewusstsein verloren hatte. Vor kurzem war zudem die Nachricht gekommen, dass in Lukhla ein Flugzeug mit vier Teilnehmern der Green-Future-Expedition vermisst wurde, darunter ein Rabbi und ein amerikanischer Schauspieler.

Unter den Hunderten und Aberhunderten Menschen, die das Basislager mit ihren Zelten, ihren brummenden Generatoren, ihren vielfältigen Sitten und Gewohnheiten bevölkerten, herrschte gedrückte Stimmung. Viele waren einfach verstummt, andere schrien, einige weinten, manche lieferten sich Wortgefechte. Mittendrin rief eine Frau unablässig nach Batterien für ihr Funkgerät, wobei sie ein Megafon benutzte, das ihr schließlich weggenommen wurde.

Nachdem sich Jonas davon überzeugt hatte, nirgends gebraucht zu werden, war er wieder auf einem Klappstuhl vor seinem Zelt zusammengesunken. Er betrachtete alles Geschehen wie durch einen Schleier, bemühte sich, Anteil zu nehmen, doch er begriff kaum, was vor sich ging.

Sein Zustand lag nicht allein an den bohrenden Kopfschmerzen, die die Höhe nach dem zügigen Aufstieg bei ihm hervorgerufen hatte und gegen die auch die roten Pillen aus Helens Apotheke nichts ausrichteten, obwohl sie sonst bei jedem wirkten. Weder lag es an der Mattigkeit, die ihn schon erfasst hatte, ehe er gestern ins Lager gekommen war, noch hatte es etwas mit der Übelkeit zu tun, die ihm die Hygienemängel in den Kloaken auf dem Weg eingetragen hatten und die ihn in unregelmäßigen Abständen hinter ein paar Felsen trieb, wo die Sherpas eine Toilette mit Steinwänden errichtet hatten. Er hatte zwar schlechte Laune, weil er fand, dass manche Sherpas die Yaks, diese wunderbaren zotteligen Märchentiere, die Lasten transportierten, nicht gerade rücksichtsvoll behandelten, aber das war es auch nicht. Vielmehr war die Erinnerung mit Gewalt über ihn hereingebrochen, und er befand sich nicht wirklich hier, vor seinem Zelt im Basislager jenes Berggiganten, der ihn schon als Kind auf geradezu unheimliche Art fasziniert hatte, sondern hatte sich ganz in sich zurückgezogen. Er dachte an den Weg, der ihn hierher geführt, der ihn um die Welt getrieben hatte, der ihn einst in Südamerika auf Marie hatte stoßen lassen, jene Marie, mit der er urplötzlich das Gefühl gehabt hatte, sich im Zentrum eines Jahrhundertsturms wiederzufinden, in ständiger Erwartung von Abenteuer und Chaos, kopflos und ohne Maßstab für das, was in sein Herz drang.

Jonas steckte fest in Gedanken an den Weg, der kurz nach seinem 18. Geburtstag begonnen hatte, als Picco ihm in einem denkwürdigen Gespräch eröffnete, dass er, Jonas, von nun an über so viel Geld verfügte, wie er niemals würde ausgeben können. Eine Stunde später hatte sich der Mann, dem Jonas alles verdankte, jedenfalls das, was er seine Freiheit nannte, in seinem Landhaus das Leben genommen, zerfressen von seiner elenden Krankheit, und Hohenwarter, Piccos Freund und Berater, hatte die vielfältigen Transaktionen seines Vermögens vollendet. Das war der Tag, an dem es begonnen hatte. Alles.

Ein rauschebärtiger Riese mit einem Funkgerät sah auf Jonas herunter, er schien schon eine Weile auf ihn einzureden. Jonas zuckte die Schultern. Der Miene des Mannes konnte er ablesen, dass es die falsche Reaktion gewesen war. Nach einer Weile dämmerte ihm, dass es sich um Sven gehandelt hatte, einen der Bergführer des Teams.

Padang brachte heißen Tee. Jonas nickte ihm zu. Er wollte etwas über die Toten sagen, den schmächtigen Koch fragen, ob er Freunde verloren hatte, aber die Wirklichkeit entglitt ihm wieder, machte Platz für Szenen aus seinem Leben, in denen er feierte, in denen er Angst hatte, in denen er lachte, in denen er Schlimmes tat, in denen er allein war und wanderte und reiste, im Auto, im Bus, in Hunderten Zügen, in Tausenden Flugzeugen, auf der Suche nach dem einzigen, für das es wert war zu leben: der Liebe.

»Ob es dir gut geht! Hörst du mich überhaupt?«
»Ja, ich höre dich«, sagte Jonas.
»Alles in Ordnung mit dir?«
»Danke, muss nur erst mal verschnaufen.«
»Viel trinken, das ist jetzt das Wichtigste. Aber das weißt du selbst, ist ja nicht dein erster Berg.«
»Nein, ist es nicht.«
»Was war eigentlich dein höchster Gipfel?«
»Helen, ich bin jetzt nicht …«
»Das ist für mich nicht uninteressant, die Erfahrung spielt eine große Rolle für die Akklimatisation. Wie hoch warst du schon?«
Jonas rieb sich das Gesicht und schwieg.
»Jonas, ich unterhalte mich nicht aus reinem Vergnügen

mit dir oder weil es keine Kranken und Jammernden ringsum gäbe und mir langweilig wäre. Ich will einschätzen, wie klar du denken kannst. Das ist der Everest.«

»Das ist mir schon aufgefallen.«

»Hier gehen ganz üble Dinge vor sich. Bei den Rumänen hat es auch einen erwischt, die Lunge von dem musst du dir mal anhören. Solange da noch was zu hören ist. Aber die Gruppe kenne ich, es war nur eine Frage der Zeit, bis bei denen etwas passiert. In Kathmandu hat ...«

»Helen, mir geht es gut«, sagte Jonas, stand auf, ein wenig wackelig, und sah ihr direkt in die Augen.

»Ich will dich nicht auch noch im Gamow von ein paar Sherpas runtertragen lassen müssen.«

»Das wird ganz bestimmt nicht nötig sein, versprochen.«

»Um dich wäre es schade«, sagte sie. »Verstehst du?«

»Ich verstehe«, sagte er.

»Das verstehst du also.«

»Ja, Helen. Das verstehe ich.«

»Gut, Jonas, dann sag mir, was dein höchster Berg war.«

»Das Matterhorn.«

»Das ist doch hoffentlich ein Witz!« rief sie aus.

»Ist es«, sagte er. »Ein Witz.«

»Weißt du eigentlich, dass ich das Recht habe, dich hier im Basislager festzuhalten oder nach Lukhla zurückzuschicken, ganz egal, was Hadan meint? Wenn ich dich nicht für körperlich und geistig imstande halte, diesen Berg zu besteigen, bleibst du da.«

»Aconcagua«, sagte Jonas. »6900 Meter. Können wir dieses Theater jetzt lassen?«

»Na schön. Übrigens, ich weiß nicht, ob ich dir das schon gesagt habe: Sprich vor anderen Teams bitte nicht davon, dass ich als Ärztin dabei bin.«

»In Ordnung, aber wieso denn nicht?«

»Weil die meisten keine haben. Viele Teams verfügen nicht einmal über das Nötigste an Ausrüstung, die glauben, sie klettern hier einfach mal so hoch. Schlimmstenfalls tauchen bei mir jeden Tag Dutzende von Leuten auf, und ich kann nicht alle behandeln. Speziell unseren Gamow-Sack muss ich dann herborgen, und ich wette, genau dann, wenn der mit irgendeinem saudischen Prinzen unterwegs nach unten ist, kriegst du deine Probleme. Na egal. Noch Tee? Was zu essen?«

»Irgendwas gegen Übelkeit ...«

Er stieß sie zur Seite. Noch vor der Toilette hörte er ihr Lachen. Er musste selbst lachen. Aber nur kurz.

2

Für Jonas hatte jede Zeit ihren eigenen Geruch, so wie sie auch eine eigene Stimmung und einige charakteristische Bilder hatte. Die Zeit, als er sieben oder acht war und lernte, dass das Leben nicht einfach sein würde, roch nach dem starken Filterkaffee seiner Mutter.

Es war jene Zeit, in der er unglücklich war, wenn er in der Schule sitzen musste, weil er dann nicht auf seinen Bruder aufpassen konnte. Mike besuchte den Kindergarten, obwohl er gleich alt war wie Jonas, auf den Tag genau. Bei seiner Geburt war etwas schiefgegangen, die Nabelschnur hatte sich um seinen Hals gewickelt und ihm zu lange die Luft abgesperrt, und nun konnte er weder bis drei zählen noch einen Hund von einer Katze unterscheiden.

Es gab niemanden auf der Welt, den Jonas so sehr liebte, nicht einmal Werner. Er dachte Tag und Nacht daran, wie er Mike beistehen konnte, wie er ihn vor den Hänseleien anderer Kinder und vor der Wut seiner Mutter schützen konnte, der Wut seiner Mutter und der ihrer Freunde, die nichts übrighatten für ein Kind, das dauernd in die Hose machte, mit dem Essen herumwarf und Haushaltsgeräte kaputtschlug. Und so kam Jonas jeden Morgen zu seiner Mutter in die Küche, wo es nach Kaffee roch, im Radio Volksmusik gespielt wurde und überall leere und halbleere Rotweinflaschen herumstanden.

»Mutti, ich habe gestern ein Glas aus dem Schrank genommen.«

»Na und? Stell's wieder zurück.«

»Das kann ich nicht.«

»Wieso nicht? Hast du es zerbrochen?«

»Es ist mir runtergefallen. Tut mir leid.«
»Du bist ein Idiot, weißt du das? Das wirst du von deinem Taschengeld bezahlen.«
»Entschuldige bitte.«
»Ach, verzieh dich.«
Jonas war jede Form von Beschimpfung oder Strafe lieber, als mit anzusehen, wie Mike gedemütigt wurde, wie er den Mund verzog und zu weinen begann. Jeder musste bemerken, dass Mike nicht verstand, was man von ihm wollte, aber seine Mutter bemerkte es nicht, sie nicht und ihre Freunde nicht, sie schimpften, sie schlugen zu, und Mike wehrte sich niemals.

Jonas, Mike und Werner waren am selben Tag zur Welt gekommen, ihre Mütter lernten sich im gemeinsamen Krankenzimmer kennen.

Jonas und Werner besuchten denselben Kindergarten, saßen in der Grundschule nebeneinander, lernten auf demselben Fahrrad fahren und im selben Fluss schwimmen, verteidigten sich gegenseitig bei Prügeleien, passten gemeinsam auf Mike auf und entwickelten ähnliche Vorlieben und Abneigungen. Gemeinsam blockierten sie Garagen, probierten Apfelmost, fälschten Unterschriften für ihre Mitschüler, terrorisierten den Postboten, ruinierten Schlösser, warfen unangenehmen Zeitgenossen Flaschen durchs Fenster, in denen sie tausende Fliegen gezüchtet hatten, unterbrachen versehentlich die Stromversorgung des ganzen Ortes, retteten eine Hasenfamilie aus einer Tierheimhöhle, und all das noch vor ihrem zehnten Lebensjahr.

Jonas wunderte sich oft, warum es nie Prügel für ihre Streiche setzte, egal, wie schlimm sie waren.

Werners Großvater hieß eigentlich Leopold Brunner, doch Verwandte und enge Freunde nannten ihn Picco, und Werner nannte ihn den Boss, wie er es in einem Film über einen Mann gehört hatte, der Picco angeblich ähnlich sah.

Jonas kam das erste Mal mit dem Boss in Berührung, als Werner in den Karateverein wollte, wo eine resolute Bäckermeisterin Kampfsport lehrte. Jonas hatte kein Geld dafür, weil sich seine Mutter in den wenigen wachen Stunden zwischen zwei Fuselräuschen weigerte, die Kursgebühren zu übernehmen. Werner redete mit Picco, und der bezahlte den Jahresbeitrag für beide. Da waren sie neun.

Diese Zeit – es war eine Zeit, die nach Plastik roch und seltsam rund war – verbrachten Jonas und Mike bereits öfter bei Werner als zu Hause, denn in der schäbigen, niemals aufgeräumten Wohnung ihrer Mutter war es unerträglich. Die Mutter kam, wann sie wollte, und wenn sie kam, war sie betrunken und nicht allein. Bisweilen schlug sie die beiden, doch mehr als die Ohrfeigen schmerzten Jonas die Schwäche und die leere Trauer, mit der sie diese verabreichte.

Zu essen gab es unregelmäßig, und wenn er saubere Wäsche wollte, musste Jonas seine und Mikes Sachen im Waschbecken mit Seife bearbeiten. Nachts lag er wach und hoffte, dass sein Schluchzen von den Stöhngeräuschen aus dem Nebenzimmer übertönt wurde. Schlief er doch ein, wurde er zum Schlafwandler, landete in Schränken, in der Besenkammer, in der Badewanne oder unter dem Tisch. Er hatte so grauenvolle Albträume, dass seine Schreie sogar die lallenden Bettgenossen seiner Mutter alarmierten.

Jonas empfand wenig religiöse Gefühle im herkömmlichen Sinn, doch oft starrte er mit verweinten Augen in die Dunkelheit und betete zu Gott, flehte ihn an, ihm einen Engel zu schicken, eine Form von Erlösung, irgendetwas, das sein Leben erträglich machte. Er konnte sich nicht vorstellen, dass es jemals einen einsameren Menschen gegeben hatte als ihn. In der Wohnung seiner Mutter baute er um sich eine Mauer aus Büchern und Musik, die er mit seinem Kassettenrecorder abspielte, dem letzten Geschenk, das er von seinem Vater bekommen hatte.

Die Jungen sahen Picco selten, er hielt sich im Hintergrund, und weil Werners Eltern ständig geschäftlich verreist waren, wurden Werner, Jonas und Mike hauptsächlich von Hausangestellten aufgezogen, sofern man das, was sich innerhalb dieses Hauses ereignete, als Erziehung bezeichnen konnte. Jonas war das recht, weil er schon damals der Ansicht war, dass es niemanden auf der Welt gab, der ihn erziehen konnte.

»Ich will der werden, der ich bin«, hatte er einmal auf die entsprechende Frage eines Freundes seiner Mutter geantwortet. Das hatte ihm eine Kopfnuss seiner Mutter eingebracht. Trotzdem antwortete er das gleiche, als ihn Picco ein paar Monate darauf fragte, und der gab ihm keine Kopfnuss, sondern wollte wissen, wie genau das gemeint war.

»Ich glaube, man ist schon jemand«, sagte Jonas. »Jeder ist jemand, und besser als das kann er nicht werden. Er kann nichts anderes werden, und wenn er es doch wird, ist er nicht glücklich.«

»Willst du glücklich sein?« fragte Picco.

»Dumme Frage«, antwortete Jonas.

Die Leute ringsum zuckten zusammen, doch Picco lachte. »Du hast recht. Ich habe sie falsch gestellt. Glaubst du, man ist glücklich, wenn man geworden ist, was man ist?«

»Das weiß ich nicht. Das kann ich nicht sagen. Vielleicht auch nicht. Aber wenn, dann nur so.«

»Und du meinst, das Leben ist uns vorbestimmt?«

»Wann habe ich denn das wieder gesagt? Ich habe gesagt,

man muss der werden, der man ist, man muss herausfinden, wer man ist, und der muss man dann werden, auch wenn einem das nicht gefällt.«

»Ist das nicht Vorbestimmung?«

»Nicht wirklich. Vielleicht bin ich ein Gewaltverbrecher oder ein Clown, vielleicht ein Automechaniker oder ein Koch, vielleicht bin ich nur das, was ich sein soll, wenn ich in einem Supermarkt arbeite oder wenn ich den ganzen Tag schlafe oder wenn ich Banken ausraube, aber das ist nicht Vorherbestimmung. Vorherbestimmung ist, wenn vorherbestimmt ist, dass mir an einem bestimmten Tag ein Dachziegel auf den Kopf fällt, aber ich glaube nicht, dass ich wichtig genug bin, dass jemand vorherbestimmt, wann mir ein Dachziegel auf den Kopf fallen wird. Ich glaube, ich bin ich, und das muss ich erst werden, weil ich noch ein Kind bin.«

Picco sah ihn lange an, ohne ein Wort zu sagen. Schließlich landete ein Gummigeschoss in Jonas' Gesicht, er drehte sich um und sah gerade noch, wie Werner um die Ecke flitzte. Damit war das Gespräch beendet.

Picco hatte blaue, jungenhaft strahlende Augen und eine herrlich sanfte Stimme, die sanfteste Stimme, die Jonas je gehört hatte, eine Stimme, von der man sich umschmeichelt und getragen fühlte. Er war anders gekleidet als die meisten Männer seines Alters, trug oft Turnschuhe zum Sakko, seine Bewegungen waren ungezwungen und federnd. Wenn er daheim war, bemerkte man das sofort an der Musik von Johnny Cash, die weite Teile des Hauses ausfüllte. Die Hausangestellten – zu Anfang fiel es Jonas schwer, die Übersicht zu behalten, er schätzte ihre Zahl auf sieben oder acht – behandelte Picco mehr als Freunde denn als Untergebene.

Von denen hatten die Jungen Regina am liebsten. Die Köchin verarztete Wunden, nahm Weinende in den Arm, verteilte Süßigkeiten, erzählte Geschichten und hatte keine Ahnung von dem, was sie am Herd tat.

»Was kochst du heute?« fragte Jonas.

»Das weiß ich nicht.«

»Du meinst, du hast dich noch nicht entschieden?«

»O doch, aber woher soll ich denn wissen, was dabei rauskommt?«

Jonas sah ihr zu, und sogar ihm war klar, dass sie ohne große Sachkenntnis ans Werk ging. Planlos vermischte sie Gewürze, Kräuter, Fleisch und Nudeln, und ihrer Miene beim Abschmecken konnte er ablesen, wie neugierig sie selbst auf das Ergebnis ihres Experiments war.

Zur Leibesfülle neigte hier niemand, auch nicht Gruber, der Gärtner, der in einer Hütte neben dem Haupthaus lebte und sich um alle Reparaturen kümmerte, die auf dem weitläufigen Anwesen anfielen. Seit er sich einmal mit einem Wagenheber ungeschickt angestellt hatte, hinkte er auf dem rechten Bein. Er ging niemals aus, bekam nie Besuch und lachte nie.

Hohenwarter, der eine Art Beraterstelle für Picco einzunehmen schien, sahen sie unregelmäßig, zu selten, um aus ihm schlau zu werden, jedenfalls nicht in diesen ersten Jahren. Er hatte etwas Verschmitztes und strahlte zugleich eine nachlässige Brutalität aus. Ab und an steckte er den Jungen Geld zu und erzählte ihnen vom alten Rom. Mit seinem kahlen glänzenden Kopf und seinen Maßanzügen, die in heftigem Kontrast zu den Filzpantoffeln standen, in denen er durchs Haus schlich, war er eine ziemlich ungewöhnliche Erscheinung. Erst Jahre später begann Jonas zu verstehen, wie viele Geheimnisse es in diesem Haus gab, deren Mittelpunkt Hohenwarter war, und dass es hier um Geschäfte ging, für deren Dimension ihm auch später noch jeder Begriff fehlte.

Mit zehn kam Jonas ins Krankenhaus, weil ihn ein neuer Freund seiner Mutter verprügelt hatte, genau jener, den Jonas insgeheim »das Affe« nannte, weil so ein Mensch seiner Ansicht nach keinen korrekten Artikel verdiente.

Anlass für den Vorfall war Mike gewesen. Beim Versuch, eine Bierflasche als Mikrofon zu benützen und einen Sportreporter zu mimen, hatte Mike die Flasche zerschlagen. Das Affe stürzte sich sofort auf ihn und schlug ihm hart ins Gesicht. Ohne nachzudenken, sprang Jonas dazwischen.

»Hör auf! Lass ihn in Ruhe! Er hat es nicht absichtlich gemacht!«

Im nächsten Moment lag er auf dem Boden, ohne zu wissen, was ihm geschah. Er verstand nicht, wieso er neben leeren Flaschen und Spuren von Katzenpisse auf diesem schmutzigen alten Spannteppich lag und ein riesiger, nach Alkohol dünstender Mann über ihm stand und mit den Fäusten auf ihn einschlug, er verstand es damals nicht und Jahrzehnte später nicht. Er wusste nur, dass ihn nicht der physische Schmerz am tiefsten verletzte, sondern die betretene Untätigkeit seiner Mutter, die mit gesenktem Kopf und einem Glas in der Hand daneben stand und so tat, als sei sie nicht da.

Das war das Bild, das Jonas nie vergessen sollte. Er dachte an seinen Vater, der ein paar Jahre zuvor gestorben war und ihn sicher beschützt hätte, er dachte an den Mount Everest, auf den die mutigsten Menschen der Welt kletterten, er dachte an den Grand Canyon, den er besuchen wollte, seit er im Kindergarten Bilder davon in einem Buch gesehen hatte, und den er sich als eine Heimstatt zauberhafter Urwesen ausmalte, die ihn vor allen Gefahren beschützen würden.

Bald darauf dachte er gar nichts mehr, und alles versank in Dunkelheit.

Mike, Werner und Picco besuchten ihn jeden Tag im Krankenhaus. Selbst Hohenwarter und Regina erschienen, gefolgt von einem riesigen Mann, den Jonas nicht kannte. Beim Anblick der Hämatome an Jonas' Körper schüttelte Picco den Kopf, strich ihm durchs Haar und murmelte etwas, während Werner stapelweise Micky-Maus-Hefte auspackte und auf den Nachttisch legte.

Mike kletterte zu Jonas ins Bett und schmiegte sich an ihn. Beim Abschied musste er jedes Mal von Jonas fortgezogen werden.

»Er wohnt derzeit bei uns«, erklärte Werner. »Picco wollte das so.«

Am zweiten Tag bekam Jonas ein Einzelzimmer. Als er am Tag darauf für eine Untersuchung nach draußen gerollt wurde, bemerkte er erstaunt, dass der unbekannte Mann aus Piccos Begleitung vor der Tür saß und in einer Zeitschrift las.

»Na, Junge?« sagte der Riese. »Üble Sache, aber es gibt immer noch Schlimmeres.«

»Stimmt wohl.«

»Kennst du die Geschichte von dem Vortragsreisenden in Bangkok?«

»Ich glaube nicht.«

»Nun, das war schon ein älterer Herr, und Bangkok ist heiß und feucht. Nach einem Vortrag ging er auf sein Zimmer und nahm erst mal eine kalte Dusche.«

»Klingt vernünftig.«

»Danach legte er sich aufs Bett, und um sich weiter zu erfrischen, schaltete er einen Ventilator ein. Leider hatte er noch nasse Hände. Errätst du, wie die Geschichte weitergeht?«

»Ich fürchte ja«, sagte Jonas.

»Eine halbe Stunde später kam ein Zimmermädchen rein, und selbst da roch es noch verbrannt.«

»Er war tot?«

»Mausetot.«

»Das ist wirklich schlimmer als das, was mir passiert ist.«

»Siehst du«, sagte der Mann und nahm seine Zeitschrift wieder auf. »Man muss die Dinge immer von der positiven Seite betrachten.«

Nach einer Woche, in der ihn seine Mutter kein einziges Mal besucht hatte, wurde Jonas entlassen, und von da an änderte sich einiges.

Mike und Jonas wohnten von nun an bei Picco. Jonas bekam das Zimmer neben Werner, das dreimal so groß war wie sein altes, es war sauber, er hatte immer frische Wäsche und sogar neue Hosen, die ihm nicht zu kurz waren, er musste sich nicht allein um sich kümmern, sondern wurde geweckt und bekam Frühstück, Mittagessen, Abendessen.

»Merkt dein Großvater eigentlich, dass Mike nicht so ist wie wir?« fragte Jonas. »Weiß er, dass es anstrengend werden kann mit ihm?«

»Der findet den normaler als uns, glaube ich«, sagte Werner.

»Und wie lange sollen wir bleiben?«

»Warten wir mal ab. Mir wäre es am liebsten, ihr bleibt für immer.«

»Aber das geht doch nicht.«

»Hier geht alles.«

Die Mutter sahen Jonas und Mike zunächst einmal die Woche. Immer im Beisein des Riesen aus dem Krankenhaus, der Zach hieß und jedes Ziel in einer Entfernung von bis zu dreißig Metern mit einem Stein treffen konnte.

Die Gespräche mit ihr verliefen einsilbig, sie war so gut wie nie nüchtern. Auf Jonas wirkte sie wie jemand, der von einer bösen Hexe verzaubert und in einen Dämmerschlaf versetzt worden war. Sie schälte Erdnüsse, indem sie mit dem Aschenbecher darauf schlug, bohrte verloren in Mottenlöchern an ihrer Jacke und kratzte sich fluchend mit einer Stricknadel in ihrem Gipsarm, weil sich eine Fliege hinein verkrochen hatte. Den Gips trug sie, weil sie in einer Kneipe die Treppe hinuntergefallen war. Jonas hielt ihren Anblick kaum aus und atmete jedes Mal auf, wenn sie wieder zur Tür hinaus war.

Nach und nach besuchten Jonas und Mike ihre Mutter seltener.

Das Affe sah niemand wieder.

Seit Jonas zu Werner gezogen war, verloren für ihn die hohen kirchlichen Feste ihre Bedeutung. Es wurde nichts außer den Geburtstagen gefeiert.

»Gibt es bei euch kein Weihnachten?« fragte Jonas.
»Nein, wieso?« antwortete Werner.
»Weil man das eben feiert.«
»Wieso?«
»Na ganz einfach … weil man Geschenke kriegt und so.«
»Die kriegen wir ja sowieso.«
»Ja gut … aber wegen dem Baum … und wegen Gott.«
»Lass das mal nicht den Boss hören. Der will von Gott nichts wissen. Er sagt, Gott ist ein Nazi.«

Kleidung kauften die Jungen immer gemeinsam mit Zach. Was ihm gefiel, durfte Jonas für Mike ein zweites Mal einpacken, der immer das Gleiche anhaben wollte wie er. Um sich von Mike zu unterscheiden, trug Jonas stets noch einen Gürtel oder ein Armband, was jedoch nur Werner auffiel. Weil Mike oft stumm dasaß und man nicht auf den ersten Blick merkte, dass er die Welt mit anderen Augen sah, kam es mitunter zu Verwechslungen. Jonas und Werner gefiel die Verwirrung, die die Zwillinge bei manchen Hausbewohnern anrichteten, und Jonas trieb sie gern auf die Spitze, indem er sich zuweilen als Mike ausgab, um auf diese Weise herauszufinden, wie sich die Menschen seinem Bruder gegenüber benahmen. Wer nett zu Mike war, den mochte er. Wer böse zu ihm war, fand am nächsten Tag Hundekot in seinen Schuhen oder halbtote Mäuse im Bett.

Die Volksschule hatten Jonas und Werner dank einer nachsichtigen Lehrerin hinter sich gebracht, und nun stellte sich die Frage, wie es weitergehen sollte. Zwei Abgesandte einer Hochbegabtenschule kamen ins Haus und prüften sie. Der IQ beider Jungen lag im Spitzenbereich, dennoch weigerte sich die Schule mit Hinweis auf ihre disziplinären Defizite, sie aufzunehmen.
    Von da an ließ Picco die beiden im Haus unterrichten.

Es gab vier festangestellte Lehrer für Mathematik, Deutsch, Englisch und Latein, außerdem noch einen Russen und einen Italiener, weil Jonas so gern Sprachen lernte, dazu kamen wechselnde Vortragende für die Fächer Geschichte, Geografie, Chemie, Physik, Biologie und Philosophie, die meisten waren ausgewiesene Spezialisten.
    Es kamen Nobelpreisträger ins Haus, Olympiasieger, Fernsehstars, Schachgenies, Künstler, Politiker und Zauberer. Manche blieben länger, andere kürzer, viele nur einen Tag. Jonas und Werner schafften es, einen missliebigen Lehrer nach dem anderen in die Flucht zu schlagen, bis das Personal ihren Wünschen entsprach. Egal, wie schlimm sie es trieben, ob sie den Lehrern ein Feuerzeug in den Auspufftopf ihres Autos schoben, sie mit Bienenstöcken traktierten oder das Essen mit Abführmittel versetzten, von Picco beka-

men sie niemals Vorwürfe zu hören. Und auch sonst von niemandem.

Mit dem Sportlehrer hätten sie sich indes niemals angelegt, denn zum einen mochten sie ihn sehr, zum anderen hätte der sich zu helfen gewusst. Es war Zach, der sie in einer Kampfkunst unterrichtete, die er Wing Chun nannte und von der sie nie zuvor gehört hatten. Er behauptete, sie von einem Meister in Hongkong gelernt zu haben, einem gewissen Wong Shun Leung.

Gleich zu Anfang des Unterrichts machte er die Jungen mit den vier Kampfprinzipien dieser Kunst vertraut: 1. Ist der Weg frei, stoße vor. 2. Ist der Weg versperrt, bleibe stehen. 3. Ist der Gegner stärker, gib nach. 4. Zieht sich der Gegner zurück, folge ihm. Das war praktisch und einfach zu merken.

Es gab auch vier Kraftprinzipien, und Zach sagte, diese seien der Schlüssel zu allem, was er über das Leben und das Kämpfen wusste: Mach dich frei von deiner eigenen Kraft. Mach dich frei von der Kraft deines Gegners. Nutze die Kraft des Gegners. Füge deine eigene Kraft hinzu.

Sie übten oft stundenlang. Jeder Tag begann mit der »Kleinen Idee«, bei der Jonas vor einem Spiegel stand und jene Bewegungsabfolgen übte, die sich »sein Rückgrat merken sollte«, wie es Zach ausdrückte. Danach versank er im Chi Sao, der klebenden Hand, einer Übung, bei der die Trainingspartner einander gegenüberstanden und in einer unaufhörlichen Bewegungsschleife sich an den Armen drückten, ohne je den Kontakt zu verlieren. Drückte man zu fest, verschwendete man Kraft und konnte vom anderen aus dem Gleichgewicht gebracht werden, drückte man zu sanft, konnte man selbst weggedrückt werden. Es war eine Übung, bei der Jonas in seinen und den Körper des anderen hineinlauschte, und er fand sich oft in einer Art Trance wieder, nach der er sich an keinerlei Einzelheiten mehr erinnern konnte.

3

Jonas war so zerschlagen, dass er für die dreißig Meter zum Essenszelt zehn Minuten benötigte. Dort ließ er sich neben Sam auf eine Bank fallen, einem der Bergsteiger aus seinem Team, den er bereits in Kathmandu kennengelernt hatte. Der saß mit hängenden Schultern da und konnte nur noch flüstern.

»Stimme total weg«, krächzte er. »So was wie das hier habe ich selten erlebt. Ich bin kein Jammerer, ich habe Möbel in achtstöckigen Häusern ohne Lift hochgeschleppt, aber so was wie das hier habe ich noch nicht erlebt.«

»Du hörst dich an wie einer, der nachts fremde Frauen am Telefon belästigt«, sagte Jonas und nahm den Tee entgegen, den ihm Padangs Bruder Pemba reichte.

»Diese Kälte! Diese Kopfschmerzen! Diese Übelkeit! Die verdammte Verdauung, man weiß gar nicht, wieso man vom Scheißhaus überhaupt noch runter soll!«

Er sprach in so aufgesetzt gequältem Ton, dass Pemba laut lachte und die anderen Sherpas ringsum ansteckte, die, mit verschiedenen Verrichtungen beschäftigt, auf Hadans Erscheinen warteten.

Jonas trank den Tee in kleinen Schlucken und bemühte sich, ihn nicht gleich wieder von sich zu geben. Als der Expeditionsleiter, ein vollbärtiger Kerl von stattlicher Körpergröße und mit einer riesenhaften Nase, nach einigen Minuten das Zelt betrat, war seiner Miene abzulesen, dass Ärger in der Luft lag.

»Leute, seid mal einen Moment still! Ja, auch du da hinten, Hank! Ennio und Carla schweigen ebenfalls, sonst mache ich Ernst und sie dürfen dieses Jahr ihre Sauerstofffflaschen tatsächlich selber rauftragen. Habe ich eure Aufmerksamkeit? Das freut mich.

Meine Freunde, ungeachtet dessen, was sich heute im Eisbruch abgespielt hat – hier am Berg muss man an sich selbst denken, und so gesehen war das kein schlechter Tag für unser Team. Wir schauen nach vorne. Ich begrüße diejenigen von uns, die heute mit dem letzten Schwung angekommen sind, ich habe gehört, in Lobuche hat es euch nicht so gefallen? Da seid ihr aber nicht die ersten.«

Schwaches Gelächter machte die Runde, einige husteten. Hadan streckte einen Finger hoch, und es wurde wieder leise.

»Das Unglück der Sherpas im Eisbruch ist natürlich eine große Katastrophe. Wer möchte, kann nachher zur Gedenkfeier gehen, die später ein Stück weiter talwärts stattfinden wird.«

Er raschelte geräuschvoll mit den Papieren, die er in den Händen drehte, und schaute zu Boden.

»Was ist mit den Franzosen?« rief der Mann, den Hadan Hank genannt hatte.

»Die würde ich noch nicht abschreiben, ich kenne ihren Bergführer, und wo der ist, geht das Licht zuletzt aus. Ach ja, und aus Lukhla hört man, das Flugzeug sei vielleicht gar nicht in Kathmandu gestartet. Warten wir also mal ab.«

Im Zelt hob Gemurmel an. Jemand unternahm den vergeblichen Versuch, allgemeinen Applaus zu entfachen.

»Probleme haben wir, wie ihr wisst, mit den Sherpas. Nicht mit unseren Jungs hier, ihr seid wundervoll, und an dieser Stelle möchte ich euch einmal gesonderten Dank aussprechen dafür, dass ihr mit uns klettert. Ohne euch würde keiner von uns den Gipfel, ja nicht einmal eines der Hochlager zu Gesicht bekommen. Liebe Leute, seid euch dessen bewusst, dass diese kleinen zähen Burschen die Höhe von

Geburt an hundertmal besser vertragen als ihr, und begegnet ihnen mit dem Respekt, den sie verdienen.«

Nun applaudierte das ganze Zelt, ein schriller Pfiff ertönte, da und dort wurden die Namen einzelner Sherpas gerufen, die verlegen lachten.

»Das Problem liegt woanders«, setzte Hadan fort. »Wegen der Sonnenfinsternis ist es schwierig, in diesem Jahr die besten Hochträger an den Berg zu bekommen. Einige von ihnen halten sie für ein böses Omen und lassen diese Saison lieber aus, obwohl sie das Geld dringend nötig hätten. Unfälle wie der heute im Eisbruch sind deshalb doppelt schlimm.«

»Wann findet diese Sonnenfinsternis eigentlich statt?« rief eine Frau mit langen blonden Locken.

»Ziemlich genau in sechs Wochen«, beschied ihr jemand von hinten.

»Und was genau mögen die Sherpas daran nicht?«

»Es ist ihnen zu dunkel«, sagte der Mann neben ihr.

»Und was ist nach dieser Sonnenfinsternis«, rief die Frau, »können sie nicht wenigstens dann an den Berg kommen?«

»Das ist Anne«, flüsterte Sam Jonas zu, »Tierpflegerin aus irgendeinem Kaff in Texas. Habe sie und ihren Verlobten, den schleimigen Kerl neben ihr, vor ein paar Jahren an der Ama Dablam kennengelernt. Er kommt aus Portugal, einem Land mit großer alpinistischer Tradition. Mit denen werden wir noch unseren Spaß haben, meine Fresse.«

»Und wer ist dieser Hank?« fragte Jonas leise.

»Hank Williams, Universitätsdozent aus Kalifornien. In Wahrheit heißt er anders, sie nennen ihn nur so wegen seiner musikalischen Vorlieben. Ich mag ihn.«

»Wir wollen das nicht hier und jetzt diskutieren«, rief Hadan gegen den anschwellenden Chor erregter Stimmen, »maßgeblich für uns ist einzig, dass es am Berg nicht genug erfahrene Sherpas gibt. Natürlich hat das die Preise hochgetrieben, aber da ich diesen Mehraufwand einzig aus Edelmut und keineswegs wegen meiner totalen juristischen Ohnmacht nicht an meine Kunden weitergebe, betrifft euch das nicht. Uns sollte neben der Tatsache, dass wir nicht genug Träger haben, eher Sorgen machen, was es bedeutet, wenn ein paar hundert Amateure ohne ausreichende Sherpaunterstützung auf diesem Monster von einem Berg herumspazieren. Das wird uns in hohem Maß betreffen, denn so groß und mächtig dieser Berg auch ist, so wenig Platz gibt es darauf. Damit hier niemand stirbt, ist neben dem Können der Bergsteiger und viel Glück auch eine Menge Koordination und Disziplin notwendig, und ich kann die Rolle der einheimischen Helfer gar nicht genug herausstreichen.«

»Hadan hört sich gern reden«, flüsterte Sam.

»Ich fasse es nicht«, rief Annes Verlobter, »die trauen sich nicht auf ihren Berg, weil in einem Monat fünf Minuten lang die Sonne verschwindet, und deswegen bricht hier das Chaos aus?«

Sam stieß Jonas an und lachte leise. Jonas fing den Blick einer jungen Frau auf. Sie lächelte ihm zu und verdrehte die Augen.

»Tiago, wenn du etwas auf dem Herzen hast, erzähl es mir später«, sagte Hadan scharf. »Wir sind nicht hierhergekommen, um über die Gebräuche unserer Gastgeber zu urteilen. Wir sind Gäste und benehmen uns als solche.«

Sein Blick schweifte vom einen zum Nächsten. Erst jetzt fiel Jonas auf, dass in Hadans Vollbart Eiskristalle hingen. Sein Haar war zerzaust, um den Hals trug er eine Kette mit einem Xi-Stein. Wie Jonas seinen Expeditionsleiter einschätzte, war es ein echter.

»Hört mir genau zu. Was ich nun sage, muss jedem von euch in allen Konsequenzen klar sein. Zu Hause, in der Ferne, war es Theorie. Nun ist es Realität. Ihr könnt hier sterben.

Es gibt eine absolut reale Chance, von diesem Berg nicht mehr runterzukommen. Da oben, ja sogar hier im Lager, kann es sehr schnell gehen, denn die Höhe bringt euch um. Ein Lungenödem, ein Hirnödem, in weniger als einer halben Stunde seid ihr außer Gefecht. Gar nicht zu reden von der Unfallgefahr, von Schwächeattacken, wir haben hier jedes Jahr ein, zwei Herzinfarkte, und die Schlaganfälle hat noch keiner gezählt. Generell ist die Südseite des Berges die gefährlichere. Aber wir haben uns bewusst für sie entschieden und müssen mit den Risiken umgehen.«

»Hadan hört sich übrigens sehr gern reden«, flüsterte Sam.

Hadan raschelte erneut mit den Papieren in seiner Hand. Sein Blick ruhte auf Anne und Tiago.

»Ich will, dass ihr Bescheid wisst: Dies könnten die letzten Tage eures Lebens sein. Lasst das auf euch wirken. Und vergesst nicht, dass ihr niemals nur euch selbst gefährdet, wenn ihr Unsinn macht, sondern immer auch die Menschen, die euch aus dem Schlamassel wieder rauszuholen versuchen.

Und zum anderen: Gebt die Heldenphantasien auf, die ihr von zu Hause mitgebracht habt. Das ist kein heroischer Berg, so wie es keine heroische Art zu sterben ist, da oben für alle Zeit festzufrieren. Hier werden keine Heldenepen geschrieben, jedenfalls nicht von euch. Die einzigen Helden, die es hier gibt, sind die Sherpas, die eure Ausrüstung, euren Sauerstoff, eure Zelte da hochschaffen, die euch Schnee schmelzen und Tee kochen und im Extremfall eure Seelen retten, also erweist ihnen eure Dankbarkeit.«

Er räusperte sich. Es blieb still.

»Hörst du«, flüsterte Sam und stieß Jonas an, »unsere Seelen werden von ihnen gerettet, das ist doch wirklich nett von den tapferen Sherpas.«

»Bitte hör auf«, sagte Jonas, »wenn ich lache, werden die Kopfschmerzen noch schlimmer.«

»Gut, soweit alles klar?« rief Hadan. »Zwei Dinge akzeptiere ich nicht: Respektlosigkeit gegenüber unseren einheimischen Freunden und Widerstand gegen meine Entscheidungen.«

»Ho, ho!« rief Tiago.

»Ihr habt mich nicht dafür bezahlt, damit ich euch auf den Gipfel des Everest bringe. Das glaubt ihr vielleicht, aber so verhält es sich nicht. Ihr habt mich dafür bezahlt, dass ich euch lebend von hier wegkriege. Wenn der eine oder andere dabei den Gipfel schafft, umso besser. Wenn nicht, ist es keine Katastrophe. 50 000 Dollar sind nicht viel Geld, zumindest für die meisten von euch. Kommt ihr eben nächstes Jahr wieder.«

Er lachte, und ehe Tiago etwas einwerfen konnte, fügte er hinzu: »Für diejenigen unter euch, die ihn nicht verstanden haben, das war ein Witz. Wobei es niemandem schaden könnte, sich zu überlegen, was das Geld, das jeder von euch in diese Expedition gesteckt hat, hier vor Ort bedeuten würde. Damit baut man hier eine ganze Schule.«

Hadan ging zu den Getränkekisten und nahm sich eine Dose Bier. Ein Flüstern ging durch das Zelt, abgelöst durch eine Kakofonie von Schnauben und Husten.

»Ein wenig dick trägt er auf, wie üblich«, raunte Sam, »doch er hat nicht unrecht. Übrigens, guck dir mal die Fingernägel der Tante da vorne an. Jeder Nagel eine andere Farbe. Investmentbankerin. Ganz nett. Hat eine Schraube locker.«

»So, Leute!« rief Hadan. »Ehe die Männer anfangen, sich sinnlos zu betrinken und den letzten Rest ihrer Würde zu verlieren, noch ein kurzer Abriss der kommenden Wochen. Wir akklimatisieren uns eine Weile im Basislager, schließlich unternehmen wir einen Tagesausflug durch den Khumbu hoch zu Lager 1. Da bleiben wir nicht, sondern marschieren wieder runter. Ein paar Tage später dasselbe noch mal, aber da übernachten wir oben. Mit dieser Taktik arbeiten wir uns allmählich von Lager zu Lager den Berg hinauf. Anders kriegen wir die Sauerstoffsättigung eures Blutes nicht dahin, wo sie sein muss. Der Rest, und das ist mein Schlusswort, hängt in hohem Maße von eurer eigenen Leidensfähigkeit ab. Prost!«

Er nahm einen Schluck Bier, dann bat er Ang Babu, der unter den Sherpas die Leitung am Berg innehatte, mit ihm zu kommen, um ein paar Dinge zu besprechen. Applaus begleitete seinen Abgang. Er schaute noch einmal ins Zelt.

»Lasst das bitte, wir sind nicht im Theater!«

»Übrigens«, sagte Sam, »die Bankerin war vor vier Jahren mit mir am Elbrus, da hieß sie noch Andrew.«

»Im Ernst?«

»Mein voller Ernst. Der Typ da drüben heißt Charlie, verkauft Autos und bohrt gern in der Nase. Die da ist Eva, sie weiß, dass sie gut aussieht und freut sich sehr darüber, in ihrem komischen Videoblog dreht sich eigentlich alles nur um sie. Der dort hat einen unaussprechlichen Namen und ist schon mit einem Hirnschaden hergekommen, wenn du mich fragst, denn sieh dir mal an, wie der zuckt! Da! Schau mal! So geht das die ganze Zeit! Und die da vorne heißt Sarah, eine deutsche Studentin, die die Expedition angeblich von ihrem Freund geschenkt bekommen hat.«

»Das muss eine tolle Beziehung sein.«

»Wahrscheinlich hat er sie gut versichert.«

Jonas saß eine Weile da und fragte sich, was im Moment überwog, der Kopfschmerz oder die Übelkeit. Gern hätte er sich unter die Teammitglieder gemischt, um zu hören, wie Hadans Auftritt angekommen war, doch er war schon kaum fähig gewesen, sich auf die Ansprache zu konzentrieren, und sein einziges Ziel war sein Zelt.

»War der wirklich schon mal selbst da oben?« hörte er beim Vorbeigehen Tiago fragen.

»Dreimal«, sagte Hank. »Der weiß, wovon er redet.«

»Er macht es sich viel zu einfach. Er ist nicht nur dafür bezahlt worden, mich heil wieder nach Hause zu bringen, sondern vor allem rauf!«

»Wie soll das funktionieren? Rauflaufen musst du schon selbst.«

»Das werde ich auch, darauf kannst du dich verlassen. Auch wenn ich jetzt kotzen gehe. Und die Schule für die armen Sherpakinder, weißt du, wohin der sich seine ...«

Die Frau, mit der er zuvor Blickkontakt gehabt hatte, stellte sich Jonas in den Weg.

»Haben wir uns schon begrüßt?« Sie streckte ihm die Hand hin. »Ich bin Eva. *Blick und Fänge*. Der Blog. Schon gelesen? Hab mich in der Rundmail vorgestellt.«

»Tut mir leid, ich muss mich dringend hinlegen.«

»Gute Besserung, aber könnte ich vorher noch ein Interview für meinen Blog haben? Die Zeitung, die meine Reise mitfinanziert hat, will tägliche Berichte, und ich möchte Stimmen anderer Bergsteiger einfangen.«

»Jetzt ganz bestimmt nicht. Später auch nicht. Am besten nie.«

Schwer durch den offenen Mund atmend, stolperte er aus dem Zelt.

Die Kälte draußen erfrischte ihn so weit, dass er den Weg ohne Haltepausen bewältigte, doch nachdem er den Reißverschluss am Eingang hinter sich zugezogen hatte, brach er zusammen. Alles um ihn drehte sich, er fühlte sich wie auf einem Karussell. Eine neue Welle von Übelkeit überkam ihn. Mit aller Willenskraft kämpfte er sie nieder, doch der folgende Hustenanfall ließ seinen ganzen Körper erbeben.

Ehe er in die Dunkelheit abtauchte, fiel ihm Tanaka ein. Den hatte er damals, als er mit Fischvergiftung und Krämpfen in Armen und Beinen in einem Tokioter Krankenhaus gelegen war, gefragt:

»Wie elend kann man sich eigentlich fühlen?«

»Elend wird nach Richter gemessen«, lautete die Antwort.

»Wovon reden Sie da?«

»Von Erdbeben. Oder eigentlich davon, wie man Erdbeben und Elend misst. Die Mercalli-Skala endet bei 12. Richter ist prinzipiell nach oben offen. Übelkeit, Elend, Depression – alles Richter. Freude, Lust, Glück – alles Mercalli.«

4

An ihrem zwölften Geburtstag chauffierte Zach die Jungen und Picco aus der Stadt hinaus, die Hügel hinauf und durch die nebeligen Weinberge, wo die Straßen immer schmaler wurden und es im Sommer nach frisch gemähtem Gras roch, während nun im Dezember Schnee auf den Feldern lag. Picco summte zur Melodie von »Everybody Loves A Nut« aus dem Radio.

Werner schrieb etwas auf einen Zettel aus dem Notizblock, den er immer bei sich trug, und legte ihn Jonas auf den Schoß.
Siehst du deine Mutter heute noch? stand da.
Nein, schrieb Jonas zurück.
Du willst nicht oder sie will nicht?
Ich will nicht.
Aha.
Kommen deine Eltern? schrieb Jonas.
Nein.
Wieso nicht?
Ich weiß nicht.
Aha.
Nach einer halben Stunde gelangten sie zu einem schlossähnlichen Gebäude, das hinter dem Hausberg des Ortes lag und das sie noch nie gesehen hatten. Es lag halb versteckt in einem Wald, trotzdem hatte man von der Lichtung davor einen eindrucksvollen Ausblick auf das Tal unter ihnen. Werner und Mike interessierten sich nicht weiter für die Landschaft, Jonas hingegen stand da und schaute, bis Picco zu ihm trat.
»Was siehst du da?«
»So – viel. Viel.«
»Und was noch?«

»Immer mehr.«

»Und was noch?«

»Ich weiß nicht«, sagte Jonas, und im selben Moment erschauerte er, »ich weiß aber, dass noch etwas da ist.«

»Kluger Junge«, sagte Picco. »Vergiss es nie. Und jetzt komm mit.«

Der Garten des Hauses war nicht besonders ansehnlich. Tote Äste, knorrige Bäume, viel Unkraut, ein kaputter Stacheldraht.

»Ist nicht ganz fertig geworden«, sagte Picco. »Gruber schafft das nicht allein, da müssen andere her. Wird nach und nach erledigt werden.«

Als Picco die Tür öffnete, wehte ihnen der süße Geruch von frisch gebackenem Kuchen entgegen. Mächtige Deckenlampen tauchten den Flur in warmes gelbbraunes Licht. Drei hohe Flügeltüren vor ihnen waren verschlossen. Links ging es in eine Art Saal, wo auf einem großen Tisch eine Torte stand, in der brennende Kerzen steckten. Sie mussten gerade erst angezündet worden sein, doch zu sehen war niemand. Mike stürmte vor allen anderen hinein und stieß begeisterte Schreie aus.

»Das ist euer Geburtstagsgeschenk«, sagte Picco.

»Was?« fragte Werner und drehte sich einmal im Kreis. »Der Fußball da?«

»Auch, ja.«

»Und der Kicker in der Ecke?«

»Auch.«

»Und die Torte? Vielen Dank.«

Picco lachte. »Was ihr hier seht, ist eher ein vorübergehendes Geschenk. Das Geschenk ist das ganze Haus. Dieses Zimmer hier ist nur ein Teil, ein erster Teil des ganzen Geschenks. Im Grunde ist das Haus eine Zeitkapsel, die ich euch schenke.«

»Was ist eine Zeitkapsel, Boss?« fragte Jonas.

»Ihr sollt mich nicht so nennen. Ich bin nicht euer Boss.«

»Wir finden es aber lustig, dich so zu nennen. Also, was ist eine Zeitkapsel?«

»Etwas, worin man Zeit einschließt.«

»Und wer hat die Zeit eingeschlossen?«

»Ich.«

»Und warum?«

»Weil es ein Geschenk ist, das auch ich vor sehr langer Zeit von meinem Großvater bekommen habe. Dieses Haus hat ihm gehört, und er hat es mir als Zeitkapsel geschenkt. Jetzt ist es eure.«

»Wie genau schließt man Zeit ein?« fragte Jonas. »Was ist damit gemeint?«

»Wollt ihr nicht lieber die Kerzen ausblasen?«

»Da hat er mal recht«, sagte Werner und ging zum Tisch. »Komm her, oder ich erledige das allein!«

»Du kannst schon mal vier davon ausblasen«, sagte Jonas ernst nach hinten und wandte sich wieder Picco zu. »Was ist eingeschlossene Zeit?«

»Ich glaube nicht, dass ich es so erklären kann, dass du es verstehst.«

»Dann gib dir eben ein bisschen Mühe!«

Picco lächelte. »Na ja, die Welt dreht sich weiter, Menschen entwickeln sich, Regierungen stürzen, unvorhergesehene Ereignisse verändern den Lauf der Welt, doch hier drinnen wird nichts davon zu spüren sein.«

»Aha.«

»Mike, lass das!« rief Werner. »Nicht! Mensch, jetzt hat er alle Kerzen ausgeblasen!«

»Macht ja nichts«, sagte Jonas über die Schulter nach hinten. Und zu Picco gewandt: »Ich verstehe nicht. Was heißt das genau?«

»Was ihr in diesem Zimmer seht, ist ein Geschenk der Gegenwart, es ist ein Zimmer für die Gegenwart. Ihr werdet nicht immer zwölf sein. Es sind noch einige weitere Zimmer da. Es wird sie jedoch niemand mehr betreten, bis ihr kommt, oder euer zukünftiges Ich. Bis dahin werden sie unverändert bleiben. Das sind Zeitkapseln.«

»Heißt das, jedes Jahr gibt's ein neues Zimmer?« fragte Werner. »Und da ist mehr drin als hier?«

»Nein, nicht jedes Jahr, viel seltener, nur ein paar Mal in eurem Leben. Und die Türen sind versperrt. Und ja, ihr werdet in den Zimmern Dinge vorfinden. Mehr sage ich nicht.«

Jonas schnitt zwei Stück Torte ab. Den ersten Teller brachte er Mike, den zweiten Teller Picco.

»Aber«, sagte er, »was heißt das ...«

»Mehr sage ich nicht!«

»Ich will aber mehr wissen!«

»Antworten werden überschätzt.«

»Ich frage trotzdem!«

»Du wirst nichts mehr erfahren, also frag nicht!«

»Ich frage trotzdem! Wie finden wir die Schlüssel? Wie suchen wir danach? Die Welt ist groß.«

»Das stimmt, die Welt ist groß, und deshalb sage ich dir, ich weiß nicht, ob es richtig wäre, danach zu suchen. Manche Dinge findet man nicht, wenn man sie sucht, so schlau und kühn man es auch anstellen mag, denn manche Dinge kommen zu einem, wenn man gar nicht danach verlangt. Die große Liebe etwa kommt nur dann, wenn man sie eben nicht sucht. Anderes wieder muss man suchen, suchen, suchen, nur dann gibt es eine Chance, es zu finden. Ich kann nicht sagen, was ihr hier tun sollt. Ich kann euch bloß verraten, dass sich hinter all diesen Türen hier weitere Räume befinden, Räume mit weiteren versperrten Türen, und dass ihr sehr alt werden müsst, um alle Zimmer sehen zu können.«

»Wann finden wir den nächsten Schlüssel?« mischte sich Werner ein. »Was ist in diesen Zimmern?«

»Lasst euch überraschen. Ihr könnt jederzeit hierher kommen, aber ihr seid auch für diesen Ort verantwortlich.«

»Dürfen wir Freunde mitbringen?«

»Nein. Die einzige Person, der ihr dies hier zeigen dürft, ist die Frau, die ihr liebt. Aber dafür ist es noch ein wenig früh.«

»Nur weil wir welche sind, brauchst du uns nicht immer wie Kinder zu behandeln«, sagte Jonas.

»Entschuldige«, sagte Picco.

»Hat das Haus einen Namen?« fragte Werner. »Hier sind wir Könige, die Könige von – wie heißt das Haus?«

»Die Könige der Zeitkapsel«, sagte Jonas, »das sind wir.«

Viel später würde Jonas die Geschichte dieses Nachmittags Marie erzählen. Und sie, sie würde ihn einen verrückten König der Zeitkapsel nennen, mehr als einmal. »Betrunkener König der Zeitkapsel« einmal in der Achterbahn in Hamburg, »unsteter König der Zeitkapsel« bei mehr als einem Abschied, »abwesender König der Zeitkapsel« in tausend SMS.

Für Jonas und Werner hieß das Haus bald nur noch die Burg. Zu Anfang nutzten sie sie fast jeden Tag, ließen sich von Zach oder dem traurigen Gruber hochfahren, tranken Kakao und wetteten, wer von dem nach Fisch schmeckenden Kuchen, den ihnen Regina mitgegeben hatte, mehr verdrücken konnte. Sie spielten Fußball und Drehfußball, hüpften auf dem Trampolin, das ihnen Picco noch von Gruber hatte bringen lassen, schossen mit Pfeil und Bogen durch den Saal, suchten nach einem weiteren Schlüssel, übten das Chi Sao. Letzteres nur, wenn Mike nicht dabei war, denn ihre Bewegungen waren ihm nicht geheuer, und er versteckte sich unter einem Tisch.

Mit der Zeit wurde es allerdings auch ihnen unheimlich allein in dem riesigen Haus, in dessen Nähe überdies je nach Jahreszeit oft dichter Nebel auf den Feldern lag. Sie glaubten Stimmen oder Schritte zu hören, mal ein Klopfen, mal das Quietschen eines Bettes, mal gar ein heiseres Lachen. Sie versuchten die Phantasie des jeweils anderen mit Spekulationen über das anzuheizen, was rund um sie vorging.

»Glaubst du, es gibt Gespenster?« fragte Werner.

»Natürlich gibt es sie.«

»Hast du schon mal eines gesehen?«

»Na, das wüsstest du bestimmt.«

»Wieso glaubst du dann an sie?«

»Weil es logisch ist, dass es sie gibt, oder etwas, was man so nennen könnte. Wohin soll denn die Energie der Menschen verschwinden? Sie sind alle noch da, irgendwo da draußen, auf die eine oder andere Weise. Spürst du sie nicht?«

»Nein, zum Glück nicht!«

»Solltest du aber, denn sie sind da. Oft spüren wir etwas, einen Schauer, haben ein seltsames Gefühl, sind irritiert, ohne zu wissen warum. Oder? Kennst du das nicht? Wir sehen Dinge, die nicht da sind, wir haben Ahnungen, und die Dinge sind vielleicht wirklich kurz dagewesen, für einen Sekundenbruchteil nur sichtbar für uns, und die Ahnungen sind mehr, als wir verstehen können, meinst du nicht? Um uns gibt es sicher einiges, das wir nicht sehen und nicht begreifen.«

»Hör auf«, sagte Werner, »mir wird echt ganz anders.«

»Mir ist immer ganz anders.«

»Was machst du, wenn jetzt ein Gespenst reinkommt? Läufst du davon, oder kämpfst du?«

»Wie soll man denn gegen ein Gespenst kämpfen? Mit einem Brotmesser oder einem Laserschwert? Außerdem tun die uns nichts.«

»Glaubst du, dein Vater ist ein Gespenst?«

Jonas sprang so heftig auf, dass sein Stuhl krachend nach hinten umstürzte. »Mein Vater ist kein Gespenst, das ist mal sicher! Gespenster sind irgendwelche Trottel. Man muss schon eine sehr dumme Seele sein, um sich ein Vergnügen daraus zu machen, durch die Welt der Menschen zu geistern.«

»Meinst du, du siehst ihn wieder?«

»Ich weiß nicht«, sagte Jonas und stellte den Stuhl wieder auf. »Hoffentlich. Dafür würde ich alles hergeben, was ich habe.«

»Vielleicht erscheint er dir mal.«

»Das soll er schön bleibenlassen! Ich würde mich zu Tode fürchten.«

»Aber wenn du vorbereitet bist? Und weißt, na gut, es ist ein Geist, aber eben dein Vater, der wird dir schon nichts tun?«

»Das funktioniert doch nicht«, sagte Jonas. »Ich bin nun mal nicht vorbereitet darauf, dass plötzlich mein Vater um die Ecke biegt, der zufällig ein Gespenst ist.«

»Wir könnten etwas vereinbaren«, sagte Werner. »Derjenige von uns beiden, der als erster stirbt, gibt dem anderen ein Zeichen.«

Jonas sprang erneut auf. »Tolle Idee!« rief er. »Was für ein Zeichen? Das ist nicht einfach, man muss ja zweifelsfrei feststellen können, dass es vom anderen stammt, das können keine Buchstaben aus abgebrochenen Zweigen auf der Straße sein, und vor allem sollte man dabei nicht zuviel Angst kriegen!«

»Ich bin auch dafür, dass es nicht zuviel Angst macht.«

»Was kommt von einem Toten und macht keine Angst?«

»Das ist eine sehr gute Frage«, sagte Werner.

Sie schwiegen eine Weile.

»Okay, überspringen wir den Punkt«, sagte Jonas und strich sich über das Kinn, wie er es bei Zach gesehen hatte. »Eine Blume, die plötzlich an einem Ort auftaucht, wo sie normalerweise nicht hingekommen sein kann. Im Winter, auf der Terrasse … Ich meine, sie wächst nicht aus dem Boden, sie liegt da im Schnee … Nein, totaler Mist. Klopfzeichen kommen auch nicht in Frage, da trifft einen ja sofort der Schlag. Irgendwas mit Licht … Wärme …«

»Etwas Geschriebenes wäre gut«, warf Werner ein.

»Wir sollten unsere Fähigkeiten als Tote nicht überschätzen.«

»Was ist mit einfach dasein? Vielleicht, wenn der andere gerade Hilfe braucht?«

»Was meinst du mit dasein?« fragte Jonas. »Das klingt gar nicht gut.«

»Ich meine, der Tote gibt sich durch seine Präsenz zu erkennen.«

»O Gott.«

»Du hast gemeint, die Toten sind da, ihre Energie ist da draußen«, sagte Werner. »Was ist, wenn derjenige, der tot ist, dem anderen auf ruhige Art zeigt, dass er da ist?«

»Die ruhige Art müssen wir besonders beachten«, sagte Jonas. »Aber hast du dir überlegt, dass das kein Beweis ist? Der Lebende wird bloß glauben, er ist verrückt geworden.«

»Das wird der Tote schon hinkriegen. So, dass der andere keinen Schock kriegt, das schaffen wir. Oder glaubst du, du musst Angst vor mir haben?«

»Nein, ich weiß es sogar.«

»Ich trau dir auch einiges zu, du Spaßvogel«, sagte Werner, »aber wenn du tot bist, wirst du dir schon gut überlegen, wie du mir erscheinst und was du mir zumuten kannst. Außerdem sind wir jetzt Kinder, und wenn wir tot sind, werden

wir ja Erwachsene gewesen sein und das eine oder andere können, was wir jetzt nicht können.«
»Stimmt auch wieder.«
»Glaubst du wirklich, du musst Angst vor mir haben, wenn ich tot bin?« fragte Werner.
»Ich weiß ja nicht, ob du dann noch du bist«, sagte Jonas.
»Ob ich noch ich bin?«
»Ja. Ob du noch du bist.«

5

Jonas lag auf seinem taub werdenden Arm. Er war zu schwach, um sich wegzurollen. Seine Augen brannten, doch wenn er sie länger geschlossen hielt, strömten Bilder und Gedanken ungehindert auf ihn ein.

Die erste Nacht im Basislager hatte er in einer gnädigen Ohnmacht verbracht, er war in seinen Schlafsack gefallen, und mehr wusste er nicht, Stunden später war er einfach wieder dagewesen, umgeben von Stimmen und fremden Geräuschen, dem Kunststoffgeruch des Zelts und einer Ahnung von Tageslicht, das ins Tal fiel.

Diese zweite Nacht war viel qualvoller. Todmüde und doch weit vom Schlaf entfernt, schüttelte ein Reizhusten seinen Körper, die Kopfschmerzen mahlten, ihm war übel, und ihn suchten Gedanken heim, die er nicht aus seinem Bewusstsein verdrängen konnte. Dabei war es nicht der Charakter der Gedanken, was ihn quälte, sondern schlicht der Dauerzustand des Denkens und Grübelns.

Gesichter. Szenen. Episoden. Ängste. Gedanken. Und Marie. Immer in seinem Kopf, immer, immer, immer, ob er mit jemandem redete oder ob er auf dem Boden lag oder ob er las. Die einzige Flucht: der Schlaf. Der Schlaf aber kam nicht.

Draußen heulte der Wind. Ab und zu hörte Jonas das ferne Grollen abgehender Lawinen. Irgendwo schluchzte eine Frau, in den Zelten ringsum wurde gehustet und gestöhnt, dann und wann tanzte der Lichtkegel einer fremden Taschenlampe über seine Zeltwand. Jonas hatte das Gefühl, dass im ganzen Lager keiner schlief, obwohl es nach zwei Uhr morgens war. Die einen saßen in den Essenszelten und tranken das ungefilterte Chang-Bier, die anderen lagen leidend in ihren Zelten, und manche dachten wohl an das, was gerade auf diesem Berg vorging. An die Menschen, die gestorben waren. An die Menschen, die womöglich gerade in diesen Minuten starben, ohne dass man ihnen helfen konnte. Manch einer dachte vielleicht auch daran, wie es sein würde, wenn er selbst da oben unterwegs war, was auf ihn zukäme, ob er dem, was er für sich heraufbeschworen hatte, auch gewachsen war.

Sollte er ein Schlafmittel nehmen? Wahrscheinlich würde er trotzdem nicht einschlafen und nur noch matter werden. Er kannte das bereits von früheren Besteigungen, er akklimatisierte nur langsam, und in dieser Höhe regenerierte sich der Körper kaum oder gar nicht. Die Wunde etwa, die er sich gestern mit einem Zacken seiner Steigeisen in den Handballen geschlagen hatte, als er seine Ausrüstung kontrollierte, sah nicht viel anders aus als kurz nach dem Missgeschick.

Er setzte den Kopfhörer auf und schaltete den iPod ein. Die ersten Lieder waren sanft und melodisch, und es gelang Jonas, einige Minuten dahinzudämmern.

Maries Stimme riss ihn aus dem Halbschlaf. Er hörte die Worte, die sie neben ihm im Hotelbett auf Ko Phangan geschrieben hatte, und die Melodie, die ihr Tage danach bei einem Ausflug ins Landesinnere eingefallen war, auf der Ladefläche eines holpernden Jeeps, zwischen ihm und einem schwitzenden älteren Amerikaner, der bei jeder Bodenwelle gekreischt hatte.

Jonas schaltete ab und schleuderte die Kopfhörer in die Ecke.

Das Thermometer an der Zeltdecke zeigte minus 10 Grad Celsius. Jonas schlüpfte in seine Hosen und streifte zwei Pullover über. Als er den Reißverschluss am Eingang öffnete und den Kopf aus dem Zelt steckte, rutschte ihm eine Ladung Schnee von oben in den Nacken. Er hatte nicht einmal gemerkt, dass es begonnen hatte zu schneien.

Den Reißverschluss zog er nicht wieder zu. Er stand eine Minute vor dem Zelt und beobachtete, wie der Wind die Schneeflocken durch den Kegel seiner Stirnlampe in das Innere des Zeltes trieb.

Im Essenszelt traf er auf Padang und Ngawang, den Bergsirdar der taiwanesischen Expedition. Bei seinem Anblick lachten sie. Offenbar sah er so aus, wie er sich fühlte.

»Du kannst auch nicht schlafen?« fragte Padang.

»Merkt man das?«

»Du bist schon der Dritte diese Nacht. Willst du Tee?«

»Und eine Kopfschmerztablette. Irgendeine von deinen. Die von Helen wirken einfach nicht.«

Während Padang im Arzneischrank kramte, wurde Jonas von einem Hustenkrampf geschüttelt, der ihn beinahe von seinem Klappstuhl riss. Als er sich gefangen hatte, wischte er sich die Tränen aus den Augen und betrachtete den Bergführer, der mit gekreuzten Beinen bequem auf einer Bank lag, eine Dose Bier in der Hand.

»Und wieso schläfst du nicht?« fragte Jonas. »Musst du morgen nicht früh raus?«

»Nicht so schlimm«, antwortete Ngawang und rülpste. »Ich gehe erst mittags los. Jetzt betrinke ich mich. Solltest du auch tun. Dann weißt du wenigstens, warum du Kopfschmerzen hast.«

»Neuigkeiten von den Franzosen?«

Die Sherpas schüttelten stumm den Kopf.

»Was meinst du?«

»Hoffen kann man immer. Klar, es haben schon Leute allerhand da oben überlebt, was man nicht für möglich gehalten hätte. Aber realistisch ist das in dem Fall nicht. Sie sind eben nicht nur ohne Sherpas, sondern auch ohne Puja gegangen. Wer auf die Zeremonie verzichtet, beschwört den Zorn der Götter herauf.«

Jonas presste die Fäuste gegen seinen schmerzenden Kopf. Erneut ein Hustenanfall.

»Na den hat's erwischt«, rief Padang. »Wo sind denn diese ...«

Jonas räusperte sich. »Darf ich dich mal was fragen, Ngawang?«

»Schieß los.«

»Wie oft warst du auf dem Gipfel?«

»Dreimal. Und genauso oft habe ich keine hundert Meter davor umgedreht.«

»Ist dir einmal ein Kunde gestorben?«

Der Sherpa zögerte. »Einmal. Es war nicht meine Schuld.«

»Davon bin ich überzeugt. Darum geht es mir nicht.«

»Worum dann?«

»Das habe ich vergessen«, sagte Jonas, und während die Sherpas lachten, schluckte er die Tablette mit dem Tee, den ihm Padang reichte.

Ngawang setzte sich auf. »Darf ich dich auch einmal etwas fragen?«

»Nur zu.«

»Wieso sprichst du unsere Sprache?«

»Tue ich das?«

»Du antwortest auf Englisch, aber du verstehst offenbar jedes Wort, das wir mit dir reden. Wie kommt das? Wo hast du das gelernt?«

»Das ist eine gute Frage.«

»Und die Antwort?«

»Die habe ich auch vergessen.«

»Hirnödem«, sagte Padang. »Wir müssen ihn nach unten schaffen.«

»Komm schon«, sagte Ngawang und ging zum Kühlschrank. »Trink ein Bier mit uns und erzähl uns das.«
»Das kann ich nicht«, sagte Jonas.
»Was soll das heißen?«
»Dass ich jetzt schlafen gehe. Wenn's nicht klappt, sehen wir uns in einer Stunde wieder. Danke für den Tee. Das Bier gern ein andermal.«

Jonas leuchtete mit seiner Stirnlampe in das offene Zelt. Der Schlafsack war mit Schnee bedeckt, ebenso der iPod, seine Jacke, die ihm als Kissen diente, und die Tasche mit dem Briefpapier.

Durch seinen Kopf zuckten gelbe und weiße Blitze, während er den Schlafsack ausschüttelte und den Schnee von seiner Jacke klopfte. Ein Hustenanfall erfasste ihn, heftiger als alle zuvor. Er musste zur Toilette, doch sie war zu weit weg. Er versuchte, nicht an den Drang zu denken. Die Übelkeit zu ignorieren, sich gegen die Schmerzen zu stemmen, wie er es auf anderen Bergen gelernt hatte. Er wischte sich die Tränen aus dem Gesicht und holte tief Atem.

Ruhig atmen. Einfach weiteratmen. Auch diese Nacht wird zu Ende gehen. Dieser Zustand hält nicht ewig an.

Das Papier war trocken, es steckte in einer Ledermappe. Das Thermometer stand auf minus 18 Grad, dennoch zog Jonas ein neues Blatt aus der Mappe, setzte sich zitternd in jene Ecke, die vom Schnee am ehesten verschont geblieben war, und begann mit einem Brief an Marie, den sie in vielen Jahren zu ihrem 40. Geburtstag erhalten sollte. Er schrieb eine halbe Stunde, dann spürte er seine Hände kaum noch, zudem setzte der Kugelschreiber immer wieder aus.

Sollte er es im Essenszelt versuchen? Er hatte weder Lust auf Gesellschaft, noch konnte er sich vorstellen, den Weg dorthin so bald noch einmal zu schaffen, aber er wusste nicht, was er mit sich anfangen sollte.

Er verstaute die Mappe mit dem Brief in der anderen Tasche, wickelte sich in eine Decke und legte sich auf die Seite. Es schüttelte ihn vor Kälte. Als er husten musste, erbrach er warmen Tee. Er schaffte es gerade mal, sich auf die andere Seite zu drehen.

Er starrte an die Zeltwand. Er fror so sehr, dass seine Zähne aufeinanderschlugen, ab und zu biss er sich dabei auf die Zunge. Er schmeckte Blut, doch Schmerz fühlte er keinen. Dumpf hörte er das Rollen der Lawinen, den Wind, die Stimmen anderer Menschen. Er tauchte ab aus der Wirklichkeit, er verschwand in sich selbst, in seiner Vergangenheit, er glitt hinüber zu den Bildern, die ohnehin ständig da waren, ob er hinsah oder nicht.

6

Die ersten Reisen seines Lebens unternahm Jonas mit Werner. Seine Mutter hatte kaum die Stadt verlassen, Picco hingegen schickte die Jungen bei jeder Gelegenheit in die Welt hinaus, meist in Begleitung von Zach und einem Lehrer. Er selbst kam nie mit, erstens habe er keine Zeit und zweitens kenne er das alles schon. Mike blieb in der Regel zu Hause, fremde Orte machten ihm Angst, außerdem hatte Picco neues Personal eingestellt, Sascha und Lisa, die sich ausschließlich um Mike kümmerten und denen Jonas vertraute. Besonders Lisa mochte Mike sehr, er ließ sich von ihr zu Bett bringen und Geschichten erzählen, während Sascha ihn in die Schule begleitete, die Picco für ihn gefunden hatte.

Jonas und Werner wurden nur selten in Luxushotels einquartiert, vielmehr lernten sie in jenen Jahren Unterkünfte jeder Art kennen. Sie übernachteten in ungarischen Kaderhotels, englischen Landhäusern, westdeutschen Pensionen, Schweizer Almhütten, auf jugoslawischen Campingplätzen und in Touristenburgen an der italienischen Adria, wo sie Menschen trafen, mit denen sie sonst selten in Berührung kamen, jedenfalls seltener als andere Kinder ihres Alters: mit Mechanikern, Hilfsarbeitern, Friseurinnen, Vertretern, Sekretärinnen oder Polizisten. Sie spielten mit deren Kindern, verliebten sich in kleine Züricherinnen und Hamburgerinnen, zettelten Fehden mit den Stuttgartern an, begründeten Freundschaften mit Kindern aus Holland, Skandinavien und Italien. Sie sahen die Akropolis und das Manneken Pis, die Rialtobrücke und den Eiffelturm, den Vatikan und Big Ben. Sie fuhren mit dem Auto nach Frankreich, mit dem Bus nach Spanien, mit der Bahn in die Türkei.

Die erste große Reise machten sie mit dreizehn. In der Abflughalle des Flughafens drückte Picco jedem ein Kuvert mit Bargeld in die Hand und umarmte sie.

»Wohin geht es?«

»Werdet ihr schon sehen.«

Von dieser Regel gab es keine Ausnahme. Die Jungen wussten bei Reiseantritt nie, was ihr endgültiges Ziel war. Irgendwann stellten sie ihre Taschen vor einem Haus, einem Hotel oder einem verfallenen Campingplatz ab und erfuhren, dass sie dort eine oder zwei Wochen bleiben würden.

»Am Gate sehe ich ohnedies, wohin das Flugzeug fliegt«, sagte Werner.

»Na dann ist ja alles in bester Ordnung.«

»Komm schon. Sag es uns!«

»Niemals«, sagte Picco.

»Bitte!«

»Keine Chance«, sagte Picco.

»Ausnahmsweise!«

»Shut up« sagte Mrs. Hunt.

Das Flugzeug, in dem außer ihrer Englischlehrerin noch Zach und Regina saßen, flog nach New York.

Zum ersten Mal bedauerte Jonas, dass er nicht früher gewusst hatte, wohin die Reise ging, denn von New York hatte er seit Jahren geträumt, es war die Stadt, die er sich als die prächtigste und wichtigste vorstellte, die Stadt mit dem World Trade Center und dem Empire State Building, die Stadt der Gangster und des Broadways, die Stadt, in der John Lennon erschossen worden war, ein paar Jahre zuvor, und Jonas hätte sein Wissen gern aufgefrischt, ehe er sie besuchte. Auch wenn er bezweifelte, dass sie länger in New York bleiben würden.

Während des Fluges hatte er genügend Zeit, ungestört über New York und Amerika nachzudenken, denn nach einem Lebensmittelwurf gegen einen Mitreisenden sowie einem

Zwischenfall mit dem Servierwagen wurden Werner und Jonas auseinandergesetzt.

Jonas schaute in der letzten Reihe aus dem Fenster, sah unter sich einen endlosen Wolkenteppich, hörte das laute, gleichförmige Brummen der Turbinen und wusste, dass in dieser Stunde etwas für ihn begann. So hatte er es später auch Marie erzählt.

»Dieser Flug war es«, sagte er, in ihrem Hotel in Abuja eine Stunde vor der Sonnenfinsternis, umgeben von schläfrigen schwarzen Sicherheitsleuten mit funkelnden Kalaschnikows, »seit damals bin ich, was ich bin.«

Jonas behielt recht. Nach einer Nacht in einem Hotel, in dem sie wegen des Jetlags und der Aufregung keine Sekunde schliefen, mietete Zach ein Wohnmobil, und sie verließen New York noch am selben Tag.

»Wohin fahren wir?« fragte Werner.

»Shut up«, sagte Mrs. Hunt.

»Wir könnten würfeln«, sagte Zach.

In den Wochen darauf hörten sie auf ihrem Weg durch den Nordosten der USA und Teilen Kanadas tagaus, tagein Zachs Country-Musikkassetten, die spotzende Klimaanlage, das gleichmäßige Schnarren des Motors und das Röhren des Auspuffs, der nach einer Woche abbrach, was ihnen einen Tag in einer Werkstatt eintrug. Sie standen vor den Niagarafällen und waren fasziniert von der Vorstellung, dass es Menschen gab, die sich in ein Fass einsperren und hinabtreiben ließen. Sie fotografierten sich gegenseitig auf der Grenzbrücke, mit einem Fuß in Kanada, mit dem zweiten in den USA. Sie renkten sich vor dem Weißen Haus die Hälse aus, um den Präsidenten zu erspähen, sie angelten bei warmem Regen im Ontariosee, sie fuhren mit dem Wohnmobil durch Mammutbäume hindurch, die mehr als hundert Meter hoch waren und in deren Wäldern Zach mit ihnen Pfeile und Bogen bastelte und ihnen Schießen beibrachte. Sie lernten Menschen kennen, mit denen sie eine halbe Nacht feierten und lachten und die am nächsten Morgen verschwanden, als hätten sie nur in einem Traum existiert.

Ein Abend am Feuer bei Marshmallows, Saxofonspiel, Gesängen und Gelächter, das Beobachten verliebter Paare in den Schlafsäcken, ein paar Meter abgerückt von den anderen, die Geräusche aus den Wäldern, die gedämpften Stimmen, sehr spät glücklicher, geborgener Schlaf. Und am nächsten Tag: grelle Sonne, müde Gesichter, ein Händedruck, ein Winken, ein Abschied auf Nimmerwiedersehen. Hunderte Male sah Jonas Autos hinterher, erblickte einen Haarschopf ein letztes Mal, ehe der Wagen um die Ecke bog, und dachte daran, dass er gerade einem Sterben beiwohnte. Nie wieder werde ich diesen Menschen sehen, seine Stimme hören, seine Hand mit dem Leberfleck betrachten, die Narbe über dem Knie.

Jonas fragte niemals, wohin es ging, nur eine Sache wollte er unbedingt wissen.

»Zach, sehen wir den Grand Canyon?«

»Das wird sich nicht ausgehen, mein Freund.«

Es war eine Reise ohne Ziel, ohne Plan, zwei Tage an diesem Campingplatz, eine Nacht an jenem Parkplatz, eine in einem Feldweg, ein Tag Umherstreifen durch eine unbekannte Kleinstadt, ein Tag Baden und Faulenzen an einem See. Regina holte manchmal anstatt zu kochen Burger und Fried Chicken, Mrs. Hunt ermahnte Werner und Jonas, untereinander Englisch zu sprechen, was sie ignorierten, und Zach veranstaltete mit ihnen Zielübungen in Wäldern, in denen ihnen die Gräser bis zu den Hüften reichten und Moskitos in riesigen Schwärmen über ihren Köpfen schwirrten. Er brachte ihnen nicht nur Bogenschießen bei, sondern auch Messerwerfen. Er zeigte ihnen, wie man sich im Wald einen Unterschlupf baute, wie man mithilfe eines Steines und einer Jacke Wasser gewann, wie man Pfeifen schnitzte und wie man aus größerer Höhe stürzte, ohne sich zu verletzen.

Regina gingen ihre Ausflüge auf die Nerven, zumal die Jungen oft ziemlich lädiert zurückkehrten. Sie versuchte gegenzusteuern, indem sie sie zu einem täglichen Grundkurs im Kochen verpflichtete. Mit achtzehn sollten sie in der Lage sein, allein zu wohnen und für sich zu sorgen, ohne auf die Hilfe einer Frau angewiesen zu sein.

»Regina, du kannst selbst nicht kochen«, sagte Werner.

»Ein Mann, der nicht für sich selbst sorgen und Wäsche waschen kann, ist ein Behinderter«, beharrte sie.

»All men are utterly useless«, sagte Mrs. Hunt.

»Shut up«, sagte Zach.

An einem stillen Nachmittag in einer namenlosen Kleinstadt war Werner mit Zach einkaufen gegangen, Mrs. Hunt suchte wegen ihrer Migräne eine Apotheke, und Regina füllte das Wohnmobil mit ihrem Schnarchen, während Jonas auf der Veranda eines Diners saß und durchs Fenster einen Anstreicher beobachtete, der im Inneren des Lokals die Wände ausmalte und dabei geschickt wie ein Artist mit der Leiter zwischen den Beinen durch den Raum stelzte. Es sah ungeheuer schwierig und gefährlich und zugleich sagenhaft leicht aus. Dieser Mann machte seine Arbeit seit Jahrzehnten, er erledigte sie flott und elegant und hatte dabei Zeit, mit den Kellnerinnen zu flirten und seinem Gehilfen Witze zu erzählen. Es war ein Genuss, ihm zuzusehen, ein Anblick größter Harmonie und Stimmigkeit. Jonas verliebte sich auf der Stelle in diese Harmonie.

Er sah zu. Eine Viertelstunde, eine halbe Stunde, eine ganze. Dann fragte er den Anstreicher, ob er es auch einmal probieren dürfe. Dieser schaute skeptisch, doch die kichernden Kellnerinnen legten sich für Jonas ins Zeug, und so kletterte der Anstreicher von der Leiter und machte eine einladende Handbewegung.

Die nächsten Tage saß Jonas mit einer Platzwunde, die ein verschlafener und hustender Assistenzarzt genäht hatte, hinten am Tisch und las ein Buch nach dem anderen, um sich nicht anhören zu müssen, was Zach zu Kunststücken mit Malerleitern einfiel. Während er schlief, kritzelte ihm Werner obszöne Sprüche auf den Kopfverband. Zach fügte eine surrealistische Zeichnung von Regina hinzu.

»Sag mal, glaubst du, die haben noch Sex?« fragte Werner Jonas unvermittelt, als sie zu zweit durch den Wald hinter ihrem Campingplatz streiften.

»Wer? Regina und Zach? Miteinander?«

»Heiliger Gott«, sagte Werner.

»Na was meinst du?«

»Ich will bloß wissen, ob du glaubst, dass die es noch machen. Mit wem auch immer. In dem Alter.«

»Woher soll denn ich ...«

»Die ist siebzig! Und er? Über dreißig? Das ist ja grässlich!«

»Woher wollen wir das wissen? Wir haben es noch nie gemacht. Vielleicht ist das auch in Ordnung, wenn man alt ist.«

»Also wenn ich mir das vorstelle ...«

»Man muss sich ja nicht alles vorstellen.«

»Doch!« rief Werner. »Ich muss mir immer alles vorstellen! Alles! Das ist echt kein Spaß, glaub mir!«

»Na ja, stimmt eigentlich«, sagte Jonas. »Ich muss mir auch immer alles vorstellen. Aber in diesem Fall – ich meine, da muss man wegdenken, da muss man seine Gedanken eben kontrollieren.«

»Was redest du denn da? Hast du wieder diesen Zen-Quatsch gelesen?«

»Komm schon. Wir mögen die beiden, also können wir tolerieren, dass sie steinalt sind.«

»Das toleriere ich ja! Aber das andere verstehe ich nicht.«

»Ich habe es noch nie gemacht«, sagte Jonas, »doch ich bin mir jetzt schon sicher, dass es am Sex nicht viel zu verstehen gibt.«

»Tja. Sieht ganz so aus.«

Eines Tages rollten sie wieder durch eine jener gesichtslosen Kleinstädte, die besonders Zach aus unklaren Gründen liebte, als plötzlich Picco am Straßenrand auftauchte, eine Zeitung lesend und einen Koffer neben sich.

Zach drehte die Lautstärke des Radios zurück und stieg so heftig auf die Bremse, dass Mrs. Hunt mitsamt dem Vorhang, an dem sie sich festhalten wollte, durch das Wohnmobil kollerte. Picco stieg ein, umarmte die Jungen, tippte sich beim Anblick von Jonas' Verband gegen die Stirn, begrüßte alle anderen mit einem zurückhaltenden Lächeln und einem Händedruck. Ohne ein weiteres Wort setzte er sich auf den Beifahrersitz. Eine Zeitlang sagte niemand etwas.

»Woher kommst du?« fragte Werner schließlich.

»Vom Planeten Erde.«

»Sehr witzig. Seid wann bist du hier?«

»Na seit eben!«

»Ich meine, wie bist du hergekommen?«

»Zu Fuß.«

»Ach, shut up«, sagte Werner, und Picco zerzauste ihm die Haare.

Der Boss sah anders aus als beim Abschied am Flughafen.

Sein Gesicht war fahl, die Falten schienen tiefer geworden zu sein. Er war ernster, starrte aus dem Fenster, tagein, tagaus, egal wohin sie fuhren, egal was sie sahen, egal was im Wohnmobil vor sich ging. Dabei hatte Jonas nicht das Gefühl, als entziehe er sich ihnen bewusst, es war vielmehr, als hindere ihn etwas daran, Anteil am Leben zu nehmen.

Eine Woche nachdem er zu ihnen gestoßen war, studierte Picco im Supermarkt mit hochgeschobener Brille und zusammengekniffenen Augen das Etikett einer Konservendose. Neben ihm stoppte Jonas den Einkaufswagen.

»Wieso gehst du eigentlich einkaufen, Boss?« fragte Jonas.

»Was meinst du? Und sag nicht Boss zu mir.«

»Du hast so viel Geld, du könntest das andere für dich erledigen lassen. Zach zum Beispiel, der da draußen auf der Bank in der Sonne sitzt, oder Regina. Oder Werner und mich. Wieso machst du es selbst? Welcher Millionär kauft denn selbst ein?«

Picco stellte die Dose zurück ins Regal.

»Ich will dir etwas sagen. Gleichgültig, wie viel Geld du auf der Bank hast, es ist immer wichtig, den Dingen des täglichen Lebens Zeit zu schenken. Einkaufen, putzen, kochen, diesen Tätigkeiten musst du immer wieder nachgehen, auch wenn du hundert Restaurants kaufen könntest.«

»Und warum?«

»Weil du sonst irgendwann die Welt verlierst.«

Picco nahm die Dose wieder aus dem Regal und hielt sie sich dicht vor die Augen.

»Du wirkst auf mich momentan wie jemand, der die Welt verloren hat«, sagte Jonas.

»Ich sehe bloß schlecht. Schau mal, ob du das Ablaufdatum findest. Man wird oft mit alten Waren betrogen.«

»Ich rede nicht von einem Ablaufdatum.«
»Ich schon.«
»Wie? Was meinst du?«
»Antworten werden überschätzt«, sagte Picco.

Er stellte die Konservendose zurück ins Regal und rollte den Einkaufswagen ohne ein weiteres Wort zur Kasse.

Den Rest des Tages verbrachte Jonas in seiner Schlafkoje oberhalb der Fahrerkabine, zurückgezogen in seine Bücher und für niemanden ansprechbar. Unter ihm sang Zach zur Musik aus dem Autoradio:

»Love! Is a burning thing! And it makes! A fiery ring!«
»Shut up«, rief Mrs. Hunt.

Es war die längste Reise, die die Jungen bis dahin unternommen hatten, und Jonas lernte, dass Reisen an sich eine Form von Kommunikation sein konnte, Kommunikation mit sich selbst und mit der Welt in ihrer Gesamtheit. Gedanken drängten in ihm hervor, für die er blind gewesen war, Gefühle erreichten ihn, die längst dagewesen waren, die er nur nicht zugelassen hatte. Die Welt schickte ihm Ideen, Eindrücke, Erkenntnisse, Visionen ihrer Gestalt und ihres Charakters, und er saß da und meinte ihren Puls zu spüren. Die Tage flogen dahin, waren voll und reich wie die Landschaften, die sie zu Gesicht bekamen, und ihre Erlebnisse waren wie Nachrichten an jenen Teil ihrer selbst, die sie noch nicht kannten.

Sie gerieten in Regenstürme, wie sie noch keine erlebt hatten, um sich eine Stunde darauf vor der Gluthitze in klimatisierten Inns zu verkriechen, und das war eine Botschaft. Sie waren dabei, als eine Frau nach einem Unfall auf der Straße verblutete und ihr Ehemann in seiner Verzweiflung gegen ein Auto trat, bis ihn die Polizisten festnahmen, und das war eine Botschaft. Sie machten eine dreitägige Wanderung durch einen Nationalpark, schliefen dabei in ihren Schlafsäcken auf dem blanken Erdboden, vor den Wildtieren nur durch ein kleines Lagerfeuer geschützt, und das war eine Botschaft. Sie besuchten Rodeos, Viehversteigerungen, Autorennen und die Tatorte berüchtigter Verbrechen, so wie das Haus einer sechsköpfigen Familie, die von einem Nachbarn im Jahr davor auf grausame Weise ausgerottet worden war, und all das waren Botschaften. Er wusste es, er verstand sie nur noch nicht, doch das machte nichts. Eines Tages würde er sie verstehen.

Die Schularbeiten, die ihnen die Lehrer mitgegeben hatten und die für die gesamte Reise gedacht waren, hatten sie schon nach einer Woche erledigt, und um sich auf den ausgedehnten Fahrten die Zeit zu vertreiben, besorgten sie sich alle paar Tage in den größeren Städten neue Bücher, die sie während der Fahrt am Esstisch lasen und miteinander diskutierten.

»Wofür sind Sie eigentlich mit von der Partie?« rief Zach in den Rückspiegel. »Die beiden brauchen Sie ja nun wirklich nicht!«

»Sie aber ganz bestimmt auch nicht!« rief Mrs. Hunt.

»Ich bin immerhin fürs Fahren zuständig!«

»Können wir«, sagte Werner leichthin.

»Na ganz bestimmt«, sagte Zach. »Ihr langt nicht mal an die Pedale.«

Werner legte sein Buch zur Seite und ging nach vorne.

»Fahr rechts ran.«

Zach gehorchte, räumte den Fahrersitz und zwinkerte Werner zu. Dieser fuhr die nächste halbe Stunde, dann übernahm Jonas. Währenddessen hielt Zach die protestierenden Frauen in Schach. Picco saß daneben, schaute aus dem Fenster und sagte kein Wort.

Jenen geheimnisvollen Drang, Dinge zu tun, deren Sinn er selbst nicht ergründen konnte, hatte Jonas schon lange Zeit verspürt, im Grunde erinnerte er sich gar nicht, diese Gedanken einmal nicht gehabt zu haben, doch er schreckte seit jeher davor zurück, sie in die Tat umzusetzen, weil er ahnte, dass er damit eine Grenze überschreiten würde. Auf dieser Reise nun, irgendwo mitten in Amerika, brach der Drang erneut hervor, und Jonas fühlte mit zuvor ungekannter Klarheit, dass er ihm nachgeben musste, einfach um zu erfahren, was es bedeutete, diese Sehnsucht nach dem Un-Sinn, dieser Wunsch nach Heimkehr in die Zwecklosigkeit.

Einen gleichmäßig surrenden Ventilator über sich, schrieb er in der Cafeteria eines Campingplatzes Postkarten an Freunde und Bekannte. Auch an seine Mutter adressierte er eine. Er vermisste sie, aber er dachte nicht lange darüber nach, weil ihm gleich die Tränen hochstiegen.

Eine Karte blieb ihm übrig.

Er ging noch einmal alle Gesichter durch. Wem sollte, wem wollte er eine Karte senden? Es fiel ihm beim besten Willen niemand mehr ein.

Im nächsten Moment schrieb er seinen eigenen Namen und die Adresse auf die Karte. Von einem Notizblock schnitt er Papierstreifen gleicher Größe ab. Auf die Streifen notierte er:

einen Fernseher in seine Bestandteile zerlegen und wieder zusammenbauen
im Supermarkt klauen und sich erwischen lassen
auf dem Friedhof übernachten
eine Zeitung gründen
eine Flasche Olivenöl trinken
ein fünfgängiges Menü für sechs Personen kochen
Japanisch lernen
das eigene Bett anzünden

ein zwei Meter tiefes Loch im Garten graben
den Beruf des Tischlers erlernen
Zach im Schlaf mit einem wasserfesten Stift einen Hitlerbart aufmalen

An der Rezeption besorgte er sich Klebstoff. Er mischte die Papierstreifen durch, wählte mit geschlossenen Augen einen aus und klebte ihn auf die letzte Postkarte, die er in den Stapel der bereits geschriebenen schob. Die übrigen Streifen vernichtete er, ohne hinzusehen. Als er die Karten in die Klappe des Briefkastens am Empfangsschalter steckte, bekam er Gänsehaut. Ein Schauer durchfuhr ihn. Er schloss die Augen.

Erinnere dich, dachte er, behalte diesen Moment, eines Tages wird er dir nützen.

Am Tag vor dem Rückflug trafen sie in einem New Yorker Restaurant Werners Eltern, die geschäftlich in der Stadt zu tun hatten.

Bei Tisch herrschte angespannte Stimmung. Picco und Werners Vater würdigten einander keines Blickes, und Jonas rutschte auf seinem Stuhl hin und her und schaute auf seinen Teller hinunter. Er hatte schon gewusst, dass sich Picco und Werners Eltern aus dem Weg gingen, doch in dieser erbitterten Deutlichkeit hatte er ihre Differenzen nicht wahrgenommen.

Was ist denn hier los? schrieb er unter dem Tisch auf seinen kleinen Notizblock und legte ihn unauffällig auf Werners Schenkel.

Das würde ich auch gern wissen, schrieb Werner zurück.
Geht das schon lange so?
Der Boss redet mit meinem Vater seit Jahren nicht, und keiner sagt mir, warum.

Frag einfach.
Ich misch mich da nicht ein.

Zum Glück hatte niemand Lust auf ein Dessert, und die Jungen durften mit Picco und Mrs. Hunt eine Vorstellung von *Cats* besuchen. Zunächst konnte Jonas der Handlung nur schwer folgen, weil ihm noch immer das missglückte Abendessen durch den Kopf ging und damit die Frage, wie es zu einem so traurigen Verhältnis zwischen Eltern und Kindern kommen mochte, und ihn beschlich erstmals der ketzerische Gedanke, nicht alle Eltern würden ihre Kinder lieben, sie aus dunklen Gründen einfach nicht lieben können. Er versetzte sich in Werner, versuchte zu ergründen, wie es seinem Freund, der ungern über seine Gefühle sprach, gerade gehen mochte. Dann gewann das Interesse für das Stück Oberhand.

Er fand alles überwältigend, die Atmosphäre des Theaters, die Musik, die schönen Menschen ringsum, die Kostüme, doch am meisten faszinierten ihn die traurige Grizabella mit ihrem wunderbaren »Memory« und der stolze Munkustrap, der Beschützer der Katzen. Jonas dachte nicht eine Sekunde mehr an das, was er bei Tisch erlebt hatte, bis er weinend in seinem Hotelbett lag, das scharf nach Waschmittel roch, und sich fragte, ob es auch einen Beschützer der Kinder gab oder vielleicht einen Beschützer aller Menschen.

Der Rückflug ging spätabends. Alle lagen erschöpft in ihren Sesseln, bis auf Zach, der wie üblich eine Zeitung nach der anderen las. Werner war gleich nach dem Start eingeschlafen. Reginas Kopf ruhte an Piccos Schulter. Mrs. Hunt schnarchte mit weit geöffnetem Mund. Unter anderen Umständen hätte Jonas diese Situation auszunützen verstanden, doch irgendwo über Halifax, passend zu dem Gewitter, das sie durchflogen, schlug in seinem Kiefer ein Blitz ein. Er hatte noch nie richtige Zahnschmerzen gehabt, und auf das, was nun kam, war er nicht vorbereitet.

Er tippte Zach an. Sprechen konnte er nicht, nur auf seine Backe deuten.

»Was ist los, Junge? Schmerzen? Du siehst ja elend aus ... Stewardess!«

Eine unbestimmte Zeit später kehrte Zach mit einem Glas Wasser und einer Tablette zurück. Jonas schluckte sie und schloss die Augen.

Er war geschockt, wie rasch und unbändig der Schmerz von ihm Besitz ergriffen hatte. Jede Welle begann mit einem Stechen, das breiter und breiter zu werden schien, das anschwoll, sich für eine herrliche Sekunde zurückzog, um gleich darauf spitz und böse wiederzukehren.

Er begriff nicht, was vor sich ging. Mit einem Mal fühlte er sich unendlich fern von den Menschen, noch ferner als ohnehin. In seiner Not flehte er Gott an, diesen Albtraum von ihm zu nehmen. Die Worte kamen wie von selbst.

Bitte mach, dass es aufhört. Bitte mach, dass es weggeht. Ich werde ein guter Mensch sein, ich mache keine Streiche mehr, aber bitte lass es aufhören.

»Du hast Fieber, Kleiner«, hörte er Zach sagen.

Eine Hand wurde von seiner Stirn gezogen, jemand legte etwas Kaltes darauf. Eine Decke wurde über ihn gebreitet. Mit geschlossenen Augen schluckte er eine weitere Tablette, und als er kurz vor der Landung aus tranigem, durch wirre Träume beschwertem Schlaf erwachte, waren die Schmerzen zwar noch da, aber erträglich.

»Zu Hause sofort zu Doktor Singer«, sagte Picco. »Oder willst du hier in ein Krankenhaus?«

Jonas schüttelte den Kopf.

»Bis dahin hältst du es aus? Sicher?«

Jonas befühlte mit der Zunge seine Zähne und nickte.

»Zach, Sie besorgen ihm noch am Flughafen Schmerztabletten. Und sagen Sie dem Chefsteward, wir sind die ersten, die dieses Flugzeug verlassen, andernfalls steht er morgen in der Zeitung.«

»Diese lästige Gewohnheit der Leute, dauernd Urlaub zu machen«, knurrte Zach einige Stunden später vor Doktor Singers verschlossener Praxis. »Da steht, er hat eine Vertretung. Dr. Helmut Sokra. Was ist denn das für ein Name? Hört sich an wie ein durchgedrehter Maler.«

»Aua«, sagte Jonas.

»Na, wollen wir zu dem? Dürfte der nächstgelegene sein. Der ist allerdings neu in der Gegend, keine Ahnung, ob er was taugt.«

»Lass uns fahren«, sagte Jonas matt.

»Willst du noch eine Tablette?«

»Wir sind ja gleich da.«

Der nächste Ort war fünfzehn Minuten entfernt. Zach parkte den Mercedes auf dem Bürgersteig. In Sokras Wartezimmer, in dem es penetrant nach Desinfektionsmittel roch, fanden sie nur eine alte Bäuerin mit Kopftuch vor, die sich mit der klapperdürren Sprechstundenhilfe zankte.

»Haben Sie Schmerzen?« fragte Zach die alte Frau.

»Was für Schmerzen?«

»Ob Sie Zahnschmerzen haben, will ich wissen!«

»Nein, warum?«

»Dann lassen Sie bitte den jungen Mann vor, er hat nämlich welche.«

Er schob Jonas an den Schultern nach vorne. Die alte Frau brummte etwas und holte ihr Strickzeug aus der Tasche.

»Die Reihenfolge der Patienten bestimme immer noch ich!« sagte die Sprechstundenhilfe schrill.

Zach schaute sie an.

»Ach ja?«

Kurz darauf wurde Jonas aufgerufen. Dr. Sokra war ein schlanker, beinahe kahler Mann mit einem rotblonden Gestrüpp im Gesicht. Er sah Jonas nicht an und gab ihm nicht die Hand, sondern sagte bloß:

»Setz dich da hin. Welcher?«

Jonas gehorchte, eine unsichtbare Assistentin band ihm einen Umhang um. Er sperrte den Mund weit auf.

»Ich glaube, der. Oder der daneben.«

»Na, welcher jetzt? Du wirst mir ja wohl sagen können, was dir weh tut!«

»Nein, leider nicht.«

»Dann nehme ich dir eben beide raus. Vielleicht sind ja auch beide kaputt.«

In diesem Moment, als sich Sokra über ihn beugte, holte Jonas ein Bild aus seiner Vergangenheit ein, das er tief in sich vergraben hatte. Er sah nicht den Zahnarzt über sich, sondern das Affe, wie es mit seinen dummen, böse funkelnden Tieraugen auf ihn herabstarrte, ehe es zuschlug. Und als sich die furchterregende Zange seinem Mund näherte, brachte Jonas nur zwei Worte hervor:

»Keine Spritze?«

»Das sind doch Milchzähne«, hörte er den Mann über sich sagen, und eine unheimliche Lähmung kam über ihn.

Er fühlte die kalte Zange in seinem Mund, fühlte, wie sie an einem Zahn schabte, wollte schreien, doch kein Laut kam aus seiner Kehle. Kurz darauf hatte er das Gefühl, ihm würde der Kiefer gespalten. Sein Kopf schien vor Schmerz zu bersten, und er sah über sich noch das giftige Gesicht Sokras, ehe ihm schwarz wurde vor Augen.

Aus diesem Zustand riss ihn der zweite, womöglich noch entsetzlichere Schmerz. Er führte dazu, dass Jonas vom Stuhl rutschte und sich erbrach, was wiederum eine Unzahl von Flüchen und Beschimpfungen durch den Arzt zur Folge hatte. Mit hartem Griff zog er Jonas hoch und spülte ihm den Mund aus. Er ließ ihn auf einen Mullballen beißen und schärfte ihm ein, zwei Stunden lang nichts zu essen oder zu trinken.

»Was ist denn mit dir los?« sagte Zach, als sich Jonas, von Eiseskälte durchdrungen und am ganzen Körper zitternd, Schritt für Schritt ins Wartezimmer zurücktastete.

Im Auto begann Jonas leise zu weinen. Unablässig fragte Zach, ob er etwas für ihn tun könne, doch Jonas war nicht einmal zu einem Kopfschütteln imstande.

Zu Hause verkroch er sich wortlos in sein Bett, erfüllt von Schmerz und Rachegedanken. Erst Stunden später konnte er wieder sprechen, obwohl er da bereits hohes Fieber hatte.

»Du hast doch keine Milchzähne mehr!« rief Werner aus. »Und selbst wenn, was hat das eine mit dem ... Keine Betäubung, ist der verrückt?«

»Ich weiß es nicht.«

Ich weiß gar nichts, wollte er hinzufügen, doch das Stechen in seinem Kiefer und in seinem Zahnfleisch schnürte ihm die Sprache ab.

Werner verschwand und kehrte Minuten darauf mit Picco und Hohenwarter zurück.

»Der Arzt hat bitte was getan?« fragte der Boss.

7

Jonas saß auf einem Klappstuhl vor seinem Zelt in der Sonne, als Hank Williams mit zwei Bechern Tee vorbeikam.

»Hier, den habe ich selbst gemacht, bin gespannt, ob er dir schmeckt. Wir zwei hatten noch keine Gelegenheit, uns kennenzulernen. Oder willst du lieber lesen?«

Jonas wies auf den freien Klappstuhl neben sich, auf dem eine halbe Stunde zuvor Helen gesessen war.

»Bitte. So spannend ist das Buch nicht.«

Hank nahm Platz und rieb sich seinen grauen Vollbart. Er musterte Jonas.

»Du bist das erste Mal am Everest, nicht wahr?«

Jonas nickte. »Ich fühle mich auch dementsprechend.«

Hank winkte ab. »Das vergeht. Ich weiß das, denn ich bin zum zwölften Mal hier. Ich habe es niemals ganz nach oben geschafft, und wenn es heuer wieder nicht klappt, werde ich es nächstes Jahr ein dreizehntes Mal probieren. Aber dass ich ein miserabler Bergsteiger und ein alter Knacker bin, bedeutet nicht, ich hätte den Neulingen nichts zu sagen. Du siehst zwar aus, als könntest du diesen Berg ohne Pause hochlaufen, aber vielleicht willst du trotzdem irgendetwas von mir wissen. Hadan sagt einem ja nicht alles. Er kann sich nicht in jemanden hineinversetzen, der noch nie an diesem Ort war, für ihn ist das alles Routine, alles Plan und nochmals Plan.«

»Tut mir leid, aber fürs erste reicht meine Vorstellung nicht weiter als bis zur Toilette.«

»Sehr verständlich. Doch wie gesagt, das wird besser. Und wenn du etwas brauchst oder etwas wissen willst, zu mir kannst du immer kommen.«

»Das ist sehr nett, vielen Dank.«
Hank stand auf.
»Dann lasse ich dich lieber weiterlesen. Ich kenne solche Zustände ja nur zu gut. Man soll den Patienten da besser nicht belästigen, der will seine Ruhe. Also – bis später. Der Tee schmeckt übrigens heiß am besten.«

Jonas nickte ihm zu und nahm sein Buch wieder von dem Holztischchen, das neben ihm auf dem steinigen Boden stand. Er musste an die in Not geratenen Franzosen denken. Das Wetter weiter oben wirkte nicht so dramatisch. Vielleicht ging alles gut.

Lange hatte er noch nicht in sein Buch gestarrt, als Hadan vorbeikam und sich ungefragt auf dem freien Stuhl niederließ.

»Du siehst gut aus. Okay, das war gelogen. Du siehst besser aus. Fühlst du dich auch so?«

»Grandios«, sagte Jonas.

»Unser Akklimatisationsplan sieht vor, dass wir morgen einen gemütlichen Spaziergang durch den Khumbu hoch zu Lager 1 unternehmen. Glaubst du, du kannst dabei sein?«

»Aus meiner Sicht spricht nichts dagegen.«

»Großartig. Dann erkläre ich dir mal, wie die Sache funktioniert. Wichtig ist: Jeder geht sein eigenes Tempo. Wenn dir einer von unserem Team davonläuft, lass ihn ziehen, auch wenn ihr euch gerade noch so nett über Cindy Crawford oder die Mondlandung unterhalten habt, denn das hier ist kein Wettrennen. Und wenn jemand zurückbleibt, lass ihn hinter dir. Sollte er Probleme haben, wird sich jemand anderer um ihn kümmern. Du gehst deinen Rhythmus. Aber natürlich bewegst du dich so schnell, wie dieser es zulässt, du trödelst nicht rum. Sobald die Sonne am Vormittag in den Eisbruch scheint, schmilzt so einiges, und ich will nicht, dass einer von uns unter einem Sérac ein Nickerchen hält, wenn der zusammenkracht. So ein Ungetüm ist hoch wie ein Haus, und was mit jemandem passiert, der darunter landet, kannst du dir ausmalen. Wir haben es ja bei den Sherpas gesehen. Der eine von denen hinterlässt fünf Kinder, wir müssen uns da noch was einfallen lassen.«

»Immer diese unpräzisen Vergleiche«, sagte Jonas. »Hoch wie ein Haus. Was für ein Haus? Eine Jurte? Ein Wolkenkratzer?«

»Helen hat mir nicht zuviel versprochen. Sie sagte, du seiest, nun ja, besonders.«

»Ich kann mir in etwa den Ton vorstellen, in dem sie es gesagt hat.«

Hadan fletschte die Zähne.

»Geht mich ja nichts an, aber wie lang wart ihr zusammen?« fragte er.

»Behauptet sie, wir seien zusammengewesen?«

»Ich hatte sie so verstanden.«

»Komisch, ich eigentlich nicht.«

Hadan schaukelte auf seinem Klappstuhl, als wolle er jeden Moment nach hinten kippen, und reckte seine gewaltige Nase nach oben. Nach einer Weile nickte er.

»Schön. Hast du Höhenangst?«

»Wäre ich dann hier?«

»Muss nichts heißen«, sagte Hadan und machte sich daran, seine Sonnenbrille zu reinigen. »Hier hat man schon alles gesehen. Das Problem sind die Spalten. Einige davon sind so tief, dass man Häuser darin versenken könnte, pardon, Hochhäuser, dreizehn bis fünfzehn Stockwerke, keine Antenne. Du überwindest sie, indem du über eine wackelige Leiter stapfst. Das ist die Situation, mit der im Khumbu immer wieder Menschen zu kämpfen haben, die jeden Gedanken an Höhenangst zuvor von sich gewiesen hätten.«

»Verstehe. Ich glaube nicht, dass mir das etwas ausmacht.«

»Gut. Wir gehen sehr früh los. Padang und Pemba werden alle wecken. Versuch früh zu schlafen.«

»Werde mir Mühe geben.«

Hadan setzte die Brille wieder auf, erhob sich und blickte eine Weile auf Jonas herab, der sitzen geblieben war und sich das Gesicht mit Sonnenschutz eincremte.

»Und jetzt das Wichtigste. Ich habe es schon mehrmals gesagt und werde es jetzt nicht zum letzten Mal sagen. Dort oben will ich mit dir niemals diskutieren müssen. Was immer ich anordne, wirst du befolgen. Wenn ich sage, du gehst runter, dann gehst du runter. Wenn ich sage, du schläfst, dann schläfst du, wenn ich sage, du pisst, dann pisst du, wenn ich sage, du kratzt dich am Ohr, dann kratzt du dich am Ohr. Konditioniere dich darauf: Hadan? Jawohl, Sir! Wie Sie befehlen, Sir! Ich will mich mit dir nicht rumärgern müssen. Da oben ist kein Spielraum für Fehler, und wenn einer aus der Reihe tanzt und sein eigenes Süppchen kocht – und nach dem, was ich über dich weiß, bist du so ein Kandidat –, kann er andere mitreißen. Ich habe noch nie einen Kunden verloren, auf meiner Rechnung stehen nach sieben Jahren nur einige Finger und Zehen und ja, eine halbe Nase und ein Ohrläppchen. Das ist eine famose Bilanz, die ich mir nicht kaputtmachen lassen werde.«

»Ich werde gehorsam sein«, sagte Jonas.

»Wieso glaube ich dir nicht?«

Neben ihnen tauchte Todd Brooks auf, der Leiter der Greenpeace-Expedition, die es sich zum Ziel gesetzt hatte, Tonnen von Müll vom Berg zu schaffen und die Welt auf die Verschmutzung aufmerksam zu machen, die der Massentourismus am Everest anrichtete. Er fluchte in sein Funkgerät.

»Hey Todd, redest du mit deiner Frau?« rief ihm Hadan zu.

Brooks stutzte und blieb stehen. »Ach, du bist das.«
Er trat zu ihnen und schüttelte beiden die Hand. »Hast du deinen Funk nicht an?«

»Liegt im Zelt«, sagte Hadan. »Man muss delegieren können.«

»Irgendwo knapp unter Lager 4 sind die Franzosen aufgetaucht, noch dazu lebend. Wie die Dinge stehen, sollen einige Expeditionen, die bereits Vorräte so hoch oben haben, ein paar Flaschen Sauerstoff –«

»Marc ist am Leben?« unterbrach ihn Hadan. »War er es, der –«

»Habe vor zehn Minuten mit ihm gesprochen. Ihm geht es soweit gut. Aber sie brauchen Sauerstoff, und kein Team will seinen abgeben, jeder redet sich raus.«

»Diese Säcke. Und Sherpas hat das Team auch keine, oder?«

»Keine eigenen, aber Marc sagte, es seien jetzt welche bei ihnen.«

»Wir haben noch keinen Sauerstoff so weit oben«, sagte Hadan. »Ist alles in Lager 2, und dort sitzt nur Gyalzen. Bringt nicht viel, den allein hochzuschicken, aber ich mach's natürlich.«

»Bei mir ist es gerade umgekehrt! Ich habe Leute da oben, aber noch keinen Sauerstoff. Meine Sherpas könnten deine Flaschen hochtragen.«

»Okay, das klingt vernünftig. Ich gebe Gyalzen sofort Bescheid.«

Brooks lief weiter, und Hadan machte sich auf den Weg zum Essenszelt. Auf halbem Weg machte er kehrt.

»Wie viele Sprachen sprichst du eigentlich?« fragte er Jonas.

»Lass mich nachdenken … Deutsch, Englisch, Russisch, Italienisch und ein wenig Französisch, dazu noch ein paar

Brocken Japanisch, Norwegisch, Schwedisch, aber nicht der Rede wert. Du weißt schon, Die Rechnung bitte, Kaffee mit Milch bitte, Ihre Telefonnummer bitte, vielen Dank für die Einladung ...«

»Wieso verstehst du verdammt noch einmal dann jeden hier?«

»Ich verstehe jeden hier?«

»Stell dich nicht dumm! Ich habe das beobachtet! Du verstehst den Finnen, du verstehst den Schweden, du verstehst den Portugiesen und die Spanierin, du redest mit den Russen, dem Holländer, dem Ägypter, sogar mit den Taiwanesen und den Sherpas! Kannst du mir das erklären?«

»Nein«, sagte Jonas, »das kann ich dir nicht erklären.«

»So. Das kann er also nicht erklären.« Hadan rümpfte die Nase. »Das kannst du nicht erklären, wie?«

»Leider nein.«

Der Expeditionsleiter musterte ihn. Jonas wandte den Blick nicht ab. Schließlich lachte Hadan, klopfte ihm auf die Schulter und lief ohne ein weiteres Wort zum Essenszelt.

Am Nachmittag, gerade als die Sonne zwischen dichten grauen Wolken verschwand, erschien im Lager der Mönch aus dem Kloster Tengboche, der die traditionelle Puja für Hadans und das britisch-irische Team zelebrieren sollte.

Keiner fehlte, denn keiner wollte es riskieren, die Götter zu verstimmen. Auch Jonas wohnte der Zeremonie bei, jedoch nur, um die abergläubischen Teammitglieder nicht zu irritieren, die womöglich nicht mit jemandem zusammen klettern wollten, der auf den Schutz der Götter verzichtete.

Die blonde Bankerin mit dem Nagellacktick war in seiner Nähe gestanden, als sie ihrem hageren Begleiter zuraunte, die Franzosen seien ohne Puja aufgebrochen, die Sherpas hätten ihr Unglück vorausgesehen. Sie war nicht die einzige, die einen Xi-Stein um den Hals trug, ihrer hatte gleich vier Augen, von denen jedes für ein Leben stand, und war garantiert ein Imitat. Überhaupt wimmelte es ringsum von Amuletten, Hasenpfoten, Endlosknoten und Darumas.

Jonas hielt sich im Hintergrund und spielte in seiner Anoraktasche mit einer Knopfbatterie, von der er nicht wusste, wie um alles in der Welt sie dorthin gelangt war. Die Gebetsfahnen, die im Wind knatterten, gefielen ihm in ihrer Farbenpracht, und ebenso der Geruch von Reis und Samen, die im Feuer prasselten, so wie der helle Klang der Glocke, die der Gehilfe des Mönches schlug, und die Gesänge, deren Inhalt er im Gegensatz zu den meisten Umstehenden verstand. Dafür irritierten ihn die entrückten, ernsten Gesichter mancher Westler, obwohl er mit diesem Anblick längst vertraut war, denn überall, wo Menschen aus verschiedenen Erdteilen zusammenkamen, gab es einige, die eine fremde Kultur bewunderten, weil sie ein paar nette Dinge über sie gehört hatten.

Er schneuzte sich leise in ein Taschentuch. Er schaute auf seine Schuhe. Er beobachtete eine Lawine, die mit heiserem Grollen von einer Bergflanke abging, spielte mit seiner Batterie und träumte sich in eine andere Welt.

8

Es vergingen einige Tage, an die Jonas kaum Erinnerungen blieben. Werner erzählte ihm später, das Fieberthermometer, das sie ihm stündlich in den Mund steckten, hätte tagelang nicht unter 40 Grad angezeigt, und alles, was Jonas von dieser Zeit im Gedächtnis blieb, waren wirre Phantasien. Einmal sah er niedliche kleine Giraffen durchs Zimmer laufen, einmal sprach er mit jemandem, der sein Vater war und zugleich das Element Wasserstoff, einmal befand er sich in den Bergen, es war eiskalt, er hatte sich verirrt, er breitete die Arme aus und segelte davon wie ein Vogel, und mit jedem Flügelschlag wurde ihm wärmer. Dazwischen versank er in Phasen von tiefem Schlaf, aus dem er schweißgebadet mit klarem Verstand erwachte.

Neben ihm in seinem Bett lag Mike, der ihn von hinten umarmt hielt. Vor sich sah Jonas die besorgten Gesichter von Werner und Zach.

»Ich war gerade ein Pinguin«, sagte Jonas, »aber warum, das weiß ich nicht.«

Werner und Zach wechselten einen Blick.

»Gewöhn dich bloß nicht dran«, sagte Zach.

»Bestimmt nicht.« Jonas drehte sich auf die Seite, wischte dem schlafenden Mike Spucke aus dem Mundwinkel und schloss die Augen. »Vollkommen uninteressante Existenz.«

»Sind ziemlich naive Wesen«, hörte er Werner sagen. »Die ersten Expeditionen zum Südpol berichteten, die Tiere hätten sich geradezu in Position gestellt, um sich der Reihe nach erschießen zu lassen. Wie man so ein Geschöpf töten kann!«

»Wenn du Hunger hast, kannst das auch du«, sagte Zach.

»Sicher nicht! Nicht mal, wenn ich vor Hunger sterbe! Ich erschieße doch keine Pinguine!«

»Wetten, du würdest? Du hast ja keine Ahnung, was Hunger bedeutet, Kleiner. Was der aus Menschen macht. Alles schon dagewesen. Du würdest einem Huhn mit bloßen Händen den Hals umdrehen und es roh essen.«

»Das würde ich ganz sicher nicht tun! Ein Mensch verliert nicht zwangsläufig seine Überzeugungen, nur weil sein Magen knurrt!«

»Oh, ein Mensch! Der Mensch! Ach! Der tut noch ganz andere Sachen aus viel nichtigerem Anlass, der Mensch! Wenn du Hunger hast, tötest du. Wenn du ein paar Monate allein in den Bergen bist, weißt du, was du da machst? Da fickst du ein Schaf, wenn du eines hast!«

»Aha? Na du musst es ja wissen! Warst du oft in den …«

»Würdet ihr zwei euch gefälligst über das Wetter unterhalten?« rief Jonas schwach.

Bis er vollständig genesen war, vergingen drei Wochen. In der ersten Woche war Mike nicht aus Jonas' Bett zu vertreiben, er aß und redete kaum, er lag nur da und schaute seinen Bruder an. Er war bockig, einmal warf er eine Teetasse nach Sascha, als der mit ihm im Garten Ball spielen wollte. Stundenlang streichelte ihm Jonas den Kopf, um ihm zu zeigen, dass nun alles gut war. Doch erst als Jonas aufzustehen und am Tisch zu essen begann, beruhigte sich Mike und schlief schließlich auch wieder allein in seinem Zimmer.

Niemand verlor ein Wort über das Geschehene, keiner der Besucher sprach Jonas darauf an, weder Hohenwarter, der sich jeden Nachmittag auf die Bettkante setzte, um Jonas Lateinvokabeln und die Herrschaftsfolge der römischen Kaiser abzufragen, noch irgendjemand von den Hausbewohnern. Nur der Arzt erklärte ihm, er habe sich wohl eine Infektion zugezogen, die mit der Zahnextraktion zusammenhänge, aber das sei nun alles überstanden.

Am Ende der dritten Woche begann für Jonas wieder der reguläre Unterricht. Er durfte dabei liegen, Werner saß am Tisch, und die Lehrer kamen ins Zimmer und beschwerten sich über den Gestank.

»Wir haben eine Wette abgeschlossen«, sagte Werner.

»Wir wollen sehen, wer von uns beiden es länger ohne Dusche aushält«, erklärte Jonas und schlug seine Arbeitsmappe auf.

»Das ist doch hoffentlich nicht euer Ernst!« sagte Claudia, die junge Naturwissenschaftslehrerin, macht ihr wirklich so eine blöde Wette?«

»So blöd ist sie gar nicht«, sagte Werner. »Wir werden viel über Willenskraft erfahren.«

»So kann man es auch nennen. Ihr seid widerwärtig!«

»Wissen wir«, sagte Werner. »Wir wollen herausfinden, wer widerwärtiger ist.«

»Das bist du«, sagte Jonas, »ich halte es aber trotzdem länger aus.«

»Großer Gott«, sagte Claudia und riss das Fenster auf.

Werner zuckte die Schultern. »Ich rate Ihnen mitzumachen. Dann ist es nicht so schlimm.«

»Übermorgen bekomme ich von euch ein Referat über apokrine Drüsen, axiliäre Hyperhidrose, das Corynebacterium jeikeium und Fettsäuren, und ich bestehe darauf, dass es ein rein theoretischer Vortrag wird. Ihr könnt gleich die Zeit nützen und in die Bibliothek gehen, denn ich verschwinde jetzt.«

»Die hält aber nicht viel aus«, staunte Werner mit einem Blick auf die offene Tür, wo die Lehrerin gerade noch gestanden hatte.

Zwei Tage darauf fühlte sich Jonas so weit wiederhergestellt, dass er vor dem Haus einige Runden drehte. Gruber drohte ihm mit dem Gartenschlauch, sollte er ihm zu nahe kommen.

»Das bringt nichts«, sagte Jonas. »Dem Corynebacterium jeikeium rücken Sie nur mit Natriumsalzen von Fettsäuren zu Leibe.«

»Du mich auch«, sagte Gruber.

Jonas wollte ihn weiter triezen, doch er hörte jemanden seinen Namen rufen. Er drehte sich um und war verblüfft, als er Picco am Steuer des Mercedes sitzen sah.

»Ärgerst du Gruber schon wieder?«

»Nicht zu sehr. Im Rahmen.«

»Das ist gut. Steig ein.«

Jonas gehorchte.

»Schnall dich an.«

Jonas schloss den Gurt.

»Kannst du überhaupt fahren? Erinnere mich nicht, dich je auf diesem Platz gesehen zu haben.«

Picco schaltete das Radio an und schob eine Johnny-Cash-Kassette ein.

»Ich kann alles, wenn ich will. Ich muss mich nur konzentrieren. Außerdem habe ich solche Autos einmal hergestellt. Da muss ich doch Bescheid wissen.«

»Ich habe starke Zweifel, dass der Chef von Boeing einen Jumbo fliegen kann. Das ist also kein Argument.«

»Du Schlauberger.«

»Hast du mir beigebracht.«

»Ja«, sagte Picco. »Habe ich.«

»Und wohin fahren wir?«

»Jetzt fängst du auch schon so an.«

Picco ließ die Kupplung springen, und der Motor starb ab. Er startete ihn wieder, und nun fuhr der Wagen mit einem heftigen Ruck los.

»Herr im Himmel«, sagte Jonas und fasste nach seinem Haltegriff.
»Wer?«
»Ach, nichts.«
Picco rümpfte die Nase. »Was riecht hier?«
»Oh, nichts.«

An milde Septembernachmittage wie diesen erinnerte sich Jonas noch fünfundzwanzig Jahre danach. Auf den Feldern zu beiden Seiten der Straße lag aufgeschichtetes Heu im weichen braunen Licht der sinkenden Sonne. Traktoren kamen ihnen entgegen, und die Bauern hinter den breiten Lenkrädern zogen ihre Hüte. Picco fuhr so langsam und so nahe am Straßenrand, dass Jonas den Arm aus dem Fenster strecken und mit der Hand durch das hoch stehende Gras wischen konnte. Es roch frisch nach Wiese, es roch kühl und dunkel nach Wald, nur ab und zu streifte seine Nase etwas, das einem Schweinestall entströmt sein musste, und selbst diesen Geruch empfand Jonas nach den Wochen im Bett geradezu als erquickend.

»Hier drin stinkt es mehr als draußen«, schrie Picco gegen den Folsom Prison Blues an.

Die langsame Fahrt schläferte Jonas trotz der lauten Musik ein. Er döste vor sich hin, bis er merkte, dass es plötzlich steil bergab ging.

O nein, dachte er, nicht die Piste.

Und natürlich war sie es. Die Piste, wie sie jene schnurgerade, keine drei Meter breite Straße nannten, die ein solches Gefälle aufwies, dass manche hier mit der Hand an der Handbremse den Berg hinabrollten. Zwei oder drei Kilometer fuhr man geradeaus, teilweise durch Wald, teilweise vorbei an Maisäckern und Weingärten, auf einer Strecke, die Jonas und Werner heimlich für waghalsige Mutproben mit dem Fahrrad nutzten und auf der man ganz bestimmt nicht einem Auto begegnen wollte.

»Halleluja«, stieß Jonas hervor und krallte sich an den Haltegriff.

»Woher kommt dieses religiöse Vokabular? Das gefällt mir gar nicht.«

»Das wollte ich dich schon lange fragen«, sagte Jonas und linste Richtung Tachometer. »Wieso glaubst du nicht an Gott? Hast du mal an ihn geglaubt?«

»Was ist denn das für eine dumme Frage?«

»Hör mal, ich darf solche Fragen stellen, ich bin ein Kind!«

»Nein, du bist kein Kind.«

»Na was denn sonst?«

»Irgendetwas anderes. Ruhe jetzt, ich muss mich konzentrieren!«

»Okay«, sagte Jonas, »ist vielleicht besser so. Aber wonach hältst du Ausschau? Wieso verrenkst du dir dauernd den Hals?«

Piccos Fuß rutschte vom Bremspedal, und der Wagen schoss den Berg hinab.

»Heilige Mutter!« rief Jonas.

Picco stieg hart auf die Bremse, so dass Jonas unsanft im Sicherheitsgurt landete.

Eine Viertelstunde darauf pinkelte Jonas gegen die Ortstafel jener Nachbargemeinde, in der Sokra seine Praxis hatte. Hinter ihm schimpfte Picco aus dem Auto, er solle sich beeilen.

»Kannst du so etwas nicht vorher erledigen? Oder dich eine Weile zusammennehmen?«

»Vorher erledigen, wie denn? Du hast mich ja ins Auto gezogen. Und zusammennehmen? Weißt du, wie ungesund das ist?«

»In eine normale Schule könnte man dich nicht mehr schicken. Deine Mitschüler würden dich umbringen. Wir hätten dich umgebracht.«

»Das glaube ich nicht«, sagte Jonas und stieg ein. »Gleichaltrigen gegenüber würde ich so tun, als wüsste ich genauso wenig wie sie. Ich kann mich anpassen. Mit dir zum Beispiel ...«

»Sag lieber nicht, was du gerade sagen wolltest.«

Sie hielten auf einer Anhöhe, von wo sie direkte Sicht auf das Haus des Zahnarztes hatten. Jonas beschlich ein unangenehmes Gefühl.

»Und was jetzt?«

»Wir warten.«

»Und worauf?«

Picco stieg aus und spazierte umher, die Hände in den Taschen seines modischen, fast schon zu jugendlichen Sakkos. Jonas folgte ihm. Seine Anspannung wuchs mit jeder Sekunde.

»Was wollen wir hier? Ich würde lieber zurückfahren.«

Picco stand da, groß, breit, unnahbar. Er warf einen Blick auf seine silberne Taschenuhr. Jonas lehnte sich gegen die Beifahrertür und versuchte, das Haus zu ignorieren. Er wusste, bald würde etwas passieren, und er fragte sich, ob es ihm gefallen würde. Bei der Vorstellung, Sokra noch einmal gegenübertreten zu müssen, wurde ihm übel. Er wollte keine Entschuldigung, er wollte einfach nur vergessen.

Hackl fuhr an ihnen vorbei, der Postbote ihrer Gemeinde. Jonas konnte ihn nicht ausstehen. Picco grüßte ihn mit einem knappen Winken und rümpfte die Nase.

»Du hältst von ihm auch nicht viel?« fragte Jonas.

»Diese Kreatur.«

Sie warteten fünf Minuten, sie warteten zehn Minuten. Picco wurde sichtlich ungeduldig.

Jonas suchte in der Wiese nach einem vierblättrigen Kleeblatt. Mit acht oder neun hatte er gelesen, sie brächten Glück. Er war sofort auf die Suche gegangen, und natürlich hatte er innerhalb von dreißig Sekunden eines gefunden. Seither suchte er immer wieder, oft stundenlang, und immer erfolglos.

»Na also«, sagte Picco.

Gegenüber fuhr ein Wagen vor. Zwei Männer stiegen aus, einer davon war Zach. Er schaute sich nach allen Seiten um.

»Was machen die da?« fragte Jonas.

»Abwarten.«

Die beiden Männer verschwanden im Haus. Zwei Minuten später kehrten sie zurück, nunmehr zu dritt: Den Zahnarzt zwischen sich eingekeilt, liefen sie zum Auto, nachdem Zach wieder in alle Richtungen gespäht hatte.

Zach stieg hinter Sokra in den Wagen und setzte sich neben ihn nach hinten, der zweite Mann stieg vorne ein und fuhr los.

»Ins Auto«, sagte Picco, »wir müssen uns beeilen.«

Widerstrebend gehorchte Jonas. Eigentlich hatte er Picco bitten wollen, ihn ans Steuer zu lassen, doch daran dachte er nun nicht mehr. Mit flauem Magen saß er neben dem hektisch lenkenden Boss und starrte vor sich auf das Armaturenbrett.

Gern hätte er gewusst, wohin sie fuhren und was noch bevorstand, aber er wagte nicht zu fragen. Deutlich fühlte er, dass dies eine Sache war, in der Picco, sosehr er Jonas sonst zu offenen Worten ermunterte, keinerlei Einmischung duldete. Jonas hatte dem, was heute geschah, wenn schon nicht stumm, so doch widerspruchslos beizuwohnen. Dies war eine Demonstration.

Er wischte sich die schweißnassen Hände an der Hose ab. Wenn er wenigstens Werner dabeigehabt hätte, aber vermutlich war auch das Teil der Demonstration.

Hinaus ging es aus der Ortschaft, den Berg hinauf. Auf einer Anhöhe wartete Zachs Wagen. Picco und der unbekannte Fahrer gaben einander ein Zeichen. Beide fuhren wieder los.

Sie hielten auf einer Hochebene, von der aus man tief nach Deutschland sehen konnte. Jonas war einmal mit Picco hiergewesen, der ihn dabei auf den Berghof hingewiesen hatte, Hitlers ehemaligen Landsitz, nur ein paar Kilometer entfernt.

Zach zog den Zahnarzt aus dem Auto. Picco umfasste mit beiden Händen das Lenkrad. Er schmunzelte und sah Jonas prüfend an.

»Okay«, sagte Jonas und stieg aus.

Nun erst bemerkte er, dass Sokras Hände gefesselt waren. Der Zahnarzt wurde von Zach gegen einen Felsen gelehnt, wo dieser seinem Gefangenen einige Schläge in den Leib versetzte, sodass Sokra schreiend niedersank. Währenddessen begrüßte der zweite Mann Picco. Sie schüttelten sich die Hand.

»Das ist mein Enkel«, sagte Picco.

Der zweite Mann stellte sich in aller Form bei Jonas vor. Er hieß Björn und hatte einen sanften Händedruck. Ein Blick in seine schmalen Hundeaugen genügte Jonas, um zu wissen, dass dieser Mann gewalttätiger war als jeder, dem er bisher begegnet war, doch im Augenblick kümmerte ihn das nicht.

Wie nebenbei nahm Jonas wahr, wie Zach und Björn auf den schreienden Sokra einprügelten. Picco hatte ihn seinen Enkel genannt. Seinen Enkel! Gewiss, Jonas lebte mit ihnen, als sei er nie woanders gewesen, aber dass der Boss ihn als seinen Enkel bezeichnete, war noch nie vorgekommen. Für eine Minute vergaß er völlig, wo er war und was hier passierte, er stand da und war glücklich. Dann kehrten die Schreie des Zahnarztes in sein Bewusstsein zurück, und er wünschte sich weit fort.

Picco führte ihn ein paar Schritte beiseite.

»Das wird später, als ich gerechnet hatte. Ich muss eine Verabredung verschieben, und weit und breit kein Telefon. Zu dumm.«

»Es sollte tragbare Telefone geben«, sagte Jonas. »Jeder sollte eines haben.«

»Grauenhafte Vorstellung. Da lasse ich lieber dann und wann eine Verabredung sausen.«

Er ließ sich auf einem Stein nieder und deutete neben sich. In diesem Moment ertönte ein Schrei, wie ihn Jonas noch nie gehört hatte. Den Blick zu Boden gerichtet, fragte er:

»Was tun sie mit ihm?«

»Sie ziehen ihm seine Milchzähne.«

»Sie ziehen ihm die Zähne?«

»Alle«, nickte Picco.

Das Geschrei nahm nicht nur kein Ende, sondern wurde immer lauter. Am liebsten hätte sich Jonas die Ohren zugehalten. Sokra brüllte, schluchzte, schrie von neuem auf, flehte. Jonas wurde schlecht.

»Ignorier das Gejammer. Merk dir lieber, was du hier siehst. So habe ich es stets gehalten. Wer einen der Meinen verletzt, verletzt mich. Wer mich verletzt, wird zehnfach bestraft. Wer mir eine Ohrfeige gibt, dem schlage ich die Nase ein. Wer mir die Nase bricht, dem spalte ich den Kopf. Wer einem der Meinen noch Schlimmeres antut, auf dem zünde ich eine Atombombe. Was bedeutet Auge um Auge, Zahn um Zahn?«

»Nicht das, was die meisten glauben. Es bedeutet nicht, dass man Gleiches mit Gleichem vergelten, sondern dass man es nicht übertreiben soll. Wenn ich durch einen anderen ein Auge verliere, darf ich von ihm nur eines und nicht beide oder gar sein Leben fordern.«

»Genau das heißt es. Furchtbar, nicht? Ein Beispiel dafür,

was für ein Unsinn in der Bibel steht. Man schlägt doppelt, dreifach, hundertfach zurück! Ein Auge gegen beide, ein Zahn gegen alle. So kommt der Nächste nicht mehr so leicht auf die Idee, sich an meinen Augen oder Zähnen zu vergreifen.«

»Das ist grausam«, sagte Jonas.

»Ist es vermutlich. Und dient zur Abschreckung. Und zur Befriedigung sogenannter niedriger Gefühle, die so niedrig gar nicht sind, wie etwa dem Wunsch nach Sühne. Die Leute tun heutzutage so, als hätte ein Opfer kein Recht darauf, den Täter angemessen bestraft zu sehen. Eine Frau wird vergewaltigt, und der Mann bekommt sechs Monate auf Bewährung. Ein betrunkener Bauernbursche mäht mit dem BMW seines Vaters frühmorgens nach der Diskothek eine halbe Familie nieder, und die Hinterbliebenen müssen sich neben lächerlichen Schadenersatzprozessen und Rollstuhlelend damit herumschlagen, dass der Amokfahrer das Gefängnis keinen Tag von innen sieht. Irgendein Tier vergreift sich an einem Kind, und seine Eltern wälzen sich jahrelang jede Nacht im Bett herum bei dem Gedanken daran, dass dieser Abschaum ein paar Monate oder Jahre lang auf Staatskosten verpflegt worden ist und danach durch die Welt marschiert, als sei nichts gewesen, ihr Nachwuchs jedoch mit vierzig noch ins Bett pinkelt, kistenweise Tabletten aus der Apotheke trägt und sich die Nägel bis an die Wurzel abkaut.«

Jonas band sich seine Schuhbänder neu. Aus Sokras Kehle ertönte nunmehr ein einziges, gleichförmiges Gebrüll. Ungefähr so hatte sich Jonas bei der Lektüre von Indianergeschichten die Qualen eines Mannes vorgestellt, der am Marterpfahl hing.

»Du schweigst. Du denkst anders?«

»Ich bin nicht sicher«, sagte Jonas.

»Was ist denn deiner Ansicht nach eine angemessene Bestrafung für einen wie den da?«

»Das ist ja die Frage. Für mich persönlich? Oder was ich allgemein für richtig halte?«

»Was meinst du damit?«

»Entweder du ziehst ihm zwei Zähne, so wie er mir. Oder ...«

»Ja?«

»Oder du bringst ihn gleich um.«

»Ihn umbringen? Das findest du angemessen?«

»Ich schon«, sagte Jonas. »Deswegen ist es gut, dass diese Entscheidungen nicht von Opfern gefällt werden, sondern von unparteiischen Gerichten. Und daher kann ich dir in dem, was du zuvor gesagt hast, nicht ganz zustimmen. Obwohl ich auch keine bessere Lösung weiß. Opfer werden immer Opfer bleiben. Egal, womit man sie entschädigt.«

»Du bist ja ein vorbildlicher Bürger«, sagte Picco. »Das muss sich ändern. Und jetzt komm mit.«

Er steuerte auf die Stelle zu, wo der Zahnarzt geschunden wurde. Jonas folgte ihm. Sein Herz klopfte heftig, und er fühlte bei jedem Schritt wachsenden Widerwillen gegen die Brutalität, deren Zeuge er wurde.

»Stell dich vor ihn«, sagte Picco. »Schau ihn an. Er soll wissen, wodurch er sich das verdient hat. Und du da, du Lump, schau den Jungen an, los!«

Später erinnerte sich Jonas nur an das grotesk angeschwollene Gesicht und die Verzweiflung in den Augen des plötzlich so kleinen Mannes, der in kurioser Verrenkung vor ihm lag und dessen Arme und Beine offenbar schon mehrfach gebrochen waren. Jonas hätte ihm gern zu verstehen gegeben, dass dies hier nicht in seinem Namen geschah, dass sie hier beide Zuschauer waren, jeder auf seine Weise, doch er schwieg, natürlich schwieg er, er sah Sokra in die Augen und schwieg, er folgte Picco zum Wagen und schwieg. In seiner Erinnerung blieben die Schreie, der blutüberströmte Arztkittel, Sokras hilfloser Blick. Und ein Gefühl von Leere, entstanden aus der Erkenntnis, wie sehr Gut und Böse von subjektiven Faktoren abhängig waren, und davon, auf welcher Seite eines Konflikts man sich befand.

»Glaubst du, sie haben ihn umgebracht?« fragte Werner.

»Antworten werden überschätzt, habe ich gehört«, sagte Jonas. »Außerdem ist die Sache schon entsetzlich genug.«

Der ganze Garten dampfte, so heftig war der Regen, der draußen niederging. Gruber, der sie zur Burg hochgebracht hatte, weigerte sich dennoch, hereinzukommen, weil er ihren Gestank nicht aushielt, und wartete lieber im Auto. Mike sprang nackt durch das Gras, eine Vogelfeder im Haar, die er mit Klebeband befestigt hatte, und spielte Indianer.

»Na ja, aber so etwas war zu erwarten«, sagte Werner. »Du hättest den Boss in der Zeit sehen sollen, als du krank warst. Ich kenne ihn. Wenn er über einen Menschen auf eine bestimmte Art redet ... Da reichen oft Blicke.«

»Weißt du denn von jemandem konkret, dass ...«

»So konkret, dass ich es gesehen hätte, meinst du? Zum Glück nicht. Aber das kann man sich zusammenreimen. Zum Beispiel der Kerl, der dich ins Krankenhaus gebracht hat ...«

»Schon gut, lass uns von etwas anderem reden.«

Werner stellte den Stürmer seines Tipp-Kicks in Position und drückte den Knopf auf dessen Kopf. Jonas wehrte ab.

»Wir sind umgeben von Mördern«, sagte Werner. »Seltsame Kindheit, die wir da haben.«

»Ich finde das auch seltsam.«

»Aber es hat Vorteile. Vorteile wie Nachteile.«

»Ich weiß ja nicht, wie sich das auf unsere Entwicklung

auswirkt«, sagte Jonas. »Wir sind jetzt in der Pubertät, das ist eine prägende Zeit. Wenn man da mit solchen Blutrünstigkeiten konfrontiert wird, ist das sicher nicht gut. Ich will keiner von denen werden, die jede Woche auf einer Couch liegen und ihrem Psychiater Horrorgeschichten aus ihrer Kindheit erzählen.«

»Du hast recht. Aber wir haben ja unseren Verstand. Wir wissen das alles und können daher besser mit diesen Prägungen umgehen.«

»Wenn wir nicht gerade davorstehen«, sagte Jonas.

»Apropos, wie steht es überhaupt?«

»Keine Ahnung. 5:2 für mich, glaube ich.«

»Und zweitens haben wir einander«, sagte Werner. »Wir können miteinander reden. Über etwas reden hilft, es zu verarbeiten.«

»Ich bin nicht so der Redner.«

»Ich ja auch nicht. Aber es wäre vielleicht wichtig.«

»Kann sein. Ich melde mich, wenn es was zu reden gibt. Einstweilen denke ich einfach nicht mehr daran.«

Jonas baute seinen Stürmer knapp außerhalb von Werners Strafraum auf. Die Kugel landete genau in der Kreuzecke.

Werner setzte die Kugel auf die Mittelauflage, doch anstatt weiterzuspielen, stellte er sich ans Fenster. Jonas folgte ihm. Durch den Regen sahen sie Gruber, der hinter dem Steuer umständlich eine großformatige Zeitung umblätterte.

»Ich glaube, sie sind allesamt Mörder«, sagte Werner. »Ohne Ausnahme. Hohenwarter. Zach. Der Boss. Gruber. Vielleicht sogar Regina.«

»Ich glaube auch.«

9

Jonas hatte eine Unzahl Fotografien von Séracs gesehen, den gigantischen Eistürmen, die dem Khumbu-Eisbruch den Charakter einer bedrohlichen Phantasielandschaft verliehen, in der Menschen zu Ameisen wurden, doch während der Stunden, die er hier inzwischen verbracht hatte, erst in frühmorgendlicher Kälte und Dunkelheit, dann bei klarem Sonnenschein und erstaunlicher Hitze, auf schmalen Leitern über sagenhaft tiefe Gletscherspalten balancierend, umgeben von Stille, die nur von Zeit zu Zeit unterbrochen wurde vom Knacken des sich ständig bewegenden Gletschers oder gar dem Lärm eines irgendwo in der Nähe einstürzenden Eisturms, in all diesen Stunden kam Jonas nur selten zu Bewusstsein, dass er sich gerade in dem legendären Gletscherbruch bewegte, der ihn schon als Kind so fasziniert hatte, in diesem Labyrinth aus gähnenden Abgründen und zusammenkrachenden Séracs, mit den von einem Tag auf den anderen verbogenen Leitern, den Temperaturschwankungen und der allgegenwärtigen Todesgefahr. Jonas hatte das Gefühl, etwas Normales und Folgerichtiges zu tun. Hier gehörte er hin, seit langer Zeit, nun war er da, und was geschehen würde, unterlag nur bedingt seiner Kontrolle.

Einige Zeit ging er neben Hank Williams. Sie redeten über die anderen Teammitglieder und darüber, wer wohl die größten Chancen hatte, es auf den Gipfel zu schaffen.

»Wieso hast du eigentlich bei Hadan unterschrieben?« fragte Hank.

»Ich glaube, seine Vergangenheit gab den Ausschlag.«

»Über die weiß ich nichts. Du meinst, die Berge, die er bestiegen hat?«

»Über die weiß wiederum ich nichts. Ich finde seinen Lebensweg interessant. Er war Universitätsdozent in den USA und in Japan, und er hatte einen ziemlich guten Job in der Forschung in Aussicht, aber er verliebte sich in eine Bergführerin und entschied, das alles von einem Tag auf den anderen hinter sich zu lassen und dieses Unternehmen zu gründen, mit dem er Leute wie uns auf die Gipfel hoher Berge führt. Außerdem kenne ich Helen ein wenig.«

»Verstehe.«

»Und warum du?«

»Na ja, ich kenne Susan, seine Frau. Und ich habe was für gebrochene Biografien übrig. Und ich habe mal einen Vortrag von ihm gehört, wo er beschrieb, wie er sich auf dem Weg zum Gipfel des K2 mit einem Gefährten unterhielt, der ihn bis ganz nach oben begleitete, obwohl er allein unterwegs war. Die Halluzinationen da oben, unter denen manche Leute wegen des Sauerstoffmangels leiden, sind wirklich spektakulär. Der Vortrag war jedenfalls brillant, und ich wusste, mit dem Mann will ich Berge besteigen.«

Am frühen Vormittag gelangte Jonas zu der Stelle, wo am Tag seiner Ankunft im Basislager die Sherpas verunglückt waren. Wind blies in bunte Gebetsfahnen, auch Blumen waren abgelegt worden. Während sich Jonas fragte, wie um alles in der Welt jemand Blumen hierher gebracht haben mochte, hörte er, wie eine bekannte Stimme hinter ihm seinen Namen rief.

»Gut machst du das«, sagte Bruce, einer ihrer Bergführer, während er Jonas überholte. »Hab dich eine Weile beobachtet. Du gehst ein gleichmäßiges Tempo, nicht zu langsam, nicht zu schnell. Gefällt mir.«

»Ob es zu schnell ist, werden wir erst sehen.«

»Dir geht die Puste schon nicht aus. Siehst du die da

oben? Denen geht sie bald aus. Typischer Fehler, die wollen allen zeigen, was sie draufhaben. Halbstarke.«

Jonas warf nur einen kurzen Blick auf die Gruppe weiter oben, auf die der Bergführer wies, nickte und blickte wieder zum Ort des Unglücks, den der Bergführer nicht erwähnt, vielleicht gar nicht beachtet hatte. Als Bruce außer Sicht war, setzte er seine Kopfhörer auf und schaltete den iPod an.

10

Diese Zeit roch nach Bäumen. Nach Wald und nach dem Kaugummi, den ihm Regina heimlich kaufte. Wald und Kaugummi, diesen Duft hatte er noch Jahre später in der Nase, wenn er an diese Wochen und Monate dachte, in denen er das Gefühl hatte, dass sich die Dinge kaum merklich zu verändern begannen.

Vor dem Sommer hatte sich Zach überreden lassen, den Jungen zu zeigen, wie man einen primitiven Sprengsatz herstellte. Daran erinnerte sich Jonas, als ihm einige Wochen nach dem Vorfall mit dem Zahnarzt zu Ohren kam, ein benachbarter Bauer halte seine Schweine unter untragbaren Umständen. Die armen Tiere litten auf engstem Raum, verletzten sich gegenseitig und wurden auf grausame Weise geschlachtet, erzählte ihm Harry, selbst Bauer, Schweinezüchter und Mitglied des Tierschutzvereins.

Jonas' Plan sah nun vor, die Tür des Schweinestalls zu sprengen und einigen, wenn nicht den meisten Tieren die Freiheit zu schenken. Beim Bau der Bombe musste sich jedoch irgendwo ein Rechenfehler eingeschlichen haben, denn statt der Tür flog der halbe Schweinestall mitsamt dem am Fenster befestigten Bekennermanifest in die Luft, für das die Jungen mehr Zeit verwendet hatten als für das Basteln der Bombe, und die Überreste der Tiere hingen ringsum in den Bäumen.

»Ich will verdammt sein«, sagte Werner mit weit aufgerissenen Augen.

Fassungslos starrte Jonas auf die Ruine, über der dichter Rauch hing.

»Was habe ich angerichtet?« stammelte Werner.

»Das haben wir beide angerichtet.«

»Aber die Mengen habe ich berechnet! Das ist meine Schuld!«

»Wir sollten schnell von hier verschwinden«, sagte Jonas.

»Die armen Tiere! Ich habe sie alle umgebracht!«

»Komm schon!« Jonas zog Werner am Arm. »Wir müssen hier weg!«

Aus dem Hauptgebäude des Hofs nebenan ertönten zornige Rufe. Irgendwo ging eine Tür auf und krachte gegen eine Mauer. Jonas zerrte den widerstrebenden Werner in den Wald, wo sie in Richtung ihrer Räder losstürmten, die sie auf einer nahen Lichtung abgestellt hatten.

»Was machen wir jetzt?« jammerte Werner. »Was mache ich jetzt? Was soll jetzt werden?«

»Na nichts«, sagte Jonas. »Es ist geschehen und nicht zu ändern. Komm ja nicht auf den Gedanken, es jemandem zu erzählen! Wir wissen von nichts, wir haben keine Ahnung, wir sind dumm und stumm. Los, schneller, wir müssen uns von irgendjemandem sehen lassen, als Alibi!«

Minuten danach gelangten sie zur Piste. Erst fuhren sie nebeneinander, bis Jonas an der Stelle beschleunigte, an der er normalerweise bremste.

Er hörte noch den entsetzten Ruf Werners, dann hörte er nichts mehr außer dem Fahrtwind. Das Blut rauschte ihm in den Ohren, und er vergaß fast zu atmen. Der neue Tachometer, den ihm Zach geschenkt hatte, stand binnen Sekunden auf 80 Stundenkilometern, auf 90, 100, das war die Maximalanzeige, und doch fühlte Jonas, dass er immer noch schneller und schneller wurde.

Gleich bist du tot, dachte er.

Es war ein Moment, über den er später oft nachdachte. Was er dabei gefühlt hatte, als er merkte, wie dünn die Wand zwischen Leben und Tod war, als er in diesen Sekunden, die ihm vorkamen wie Minuten, mit erschütternder Klarheit erkannte, dass alle Sicherheit Illusion war. Eine Bewegung nach rechts, eine nach links, alles wäre vorbei. Und ihm drängte sich der Gedanke auf, dass es in Wahrheit immer so war, in jedem Augenblick, dass sie alle an einem unsichtbaren Abgrund standen, in den Menschen stürzten und von einem Moment auf den anderen verschwanden, bloß waren es stets die anderen, es betraf niemals einen selbst. Bis man stürzte. Bis man fiel und staunte, dass es doch passierte, sogar mir, sogar mir kann alles zustoßen, ich bin nicht unverwundbar, ich bin nicht unsterblich, auch ich werde eingehen in die große Wolke, aus der ich gekommen bin.

Ich lebe. Das bedeutet auch: Ich sterbe. Der intime Moment wird kommen, in dem ich weiß: Jetzt ist es soweit. So ist das also.

»Hast du den Verstand verloren?« schrie Werner Jonas an, der am Ende der Piste auf ihn gewartet hatte. »Bist du lebensmüde?«

»Nein«, sagte Jonas, »nur neugierig.«

Ein paar Wochen danach rief Picco die Jungen zu sich in sein Arbeitszimmer.

Jonas mochte es nicht besonders, es war dunkel, in den großen Ledersesseln versank man, die Bücher in den riesigen Regalen rochen muffig, und das Gemälde, das hinter dem Schreibtisch an der Wand hing, machte ihm Angst. Es zeigte einen Mann auf einem Pferd, von dem nicht klar war, ob er aus einer finsteren Hecke kam oder in sie hineinritt. Weder Ross noch Reiter hatte klare Konturen, die Gestalten waren verwischt, halb Pferd und Mensch, halb Hecke, umflossen von ungreifbarer Dunkelheit. Es herrschte eine gespenstische Stimmung auf diesem Bild, denn es gehörte nicht zur Wirklichkeit, es gab nur vor, einen Teil der Wirklichkeit abzubilden. Und dennoch oder vielleicht genau deshalb hatte Jonas das Gefühl, dieses Bild sei wahrhaftiger als jedes andere, das er kannte. Es enthüllte ein großes Geheimnis, das Bedrohliches verhieß.

Das Gespräch, das sie unter dem Reiterbild an jenem Oktobertag führten, blieb Jonas für alle Zeit im Gedächtnis, verschwommen, konfus, verwirrend. Picco musterte die Jungen eine Weile, dann verdrehte er die Augen und öffnete ein Fenster.

Ihr sollt es wissen, ihr seid alt genug, ich habe Krebs, wisst ihr, was das bedeutet. Ist das dein Ernst, ja, das ist mein Ernst, sehe ich wie ein Witzbold aus. Ja, wir wissen, was es bedeutet, aber was bedeutet es in deinem Fall. Es bedeutet Operationen, Chemotherapie, unwägbare Zukunft. Was können wir tun, ihr könnt euch endlich waschen, ihr Idioten. Schaut nicht so, ich bin ein Kämpfer. Jonas, wenn du einverstanden bist, werde ich dich adoptieren. Mich adoptieren? Deine Mutter ist einverstanden. Meine Mutter ist einverstanden? Jawohl. Es gibt ein paar juristische Vorteile für dich, wenn du mein Adoptivsohn bist.

Sie ist einverstanden?

An diesem Tag wurde Jonas vor dem rätselhaften Reiterbild bewusst, dass er das Leben bei Picco immer als vorübergehend betrachtet hatte, als eine Art Internatsaufenthalt, der zu Ende gehen würde, sobald die Dinge zu Hause besser standen. Nun erfuhr er, dieses Zuhause gab es nicht. Dort wartete niemand auf ihn. Nirgendwo auf der Welt wartete jemand auf ihn.

II

Jonas saß vor seinem Zelt in der Sonne und wollte gerade mit seinem Brief an Marie weitermachen, als zwei Reporter auf ihn zukamen und ihn nach einem Interview für eine Dokumentation fragten. Er machte ihnen klar, dass sie nie wieder ihre Kamera auf ihn richten sollten, und jagte sie fort.

Kurz darauf tauchte Sam mit zwei Bechern Tee auf und der Nachricht, die Franzosen seien allesamt in Sicherheit und würden wahrscheinlich in weniger als einer Stunde im Basislager eintreffen. Es war allerdings von schweren Erfrierungen bei mindestens zwei von ihnen die Rede, und einer würde wohl beide Hände verlieren.

»Dass die das überstanden haben, verdanken sie garantiert Marc Boyron«, krächzte Sam. »Ich schätze, weltweit gibt es keine fünf Bergsteiger, die das können, was er in dieser Höhe schafft. Meine Fresse, ich halte diese Halsschmerzen nicht mehr aus.«

»Der war bei ihnen?«

»Warum erschreckt dich das so? Kennst du ihn?«

»Ich habe ihn mal getroffen.«

»Dann kennst du auch die Geschichte von seinem Biwak auf 8200 Metern? Nicht? Das war vor drei Jahren. Er wollte den Gipfel überschreiten, also an der Südseite auf- und im Norden absteigen. Das hätte auch geklappt, hätte sich sein Partner nicht beim Aufstieg den Knöchel verstaucht. Sie drehen um, aber nun geht alles sehr langsam, und sie geraten in einen fürchterlichen Sturm. Als der sich endlich ein wenig legt, ist es tiefe Nacht, und Boyrons Kumpel hat rasselnden Husten und kann sich nicht mehr bewegen. Völlig unansprechbar. Boyron kapiert sofort, der Kerl hat ein Lungenödem und ist geliefert, wenn sie nicht Dampf machen und absteigen. Aber wie gehst du mit einem Bewusstlosen einen Berg runter, noch dazu nachts? Na, der Sturm wird wieder stärker, also braucht er sich darüber vorerst keine Gedanken zu machen.

Und der Teufel kriegt natürlich Junge. Der Sturm hört nicht auf, die ganze Nacht nicht, den ganzen nächsten Tag nicht. Es wird wieder dunkel. Boyrons Kumpel ist irgendwann tot, und Boyron muss zum zweiten Mal in der Todeszone übernachten, ohne Zelt, ohne Schutz vor Wind und Kälte, auf acht-zwei, dehydriert und immer wieder von Halluzinationen heimgesucht.

Am Nachmittag darauf lässt der Sturm ein wenig nach, und in diesem Zeitfenster schafft er es runter zu Lager 4. Hat ihn nicht mal eine Fingerspitze gekostet. Es gibt Menschen, die dort oben einfach stärker sind als andere.«

»Und was war mit seinem Partner?«

»Der sitzt immer noch da oben.«

»Wie, den hat keiner runtergeholt?«

»Sagt dir der Begriff Leichengasse etwas? Nicht? Nun, da oben gibt es einen Bereich, da glaubst du, du bist in einem verdammten Wachsfigurenkabinett. Überall Tote. Sitzen, liegen, lehnen an Felsen, der eine hier, der andere dort, wo sie eben gestorben sind. Ein fürchterlicher Anblick.«

»Das klingt allerdings fürchterlich.«

Sam lachte. »Einige haben mittlerweile sogar Namen. Es gibt den Winkenden Mann, weil sein erfrorener Arm so vom Körper absteht, als würde er dir winken. Eine alte Oma sitzt oben wie zu Hause vor dem Fernseher, es fehlen nur Strickzeug und Schoßkatze, der Wind fegt durch ihr graues Haar, das ist Großmutter. Einer liegt auf der Seite und zeigt dir den Mittelfinger, das ist der Rüpel. Wie in einem Scheiß-Horrorfilm.«

»Bekommt man die nicht von dort runter?« fragte Jonas.

»Keine Chance. Aus dieser Höhe eine Leiche abzutransportieren bringt bloß die Träger in Gefahr. Oma und ihre Leute sitzen da oben bis in alle Ewigkeit. Wahrscheinlich trinken sie Kaffee und schließen untereinander Wetten ab, wer von den Idioten, die an ihnen vorbeiziehen, es wieder runter schafft.«

Sam trank seinen Tee aus, klopfte Jonas auf die Schulter und erhob sich.

»Wir beide setzen uns jedenfalls nicht zu denen, nicht wahr?«

»Ich bin nicht so der gesellige Typ«, sagte Jonas.

»Ganz meine Ansicht. Wir winken zurück, gehen weiter und beten für ihre Seelen.«

Jonas drehte den Kugelschreiber in den Händen, knipste ihn aus und ein, aus und ein. Er schüttelte den Kopf.

»Was ist?« fragte Sam. »Was denkst du?«

»Die sitzen da wirklich so rum?«

»Dutzende. Habe es vor zwei Jahren selbst gesehen. Ausgerechnet bis zur Leichengasse hatte ich es geschafft, dann schmeißt es mich so bescheuert auf das Hinterteil, dass mein Steißbein bricht. Blöder Ort für so was. Und du kannst dir nicht vorstellen, was für Witze ich mir anhören musste.«

Sam ging Richtung Essenszelt. Jonas versuchte, in den Brief an Marie zurückzufinden, doch seine Gedanken glitten immer wieder ab, vor allem zu Marc Boyron und den Franzosen. Schließlich legte er die Ledermappe ins Zelt und machte sich auf zu einem Streifzug.

Nach wie vor schien das Lager über Nacht zu wachsen. Gebetsfahnen flatterten um die Plattformen, die sich neu angekommene Teams auf dem von Felsbrocken und Geröll bedeckten Untergrund geschaffen hatten, um ihre Zelte zu errichten.

Es gab allerhand Kuriositäten zu sehen. Ein paar Kindsköpfe trugen eine aufblasbare Puppe Richtung Khumbu, in einem Zelt konnte man sich schminken lassen, in einem anderen informierte eine Fotoausstellung über die kulturelle Identität des Sherpavolks, in einem dritten wurde man gebeten, an einem psychologischen Test teilzunehmen, der unter anderem die Libido über 5000 Höhenmetern untersuchte, und an verschiedenen Orten wurde mehr schlecht als recht auf einheimischen Instrumenten musiziert. An jeder zweiten Ecke begegnete man Sherpas, die zu keiner bestimmten Expedition gehörten, sondern als Händler zwischen den Zelten umherstreiften. Einer wollte Jonas Gras andrehen, ein anderer eine rostige Machete, ein dritter eine zerlesene Bibel.

Einer alten Sherpafrau mit tiefen dunklen Falten, die selbst hergestellte Schalen und Teller, Ketten und Amulette, aber auch Coca-Cola-Flaschen in einem riesigen Korb anbot, den sie auf dem Rücken trug, kaufte Jonas einen groben Holzbecher ab. Als er sich zum Gehen wandte, zupfte sie ihn am Ärmel.

»Du musst weg von hier!« sagte sie. »Bleib nicht! Lass den Berg und geh nach Hause!«

»Was meinst du?« fragte er, doch sie verstand kein Englisch.

»Wenn du ein Mädchen hast, geh zu ihm und vergiss den Berg! Bleib nicht hier!«

Er nickte ihr freundlich zu und wollte weiter. Doch sie hielt ihn fest, zog ihn mit erstaunlich kräftigem Griff an sich heran.

»Du musst weg! Bald! Die Sonne verschwindet, und das bedeutet Unheil! Du wirst dein Leben verlieren, wenn du hierbleibst! Geh nach Hause, geh zu deinem Mädchen, geh!«

Aha, dachte er, sie weiß, dass ich hier wegmuss, aber dass ich kein Mädchen habe, weiß sie nicht.

Vorsichtig löste er seinen Arm aus der Umklammerung ihrer schmutzigen braunen Hand, blieb jedoch stehen.

»Das habe ich schon oft gehört, Mutter«, sagte er. »Alles wird gut. Es geschieht nichts Böses, wenn die Sonne verschwindet, jedenfalls nicht mehr als sonst. Sie kommt wieder.«

»Was redest du da? Ich verstehe dich nicht! Du hast ein gutes Herz, und du musst deine Freunde warnen. Ich bleibe selbst nur bis morgen, dann gehe ich nach Hause, und sogar da bleibe ich nicht, wir ziehen zu Verwandten ins Helambu-Tal, bis der Friede zur Göttinnenmutter zurückgekehrt ist.«

Jonas schenkte der Alten einen dankbaren Blick und prägte sich ihr Gesicht ein. Er verbeugte sich knapp und sagte:

»Om mani padme hum.«

Er hörte noch den Segensspruch, den sie ihm hinterherschickte. Er schloss die Augen, dachte an die alte Frau und sprach für sie ein kurzes Gebet.

Marie hatte ihn einst gefragt, ob er betete, nach dem Zwischenfall mit dem Flugzeug in Mexiko, an den genauen Ort erinnerte er sich nicht, er erinnerte sich nur noch an das Gespräch.

»Ich weiß nicht, ob ich an Gott glaube«, hatte er geantwortet.

»Danach habe ich nicht gefragt. Ich habe gefragt, ob du betest.«

»Ja«, sagte er nach einigem Zögern. »Man tut so manches, das man nicht versteht.«

»Was verstehst du daran nicht?«

»Alles. Ich weiß nicht, an wen ich meine Gebete richte, ich weiß nicht, ob sie jemand hört, ich weiß nicht, ob mir der, der sie vielleicht hört, überhaupt wohlgesinnt ist, und doch setze ich mich manchmal hin und denke an einen Menschen, der mir teuer war oder ist, und schicke ihm meinen Segen oder gute Energie oder wie immer man das nennt.«

»Ist doch schön, was du machst«, hatte Marie gesagt. »Das mache ich auch. Sollten alle.«

»Ich komme mir aber blöd vor, davon zu sprechen.«

»Ich weiß, mein Herz. Die Menschen kommen sich oft blöd vor, wenn sie sich anständig benehmen.«

Vor dem Internetcafé, wie das Zelt genannt wurde, in dem man an drei Laptops online gehen und dazu heißen Tee oder bitteren Kaffee trinken konnte, traf er Nina, die kecke Sportstudentin aus seinem Team, mit der er im Rum Doodle in Kathmandu eine Nacht lang getanzt und gegen die er am Tag darauf zehn Partien Backgammon in Folge verloren hatte. Auf dem Treck ins Basislager hatten sie einander für eine Weile aus den Augen verloren. Sie stand bei Carla, der Römerin, und teilte sich mit ihr eine Zigarette.

»Hast du das von den Franzosen gehört?« fragte sie.

»Nicht nur das. Ich weiß auch, dass es hier Leute gibt, die ernsthaft Wetten darauf abgeschlossen haben, ob und wie viele von denen überleben.«

»Wem fällt denn so etwas ein?« fragte Carla.

»Ein paar der Serben. Der eine muss dem anderen hundert Euro für jeden Franzosen zahlen, der es zurück ins Basislager schafft. Zwei andere haben eine Wette über Körperteile laufen, die amputiert werden müssen.«

»Was ist denn denen schon alles amputiert worden?«

»Sie machen aber auch vor sich selbst nicht halt. Soweit ich sie verstanden habe, muss jeder von ihnen, der ein Fingerglied oder mehr einbüßt, einen Hunderter in die Kaffeekasse stecken. Eine ganze Hand kostet fünfhundert ...«

»Können wir bitte das Thema wechseln?« fragte Nina. »Lust auf eine Partie Backgammon?«

»Später vielleicht.« Jonas wies auf das Zelt. »Wartet ihr?«

»Ich nicht«, sagte Carla. »Mir schreibt sowieso kein Mensch, und was in der Welt passiert, interessiert mich im Moment überhaupt nicht.«

»Ja und nein«, sagte Nina. »Radek hatte etwas dagegen, dass ich zum Everest gehe. Sind nicht die angenehmsten Mails, die derzeit kommen. Kannst vor mir rein. Lass dir ruhig Zeit. Surf ein bisschen rum, ja?«

Er rief seine Mails zum ersten Mal seit Kathmandu ab. Tic schrieb, sie hätte einige Reparaturen im Baumhaus erledigt, Salvo erkundigte sich, wann sich Jonas wieder in seinem Lokal einsperren lassen wollte, und Shimon fragte, ob Jonas noch am Leben war.

Zwei von Tanaka. Alles sei in bester Ordnung, wo sich Jonas gerade aufhalte? Und ja, die Lieferung für Oslo war eingetroffen.

Einige weitere E-Mails von Freunden. Ein paar wollten wissen, wo er zur Sonnenfinsternis sein würde. Marie erwähnte keiner von ihnen. Sie waren taktvoll. Dass von ihr selbst keine E-Mail dabei war, hatte er auf den ersten Blick gesehen. Diesen Blick beherrschte er, wider Willen hatte er ihn trainiert.

12

»Was hältst du von Telepathie?« fragte Werner.
»Interessant«, sagte Jonas.
»Glaubst du daran?«
»Weiß nicht. Für möglich halte ich fast alles.«
»Mal ausprobiert?«
»Nicht ernsthaft. Du?«
»Nein, aber ich würde gern.«

Jonas schob das Glas bitteren Orangensaft, das ihm Regina aufgedrängt hatte, zur Seite und setzte sich auf dem wackeligen Holzstuhl in der Küche zurecht.

»Geht los«, sagte er. »Denk an eine Zahl zwischen 1 und 10.«
»Hab schon.«

Jonas schloss die Augen und machte seinen Geist leicht und frei, wie er es beim Chi Sao gelernt hatte.

»Sieben«, sagte er.
»Stimmt.«
»Wirklich?«
»Ich schwöre! Jetzt bin ich dran! Geht?«
»Ja, ich hab eine Zahl.«

Werner schloss die Augen. Eine Minute verging.

»Auch sieben.«
»Richtig.«

Ihre Blicke trafen sich.

»Kann Zufall sein«, sagte Werner.
»Ist es vermutlich.«

»Wir machen das jetzt anders«, sagte Werner gedämpft, während er die Tür zum Nebenzimmer, wo Regina beim Aufräumen war, leise schloss. »Wir nehmen einen Zettel. Nur um sicherzugehen, dass keiner bescheißt.«

Auf ein Stück Papier schrieb er eine Zahl, faltete es viermal und legte es zwischen sie auf den Tisch.

Jonas bedeckte das Gesicht mit den Händen. Wartete. Dachte an nichts.

Nach einer Weile wandte er seinen Geist den Zahlen zu. Vor ihm tauchte eine Drei auf.

»Deine Lieblingszahl«, sagte er.

Werner ließ ein nervöses Kichern hören. Jonas entfaltete den Zettel. Es stimmte.

»Wie ist das möglich?« fragte Werner.

»Mich wundert das nicht besonders.«

»Wieso nicht?«

»Kann ich dir auch nicht sagen. Ich weiß nicht, was da passiert, aber überraschen tut's mich nicht.«

»Weiter«, drängte Werner, »das hat noch keine Aussagekraft.«

Jonas erriet von zehn Zahlen sechs, Werner vier. Bei seinem letzten Fehlversuch wurden sie von Mike unterbrochen, der sich, nackt und von Kopf bis Fuß mit Toilettenpapier umwickelt, brüllend auf sie stürzte, weil er Roboter spielen wollte. Nachdem sie ihm rasch eine Rüstung aus leeren, zusammengebundenen Konservendosen umgehängt hatten, kehrten sie zum Tisch zurück, wo Dagobert, der fette Hauskater, zwischen zerknüllten Zetteln und Buntstiften wütete. Werner schubste ihn sachte auf die Bank.

Sie setzten sich. Nebenan hörten sie Regina singen.

»Das hat jetzt aber Aussagekraft.«

Jonas rieb sich die Schläfen. »Davon kriegt man Kopfschmerzen.«

»Mit der Nummer können wir im Zirkus auftreten«, sagte Werner und begann, Zahnstocher in die Papierkügelchen zu stecken.

»Ich hasse Zirkus. Blöde Clowns.«

»Kannst du dir das erklären? Ist dir das nicht unheimlich? Sind wir Hellseher?«

»Ich will mir das gar nicht erklären. Warum soll ich mich verrückt machen? Wir werden sowieso keine Antwort finden, und wenn wir noch so lange rumspekulieren.«

»Was spekulierst du denn rum?« fragte Werner.

»Um uns muss einfach etwas sein«, sagte er. »Oder jemand. Jemand beobachtet uns. Vielleicht auch nicht, vermutlich sind wir ihm egal, zu unwichtig. Aber da ist etwas. Ich kann es spüren. Konnte ich immer schon.«

»Du fängst mir jetzt aber nicht zu spinnen an?«

»Überleg mal. Jeder Mistkäfer hält sich für die Krone der Schöpfung, weil er sich schon so etwas Komplexes wie einen Hasen kaum vorstellen kann. Und ein Hase kapiert seinerseits nach allem, was wir wissen, auch wenig von Sinfonien und Spritzgussverfahren oder Justizirrtümern. Jetzt erklär mir mal, wieso sollten ausgerechnet wir alles verstehen, ja alles sehen, was da ist? Hunde können gewisse Tonfrequenzen wahrnehmen, wir nicht ...«

»Ich verstehe auch nichts von Spritzgussverfahren«, sagte Werner und schnippte ein aufgespießtes Papierkügelchen quer durch die Küche. »Und mir wäre im Nachhinein lieber, dieses Ratespiel hätte nicht ganz so gut geklappt.«

»Typisch, erst bist du neugierig, dann passt dir das Ergebnis nicht. Du solltest eben keine solchen Experimente anstellen, wenn dir das, was rauskommt, unheimlich ist. Man sollte immer nur Fragen stellen, deren Antworten man aushält.«

»Ist schon gut, du Kalenderspruchexperte. Ich frage mich eben, wie das möglich ist. Leben wir in einem Spukhaus?«

»Vielleicht sind wir ja auch tot«, sagte Jonas.

»Jetzt reicht es dann aber.«

»Na vielleicht leben wir gar nicht in der Realität und glauben das nur? Sind mit den Schweinen in die Luft geflogen und haben nur noch nicht kapiert, dass wir tot sind?«

Werner feuerte eine Batterie Papierkugeln auf Jonas ab.

»Ganz ruhig«, rief Jonas, »wir sind nicht tot. Zumindest allem Anschein nach.«

»Du gehst einem manchmal ziemlich auf den Wecker, ist dir das klar? Du weißt genau, dass ich so etwas nicht hören kann.«

»Tut mir leid. Erklär mir lieber, wieso der Boss kein Wort über den explodierten Schweinestall verloren hat. Der kennt uns doch, der zählt zwei und zwei zusammen und weiß sofort, wer dahintersteckt.«

»Habe ich mich auch schon gefragt. Vermutlich ist es ihm egal. Solange wir uns nicht mit in die Luft sprengen.«

»Aber das ist doch verantwortungslos von ihm!« rief Jonas. »Wir sind Kinder, wir müssen erzogen werden! Man kann uns nicht erlauben, Schweineställe zu sprengen!«

»Zumal er den Hintergrund nicht kennt«, nickte Werner. »Er muss ja glauben, wir haben die Schweine aus Jux getötet. Da wären wir wahre Monster! Hält der uns für Monster?«

»Wir sollten wirklich mal mit ihm reden.«

Irgendwo in der Nähe ertönte ein furchtbares Scheppern und Getöse, gefolgt von Kreischen und Geplärre. Sie sprangen auf und hetzten durch das ganze Haus, den Schreien hinterher, die mal aus dieser, mal aus jener Richtung drangen. Endlich fanden sie Mike in seinem Badezimmer. Er war mit dem Dosenanzug in die Duschkabine gestürzt. Verletzt schien er sich nicht zu haben, vielmehr drückte seine Miene Empörung darüber aus, in solch eine unwürdige Situation geraten zu sein.

»Junge, Junge, du kannst einen aber auch erschrecken.«

Jonas zog seinen Bruder aus der Kabine. Mit Werners Hilfe montierte er die Dosen ab. Mike grunzte unwirsch.

»Alles in Ordnung?« tönte Reginas Stimme von unten.

»Ja, alles bestens!« rief Jonas. Und zu Werner: »Ich frage mich bloß, wo sich Sascha und Lisa rumtreiben. Hast du sie gesehen?«

»Lisa hat frei. Sascha sitzt wahrscheinlich irgendwo im Garten und macht Yoga.«

»Der sollte weniger an sein Yoga als an Mike denken.«

Werner wickelte einen Kaugummi aus und steckte ihn Mike in den Mund.

»Ist das nicht sowieso schlecht, dass wir alles tun dürfen? Streiche spielen und so? Ist das nicht schlecht für unsere Entwicklung? Vor allem für die charakterliche?«

»Wären wir dümmer, wäre es schlecht«, sagte Jonas nach einigem Sinnen. »Aber wir wissen ja, dass wir diese Grenzen brauchen würden, auch wenn wir sie nicht gesetzt bekommen. Hm. Ich denke ... ja, wir machen es so: Wir stellen uns einfach vor, wir hätten eine Strafpredigt bekommen, und bestrafen uns selbst.«

»Das klingt völlig idiotisch, aber okay. Und wie bestrafen wir uns?«

»Tja. Lass uns nachdenken.«

»Na gut. Denken wir mal.«

Werner setzte sich auf die Waschmaschine und ließ die Beine baumeln.

»Warum schaust du so traurig, Mike? Weil du kein Roboter mehr bist?«

Jonas hockte sich neben Mike auf den Boden und umarmte ihn, bis dieser jenes Gelächter ausstieß, das an Affengeschrei erinnerte und anzeigte, dass er glücklich war oder wenigstens leidlich zufrieden mit dem Lauf der Dinge.

»Willst du baden, Mike? Wollen wir zusammen zum Fluss?«

Mike nickte, lachte und klatschte in die Hände.

»Okay, dann bleib sitzen, ich bring dir deine Badehose.«

»Strafen nützen nichts«, sagte Werner auf dem Weg in Mikes Zimmer.

»Strafen nützen gar nichts«, bekräftigte Jonas. »Sie verändern den Menschen nicht zum Besseren, das sagt sogar Mrs. Hunt.«

Tags darauf stieß Jonas zufällig auf die Karte, die er sich selbst aus Amerika geschickt hatte. Während seiner Krankheit hatte er den kleinen Poststapel auf seinem Schreibtisch nicht beachtet, bald danach waren Bücher und Hefte darauf gelegen, und erst als sie ihm beim Aufräumen in die Hände fiel, erinnerte er sich an den Tag auf dem Campingplatz, an dem er sie geschrieben hatte.

Eine Flasche Olivenöl trinken, stand da.

»Scheiße«, sagte Jonas.

Hätte es nicht der Hitlerbart sein können? Oder der Friedhof? Lieber hätte er sogar sein Bett angezündet, irgendeine Ausrede wäre ihm schon eingefallen. Ausgerechnet das Olivenöl.

Er drehte die Karte in den Händen. Betrachtete sie.

Die Erinnerung an den Moment, in dem er sie in den Briefkasten geworfen hatte, kehrte zurück.

Erinnere dich, erinnere dich, hatte er sich eingeschärft.

Jonas tauchte ins Damals ein. Fühlte die Karte. Die Hitze. Das Metall des Briefkastens unter seinen Fingern. Hörte das Zuklappen des Deckels und Kinder, die in der Ferne lachten. Sah die Ameisenstraße auf dem Boden, ein verwehtes Taschentuch. Er roch den Duft des Pinienwaldes, in dessen Mitte der Campingplatz lag.

Nur einige Sekunden hielt dieser Zauber an, doch für ihn war diese Zeitspanne reicher als manch ein Tag.

Jonas öffnete die Augen und holte tief Luft. Das war etwas Großes. Er war auf etwas wirklich Bedeutsames gestoßen.

Was genau es war, konnte er sich nicht erklären, doch es hatte eine Tiefe, die es für ihn nie mehr verlieren würde. Ihm war bewusst, dass er ein Kind war und vieles sich verändern, er ein anderer werden würde, wieder und wieder, sein ganzes Leben lang, doch das hier, es würde Bestand haben. Das hier würde immer ihm gehören. Und vielleicht würde er es mit der Zeit besser verstehen lernen.

Wie jemand, der nach einer langen Reise in ungewohnter Umgebung aufgewacht war, streifte er durchs Haus. Alles wirkte fremd. Die Farben hatten einen lebendigeren Glanz, die Konturen der Möbel schienen plötzlich einen neuen Sinn zu bekommen, ja sogar seine Hände waren nicht mehr nur seine Hände.

Diese Hand, die ich betrachte, sie ist meine. Sie war meine, als ich kleiner war, und sie wird meine sein, wenn sie aufgehört hat zu wachsen. Das war ich. Das bin ich. Ich werde sein.

Und irgendwann wirst du nicht mehr sein. Dann wird diese Hand noch sein, ohne dein Ich, diese Hand wird sein und langsam aus dem Sein verschwinden, verwesen wird sie, vergessen wird sie, ichlose Hand.

Alles ist vergänglich. Du bist vergänglich. Alles vergeht und verweht.

Zeit ist neutral. Zeit ist den Dingen gegenüber gleichgültig. Zeit ist unerbittlich. Keine Sekunde, auf die nicht die nächste folgte. Keine Sekunde, die nicht vergangen wäre. Ob schön. Ob schrecklich.

»Alles in Ordnung mit dir?«

Jonas prallte zurück. Zach, gegen dessen breite Brust er beinahe gerannt wäre, musterte ihn misstrauisch.

»Was ist mit dir? Welches Unheil tüftelst du nun schon wieder aus? Was fliegt denn diesmal in die Luft?«

»Ah, du weißt also …«

»Natürlich weiß ich also, ich wusste noch am selben Tag also. So blöd könnt auch nur ihr sein. Was ist da eigentlich schiefgegangen? Ihr wolltet doch nicht den halben Bauernhof in die Luft jagen? Wisst ihr, dass in einer deutschen Zeitung Terroristen ins Spiel gebracht worden sind? ›Explodierte Schweine: War es die RAF?‹ Könnt stolz auf euch sein. Ich habe euch doch eingeschärft, der wichtigste Punkt ist das Mischverhältnis ...«

»Haben wir Olivenöl?« unterbrach ihn Jonas.

»Für eine Bombe brauchst du doch kein Olivenöl! Oder willst du kochen lernen? Du wirst aber nicht schwul?«

Zach sandte ihm noch eine Reihe guter Ratschläge und Mahnungen hinterher, doch Jonas war rasch außer Hörweite. In der Speisekammer, die die Größe einer Garage hatte, fand er eine Halbliterflasche Olivenöl. Er suchte noch eine Weile, doch eine kleinere gab es nicht.

Was hatte Kaltpressung zu bedeuten? Und was Extra Vergine? Egal, leichter machte es ihm die Sache bestimmt auch nicht.

Mit heftig pochendem Herzen schlich er hinaus in den Garten. Hinter einer Hecke schraubte er die Flasche auf und hielt sie sich an die Nase.

»Mann Gottes!« stöhnte er.

Er setzte die Flasche an und trank einen Schluck. Hoch über ihm zogen Schwalben durch den blauen Himmel, irgendwo in der Nähe dröhnte der Rasenmäher, Jonas nahm beides kaum wahr. Er trank noch einen Schluck und noch einen, unterdrückte den Würgereiz und versuchte an den Campingplatz zu denken.

Nach dem dritten Schluck rebellierte sein Körper und beförderte alles in einem Schwall zurück nach oben.

Jonas wartete, bis das Brennen in seiner Speiseröhre ein wenig abgenommen hatte. Als er den nächsten Schluck nahm, sah er Zach, der keine fünf Meter von ihm entfernt stand, den Kopf schief gelegt, ein Auge zugekniffen, und ihn mit dem anderen anstarrte. Dabei nickte er leicht, als wollte er sagen, er hätte es ja immer schon gewusst. Jonas winkte entnervt ab und verschwand hinter der nächsten Ecke.

Neben dem Kastanienbaum, in dem sie schon vor der Reise nach Amerika begonnen hatten, ein Baumhaus zu errichten, hielt er Ausschau, ob ihm nicht Zach irgendwo auflauerte. Er atmete tief aus, hielt sich die Nase zu und trank. Irgendwie gelang es ihm, die zähflüssige Konsistenz der Flüssigkeit weitgehend zu ignorieren und einen Rhythmus zu finden, er trank drei Schluck, würgte, trank zwei, würgte, trank wieder drei, würgte wieder.

Nach einer Weile beschlich ihn das Gefühl, nicht allein zu sein. Er schaute sich um, doch da war niemand, und er machte weiter. Das Gefühl, beobachtet zu werden, wich indes nicht, und schließlich richtete er den Blick nach oben, wo er über sich Picco entdeckte, der sich gemütlich aus dem Fenster lehnte und ihn wortlos betrachtete. Seine Miene verriet keine Regung.

»Zum Teufel, hat man hier denn nirgends seine Ruhe?«

Auf schwachen Beinen und mit tobendem Magen wankte er durch den weitläufigen Garten nach hinten zu der Wellblechhütte, in der Geräte und Werkzeuge aufbewahrt wurden und wohin sich so gut wie nie jemand verirrte. Hier hatten Jonas und Werner ihre ersten Zigaretten geraucht, hier hatten sie mit heißen Ohren ein Sexheft durchgeblättert, hier hatten sie vor Jahren eine Schatzkiste vergraben, die bis heute niemand entdeckt hatte und an deren Inhalt sie sich selbst kaum mehr erinnern konnten.

Erst übergab sich Jonas ein weiteres Mal, wobei er erstaunt feststellte, dass er Fieber bekam, dann trank er hastig fünf, sechs Schluck, ohne die Flasche abzusetzen und ungeachtet der zwanghaften Vorstellung, einen flüssigen Fisch zu trinken. Er würgte, trank, würgte, trank. Bald war die Flasche zu zwei Dritteln geleert. Er dachte fest an die Karte, an den Campingplatz, deutlich fühlte er, dass das Elend dieser Minuten und jene Minuten damals zusammengehörten, dass er gerade eine Zeitreise unternahm, mit einem früheren Ich kommunizierte, dass er etwas zu Ende brachte, einen Kreis schloss, und dass er irgendwann einen Nutzen daraus ziehen würde.

Das ist das Jetzt, das andere war das Damals, beide sind eins, durch meinen Willen. Ich wirke. Ich bewege meine Welt.

Nach einiger Zeit glaubte er ein Geräusch zu hören. Er setzte die Flasche ab und wandte sich um. An der Tür zur Hütte stand Gruber. Jonas kotzte ihm direkt vor die Füße, sodass der Gärtner einen Satz rückwärts machte.

»Mike?« Mit ängstlicher Miene ging Gruber noch ein paar Schritte zurück. »Bist du das, Mike?«

Jonas zuckte mit Armen und Oberkörper, rollte die Augen und stieß ein durchdringendes Geheul aus, worauf sich Gruber, dem Mike seit je unheimlich war, eilends verzog.

Er schaffte die ganze Flasche. Nachdem er sich ein letztes Mal übergeben hatte, schleppte er sich zum Haus und holte einen Eimer Wasser, mit dem er daranging, die Spuren seiner Aktion zu beseitigen.

Er putzte sich die Zähne, duschte und legte sich ins Bett. Der rote Wecker, den ihm einst sein Vater geschenkt hatte, weil er als kleiner Junge das Ticken von Uhren so angenehm fand, zeigte sechs Uhr abends an. Trotz der Übelkeit fühlte sich Jonas wie ein neuer Mensch.

»Danke«, flüsterte er in sein Kopfkissen, das nach Frische duftete, nach Frische und nach Klarheit.

13

Eines Morgens stellte Jonas beim Aufwachen in seinem frostigen Zelt fest, dass die Kopfschmerzen gewichen waren. Zwar bekam er gleich mit dem ersten Husten einen Erstickungsanfall und musste sich auf allen vieren aus dem Zelt kämpfen, wo sich seine Atemwege nach einigen Minuten beruhigten, doch insgesamt ging es ihm besser als all die Tage zuvor. Hadan fiel das beim Frühstück sofort auf.

»Ich hab dir ja gesagt, das wird schon. In ein paar Tagen wirst du wie eine Gazelle herumspringen. Wie eine junge Bergziege wirst du vor mir über den Gletscher laufen!«

»Na, ganz toll, wenn es langsam allen im Team bessergeht«, sagte Tiago überlaut. »Denn das heißt ja wohl, wir müssen nicht bis zum Herbst hier herumlungern, oder? Ich habe schon gedacht, wir warten gleich bis zur übernächsten Sonnenfinsternis!«

»Mein Freund, ich habe dir den Akklimatisierungsplan doch erklärt ...«

»Ich bin nicht dein Freund.«

»Schön«, sagte Hadan. »Was genau begreifst du an diesem Plan nicht? Wenn du jetzt da hochgehst, bist du tot. Will das nicht in deinen sturen Kopf rein?«

»Ich finde, er sollte ihm nichts in den Weg legen«, raunte Sam neben Jonas.

»Ja, hast du alles erklärt«, sagte Tiago. »Gestern habe ich mit den Bulgaren geredet. Die gehen schon morgen zum Lager 1 und bleiben gleich da. Wie erklärst du mir das? Die sind doch erst vor drei Tagen angekommen. Müssen die sich nicht akklimatisieren? Ach nein, sag nichts, lass mich raten: Ihr Führer ist ein Idiot. Außer dir hat im ganzen Basislager sowieso niemand Ahnung vom Bergsteigen. Die acht Siebentausender, die ich geschafft habe, gelten ja auch nichts.«

»Ich kenne den Expeditionsleiter der Bulgaren sehr gut«, sagte Hadan ruhig. »Glaub mir, mit Hristo willst nicht mal du in einem Team sein. Es steht dir natürlich frei, dich ihnen anzuschließen, wenn sie dich wollen, oder dich auf eigene Faust aufzumachen, aber vorher unterschreibst du mir, dass du mich als Expeditionsleiter aus jeder juristischen und moralischen Verantwortung entlässt.«

Tiagos Augen waren geschlossen, seine Unterlippe war weiß und zitterte. Jonas erwartete jede Sekunde einen gewaltigen Ausbruch, doch plötzlich öffnete Tiago die Augen, lächelte entrückt, stellte wortlos seine blecherne Kaffeetasse auf den Tisch und verließ das Zelt. Anne folgte ihm ebenso schweigend. Die Sherpas, die in der Nähe gesessen waren, schauten zu Boden oder in die Luft.

»Spitzenmäßig«, sagte Sven. »Da sind mir ja fünf besoffene Hristos lieber als diese Vögel.«

»Was ist mit den Bulgaren?« fragte Sam über den Tisch. »Wer ist dieser Hristo?«

»Ein Drecksack«, lachte Sven. »Bin ihm vor zwei Jahren am Manaslu begegnet, da hat er einer Frau aus seinem Team in den Bauch getreten und ihr ins Gesicht gespuckt, weil sie aufgeben wollte. Ging um irgendeinen Rekord, und er sah seine Felle davonschwimmen, es hätte wohl eine Prämie des Sponsors gegeben, keine Ahnung, irgendeine Russenscheiße eben. Wir wollten ihm den Arsch verprügeln, aber dann wäre sein Team ohne Anführer dagestanden. Außerdem ist eine Schlägerei über 7000 Metern so eine Sache. Du kannst ihn dann ja nicht dort liegen lassen. Wollten uns das für später aufsparen, doch der Knilch ist uns nicht mehr unter die Augen gekommen.«

»Ich kenne ihn auch«, sagte Ang Babu. »Er hat einen sehr

schlechten Ruf. Niemand will mit ihm klettern. Nur die, die das Geld am dringendsten brauchen, lassen sich von ihm engagieren.«

»Und riskieren, überhaupt nichts bezahlt zu bekommen«, sagte Bruce. »Ich kenne ihn auch und weiß von mindestens zwei Fällen, wo seine Leute am Ende leer ausgegangen sind.«

»Solchen Menschen gehört natürlich das Handwerk gelegt«, sagte Alex, der dritte Bergführer, »aber ich vertraue da auf die Selbstreinigungskräfte der Szene. Früher oder später ist so jemand raus. Entweder weil ihn niemand mehr will, oder weil ihn irgendein Berg nicht mehr will und ihm mit einer Lawine aufs Dach steigt.«

»Die Truppe müssen wir im Auge behalten«, sagte Hadan. »Wo die auftauchen, bricht irgendwann immer Chaos aus. Ein paar von denen sind Spitzenbergsteiger, und ein paar können sich ohne fremde Hilfe nicht mal die Steigeisen anschnallen. Hoch oben am Berg kann es mit denen kritisch werden. Ich wette, die zahlen den Eis-Ärzten keinen Cent. Würde mich sehr wundern, wenn Hristo da die Brieftasche auspackt.«

»Bitte wem?« fragte Nina, während Manuel, der Lichttechniker, mit dem sie zusammen reiste, resigniert die Dominosteine auf dem Brett zwischen ihnen zusammenschob. »Den Eis-Ärzten? Ist das Eis krank?«

Hadan lachte. »Zu Beginn jeder Saison organisiert ein Team von Sherpas die Leitern, mit denen es den Eisbruch absichert, und kassiert dafür von jedem Team, das durch den Khumbu will, ein Wegegeld. Klappt seit Jahren sehr gut, alle halten sich dran. Nur manchmal gibt es Reibereien ... aber hallo! Wer kommt denn da?«

Am Zelteingang stand ein Mann, dessen Gesicht hinter einer riesigen Sonnenbrille kaum zu erkennen war. Hadan sprang auf und umarmte ihn.

»Leute, das ist der König des Himalaya«, rief er. »Marc Boyron, falls ihr ihn mit der verbrannten Visage und der Angeberbrille nicht erkennt!«

Marc Boyron schob sich die Brille in die verfilzten Haare, grüßte und machte eine Geste, als wollte er Hadans Worte beiseiteschieben. Nachdem er einigen Sherpas, die in ehrerbietiger Haltung an ihn herangetreten waren, die Hände geschüttelt hatte, fiel sein Blick auf Jonas, und er drängte sich durch die Umstehenden zu ihm.

»Halluziniere ich? Was machst du denn hier?«

»Das frage ich mich auch irgendwie«, sagte Jonas.

»Ich glaube, ich falle in Ohnmacht! Wieso weiß ich nicht, dass du hier bist?«

»Du hattest da oben kein Telefon.«

»Unglaublich! Unfassbar! Wie lange ist das her, zwei Jahre? Drei?«

»Wohl eher vier.«

Marc warf den Kopf zurück, imitierte einen Hund, der den Mond anheult, zog Jonas an seine Brust, hob ihn hoch und machte Anstalten, ihm die Rippen zu zerquetschen.

»Marc! Willst du mich umbringen?«

»Ach was, dich bringt man nicht so leicht um«, sagte er, setzte Jonas aber trotzdem wieder ab.

»Lass uns erst nachher reden«, sagte dieser leise.

»Wisst ihr überhaupt, wen ihr da in eurem Team habt?« fragte Marc in die Runde.

»Was hast du da oben getrieben?« fragte Jonas schnell. »Habe mir Sorgen um dich gemacht in den letzten Tagen.«

»Ach was, für mich finde ich immer noch ein Schlupfloch. Um meine Kunden hat man sich Sorgen machen dürfen. Na ja, stimmt schon, somit auch für mich, denn ich kann die Kerle ja schlecht da oben sitzen lassen.«

»Ihr kennt euch?« fragte Hadan irritiert. »Woher denn?«

»Jonas und ich haben eine gemeinsame Freundin. Und wir waren gemeinsam in der Antarktis.«

»In der Antarktis? Was habt ihr zwei denn da gemacht?«

»Zum Beispiel einen Freund begraben, aber das ist wirklich kein Thema fürs Frühstück.«

»Was? Welchen Freund? Wieso weiß ich das alles nicht?«

»Hadan, du musst nicht alles wissen«, sagte Marc. »Erinnerst du dich an John Toole, den Paläontologen? Der war in der Antarktis in unserem Team ...«

»War das der, dem die Zähne immer nachgewachsen sind wie einem Haifisch? Von dem habe ich allerdings gehört. Nicht viel, nur das mit den Zähnen und dass er irgendwo abgestürzt ist.«

»Sagen wir eher, er ist gestolpert. Jedenfalls hat er sich das Genick gebrochen.«

Marc verzog das Gesicht zu einer Grimasse und schüttelte den Kopf.

»Tut mir leid«, sagte Hadan. »Ich wusste nicht, dass ihr befreundet wart.«

»Doppelt schlimm, seine Frau war dabei. Du kannst dir die Szenen vorstellen. Sie entschied, dass wir ihn dort begraben sollten.«

Hadan musterte Jonas eine Weile.

»Wir beide müssen uns mal unterhalten«, sagte er schließlich. »Man will ja wissen, mit wem man klettert.«

»Nur zu«, sagte Marc, »da würdest du staunen. Aber ich kann dir sagen, bei dem beißt du auf Granit. Entweder er erzählt dir etwas von selbst, oder er lässt es. Übrigens kannst du das, was ihr auf diesem Berg veranstaltet habt, wirklich nicht klettern nennen, das ist Höhenwandern. Unsere Gruppe war unterwegs, weil der Berg jetzt noch halbwegs frei von Fixseilen ist, wenigstens weiter oben, aber es liegt viel zu viel Schnee. Was ist eigentlich los, kriege ich mal eine Tasse Tee, oder muss ich drüben bei Todd anklopfen? Was ist das hier für ein Laden?«

»Komm doch heute Abend zur Party«, sagte Nina. »Da gibt es nicht nur Tee.«

»Das klingt sehr verlockend, aber ich kann nicht. Jonas, wann unterhalten wir uns?«

»Das solltet ihr heute erledigen«, sagte Hadan. »Morgen früh geht's nach oben, wir übernachten zum ersten Mal in Lager 1.«

»Hadan, du hast eine Gabe, deine Partys genau zum richtigen Zeitpunkt steigen zu lassen. Heute muss ich nach Pheriche, aber ich komme zurück.«

»Wir werden dasein«, sagte Hadan.

»Gut«, sagte Marc und trank die Tasse mit heißem Tee, die Pemba ihm gereicht hatte, in einem Zug leer. »Wir sehen uns später. Ich muss jetzt ein paar Interviews erledigen und danach mal rüber zum Doc.«

»Geht es um die Erfrierungen da an der Nase?« fragte Hadan. »Du kannst dich auch von Helen ansehen lassen, wenn du willst. Sie ist keine Spezialistin, aber bei deinem Gesicht ist das sowieso egal.«

»Das sagt ausgerechnet einer, der aussieht wie ein Heuhaufen. Übrigens, sind dir schon die Bulgaren über den Weg gelaufen? Dass die sich überhaupt hierher trauen.«

Nachdem Marc gegangen war, bildeten sich im ganzen Zelt kleinere Gruppen, und es wurden Meinungen über den Besuch des berühmten Bergsteigers ausgetauscht. Vor allem die Frauen wollten mehr über ihn wissen.

»Ich finde den Akzent so toll«, sagte Sarah, die deutsche Studentin, die die Expedition von ihrem Freund geschenkt bekommen hatte. »Wie er die Wortenden dehnt, das ist total süß.«

»Er klettert auch total süß«, sagte Hadan.

Weiter bekam Jonas von ihrem Geplänkel nichts mit, weil Sam, dessen Stimme noch rauher geworden war, ihn auf Hörweite an sich heranzog.

»Du warst tatsächlich in der Antarktis?«

»Zweimal«, nickte Jonas. »Großer Gott, bitte schrei nicht so, du hörst dich an wie ein Schlossgespenst, da kriegt man ja Gänsehaut.«

»Und warum?«

»Warum? Was meinst du mit warum?«

»Na, um die Sieben Gipfel geht es dir doch bestimmt nicht, so schätze ich dich nicht ein. Was hat dich in die Antarktis verschlagen?«

»Ihre Klarheit, glaube ich. Es gibt keinen klareren Ort auf der Welt als die Antarktis. Und die Stille, diese totale weite Stille. Und es ist wunderschön da.«

»Besonders im Winter, während der ewigen Finsternis«, spottete Sam.

»Ist in der Tat eher eine Sommerdestination.«

»Ihre Klarheit? Das ist alles? Deswegen fliegt man Tausende Kilometer in eisiges Nichts?«

»Die drei Sonnen nicht zu vergessen.«

»Drei Sonnen? Ist das ein Berg?«

»Ich meine wirklich drei Sonnen. Du kommst eines Morgens aus dem Zelt und siehst am Himmel plötzlich drei Sonnen. Erzeugt wird dieser Effekt durch eine Schicht von Eiskristallen in der Atmosphäre, die Abbilder der Sonne an verschiedenen Stellen am Himmel reflektiert. Ich wollte drei Sonnen sehen.«

»Und du hast drei Sonnen gesehen?«

»Ich habe drei Sonnen gesehen.«

Sam musterte Jonas scharf.

»Ich glaube, du erzählst mir Quatsch.«

»Fahr hin und sieh es dir selbst an. Es ist wirklich beeindruckend.«

Sam schwieg eine Weile.

»Und Marc Boyron? Ihr seid befreundet?«

»Weiß nicht. Kann man so sagen, ja.«

Jonas stand abrupt auf und stellte seine Tasse in die Plastikwanne mit dem schmutzigen Geschirr. Sam krächzte ihm etwas hinterher, doch Jonas schob sich durch das Gedränge nach draußen und ging zu seinem Zelt.

Er setzte sich auf seinen Klappstuhl und versuchte zu lesen. Dabei nahm er nicht einmal wahr, ob er ein Buch oder eine Zeitschrift in der Hand hielt. Die Bilder, die Stimmungen jener Wochen, als er das erste Mal in der Antarktis gewesen war, ließen ihn nicht los.

Zusammen mit Marie, ihren Freunden und einigen anderen Bekannten hatte er im Patriot Hills Base Camp seine zehnte Sonnenfinsternis erlebt. Eigentlich war der Mount Vinson ihr Ziel gewesen, doch das Wetter hatte ihnen einen Strich durch die Rechnung gemacht, was ihn dann, als es soweit war, gar nicht mehr bekümmerte. Neben ihr stand er im Eis, als sich der Himmel verdunkelte, er fühlte sie bei sich und war unendlich dankbar für sein Leben, sein Glück, für das Wunder, der Geliebte dieser Frau zu sein und dieses dramatische Schauspiel der Natur zu erleben. Ein Schauspiel, das es in Tausenden von Jahren nicht mehr geben würde, weil sich der Trabant von der Erde wegbewegte und die Sonnenscheibe eines Tages nicht mehr vollkommen ausfüllen würde.

Daran dachte er nun vor seinem Zelt, mit dem er schon auf der ganzen Welt unterwegs gewesen war, auch mit Marie. Daran dachte er, während sein Blick über die Bergflanken schweifte, gigantische steinerne Wände, von der Sonne in strahlendes Licht getaucht, die sich in einigen Wochen wieder für wenige Minuten verdunkeln würde. Daran dachte er und an Marie und an die Wunder, die er erlebt hatte. Und daran, dass das eine Wunder geendet hatte.

Das größere Wunder. Zu Ende. Und nichts auf der Welt, das es zurückzubringen vermochte.

Doch. Etwas schon. Ein neues Wunder.

14

Während Jonas und Werner mit Mike im seichten Wasser Fangen spielten, kam vom anderen Ufer des Sees ein Mädchen zielstrebig zu ihnen geschwommen. Sie stieg aus dem Wasser, nahm einen Lolly aus dem Mund und sagte:
»Finde ich cool, was ihr da macht.«
»Was machen wir denn?« fragte Werner.
»Ihr kümmert euch toll um ihn.« Sie zeigte mit dem Lolly auf Mike. »Obwohl er definitiv anders ist.«
»Passt dir etwas nicht an ihm?« fragte Jonas.
»So etwas Irres ist mir auch noch nicht untergekommen«, sagte sie. »Der eine sieht aus wie der andere, und sie sind so verschieden, wie sie nur sein können. Unfall? Oder bei der Geburt?«
»Unfall bei der Geburt«, sagte Jonas und fragte sich in der Sekunde, ob ihn dieses schöne Mädchen mit seinem durchdringenden Blick wohl hypnotisieren wollte.
»Tut mir leid«, sagte sie und warf den Kopf zurück, um ihre langen blonden Haare im Nacken zusammenzubinden. Den Lolly im Mund, nuschelte sie:
»Ich bin Vera. Wer seid ihr?«
»Das da ist Jonas«, sagte Werner und zeigte auf Mike. »Das da ist Mike«, er zeigte auf Jonas, »und das da ist Werner.« Er zeigte auf seine Brust, wo die ersten Haare zu sprießen begannen, wie Jonas neidisch bemerkte. »Willst du dich zu uns legen?«
»Das überlege ich mir lieber nochmal. Du da, du bist Mike?«
»Er redet Blödsinn. Ich bin Jonas, und mein Bruder hier heißt Mike.«

»Also wie? Du bist Jonas? Und du Mike? Das bringe ich jetzt garantiert immer durcheinander.«

Sie fasste Mike sanft an der Schulter und lächelte ihn an. Nicht mitleidig, sondern offen und freundlich, als wollte sie abwarten, wie er auf ihre Erscheinung reagierte. Die meisten Menschen wichen Mikes Blick aus, berührten ihn nie und sprachen ihn nicht an, sagten nur »er«.

Mike grunzte und fasste nach ihrem Haar. Sie ließ ihn gewähren. Erst als er versuchte, ihre Brüste zu berühren, wich sie zurück. Jonas hielt Mikes Hand fest, dabei lief er rot an.

»Tut mir leid, das ... Er ist nicht immer so, es ist ihm heute einfach zu heiß ...«

»Kein Problem, er ist wenigstens ehrlich.«

Mike lachte und klatschte in die Hände. Schnell leerte Jonas die Tüte mit den Spielzeugsoldaten vor ihm aus, doch Mike kümmerte sich nicht darum, zu fasziniert war er von Veras Haaren. Jonas griff zum letzten Mittel, er packte Mikes Feuerlöscher aus, den er heimlich mitgenommen hatte. Nichts spielte Mike lieber als Feuerwehrmann, doch man musste ihn im Auge behalten, damit er nicht ein Feuerzeug auspackte und Brände entfachte.

»Du kennst deinen Bruder aber gut«, sagte Vera, als Mike zufrieden Richtung Ufer watschelte.

»Allerdings.«

»Wie alt seid ihr drei denn?«

»Bald sechzehn. Und du?«

»Bald siebzehn. In welche Schule geht ihr?«

»In keine«, sagte Werner.

»Ihr arbeitet doch noch nicht!«

»Nein, so war das nicht gemeint. Wir gehen nicht zur Schule, die Schule kommt zu uns.«

»Kapier ich nicht. Kriegt ihr Privatunterricht oder was?«

»So ungefähr.«

Irritiert blickte sie vom einen zum anderen. Gerade als Jonas zu einer Erklärung ansetzte, lachte sie auf.

»Ihr wohnt doch nicht etwa da oben in diesem Riesenkasten?«

»Doch, warum?«

»Das ist sehr komisch! Ich hätte euch gleich erkennen müssen!«

»Jetzt beruhig dich mal und erklär uns, wieso du lachst!«

»Na, als ich vorigen Monat hergezogen bin – hergezogen worden bin, kann man sagen, denn ich hätte mich lieber vierteilen lassen, als von Kiel weg- und ausgerechnet hierher zu gehen –, habe ich mich mal umgesehen, wohin es mich verschlagen hat. Und als allererstes erzählten mir die in der Schule von den zwei Freaks, die mit dem be… sorry, die mit dem Bruder von dem einen in diesem Schloss da oben wohnen, und der Vater von ihnen ist ein Pate wie im Mafiafilm. Also ihr seid das! Kommt deshalb die Schule zu euch? Werdet ihr in Limousinen mit verdunkelten Scheiben durch die Gegend gefahren?«

Jonas und Werner wechselten einen Blick.

»Ich weiß nicht, was du gehört hast«, sagte Werner langsam. »Aber den Unsinn mit dem Paten kannst du gleich vergessen. Das mit den Freaks stimmt teilweise. Das hier ist einer, er trinkt zum Vergnügen Olivenöl.«

»Von Vergnügen kann gar keine Rede sein, also bitte …«

»Dann verrate mir doch endlich, was der Schwachsinn sollte!«

»Das kann ich nicht.«

»Kannst du nicht? Willst du nicht!«

»Mir ist sowieso egal, was die gesagt haben«, unterbrach Vera die beiden. »Nach den vier Wochen weiß ich so ungefähr, wer hier die wahren Freaks sind. Mich wundert ja, dass die nicht auf Traktoren zur Schule kommen und Heugabeln im Gepäck haben.«

»So schlimm ist es nicht«, sagte Jonas. »Du wirst dich schon an die Leute gewöhnen.«

»Dafür sehe ich keinen Grund«, sagte Werner.

»Jonas heißt du, nicht wahr? Schöner Name.«

»Findest du?«

»Ja, sehr. Wieso heißt du so?«

»Das weiß ich nicht.«

»Das weißt du nicht? Hast du deine Eltern nicht gefragt? Wer fragt denn seine Eltern nicht, wieso er heißt, wie er heißt? Und was bedeutet der Name?«

»Das weiß ich genauso wenig.«

»Du weißt nicht, was dein Name bedeutet? Aber das muss dich doch kümmern! So ein Name ist wie ein Zeichen, das man mit sich herumträgt. Eines, das man nie los wird und das einen beeinflusst. Es ist ein Schubs in eine bestimmte Richtung, den man in seinen ersten Tagen versetzt bekommt.«

»So habe ich das noch nie betrachtet«, sagte Jonas und kam sich im selben Moment unglaublich dämlich vor.

»Ich mag Zeichen«, sagte sie. »Ich will mir ein Tattoo stechen lassen, ich weiß bloß noch nicht, was für ein Motiv.«

»Ein Tattoo?« fragte Werner. »Alle Leute mit einer Tätowierung, die ich kenne, waren mal im Gefängnis oder gehören da zumindest hin.«

»Eben drum. Meine Mutter fällt in Ohnmacht.«

»Weißt du zufällig, was der Name Werner bedeutet?« fragte Werner.

»Der bedeutet, dass deinen Eltern wirklich gar nichts eingefallen ist. Mein Name bedeutet Glaube und Zuversicht, und ihr werdet keine größere Optimistin kennenlernen als mich. Für Wahrheit steht der Name auch, und ich sage immer die Wahrheit.«

Von einer Sekunde zur anderen wechselte sie den Gesichtsausdruck, sie steckte die Spitze des kleinen Fingers in den Mund, legte den Kopf schief und sagte in schmeichlerischem Ton: »Du bist total niedlich. Kaufst du mir Pommes? Und eine Limonade? Und ein Eis?«

Werner zuckte hilflos mit den Schultern und suchte nach seiner Geldbörse. In diesem Moment drang vom Ufer her wildes Geschrei zu ihnen. Jonas sprang auf. Mike war nirgends zu sehen.

Der Lärm kam von einer Gruppe junger Leute, die sich ein Stück weiter am Wasser versammelt hatten. Noch hatte Jonas nicht begriffen, was vor sich ging, da war Vera schon wie der Blitz an ihm vorbei und auf dem Weg zu dem johlenden Haufen. Ihr dicht auf den Fersen folgte Werner. Als sie bei dem Tumult ankamen, hatte Jonas beide eingeholt.

Sie drängten sich durch die Schar von Gaffern, unter denen auch Erwachsene standen, lachende dicke Männer mit Schnauzbärten, Frauen mit schlecht gefärbten Haaren. Mike stand am Ufer und wehrte sich gegen ein paar Jungen, die ihn mit seinem Feuerlöscher einsprühten. Sein Gesicht war kaum noch zu sehen, sogar sein T-Shirt, das er wegen der Sonne trug, war von einer dicken weißen Schicht bedeckt. Er kreischte und rieb sich die Augen, während die angreifenden Jungen um ihn herumsprangen, lachten und ihm vereinzelt Tritte versetzten.

Es war das erste Mal, dass Jonas Wing Chun außerhalb des Trainings anwandte. Einige seiner Gegner überragten ihn um einen halben Kopf, doch er fühlte keine Angst, nur eine unbezähmbare Wut. Er sprang auf den zu, der den Feuerlöscher in der Hand hielt, und versetzte ihm eine Reihe von Kettenfauststößen ins Gesicht. Der andere kam nicht einmal dazu, zur Abwehr die Arme zu heben, er fiel wie ein Sack ins Wasser. Den nächsten erwischte Jonas mit dem Knie an den

Rippen und fühlte, wie sie brachen. Nachdem er einem dritten die Nase blutig geschlagen hatte, war er nur noch von Gebrüll umgeben.

Bereit, sich jederzeit auf einen weiteren Feind zu stürzen, blickte sich Jonas um. Die meisten der Schaulustigen sahen wie der Rest der Angreifer zu, dass sie davonkamen. Werner verprügelte einen Erwachsenen, und Vera kümmerte sich um Mike, der heulend mit den Armen fuchtelte.

»Wer sind die Schweine?« fragte sie Jonas.

»Menschen, die es nicht geben sollte!«

»Und was haben sie gegen ihn?«

»Solche Leute müssen keinen Grund haben, um heimtückisch und gemein zu sein! Ich könnte sie umbringen, weiß Gott!«

Während Werner die Verbliebenen davonjagte, führte Jonas seinen weinenden Bruder ins tiefere Wasser und wusch ihm den Schaum ab.

»Das Zeug ist ätzend, das weißt du?« fragte Vera. »Das muss sich schnell jemand ansehen.«

»Ich bringe ihn gleich ins Krankenhaus, aber zuerst muss das mal runter. Mike, halt still! Sie sind weg! Sie kommen nicht zurück!«

Mike wimmerte und sträubte sich. Jonas umarmte ihn, bis Mike wieder gleichmäßig atmete und sich den Rest des Schaums abwaschen ließ.

»Kanntest du die?« fragte Werner.

»Vielleicht habe ich das eine oder andere Gesicht schon mal gesehen, aber mehr nicht.«

»Wir sollten verschwinden«, sagte Vera. »Hier werden bald die Bullen anrücken.«

Jonas, der Mike am Arm führte, schaute von Vera zu Werner. Der Gedanke, er könnte Schwierigkeiten mit der Polizei bekommen, erschien ihm vollkommen absurd.

»Meinst du?«

»Also da, wo ich herkomme, würde demnächst die Polizei auftauchen.«

»Weswegen denn? Die anderen haben angefangen!«

»Aber die anderen haben verloren. Die, die verloren haben, können sich hinterher nie daran erinnern, dass sie angefangen haben. Wo habt ihr das überhaupt gelernt? Diese Bewegungen?«

»Von Zach«, sagte Werner.

»Wer ist Zach?«

»Das ist gar nicht so leicht zu erklären. Am besten besuchst du uns mal. Dann kannst du dich gleich davon überzeugen, dass wir nicht im Haus des Paten wohnen, oder wie hast du es ausgedrückt? Übrigens ist er unser Großvater, nicht der Vater.«

An ihrem Liegeplatz packten sie hastig ihre Sachen zusammen. Als Jonas seine Uhr anlegen wollte, suchte er in seiner Sporttasche vergeblich nach ihr. Er hatte sie ganz sicher in das Seitenfach geschoben, doch da war sie nicht mehr.

»Mike, hast du mit meiner Uhr gespielt?«

Mike schüttelte den Kopf.

»Ganz sicher nicht?«

Mike fauchte zornig auf und schüttelte ruckartig den Kopf.

»Ich finde meine auch nicht!« rief Werner. »Genauso wenig wie meine Geldbörse!«

»Na toll. Alles weg.«

»Man könnte meinen, die hätten hier etwas gegen euch«, sagte Vera.

»Was machen wir jetzt?« fragte Jonas. »Wir müssen Mike ins Krankenhaus bringen, die werden ihm was für seine Haut geben.«

»Ich kann meine Mutter anrufen und bitten, dass sie uns mit dem Auto abholt.«

»Nett von dir, aber wir rufen doch eher bei uns zu Hause an.«

Jonas lief zum nahe gelegenen Gasthaus, wo es ein Telefon gab. An einem Tisch vor dem Gebäude stieß er auf ein paar der Jungen, die Mike überfallen hatten.

»Das kriegt ihr zurück!« sagte der, dem Jonas die Nase eingeschlagen hatte, er saß mit zurückgelegtem Kopf da und presste sich ein blutgetränktes Taschentuch ins Gesicht.

»Zuerst wollen wir unser Geld und unsere Uhren.«

»Welches Geld? Und was für Uhren?«

»Stellt euch nicht dumm. Wir wollen alles wieder. Jetzt, sofort.«

Die Jungen saßen schweigend da. Einige feixten, andere schauten zu Boden.

»Auch gut«, sagte Jonas. »Morgen bringt einer von euch die Sachen zurück. Ihr könnt sie hier im Gasthaus abgeben oder uns nach Hause liefern, das ist mir egal. Aber merkt euch eines: Wenn einer von euch meinen Bruder in Zukunft auch nur schief ansieht, passiert etwas.«

Die dicke Wirtin mit den haarigen Kinnwarzen stellte ihm das Telefon auf die Theke. Während Jonas wählte, hörte er hinter sich eine bekannte Stimme. Er drehte sich um und sah seine Mutter, die zwischen zwei vierschrötigen Kerlen mit roten Gesichtern saß, vor sich mehrere leere Schnapsgläser. Er ließ den Hörer sinken und drückte mit der Hand auf die Gabel.

»Was starrst du so, Kleiner?« schnauzte ihn einer der Männer an.

»Mutter?«

Die Männer schauten auf seine Mutter, dann auf Jonas. Sie reagierte nicht, sondern stierte in ein leeres Glas, das Gesicht zu einer betrunkenen Grimasse verzerrt.

»Hau ab!« sagte der zweite Mann. »Deine Mama ist nicht hier. Such dir woanders eine Mama!«

Die beiden Männer brachen in wieherndes Gelächter aus. Seine Mutter stammelte etwas vor sich hin. In Jonas stieg eine Welle von Übelkeit hoch. Er wandte sich um und wählte die Nummer von zu Hause. Regina hob ab. Es dauerte eine Weile, bis Zach an den Apparat kam. In knappen Worten erklärte Jonas, was geschehen war.

»Du solltest dich vielleicht beeilen. Die scheinen hier auf etwas zu warten, entweder auf Verstärkung oder auf die Polizei.«

Nachdem er aufgelegt hatte, wollte er das Gespräch bezahlen und stellte fest, dass er kein Geld hatte. Die Wirtin winkte ab. Er dankte ihr und verließ das Gasthaus, ohne einen Blick zurückzuwerfen. Das war ein Gegner, der stärker war als er.

Vor der Tür atmete er auf, als er nirgends Uniformen sah. Zugleich kam ihm das Ganze seltsam vor. Polizisten waren Leute, die man nach dem Weg fragen oder in Not um Hilfe bitten konnte. Nun drehte er sich ständig nach allen Seiten um, voller Angst, irgendwo könnte ein Blaulicht aufleuchten. Er hielt es für unwahrscheinlich, vermutlich hatte Vera übertrieben, wegen Prügeleien unter Jungs rückte die Polizei nicht aus, selbst wenn es etwas heftiger zur Sache ging. Doch erschien ihm schon der bloße Gedanke unerträglich, wie ein Straftäter behandelt zu werden, und sei es nur für Minuten, bis sich der wahre Sachverhalt aufklärte.

Wenn er sich aufklärte.

Es war eine ungeordnete Welt, in die er da hineingeboren worden war.

Mike saß in der Wiese und riss Grashalme aus. Jonas setzte sich zu ihm und umarmte ihn. Kurz darauf war Mike eingeschlafen.

»Kommt das oft vor?« fragte Vera. »Dass er einfach so einschläft, am hellichten Tag, noch dazu sitzend?«

»Selten. Wenn er sich sehr aufgeregt hat.«

Vera nickte und streckte sich in der Wiese aus. Werner zog schweigend seine Kleider an. In der Ferne erklang die Sirene eines kleinen Ausflugsschiffs.

»Tut mir übrigens leid«, sagte Vera gedämpft. »Dass ich am Anfang etwas forsch gewesen bin. Ich wollte nicht respektlos sein.«

»Schon okay.«

Jonas blickte auf den See hinaus, wo andere Badegäste schwammen, Ball spielten, in Booten ruderten. Die Berge und die sinkende Sonne spiegelten sich auf dem Wasser. Er fühlte sich traurig und leer.

Eine mehr als ungeordnete Welt war es, in der er da lebte. Eine Welt, in der es Behinderte gab, die verprügelt und schikaniert wurden. Eine, in der Mütter ihr Leben nicht aushielten und es vom Alkohol bestimmen ließen.

Warum waren Menschen so? Warum gingen sie auf jemanden los, der sich nicht wehren konnte? Warum waren sie bereit, einen anderen zu verletzen, oder machten sich sogar einen Spaß daraus? Dachten sie je über Gut und Böse nach? Und wenn nein, warum nicht? Hielten sie diese Gedanken für Zeitverschwendung, oder waren sie zu dumm dafür?

Ja, vielleicht lag die Sache so: Die Menschen waren zu dumm, um gut zu sein. Zumindest einige.

»Die meisten«, hörte er Werner sagen.

In seinem Kopf.

Er starrte Werner an. Der starrte bleich zurück.

»Was ist nun schon wieder los?« fragte Vera und schaute vom einen zum anderen.

15

Im fahlen Schein der Deckenlampe zog sich Jonas mühsam an. Ihn fror, ihm war übel, und geschlafen hatte er kaum. Für einige Sekunden fühlte er nichts als Verzweiflung und hatte nur den Wunsch, von hier zu verschwinden. Abzusteigen, in Lukhla das nächste Flugzeug zu nehmen und von Kathmandu aus irgendwo hinzufliegen, wo die Sonne auf ein türkises Meer schien, nach Thailand oder Sizilien oder gleich nach Moi. Oder doch erst nach Tokio, um nachzusehen, ob Marie in der Wohnung gewesen war. Vielleicht sogar gerade unter der Dusche stand oder mit der Nachbarin stritt oder dem Bild über dem Bett ein Strichmännchen hinzugefügt hatte.

Auf allen vieren kroch er im Zelt umher, bis er seinen iPod gefunden hatte, dann zog er kraftlos den Reißverschluss am Eingang auf. Draußen wartete der wie immer strahlende Padang mit einer Tasse Tee, die in der Morgenkälte dampfte.

»Auch zu lange getanzt?« fragte er in schadenfrohem Ton. »Chang-Bier vertragt ihr Westler alle nicht.«

»Ich bin um elf ins Bett. Hab trotzdem kein Auge zugetan.«

»Hierher kommt man auch nicht, um zu schlafen. Um Partys zu feiern aber noch weniger. Sieh dir die Jammergestalten da drüben an, die haben bis zum Ende durchgehalten. Spätestens im oberen Teil des Eisbruchs werden sie heulen.«

»Wie oft warst du denn eigentlich schon da oben?«

»Ich? Bin ich verrückt? Kein einziges Mal!«

Padang grinste, und im Schein von Jonas' Stirnlampe leuchtete der Goldzahn, auf den der Sherpa so stolz war.

Jonas trank einen Schluck Tee und verbrühte sich die Lippen.

»Und gestern? Hast du nicht bis zum Schluss mitgefeiert?«

»Ich bin das gewöhnt, das Feiern und den Berg, mir macht das nichts aus. Außerdem muss ich da nicht rauf. Ich bleibe hier und kümmere mich um das Lager, schon vergessen?«

»Gerade wollte ich dich bitten, meinen Rucksack hochzutragen.«

Padang nahm die leere Tasse in Empfang.

»Warte! Sag mal was auf Nepali.«

»Das kann ich nicht, Padang.«

»Natürlich kannst du es.«

»Ich schwöre dir, ich kann es nicht.«

»Aber wieso verstehst du es dann?«

»Ich weiß es nicht, Padang.«

Der Sherpa zuckte die Schultern. »Dann behalte es für dich, du sturer Yak! Alles Gute für heute. Du schaffst das schon. Lager 1 ist ein Kinderspiel!«

»Die Kinder möchte ich kennenlernen«, sagte Jonas und schleppte sich zu der Gruppe um Hadan, die sich vor dem Essenszelt versammelt hatte.

»Ich sehe, wir sind vollzählig«, sagte Hadan. »Gibt es noch Fragen?«

»Tiago und Anne fehlen noch«, rief eine Stimme.

»Wem?« fragte Sam.

Einige lachten, Hadan gebot ihnen Stille.

»Leute, das ist ein großes Hotel, ein paar der Gäste wollen ihren Rausch ausschlafen, was sehr ungesund ist. Ihr werdet euren jetzt rausschwitzen. Tiago und Anne konnten es nicht erwarten und sind schon vor einer halben Stunde mit Ang Babu und Lobsang los. Ich nehme an, wir holen die beiden unterwegs ein.

Ganz wichtig: Jeder geht sein eigenes Tempo! Hört auf euch, vertraut eurem Rhythmus. Keine Spielereien im Eisbruch! Wir sollten zusehen, dass wir durch sind, ehe die Sonne die große Schmelze ausbrechen lässt. Es gibt da oben zwei, drei Wackelkandidaten unter den größeren Séracs, und wenn die zusammenstürzen, will ich keinen von euch in der Nähe wissen. Trotzdem keine Hast, wir haben genug Zeit, ihr seid eine hervorragende Truppe. Also keine Wettrennen! Auf geht's!«

Die Schar setzte sich in Bewegung. Die Lichter ihrer Stirnlampen tanzten über die Steine auf dem Weg, unter den Schuhen knirschte Geröll, jemand gähnte laut, was von einem anderem mit Lachen kommentiert wurde. Neben Jonas ging Sam, dessen Stimme sich sogar noch schlimmer anhörte als am Tag zuvor.

»Hast du mit Helen geredet?« fragte Jonas. »Du brauchst offensichtlich irgendetwas aus ihrem Arzneikoffer.«

»Was ich brauche, ist ein gezielter Kopfschuss«, krächzte Sam. »Ich bin ungefähr vor drei Stunden oder auch erst vor fünf Minuten zu meinem Zelt gewankt und habe den ganzen Schlafsack vollgekotzt. Verdammter Tequila! Ich bin völlig hinüber!«

»Man riecht's.«

»Aber weißt du, mir ist das völlig egal. Beim ersten Mal auf so einem Berg glaubt man, das schafft man nie. Man hält das niemals aus, man kann es nicht, es ist zu groß, zu schwierig, zu anstrengend, zu schmerzhaft, zu sinnlos und bla bla bla. Irgendwann lernt man's. Solange du lebst, kannst du immer noch mehr Schmerzen ertragen, noch Schwierigeres bewältigen, deine Grenzen noch weiter verschieben. Alles kannst du schaffen, alles! O tausend Teufel!«

Er trat aus der Reihe, stemmte die Hände auf die Knie und übergab sich.

Kurz überlegte Jonas, ob er warten sollte, doch er fühlte sich von Minute zu Minute frischer und wollte auf dem ersten Stück rasch vorwärtskommen, um an den Leitern nicht warten zu müssen, wovor Hadan ihn gewarnt hatte.

»Sieh an«, rief Hadan, als Jonas ihn überholte und sich an die Spitze des Zugs setzte, »die Problemkinder haben sich entwickelt.«

»Streber«, sagte Nina. »Hundert Euro für den, der als erster oben ist!«

»Das will ich nicht gehört haben«, sagte Hadan.

Jonas winkte nach hinten und setzte seine Kopfhörer auf, was wegen der Mützen und des hohen Kragens nicht einfach war. Am Vorabend hatte ihm Hank noch vom Musikhören im Gletscherbruch abgeraten, weil man auf diese Art weder Warnrufe noch das Krachen der Séracs hören konnte, doch Jonas verspürte das dringende Bedürfnis, sich nach außen hin abzuschotten. Und einem über ihm zusammenbrechenden Hochhaus aus Eis würde er wohl so oder so nicht entkommen.

Ein Stück weiter vorne sah er die tanzenden Lichter einer anderen Gruppe, die den Khumbu in Angriff nahm. Angst stieg in ihm hoch. Er schaltete die Musik ein und versuchte, an nichts zu denken.

Vor ihm ragten die dunklen Umrisse der Eistürme auf. Obwohl sein Herz immer schneller schlug und ihn die Furcht vor dem, was da vor ihm lag, mehr und mehr gefangennahm, ging er in gleichmäßigem Tempo weiter.

16

Gelegentlich stahl er sich abends aus dem Haus und fuhr hin. Hinter einem Auto versteckt, wartete er, bis seine Mutter heimkam. Oft wurde es spät, denn sie hatte ihre alten Gewohnheiten nicht aufgegeben. Mit einer Mischung aus Scham und Sorge beobachtete er, wie sie aus einem Wagen stieg und auf die Haustür zutorkelte, während der Unbekannte am Steuer Gas gab und sein Gefährt hinter der nächsten Kurve verschwand.

Kurz darauf flammte in der Küche Licht auf. Wegen der Vorhänge konnte er nicht verfolgen, was darin geschah, doch er sah die ganze Wohnung vor sich: den Tisch, an dem er gegessen und gelernt hatte, die Couch, auf der er Comics gelesen hatte, das Bücherregal über seinem Bett, wo er hinter den Gesammelten Werken von Karl May Süßigkeiten für Mike und sich aufbewahrte, die mittlerweile wohl ungenießbar waren, den Fleck auf dem Teppich, der von einem verschütteten Teller Spinat stammte, die Farbe der Tapete, die verschlissenen Hausschuhe seiner Mutter.

Hier war er klein gewesen, das hier war vorbei, das da drinnen gehörte ihm nicht mehr, hatte ihn ausgespuckt. Aus einem Grund, den er nicht verstand.

Von diesen Besuchen erzählte er niemandem, nicht einmal Werner. In gewisser Weise hielt er sie sogar vor sich selbst verborgen, denn sobald er sich die Tränen abgewischt hatte, die ihm auf dem Fahrrad irgendwo zwischen seinem alten und seinem neuen Zuhause kamen, dachte er nicht mehr über das nach, was er gesehen hatte, ebenso wenig wie über das, was er sich so sehr wünschte. Er fühlte, wie traurig und verletzt er war. Er merkte, wie ungerecht ihn das Leben behandelte, wie sehr er sich nach der schützenden Biederkeit eines Zuhauses mit einem normalen Vater und einer normalen Mutter sehnte, doch da er wusste, dass er nichts daran ändern konnte, vermied er jede Auseinandersetzung mit diesem Problem.

Ist der Gegner stärker, weiche zurück.

Der Schlüssel lag eines Tages einfach da, auf dem Tisch, als sie in die Burg kamen.

»Darf das wahr sein!« rief Werner. »Ich dachte schon, wir müssten mit einem Brecheisen anrücken.«

Er versuchte es zunächst an der roten Tür, die ihre Phantasie am meisten beschäftigte.

»Mist«, sagte er. »Passt nicht.«

Er gab Jonas den Schlüssel, der probierte es an der zweiten Tür. Auch nichts. Nun war wieder Werner an der Reihe, und er hatte an der dritten Tür Glück.

»Moment noch«, rief Jonas. »Was glaubst du, was finden wir da drin?«

»Spielzeug«, sagte Werner.

»Meinst du wirklich?«

»Na ja, wir sind Kinder, und Kinder kriegen Spielzeug.«

Das Zimmer lag im Dunkeln, und sie mussten erst nach einem Lichtschalter tasten. Als sie ihn endlich fanden, flammten drei kleine Lampen auf, die von der Decke hingen.

»Also, mit Picco kann das hier nichts zu tun haben«, waren Werners erste Worte.

»Oder gerade eben«, sagte Jonas.

Sie standen in einer Hauskapelle. Auf den Stühlen vor dem Altar lagen eine Bibel und ein Gesangsbuch, neben dem Tabernakel hing ein Jesusbild, und in einer Ecke schaute eine Statue der Muttergottes auf sie herunter.

»Jetzt bin ich gespannt, was das für Heilige sind«, sagte Werner und deutete auf zwei Gemälde an der Wand.

»Der sieht aus wie Gruber, wenn du mich fragst.«

»Das ist ja der heilige Paulus«, rief Werner, nachdem er die Schrift unter dem Bild gelesen hatte. »Kannst du dir erklären, was das hier soll?«

Jonas setzte sich auf einen Stuhl vor dem Altar.

»Ich weiß nicht. Vielleicht.«

Sie saßen in einem Restaurant beim Essen.

Jonas starrte in seine Gemüsesuppe, blickte auf, sah Picco wie in Zeitlupe aus seinem Weinglas trinken, trank selbst ein Glas Wasser, langsam, schmerzhaft langsam, starrte in seine Suppe.

Der Wein muss gekeltert werden, dachte er. Jemand hat die Kuh gemolken, die die Milch gab, aus der die Sahne wurde, die der Koch beigefügt hat. Wer ist Mr. Koch? Wer hat ihn ausgebildet? Sein Meister, war er streng? Wer hat den Ofen gebracht? Das Salz, das der Koch in den Topf warf, wer hat es abgebaut? Wie sieht eine Saline aus? Der Pfeffer in der Suppe, wo wuchs er? Ich esse Brot dazu, jemand hat es gebacken, aus Mehl, das Weizen war. Salzmine. Pfefferschiff. Weizenfeld. Kuhstall. Weingarten. Ofenbauer. Eine Suppe. Darin die ganze Welt.

Ich bin der Endpunkt vieler Menschen Arbeit. Keinen davon kenne ich. Keiner davon kennt mich. Es spielt auch keine Rolle. Wir alle sind verbunden. Niemand kann sich lösen. Entkommen gibt es keines.

17

Am späten Vormittag kam Jonas auf 6100 Meter Höhe in Lager 1 an, wegen der Anstrengung und der Sonne, die seit Stunden kraftvoll in den Eisbruch schien, schweißnass bis in die untersten Schichten seiner Kleidung, und auch ein stärker werdendes Schwindelgefühl plagte ihn. Von den zahlenden Kunden seines Teams hatte ihn keiner überholt, nur Sherpas und Bergführer waren vorbeigezogen. Er freute sich darüber, nicht aus Ehrgeiz, sondern weil er merkte, dass sich sein Körper allmählich an die Höhe gewöhnte und so zu funktionieren begann, wie er es von ihm erwartete.

»Du hast dich gestern auch nicht bei der Party sehen lassen?« fragte Anne, die neben Tiago, der mit einer kleinen Videokamera die Berge ringsum filmte, vor einem Zelt saß und Tee trank.

»Nicht lange«, schnaufte Jonas und ließ sich auf seinen Rucksack fallen.

»Idiotische Idee«, sagte Tiago, die Kamera in seine Anoraktasche schiebend. »Partys braucht hier sowieso niemand, die kann man später in Kathmandu feiern. Und noch dazu einen Tag vor dem Khumbu – besonders verantwortungsvoll ist das ja nicht.«

Er hielt Jonas einen Becher mit Suppe hin. Jonas griff dankend danach und trank, ohne sich darum zu kümmern, dass er sich die Lippen verbrannte.

»Wie lange seid ihr schon da?«

»Knappe Stunde. Mir haben meine Steigeisen ein wenig zu schaffen gemacht, das hat uns aufgehalten.«

Nun, da er saß, überkamen Jonas wie aus dem Nichts entsetzliche Kopfschmerzen und eine lähmende Mattigkeit.

Seine Beine waren bleiern, und das Atmen fiel ihm schwerer als während des Aufstiegs. Schweigend hörte er sich an, was Tiago über seine Steigeisen zu erzählen hatte. Nach einer Weile gesellte sich Ang Babu zu ihnen, seine Miene war wie üblich heiter, als hätte er gerade einen guten Witz gehört. Er klopfte Jonas auf die Schulter.

»Du bist wieder in Form, mein Freund!«

»Ich bin mir da noch nicht so sicher«, sagte Jonas.

»Ich schon. Ist euch übrigens der Turm da unten aufgefallen, der aussieht wie eine tanzende Frau?«

»Wie eine tanzende Frau?« Tiago holte die Kamera wieder hervor und richtete sie auf den Sherpa. »Mann, erzähl, wie lange warst du bei dieser Party, und was hast du dir da durchgezogen?«

»Hör auf mit dem Theater«, sagte Anne. »Ich weiß, welchen er meint.«

Tiago schwenkte mit der Kamera auf sie. »Gib mir ein Lächeln, Baby.«

Sie streckte den Mittelfinger hoch. Tiago schaltete die Kamera aus und steckte sie weg.

»Ungefähr eine Viertelstunde von hier«, sagte Ang Babu. »Der ist gefährlich. Der steht nicht mehr lange. Die Frau wird ihre Arme sinken lassen, und dann wird sie wohl ganz zusammenkrachen. Unter der möchte ich nicht begraben werden.«

»Hier möchte ich sowieso nirgends begraben werden«, sagte Tiago. »Aber lieber hier als am Kinley. Ich glaube, der McKinley ist der größte Arsch von einem Berg, den sie gebaut haben. Wenn Berge Typen wären, wäre der Everest ein leicht zerstreuter alter Knabe, ein bisschen bösartig, so ein ehemaliger Dockarbeiter, der dich unter normalen Umständen in Frieden lässt, wenn du ihm sein Pfeifchen gibst und ihm vielleicht sogar eine Flasche hinstellst. Der McKinley dagegen ist ein Kneipenschläger, ein Irrer, der plötzlich mit dem Klappmesser vor dir steht, da brauchst du ihn gar nicht provoziert haben.«

»Es gibt Leute, die würden dich McKinley nennen«, sagte Anne.

»Ach, die kennen mich eben zuwenig.«

»Wir sehen in diesem Berg keinen Dockarbeiter, sondern etwas Heiliges«, sagte Ang Babu und marschierte zu einem Vorratszelt, in das zwei andere Sherpas gerade Proviant und Seile einlagerten.

»Da trollt er sich. Kein Humor. Und so jemand gibt einem womöglich Anweisungen, wenn die Lage gefährlich wird.«

»Reg dich nicht so über den Zwerg auf, bring lieber mal deine Steigeisen in Ordnung«, sagte Anne.

»Kannst du mir mal Ruhe geben mit deinen Steigeisen? Wir übernachten hier, heute brauche ich sie ohnehin nicht mehr. Außerdem warte ich auf Hadan, soll er sich darum kümmern, wofür bezahlen wir ihn? Hey du, Jonas oder Jones? Hab deinen Namen nicht richtig mitgekriegt. Warst du auf dem McKinley? Wie lange hast du raufgebraucht?«

»Tut mir leid«, sagte Jonas und massierte sich die Schläfen, eine nutzlose Geste, wie er wusste, da der Schmerz zu tief saß. »Ich muss mich dringend hinlegen. Ihr wisst nicht zufällig, welches Zelt meines ist?«

»Du verwechselst mich wohl mit dem Hausmeister. Wenn du irgendwas über die Zelte wissen willst, musst du einen von den Mäusen fragen.«

Anne pustete lachend in ihren Tee. »Tiago, die können dich hören!«

»Und wenn schon. Sie sehen aus wie Mäuse, sie sind flink wie Mäuse, sie sind lästig wie Mäuse, es müssen Mäuse sein!«

Während Jonas auf das nächstbeste Zelt zuwankte, seinen Rucksack hinter sich herschleifend, hörte er das Pling der

Kamera, die offenbar wieder eingeschaltet worden war. Vermutlich filmten sie ihn gerade. Es war ihm egal.

Der Schmerz in seinem Kopf wuchs von Sekunde zu Sekunde. Fast ohne es zu merken übergab er sich. Als er fertig war und sich das Gesicht mit Schnee abwischte, sah er eine Gestalt neben sich, die er zunächst für Ang Babu hielt, bis er die Narbe an Lobsangs Backe erkannte, die der Sherpa dem Eispickel eines ungeschickten Kunden zu verdanken hatte.

»Los, leg dich da rein. Ich bringe dir etwas zu trinken, und dann funke ich zu Dr. Helen hinunter.«

Schmerz. Der sich ausdehnt, pulsiert, sich selbst eine Gestalt gibt, um sie gleich wieder abzustreifen.

Schmerz, stärker als du. Du möchtest davonlaufen, weinen, nicht du sein. Alles, was dir bleibt, sind Schreie zu irgendeinem dunklen Gott.

18

Allmählich wurde ihm die Luft knapp.

Schon seit einer halben Stunde kauerte er in Werners Kleiderschrank, eine nach Plastik stinkende Gorillamaske auf dem Kopf und die Finger am Auslöser einer Handsirene, wie sie auf Fußballplätzen verkauft wurden und die den Lärmpegel eines startenden Düsenjägers erreichten, und nun kam der Kerl einfach nicht.

Endlich – das Schloss der Badezimmertür schnappte auf. Schritte näherten sich. Die Stereoanlage wurde angestellt, irgendein Reggaesong, den Jonas nicht kannte. Er hielt den Atem an.

Die Tür ging nicht auf.

Was war da los? In wenigen Minuten würde Vera läuten. Wollte Werner ihr etwa nackt die Tür öffnen?

Mach auf, Mensch! Wenn ich bloß aus dem Schrank hüpfe, erschreckst du dich nicht genug, und wenn ich aufgebe und rauskomme, hältst du mir diese Niederlage ewig vor. O nein, du Strolch, du machst jetzt diese Tür auf. Jetzt. Los.

Jonas spannte alle Muskeln an und bereitete sich darauf vor, sich aus dem Schrank zu katapultieren. Als die Tür knarrte und das Licht einfiel, drückte Jonas die Handsirene, brüllte wie verrückt und stürmte vorwärts.

Werner machte einen Satz nach hinten, stürzte über einen Stuhl, überschlug sich und knallte mit dem Rücken gegen das Bücherregal. Sein Rubik-Würfel fiel herab und traf ihn am Kopf. Werner schien es nicht zu merken. Bleich, reglos und nackt saß er auf dem Boden und starrte das Monster, das aus seinem Schrank gestiegen war, mit glasigen Augen an.

Jonas nahm die Maske ab und warf sie Werner auf den Bauch.

»Nur um sicherzugehen, dass du keinen Herzinfarkt hast: Sag etwas.«

»Du blöder, elender, mieser Wicht ...«

»Das wollte ich hören«, sagte Jonas und ging ins Bad, um sich den Schweiß abzuwaschen, den ihn die halbe Stunde in dem stickigen Schrank gekostet hatte.

»An deiner Stelle würde ich in nächster Zeit nicht zu tief schlafen!« schrie ihm Werner hinterher. »An deiner Stelle würde ich überhaupt nicht mehr schlafen!«

Als Jonas die Schiebetür der Duschkabine öffnete und auf den Vorleger trat, hörte er die Türglocke. Rasch trocknete er sich ab, fuhr sich mit dem Kamm durchs Haar und trug die Aknecreme auf. Zwar hatte er keine Akne, doch sicher war sicher, er kannte Jungs in seinem Alter, die aussahen wie Streuselkuchen.

Auf Zehenspitzen ging er in sein Zimmer, wo er sich in aller Eile für das gelbe Hemd entschied, das er im Frühjahr gekauft hatte. Ehe er hinausging, wischte er seine feuchten Hände an der Jeans ab, räusperte sich und prüfte sein Aussehen mit einem letzten kurzen Blick in den Wandspiegel, auf den Werner vor Wochen mit seinem wasserfesten Stift Eselsohren und einen Rauschebart gemalt hatte.

Auf der Treppe lief er Gruber in die Arme.

»Seid ihr nicht etwas zu jung für das Mädchen, das da seit Wochen bei uns rumsitzt?«

»Kann sein. Aber sind Sie nicht etwas zu alt, um das zu beurteilen?«

Jonas lüftete einen imaginären Hut und kümmerte sich nicht weiter um den schimpfenden Gruber. So ungezwungen wie möglich schlenderte er ins Wohnzimmer. Vera saß mit angezogenen Beinen neben Werner auf der Couch, vor sich einen Stapel Videokassetten, und schaffte es, die Fernbedienung auf ihrem Kopf zu balancieren und dabei den laut schnurrenden Dagobert zu streicheln.

»Wo bleibst du denn?« rief sie. »Bereit für acht Folgen Fanta Street am Stück?«

»Das glaube ich nicht.«

»Hey, du Kanarienvogel!« rief Werner. »War die Schrankaktion für das Würstchen oder für die Spinne im Bett? So ein Gesicht wie du mit dem rohen Würstchen im Mund kann ich gar nicht gemacht haben.«

»Immerhin war ich nicht nackt. Und was das Würstchen anbelangt ...«

»Was ist los?« fragte Vera. »Was habt ihr beide schon wieder? Gibt es Geheimnisse, die ich kennen muss? Ich muss grundsätzlich alle Geheimnisse kennen!«

»Das nicht«, sagte Jonas und nahm ihr die Fernbedienung vom Kopf, »aber es gibt einen Ort, den du kennen musst.«

»Ja, und der heißt Fanta Street. Euer Baumhaus kenne ich außerdem schon.«

»Jonas, es schüttet draußen, das ist ein ganz widerliches Sommergewitter, falls es dir nicht aufgefallen ist. Was willst du ihr denn zeigen?«

»Die Piste.«

»Die Piste? Bei diesem Wetter?«

»Eben deshalb.«

»Und womit? Mit den Rädern? Du willst ja wohl nicht, dass uns Gruber hinbringt.«

»Mit einem Traktor!«

»Mit einem – das meinst du ja wohl nicht ernst.«

»Doch. Ich habe mir das überlegt, das ist eine gute Idee, denke ich.«

»Das ist eine Schnapsidee. Wo kriegen wir überhaupt einen Traktor her?«

»Die Künstlerin da unten, die voriges Jahr hergezogen ist, hat doch einen. Steht sowieso immer nur in der Scheune. Und zumindest die letzten Male, als ich da war, hat der Schlüssel gesteckt. Ist zwar ein Museumsstück, aber für einen kleinen Ausflug reicht es.«

»Die Piste, mit einem Traktor!«

»Moment mal«, sagte Vera. »Glaubt ihr zwei Deppen wirklich, ich unternehme mit euch einen Traktorausflug im Regen, anstatt Fanta Street zu gucken?«

»Das können wir doch hinterher machen.«

»Quatsch. Ich verstehe gar nicht, worum es geht.«

»Holst du ihn?« fragte Werner.

Jonas schüttelte den Kopf. »Wozu? Wir laufen alle zusammen hin und steigen auf.«

»Und wenn der Schlüssel nicht steckt? Dann sind wir umsonst in dieses Sauwetter raus. Ich bin doch nicht Humboldt.«

»Ich war mal auf dem Humboldt-Internat«, sagte Vera. »Fanta Street! Fanta Street!«

Sie schob eine Kassette in den Videorecorder, legte die nackten Füße auf den Couchtisch und startete das Band.

»Du musst mitkommen«, sagte Jonas zu Werner. »Ich weiß nicht, ob ich den Anhänger allein abkoppeln kann. Den brauchen wir nicht.«

»Na dann los. Vera?«

»Fanta Street!«

»Später!«

»Fanta Street!«

»Später!«

»Fanta Street!«

»Wenn du jetzt gleich mitkommst«, sagte Jonas, »lasse ich

ein Straßenschild herstellen, auf dem Fanta Street steht, und schraube es nachts an euer Haus.«

»Deine Mutter wird sich bestimmt freuen«, sagte Werner.

Vera drückte die Stopptaste, band sich die Haare zusammen und stand mit einem Stoßseufzer auf.

»Aber wehe, es wird langweilig!«

Als sie nach einem Spaziergang von zehn Minuten quer über Felder und Wiesen völlig durchnässt auf dem Grundstück der Künstlerin ankamen, die bloß am Wochenende da war und an sonnigen Tagen vor ihrem Bauernhaus saß, um es aus allen Perspektiven zu malen, hielt Jonas, der den wütenden Blicken Veras, deren Turnschuhe schon ziemlich mitgenommen aussahen, auszuweichen versuchte, kurz inne.

Wenn der Schlüssel nicht steckt, dachte er, bringt sie mich um, und wenn der Schlüssel steckt und das Ding nicht anspringt, bringt er mich um.

Der Schlüssel steckte, und der Motor sprang sofort an. Das Gefährt knatterte und vibrierte, der hintere Teil der Scheune füllte sich mit schwarzem Rauch. Jonas stellte den Motor wieder ab und sprang vom Fahrersitz.

»Fragt sich, wie wir da alle hinkommen. Entweder zwei fahren hinten auf dem Anhänger mit, und wir koppeln den erst dort ab. Oder wir machen das hier und sitzen alle drei vorne, aber das wird ziemlich eng.«

Vera warf einen Blick in den offenen Anhänger, auf dem allerhand Gerümpel lag. Kaputte Plastikeimer steckten unter fauligen Holzbrettern, aus aufgerissenen Säcken rieselte Gips über zerbrochene Fensterscheiben, und im Staub auf der Ladefläche waren unzählige kleine Pfotenabdrücke zu sehen.

»Lieber unbequem als Blutvergiftung«, sagte sie.

Sie koppelten den Anhänger ab. Jonas kletterte auf den Fahrersitz, fuhr den Traktor aus der Scheune und ließ die anderen aufsteigen.

»Ist es weit?« rief Vera gegen den Wind und das Knattern des Motors an.

»Kaum der Rede wert.«

»Also zwei Stunden!«

»Quatsch, mit dem Auto sind es keine zehn Minuten, also mit diesem Ungetüm hier vielleicht zwanzig.«

»Ist das schon Vollgas?« fragte Werner und klammerte sich in einer Kurve an einer Stange fest.

»Absolute Höchstgeschwindigkeit. 40, nein, 43 Stundenkilometer!«

Während der Fahrt ließ der Regen nach. Jonas bemühte sich, nicht zu oft nach links zu schauen, wo Vera, die er bisher immer nur in kurz abgeschnittenen, fransigen Jeans gesehen hatte, ihre nackten Beine gegen den Haltegriff stemmte, den man beim Aufsteigen benutzte. Natürlich wusste er theoretisch, warum ihn dieser Anblick verwirrte, doch Theorie war eine Sache, die Realität eine andere. Er fühlte, dass hier etwas begann, was er nicht verstand, vielleicht noch nicht verstand, und was er in Ruhe auf sich zukommen lassen sollte.

»Was ist denn das da drüben?« Vera wies auf eine Ruine neben einem Bauernhaus. »Ist das abgebrannt?«

»Sieht mir aus wie in die Luft gesprengt«, sagte Werner.

»Wem gehören diese Felder hier?«

»Eines Hansi, das andere Pepi, das dritte Franzi, das vierte Hubsi und wie sie alle heißen mögen, die Grundbesitzer dieser Gegend. Die meisten pferchen ihre Tiere in viel zu kleine Ställe, anstatt sie frei herumlaufen zu lassen, und auf den Feldern pflanzen sie irgendetwas an, das ihnen noch ein bisschen mehr Geld einbringt, als sie ohnehin schon verdienen. Die haben alle nur Geld im Kopf.«

»Wenn man zuwenig hat, kriegt man es eben nicht aus dem Kopf.«

»Die haben aber nicht zuwenig!«

»Das weißt du nicht mit Sicherheit.«

»Doch! Außerdem ...«

»Nichts außerdem! Wer wie ihr in so einem Kasten lebt und sich nie darüber Gedanken machen muss, wie er die Miete oder andere Rechnungen zahlt, sollte nicht über Leute urteilen, denen es schlechter geht. Vielleicht brauchen diese Bauern das zusätzliche Geld von den Feldern und aus ihrer Tierhaltung, um überhaupt durchzukommen. Weißt du es?«

»Bist du Kommunistin oder was?«

»Nein, ich habe bloß ein Gehirn. Bist du ein Grüner? Wegen deinem ständigen Tiergefasel? Als wären die Menschen nichts wert?«

»Grüner bin ich eher keiner.«

»Was bist du dann? Was würdest du wählen, wenn du dürftest?«

»Also du fragst Sachen ...«

»Jonas, was ist mit dir? Wen würdest du wählen?«

Jonas gab keine Antwort. Er hätte ihnen sagen können, dass er jetzt schon sicher war, niemals im Leben an einer politischen Wahl teilzunehmen, doch die beiden hatten ihren Streit ohnehin längst fortgesetzt.

Je näher sie der Spitze des Hügels kamen, wo die Piste begann, desto mehr rätselte Jonas, was er da tat. Wollte er den beiden imponieren? Nein. Seine Freunde kannten ihn, wie er war, er musste sich nicht als ein anderer ausgeben, und was Fremde über ihn dachten, war ihm einerlei. Er wusste nur, er fühlte sich von der Piste, von diesem absurd steilen Stück Straße, auf unruhige Weise angezogen, und seit ihm die Idee mit dem Traktor gekommen war, wusste er, dass nichts ihn daran hindern würde, diese waghalsige Fahrt zu unternehmen, sei es mit den beiden, sei es allein. Und je weiter sich der alte Traktor jener höchsten Stelle des Hügels ratternd entgegenschob, wo links und rechts der Straße frisch gefällte Baumstämme gestapelt waren, die dunklen Holzduft ins Tal schickten, desto mehr erfüllte Jonas eine sonderbare Mischung aus Neugier und Befriedigung, ähnlich wie an dem Tag, als er mit der Olivenölflasche durch den Garten getaumelt war.

»Willst du das wirklich machen?« fragte Werner.
»Du nicht?«
»Ich muss erst oben stehen und da runterschauen.«
»Wird das bald sein?« fragte Vera.
»Das da vorn ist die letzte Kuppe. Dann siehst du es.«
»Dann sehe ich was?«
»Mir fällt gerade ein, was der Boss einmal behauptet hat«, sagte Werner und wischte sich die nassen Haare mit einer eleganten Bewegung, die recht einstudiert wirkte, aus der Stirn. »Jeder Mensch hat so etwas wie einen innersten Kern, etwas, das ihn ausmacht. Aha, sage ich, wie sieht der denn bei ihm aus? Antwortet er, das verstehe ich sowieso nicht. Sage ich, dann hätte er nicht damit anfangen dürfen. Zieht er so wie üblich die Nase hoch und sagt mit Grabesstimme: Ich bin die Kraft, die stets das Gute will und doch das Böse schafft. Erst da habe ich gemerkt, dass auf dem Tisch die Whiskyflasche stand, und viel war nicht mehr drin. Hohenwarter war auch da, der hat sich in der Ecke schiefgelacht.«
»Und was hat das jetzt mit uns zu tun?«
»Über dich hat er sich auch geäußert.«
»Ah! Bin sehr gespannt. Hoffentlich hat er meinen reinen Charakter erkannt.«
»Vera, hör zu: Der innerste Kern des pubertierenden Wesens da neben dir, dessen Wahnsinn augenfällig ist, sonst würden wir nicht hier sitzen, ist sein Wunsch, das Chaos zu

beherrschen. Hohenwarter hat nicht gelacht, also dürfte was dran sein. Keine Ahnung, was er damit ausdrücken wollte. Wahrscheinlich, dass du einfach irre bist.«

»Was hat er denn über deinen inneren Kern zu sagen gewusst, hä? Sicher nichts Gutes. Er ist ein Menschenkenner.«

»Er meinte, ich sei im Inneren der ewige Tänzer. Hohenwarter fragte, ob er damit sagen will, dass ich schwul bin. Dann kam Zach rein, und über den hat er gesagt, er sei im Innersten ein Priester. Ich dachte, Zach zerlegt das Zimmer. Mir hat es gelangt, und ich hab mich verzogen.«

»Könnt ihr zwei bald mal mit dem hochtrabenden Scheiß aufhören?«

»Genau jetzt«, sagte Jonas, »denn jetzt geht's gleich abwärts.«

Vor ihnen lag die Piste. Jonas zog die Handbremse und stellte den Motor ab.

»O mein Gott.«

»Schön, nicht?«

Vera tippte sich gegen die Stirn. Ihre Lippen bewegten sich ohne einen Laut. Bei ihrem panischen Sprung vom Traktor landete sie in einer Schlammpfütze.

»Verdammt, ihr blöden Idioten! Diese Spritzer kriege ich nie wieder aus dem Top raus!«

»Wo willst du überhaupt hin?«

»Ich bin exakt da, wo ich sein will, du Träne! Zumindest bin ich nicht da, wo ich gerade absolut nicht sein will, und das ist da oben! Was um alles in der Welt hast du vor?«

»Ich fahre los und gebe Vollgas. Dann kupple ich den Gang aus und warte ab, was passiert, wenn man mit einem Traktor im Leerlauf so eine Straße hinabrast, ohne zu bremsen.«

»Aber man kann sich doch mit viel weniger Aufwand umbringen! Was hat dir der Besitzer des Traktors getan? Denkst du nicht an die armen Leute von der Rettung, die deine Teile einsammeln werden? Und wieso müssen wir zusehen?«

»Ich werde mich nicht umbringen.«

»Im Leerlauf?« fragte Werner. »Ohne zu bremsen?«

»So ist es geplant, ja.«

»Weißt du, wie schnell du da wirst?«

»Das möchte ich eben herausfinden.«

»Davon möchte ich dir dringend abraten.«

»Du bist ja auch der ewige Tänzer.«

»Du hast keine Ahnung, ob so ein altersschwaches Vehikel bei dem Tempo nicht auseinanderfliegt.«

»Das weiß ich auch bei einem moderneren nicht. Wieso sollte es das?«

»Siehst du irgendwo an diesem Fahrzeug so etwas wie Spoiler oder Heckflügel oder wenigstens einen Überrollbügel? Worauf wir hier sitzen, ist mit Sicherheit nicht für Hochgeschwindigkeitspisten gebaut. Die Bremsen mal ganz bestimmt nicht.«

»Wir haben ja genug Auslauf auf der anderen Seite.«

»Ich weiß ja nicht, wie das mit Traktoren ist, aber normale Autos haben so etwas wie eine Lenkradsperre, wenn man den Schlüssel abzieht.«

»Wann habe ich denn etwas vom Schlüsselabziehen gesagt? Nur Leerlauf.«

»Narr. Spinner!«

»Bist du dabei?«

»Natürlich. Aber nicht auf diesem Schleudersitz hier neben dir. Wenn du es überlebt hast, bin ich dran.«

»Auch recht, du Draufgänger.«

Gerade als Werner absprang, hörte Jonas neben sich ein kratzendes Geräusch. Er wandte sich um und sah Vera, die sich an der linken Seite des Traktors auf ihren Sitz zog.

»Hast du es dir überlegt?«

»Du meinst, da passiert nichts?«

»Quatsch. Natürlich nicht.«

»Du bringst mich nicht um? Versprochen? Ich bin klug und schön, wegen mir ist ein Lehrer suspendiert worden, ich habe das ganze Leben noch vor mir, ich werde studieren und jeden Mann kriegen, den ich haben will, ich sehe Ölscheichs, Prinzen und Filmstars vor mir knien, ich sehe drei Kinder und eine große Villa im Grünen, ich will nicht auf einem Traktor enden, irgendwo in Österreich!«

Jonas blickte auf die ausgestreckte Hand vor sich. Nach einigen Sekunden gespielten Zögerns schlug er ein.

»Ich schwöre, sobald ich das Gefühl habe, etwas ist nicht in Ordnung, steige ich auf die Bremse.«

»Was wahnsinnig viel nützen wird«, erklang es von rechts.

»Aber ich will's jetzt wissen!«

Mit einem Sprung war Werner zurück auf seinem Platz. Die Beine stemmte er vor sich gegen die Verkleidung, mit den Händen hielt er sich an einer Querstrebe hinter dem Fahrersitz fest. Auf ihrer Seite tat Vera das Gleiche.

»Und das Schild muss groß werden«, sagte sie.

»Was für ein Schild?«

»Ich glaube, sie meint ihren Grabstein«, sagte Werner.

»Fanta Street!«

»Ach so. Du kriegst ein Straßenschild, das von den echten hier in der Gegend nicht zu unterscheiden ist. Montage inbegriffen.«

»Dann laber nicht, sondern fahr los, damit wir es hinter uns bringen!«

Jonas ließ den Motor an, und in der Sekunde darauf umhüllte sie eine Wolke aus Rauch und Gestank. Auf der gegenüberliegenden Seite des Tals rollte ein Wagen die Piste hinab. Für zwei Fahrzeuge nebeneinander war die Straße zu schmal. Jonas wartete.

»Freundin habt ihr beide keine, nicht wahr?« fragte Vera, während sie zusahen, wie sich der andere Wagen den Berg heraufkämpfte.

»Nein, wieso?«

»Nur so.«

»Wir haben zu viele Verpflichtungen«, sagte Werner.

Beim Anblick von Jonas auf dem Fahrersitz schaute der Mann am Steuer des entgegenkommenden Autos verdutzt. Er bremste kurz, fuhr dann aber doch weiter.

»Kennt den jemand von euch?« fragte Vera.

»Das ist der Dorfgendarm«, sagte Werner. »Er heißt Angerer. Netter Mensch.«

Jonas gab Gas, und der Traktor tauchte über die Kuppe.

»Das überleben wir nicht!« schrie Werner und lachte schrill.

Als die Tachometernadel die Maximalanzeige erreichte, kuppelte Jonas den Gang aus. Die beiden neben ihm riefen und schrien, doch er verstand ihre Worte nicht mehr.

Je schneller der Traktor den Berg hinabraste, desto tiefer versank Jonas in einem Gefühl vollkommener Leichtigkeit. Er fühlte sich schwerelos, geborgen und heiter. Es war, als müsste er nicht mehr atmen, um zu leben. Kein Gedanke störte seine Seligkeit, keine Erinnerung suchte ihn heim, er vermisste nichts und niemanden. Links und rechts der Straße flogen Bäume und Sträucher an ihm vorbei, und er war wie neu.

Ewig stürzen. Das ist das Glück.

19

Als Jonas die Augen aufschlug, sah er Hadans zerfurchtes Gesicht vor sich.

»Na, Schneewittchen? Was machst du für Sachen?«

Er fühlte, dass noch jemand da war, und drehte den Kopf, der bei dieser leichten Bewegung von einem Schmerz durchzuckt wurde, wie er ihn selten erlebt hatte. Links von sich sah er Helen sitzen.

»Er ist bei Bewusstsein«, sagte sie in ihr Funkgerät.

»Was ist los? Wo bin ich?«

»Lager 1«, sagte Hadan. »Du hast ein ziemlich ausgedehntes Nickerchen gemacht. Als du nicht aufwachen wolltest, haben wir begonnen, dich sanft zu schütteln ...«

»Er meint, er hat dir ein paar reingehauen«, sagte Helen.

»Was hätte ich denn machen sollen? Jetzt scheint es dir ganz gut zu gehen. Oder?«

Trotz der Schmerzen und seiner Benommenheit entging Jonas nicht die Unruhe in Hadans Stimme. Er versuchte sich zu erinnern.

»Wie spät ist es?«

»Acht Uhr abends.«

Jonas hielt sich die Hand vor die Augen und wies auf die Lampe, die grell von der Querstrebe des Zeltdaches hing.

»Könntet ihr die dimmen?«

»Dimmen? Was glaubst du, wo du bist, im Hilton?«

»Acht Uhr abends? Ich hoffe, es ist heute und nicht morgen oder übermorgen.«

»Wenn das eine Frage sein soll, ob du heute zum Lager 1 aufgestiegen bist, lautet die Antwort ja. So lange hätten wir dich nicht schlafen lassen.«

»Na, was wollt ihr dann? Ich habe mich eben ausgeruht.«

Hadan klopfte Jonas auf die Brust und kroch nach draußen. Jonas hörte flüsternde Stimmen, die sich nach ihm erkundigten, ohne sie zuordnen zu können. Kurz darauf steckte Sam den Kopf ins Zelt.

»Junge, was machst du für Sachen? Dich muss man an die kurze Leine nehmen! Oder besser ans kurze Seil, einer von den Sherpas soll dich beim nächsten Mal raufschleppen! Was fehlt dir überhaupt?«

»Wir sind hier noch nicht fertig«, sagte Helen, schob Sam hinaus und zog den Reißverschluss am Eingang zu.

»Schau mich an«, sagte sie und leuchtete Jonas mit einer Stiftlampe in die Augen. »Schau nach links ... nach rechts ... okay. Wie fühlst du dich jetzt?«

»Als hätte mir jemand eins übergezogen.«

»Ist dir übel?«

»Nicht allzu sehr.«

»Das ist gut. Diese Nacht kann ich dich hierlassen, aber morgen früh steigst du sofort zum Basislager ab.«

»Das war ja ohnehin geplant, oder?«

»Richtig. Aber die anderen können absteigen. Du musst.«

»Was denkst du denn, was mit mir los ist?«

»Kann ich nicht mit Sicherheit sagen. Ich tippe auf zuviel Sonne und zuwenig Flüssigkeitszufuhr. Jetzt kann man sich ja mit dir unterhalten. Erinnerst du dich an alles?«

»Woher soll ich denn das wissen? So eine Frage kann man ja nie beantworten, das ist unlogisch.«

»Es geht dir sichtlich besser. Auf alle Fälle lege ich dir heute Nacht einen Aufpasser ins Zelt.«

»Das übernehme ich!« rief Sam draußen. »Ich kann sowieso nicht schlafen.«

»He, das sind Patientengespräche! Schon mal was von Diskretion gehört? Verschwinde da!«

»Ganz ruhig, du bist hier nicht in deiner Praxis in Chelsea! Aber ich gehe ja schon! Wollte nur hören, ob es dem Kollegen wieder bessergeht.«

Helen schüttelte den Kopf. »Alles Verrückte hier.«

Sie zog das Blutdruckmessgerät von Jonas' Arm ab und packte es mitsamt dem Rest ihrer medizinischen Ausrüstung, die im ganzen Zelt verstreut war, in ihre Tasche. Jonas bemerkte einen Ausdruck in ihrem Gesicht, den er vorhin noch nicht wahrgenommen hatte.

»Sonst etwas vorgefallen? Alle gut angekommen?«

Helens Ja wurde vom Pfeifen des Windes übertönt, als sie den Reißverschluss am Eingang öffnete. Schnee flockte ins Zelt, Eiskristalle rieselten auf seinen Schlafsack.

»Warte! Was ist los?«

»Nichts ist los. Ruh dich aus.«

»Würdest du mir gefälligst ...«

»Hank Williams hatte einen Herzinfarkt.«

20

In der Woche nach dem Traktorausflug klopfte Hackl, der Postbote, der für seine Wutausbrüche bekannt war und seine Frau und seine Kinder schikanierte, an die Tür des großen Arbeitszimmers, um drei Päckchen abzuliefern, für jeden der Jungen eines. Jonas und Werner hatten gerade Naturwissenschaft.

»Was ist das?« schrie der cholerische Postbote. »Was habt ihr da bestellt? Wie das stinkt! Einer von euch unterschreibt mir den Empfang, dann bin ich hier draußen und komme nie wieder!«

»Ich habe eine Sehnenscheidenentzündung im Handgelenk«, sagte Jonas.

»Ich habe über Nacht das Schreiben verlernt«, sagte Werner.

»Lasst den Blödsinn und unterschreibt mir das auf der Stelle!«

»Hier muss doch irgendwo eine Schere rumliegen.«

»Das riecht ja tatsächlich grauenhaft«, sagte Claudia. »Was immer ihr euch da bestellt habt, hier öffnet ihr es bestimmt nicht. Schafft es fort, und wir machen weiter.«

»Da das dritte Paket an Mike adressiert ist und der nun mal garantiert nichts bestellt hat, wird das eher kein Versandartikel sein. Ich tippe auf irgendeine Gemeinheit. Aha. Also wer immer uns da beschenken möchte, unsere Namen kann er schon mal nicht richtig schreiben.«

»Kriege ich jetzt bald meine Empfangsbestätigung?«

»Das Leben ist voller Unwägbarkeiten«, sagte Jonas.

»Man weiß nie, was kommt«, sagte Werner.

Aus einigem Sicherheitsabstand verfolgte Jonas, wie Werner eines der Päckchen an der Seite aufriss. Neben Werners Uhr, die jemand kaputtgeschlagen hatte, enthielt die Schachtel seine Geldbörse, die er so wie die Uhr aus einer Plastikwanne voller Kuhmist ziehen musste.

»Es muss sich um eine ältere Kuh gehandelt haben«, bemerkte Werner mit Kennermiene. »Wir können den Haufen gleich in den Unterricht integrieren und analysieren.«

»Diese Unterschriften schreibe ich mir selber, und wenn es mich die Pension kostet«, sagte Hackl und ließ die Tür hinter sich zukrachen.

»Haben die Leute hier grundsätzlich etwas gegen euch?« fragte Vera am Nachmittag im Gastgarten einer heruntergekommenen Bar, in der man ihrer Ansicht nach die besten Milchshakes bekam. »Und wenn ja, habt ihr ihnen einen Grund gegeben?«

»Eigentlich nicht«, sagte Werner. »Natürlich nicht, aber aus ihrer Sicht schon. Du weißt wenig über Österreich, wie?«

»Mozart, Schnitzel, Skifahren. Reicht doch.«

»So schlimm ist es auch wieder nicht. Obwohl, na, eigentlich schon. Jedenfalls sind wir den Leuten hier verdächtig.«

»Verdächtig, inwiefern?« fragte Vera.

»Na insofern, als wir etwas Besseres sind«, sagte Werner. »Oder uns aus ihrer Sicht zumindest dafür halten.«

»Tut ihr das etwa nicht?«

»Ich halte mich für nichts Besseres«, warf Jonas ein. »Ich bin nur anders.«

»Ich halte mich nicht für etwas Besseres«, sagte Werner, »ich bin etwas Besseres. Ich bin intelligent, gebildet, kultiviert, charmant, trotz meiner jungen Jahre schon ein Sir ...«

Vor Lachen spuckte Jonas seinen Milchshake über den Tisch.

»Jawohl«, rief Werner, »und ich wasche mich täglich, schneuze mich nicht ins Tischtuch, esse mit Messer und Gabel ...«

»Und du bist ein Arsch«, sagte Vera.

»Aber ein lustiger Arsch. Und du wirst schon noch merken, wo du hier gelandet bist.«

»Langsam verstehe ich, wieso man euch Kuhmist zuschickt.«

Jonas zahlte und stand auf, die anderen folgten ihm. Er war nervös, ohne zu wissen warum. Auf dem Weg zum Kleiderladen, der ein paar Wochen zuvor aufgemacht hatte, tänzelte er beim Gehen wie ein kleiner Junge, kratzte sich, obwohl ihn nichts juckte, und schaute in den Himmel, obwohl ihn im Augenblick dort oben wenig interessierte. Die anderen bemerkten zum Glück nichts davon, sie waren viel zu sehr auf ihre Debatte konzentriert.

»Man muss das doch sagen dürfen«, rief Werner. »Manches ist besser, manches schlechter. Manche Leute können mehr als andere. Das muss man doch klar sagen dürfen!«

»Man muss aber nicht alles sagen, was man sagen darf. Schon mal was davon gehört, dass man auch zu klug sein kann?«

»Das bin ich ganz bestimmt!«

Als sie das Geschäft betraten und Werner an einem Ständer mit Sonnenbrillen haltmachte, drängte sich Jonas neben Vera und sagte leise:

»Er meint es nicht wirklich so. Ihm macht es Spaß, solche Sachen zu sagen, aber in Wahrheit ist er bloß traurig.«

»Traurig worüber?«

»Dass die Leute ihn nicht verstehen.«

»Was denn verstehen? Ach, erzähl mir das nachher, such dir jetzt endlich ein Hemd, in dem du nicht wie ein Flughörnchen aussiehst.«

Sie versetzte Jonas einen Stoß Richtung Herrenabteilung. Die Berührung ihrer Hand auf seiner Schulter ließ ihn zusammenzucken. Er war so verwirrt, dass er beinahe eine Verkäuferin umgerannt hätte.

Früher war es Jonas egal gewesen, ob seine Socken zu den Schuhen passten oder ob sich die Farbe seines T-Shirts mit der seiner Hose vertrug, doch seit einiger Zeit machte es ihm Spaß, neue Kombinationen auszuprobieren, so wie er öfter vor dem Spiegel mit seiner Frisur experimentierte, heimlich natürlich, um sich Werners Spott zu ersparen.

Bei den Hemden hatte er kein Glück, aber er fand zwei Jeans und drei T-Shirts, und wie üblich kaufte er alles doppelt. Für Mike nahm er einen Pyjama mit aufgedruckten bunten Autos dazu.

»Erste Sahne«, sagte Vera, als die Jungen umgezogen vor ihr standen, »langsam werden Menschen aus euch.«

Jonas sagte nichts. Er roch den Duft von Süßigkeiten und wusste, er würde sich ewig an diese Situation erinnern und sie mit diesem Geruch verbinden. Menschen, die sich auf dem Weg zur Kasse an ihm vorbeidrängen mussten, schimpften, die Klimaanlage blies ihm eisige Luft in den Nacken, und er stand nur da, diesen Geruch in der Nase.

In jener Minute, im Bann von Veras prüfendem Blick, begriff er, dass etwas vorbei war. Das Neue, das er mehr ahnte als fühlte, war aufregend und verheißungsvoll und verlockend wie nichts zuvor. Und doch schreckte ihn das Bewusstsein, dass es kein Zurück mehr gab zur erwartungslosen Unschuld.

21

»Wird schon alles gutgehen mit dem alten Kerl. Gerüchteweise hat er schon drei Herzinfarkte überstanden. Wenn das stimmt, muss der ja verrückt sein, überhaupt herzukommen. Aber von dem Schlag gibt es hier einige. Hast du dir die Ausrüstung von den Typen angesehen, die seit vorgestern neben uns wohnen? Die haben rein gar nichts. Vermutlich wollen sie sich alles zusammenklauen.«
»Schlaf gut, Sam.«
»Ich schlafe noch nicht. Kann sowieso nicht schlafen in der Nacht. Tagsüber fallen mir dann die Augen zu. Verdammt, ich habe tatsächlich geglaubt, du hast ein Hirnödem abgekriegt. Weißt du, was ein Hirnödem ist?«
»Ja, Sam, das weiß ich.«
Draußen waren Stimmen zu hören, jemand lachte. Eine Windböe prallte gegen die Zeltwand, als hätte jemand mit einer mächtigen Faust dagegengeschlagen. Jonas fror. Er wickelte sich fest in seinen Schlafsack.
»Ganz rätselhafte Sache«, sagte Sam. »Durch die Höhe tritt die Flüssigkeit aus den Blutgefäßen im Hirn aus, und in den Adern verbleibt die restliche Pampe. Überleben nicht viele. Einziges Mittel dagegen ist sofortiger Abstieg. Aber du hast definitiv was anderes. Einen Sonnenstich wahrscheinlich.«
»Kannst du bitte aufhören, mir in die Augen zu leuchten?«
»Ich sage ja, alles in Ordnung. Den einen oder anderen wird es erwischen, daran besteht kein Zweifel. Hadan macht das perfekt, an seinem Akklimatisierungsplan gibt es nichts auszusetzen, und doch wirst du niemals eine hundertprozen-

tige Garantie haben, dass du heil runterkommst. Bei all den Amateuren und Glücksrittern, die da unten durchs Basislager spazieren, sieht die Angelegenheit freilich noch schlimmer aus. Die besaufen sich eine Woche und hüpfen dann launig den Berg hoch, und wenn sie merken, sie haben sich übernommen, ist es zu spät. Wenn sie es merken. Dein Hirnödem merkst du ja selbst gar nicht mehr, das merken die anderen.«

»Was ist denn das für eine Besessenheit von Hirnödemen hier?«

»Ist doch wirklich ein erstaunliches Phänomen. Da sickert dir das Wasser aus den Adern, und ...«

»Sam!«

»Willst du auch ein Bier?«

»Du hast Bier hier hochgeschleppt?«

»Bloß fünf Flaschen. Nach so einer Nacht wie gestern muss man sein inneres Gleichgewicht wiederherstellen. Zwei sind noch da. Willst du eine?«

»Nein, Sam, ich möchte kein Bier. Ich bin müde.«

Jonas hatte kaum Gefühl in den Zehen. Er setzte sich auf, um sie zu reiben und die Blutzirkulation wieder in Gang zu bringen. Kurz wurde ihm schwarz vor Augen.

»Müdigkeit ist am Everest ein Dauerzustand«, sagte Sam. »Da oben sollte man gar nicht mehr schlafen. Die Gefahr, nicht mehr aufzuwachen, ist zu groß. Wird einigen von den Lümmeln passieren, die hier nichts zu suchen haben. Wollen alle groß rauskommen. Werden dann, nachdem sie sich den Everest erschlichen haben, indem sie die Leitern und die Fixseile und manchmal sogar den Sauerstoff anderer Teams nützen, zu so etwas wie Bergsteigerstars, woraus sie eine Karriere als Persönlichkeits- und Motivationstrainer entwickeln oder zumindest anfangen, gutbezahlte Vorträge zu halten. Ein Haufen Mistkerle ist das. Und wenn eine anständige Expedition wie unsere hoch oben auf einen von denen stößt, der einen Schritt zu weit gegangen ist und jetzt in der Scheiße sitzt, heißt es dem Trottel den Arsch retten und die eigenen Chancen begraben. Gerecht ist das nicht. Zumal der Scheißer dich umgekehrt nicht retten würde, der würde an dir vorbeistapfen und fröhlich das Trikot seiner blöden Baseballmannschaft, oder was immer er mitgenommen hat, da oben auf den Gipfel legen. Fairness verliert. Die Arschlöcher schmarotzen sich durch und ruinieren den Berg. Das ganze Bergsteigen ruinieren die. Gehören einfach nicht hierher.«

Allmählich kehrte Gefühl in seine Zehen zurück. Jonas nahm sich den anderen Fuß vor.

»Als Bergsteiger gehöre ich auch nicht hierher. Ohne die Bergführer und die Sherpas käme ich nie und nimmer auch nur in die Nähe des Gipfels, da hat Hadan recht.«

»Das glaube ich nicht. Du machst einen ziemlich harten Eindruck. Außerdem bist du ein Tiefstapler. Ein stilles Wasser. Dass du Marc Boyron kennst, hast du verschwiegen, als ich dir von seinem Abenteuer erzählte, mir machst du nichts mehr vor. Wahrscheinlich hast du schon vier oder fünf Achttausender in der Tasche und redest bloß nicht darüber. Auf alle Fälle gehörst du hierher, denn du bist ein anständiger Bergsteiger in einem anständigen Team. Dieses Team beseitigt seinen Müll, es zahlt den Einheimischen mehr, als es müsste, und alle Teilnehmer sind in guter physischer Verfassung. Immerhin haben wir keine Beinamputierten dabei. Hast du das Blindenteam schon gesehen? Na, sie dich auch nicht. Okay, schlechter Scherz. Soll eines angekommen sein, lauter Blinde. Mann Gottes! Es wird jeden Tag eine Rettungsaktion geben. Apropos gute physische Verfassung, ich habe gestern einen Blick auf unsere Italienerin beim Duschen werfen können, das ist eine sensationelle Erscheinung. Obwohl mir die andere beinahe besser gefällt, diese Nina.«

»Ist es nicht schlecht für deine Stimme, wenn du soviel redest?«

»Auch schon egal. Besser wird sie nicht mehr, und an die Schmerzen gewöhnt man sich. Das ist gar nichts gegen das, was noch kommen wird. Bist du vorbereitet? Auf die Schmerzen? Auf die Kälte? Die Kälte ist grauenhaft, ich kann sie nicht leiden. Du willst wirklich kein Bier?«

»Bin viel zu müde, ich schlafe jetzt lieber.«

»Ist dir übel?«

»Ein wenig.«

»Na, ich nehme mir noch eines. Ich habe mal meinen Bruder in Japan besucht, da habe ich mich überhaupt nur von Bier ernährt. Jeden Abend diese Geschäftsessen mit rohem Pferd und rohem Huhn und rohem Schmetterling oder was weiß ich, mit Fischköpfen und zuckenden Tentakeln, weit und breit kein Steak, und diese Schlitzaugen sitzen da in ihren Anzügen und auf Socken und grinsen dich heimtückisch an, jaja, das esst ihr Westler nicht, jaja, das schafft ihr nicht. Als ob das ein Scheiß-Wettkampf wäre. Habe ich eben nur mehr Bier getrunken. Hat bessere Kalorien. Flüssiges Brot hat es mein Großvater immer genannt. Ist allerdings nicht sehr alt geworden. Aber jetzt erzähl mir doch endlich, wo du Marc Boyron kennengelernt hast. War das in der Antarktis?«

Jonas steckte auch den zweiten Fuß zurück in den Schlafsack. In der Tasche seiner Jacke, die er als Kopfkissen benutzte, fand er einen Eiweißriegel. Zum Essen musste er sich zwingen. Seine Kehle fühlte sich wund an, das Schlucken schmerzte, und der erste Bissen blieb ihm im Hals stecken.

»Nein, nicht in der Antarktis«, sagte er. »Ich kenne ihn aus Hossegor.«

»Was ist denn das bitte?«

»Ein Ort in Frankreich. Er war kurz mit einer alten Freundin zusammen. Morgen kann ich dir gern mehr darüber erzählen, doch jetzt gehst du raus, und ich schlafe eine Runde.«

»Morgen? Was heißt morgen? Womöglich hast du doch ein Hirnödem und kratzt heute Nacht ab, dann nimmst du die Geschichte mit ins Grab! Raus damit!«

»Gute Nacht!«

»Aber sag mir nur, warst du da schon ein Bergsteiger?«

»Sam, ich bin auch jetzt noch kein Bergsteiger. Geh und versuch Neuigkeiten über Hank zu erfahren, das interessiert mich weitaus mehr.«

»Wenn du heute Nacht stirbst, bin ich sauer. Ich gehe, vielleicht finde ich jemanden, der etwas über Hank weiß und ein Bier übrig hat. Kann ich dich wirklich allein lassen? Du fällst mir nicht ins Koma?«

»Menschenskind, wie gern würde ich ins Koma fallen! Raus jetzt!«

Trotz des Schwindels und des fürchterlichen Stechens in seinem Kopf setzte sich Jonas auf und zog am Reißverschluss des Zelteingangs. Der Wind blies ihm feine Eiskristalle ins Gesicht. Der Geruch gebratener Bohnen stieg ihm in die Nase. Über den Bergen, die in der Dunkelheit noch massiger und bedrohlicher wirkten, leuchteten die Sterne, hoffnungslos fern. Er atmete weiße Wölkchen in die Nacht. Ein Gedanke an Marie blitzte in ihm auf, er verdrängte ihn.

»Und du bist sicher, dass …?« fragte Sam.

»Ja, ich bin sicher, dass.«

Hinter Sam zog er den Reißverschluss zu und legte sich wieder hin. Seine Augen brannten, und er rang nach Luft. Er drehte sich auf die Seite, versuchte langsam und gleichmäßig zu atmen. Gedämpft drang Sams rauhes Lachen an sein Ohr, bald übertönt vom Grollen einer Lawine, die irgendwo an einem benachbarten Berg niederging. Danach hörte er nur noch den Wind, der mal leise ums Zelt strich, mal hart gegen die Wände schlug, als wollte er es umwerfen.

Wind. Damals, kurz nach seiner mysteriösen Krankheit, hatte er ihn sehen können. Sehen wie eine Farbe oder einen Gegenstand.

22

Wenn er nicht bald den Knopf drückte, würde der Fahrer nicht wissen, dass jemand aussteigen wollte. Er würde an der Haltestelle vorbeifahren. Jonas würde ein paar Kilometer zurück zu Fuß gehen müssen, und das gerade heute, gerade jetzt, wo er doch wusste, dass Vera zu Besuch kam, ja wahrscheinlich schon da war. Er würde Stunden auf der Straße zubringen, und die anderen würden vermutlich ohne ihn losfahren. Sie hätten Spaß am See, er würde marschieren. Es wäre ungefähr das Sinnloseste und Idiotischste, was er machen könnte.

Die Landschaft zog am Fenster des Busses vorbei.

Jonas drückte den Rufknopf nicht.

Durch das Heckfenster sah er, wie die Haltestelle kleiner und kleiner wurde.

Sein Herz setzte einen Schlag aus. Er war erfüllt von einem überwältigenden Aufruhr, von Angst, Neugier, Glück. Zugleich fühlte er kaum noch den gepolsterten Sitz unter sich.

Der Bus fuhr.

Jonas saß.

23

Wider Erwarten hatte Jonas Schlaf gefunden, und als sie sich bei morgendlicher Finsternis in Marsch setzten, fühlte er sich beinahe ausgeruht. So gut kam er voran, dass ihn Alex, der Bergführer, den ihm Hadan zur Seite gestellt hatte, allein weitergehen ließ und sich um schwächere Teammitglieder kümmerte.

Zum vierten Mal durchquerte er den Eisbruch, hörte das Zusammenstürzen von Séracs und das unheilvolle Knirschen des Gletschers, zum vierten Mal tappte er mit Steigeisen an den Schuhen über wackelige Leitern, unter sich eine funkelnde Leere, die nach ihm zu fassen schien. Im Morgengrauen begegneten ihm Menschen, er erkannte ihre Gesichter nicht. Ihm war kalt, er fühlte sich einsam.

Seit er von Europa aufgebrochen und nach Kathmandu geflogen war, hatte er die Gesellschaft eines Freundes noch nie so vermisst wie an diesem Morgen im Eis. Eine Stunde mit Tanaka beim Tee in der New York Bar in Shinjuku, ein Essen mit Shimon im Dolphin Yam in Jerusalem, eine Partie Squash mit José, ein paar Minuten bei Salvo, und er hätte sich etwas weniger klein und verloren gefühlt. Doch ein Zurück gab es nicht.

Außer Tanaka war Shimon der einzige gewesen, dem Jonas verraten hatte, wohin er ging. Warum, hatte dieser gefragt, warum tust du das? Jonas hatte nicht geantwortet, weil er längst aufgehört hatte, sich diese Frage zu stellen. Tja, hatte Shimon gesagt, ich werde leider nicht dasein, um deine Einzelteile aufzusammeln. Tja, hatte Jonas geantwortet, ich bin ja auch kein Jude.

Jonas' Gedanken und Gefühle kreisten selten um ein Warum, sie waren besessen vom *Warum nicht*, von dieser lapidar wirkenden Frage, besessen von diesem Spiel. Einst hatte er es begonnen, ohne es zu verstehen, er hatte erst lernen müssen, dass das *Warum nicht* stärker war als das bloße *Warum?* Es war aber auch stärker als man selbst. Auch das hatte er lernen müssen.

Im Basislager warf er seinen Rucksack ins Zelt, zog sich um und lief hinüber ins Messezelt, um Neuigkeiten über Hank zu hören. Zunächst musste er jedoch an Ort und Stelle eine Untersuchung durch einen zufällig anwesenden Arzt über sich ergehen lassen, der eigentlich zu einer anderen Expedition gehörte. Währenddessen erfuhr er, dass Hank mit dem Hubschrauber nach Kathmandu geflogen worden war.

»Ist jemand von uns bei ihm?« fragte Jonas. »Habt ihr seine Familie verständigt?«

»Evelyn, die in Kathmandu alles für unser Team organisiert, hat angeblich bereits im Krankenhaus auf ihn gewartet«, sagte Sven. »Sie wird sich wohl auch darum gekümmert haben.«

»Wie ist das überhaupt passiert?« fragte Nina, die kurz nach Jonas angekommen war.

»Ich habe ihn in seinem Zelt gefunden«, erzählte Pemba. »Er klagte über Übelkeit und Schmerzen in der Brust. Ich bin zum Zelt von Dr. Helen gelaufen, aber sie war schon weg. So bin ich zu Mr. Jim.«

»Wer ist das?« fragte Jonas.

»Der Kerl, der Sie gerade untersucht«, sagte der fremde Arzt neben Jonas.

»Angenehm.«

»Freut mich auch.«

»Und was war dann?«

»Als ich bei dem Patienten eintraf, war er nicht mehr bei Bewusstsein«, sagte Dr. Jim. »Herzschlag und Atmung funktionierten noch, also habe ich ihn an eine Infusion gehängt und empfohlen, ihn schnellstmöglich an einen Ort zu bringen, wo er intensivmedizinische Versorgung bekommen kann.«

»Sind Sie Kardiologe?«

»Hautarzt.«

»Und was meinen Sie, kommt er durch?«

Der Arzt nahm sich ein Stück in Plastik verpackten Kuchen vom Tisch. Erst jetzt bemerkte Jonas, dass ihm zwei Finger der rechten Hand fehlten.

»Ich darf doch? Danke. Ich würde sagen, wenn er es einmal nach Kathmandu geschafft hat, stehen die Chancen gut. Der stirbt denen schon nicht unter den Händen weg. Die sind prima, darf ich mir davon ein paar mitnehmen?«

Am frühen Abend erwachte Jonas in seinem Zelt und stellte überrascht fest, dass er vier Stunden ohne Unterbrechung geschlafen hatte. Erstmals seit langem fühlte er keine Schmerzen, nicht einmal kalt war ihm. Zwar würde dieser wohlige Zustand nicht lange andauern, doch in diesem Augenblick kamen ihm vor Dankbarkeit und Erleichterung fast die Tränen.

Er nahm ein Buch in die Hand und begann zu lesen. Weit war er noch nicht gekommen, als Marcs Gesicht am Zelteingang auftauchte.

»Bist du endlich wach? Wurde auch Zeit!«

»Du warst vorher schon hier?«

»Das ist das vierte Mal. Der Eisbruch hat es in sich, wie? Es ist weniger die physische Anstrengung als die Anspannung, die Angst, diese ständige Aufmerksamkeit, das Lauschen, ob im nächsten Moment irgend so ein Eisberg auf dich herabstürzt, das alles zehrt an den Nerven. Zieh dich um, wir gehen zur Ablenkung was trinken.«

»Ein Bier kriegst du auch bei uns im Messezelt.«

»Lass uns lieber eine Bar am anderen Ende des Camps suchen. Oder willst du ständig dieselben Gesichter um dich haben?«

»Hier gibt es eine Bar?«

»Na ja, nicht wirklich. Ein Zelt, in dem sie drei oder vier Tische aufgestellt und aus irgendwelchen Holzlatten eine Thekenimitation zusammengenagelt haben. Aber besser als nichts. Man tut so, als wäre es eine Bar.«

Jonas war einverstanden, und so machten sie sich auf den Weg.

Seit seiner Ankunft schienen unzählige weitere Menschen ins Basislager eingezogen zu sein. Überall surrten Generatoren, wurden neue Gebetsbänder gespannt, riefen Sherpas einander Anweisungen zu. Immer wieder wurde Marc aufgehalten, wobei sich Jonas, dem der Sinn gerade nicht nach neuen Bekanntschaften stand, abseits hielt, und manchmal wies Marc ihn auf Bergsteiger hin, von denen er haarsträubende Anekdoten zu erzählen hatte, über selbstmörderische Klettertouren in Patagonien, in den Alpen oder im Yosemite.

»Die Hälfte dieser Leute müsste längst tot sein«, staunte Jonas.

»Vermutlich noch mehr. Das sind ja nur die Geschichten, die ich kenne. Ich muss immer lachen, wenn ich in der Zeitung über einen von denen lese, was für ein vorsichtiger Bergsteiger er sei. Hahaha, jede Wette, dass ich den schon ohne jede Sicherung durch dreißig Meter hohe vereiste Wasserfälle klettern gesehen habe. Vorsichtig, das ist das, was sie ihren Frauen zu Hause erzählen. Oder vielleicht sind sie wirklich so blöd und glauben, sie seien es. Sie sind es natürlich nicht. Man sollte es ihren Frauen und Kindern sagen.«

»Und warum sind sie es nicht?«

»Das ist mir auch ein Rätsel. Ich nenne es Hybris, und die nennen es Spaß. Mir macht es keinen Spaß, mir vorzustellen, wie meine Kinder weinen, weil ich von einer Tour nicht zurückkomme.«

»Wie geht es deinen Kindern? Philippe und Catherine, stimmt's?«

»Die sind schon beide in der Schule. Er will Fußballer werden, sie Ärztin. Umgekehrt wäre es mir lieber. Sie fügt mir dauernd Wunden zu, nur um mich dann verarzten zu können, und er hat mir innerhalb einer Woche drei Fenster und das Aquarium zerschossen.«

Die Bar, die Marc ausgesucht hatte, bestand aus einem offenen Zelt, in dem außer einem kurzen Tresen aus Holzfässern einige Tische und Stühle standen, um die eine große Zahl an Wärmestrahlern aufgebaut war, sodass manche Gäste trotz der Abendkälte in über 5000 Metern ihr Bier im T-Shirt trinken konnten.

»Eigentlich pervers«, sagte Jonas bei diesem Anblick. »Yaks und Einheimische schleppen all dieses Zeug hier rauf, damit wir so tun können, als wären wir in unserer Stammkneipe.«

»Ich weiß, dass es falsch ist, aber ich bin trotzdem dankbar dafür, ich kann es nicht anders sagen.«

Nachdem Marc der Kellnerin ihre Bestellung zugerufen hatte, schickte er einen Journalisten weg, der um ein Interview für die Online-Ausgabe seiner Zeitung bat, und fixierte Jonas, als wollte er seine Gedanken lesen.

»Nun verrate mir mal, wieso du mir nichts davon erzählt hast, dass du zum Everest gehst.«

Jonas zuckte die Schultern. »Ich konnte nicht wissen, dass du hiersein würdest.«

»Ganz egal, ich hätte dir die eine oder andere Information

liefern können, die für dich nützlich gewesen wäre. Wie bist du auf die Idee gekommen, dich bei Hadan einzukaufen?«

»Hältst du ihn für keinen guten Expeditionsleiter?«

»Das ist weder, was ich gesagt habe, noch was ich sagen will. Aber du hättest dich direkt an mich wenden können. Ich hätte dir deine eigene Expedition zusammengestellt. Du hast da ja ein paar ziemlich unmögliche Leute in deinem Team, sowohl unter den Kunden als auch unter den Sherpas.«

Eine Kellnerin mit einer auffälligen blonden Langhaarperücke brachte das Bier. Ein Betrunkener rempelte Marc von hinten an, der wiederum eine größere Menge seines Getränks auf seiner Hose verschüttete. Der Betrunkene entschuldigte sich grinsend. Hinter ihm johlten seine Freunde, rotgesichtige Amerikaner, deren Markenkleidung eine Spur zu neu aussah.

»Hier laufen wirklich die unmöglichsten Leute rum«, sagte Jonas, »die gibt es wohl in jedem Team.«

»In unserem Team hätte es keine davon gegeben.«

»Ich kenne Helen, so hat sich das ergeben, es war eine Spontanentscheidung.«

»Ist sie gut im Bett?«

»Und ich mag Hadan. Ein interessanter Typ. Er erinnert mich an irgendjemanden.«

»Ich mag ihn auch, aber sein professorales Getue nervt manchmal. Also? Wie ist sie?«

»Ich mag gerade sein Getue, aber egal. Da wir nun keine gemeinsame Expedition aufgestellt haben, warst du mit deinen Landsleuten unterwegs. Was ist denn passiert? Hat sich ziemlich brenzlig angehört.«

»Erstens wurde das hier unten bestimmt wie üblich dramatisiert, das waren nicht mehr als 70 auf der Inford-Skala, und zweitens lenkst du ab. Ich ...«

»Was ist denn bitte die Inford-Skala?«

»Kennst du nicht? Brian Inford war ein Airforce-Pilot, der für seine wilden Manöver in der Luft ebenso bekannt war wie für seine Abenteuerlust. Von ihm stammt die Inford-Skala, mit der man Lebensgefahr misst. Was heißt messen, wir reden natürlich in erster Linie von subjektiver Einschätzung. Der Bursche ist mit dem Motorrad von einer Insel über einen Abgrund zur anderen gesprungen und hat dafür gerade mal 60 von 100 Punkten auf seiner Skala ausgegeben, das wären bei mir 99. Gestorben ist er übrigens beim Wechseln einer Glühbirne.«

»Stromschlag?«

»Von der Leiter gefallen.«

»Ich glaube dir kein Wort.«

»Gut so.«

»Jedenfalls hat sich niemand gewundert, als ihr in Schwierigkeiten geraten seid. Ich höre, ihr seid ohne Puja aufgebrochen.«

»Die können mich mal mit ihrer Puja«, sagte Marc und fing ohne hinzusehen den Betrunkenen von vorhin auf, der gestolpert war und auf ihn zu fallen drohte. »Immer dieses Gesinge und Gebete und dazu noch dieser Gestank. So einen Zirkus ertrage ich einfach nicht. Erzähl mir jetzt mal, was es bei dir Neues gibt.«

»Erzähl mir jetzt mal, was da oben passiert ist.«

»Ich weiß, dass du ungern über dich redest, aber dann erzähle ich auch nichts. Und so leicht wird man mich nicht los. Ich werde da am Berg ein Auge auf dich haben.«

»Was heißt das?«

»Ich gehöre jetzt zu euch. Ich habe mich Hadans Team als freier Bergführer angeschlossen. Als Freischaffender, wenn man so will. Als Konsulent.«

»Ein Everestkonsulent? Und wie hast du das vereinbart?«

»Erstens leuchtet es Hadan längst ein, dass seine Truppe vor allem qualitativ unterbesetzt ist, auch wenn er es nicht zugeben will, und er ist dankbar für jede Hilfe. Wusstest du, dass keiner seiner drei Bergführer je auf dem Gipfel war? Eben. Der eine ist mal bis zum Südsattel gekommen, das war's. Zweitens bin ich der billigste, den er kriegen kann, denn ich koste gar nichts. Du kennst ihn ja mittlerweile ein wenig und weißt, dass ihm das zusagt.«

Neben Jonas wummerten plötzlich Technobeats aus großen Boxen, die ein hagerer Riese in Jeans aufgebaut hatte. An den Tischen ringsum, die von aufgekratzten jungen Leuten besetzt waren, machte sich Begeisterung breit. Ein Kahlkopf forderte die Kellnerin zum Tanz auf, und ein Koloss mit Motorradjacke stieg auf seinen Klappstuhl, der prompt unter ihm zusammenbrach und ihm das Gelächter der übrigen Gäste einbrachte.

»Unsere Expedition hierher erleidet gerade Schiffbruch«, schrie Marc gegen die Musik an und wies auf ein von Hand gemaltes Plakat an der Zeltwand. »Lies mal: *Heute Abend Sagamartha Breezer zum ½ Preis, Musik: DJ Mallory, danach Dub Funk von Pierre & The Echolots*. Ich habe echt nichts gegen gute Laune, aber wenn wir uns unterhalten wollen, sollten wir das Lokal wechseln.«

Marc klemmte einen Geldschein unter den Plastikaschenbecher auf dem Tisch. Fünf Minuten später saßen sie in einem offenen Zelt mit der Aufschrift *Buddha Bar*. Am Tisch neben ihnen telefonierte ein Mann über ein Satellitentelefon mit jemandem, den er offenkundig nicht leiden konnte. Ein Sherpa trat zu ihnen und bot ihnen mit verschwörerischer Miene die Frau an, die hinter ihm stand, keine Sherpafrau, sondern eine Chinesin, die mit gesenkten Schultern auf den Boden starrte. Bevor sie etwas sagen konnten, kam der Barkeeper dazwischen, ein junger Mann mit Rastafrisur, der überall tätowiert zu sein schien, an den Armen, an den Fingern, am Hals und sogar im Gesicht. Sie bestellten bei ihm zweimal Chang.

»Der Typ ist fürchterlich«, sagte der Barkeeper. »Wenn ihr auf der Suche nach so was seid, nicht hier in meiner Bar, okay?«

»Wir haben nichts dergleichen im Sinn«, sagte Marc.

Der Rastamann nickte. »Also zweimal Chang.«

Marc steckte sich eine Zigarre an und musterte Jonas so eindringlich, dass dieser sich auf eine gewichtige Frage vorbereitete. Hoffentlich nichts über Marie.

»Jetzt mal im Ernst. War es wirklich nur die Sonne, die dich gestern umgehauen hat? Was denkst du?«

»Ich bin kein Arzt, aber das halte ich für recht wahrscheinlich. Zumindest hat es sich so angefühlt.«

»Also nicht die Höhe?«

»Warum fragst du so?«

»Weil das wichtig ist. Wenn du schon so weit unten ein bedeutendes Problem mit der Höhe hast, eines, das sich in neurologischen Störungen auswirkt, solltest du nicht weitermachen. Da fliegen wir lieber nach Kathmandu zurück und ich zeige dir, welche raffinierten Cocktails mein Kumpel Joe in seiner Bar mixt.«

»Es war die Sonne«, beharrte Jonas. »Die Mütze hatte ich in den Rucksack gesteckt, als es heiß wurde, aber die Schirmkappe stattdessen rauszuziehen ist mir nicht eingefallen. Zudem hatte ich zuwenig Wasser dabei, ich war wohl ziemlich dehydriert, als ich ankam.«

»Jedenfalls will ich, dass dich ein Arzt ansieht.«

»Noch einer? Helen und dieser Jim haben keine Befürchtungen in dieser Hinsicht.«

Marc zog an seiner Zigarre, verschränkte die Arme und schüttelte energisch den Kopf.

»Jonas, ich habe mich umgehört. Diese Ärztin in deiner Expedition, deine hübsche Freundin Helen, ist das erste Mal in dieser Höhe, auch wenn sie so tut, als hätte sie schon Hillary persönlich auf den Everest gebracht, und sie ist nur deshalb bei euch, weil Hadan erstens auf sie abfährt und zweitens ein Geizkragen ist. Von Höhenmedizin hat die keinen Schimmer. Und dieser Jim war einer der unfähigsten Medizinstudenten, die je ihren Abschluss gekriegt haben, angeblich auch nur durch Beziehungen. Er arbeitet ja als Hautarzt, und mein Gewährsmann schwört, er war dabei, als der Wahnsinnige dem Fußpilz eines Jungen mit dem Lötkolben zu Leibe rücken wollte, weil er den Pilz für eine Ansammlung von Warzen hielt. Dort nennen sie ihn seither Lötkolben-Jim. Wahlweise auch Dreifinger-Jim. Seine Finger hat er nicht etwa wie jeder anständige Mensch beim Bergsteigen verloren, sondern beim Silvesterfeuerwerk. Der Kerl ist ein Trottel. Solchen Leuten sollte man nicht sein Leben anvertrauen. Haben sie mit euch Bluttests gemacht? Die Sauerstoffsättigung bestimmt? Haben sie dir ins Ohr oder in den Finger gepiekst?«

»Nein, wieso, ist das wichtig?«

»Dachte ich mir. Ich bringe dich morgen zu einem Freund. Danach weißt du, woran du bist.«

Jonas willigte ein, und sie wechselten das Thema. Er erkundigte sich nach einigen gemeinsamen Bekannten aus ihrer Zeit in der Antarktis, die er aus den Augen verloren hatte. Am längsten unterhielten sie sich natürlich über Anouk und ihren neuen Freund, einen ehemaligen Tennisprofi.

Über Marie sprachen sie nicht. Einmal bemerkte Jonas, dass Marc einen Augenblick zögerte, doch er redete schnell von etwas anderem.

In der Nacht konnte Jonas nicht schlafen.

Er wälzte sich hin und her. Erinnerte sich an Gesichter, dachte an Menschen, die er lange nicht gesehen hatte, an Ereignisse, die Jahre zurücklagen, an weit entfernten Orten stattgefunden hatten.

Er dachte über Marc nach. Er mochte ihn zwar, doch er war an diesen Berg gekommen, um allein zu sein. Zumindest bis zur Sonnenfinsternis. Der Everest nahm seit fünfundzwanzig Jahren einen Platz in seinen Träumen und Albträumen ein, und den Weg, der ihn hergeführt hatte, war er allein gegangen. Er wollte der Stille und dem Rätsel in sich nachspüren, er wollte Schritt für Schritt diesen Berg hinaufsteigen, ohne nachdenken zu müssen. Er wollte nicht über Freunde nachdenken, über alte Zeiten und Bekanntschaften. Marie, ja, sie war ohnehin immer in seinem Kopf.

Nach dem Everest gern. Wenn er wieder heruntergekommen war, würde er in Kathmandu sein Mobiltelefon einschalten.

Nimm dich nicht so wichtig. Milliarden Menschen vor dir haben geliebt. Die meisten davon hatten irgendwann Pech.

Wie spät es war, wusste er nicht, seine Uhr lag irgendwo am Fußende des Schlafsacks, und er war zu faul, sie zu suchen. Den abnehmenden Geräuschen menschlicher Aktivität zufolge, die von draußen zu hören waren, mochte es weit nach Mitternacht sein. Vermutlich würden die ersten bald wieder aufstehen, um auf dem Weg zu Lager 1 ihr Leben zu riskieren.

Ab und zu knirschten in der Nähe Schritte. Fern rumpelte eine Lawine zu Tal. Jemand übergab sich geräuschvoll, ein Hund kläffte.

Nachdem Jonas eine Weile darüber nachgedacht hatte,

wie es war, seine Haustiere auf den Mount Everest mitzunehmen, hielt er es im Zelt nicht mehr aus. Er zog sich an, nahm den Brief an Marie aus der Mappe und ging hinüber ins Messezelt, wo er sich von Pemba Tee servieren ließ und ihm klarmachte, dass er im Moment an keiner Unterhaltung interessiert war.

»Verstehe, du musst einen Bericht schreiben«, sagte Pemba. »Ist es eine große Zeitung, für die du schreibst?«

»Pemba, ich lese Zeitungen nicht einmal, da werde ich doch nicht für sie schreiben. Gibt es Neuigkeiten von Hank?«

»Ich weiß nur, dass er im Krankenhaus liegt. Brauchst du mehr Licht?«

»Lieber nicht, sonst stolpern hier noch ein paar Nachtschwärmer rein, weil sie unser Zelt mit einer Bar verwechseln.«

Er saß da, zehn Minuten, zwanzig Minuten, eine halbe Stunde, und ihm fiel nichts ein. Am Anfang hatte er es für eine gute Idee gehalten, ihr Briefe in die Zukunft zu schicken, ein paar Zeitkapseln für sie vorzubereiten, sie bei einem Notar zu hinterlegen, doch nun fühlte er sich mehr und mehr albern dabei. Außerdem gefiel ihm nicht, was er bisher geschrieben hatte, nämlich entweder selbstmitleidigen Quatsch oder schmalzige Liebeserklärungen. Wenn sie das in zwanzig Jahren las, fragte sie sich wahrscheinlich, was sie je an dem Kerl gefunden hatte.

»Pemba, was sind das für Geräusche?«
»Welche Geräusche?«
»Hörst du das nicht? Lass das mal mit dem Geschirr!«
»Du hast recht, da ist etwas.«
»Was befindet sich denn hinter dem Zelt?«
»Nichts Besonderes, glaube ich.«

»Sind heute nicht die letzten Sauerstoffbehälter geliefert worden? Wo habt ihr die gelagert?«

»O verdammt! Diese Diebe!«

Jonas nahm eine Stabtaschenlampe vom Tisch und rannte nach draußen.

24

Sechs Monate nach ihrer ersten Begegnung am See kamen Vera und Werner zusammen, einen Monat später war es wieder vorbei, doch an ihrer Freundschaft änderte das nichts. Die Jungen zeigten Vera die Gegend, und an einem der ersten nicht verregneten Tage im April führten sie sie zu Harrys Schweinefarm.

Nach der Besichtigung, die Vera nicht interessierte und keine drei Minuten dauerte, packte Harry eine Kassette mit Tabak aus, in der ein fertiger Joint lag. Er steckte ihn an und gab ihn an Vera weiter. Sie machte einen tiefen Zug und blies den Rauch nach einer Weile durch die Nase aus.

»Das wirkt bei dir aber sehr professionell«, wunderte sich Jonas.

»Ist auch nicht das erste Mal«, antwortete sie und reichte den Joint an Werner weiter.

Werner schaute zu Jonas. Der zuckte die Schultern und nickte. Werner nahm einen Zug.

»Du musst die Luft drinbehalten, so lange du kannst«, erklärte Harry. »Ist echt gutes Zeug, ich hab's von einem Freund, der gerade in Amsterdam war. Da kannst du das ganz legal rauchen und sogar kaufen. Coffee-shops heißen die Läden. Wisst ihr, wie er es über die Grenze gebracht hat? Er hat es unter großen Abziehbildern außen an die Zugwand neben seinem Fenster geklebt. Die sind mit Drogenspürhunden durch, aber gefunden haben sie natürlich nichts, zumindest bei ihm nicht. Kurz bevor er ausgestiegen ist, hat er die Abziehbilder runtergemacht und den Shit reingeholt.«

Jonas bekam den Joint von Werner, der mit aufgeblasenen Backen in der Wiese saß, nach dessen zweitem Zug weitergereicht. Er fing einen erwartungsvollen, fast lauernden Blick von Vera auf, die ihm gegenüber auf ihrer Jacke im feuchten Gras lag. Er machte einen Zug und tat so, als würde ihn das Brennen in seinen Lungen nicht bekümmern. Kurz darauf fühlte er einen angenehmen Schwindel. Er nahm noch einen Zug und gab den Joint an Harry weiter.

»Jetzt konsumieren wir auch noch Drogen«, sagte Werner.

»Wie das Leben so spielt«, sagte Vera.

»Hast du das schon öfter gemacht?«

»Jedenfalls so oft, dass ich jetzt hier sitze und nicht in Kiel.«

»Was soll das heißen?«

»Meine Mutter hat mich vor einem Jahr hierhergebracht, weil sie dachte, ich würde in Kiel drogenabhängig werden. Sie hat mich schon auf dem Strich gesehen. Die liest zuviel.«

Harry schüttelte den Kopf. »Wegen ein paar Joints landet man doch nicht im Elend.«

»Es waren ja nicht nur Joints.«

»Was hast du denn alles genommen?«

»Das ist jetzt egal, jedenfalls bin ich deswegen hier gelandet. Allmählich gewöhne ich mich dran. Auch wenn mir das Meer fehlt.«

»Das ist ja nett«, sagte Werner. »Das hören wir gern.«

»Sei nicht so empfindlich. Du weißt, wie es gemeint war.«

»Weiß ich zwar nicht, aber egal.«

»Das wollte ich euch schon lange zeigen«, sagte sie. »Kiffen ist gut. Es macht fröhlich und entspannt und friedlich.«

»Letzte Woche hat mir ein Typ, der schwer auf Gras war, eins auf die Nase gegeben«, sagte Harry. »Außerdem verblödet man.«

»Merkt man bei dir gar nicht so«, sagte Jonas.

»Weil ich nicht viel rede.«

»Kiffen ist somit abgehakt«, sagte Vera. »Ich habe da eine

Liste, die muss ich mit euch abarbeiten. Sie ist Teil meines Erziehungsauftrags.«

»Harry, du sitzt näher dran«, sagte Werner, »kannst du ihr bitte ein Glas über den Kopf kippen?«

»Was steht denn noch auf der Liste?« fragte Jonas, während er sich bemühte, die wachsende Konfusion in seinem Kopf zu verbergen.

»Dinge, die dir gefallen dürften«, sagte Vera.

»Ja, meinst du?«

»Klar meine ich das.«

»Ihr zwei habt meinen Segen«, sagte Werner, reichte Jonas den Joint und legte sich auf den Rücken. »Ich bin ein Mann der Wissenschaft und des Geistes und nicht für menschliche Zweisamkeit geboren. Ich weihe mein Leben dem Intellekt und nicht der Fleischlichkeit.«

»Du hast echt was auf dem Kasten«, sagte Harry. »So habe ich noch nie jemanden reden hören.«

»Man gewöhnt sich dran«, sagte Vera.

»Ich finde das toll. Aber – he! Die Asche nicht abklopfen, sondern abstreifen, sonst rieselt der Shit mit raus!«

Jonas streifte die Asche an seiner Schuhsohle ab und nahm einen zweiten tiefen Zug. Er musste husten. Harry nahm ihm den Joint weg.

»Übertreiben sollte man es auch nicht, jedenfalls nicht beim ersten Mal. Manchen Leuten geht das auf den Kreislauf. Ich kümmere mich mal um die Tiere, die gehören in den Stall.«

Harry steckte seine Tabakdose ein und verschwand um die Ecke. Jonas legte sich auf den Rücken. Um ihn drehte sich alles. Eine Wolke am Abendhimmel sah aus wie Dagobert Duck. Er musste kichern.

»Bemerkenswert«, hörte er Werner sagen. »Der steht auf, als ob nichts wäre. Ich kann kaum den Kopf heben.«

»Welchen Kopf?« wollte Jonas sagen, doch er war nur zu einem weiteren Kichern imstande.

»Als Nächstes steht auf meiner Liste Kiel. Müsst ihr gesehen haben. Und dann gibt es einen Ort in Frankreich, da müssen wir so bald wie möglich hin, vielleicht noch diesen Sommer. Er heißt Hossegor und liegt direkt am Meer.«

»Nichts für Leute wie uns«, sagte Werner. »Uns verlangt es nach Kultur, nicht nach Strandfröhlichkeit.«

»Die Kultur wird nicht zu kurz kommen. Aber ich will euch etwas Besonderes zeigen. Und ich will euch Surfen beibringen.«

»Das kannst du auch?« fragte Jonas. »Du kannst kiffen *und* surfen?«

Warum er das sagte, wusste er nicht. Er brach in ein meckerndes Gelächter aus, das sich anhörte wie das einer verrückten alten Frau. Werner bekam einen Lachanfall und wälzte sich auf einem Maulwurfshügel.

»Das wird heute noch lustig mit euch beiden«, sagte Vera. »Könnt ihr euch mal zusammenreißen und mir zuhören? Danke.

Es ist mir eingefallen, als ich an unseren Traktorausflug gedacht habe. Wenn ihr so was mögt, mögt ihr auch Surfen. Ich rede von Surfen auf richtig hohen Wellen. Ich denke, das ist etwas für euch. Zuerst muss natürlich klein angefangen werden.«

»Ausprobieren werde ich alles«, sagte Werner. »Aber wieso ist der jetzt mit dem Joint abgehauen? Will der uns etwa vor uns selbst schützen? Wie nobel. Fuck. Möchte noch jemand was zu trinken?«

Er setzte sich auf und nahm einen Schluck aus der mitgebrachten Weinflasche. Jonas war zu matt, um sich aufzurichten. Allmählich fror er im Abendwind, der über die Wiese strich, doch seine Jacke lag bei den Fahrrädern. Genauso gut hätte sie auf dem Mond sein können, beides erschien ihm unerreichbar fern.

»Ich habe gerade eine Vision«, sagte Jonas. »Wir müssen allen Schweinen hier Namen geben.«

»Du hast aber langweilige Visionen«, sagte Vera.

»Das Schwein mit den seltsamen Flecken am Kopf, das aussieht, als hätten es Außerirdische entführt und mit ihm Experimente angestellt, muss auf alle Fälle Gruber heißen«, erklärte Jonas unbeirrt.

»Haha, das sehe ich mir gleich genauer an«, sagte Werner, stand unbeholfen auf und wankte Richtung Stall.

Jonas und Vera blieben schweigend zurück. Die Namen für die Schweine hatte er sofort wieder vergessen.

Er schaute in den von Minute zu Minute dunkler werdenden Himmel, überrascht, welche Gedanken durch seinen Kopf zogen, ohne dass er sie festhalten konnte. Seine Mutter kam ihm in den Sinn, er sah ihr Gesicht, verquollen und stark geschminkt, es verschwand. Er begegnete dem gefolterten Zahnarzt, dessen Bild verblasste, und er sah sich auf dem Ontariosee beim Angeln. Gleich darauf war er in einem großen Schwimmbecken mit violettem Wasser, aus dem Stimmen zu ihm drangen. Ein Soldat stieg daraus empor, schwebte über eine Villa und flog zu den Sternen. Ein Huhn mit umgeschnallter Trommel kam des Weges und trommelte einen Marsch.

»Nicht schlecht«, lachte Jonas.

»Was ist nicht schlecht?« hörte er Veras Stimme dicht an seinem Ohr.

25

Am Tag nach dem versuchten Diebstahl der Sauerstoffflaschen rief Hadan das Team im Messezelt zusammen.

»In den letzten Wochen hat es ein paar Zwischenfälle gegeben, die ich von euch fernhalten wollte, weil sie mit euch persönlich nichts zu tun hatten, oder jedenfalls nichts mit euch zu tun haben sollten. Nun muss ich doch darüber sprechen, weil die Sicherheit von uns allen, so dramatisch sich das anhören mag, gefährdet ist.«

»Wegen der Bulgaren etwa?« fragte Sam. »Denen können wir bestimmt unseren Standpunkt klarmachen, gehen wir doch einfach alle zusammen rüber! Gegen eine gepflegte Bambule ist nichts zu sagen, finde ich.«

»Sam, du solltest dich mehr um deine Stimme sorgen und nicht herumschreien. Es geht nicht um die Bulgaren. Oder vielleicht auch um sie, ich weiß es nicht. Knapp gesagt, ist die Anzahl bedürftiger und zugleich gewissenloser Kameraden am Berg heuer noch höher als in den letzten Jahren. Gestern haben Jonas und Pemba zwei Kerle vertrieben, die sich über unseren Sauerstoffvorrat hermachen wollten. Vergangene Woche sind Medikamente weggekommen, es wurden 5 Kilogramm Milchpulver gestohlen, 50 Kilogramm Reis, einiges an Obst und sogar fünf Flaschen Whisky, die für die Abschlussparty gedacht waren, aber das sind Kleinigkeiten, es geht vor allem um die Ausrüstungsgegenstände. Wir vermissen Stirnlampen, Steigeisen, Seile, Batterien, Funkgeräte und mehr.«

»Hört sich an, als wäre einer von uns der Langfinger«, sagte Tiago in der vordersten Reihe, »einer oder mehrere.«

»Was soll denn das heißen?« rief Nina. »Hältst du uns für Diebe?«

»Ich habe nicht gesagt, dass ich dich oder die zwei Trantüten da hinten oder den Typen mit seiner italienischen Gaunervisage dort für Diebe halte, hör mir wenigstens zu, bevor dir gleich eine Ader platzt! Ich sagte, das klingt so, als wäre es einer von uns! *Uns* schließt selbstverständlich auch die braven Sherpas mit ein, wir sind doch so ein tolles Team, wir alle zusammen, nicht wahr, Hadan?«

»Ruhe!« schrie Hadan in den anschwellenden Tumult. »Das ist genau das, was ich vermeiden wollte! Erstens halte ich es für unwahrscheinlich, dass sich einer von euch Steigeisen, Sauerstoffmasken und Stirnlampen unter den Nagel reißen wird, weil wir die ganz einfach wiedererkennen würden. Und wenn doch, was macht er dann damit, schleppt er das Zeug in ein paar Wochen in der Unterhose zurück bis nach Lukhla? Außerdem handelt es sich mittlerweile schon um ganze Zelte! Heute bekam ich von Ang Babu aus Lager 2 die Funknachricht, dass sich zwei der Zelte, die wir dort bereits aufgebaut hatten, samt Inhalt in Luft aufgelöst haben. Alles ist weg, Schlafsäcke, Kocher, Nahrung, Lampen. Das war mit Sicherheit keiner von uns.«

»Völlig schwachsinnige Argumentation«, verkündete Tiago mit theatralisch ausgebreiteten Armen. »Einer von uns stiehlt die Sachen und verkauft sie hier am Berg günstig weiter. Es laufen genug zerlumpte Gestalten durch das Basislager, die sich über einen Schlafsack freuen werden, der 400 Euro kostet und den sie für 50 oder gar 20 kriegen!«

»Das würden wir aber merken. Wir würden die Gegenstände wiedererkennen.«

»Kriechst du allen hier in die Zelte nach? Nichts merken wir, gar nichts, vor allem nicht, wenn da welche zusammenarbeiten. Leute, die sich schon lange kennen und für die Bergsteiger aus dem Westen nichts als ahnungslose Goldesel sind.«

»Jetzt reicht es mir mit den Unterstellungen!« rief Hadan. »In unserem Team gibt es nur ehrliche Sherpas!«

»Aber wer tut so etwas?« fragte Nina. »Das ist doch unglaublich!«

»Ich sagte ja, die Zahl der unterprivilegierten und skrupellosen Bergsteiger hat in den letzten Jahren zugenommen. Sie haben nicht viel und nehmen das, was sie noch brauchen, von denen, die es haben, ohne jede Scham.«

»Hier unten ist das ein großes Ärgernis«, ergänzte Sven gewohnt ruhig. »Aber stell dir mal vor, du kommst bei Einbruch der Dunkelheit nach achtzehn Stunden Marsch vom Gipfel zurück, und dein Zelt im Hochlager ist weg. Das kann dein Todesurteil sein.«

»Genau so ist es«, sagte Hadan, »und deshalb habe ich euch heute zusammengerufen. Ihr sollt wissen, wie die Dinge stehen. Wir können euch garantieren, dass wir wachsam sein werden. Wir können euch nicht garantieren, dass nicht trotzdem etwas passiert. Ihr müsst wissen, worauf ihr euch einlasst.«

»Ich fordere Zeltkontrollen bei allen«, sagte Tiago.

»Und wie geht es nun weiter?« fragte Sam.

»Wir werden Wache schieben.«

»Wache schieben? Rund um die Uhr?«

»Es bleibt uns wohl nichts anderes übrig. Das betrifft euch aber nicht, darum kümmern wir uns. Ich werde zusätzliche Leute brauchen. Marc Boyron war so freundlich, sich uns anzuschließen, und bringt vertrauenswürdige Westler und Sherpas mit. Je größer das Team ist, desto besser in diesem Fall.«

»Wie ein postapokalyptischer Albtraum«, sagte Nina. »Es gibt keine staatliche Autorität, die Ordnung zerfällt, es bilden sich Gruppen und Grüppchen, die stärkeren Gruppen beginnen die kleineren zu terrorisieren …«

»So schlimm ist es auch wieder nicht«, sagte Hadan über Tiagos höhnisches Lachen hinweg. »Wenn alle einverstanden sind, machen wir weiter wie geplant. Ihr steigt in drei Tagen bis ins Lager 2 hoch und übernachtet da. Ihr werdet alles Nötige vorfinden. Ab sofort ist jedes Lager rund um die Uhr von einem von uns besetzt.«

»Das ist ja sehr beruhigend«, sagte Tiago. »Da schlafe ich gleich viel besser.«

»Eines noch«, rief Hadan in die allgemeine Aufbruchsstimmung. »Unternehmt nichts auf eigene Faust! Beginnt keine Fehden! Wenn ihr etwas Verdächtiges seht, kommt zu mir und berichtet, und ich entscheide, wie es weitergeht. Wegen eines verschwundenen Schokoriegels zettle ich keinen Krieg an.«

»Ich schon«, sagte Tiago und stieß einen der Sherpas am Zeltausgang zur Seite.

Nach der Zusammenkunft wurde Jonas von Marc abgeholt, der ihn in das Lager des argentinischen Teams führte, mit dessen Arzt er seit Jahren befreundet war und der Jonas zur Begrüßung nicht eine Tasse Tee oder eine Flasche Bier, sondern einen Aschenbecher reichte. Marc stellte die beiden vor, der Arzt hieß Paco.

»Na dann mal her mit dem Händchen«, sagte er. »Gleich wissen wir, wie es dem Gipfelstürmer geht.«

»Was wird das jetzt?« fragte Jonas, während er zusah, wie ihm Paco in den Zeigefinger stach und mit einer Pipette ein paar Tropfen Blut auffing.

»Wir bestimmen deine Blutsättigungswerte. Um sich an die Höhe zu gewöhnen, bildet dein Körper verstärkt rote Blutkörperchen, und gleichzeitig wird die Sauerstoffbindung gesteigert. Bei manchen geht das schnell, bei anderen langsamer. Leute, deren Sättigungswert nicht über 80 liegt,

sollten nicht mal zu Lager 1 hochsteigen. Sie tun es natürlich trotzdem. Gestern sind zwei Australier angekommen, die heute gleich weiter aufgestiegen sind. Entweder sie haben Glück und merken selbst rechtzeitig, wie mies es ihnen geht – und es wird ihnen bei Gott mies gehen –, oder sie verbringen die nächsten tausend Jahre da oben. Ein Pflaster noch, damit das Kind nicht weinen muss. So. Bin gleich zurück.«
Der Arzt verschwand im Zelt nebenan.
»Guter Kerl«, sagte Marc leise. »Begnadeter Arzt und komischer Kauz. Hat schon die Pest gehabt.«
»So alt wirkt er aber auch wieder nicht.«
»Nein, im Ernst.«
»Er hat die Pest gehabt?«
»Ja, fast wäre er dran gestorben.«
»Wo kriegt man denn die Pest?«
»Keine Ahnung. Irgendwelche Ratten vielleicht?«
»Ist ja widerlich. Was hältst du eigentlich von diesen Diebstählen und von Hadans Gegenmaßnahmen?«
»Ehrlich? Er dramatisiert das Ganze ein wenig. Hör mal, bist du eigentlich noch mit Marie zusammen?«
Die Frage kam so unerwartet, dass Jonas eine Weile dastand und schweigend auf das absurd kleine Pflaster an seinem Finger starrte. Trotz der Monate, die vergangen waren, fühlte er mit einem Schlag wieder dieses Brennen, das sich in seinem Bauch auszubreiten begann.
»Tut mir leid«, hörte er Marc sagen.
Stumm betrachtete Jonas neben dem Zelteingang den Wimpel eines Fußballvereins. Was da hing, war ihm egal, es hätte auch ein Speiseplan oder ein Reklamezettel für eine der improvisierten Bars im Lager sein können.
Der Arzt, der aus dem Zelt trat, eine Zigarette hinter dem Ohr, eine im Mundwinkel, bemerkte Jonas' Blick.
»Der muss hinauf. Meines Wissens liegt keine Devotio-

nalie der Boca Juniors auf dem höchsten Punkt der Erde, und das muss sich dringend ändern. Einer von unseren Jungs wird dieses kleine Stück Tuch hinaufbringen, und dann ist die Welt so, wie sie sein sollte. Interessiert ihr euch für Fußball?

»Hält sich in Grenzen«, antwortete Jonas.

»In engen Grenzen«, ergänzte Marc.

»Dann könnt ihr keine guten Menschen sein. Weil ich aber einer bin, verrate ich euch, dass der Kerl hier absolut gipfeltauglich ist. Dein Ergebnis ist besser als das der meisten in meinem Team, deine arterielle Blutsättigung beträgt 92 Prozent. Wie oft warst du denn schon hier?«

»Das ist das erste Mal.«

»An anderen Achttausendern aber schon?«

»Leider nein. Ich war nie höher als auf 7000 Metern.«

»In diesem Fall darf ich zu einem ausgeprägten Naturtalent gratulieren. Sollten in meinem Team alle schlappmachen, würde ich dich bitten, die Juniors mitzunehmen. Machst du das?«

Jonas versprach es. Nachdem Paco noch ein paar motorische Tests mit ihm durchgeführt hatte, kehrten Jonas und Marc zum Messezelt ihrer Expedition zurück, wo es keine guten Nachrichten von Hank gab. Er sei ins Koma gefallen.

»Da muss etwas geschehen«, sagte Marc. »Wohin haben sie ihn denn gebracht? Ich werde ein paar Telefonate führen.«

26

Diese Wochen, in denen er nicht viel anderes unternahm, als mit Vera im Bett zu liegen, ihr seine Lebensgeschichte zu erzählen, sich ihre anzuhören, zu essen, zu trinken und mit ihr die Welt neu zu erkunden, wieder und wieder, rochen noch Jahrzehnte später nach Vanille. Es war ihr Parfüm, das ständig und überall in der Luft lag, ihr Geruch, der immer um ihn zu sein schien, selbst wenn sie in der Schule saß und er sich in der Bibliothek Dr. Heins Vortrag über den Nationalismus des 19. Jahrhunderts anhörte.

Meist kam sie am frühen Nachmittag. Er hörte ihr Fahrrad auf dem Kiesweg vor dem Haus knirschen und bekam sofort Herzklopfen, fühlte diese süße Schwäche, es war, als ob aller Geist ihn verließe. Womit er sich gerade beschäftigt hatte, ob er Hausaufgaben machte oder unter dem Mikroskop eine Fliege sezierte, alles wurde beiseitegeschoben, und kurz darauf öffnete er die Haustür, ein unkontrollierbares Lächeln im Gesicht. Keine Minute später lagen sie im Bett und drängten ihre Körper aneinander.

Das Geheimnis, das sich Jonas mit ihr offenbarte, war so groß und so tief, dass von Tag zu Tag sein Staunen und seine Ehrfurcht vor dem wuchsen, der die Existenz all dessen möglich gemacht hatte. Die Natur? Gott? Gleichgültig, wie man es benannte, etwas hatte einst die Dinge in Gang gesetzt, an deren Ende ein Mann und eine Frau miteinander etwas schufen, das größer war als sie.

Sie lagen am frühen Abend auf schweißnassen Laken und diskutierten über Musik, als plötzlich schrilles Gebrüll durchs Haus hallte. Jonas hatte das Gefühl, jemand hätte ihm einen Tritt in den Magen versetzt. So schrie nur einer, und so schrie er bloß, wenn er wirklich verzweifelt war.

Jonas hechtete aus dem Bett, fuhr in seine Jeans und streifte sich ein Hemd über, das er auf dem Weg nach unten zuknöpfte. Im Flur standen Werner und Regina vor dem winselnden Mike, dessen Gesicht vom Weinen verzerrt war und der eine blutige Hand hochhielt.

»Was ist passiert?« rief Jonas. »Hast du die Hand in den Mixer gesteckt?«

»Schau genau«, sagte Werner, »es ist ja nicht bloß die Hand!«

Jetzt erst entdeckte Jonas die Blutspuren auf Mikes T-Shirt und Hose. Er sah den heulenden Mike vor sich und war wie gelähmt.

Vera, die Jonas gefolgt war, wollte sich um Mike kümmern, doch er stieß sie zurück. Regina war es schließlich, die zum Telefon lief und den Hausarzt verständigte.

»So, wo ist dieser ...«

Jonas rannte in den Garten. Sascha saß unter seinem Lieblingsbaum und machte Yoga. Mit geballten Fäusten stampfte Jonas auf ihn zu. Ehe er ihn erreicht hatte, hielt ihn Werner am Arm fest.

»Das bringt doch nichts! Du weißt ja noch gar nicht, was passiert ist!«

»Nein, aber ich weiß, dass dieser Armleuchter wieder mal nicht da war!«

»Reiß dich zusammen! Das ist nicht der richtige Zeitpunkt! Da drinnen wartet jemand auf dich, der dich braucht!«

In der offenen Haustür tauchte die Gestalt des weinenden Mike auf. Noch mehr als seine Erscheinung ließen sein gequältes Schluchzen und seine Rufe Jonas alle Wut vergessen. Er fühlte sich nur noch hilflos.

Der Hausarzt, Dr. Steudte, traf nach einer Viertelstunde ein. Es war schwierig, Mike so weit zu beruhigen, dass eine Untersuchung möglich wurde, denn er strampelte und tobte, bis Jonas ihn in den Arm nahm und Vera den Kater gebracht hatte.

»Sieh mal, Mike, Dagobert ist auch da! Dagobert ist da, der will von dir gestreichelt werden, siehst du? Und ich bin auch da. Alles ist gut.«

Ein wenig beruhigte Mike sich, trotzdem war es nicht einfach, ihn zu entkleiden. Zach gelang es schließlich, und Jonas hätte sich dabei am liebsten die Ohren zugehalten.

Es waren Einschusslöcher, Dr. Steudte zählte dreißig und mehr. Offenbar hatte jemand mit einem Kleinkaliber oder einer Luftdruckpistole auf Mike geschossen, der Arzt wollte sich nicht festlegen, er sei kein Fachmann. Wohl weil Mike es mit den Händen geschützt hatte, war das Gesicht weitgehend unversehrt geblieben, doch sonst fanden sich die Projektile überall, an den Armen, am Bauch und an der Brust.

»So etwas habe ich noch nie gesehen«, sagte Dr. Steudte kopfschüttelnd. »Hier kann ich die Kugeln nicht entfernen, das hält er nicht aus, auch wenn sie nicht tief eingedrungen sind, das geht nur unter Narkose. Darf ich Ihr Telefon benützen?«

Während der Arzt telefonierte, schwiegen alle. Vera fand als erste die Sprache wieder.

»Habt ihr eine Ahnung, wer das war?«

Werner zuckte die Schultern.

»Das können viele gewesen sein. Einer von den Kerlen am See, aber auch irgendein Psychopath, der sein neues Spielzeug ausprobieren wollte.«

»Weißt du, was ich …«, begann Jonas, doch Zach legte einen Finger an die Lippen, weil der Arzt zurückkam.

»Ich kann es mir vorstellen«, sagte Werner.

Der Ambulanzwagen hielt nach einer Viertelstunde vor dem Haus. Beim Anblick der Sanitäter in den roten Jacken begann Mike zu schreien.

»Du brauchst keine Angst zu haben«, sagte Jonas, »das sind keine bösen Männer. Sie wollen dir helfen. Sie bringen dich ins Krankenhaus, und dort machen sie dich gesund.«

Mike krallte sich an Jonas' Oberarm fest und schluchzte von neuem los.

»Mike, ich komme natürlich mit. Ich fahre mit dir im Rettungsauto und passe auf dich auf. Die haben da eine Sirene drin, die unglaublich laut ist, du hast sie auf der Straße schon oft gehört. Vielleicht schalten sie sie ja sogar einmal für dich ein.«

»Das glaubst auch nur du«, sagte der ältere der beiden Sanitäter schroff, ein nervöser Mann mit Schnauzbart und Fettwülsten am Hals.

»Was glaube ich?«

»Dass du bei uns mitfährst. Wir sind kein Taxiunternehmen. Wir laden den ein und basta. Und für den Gebrauch der Sirene gibt es Vorschriften. Du kannst ...«

Zach war von seinem Stuhl aufgestanden und hatte sich vor den Sanitäter gestellt. Schweigend blickte er von oben auf ihn herab.

»Wir könnten eine Ausnahme machen«, sagte der zweite Sanitäter heiser.

»Natürlich, richtig«, sagte der erste. »Die Sirene will er hören? Können wir gern einschalten, wenn er das möchte.«

»Ich fahre hinter euch her«, sagte Zach, mehr zu den Sanitätern als zu Jonas. »Wir sehen uns im Krankenhaus.«

Im Krankenhaus stand ein großes, helles Zimmer mit zwei Betten und einem großen Fernseher bereit. Ein Anruf Piccos beim Chefarzt hatte für einen sofortigen Operationstermin gesorgt. Eine Krankenschwester brachte Mike ein Beruhigungsmittel, und die Sanitäter verabschiedeten sich mit aufmunternden Worten, nachdem Zach ihnen etwas Kleingeld zugesteckt hatte.

Geld oder Gewalt, dachte Jonas, nur so bringt man die Menschen dazu, sich anständig zu benehmen.

Das Medikament machte Mike rasch matt und schläfrig, und so protestierte er nicht, als er in seinem Bett hinaus gerollt wurde, ohne dass Jonas an seiner Seite blieb.

Zach fuhr nach Hause, um herauszufinden, wer geschossen hatte, und Jonas wartete mit Vera und Werner im Aufenthaltsraum der Schwestern, weil die Cafeteria schon geschlossen war und er nicht im Zimmer bleiben wollte, ohne zu wissen warum.

Werner ging es ähnlich. »Ich mag dieses Zimmer nicht.«

»Was daran magst du nicht?« fragte Vera. »Gegen die Höhle, in der du lebst, ist das der reinste Lichtpalast.«

»Es geht nicht immer nur um Licht«, sagte Jonas.

Werner schenkte drei Tassen Kaffee ein und legte einen Geldschein in die offene Kasse neben der Maschine.

»Das war garantiert einer von denen am See.«

»Was macht dich da so sicher?« fragte Vera.

»Ich weiß es einfach. Jonas, was meinst du?«

»Mir egal.«

»Was heißt das?«

»Mir egal, wer das war.«

»Wie bitte? Vor zwei Stunden wolltest du denjenigen noch grillen und vierteilen, und nun ist es dir egal?«

»Ganz recht. Hauptsache, alles geht gut aus.«

Werner setzte sich ihm gegenüber an den wackeligen Tisch, auf dem sich Modezeitschriften und Reisekataloge stapelten.

»Jonas, was ist los?«

Jonas sah ihn an. Keiner von beiden zwinkerte. Er sprach es nicht aus, er dachte es nur.

»Du bist ja komplett wahnsinnig«, rief Werner. »Wieso denn? Das ist doch völlig harmlos, die ganze Sache, das sind oberflächliche Wunden!«

Ich habe trotzdem ein schlechtes Gefühl, dachte Jonas.

Quatsch, hörte er Werners Stimme in seinem Kopf.

Kein Quatsch, dachte er. Etwas Schlimmes passiert.

Es passiert nichts Schlimmes. Denk doch nicht so was.

Man kann nicht immer wegdenken. Es ist da. Ich weiß es.

Quatsch.

Jonas griff nach den Zeitschriften und dachte: Lieber Gott, lass alles gut werden, hilf ihm. Hilf mir.

»Was spinnt ihr zwei da wieder rum?« fragte Vera.

»Männer«, sagte eine alte Krankenschwester und zündete sich eine filterlose Zigarette an. »Die sind alle ein bisschen komisch.«

»Halten Sie die beiden für Männer?« fragte Vera.

»Nein, aber für komisch.«

»Sagen Sie, ehrenwerte Mutter, ist Rauchen hier nicht verboten?« fragte Werner.

»Du bist auch hier verboten. Also?«

»Ui, hier stehen ja ganz tolle Witze«, sagte Jonas. »Was ist orange und geht auf einen Berg?«

»Keine Ahnung«, sagten Werner und die Krankenschwester zugleich.

»Eine Wanderine.«

Es waren achtundzwanzig Zeitschriften, und Jonas hatte sie alle gelesen, war im Bilde über jede Affäre jeder europäischen Prinzessin, über das Alkoholschicksal von Schlagersängern, über die Krankheiten ehemaliger Kinderstars und über den tiefen Fall berüchtigter Manager, als plötzlich der zerknirschte Sascha vor ihm stand und sich mit Tränen in den Augen dafür entschuldigte, Mike am Waldrand allein gelassen zu haben. Jonas winkte ab und schickte ihn wieder nach Hause. Er wollte nicht mit ihm zusammen warten, niemanden außer Vera und Werner wollte er bei sich haben.

»Das dauert ganz schön lange«, sagte Vera.

Jonas versuchte in den Mienen der Schwestern zu lesen, die kamen und gingen, doch ihnen war nicht anzumerken, ob etwas Ungewöhnliches im Gange war. Er öffnete ein Fenster, atmete die klare Nachtluft aus dem Park gegenüber, schloss es geräuschlos. Er zählte die Linien in der Maserung des Fensterrahmens, errechnete alle Primzahlen bis 1000, sagte sämtliche amerikanische Präsidenten auf.

Lieber Gott, bitte hilf uns.

Es war beinahe Mitternacht, als ein Mann im weißen Ärztekittel das Schwesternzimmer betrat und nach einem Blick in die Runde zielstrebig auf Jonas zuging.

»Sie müssen der Bruder sein. Ich bin Dr. Innitzer.«

»Haben Sie Mike operiert? Wie geht es ihm?«

Der Arzt senkte den Blick auf die Papiere, die er in der Hand hielt.

»Nicht ich habe operiert, das war der Chefarzt. Es hat leider Komplikationen gegeben, die … Ich kann Ihnen auch nicht genau sagen, was dazu geführt hat, das werden die Untersuchungen hoffentlich …«

»Was wozu geführt hat? Reden Sie doch!«

»Es muss die Anästhesie gewesen sein. Der Körper Ihres Bruders hat darauf, sagen wir, sehr ungünstig reagiert. Es ist zu einer Hirnschwellung gekommen.«

»Sie wollen mir sagen, mein Bruder ist tot, ist es das?«

»Nein, aber sein Zustand ist kritisch. Um ehrlich zu sein, es sieht nicht gut aus.«

Es war, als würde Jonas für einen Moment aus der Welt gezogen. Von fern nahm er Werners Aufschrei wahr.

»Sie haben ihn verpfuscht! Sie haben ihn umgebracht!«

»Ich habe gar niemanden verpfuscht, denn ich war bei der OP gar nicht anwesend. Und es wurde auch niemand umgebracht. Einen Kunstfehler kann ich mit Sicherheit ausschließen, es waren schlicht tragische Umstände ... Jede Operation ist ein ernster Eingriff, man hat nie hundertprozentige Garantie, dass alles gutgeht. Gerade die Anästhesie ...«

Den Rest hörte Jonas nicht. Er schloss sich in der Toilette ein und schnappte nach Luft, bis er sich übergeben musste. Dann weinte er. Dann trat er auf den Spülkasten ein, schrie, trommelte gegen die Wand. Dann weinte er, bis er merkte, dass er nicht mehr normal denken konnte.

Vor der Tür wartete Vera. Sie schloss ihn in die Arme, ohne dass er ihre Berührung fühlte. Wie lange sie da schluchzend standen, konnte er später nicht sagen.

»Gott ist wirklich ein Nazi«, murmelte er.

»Was?«

»Können wir zu ihm?« fragte Jonas den Arzt.

Ich muss sie anrufen, dachte er unablässig, während er durch fahl beleuchtete Gänge zur Intensivstation geführt wurde, sie muss herkommen, sie muss sich verabschieden. Verabschieden, wieso verabschieden, es wird alles gut.

Was er in diesem Bett unter einem Beatmungsgerät liegen sah, umgeben von Schläuchen und Maschinen mit Kontrollmonitoren, erinnerte ihn nur entfernt an seinen Bruder. Als er näher trat und die Hände erkannte, die unter dem Laken hervorragten, überwältigte ihn ein Schmerz, dunkler als jede Blindheit, heißer als die Hölle.

Seine Hände. Seine und meine Hände. Liebe Hände. Mein Bruder. Mein Freund. Mein Schützling. Mein Kind. Hier liegt er. Und ich habe es nicht verhindert.

»Haben Sie eine Schere?« fragte Jonas die Schwester.
»Was willst du denn mit einer Schere?«
»Bitte besorgen Sie mir eine.«
»Also ich weiß nicht ...«
»Bitte!«
Jonas sah der Schwester in die Augen. Schließlich nickte sie. Mit der Schere, die sie ihm brachte, schnitt Jonas seinem Bruder unterhalb des riesigen Kopfverbands, den er sich gar nicht genauer ansehen wollte, einige Haare ab, wickelte sie in ein Taschentuch und steckte es ein.

Mike starb zwei Tage später. Das Begräbnis zog wie ein Spuk an Jonas vorüber, er konnte sich schon eine Woche darauf an kein einziges Detail mehr erinnern, er wusste nicht einmal, ob seine Mutter unter den Trauergästen gewesen war oder nicht. Er lag in Mikes Zimmer, betrachtete seine Besitztümer, seine Katzensilbersteine, seine Zeichnungen, seine Tierbilder, und dämmerte durch den Tag.
»Komm da raus«, sagte Vera. »Du kannst nicht ewig grübeln und trauern. Du musst ihn gehen lassen.«
»Ich frage mich gerade, ob man, wenn es Wiedergeburt und Seelenwanderung gibt, immer mit denselben Menschen zu tun hat.«
»In Kiel schon.«
»Wie?«
»Entschuldige. Ich dachte, ich bringe dich zum Lachen.«
»Stell dir vor, du stirbst, und dann erfährst du in einem Zwischenreich die genauen Hintergründe des Lebens, das du gerade hinter dir hast. Deine Mutter war in deinem vorigen Leben deine Schwester, und ihr habt über das Erbe des Onkels gestritten, ehe es über Vermittlung des Ortspfarrers zur Versöhnung kam. Deine Ehefrau war eine gute Freundin, sie hat dir immer Geld geliehen, du bist früh gestorben.

Deine beste Freundin im vergangenen Leben war deine Großmutter im Leben davor, sie hat dir vorgesungen und dein Lieblingsgericht gekocht, Gemüseauflauf, den du im Leben danach nicht leiden konntest. Die große Liebe deines vorvergangenen Lebens, im letzten Leben seid ihr einander nur kurz begegnet, im Kindergarten, oder buchstäblich nur einmal, an der Kasse eines Supermarkts, ihr habt einander in die Augen geschaut und gespürt, da ist etwas, doch ehe einer von euch reagieren konnte, war die Situation vorbei, und du saßt mit deinen Einkaufstüten im Auto neben deinem Freund, von dem du immer das Gefühl hattest, er sei dir eigentlich fremd. Du triffst sie alle da, im Zwischenreich, als das, was sie wirklich sind. Und du redest mit ihnen, wie ihr beide dies und jenes im vergangenen Leben gesehen habt.«

»Jonas ...«

»Und angenommen, du warst im Leben geistig behindert: In diesem Zwischenreich bist du es natürlich nicht. Du begreifst alles, du bekommst alle Informationen. Aha, der hat mich geschlagen. Aha, die hat mich immer zum Arzt gebracht und war sehr geduldig. Aha, der hat auf mich aufgepasst und war immer für mich da. Du verstehst dein Leben im Nachhinein. Und du triffst sie alle wieder. Und du stehst mit deinem Bruder an der Rezeption und sagst: Mann, ist das dumm gelaufen bei der Geburt. Und ihr trinkt miteinander einen Cocktail.«

»Jonas, ich wünsche dir, dass es genau so kommt.«

27

Das Wetter schlug um.

Marc hatte es vorhergesagt, er behauptete, an diesem Berg noch nie eine so lange Schönwetterperiode erlebt zu haben, und wenn eine solche zu Ende ging, dann meist mit heftigen Stürmen und einem Kälteeinbruch.

Statt erstmals zu Lager 2 aufzusteigen, saß das Team im Basislager fest und vertrieb sich so gut wie möglich die Zeit. Carla und Ennio hielten unermüdlich ihre Vorträge über Rom, die Investmentbankerin, deren Namen Jonas nicht behalten konnte, telefonierte stundenlang oder flirtete mit Mitgliedern anderer Teams, Tiago und Anne blieben in ihrem Zelt, hüteten ihr Eigentum und stritten sich, die Bergführer schauten mit den Sherpas auf ihren Notebooks romantische Komödien an, und Nina gewann im Backgammon.

»Eigentlich liebe ich schlechtes Wetter«, sagte sie. »Man hat das Gefühl, man kann ohne Gewissensbisse zu Hause bleiben und braucht niemanden zu treffen. Aber hier ist das anders.«

Jonas wusste ebenso wenig mit sich anzufangen und war froh, dass ihn Sarah gebeten hatte, ihr eine Vorlage für ein Tattoo zu zeichnen, das sie sich noch im Basislager vom Barkeeper der Buddha Bar stechen lassen wollte.

»Wo hast du das gelernt?« fragte Marc, der mit einem Bier vorbeigekommen war.

»Zeichnen? Das ist bloß Übung.«

»Ich meine, woher weißt du, welches Tattoo jemandem gefallen könnte?«

»Marc, ich habe keine Ahnung. Dir ist langweilig, wie?«

»Du klingst gereizt.«

»Ich bin auch gereizt! Tut mir leid, dieser Husten ist hartnäckig, solche Schmerzen hatte ich noch nie in der Brust. Na ja, fast nie. Ich weiß, es klingt lächerlich.«

»Es ist alles andere als lächerlich, aber wer so etwas selbst nie erlebt hat, wird dich nicht verstehen. Und ich kann dir verraten, es wird immer schlimmer, je länger du hier bist.«

»Das heißt, den Hustensaft, den mir Helen gegeben hat ...«

»... kannst du hinter die Felsen kippen. Er wird dir nichts nützen. Wenn er überhaupt irgendeine Wirkung hat, macht er dich bloß schwächer. Ich bin generell der Meinung, man sollte auf solchen Bergen keine Medikamente nehmen, es sei denn, die Situation erfordert es.«

»Nicht mal Kopfschmerztabletten?«

»Glaub mir: Du gewöhnst dich schneller an diese Umgebung, wenn du das Leiden erträgst. Apropos Leiden, wollen wir heute wieder in diese Bar mit der grauenvollen Musik? Mir hat die Frau hinter der Theke gefallen.«

»Mir auch, aber wie wir wissen, besiegt Akustik die Optik. Das Gehör beansprucht unsere Aufmerksamkeit weitaus mehr als ... Schau nicht so, natürlich komme ich mit.«

Als die Zeichnung fertig war, betrachtete er sie eine Weile, und dabei fiel ihm eine gewisse Ähnlichkeit mit einem anderen Tattoo auf.

Sie stand in einem weißen Bikini auf der steinernen Plattform, von der Sportler über zwanzig Meter hinab in den Rio Santos sprangen, groß, lange dunkle Haare, gebräunte Haut. Manchmal fanden hier auch Wettbewerbe statt, doch sie schickte sich offenkundig an, zu ihrem eigenen Vergnügen hinunterzuspringen.

Später hatte sich Jonas gefragt, ob er sich vor allem wegen der Kulisse in sie verliebt hatte, wegen des tiefen, langgezogenen Canyons, der Landschaft, des warmen Lichts der Sonne auf erstarrten Lavamassen, die der benachbarte Vulkan vor Jahren über die Hänge gewälzt hatte, so wie man sich manchmal auf Reisen in einen Menschen verliebte, weil man sich in eine neue Stadt verliebt hatte. Aber natürlich war sie es.

»Weißt du, was du hier tust«, fragte er, »oder bist du selbstmordgefährdet?«

Sie wandte sich um, und nun erst sah Jonas, wie umwerfend diese Frau wirklich war. Da war etwas Geheimnisvolles in ihrem Gesicht, das er nicht zuordnen konnte. Sie war nicht perfekt, ihre Bewegungen etwa waren ungelenk, fast schüchtern, und sie ließ die Schultern hängen, aber sie hatte eine Aura von Größe, von Einzigartigkeit, er konnte es sich nicht erklären, und er hatte so etwas nie zuvor gesehen. Er war ihr verfallen, sofort.

»So schwer ist das gar nicht«, sagte sie und musterte ihn neugierig. »Willst du es nicht auch probieren? Zieh dich aus!«

Mein Gott, diese Stimme, dachte Jonas, dieser Blick, wenn die mich nicht auf der Stelle heiratet, schmeiße ich mich mit einem Kopfsprung da hinunter.

»Meinst du? Eigentlich bin ich mehr wegen der Aussicht hier.«

»Du musst nur darauf achten, mit den Füßen voran einzutauchen. Nach vorne solltest du nicht kippen, sonst überschlägst du dich und knallst mit dem Gesicht oder mit den Füßen aufs Wasser.«

»Und was ist dann?«

»Na ja, wenn du Pech hast, bist du querschnittsgelähmt. Wenn du Glück hast, bist du gleich tot.«

»Wie bitte?«

»Okay, das war vielleicht ein wenig übertrieben. Passieren kann so etwas allerdings schon. Man sollte hier wissen, was man tut.«

»Dieses kleine Tattoo an deinem Arm, was bedeutet es?«
»Ich sage es dir, wenn du springst.«
Sie drehte sich lächelnd um und verschwand in der Tiefe.
Heiliger Himmel, dachte Jonas, heiliger Gott, steh mir bei.
Sich einer Gefahr auszusetzen ist einfach, hatte Zach immer gesagt. Am Anfang und am Ende steht der Entschluss. Dazwischen darf es nichts geben. Es geht bloß darum, nicht zu denken. Nur bestimmte Leute sind dazu imstande. Vor allem solche, die nichts zu verlieren haben.
Jonas warf einen Blick in die Schlucht. Die Frau war ans andere Ufer geschwommen und winkte ihm, als wolle sie sich verabschieden.
Was für ein Gefühl, dachte Jonas während des Falls. Was für ein Rauschen, was für ein Geruch, was für ein Leuchten, was für eine Kraft, welch Wildheit, was für eine Präzision, was für eine Erschütterung, was für ein Prickeln, was für eine Überraschung, was für eine Musik, was für ein Wind, welch Stolz, wie schön, was für eine Leichtigkeit, was für ein Wahnsinn, was für ein Himmel, was für eine Zeit, was für eine Erfahrung, was für ein Leben. Und er fiel und fiel und fiel. Und er fiel noch immer. Und fiel.
In der Sekunde, als er auf dem Wasser aufschlug, sah er sie am Ufer sitzen. Er fing einen Blick von ihr auf, der ihn ganz ruhig machte. Dieser Blick gehörte ihm für immer.
»Du bist ja völlig verrückt!« war das erste, was er hörte, als er wieder zu Bewusstsein kam.
»Wieso? Was ist passiert?«
»Du bist achtundzwanzig Meter in die Tiefe gesprungen, ohne die leiseste Ahnung zu haben, wie man das macht! Wenn ich dich nicht rausgezogen hätte, wärst du ertrunken. Du musst ins Krankenhaus, du warst kurz bewusstlos, du hast vielleicht eine Gehirnerschütterung.«

»Das ist bei mir ein Dauerzustand.«

»Das habe ich gerade gemerkt! Was ist denn da in dich gefahren?«

»Ich will wissen, was für ein Tattoo das ist.«

»Nur deswegen bringst du dich beinahe um?«

»Unsinn, ich wollte mich nicht umbringen, ich habe bloß etwas ausprobiert. Und jetzt will ich deinen Namen wissen. Was du hier tust, und ob – aua! – du vielleicht Ärztin bist, ich habe mir nämlich eine oder zwei Rippen gebrochen, und Krankenhäuser betrete ich nicht.«

»Nicht einmal, wenn deine Oma an der Hüfte operiert wird? Wieso denn, wenn ich fragen darf?«

»Du wolltest mir etwas über dein Tattoo erzählen.«

Sie sah ihn lange an. Dann lachte sie.

»Ich heiße Marie, und ich bin wegen der Sonnenfinsternis hier. Das Tattoo habe ich mir in einem sensiblen Alter stechen lassen, in der naiven Hoffnung, eines Tages einen Menschen zu treffen, dem ich erlauben kann – den ich bitten kann –, dasselbe Motiv auf seinem Körper zu tragen. Es ist ein sehr altes Symbol, und ich habe davon noch nie jemandem erzählt. Aber du mit deinem idiotischen Sprung ...«

»Du sagtest, ich soll!«

»Das war doch nicht ernst gemeint! Ich konnte ja nicht wissen, dass du dich umbringen willst.«

»Ich bin weit davon entfernt, mich umbringen zu wollen. Ich will leben, leben, leben.«

Wieder musterte sie ihn schweigend.

»So. Willst du das?«

»Ja. Das will ich.«

»Dann komm mal mit.«

Er war mitgekommen.

Kopfschüttelnd zerriss Jonas die Zeichnung. Rasch fertigte er eine neue an, das Bild eines Segelbootes, das über einen Wellenkamm ragte, und eine zweite von einer Schildkröte, die ein Buch fraß. Er wusste schon jetzt, dass Sarah das Segelboot nehmen würde.

Es begann wieder zu schneien.

28

Im Sommer fuhren sie mit dem Bus nach Frankreich. Es war ihre erste Reise ohne Begleitung. Zach hatte sie losgeschickt.

»Das ist das, was man in eurem Alter machen muss.«

Durch Veras Erzählungen war er auf einiges vorbereitet gewesen, doch mit solchen Wellen wie hier in Hossegor hatte er nicht gerechnet. Richtige Ungetüme, an die zehn Meter hoch, wutschäumend und von glitzernder Schönheit, wie er sie nie zuvor gesehen hatte, auch nicht im Fernsehen. Den ganzen ersten Tag verbrachte er damit, auf einer Klippe zu liegen und auf die heranrollenden Brecher zu starren, während hinter ihm Vera und Werner auf der Terrasse ihres Bungalows Rotwein tranken und französische Popsongs hörten.

»Heute lernst du surfen«, ertönte es von der anderen Seite des Bettes, als Jonas am nächsten Morgen die Augen aufschlug.

»Da draußen? Ich bin ja nicht wahnsinnig!«

»Natürlich nicht ganz draußen. Wir üben da, wo die Wellen kindersicher sind. Außerdem musst du zuvor sowieso noch eine andere Lektion lernen.«

»Sehr gern«, sagte er und fasste nach ihr, doch sie sprang aus dem Bett und zog ihm die Decke weg.

»Nicht so eine Lektion, das hättest du wohl gern! Raus da! Auf! Um diese Zeit ist das Meer relativ ruhig, später müssten wir mehrere Kilometer laufen, und das willst du bestimmt nicht. Los, putz dir die Zähne. Wir treffen uns unten.«

Sie legte ihren Bikini an, setzte ihren Sonnenhut auf, packte ihre Strandtasche und war weg.

»Na viel Spaß«, sagte Werner, der gleich darauf, ein Badetuch um die Hüften gewickelt, in der Tür zu ihrem Schlafzimmer stand. »Ich lege mich noch mal hin und lasse mir später am Pool einen Cocktail mixen.«

»Für Cocktails bist du zu jung.«

»Weiß ich.«

»Kannst du nicht statt mir gehen?«

»Du wolltest sie, jetzt hast du sie.« Werner klopfte ihm auf die Schulter. »Gibt ja auch Schlimmeres.«

»Allerdings.«

»Was ist? Lass deinem Zögern Worte folgen. Ich sehe ja, dass du etwas fragen willst.«

»Ach, es ist nichts.«

»Doch, es ist etwas. Sag schon!«

»Als ihr zwei zusammen wart, hast du daran gedacht, ihr die Burg zu zeigen?«

Werner sah ihn verwundert an.

»Keine Sekunde.«

»Wieso nicht?«

»Das wäre gegen die Regeln. Wie kommst du darauf?«

»Weil der Boss damals sagte, die Frau, die wir lieben, dürfen wir mitnehmen.«

»Ach so!« Werner nahm eine Banane aus dem Obstkorb auf der Kommode und dachte kurz nach. »Nein, das wäre für mich nie in Frage gekommen.«

»Aus welchem Grund?«

»Aus welchem Grund? Weil sie das nicht gewesen ist. Ganz einfach.«

»So einfach ist das?«

»Ich habe ihn so verstanden, dass man nicht jede Frau, mit der man zusammen ist oder in die man verliebt ist, zur Burg bringen darf, sondern nur die eine. Falls es so eine gibt, aber das ist ein anderes Thema. Mensch, ich bin sechzehn, meine erste wird doch nicht die letzte oder größte Liebe sein!«

»Das hört sich ganz schön abgeklärt an.«

»Müssen wir sowas schon vor dem Frühstück besprechen?« Werner gähnte absichtlich laut. »Soll ich dir auch ein paar Eier aufschlagen? Magst du Toast? Ach richtig, du hast ja leider keine Zeit.«

»Sehr witzig. Wer weiß, was die mit mir vorhat. Ich will hier nicht –«

Absaufen, hatte er sagen wollen, doch er brachte den Satz nicht zu Ende. Er spürte Tränen aufsteigen, von denen er nicht wusste, wie er sie zurückdrängen sollte. Werner zog ihn an sich und umarmte ihn.

Schon als kleines Kind hatte Jonas über das Sterben nachgedacht, darüber, was es war und was es bedeutete, ob danach alles aus war oder ob es weiterging, ob man einen toten Vater wiedersah oder ob er weg war, ob Sterben schmerzhaft oder gar schön war, ob es gefürchtet oder herbeigesehnt werden sollte.

Was für ein Geräusch hörte man, wenn man starb? In der letzten Sekunde, wie klang es, und sollte es nicht einen Namen haben? Er hatte diesem Geräusch einen Namen gegeben: Hatta. Hatta war es, was ein Sterbender zuletzt hörte.

Der Tod brachte das Hatta und war ein kaltes weißes Gesicht in der Nacht. Er war hart, und er war auf rätselhafte Weise das Alter achtzig. Daraus hatte Jonas geschlossen, dass dies eine Botschaft nur für ihn war und er selbst mit achtzig sterben würde. Früher war ihm dieser Tag unendlich fern erschienen. Nun, einige Jahre später, war der Tod ständig in seinen Gedanken, er war vertraut geworden. Sein Vater wohnte dort. Sein Bruder wohnte dort. Sie waren im Tod. Sie waren woanders, aber sie waren.

Lieber Gott, lass es ihnen gutgehen, lass sie glücklich sein.

Vera wartete auf ihn am Strand, den sie an dieser Stelle fast für sich allein hatten. Ein einsamer Alter stand auf einem Felsen, sonst war niemand zu sehen. Jonas' Vorschlag, erst einmal ein ausgedehntes Frühstück in Erwägung zu ziehen, ignorierte sie.

»Hör gut zu, das ist wichtig. Wenn du surfen lernen willst, musst du die Wellen verstehen. Keine ist wie die andere, jede hat einen eigenen Charakter, und du musst beim Surfen in der Lage sein, diesen Charakter blitzschnell zu erfassen, sonst fliegst du ratzfatz vom Brett. Und weil das gerade am Anfang besonders schwierig ist, wirst du dich jetzt hier ins Meer knien.«

»Ich werde bitte was?«

»Mindestens eine Stunde lang. Zwei wären besser.«

»Soll ich Poseidon die Ehre erweisen? Hinknien, was ist denn das für ein überspannter Quatsch?«

»Mensch, das soll keine religiöse Geste sein, es geht darum, dass du auf diese Weise die Wucht der Welle besser spürst. Wenn du stehst, hebt sie dich mit, oder du tauchst weg, jedenfalls bist du ihr nicht so ausgesetzt und bekommst kein Gefühl für sie. Du kniest dich so hin, dass dein Kopf gerade noch aus dem Wasser guckt. Vorzugsweise da, wo die Wellen brechen.«

»Du willst, dass ich im Wasser sitze und mich eine Stunde von den Wellen prügeln lasse, statt da oben in der Sonne Kaffee zu trinken und frische Croissants zu essen, habe ich das richtig verstanden?«

»Zwei Stunden wären besser.«

»Ich bin ja nicht total bescheuert!«

»Aber du liebst mich, und du willst surfen lernen, also los!«

Jonas war sich nicht sicher, ob er surfen lernen wollte, doch in der Hitze lockte ihn das Wasser ohnehin, und vielleicht machte die ganze Sache ja sogar Spaß.

Es machte Spaß. Sehr sogar. Bei manchen Wellen, die auf ihn zudonnerten und sich im letzten Moment noch einmal vor ihm aufbäumten, fühlte er eine erhabene Angst. Welle um Welle stürzte über ihn, begrub ihn, warf ihn um, spuckte ihn auf den rauhen Ufersand, schleifte ihn über spitze Muscheln und Steine, doch er fühlte ein von Minute zu Minute wachsendes Glück.

Er hatte keine Ahnung, was da mit ihm geschah. Er wusste nur, dass er sich dem Meer, ja den Elementen überhaupt nie so verbunden gefühlt hatte. Er war Teil dessen, was um ihn herum schwang und pulsierte und in Bewegung war: eine Empfindung, die ihm allenfalls von den intimsten Momenten mit Vera her bekannt war.

Ob es an ihrer suggestiven Überzeugungskraft lag, ob sie ihm irgendeine geheimnisvolle Wahrheit enthüllt hatte, konnte er nicht ermessen, er fühlte nur deutlich, wie sich ihm hier das Wesen eines Phänomens erschloss. Eine Welle, fließende Energie, und er. Alles eins.

»Du hast unrecht«, sagte er, als er zerschlagen aus dem Wasser stieg. »Nicht jede Welle ist anders. Im Gegenteil. Sie sind alle gleich. Ganz egal, wie hoch sie sind.«

»Und du hast einen Kopf wie eine Tomate!«

»So klein?« fragte er und merkte plötzlich, wie übel ihm war.

Den Rest des Tages verbrachte er winselnd in der Hängematte, die im Schatten eines Vordachs zwischen zwei Wäschestangen gespannt war, und ließ sich von Werner Eisbeutel bringen.

»Wie kann man nur so blöd sein? Wie kann man sich zwei Stunden lang ins Meer stellen, ohne wenigstens eine Kappe aufzusetzen?«

»Was nützt denn eine Kappe? Die reißt dir doch die erste Welle vom Kopf!«

»Du musst viel trinken«, drängte Werner, »los, rein damit. Ich mache dir dann noch eine Suppe, mon petit chou. So ein Sonnenstich kann gefährlich sein. Du bist sowieso schon verrückt, und nun kocht auch noch dein Hirn. Möchtest du vielleicht eine Flasche Olivenöl? Gratuliere, die nächsten drei Tage kannst du vergessen, das hast du super gemacht.«

Am Abend löffelte Vera Joghurt auf seinen nackten Körper und verteilte ihn sorgfältig.

»Und das hilft?«

»Das hilft besser als alles andere. Deine Haut ist von der Sonne ausgetrocknet und braucht Feuchtigkeit.«

»Ehrlich gesagt halte ich das für fragwürdig. Joghurt enthält mit Sicherheit keine heilungsfördernden Inhaltsstoffe, sondern nur Keime, die eine Entzündung eher begünstigen könnten. Aber fühlt sich gut an.«

»Ach? Tut es das?«

»Nicht zu leugnen.«

Vera sperrte die Schlafzimmertür ab und legte sich neben ihn.

»Zehn Minuten müssen wir warten.«

»Zehn Minuten? Das ist ja ewig!«

»So lange muss er aber drauf bleiben. Wieso willst du eigentlich nicht wahrhaben, dass du keine Sonne verträgst?«

»Erstens hast du mich da rausgeschickt, zweitens weiß ich nicht, was das heißen soll. Zuviel Sonne verträgt niemand.«

»Davon rede ich ja nicht. Es gibt nun mal Menschen, die grundsätzlich keine Sonne vertragen, das hat nichts mit Sonnenöl zu tun. Sie sollten es bloß wissen.«

»Willst du mir irgendetwas mitteilen?«

»Du bist einfach nicht geschaffen für zuviel Licht. Aber das musst du doch schon selbst gemerkt haben.«

»He, ich bin doch keine Fledermaus!«

»Ich weiß nicht. Irgendwie schon.«

An den darauffolgenden Tagen saß Jonas mit Schirmkappe und T-Shirt im Schatten der Felsen, fütterte streunende Hunde mit Frühstücksresten, sah Vera und Werner beim Schwimmen zu oder blätterte durch die Magazine, die Vera am Busbahnhof gekauft hatte. Ein richtiges Buch konnte er nicht lesen, dazu war ihm viel zu schwindelig. Sein Erlebnis in den Wellen bereute er trotzdem nicht. Er wusste, dass er etwas Wichtiges erfahren hatte, und brannte darauf, noch größere Wellen kennenzulernen.

Der alte Mann, den Jonas schon am ersten Tag gesehen hatte, tauchte jeden Morgen zwischen den Felsen auf. Er schien eine Weile auf eine bestimmte Stelle am Strand zu starren und verschwand dann wieder. Neugierig geworden, spazierte Jonas zu dem Ort, der dem Alten so wichtig zu sein schien, doch er konnte nichts Ungewöhnliches entdecken.

»Genau da war es«, sagte hinter ihm eine Stimme auf Französisch. »Komm lieber hierher.«

»Genau hier war was?«

»Der Gulliverfisch.«

Jonas fragte noch einmal nach, weil er glaubte, das Französische nicht richtig verstanden zu haben, doch die Antwort blieb die gleiche.

»Was meinen Sie damit?«

»Ich bin siebenundsiebzig Jahre alt, und zum ersten Mal habe ich von ihm mit dreizehn gehört. Ein Monster. Ein großer Fisch, der Menschen angreift und verschluckt, Menschen, die am Ufer stehen.«

»Hört sich nach einem springenden Hai an.«

»Als ich erwachsen war, fand ich die Geschichte auch komisch, aber als Kind ängstigt man sich vor so etwas. Dieser Fisch, so wurde erzählt, verschluckt seine Opfer im Ganzen, ohne sie zu zerreißen, ungefähr so wie eine Schlange, und dann passiert etwas noch Unheimlicheres: Er verändert Farbe und Form. Vorher ist er schwarz, danach wird er grau. Er wird immer länger und länger, er ringelt sich sozusagen um sich selbst, im Kreis, sodass er am Ende aussieht wie ein rundes Schwimmbecken.«

»Der Fisch verwandelt sich in einen Swimmingpool?«

»Er liegt dann tagelang am Strand und verdaut. Ein hässliches graues Wesen, das genau zu wissen scheint, welche Stellen so abgelegen sind, dass es tagelang gefahrlos am Ufer verweilen kann.«

»Und woher kommt der Name für dieses Ungeheuer? Nessie hat man ja auch nach Loch Ness benannt, in dem es sein Unwesen treibt, aber Gulliverfisch kann ich nicht deuten.«

»Woher der Name stammt, weiß ich nicht. Aber im Unterschied zu Nessie gibt es den Gulliverfisch wirklich. Ich habe ihn gesehen. Da, wo du vorhin standest.«

»Sie meinen, Sie haben dort ein graues Schwimmbecken gesehen, das dabei war, einen Menschen zu verdauen? Wann war denn das?«

»Ja, ich bin Spott gewöhnt. Es war der 16. Juni 1972. Und seither bin ich jeden Tag hiergewesen.«

»Warum? Wollen Sie den Fisch töten? Ich sehe keine Waffe.«

»Das würde ich nie wagen. Ich will ihn bloß noch einmal sehen. Es gibt mehr als einen. Wie viele genau, weiß ich nicht. Es ist jedenfalls eine eigene Art.«

Jonas lenkte die Unterhaltung auf die örtliche Landschaft und das Wetter der kommenden Tage, bedankte sich für das

Gespräch und die Gelegenheit, sein Französisch zu üben, und kehrte zu seinem Platz zurück, wo Vera sich die Haare trockenrieb.

»Habt ihr euch gut unterhalten?« fragte sie.

»Warte nur, bis dich der Gulliverfisch holt.«

In dieser Nacht träumte Jonas von Wellen.

Er war mit Vera irgendwo in Italien. Das Hotel, in dem sie abgestiegen waren, lag am Strand, und aus unerfindlichen Gründen rollten ständig Wellen heran, die sich bis zur Terrasse des Hotels wälzten, was den Gästen dort sehr gefiel. Es wurde gelacht und gejohlt, und manche ließen sich vom Wasser bis zur Rezeption spülen, ohne sich darum zu kümmern, dass ihre Kleider, ihre Handtaschen, ja all ihre Habseligkeiten nass wurden.

Später kamen höhere Wellen. Die Leute lachten weniger. Jonas schien als einziger von Anfang an begriffen zu haben, dass etwas nicht in Ordnung war. Völlig durchnässt warf er einen Blick nach draußen, und mit Entsetzen sah er eine zehn Meter hohe Welle, die vor ihm aufragte. Er konnte sich rechtzeitig hinter einer Säule in Sicherheit bringen, dann krachte die Welle in das Hotel. Glas splitterte, Menschen schrien. In der Lobby stieg das Wasser schnell, doch als es Jonas bis zum Hals stand, zog es sich wieder zurück.

Nun brach Panik aus, die sich noch steigerte, weil auf diese Riesenwelle gleich die nächste folgte, die nächste und noch eine. Dann wurde es still.

Das Meer schien sich beruhigt zu haben. Die Menschen atmeten auf. Die Gespräche gewannen wieder an Leichtigkeit, bis es plötzlich finster wurde. Etwas sehr, sehr Großes musste die Sonne verdunkeln.

Die Welle der Wellen fiel auf das Hotel.

Als Jonas aus dem Traum hochschrak, erinnerte er sich,

dass er diesen Traum schon oft geträumt hatte. Dutzende Male. Hunderte Male. Wellen, so gigantisch, dass sie nicht auf natürliche Weise entstanden sein konnten, es musste sie jemand geschickt haben.

In der zweiten Woche begann der Surfkurs. Werner blieb lieber in der Nähe einer Strandbar, wo eine Kellnerin arbeitete, die mindestens fünf Jahre älter war als er, und die eine große Anziehung auf ihn ausübte, und so wurde nur Jonas im weniger stürmischen Wasser der benachbarten Bucht von Vera unterrichtet. Am ersten Tag fiel er so oft vom Brett, dass er irgendwann der Verzweiflung nahe war, doch ans Aufgeben dachte er nie. Am dritten Tag wurde es besser, und am fünften Tag schien sich wie aus dem Nichts alles verändert zu haben. Er stand sicher auf dem Brett und ritt die Wellen zu Ende.

»Der allerbeste Surfer wirst du nicht werden«, sagte Vera, »aber definitiv auch nicht der schlechteste. Bist du bereit?«

»Bereit wofür?«

»Höhere Wellen.«

»Okay. Gleich morgen früh.«

Sie trugen ihre Surfbretter den schmalen Weg zum Bungalow hoch. Auf der Terrasse erwartete sie ein festlich gedeckter Tisch. Aus den Boxen am Fenster drang sanfte Musik, und im Weinkühler stand eine Flasche Chardonnay.

»Nicht schlecht«, sagte Jonas mit einem Blick auf das Etikett. »Für unser Alter trinken wir zuviel.«

»Aber wir sind doch in den Ferien.«

»Was soll denn das werden?« fragte Vera.

»Ich entdecke meine feminine Seite«, antwortete Werner und brachte zwei Gaslaternen, die er auf die Steinmauern des Gemüsegartens stellte.

»Bitte nicht«, sagte Jonas.

»Hier ist ja für vier gedeckt!« rief Vera. »Wie heißt sie?«
»Anouk! Stell dir vor, sie heißt Anouk! Das ist doch sehr hübsch!«
»Ist sie ein Eskimo?«
Das Telefon läutete. Werner ging ins Haus und kam kurz darauf zurück.
»Zach. Für dich.«
Noch ehe Jonas den Hörer in die Hand nahm, wusste er, dass dieses Gespräch wichtig sein würde. Er räusperte sich und holte tief Luft.
»Ich weiß jetzt, wer es war«, sagte Zach.
Jonas schloss die Tür, nahm das Telefon und setzte sich an den Esstisch.
»Wer?«
»Du kennst ihn.«
»Etwa jemand, den ich mag?«
»Das halte ich für unwahrscheinlich.«
»Sag mir den Namen noch nicht. Ich fahre morgen nach Hause.«
»Das ist nicht nötig, er läuft nicht weg.«
»Trotzdem. Ich komme.«
»Du willst wirklich nicht wissen, wer es ist?«
»Nein, erst zu Hause. Ich nehme morgen den ersten Bus.«
»Hast du dich wegen der anderen Sache entschieden?«
»Welche andere Sache?«
»Der Arzt.«
»Der Anästhesist?«
»Ja.«
Er schloss wieder die Augen.
»Jonas, um diese Entscheidung kommst du nicht herum. Die kannst nur du treffen, so oder so.«
Neben dem Telefon fand er einen Kugelschreiber. Eine Weile kaute er darauf herum.

»Ich warte«, sagte Zach.
»Er hat es nicht absichtlich getan.«
»Aber er war betrunken. Wer nach einer Flasche Wein in einen OP geht, muss mit Konsequenzen rechnen. Der Alte sagt, es ist deine Entscheidung, also entscheide richtig.«

29

Endlich verhieß der Wetterbericht Besserung. Im ganzen Basislager rüsteten sich die Teams für den kommenden Morgen. Am Nachmittag hielt Hadan im Messezelt eine Lagebesprechung ab.

»Wir brechen morgen noch nicht auf«, verkündete er.

»Was soll das«, rief Tiago, »ist das ein blöder Witz? Natürlich gehen wir morgen los!«

»Das werden wir nicht tun, und dafür gibt es gute Gründe, die ich erläutern will. Im Übrigen wäre ich dir dankbar, wenn du nicht ständig meine Entscheidungen hinterfragen würdest. Ich bin deswegen der Expeditionsleiter, weil ich ein paar Dinge weiß, die du nicht weißt, und daher Situationen besser einschätzen kann als du, weswegen du dich auch in mein Team eingekauft hast.«

»Damals wusste ich aber noch nicht, was für ein Expeditionsleiter du bist.«

»Tiago, überleg dir gut, was du als Nächstes sagst.«

»Das würde ich dir auch raten«, sagte Marc, der sich zwischen die beiden gestellt hatte.

»Was geht das alles überhaupt diesen Typen an?« fragte Anne. »Was hat er bei uns zu reden?«

»Noch einmal«, sagte Hadan, »hier trage ich die Verantwortung und treffe alle wichtigen Entscheidungen, das ist meine Pflicht, und wenn ich nicht da bin, sind dafür meine Bergführer zuständig. Zu ihnen gehört erfreulicherweise nun auch Marc Boyron. Ihr zwei seid jetzt still und hört mir zu.

Wir werden morgen noch nicht gehen. Wie die Sache steht, wollen morgen Dutzende Teams durch den Eisbruch marschieren, und ich befürchte, dass es speziell an den Leitern zu Staus kommen wird. Letzte Woche habe ich selbst miterlebt, wie diese alte Ungarin eine geschlagene Stunde auf einer Leiter saß und sich weinend weigerte, weiterzugehen oder umzudrehen. Es werden sich ein paar nervige Szenen im Khumbu abspielen, und ich will meine Leute da nicht in der Nähe haben. Wir sparen uns einiges an Aufregung, legen einen weiteren Rasttag ein und brechen übermorgen früh auf. Das Ziel ist Lager 2, wo wir übernachten werden. Alles Weitere wird in vierundzwanzig Stunden besprochen.«

Am Abend waren Marc und Jonas bei den Argentiniern eingeladen. Unterwegs zu ihrem Camp holte Hadan die beiden ein.

»Du fühlst dich nicht ganz wohl in deiner Haut, wie?« fragte Marc. »Ist nicht zu übersehen. Aber du tust das Richtige.«

»Wahrscheinlich bin ich übervorsichtig. Aber irgendwie läuft diesmal zu viel schief. All diese Zwischenfälle, all diese Auseinandersetzungen, auch mit den Expeditionsleitern der anderen Teams, die nicht verstehen wollen, dass man sich absprechen muss. Lauter Neulinge! Ständig ist jemand krank, ständig fehlt etwas, ständig gibt es Beschwerden, und zweimal am Tag telefoniere ich mit dem Krankenhaus in Kathmandu, ob mir nicht ein Kunde gestorben ist.«

»Der Arzt, der ihn jetzt betreut, ist der beste hier, und aus Innsbruck ist ein Kardiologe unterwegs. Mehr kannst du nicht tun.«

»Trotzdem. Ich habe kein gutes Gefühl.«

Sie gingen in unterschiedliche Richtungen weiter.

Die Argentinier setzten Jonas und Marc eine Paella vor, zu der es bitteren Kornschnaps gab. Kaum hatten sie zu essen begonnen, wurde vor dem Zelt Geschrei laut.

»Das ist sicher wieder wegen der Sherpas, das geht schon den ganzen Tag so«, vermutete Paco, der auch mit dem Löffel in der Hand nicht aufhörte zu rauchen. »Bekannte von Oscar, unserem Teamchef, haben Probleme mit ihren Trägern.«

»Mitglieder eures Teams?« fragte Marc. »Was für Probleme?«

»Sie gehören nicht zu uns, sie sind bloß mit Oscar befreundet. Die beiden wollten ohne Anschluss an ein größeres Team auf den Everest, weil sie nicht so viel Geld hatten, um sich einzukaufen. Sie hatten sich nur zwei Sherpas gemietet, und die wollen nun plötzlich mehr Geld.«

»Und wieso?«

»Offenbar aus fadenscheinigen Gründen. Sie wollen weitere 5000 Dollar pro Kopf, sonst lassen sie sich von jemand anderem anwerben. Interessierte gibt es genug.«

»Kommt so was öfter vor?« fragte Jonas.

»Gierige Menschen gibt es überall«, sagte Marc ausweichend. »Paco, geht euer Team morgen durch den Khumbu?«

»Zwei wollen gleich ganz hinauf, ich werde wohl meinen Wimpel los. Dieses Warten geht ja selbst mir auf die Nerven, obwohl ich nur indirekt betroffen bin. Um kein Geld der Welt würde ich einen Fuß in diesen Eisbruch setzen.«

»Und wenn du vor die Wahl gestellt würdest, nie wieder rauchen oder da hochzulaufen?«

»Pah! Terrorist! Bevor ich nie wieder rauche, steige ich barfuß auf den Gipfel, was denkt ihr denn!«

»Ich kann mich noch daran erinnern, wie lange wir am Erebus festgesessen sind«, warf Jonas ein. »War nicht gerade lustig.«

»Das Warten macht allen zu schaffen«, sagte Marc. »Am Anfang meiner Karriere gab es für mich nichts Schlimmeres. Nichts war so aufreibend wie diese blöde Warterei. Du liegst wochenlang auf so einem Berg rum und hast nichts anderes vor der Nase als das Gesicht deines Gefährten, hörst nichts anderes als seine Musik, seine schlechten Witze und sein Gurgeln beim Zähneputzen, du riechst seinen Achselschweiß, seine nassen Socken und noch so allerhand, und du fragst dich, warum zum Teufel du dir das antust. Die Leute brauchen sich nicht zu beklagen, hier gibt es wenigstens Bars und Bier.«

»Und Tote«, sagte ein großer schlanker Mann mit Baskenmütze, der gerade das Zelt betreten hatte.

»Was? Wer ist tot?«

»Ein Trekker. Ein Europäer, glaube ich. Kurz vor dem Basislager. Höhenkrankheit, wie es aussieht. Seiner Freundin geht es auch ziemlich schlecht, die bringen sie gerade nach Pheriche. Die beiden waren schon ein paar von meinen Sherpas aufgefallen, die mit Nachschub unterwegs ins Basislager waren. Sie haben gesagt, die zwei seien wie in Trance weitergetorkelt und durch nichts zur Umkehr zu bewegen gewesen. Solche Leute marschieren direkt in den Tod, und du kannst nichts daran ändern. Es ist furchtbar.«

Der Mann mit der Baskenmütze stellte sich Jonas als Oscar vor, er war der Expeditionsleiter der Argentinier.

»Über dich habe ich viel gehört«, sagte Oscar. »In wie vielen Ländern warst du?«

»Ich habe sie nicht gezählt«, sagte Jonas mit einem vorwurfsvollen Seitenblick auf Marc.

»Fünfzig? Sechzig? Wie viele ungefähr? Ich will wissen, ob ich gewinne.«

»Ich weiß es wirklich nicht. In weit über hundert jedenfalls.«

»Was, so viele gibt es?«

»Ja, man wundert sich manchmal, was es alles gibt.«

»Und stimmt es, dass dir eine eigene Insel gehört, auf der du aus gigantischen Boxen Musik hörst?«

Jonas warf Marc einen wütenden Blick zu. Marc machte eine verstohlene Geste, die Schuldbewusstsein ausdrücken sollte, und zupfte Oscar am Ärmel.

»Dir kann man aber auch alles erzählen. Das war doch bloß ein Scherz.«

»Wie ein Scherz hat das nicht geklungen. Ist eine gute Geschichte, ich will sie hören!«

»Glaub mir, es war ein Scherz. Sag, wollt ihr morgen schon durch den Eisfall gehen?«

Halblaut bedankte sich Jonas bei Paco für die Einladung, packte seine Jacke und machte, dass er wegkam.

Er schleppte sich zu seinem Zelt. Ohne sich die Zähne geputzt oder wenigstens das Gesicht gewaschen zu haben, schlüpfte er in seinen Schlafsack. Das Licht drehte er ab, damit niemand auf die Idee kam, sich die Zeit ausgerechnet mit ihm vertreiben zu wollen.

Er starrte lange in die Dunkelheit.

Man wird älter und älter, und man wartet. Etwas wird passieren, etwas Großes. Das Leben, das man führt, steuert zweifellos auf einen Höhepunkt zu, hinter dem die Versöhnung liegt, die Läuterung, das Glück – unausweichlich und unabänderlich. Eines Tages wird alles gut. Das Heute ist fehlerhaft, das Morgen wird vollkommen sein.

Man wird älter und älter und wartet noch immer. Kämpft noch immer, mit der Welt und mit sich selbst, und das Erhabene, es will nicht kommen. Die Versöhnung mit sich und mit der Welt lässt auf sich warten, das Glück ist nicht perfekt, die Besserung nicht in Sicht. Mitunter scheint alles gar unmerklich abwärts zu gehen.

Man wartet weiter.

Und fühlt eine dumpfe Sorge aufsteigen.

Sorge wird zu Angst, Angst wächst zu Entsetzen, Entsetzen schlägt um in Trauer, Trauer verwandelt sich in Unglaube.

30

Zach holte ihn am Busbahnhof ab.

Jonas hatte Vera nicht gesagt, weshalb er zurück musste, sie hatten gestritten, er hatte sie zum Bleiben gedrängt.

»Werner ist ja hier, und Anouk ist nicht nur nett, sondern kennt auch interessante Leute aus der Gegend. Langweilig wird dir bestimmt nicht.«

»Hast du Geheimnisse vor mir? Ich mag es nicht, wenn du Geheimnisse vor mir hast.«

»Ich habe sogar Geheimnisse vor mir selbst.«

»Und dann immer diese oberschlauen Antworten! Kommst du wieder? Wir haben den Bungalow noch für drei Wochen!«

»Ja. Vielleicht, ja.«

Er wusste es wirklich nicht. Er wusste nicht, was ihn erwartete, er verbrachte die lange Fahrt im schaukelnden, streng riechenden Bus schlaflos und grübelnd. Die Entscheidungen, die womöglich vor ihm lagen, ließen ihm keine Ruhe.

»Hervorragend siehst du aus«, sagte Zach. »Eine Spur zu rot vielleicht.«

»Meinem Gefühl nach müsste mein Gesicht eher grün sein.«

»Das ist es allerdings auch, ehrlich gesagt. Eben, du siehst großartig aus, wie ein Apfel, halb grün, halb rot.«

»Also?«

»Also was?«

»Wer ist es?«

»Hackl.«

Jonas warf sein Gepäck auf den Rücksitz und stieg ein. Zach gab Gas, bremste scharf, ließ eine Frau mit Kinderwagen die Straße überqueren, gab wieder Gas. Jonas kaute an seiner Unterlippe, bis er Blut schmeckte.

»Bist du ganz sicher?«

»Es gibt keinen Zweifel. Er hat diese dumme Pistole zwei Tage zuvor gekauft, unglücklicherweise nicht hier im Ort, sonst wäre ich ihm schon früher auf die Schliche gekommen. Zudem hat die alte Frau, die am Waldrand wohnt, ihn an dem Tag mit einer Waffe auf eine Scheibe schießen sehen. So. Was willst du jetzt tun?«

Jonas gab keine Antwort.

Zu Hause ging er auf sein Zimmer, ohne jemanden zu begrüßen. Eine Stunde versank er in dunklem, taubem Schlaf, aus dem er durch eine Berührung gerissen wurde, deren Herkunft er nicht erklären konnte. Er wischte sich über die verschwitzte Stirn, betrachtete verwirrt das Zimmer, das er seit acht Jahren bewohnte.

Er ging hinüber ins Nachbarzimmer und setzte sich auf Mikes Bett. Alles sah noch genauso aus wie früher, nichts von seinen Sachen war weggekommen.

Im ganzen Haus war es still. Die Fenster waren geschlossen, auch von draußen drang kein Laut. Die Mittagssonne spiegelte sich im Bildschirm des Fernsehers, in dem Mike so gern Zeichentrickfilme gesehen hatte. In der Ecke lag sein schmutziger Tennisball, in einer Vitrine stand der Pokal, den ihm Jonas einmal für schnelles Laufen überreicht hatte, er hatte ihn in tagelanger Arbeit selbst gebastelt.

Hackl. Der brutale Kerl. Der Postbote, der seine Kinder mit Striemen an den Beinen zur Schule schickte und senilen alten Leuten die Rente unterschlug. Der Tauben vergiftete und seiner Frau angeblich das Essen über den Kopf goß, wenn es ihm nicht schmeckte.

Und Mike.

Jonas machte sich auf die Suche nach Zach. Er fand ihn vor der Garage.

»Was machst du hier?«

»Ich hatte so ein Gefühl, du möchtest irgendwo hingebracht werden.«

»Wo ist der Boss?«

»Beim Arzt. Den kriegst du nicht vor Abend zu Gesicht.«

»Wie geht es ihm denn?«

Zach zuckte mit den Schultern. »Du kennst ihn ja. Besonders gesprächig ist er bei dem Thema nicht.«

Jonas überlegte.

»Bring mich hoch zur Burg.«

Zach nickte. »Soll ich warten oder wiederkommen?«

»Lass mich zwei Stunden allein dort, das genügt mir schon.«

Während der Fahrt sprachen sie kein Wort.

Zach setzte Jonas an dem rostigen Tor ab, das zum Garten jenes Anwesens führte, von dem Jonas wusste, er würde es eines Tages einer Frau zeigen, einer bestimmten Frau, die er womöglich noch nicht kannte und von der er zu gern gewusst hätte, was sie in diesem Augenblick tat, während er über den steinigen Weg zum Haustor trottete, das Brummen des abfahrenden Autos in den Ohren.

Wie alt war sie? Wie sah sie aus? Wo lebte sie, wie lebte sie, war sie glücklich? Was hielt sie genau jetzt in der Hand? Wie würde ihr all dies gefallen?

Wer war sie?

Jonas überlegte, wann er das letzte Mal hiergewesen war. Im Frühjahr? Jedenfalls vor dem Unglück. Und sonst war wohl auch niemand hiergewesen. Um den Garten musste sich dringend jemand kümmern, er begann zu verwildern.

Oder wir lassen ihn eben verwildern, dachte er. Was spricht eigentlich dagegen? Kartoffeln werden wir hier nie setzen wollen.

Im Haus war es wegen der dicken alten Steinmauern kalt und trotz der Mittagszeit so dunkel, dass er Licht machen musste. Im Kühlschrank fand er eine Flasche Limonade. Er trank sie leer, obwohl sie widerlich süß schmeckte. Von Mikes Lieblingsjoghurt waren drei Becher da, er warf sie in den Müll.

Er schlenderte durch den großen Saal, in dem noch immer überall Spielzeug verstreut war, das sie mit zwölf toll gefunden hatten und dem er inzwischen keinerlei Wert beimaß. Zwölf und sechzehn: zwei Leben.

Als er am Tisch vorbeikam, war er irritiert. Er schaute genauer hin und entdeckte neben den Handschuhen, die sie beim Schlagtraining verwendeten, ein Kuvert. Es enthielt einen Schlüssel.

Im ersten Moment verstand Jonas nicht. Dann musste er sich setzen.

Der erste neue Schlüssel seit jenem für die Hauskapelle.

Kurz bedachte Jonas, ob er warten sollte, bis Werner zurück war, aber dann sagte ihm eine innere Stimme, dass er es gewesen war, der diesen Schlüssel hatte finden sollen.

Im Flur gab es sieben versperrte Türen. Mit den Jahren hatten Jonas und Werner vielfältige Vermutungen angestellt, was sich hinter welcher Tür verbarg. Hinter einer wähnten sie den Aufgang zu den Räumen im oberen Stockwerk, von denen sie nur die zugezogenen Fenster kannten, die sie vom Garten aus sahen und hinter deren Vorhängen sich niemals etwas geregt hatte, hinter einer anderen erwarteten sie den Abgang zum Keller.

Er versuchte den Schlüssel an jener Tür, die seine Neugier immer schon am stärksten erregt hatte, der einzigen, die rot gestrichen war. Die rote Tür war ein fixer Begriff für Werner und ihn geworden, das Geheimnis hinter der roten Tür.

Der Schlüssel sperrte nicht.

Ein wenig enttäuscht wandte er sich der nächsten Tür zu.

Auch hier funktionierte der Schlüssel nicht, ebenso wenig wie bei Tür Nummer drei, vier, fünf und sechs. Er musste über sich selbst lachen, als er den Schlüssel in Schloss Nummer sieben steckte.

Der Schlüssel sperrte auch an Tür Nummer sieben nicht.

Entgeistert kehrte Jonas zur roten Tür zurück und nahm sich darauf noch einmal die übrigen sechs vor, doch das Ergebnis blieb dasselbe.

Hier stimmte etwas nicht. Dass er einen Schlüssel fand, der keine Tür dieses Hauses öffnete, war unmöglich.

Denk nach. Eine Tür. Gibt es noch eine Tür? Eine, die wir all die Jahre übersehen haben?

Er lief in den Garten und umrundete das Haus. Beim ersten Mal entdeckte er nichts, doch als er das zweite Mal an der Rückseite des Gebäudes nach Spuren einer verborgenen Tür suchte, fiel ihm der mächtige Brennholzstapel an der Mauer auf, der in den vergangenen vier Jahren kaum kleiner geworden war, so selten hatten sie sich in Wintermonaten hier oben aufgehalten.

Holzscheit um Holzscheit begann er zur Seite zu werfen. Ein Splitter fuhr ihm unter den Fingernagel. Der Schmerz war heftig, doch weder der Schmerz noch das unter dem Nagel hervorquellende Blut minderte den Eifer, mit dem er den gesamten Stapel einige Meter nach rechts versetzte.

Nach einigen Minuten hatte er den oberen Teil der Tür freigelegt. Als kein Scheit mehr das Schloss blockierte, versuchte er den Schlüssel.

Er sperrte.

Er entfernte die restlichen Scheite. O Mann, dachte er, o Mann, o Mannomannomann.

Die Tür knarrte schaurig. In den Raum, der vor ihm lag, fiel kaum Licht. Jonas tastete nahe dem Eingang nach einem Lichtschalter und wurde schnell fündig.

Das Gewölbe, das Jonas betrat, war nur spärlich eingerichtet und erinnerte am ehesten an einen Hobbykeller. Wenn man davon absah, dass der Boden und die hintere Wand von einer Plastikplane bedeckt wurden und außer einem Tisch die einzigen Möbelstücke zwei Klappstühle waren, die an der Wand mit der Plane standen.

Jonas ging wieder nach oben. In der Küche versorgte er notdürftig seinen Finger.

Er dachte nicht viel. Er saß im Garten, er lag in der Wiese, er ließ im Saal den Tischtennisball auf der Tischplatte hüpfen und lauschte dem hallenden Klang hinterher. Er ging wieder hinaus, setzte sich unter einen Baum und lehnte den Rücken gegen den Stamm. Die Finger der unverletzten Hand grub er in die Erde.

Dieser Kamin da ist auch kein besserer Mensch als du, egal was du tust.

Dieser Zaun auch nicht. Dieses Gebüsch erst recht nicht. Die traurige Wahrheit ist: Das Gebüsch ist nicht gut und nicht böse. Der Zaun ist nicht gut und nicht böse. Ich bin nicht gut und nicht böse und werde es niemals sein, das ist die Tragödie dieser Welt, die ohnehin eines Tages enden und nicht mehr sein und in der Vergessenheit versinken wird mitsamt allem Verstand und allem Leben und allen Werten, und auf die bis dahin kühn und groß die Sonne scheint, egal wer da ist und sie sieht und wer nicht da ist und sie nicht sieht, ob gut, ob böse, ob gewollt oder ganz ohne Absicht.

Am Abend ging Jonas mit Picco in ein Restaurant.

»Wollen wir erst essen oder erst reden?« fragte Picco.

»Großen Appetit habe ich nicht.«

»Wie du möchtest.«

Picco wartete, bis der Kellner die Getränkebestellung aufgenommen hatte, und bat ihn, die Tür zum Hinterzimmer, in dem sie als einzige Gäste saßen, hinter sich zu schließen.

»Klären wir einmal das Grundsätzliche«, sagte er, als sie allein waren. »Der Arzt?«

»Nein.«

Picco zog die Augenbrauen hoch, seine Kiefer mahlten. Jonas hielt seinem Blick stand.

»Schön. Und der Postbote?«

Auch jetzt wich Jonas dem Blick seines Ziehgroßvaters nicht aus, der eigentlich sein Ziehvater war und den er in seinem Leben nur einmal mit diesem Gesichtsausdruck gesehen hatte. Seine Antwort kam ruhig und ohne Zögern.

»Ja.«

»Weißt du, was du da sagst?«

»Ja.«

»Du bist dir über die Tragweite dessen, was du da sagst, im Klaren?«

»Ja.«

»Du weißt, dass es immer ein Morgen gibt, ein Übermorgen und einen Tag darauf, dass das nie aufhört? Dass nichts von dem, was du heute tust, ohne Auswirkungen auf das ist, was kommt?«

»Ja.«

Sie schauten einander schweigend an, zwei Minuten, drei Minuten, fünf.

»Ich kannte deinen Vater«, sagte Picco.

»Das hatte ich mir schon fast gedacht.«

»Nicht gut, aber gut genug, um zu wissen, was für ein Mensch er war. Er war ziemlich außergewöhnlich. Ich wollte nur, dass du es weißt.«

Jonas nickte.

»Was geht dir gerade durch den Kopf?« fragte Picco.

»Danke für den Schlüssel.«

»Schlüssel? Hast du einen neuen gefunden?«
»Tu nicht so, als wüsstest du das nicht.«
»Ich wusste nichts von einem Schlüssel. Ich habe damit nichts zu tun, und mehr sage ich dazu nicht.«
»Sagst du mir zumindest, wie es dir geht?«
»Wieso mir?«
»Du warst doch beim Arzt. Was gibt es für Neuigkeiten?«
Der Kellner erschien mit den Getränken und entschuldigte sich für die Verspätung, er habe in den Weinkeller gehen müssen.
»Das macht gar nichts. Ich denke, wir sind soweit. Jonas, was hast du ausgesucht?«

Später am Abend saß Jonas im Baumhaus, das Mikes Lieblingsplatz gewesen war und das eine kleine Laterne erhellte, die von Nachtfaltern und Moskitos umschwärmt wurde. In den Stamm der Kastanie, die das Haus trug, hatte Mike Zeichnungen geschnitzt, und an der Wand hingen Fotos von den drei Jungen, für die er selbst Rahmen aus Karton angefertigt hatte, bemalt und mit Blumen beklebt.

Ein batteriebetriebenes Radio stand zwischen alten Kissen in der Ecke. Jonas schaltete es an. Es war auf einen Jazzsender eingestellt. Er mochte Jazz nicht besonders, aber er ließ es laufen.
»Jonas?« rief Regina vor dem Haus. »Bist du da draußen?«
»Hier oben! Brauchst du etwas?«
»Vera ist am Telefon!«
»Sag ihr, ich rufe zurück!«

In der Nacht schlief er unruhig. Er träumte den Wellentraum. Diesmal schwamm er im Meer, als sich vor ihm eine gigantische Wasserwand erhob. Er hatte noch nie etwas so Ungeheuerliches gesehen wie diese Welle, die auf ihn zurollte.

Gott kommt. Hier kommt Gott.

Jonas duckte sich, tauchte unter, rollte sich zusammen. Es gab einen Aufprall.

Jonas schlug die Augen auf. Er war aus dem Bett gefallen.

Sechs Uhr früh. Er schaute aus dem Fenster. Die Luft war frisch, der Wald gegenüber lag im Morgennebel. Im Haus war es noch ruhig.

Er machte sich in der Küche Tee. Bis sieben las er die Zeitungen der vergangenen Wochen. Er duschte, zog sich um, holte sich aus der Bibliothek ein Buch, das er in seine Reisetasche packte. Für Zach hinterließ er den Schlüssel zum Keller, den er am Vortag entdeckt hatte, obwohl er annahm, dass das nicht nötig war. Dann rief er ein Taxi und trat ein in die Zeit, die nach Benzin und nach kalten Zugabteilen roch, nach Morgennebel und frischen Handtüchern.

31

Am Abend vor dem Aufbruch zur letzten Akklimatisationstour, die sie zu Lager 2 und zurück führen sollte, begann sich Jonas zusätzlich zu seinem immer quälenderen Husten so matt zu fühlen wie bei einer Grippe, und in der Nacht kam ein Fieberschub.

Er lag in seinem Schlafsack und dachte nach.

Er hatte schon darauf gewartet. Sorgen machte er sich deswegen nicht, diese Schübe kamen und gingen, damit wurde sein Körper fertig. Doch wenn er Fieber hatte, würde ihm weder Hadan noch Marc noch Helen erlauben, das Basislager zu verlassen. Wenn er sich jedoch ein paar Tage auskurierte, musste er sich den Gipfel womöglich ganz abschreiben, weil er in seiner Akklimatisierung zu weit zurückfiel. Während die anderen es schafften, würde er bestenfalls bis zu Lager 2 kommen, und womöglich würde dann bereits der Eintritt des Sommermonsuns alle Versuche, den Gipfel zu erreichen, auf Monate hin zunichtemachen.

Lager 2 war zwar besser als nichts, denn das Western Cwm, jenes geheimnisvoll schöne Tal oberhalb des Eisbruchs, war sein Minimalziel für diese Expedition gewesen, dieses Tal hatte er sehen, seine Gletscherspalten überqueren wollen. Aber eigentlich wollte er auch den Südsattel sehen, eigentlich sogar den Hillary-Step, und im Grunde wollte er noch mehr.

Seine Stirn war heiß, seine Lunge tat weh, er fühlte sich wie kurz vor einem Delirium. Wie er sich in zwei Stunden anziehen, geschweige denn die Steigeisen anlegen sollte, war ihm ein Rätsel.

Es gab jedoch einen Ausweg: Er musste schon jetzt damit beginnen.

Als er sich aufsetzte, drehte sich alles um ihn. Zum Glück ging das erbärmliche Schwindelgefühl nach einigen Minuten vorbei, doch in dieser Zeit konnte er nur dasitzen und leise schimpfen. Danach legte sich auch die Übelkeit ein wenig, was es ihm erlaubte, seine Sachen im ganzen Zelt zusammenzusuchen.

Immer wieder hielt er inne, um Atem zu schöpfen, zu horchen, ob sich sein Herz doch entschied, eine Spur weniger schnell zu schlagen, oder ob es entschlossen war, seiner großen Expedition jetzt und hier ein Ende zu setzen.

Er zog an, was er in seinem Fiebertaumel für geeignet hielt, machte Pausen, dachte an nichts, erfüllt von stechenden Schmerzen in der Brust und dem bizarren Wunsch, dreieinhalb Kilometer nach oben zu steigen. Als Pemba mit heißem Tee vor dem Zelt stand, war Jonas tatsächlich fertig und konnte sogar so tun, als würde sein Kopf nicht glühen, als hätte er Padang nicht gerade mit Pemba verwechselt, als erschienen ihm schon die fünfzig Schritte zum Messezelt nicht als eine unüberwindbare Hürde. Trotzdem hielt er es für klüger, den Sherpa einzuweihen.

»Padang, du musst mir helfen. Hast du Medizin?«

»Kommt drauf an, was du brauchst.«

»Das weiß ich selbst nicht so genau. Ich habe ziemlich hohes Fieber, ich brauche etwas, das mir auf die Beine hilft, und ich muss es kriegen, ohne dass jemand etwas davon merkt.«

»Wenn das Helen oder Hadan erfährt, bekomme ich furchtbare Schwierigkeiten, das weißt du?«

»Es bleibt unser Geheimnis, ich verspreche es.«

»Und du stürzt nicht in eine Gletscherspalte?«

»Das ist das Letzte, was mir einfällt, allenfalls lasse ich mich gleich von einem Sérac erschlagen.«

»Sehr witzig. Warte hier.«

Als könnte ich davonlaufen, meine Güte.

Es roch nach frischem Schnee. Der Wind blies Jonas mit einschüchternder Schärfe ins Gesicht. Es war kalt, unerträglich kalt in der Dunkelheit vor dem Zelt. Padang schien nicht mehr auftauchen zu wollen. Oder war es doch Pemba?

Jonas bekam Schüttelfrost. Seine Zähne schlugen so heftig aufeinander, dass sich eine Füllung lockerte, die einzige, die er hatte. Gerade als ihm einfiel, wie unsensibel seine Bemerkung über den Sérac angesichts des Unglücks der Sherpas im Eisbruch gewesen war, stand Padang wie aus dem Boden gewachsen wieder vor ihm.

»Es tut mir leid. Was ich vorhin gesagt habe, war eine Dummheit.«

»Hier, das nimmst du jetzt. Du schluckst es mit dem Tee, und diese drei Kapseln steckst du dir in die Unterhose, damit sie nicht einfrieren. Die nächste darfst du erst am Abend nehmen, auf keinen Fall vorher!«

»Und was mache ich, wenn sie nicht helfen?«

»Dann drehst du gefälligst um!«

Jonas spülte die Kapsel mit der kochend heißen Flüssigkeit aus der Thermosflasche hinunter und klopfte Padang auf die Schulter. Gern hätte er sich noch ausführlicher bedankt, doch schon dieses kurze Gespräch hatte ihm beinahe die letzte Kraft geraubt.

Hoffentlich ist es keine Lungenentzündung, dachte er gerade, als Padang noch einmal zurückkam.

»Das habe ich ganz vergessen. Wenn du aus den Ohren zu bluten beginnst, setz dich erst mal hin und mach gar nichts. Warte, ob es vorbeigeht. Wenn nicht, hast du ohnehin Pech gehabt.«

»Moment mal, Padang. Was hast du da eben gesagt?«

»Wenn du aus den Ohren zu ... nein, ich kann nicht, es ist

zu komisch, du solltest dein Gesicht sehen! Das war ein Witz, vergiss es!«

An den Weg zwischen seinem eigenen Zelt und dem Messezelt, wo sich das Team versammelte, erinnerte er sich schon bald nicht mehr, und er hatte keine Ahnung, wie er ihn bewältigt hatte. Es gelang ihm, den Anschein zu erwecken, als hörte er Hadans knapper Ansprache zu, und dann setzte er sich mit den anderen in Bewegung.

Gehen: einen Fuß vor den anderen stellen. Die Füße tragen das, was über ihnen ist. Aus dem Fuß wächst das Bein, aus dem Bein der Rumpf, über dem Rumpf ist der Kopf, im Kopf wuchert die Stille.

Im Laufe des Vormittags wurde sein Zustand besser. Ihm war, als würde er allmählich aus einem etwas zu ausgedehnten Schlaf erwachen, doch er fühlte die wachsende Festigkeit seiner Schritte, und er hatte den Eindruck, das Fieber sei gesunken.

»Ich liebe Padang«, sagte Jonas zu dem Sherpa, der, mit enormen Lasten bepackt, schon seit einer Weile neben ihm ging.

»Padang ist klug.«

»Das ist er. Wie lang gehen wir noch?«

»Bis Lager 1 eine Stunde, bis Lager 2 – das hängt von dir ab.«

»Was meinst du mit Lager 2? Ist nicht Lager 1 unser Ziel heute?«

»Nein, ihr geht bis Lager 2.«

Jonas hielt es nicht für angezeigt, dem Sherpa zu verraten, dass er sich in Anbetracht einer gerade erst überwundenen Fieberkrise lieber erholt hätte, und fragte möglichst gleichmütig:

»Und wie geht es dann weiter? Ich höre bei den Teambesprechungen ehrlich gesagt nie richtig zu.«

»Ihr übernachtet in Lager 2, dort bleibt ihr für eine Nacht, vielleicht zwei, dann steigt ihr hoch zu Lager 3, dann wieder runter. Am nächsten Tag hinunter ins Basislager.«

»Wie hoch ist Lager 3?«

»Etwa 7200 Meter.«

Jonas ließ diese beeindruckende Zahl auf sich wirken.

»Und was machst du? Du bleibst auch in Lager 2?«

»Nein, ich laufe hoch zu Lager 3. Soll ja die Sauerstoffflaschen da auf meinem Rücken raufbringen.«

»Du gehst direkt vom Basislager hoch zu Lager 3?«

»Ja. Ich muss mich beeilen. Schaffst du es allein?«

»Na klar, wieso denn nicht?«

»Dir geht es gut?«

»Mir geht es hervorragend, wieso?«

»Dann sehen wir uns vielleicht morgen in Lager 2.«

Der Sherpa war schon ein gutes Stück voran, blieb jedoch wieder stehen und wartete auf Jonas.

»Hast du etwas vergessen?«

»Kannst du es nicht wenigstens mir verraten?« fragte der Sherpa.

»Was denn verraten?«

»Wieso du uns verstehst.«

»Wieso ich euch – ach, wieso ich eure Sprache verstehe?«

»Ja, genau. Verrate es mir!«

»Das fragen alle, aber ich weiß es wirklich nicht.«

Der Sherpa zwinkerte ihm zu, grinste und sagte verschwörerisch: »Ich verspreche dir, ich sage es niemandem!«

»Ich verspreche dir, ich auch nicht«, entgegnete Jonas, »weil ich es nämlich nicht weiß.«

Mit einer wegwerfenden Handbewegung lief der Sherpa weiter. Während Jonas ihm nachschaute, wurde er von Mitgliedern eines fremden Teams überholt. Er beobachtete, wie sie geschickt eine Leiter überquerten, die der Gletscher wohl in der Nacht davor stark verbogen hatte, und leerte währenddessen eine ganze Flasche Wasser, von der er nicht wusste, wie sie in seinen Rucksack gelangt war.

Er passierte Lager 1, ließ sich von den anderen beglückwünschen und von Hadan über den Weg zum nächsten Lager instruieren.

Ohne langen Aufenthalt ging er weiter. Er hatte das Gefühl, einen Rhythmus gefunden zu haben, der ihm die Kraft geben würde, Lager 2 zu erreichen, das immerhin fast 1400 Meter über der Stelle eingerichtet war, an der er sich heute Nacht fiebernd und schlaflos gewälzt hatte. Nur stehenbleiben durfte er nicht, er durfte nicht innehalten, nicht denken.

Und so war er zum ersten Mal unterwegs im Western Cwm, dem zweiten Canyon dieser Erde, den er seit seiner Kindheit zu sehen wünschte, und war kaum fähig, die märchenhafte Schönheit jenes schwach ansteigenden Gletschers zwischen der Südwestwand des Everest und dem Nuptse zu erfassen. Zwar war das Fieber weg, doch bemerkte Jonas nun immer stärker die Auswirkungen des Sauerstoffmangels auf sein Gehirn.

Er schrieb es auch den Wirrungen seines Verstandes zu, als ihm eine Gruppe Westler eine Leiche zeigte, die etwas abseits vom Weg im Eis lag, er hielt schon bald beides für Einbildung, die sensationslustigen Westler und den Toten im Schnee. Im blitzartigen Schreck einer bösen Sekunde hielt er sich sogar selbst für den Toten.

32

In welchen Zug er sich setzen sollte, wusste er nicht. Sofort nach Frankreich zurückzufahren erschien ihm undenkbar, sosehr er sich auch wünschte, Vera und Werner wiederzusehen. Er wollte allein sein, doch er wollte nicht bloß allein sein. Er wollte nichts tun, zugleich sehnte er sich danach, etwas Großes zu tun. Am liebsten hätte er sich zweigeteilt und als der eine Jonas zugesehen, wie der andere als leuchtender Stern am Himmel explodierte.

In der Wartehalle studierte er den Aushang, an dem die Zielbahnhöfe der nächsten Züge aufgelistet waren.

Paris? Zu romantisch. Er war erst sechzehn. Außerdem wartete seine Freundin auf ihn und war inzwischen vermutlich bereits ziemlich ungehalten, da passte Paris erst recht nicht.

Rom? Zu früh. Für Rom war er zu jung.

Hamburg? Schon besser. Aber – nein.

Budapest? Bukarest? Belgrad? Brüssel?

Genua? Nein.

Zürich? Amsterdam? Mailand? Auch nicht. Gab es denn nichts Interessanteres?

Jonas las den Namen der nächsten Stadt und war elektrisiert.

Als er am Schalter die Fahrkarte kaufte, merkte er, wie dasselbe Gefühl in ihm aufstieg, das er damals im Garten empfunden hatte, die Flasche mit dem Olivenöl in der Hand.

Er suchte sich ein freies Abteil und war sich bewusst, dass das, was er zu tun im Begriff war, wenig Sinn hatte und gerade dadurch Freiheit bedeutete. Auch wenn er nicht verstand, wie das eine mit dem anderen genau zusammenhing.

In Kiel bat er einen alten Taxifahrer, ihn zur billigsten Herberge der Stadt zu bringen. Die Fahrt dauerte kaum fünf Minuten, und der Fahrer wollte kein Geld annehmen. Als er den Kofferraum öffnete und nach dem Gepäck griff, schob Jonas ihm unbemerkt einen Hundertmarkschein in die Seitentasche seiner löchrigen Strickweste.

Der Rezeptionist schwitzte stark, roch nach Alkohol, hatte schmutzige Fingernägel und fettige Haut. Er stellte keine Fragen, wollte nicht einmal Jonas' Pass sehen und warnte ihn nur, er solle mit dem Licht aufpassen. Trotz seiner Erscheinung fand Jonas ihn sympathisch, und er fragte sich, was einen Menschen dazu bringen konnte, sich so zu verlieren. Der Mann wirkte weder dumm noch böse, nur einsam. Am liebsten hätte Jonas ihn gefragt, ob er ihm irgendwie helfen konnte.

Das Zimmer war weniger schäbig als erwartet, zumindest war es nicht schmutzig. Dafür entdeckte er an der Nachttischlampe ein kaputtes Kabel mit einem blanken Draht. Die Einrichtung war dunkel und trist.

Jonas öffnete das kleine Fenster und legte sich aufs Bett.

Hier war er nun.

Überall könnte er sein. Er hatte genug Geld in der Tasche, er könnte in einem Nobelhotel in den Schweizer Alpen sitzen und den großen Mann spielen, er könnte mit seinem gefälschten Ausweis in einer New Yorker Bar versuchen, einen Drink zu bekommen, er könnte in London spazieren gehen, er könnte bei seiner schönen Freundin sein und sich das Surfen beibringen lassen, ja vielleicht sollte er das sogar, er könnte auch einfach zu Hause sein, wo alles behaglich und vertraut war, doch er lag hier, auf einem Bett, auf dem weiß Gott wer alles gelegen war, in einem Zimmer, das wirkte, als kämen hierher Menschen zum Sterben, und vielleicht waren hier tatsächlich schon Menschen gestorben, er musste den

Rezeptionisten fragen, er lag in einem Bett in einer Stadt, die er nicht kannte und die ihn nicht interessierte, er befand sich in einer Situation, die ihn maßlos fesselte.

Die nächsten drei Tage verbrachte er fast durchgehend im Zimmer, gestört lediglich von einem etwa achtzigjährigen, tauben Zimmermädchen sowie vom Rezeptionisten, der einmal anklopfte, weil er sich Sorgen machte. Zweimal ließ er sich Pizza liefern, einmal ging er zu McDonald's, aß, trank, kehrte ins Hotel zurück und legte sich ins Bett.

Jonas dachte an zu Hause, an das, was dort gerade geschah, er dachte an Vera und verzehrte sich geradezu nach ihr, er schaute auf die Decke und fragte sich, wer hier schon vor ihm gelegen war und mit welchen Gedanken.

Flüchtige? Matrosen mit ihren Eroberungen? Vertreter? Narren wie er selbst?

Diese Decke war lange vor mir da. Dieser Nachttisch steht schon seit Jahrzehnten hier, er hat alles gesehen und nichts gesehen, und er steht hier und steht hier, auch wenn ich jetzt hinuntergehe und eine Pasta esse in irgendeiner Pizzeria aus einem Teller mit Blumenmuster, aus dem schon Tausende gegessen haben und der eines Tages unter den ungeschickten Händen eines verkaterten Angestellten mit Halbglatze zerbrechen und in einer grauen Mülltonne enden wird, der Nachttisch steht hier und wird stehen so wie der wurmstichige Schrank, in den vielleicht bereits mein Vater seine Hemden geschichtet hat, falls er einst in Kiel Aufenthalt nahm, wofür es keine Hinweise gibt.

Am vierten Tag suchte er einen Schildermacher auf. Seine Bestellung sei in drei Tagen fertig, versicherte der freundliche alte Mann und bot ihm ein Getränk an, das einen komplizierten Namen hatte und eine Mischung aus Tee und Kaffee war. Jonas trank das Gebräu, ohne eine Miene zu verziehen, und ließ sich vom Alten Geschichten aus seinem Leben erzählen. Darauf unternahm er eine Stadtrundfahrt, die er abbrach, um an der Kieler Förde spazieren zu gehen und auf das tänzelnde Wasser der Ostsee zu schauen.

Ab und zu überkam ihn die Vorstellung einer Riesenwelle, die von fern auf ihn zurollte. Doch er genoss das Gefühl, das dieses Bild in ihm auslöste, so wie er jeden Schritt, jede Sekunde des leeren Nichtstuns in der Stadt genoss. Er hatte das Gefühl, nahe am Kern seines Wesens zu sein, an dem, was ihn im Innersten ausmachte, ohne freilich auch nur das Geringste davon zu verstehen. Zugleich sagte er sich, dass es Dinge gab, die sich jedem Verständnis entzogen.

Am Abend rief er zu Hause an.

»Mir geht es gut«, sagte er. »Ich fahre wohl bald nach Hossegor weiter.«

»Deiner Freundin solltest du das eventuell auch mitteilen«, sagte Zach. »Wie ich sie verstanden habe, wäre sie mehr als dankbar für ein Lebenszeichen von dir.«

»Ich habe ihr doch gesagt, ich weiß nicht, wann ich zurück bin. Sie hat also angerufen?«

»Nicht nur einmal.«

»Erledige ich sofort. Und?«

»Ja, dein Brief ist zugestellt worden. Was der Onkel gesagt hat, erzähle ich dir unter vier Augen. Es gab ein paar lustige Details.«

Die interessieren mich gar nicht, wollte Jonas noch sagen, doch Zach hatte schon aufgelegt.

Während des Gesprächs mit Vera stellte er sich vor, wo sie sich gerade befand.

Er kannte den Flur mit dem Langflorteppich, auf dem Werner am Tag ihrer Ankunft Milch verschüttet hatte, den langen massiven Holztisch, an dem sie bei Regenwetter aßen oder wenn es draußen zu heiß war, die Terrasse mit der Hängematte und den Liegestühlen, die schwere Luft überall, im Haus und draußen, und er würde bald dort sein, obwohl er jetzt hier war, in einer Telefonzelle an der Kieler Förde, in der es nach fauliger Banane roch, umgeben von hungrig schreienden Möwen, den Blick auf eine angejahrte Fähre gerichtet, deren Ziel im Baltikum lag.

»Ich habe eine Schiffssirene gehört«, sagte Vera. »Bist du in der Nähe?«

»Ich bin nicht einmal in Frankreich. Ich komme bald, versprochen.«

»Hast du eine andere?«

Jonas lachte. »Erstens würde ich dir das sagen. Zweitens wüsste ich nicht, wo ich die überhaupt kennengelernt haben sollte.«

»Ich habe dir eine direkte Frage gestellt und erwarte eine direkte Antwort!«

»Vera, ich habe natürlich keine andere. Ich brauche bloß noch ein paar Tage allein. Ich war noch nie im Leben wirklich allein.«

»Na dann, könnte sein, dass du ab jetzt viel Zeit für dich haben wirst.«

Es knackte und rauschte im Hörer.

»Was ist los mit dir«, fragte Werner, »wo bleibst du?«

»Alles bestens, komme bald. Bringst du das bitte Vera bei?«

»Kannst du mir mal verraten, wo du dich herumtreibst?«

Jonas versuchte, Werner eine Nachricht zu schicken, doch durchs Telefon funktionierte es offenbar nicht.

»Ich melde mich wieder«, murmelte er und legte auf.

Die nächsten drei Tage glichen den ersten. Die meiste Zeit zwang sich Jonas, das Zimmer nicht zu verlassen, und genoss die absurde Befriedigung, die er aus dem Bewusstsein zog, eigene Befehle zu befolgen. Dann und wann verließ er das Haus, um sich die Stadt anzusehen und am Hafen zu sitzen. Er fuhr zu der Schule, in die Vera gegangen war, und besuchte andere Plätze, von denen sie ihm erzählt hatte. Überall machte er Fotos mit dem Fotoapparat, den er sich während eines Zwischenhalts gekauft hatte.

»Kannst du mir bis morgen die Kieler Adresse besorgen, an der Vera und ihre Mutter bis vor zwei Jahren gelebt haben?« fragte er Zach abends am Telefon.

»Wieso fragst du sie nicht selbst?«

»Kannst du sie besorgen oder nicht?«

»Wird nicht so schwierig sein.«

»Ich rufe morgen an.«

»Du wirst langsam wie der Alte. Übermorgen wird ja wohl reichen.«

»Morgen«, sagte Jonas und legte auf.

In einem Elektrogeschäft, das gerade schließen wollte, besorgte Jonas einen Akkubohrer und Schrauben sowie ein handliches Radiogerät. Nachdem er den Einkauf im Hotel abgeliefert hatte, ging er zum ersten Mal in ein Restaurant.

Diese Nacht verbrachte er bei Musik aus dem Radio, auf dem Bett ins Dunkel starrend. Er dachte an Mike, er dachte an Hackl. Er dachte an Vera, lange dachte er über Vera nach. Über die Liebe, darüber, was sie für ihn war und was sie möglicherweise sein sollte, falls sie überhaupt etwas sein sollte und man sie nicht wie ein Kunstwerk einfach nehmen musste als das, was sie zeigte und mit sich brachte, als die Form, für die sie sich eben gerade entschied.

Liebe ist: den leuchtenden Punkt der Seele des anderen zu erkennen und anzunehmen und in die Arme zu schließen, vielleicht gar über sich selbst hinaus.

Hass, vielleicht ist er etwas Ähnliches. Vielleicht hat jemand, der mich hasst, den leuchtenden Punkt meiner Seele gesehen und durch und durch erkannt, jedoch ganz ohne ihn anzunehmen und in die Arme zu schließen.

Es klopfte.

Ehe Jonas öffnete, hatte er die Eingebung, Werner stünde vor der Tür. Doch es war nicht Werner, sondern der Rezeptionist. Er trug ein frisches, aufgeknöpftes Hemd, aus dem dunkles Brusthaar quoll, und war noch betrunkener als sonst.

»Hallo.«

»Ja?«

»Bist du allein?«

»Wieso?«

»Du bist allein, nicht?«

»Und das ist auch gut so.«

Der Rezeptionist holte hinter dem Rücken eine Flasche Gin hervor.

»Wir könnten ja zusammen allein sein. Bei dir oder bei mir, wie du möchtest.«

Jonas schlug die Tür zu und legte sich wieder aufs Bett. Das Radio schaltete er ab, indem er den Stecker aus der Wand zog. Durch das offene Fenster hörte er Autos hupen, Busse vorbei fahren, Passanten lachen, und ab und zu hörte er leise die Arbeit des Meeres.

33

Als Jonas am späten Nachmittag Lager 2 erreichte, fühlte er seine Beine kaum noch. Dies lag jedoch nicht an der Kälte, denn bedingt durch die direkte Sonneneinstrahlung war es im Western Cwm zumindest zeitweise so heiß gewesen wie am Strand von Moi, sondern an der fehlenden Muskelmasse, die ihm die Wochen im Basislager geraubt hatten. Sam hatte völlig recht, wenn er das Basislager als Diätzentrum bezeichnete. Wie sehr es ihn selbst erwischt hatte, war Jonas allerdings bisher nicht aufgefallen.

»Gerade wollte ich los, um dich zu suchen«, empfing ihn Marc. »Alles in Ordnung mit dir?«

»Landschaft genossen«, schnaufte Jonas.

»So siehst du aus.«

Hadan begrüßte ihn mit einem kräftigen Schulterklopfen. »Sind wir jetzt vollzählig? Geht es dir gut?«

»Ich bin der letzte?«

»Lass das nicht zur Gewohnheit werden. Hast du irgendwelche Beschwerden, weil du plötzlich so schwächelst?«

»Höchstens über die Verpflegung.«

Marc zog ihn mit sich. »Ich bringe dich mal zum Zelt, und dann gibt's Essen.«

»Kein Essen«, stieß Jonas hervor, »alles, nur nicht Essen. Ich bringe keinen Bissen runter!«

»Du musst aber, es geht nicht anders. Und vor allem trinken, auf dich warten drei Liter Tee. Ich habe aufgepasst, dass ausnahmsweise keiner in den Schnee pisst, der für den Tee geschmolzen wurde.«

Jonas streifte die Überschuhe ab und ließ sich ins Zelt fallen. In der Sekunde wusste er, er würde nie wieder aufstehen. Zumindest nicht bis zum nächsten Morgen. Ebenso fern lag ihm der Gedanke, etwas zu sich zu nehmen, ob flüssig oder fest, er konnte nur daliegen und um Luft ringen, um Luft, die sich seiner Atmung mutwillig und heimtückisch zu entziehen schien. Er hatte das Gefühl, sie sei reichlich da, lasse sich aber aus purem Trotz ausgerechnet von ihm nicht einatmen, und so schnappte er nach ihr wie ein Hund nach einem Stück Fleisch, bis Marc zu lachen begann.

»Du siehst aus wie früher meine Oma, wenn sie vor dem Fernseher eingeschlafen war.«

»Die hat sich in ihrem Schaukelstuhl garantiert lebendiger gefühlt als ich jetzt.«

»Bleib einfach liegen und tu gar nichts, dann wird es irgendwann besser.«

»Meinst du, ich will spazieren gehen? Ehrlich gesagt frage ich mich, ob ich nicht schon jetzt künstlichen Sauerstoff brauche.«

»Das kannst du vergessen. Und ob du es glaubst oder nicht, wenn du das nächste Mal hier heraufkommst, wirst du dich gut fühlen, jedenfalls den Umständen entsprechend und auf alle Fälle besser als jetzt. Bei 7000 Metern hat man immer eine erste Krise, aber die geht schnell vorbei, und wir sind hier immerhin auf fast 6700. Warst du schon mal so hoch?«

»Über 7000 noch nie.«

»Dann kann ich dir morgen zum persönlichen Höhenrekord gratulieren. Jetzt spar dir die Luft, ich bin gleich mit dem Tee zurück.«

Während Marc unterwegs war, lag Jonas mit geschlossenen Augen da, unfähig, sich umzuziehen, und wünschte sich, ewig so liegen zu bleiben. Er malte sich aus, welche unvorhergesehenen Hindernisse und Zwischenfälle Marc wegbleiben lassen könnten. Er findet den Tee nicht, der Tee ist

aus, und es muss erst wieder Schnee geschmolzen werden, er verschüttet den Tee, er vergisst ihn …
»Lebst du noch?«
Jonas öffnete die Augen. »Ich fürchte, ja.«
»Hier, trink das.«
»Marc, ich kann nicht.«
»Jonas, du kannst.«
»Ich will aber nicht.«
Marc stellte Kanne und Tasse ab, kroch ins Zelt, zog den Reißverschluss zu und setzte sich neben Jonas.
»Ich verrate dir jetzt etwas Lebenswichtiges, und du wirst mir gut zuhören.«
»Bin ganz Ohr.«
»Mach die Augen auf. Sieh mich an!«
»Mein Gott! Ich höre doch auch mit geschlossenen Augen!«
»Schau mich an!«
»Recht so?«
»Prächtig. Also. Ob du von diesem Berg heil wieder runterkommst, hängt unter anderem von deiner Fähigkeit ab, dich selbst zu programmieren. Im Basislager schreibt man ein Programm, an das man sich ungeachtet des persönlichen Befindens weiter oben halten muss. Wenn du nicht genügend Flüssigkeit zu dir nimmst, wird dein Blut zäh, und du hast im Handumdrehen ein Ödem im Kopf oder in der Lunge, an dem du mit höchster Wahrscheinlichkeit sterben wirst. Du glaubst ja gar nicht, wie schnell es hier mit dem Sterben geht. Gerade redest du noch mit dem netten Charlie aus Alaska, und zehn Minuten später liegt er mit verdrehten Gliedern tot im Schnee. Das kann jedem passieren, aber denen, die sich gut vorbereitet haben, passiert es nicht so leicht. Deswegen schreibst du dir hier und jetzt in dein Programm, dass du, solange du an diesem Berg bist, nicht aufhören wirst

zu trinken und nicht aufhören wirst zu gehen. Du setzt dich da oben am Gipfeltag nicht einfach auf einen Felsen, um zu rasten, das wirst du nicht tun, egal wie kaputt du bist, denn du würdest nie wieder aufstehen. Und du wirst jeden Tag fünf Liter trinken, Wasser, Suppe, Tee, ganz egal was. So. Und damit fängst du sofort an.«

Marc klopfte Jonas mit der Tasse auf den Kopf und schenkte ihm ein.

Jonas schaute in die Tasse, aus der ihm der heiße Tee entgegendampfte, zuckte die Schultern und trank. Zu Anfang bereitete ihm jeder Schluck Schmerzen, doch nach und nach schien sich seine Kehle ein wenig zu öffnen.

»Na? Geht's besser?«

»Ich glaube, ich schaffe das nie.«

»Du musst ja nicht fünf Liter auf einmal trinken.«

»Ich rede von diesem Berg!«

»Doch, den schaffst du. Vorausgesetzt, das Wetter spielt mit. Für die meisten im Team wird spätestens am Südsattel Endstation sein, aber du kommst rauf. Wollen wir wetten? Um eine entlegene Insel vielleicht? Oder um ein gewisses Museum in Oslo? Oder um diese Wohnung in Tokio?«

»Ich könnte dir den Kopf abreißen. Dass du denen diese ganzen Geschichten weitergeplaudert hast. Aber verrate mir mal, woher weißt du das alles überhaupt?«

»Leute wie du, die selten trinken, vertragen nichts. Damals am Erebus...«

»Der blöde Whisky.«

»So würde ich diesen Fusel nicht nennen. Jedenfalls hast du in jener Nacht nur geredet und geredet und geredet.«

»Na ja, wir dachten, wir würden da überhaupt nicht mehr wegkommen.«

»Ich nicht. Nur ihr. Du und dieser rothaarige Schreihals.«

Ehe Jonas ansetzen konnte, Marc zu ewigem Schweigen

zu verpflichten, wurden sie von einem Jüngling mit Pferdeschwanz unterbrochen, der fragte, ob einer von ihnen Arzt sei.

»Ich kann nur minimales Sanitäterwissen anbieten«, sagte Jonas.

»Ich noch weniger«, sagte Marc.

»Das ist besser als nichts«, sagte der Mann zu Jonas. »Ich heiße Michel, ich gehöre zu den Belgiern. Unser Kamerad hat sich das Bein gebrochen.«

»Moment mal«, sagte Marc, »es wird sich doch irgendwo unter den hundert Leuten hier ein Arzt finden!«

»Ich habe überall gefragt, keiner hat sich gemeldet. Bitte kommt mit!«

»Mein Kumpel hier fühlt sich nicht besonders. Könnt ihr euren Verletzten nicht herbringen?«

Jonas richtete sich auf. »Marc, der Mann hat sich das Bein gebrochen. Wir dürfen annehmen, dass es ihm schlechter geht als mir. Ich komme schon.«

»Bist du sicher?« fragte Marc.

»Nein. Aber du warst es doch, der mir etwas von Programmierungen erzählt hat. Los jetzt!«

Marc half ihm, die Überschuhe anzuziehen. Als Jonas vor dem Zelt stand, wurde ihm schwindlig, doch nach einer Minute ging es. Schwerer fiel ihm, das Hämmern in seiner Brust zu ignorieren.

»Wirklich alles klar?«

»Alles bestens.«

»Wo ist das passiert?« fragte Marc den Belgier auf dem Weg.

»In der Lhotse-Wand. Wir waren dabei, die Stelle zu verfixen, als Jean abgestürzt ist.«

»Wieso, da waren doch schon Fixseile angebracht!«

»Wir wollten unsere eigenen nehmen. Wir brauchen nichts von anderen. Wir wollten ohne fremde Hilfe rauf.«

»Und wann war das?«

»Heute früh. Wir haben ihn abwechselnd auf dem Rücken getragen. Am Nachmittag ging es ihm immer schlechter, und wir wissen nicht warum.«

»Vielleicht hat er sich nicht nur das Bein gebrochen. Oder es ist die Höhe. Auf die Idee, unterwegs nach einem Arzt zu fragen, seid ihr nicht gekommen?«

»Wir wollten erst mal ins Lager.«

Marc warf Jonas einen Blick zu und schüttelte kaum merklich den Kopf.

Als Jonas das Bein des Verletzten untersuchte, musste er sich zwingen, länger hinzusehen. Es war in der Mitte des Unterschenkels gebrochen und ragte in unnatürlicher Weise zur Seite.

»Habt ihr ihn so transportiert?« rief er heiser. »Habt ihr das Bein nicht geschient?«

»Er wollte nicht«, sagte einer der jungen Männer, die rund um den Verletzten standen.

»Er sagte, es täte so weh«, erklärte ein anderer.

»Wie habt ihr ihn denn nach unten gebracht? Mit dem baumelnden Bein neben der Trage?«

»Die meiste Zeit auf dem Rücken von einem von uns«, sagte Michel. »Er meinte, das sei noch am erträglichsten, solange das Bein nicht zu sehr schlenkerte. War das nicht gut?«

Jonas konnte nicht antworten. Er ging ein paar Schritte beiseite.

»Was ist?« fragte Marc. »Hast du so etwas noch nie gesehen? Ist dir übel?«

»Ja«, sagte Jonas, »so eine Ansammlung von Idioten habe ich noch nie gesehen.«

»Ich unterschreibe jedes Wort, aber was meinst du jetzt genau?«

»Schau doch hin. Sieh dir das mal an! Die legen diesen

armen Teufel auf seiner erbärmlichen Trage einfach in den Schnee. Wollen sie ihn tiefkühlen?«

»Warum gehst du nicht hin und hilfst ihm?«

»Erstens, weil ich nicht das Geringste an Ausrüstung habe, um zu helfen. Zweitens, weil der Mann einen richtigen Arzt braucht und außerdem so gut wie tot ist.«

»Tot? Was redest du da?«

»Ein gebrochenes Bein gehört geschient, sonst gerät Knochenmark in die Blutbahn, und es kommt zu einer Fettembolie. Der Junge hat einen offenen Bruch, das Bein hängt seit Stunden einfach so runter ...«

»Danke, ich habe verstanden. Und das heißt?«

»Keine Ahnung, wie gesagt, ich bin kein Arzt. Wahrscheinlich können wir zusehen, wie er ins Koma fällt. Oder er ist es schon. Wir brauchen sofort einen richtigen Arzt.«

»Ich höre mich gleich um. Kann mir nicht vorstellen, dass es hier keinen gibt. Diese Kinder haben vermutlich nur falsch gefragt.«

Marc lief davon, und Jonas wandte sich wieder der Gruppe mit dem Verletzten zu.

»Und?« fragte Michel. »Können Sie ihm helfen?«

»Ihr könnt ihm helfen, und zwar auf der Stelle. Habt ihr ein Zelt hier? Noch nicht aufgebaut? Na toll. Gut, darum kümmert ihr euch jetzt. Habt ihr Schaumstoffunterlagen, Schlafsäcke, etwas in der Art? Los, her damit! Hier neben ihn! Wir legen ihn auf diese Schlafsäcke, und mit den anderen decken wir ihn zu, bis das Zelt steht. Macht schon, beeilt euch!«

Es dauerte keine fünf Minuten, bis Marc im Laufschritt zurückkehrte. Die zwei Frauen und der Mann, die ihn begleiteten, waren allesamt Ärzte. Für Jonas gab es nichts mehr zu tun.

Nach einem letzten Blick in die bangen Gesichter der

Belgier ging er zurück zu seinem Zelt. Am liebsten hätte er sich mit einem Schrei Luft gemacht, aber dazu fehlte ihm der Atem. Er fühlte sich benommen und ausgelaugt.

Ehe er ins Zelt kroch, stand er noch eine Weile in der Kälte und sah zu, wie sich die Dunkelheit über den Berg legte.

Die Sonnenfinsternis fiel ihm ein. Wo würde er sie erleben? Im Basislager? Weiter oben? Weiter unten? Gar nicht?

Gar nicht, ja, das war auch eine Möglichkeit.

Und Marie? Wo würde sie sein?

Die Sonnenfinsternis war in halb Asien zu sehen, doch er tippte auf Delhi oder Mumbai. Dort würde die Totalität am längsten dauern, und die beiden Städte kannte sie noch nicht. Sie würde dort sein.

Nicht weit weg.

Er würde nicht dort sein.

34

Als er zehn Tage nach seiner Abfahrt wieder vor dem weißen Bungalow stand, wusste er, dass etwas zu Ende war, er wusste nur nicht, was oder wie viel.

Anouk sah er sofort, sie lag nackt auf der Terrasse in der Sonne. Dass Vera auch in der Nähe war, entging ihm bei diesem Anblick zunächst. Er merkte es erst, als ihn jemand von hinten an den Haaren packte. Er drehte sich um und wurde im nächsten Moment von Vera beinahe umgerissen. Sie küsste ihn grob. Nur kurz ließ sie von ihm ab, um ihm eine Ohrfeige zu verpassen, dann zog sie ihn wieder an sich.

»Vera ...«

Sie packte ihn am Arm und zerrte ihn ins Haus, vorbei an der lachenden Anouk und dem ausdruckslos starrenden Werner, für den Jonas auf dem kurzen Weg nur ein hilfloses Schulterzucken übrig hatte. Sie führte ihn ins Schlafzimmer, streifte den Bikini ab und versuchte so heftig, ihm das T-Shirt vom Leib zu reißen, dass er die Nähte platzen hörte und die Sache lieber selbst in die Hand nahm. Willenlos schüttelte er auch die Hose ab und legte sich zu Vera.

Ihre Umarmung fühlte sich anders an als sonst, doch dass ihm unbehaglich war, lag nicht an ihrer Forschheit. Die kannte er schon, und es hatte Tage gegeben, an denen sie ihm sehr gut gefallen hatte. Aber nun war etwas anders. Und es lag an ihm.

Sie griff zwischen seine Beine. Er entwand sich ihr. Sie hielt es für ein Spiel und fasste wieder nach ihm.

In Gottes Namen, dachte er.

Nach einigen Minuten ließ sie von ihm ab. Sie legte sich

neben ihn und starrte in den Spiegel über dem Bett. Auch er drehte sich auf den Rücken. Die zwei Menschen über ihm waren ihm fremd.

»Was ist los?« fragte sie.

»Müde von der Fahrt.«

Eine ganze Weile hörte er sie atmen, hörte sogar das Geräusch ihrer Lider beim Zwinkern. Er fragte sich, was in ihrem Kopf vorging. Schließlich stand sie auf, zog sich wortlos an und ging hinaus.

Er stellte sich unter die Dusche. Vera sah er auf der Terrasse wieder, wo sie mit Anouk unter einem Sonnenschirm saß und Postkarten schrieb.

»Was gibt es Neues?« fragte Werner.

»Nicht viel. Einen neuen Postboten haben wir.«

»Wieso denn einen neuen Postboten?«

»Ja. Einen neuen Postboten.«

Jonas warf Werner einen Blick zu, den dieser sofort verstand.

Der?

Ja.

»Und jetzt haben wir einen neuen Postboten?«

»Jetzt kommt wohl ein neuer, ja.«

Werner nahm sich einen Apfel vom Tisch und rieb ihn an seinem T-Shirt ab.

»Wahnsinn«, sagte er leise.

»Was faselt ihr da von Postboten?« ertönte es unter dem Sonnenschirm. »Macht uns lieber etwas zu trinken!«

»Sofort«, sagte Jonas und ging ins Haus.

Er fühlte Werners Blick im Nacken.

Vera und Jonas nahmen den Surfkurs wieder auf. Er wunderte sich, wie leicht es ihm fiel, sich auch bei höheren Wellen auf dem Brett zu behaupten, und das Gefühl von Freiheit, das ihn erfüllte, wenn rund um ihn die Gischt spritzte und das Donnern der Welle durch seinen Körper schwang, erschien ihm auf ungreifbare Weise als ein Teil des großen Ganzen, dem er auf der Spur war. Es war ein Teil des Lebens, das er führen wollte, weil es ihm erlaubte, einen Blick auf ein universelles Geheimnis zu werfen, weil es eine Perspektive eröffnete auf etwas, das er werden konnte oder wollte: etwas, das größer war als er selbst.

Es waren diese Tage, in denen er vieles begriff. Er würde nie ein erfülltes Leben führen können, wenn er nicht versuchte, es einer Sache zu widmen, die größer war als er. Es mochte etwas sein, was er jetzt noch nicht kannte und nicht verstand – sein Leben sollte nicht beschränkt sein auf Inhalte, die den Menschen in Ketten legten, und es sollte nie bestimmt werden von Angst, diesem Monster. Freiheit indes, er fühlte es so stark wie nie, war das höchste Gut. Physische, geistige, seelische Freiheit. Kostbarer als Gesundheit. Wertvoller als Glück. Wichtiger als das Leben selbst.

Abends, wenn sie auf der Terrasse ein simples Kartenspiel spielten, das Anouk ihnen beigebracht hatte, dachte Jonas an die Fotos, die in seiner Tasche steckten. Die Fotos von Veras altem Haus, wo er in der letzten Nacht das »Fanta Street«-Schild angebracht hatte. Sie hatte ihre Wette damals sofort wieder vergessen, doch er hatte nun seine Schulden beglichen. Und ihn berauschte der Gedanke, dass nur er es wusste.

Seinen Weg, von Anfang bis jetzt, nur er kannte ihn, und das war gut so. Denn jede Geschichte, die man erzählte, gehörte einem nicht mehr ganz. Man musste darauf achten, was man teilte. Die wichtigsten Geschichten behielt man besser für sich. Zumindest bis die eine Person kam, für die sie bestimmt waren.

35

Entgegen seiner Erwartung schlief Jonas sogar ein wenig. Zwar nie länger als zehn Minuten, weil ihn der Sauerstoffmangel, den seine flachere Atmung auslöste, immer wieder aus dem Schlaf schreckte, doch diese zehn Minuten waren ihm mehrmals gegönnt, sodass er am nächsten Morgen, als er im Zelt seine Sachen zusammensuchte, in einem besseren Zustand war als vierundzwanzig Stunden zuvor.

Er zog alles an, was er finden konnte, drei Schichten Unterwäsche, seinen Windstopperanzug, die Fleecelatzhose und den Daunenanzug. Trotzdem war die Kälte, die ihn draußen in der Dunkelheit erwartete, ein Schock. Vor dem Zelt wehte ein derart eisiger Wind, wie er ihn nur in der Antarktis erlebt hatte, wo man die Luft an kalten Tagen beinahe als flüssig empfand, flüssig wie Salzsäure.

Nicht darüber nachdenken, dachte er, sonst drehst du um.

»Alles klar?« fragte eine vermummte Gestalt neben ihm. »Gar nicht so warm heute.«

Jonas verzichtete auf eine Antwort.

»Recht so«, sagte Marc, »bloß nicht viel reden, sonst hast du gleich Eiszapfen an den Mandeln hängen. An die dreißig Grad minus, schätze ich. Geh los, folge dem Sherpa da, ich bin hinter dir. Immer in Bewegung bleiben!«

Erst nach einer Stunde erkannte Jonas den Mann, hinter dem er einen einfachen Hang hinaufmarschierte. Es war Lobsang, der Sherpa, der ihm damals in Lager 1 den Weg zu seinem Zelt gezeigt hatte. Auf dem Rücken trug der kleine Mann eine Last, die Jonas allenfalls auf Meereshöhe stemmen, doch auch dort sicherlich nicht mehrere Kilometer weit hätte befördern können.

Nach weiteren zwei Stunden stummen Gehens gelangten sie am oberen Ende des Gletschers an den Bergschrund, wo das Eis der Lhotse-Flanke in der Morgensonne funkelte und sich alle Bergsteiger in die Fixseile einklinkten.

»Wie fühlst du dich?« fragte Marc.

Jonas hob den Daumen.

»Zum Glück hat sich der Wind gelegt, sonst wäre das nicht zu ertragen gewesen.« Marc hauchte auf seine Gletscherbrille und begann sie vorsichtig zu polieren. »Du hältst dich gut. Aber bleib wachsam! Wenn du eine Pause brauchst, sag es.«

Aus Gründen, die für Jonas nicht ersichtlich waren, kam es nun zu einer Verzögerung. Am Rande nahm er wahr, dass ein Streit mit anderen Expeditionen entbrannte, doch er war viel zu ausgelaugt, um sich in irgendeiner Weise zu beteiligen. Wenn jemand befahl, er solle gehen, würde er gehen. Wenn nicht, würde er hier bis in alle Ewigkeit ausharren, obwohl ihn das Herumstehen die niedrigen Temperaturen schmerzhaft spüren ließ.

Jonas musste lange warten, zu lange, denn als er endlich seinen Weg fortsetzen und in die gewaltige Wand einsteigen konnte, hatte die Kälte den Großteil seiner verbliebenen Energie aufgezehrt. Marc stoppte ihn nach wenigen Metern.

»Hier, iss das.«

Was ist das, wollte er fragen, doch seiner Kehle entrang sich nur ein krächzendes: »Was?«

»Traubenzucker. Na ja, sagen wir einfach, es ist Traubenzucker. Es ist starker Traubenzucker.«

»Kann. Nichts. Essen.«

»Doch, du schluckst das runter. Und danach trinkst du diese Flasche leer. Zwar halten wir damit die ganze Meute auf, aber wir haben ja auch eine halbe Ewigkeit auf diese Selbstmordkandidaten da oben warten müssen. Wer unbedingt vorbei will, soll sich eben ausklinken und vorbeisteigen. Los, essen!«

Jonas sah sich essen und trinken, er sah sich weiterklettern, er sah die Sonne vor sich im Eis glitzern und sah seinen eigenen Schatten, der sich nicht synchron zu seinem Körper zu bewegen schien. Dann kletterte er weiter, beschäftigt mit der Frage, ob dies die Wirklichkeit war, und wenn sie es war, ob sie es wirklich war.

Ab und zu gewahrte er in einiger Entfernung neben sich oder über sich Gestalten. Manchmal waren es Rehe, manchmal Adler, manchmal Menschen, die sich nach einigen Metern allesamt als Felsen entpuppten oder als Halluzination. In klareren Momenten begriff er, dass er nicht mehr Herr seiner Sinne war, doch das bereitete ihm keine Sorgen, denn obwohl sein Verstand getrübt war, wusste er im Wesentlichen, was er tat. Er war hier, er kletterte und wollte hinauf und durfte keine Fehler machen. Und sollten ihn plötzlich grünäugige Drachen umschwirren, würde er auch nichts anderes tun, er würde diese Wand hochklettern und dabei auf jeden seiner Schritte achten, so wie auf den Jumar, mit dem er ins Fixseil eingeklinkt war.

Die Ankunft in Lager 3 auf 7200 Metern erlebte er wie einen Film. Ein guter Bekannter, an dessen Namen er sich leider nicht erinnerte, begrüßte ihn und klopfte ihm auf die Schulter. Ein anderer erklärte ihm etwas, wies nach oben und lachte, und Jonas nickte interessiert, ohne ein Wort zu verstehen, geschweige denn die Zusammenhänge zwischen dem, was der Mann erzählte, und ihm selbst. Er wusste zwar, dass er auf diesen Gipfel sollte, doch dafür gab es dieses Seil. Er wollte sich um nichts anderes kümmern. Er wollte an diesem Seil entlang hinauf- und wieder hinuntergehen. Er wollte nichts verstehen, weil er nichts verstehen konnte.

Er hörte eine Stimme. Nach einer unbestimmten Zeitspanne erkannte er Marcs Gesicht vor seinen Augen. Sonderbarerweise schwand in diesem Moment seine Benommenheit. Er fühlte sich müde, doch er war wieder ganz bei sich. Er hatte leichte Kopfschmerzen und musste nach Luft schnappen, sonst entdeckte er an sich keine Anzeichen des Unwohlseins, jedenfalls keine gravierenden.

»Dich hat es ein wenig erwischt, wie?« sagte Marc freundlich.

»Jetzt ist alles in Ordnung. Vorhin, da war ich ...«

»Nicht ganz Herr im eigenen Haus?«

»So kann man es ausdrücken.«

»Wir warten noch auf Hadan, dann steigen wir ab. Hier, trink das.«

Der Abstieg zu Lager 2 fiel Jonas recht leicht, was er sich selbst nicht erklären konnte. Sein körperlicher Zustand schien mitunter von Stunde zu Stunde zu wechseln. Weiter oben würde er sich solche Ausfälle nicht leisten können.

Als sie vor seinem Zelt standen und Jonas die Steigeisen abschnallte, beschloss er, Marc von seinen Schwierigkeiten beim Aufstieg zu erzählen.

»Das muss noch nichts bedeuten«, sagte Marc. »Aber wir sollten aufpassen.«

Gerade wollte Jonas sich im Zelt hinlegen, da hörte er draußen Marcs Stimme.

»Das Wetter verschlechtert sich. Wir gehen lieber gleich runter.«

»Wohin runter?«

»Ins Basislager.«

»Bist du wahnsinnig?«

»Nein, bin ich nicht.«

»Das schaffe ich nie! Weißt du überhaupt, wie spät es ist? Es wird auch mal dunkel! Ich kann ...«

Ein Blick in Marcs Gesicht genügte, um sein Gejammer abzubrechen.

»Das ist ein Witz, nicht wahr?«

»Ist es.«

»Großer Gott, was soll denn das?«

»Ich wollte dir einen kleinen Schock versetzen, damit der Adrenalinstoß dich daran hindert, einzuschlafen, ehe der Doktor kommt und dich angesehen hat.«

»Der Mann mit den gelben Fingern?«

»Der sitzt im Basislager und schaut Fußball. Nein, der – ah, da ist er schon. Er heißt übrigens Bernie. Bernie, das ist Jonas.«

In den nächsten Minuten wurde Jonas von dem Arzt untersucht, den Marc gestern zu den Belgiern gebracht hatte. Während dieser ihm in die Augen leuchtete, fiel es Jonas schwer, aufrecht sitzen zu bleiben. Er wollte bloß noch liegen und, auch wenn er keinen Schlaf finden sollte, mit geschlossenen Augen im Schlafsack liegen und sich nicht bewegen müssen, das kam im Augenblick seiner Vorstellung vom Paradies am nächsten.

»Und, geht es ihm gut?« hörte er Marc sagen.

»Das würde ich nicht gerade behaupten.«

»Es geht ihm schlecht?«

»Davon war auch nicht die Rede.«

»Wovon war denn nun die Rede?«

»Es geht ihm so gut oder so schlecht, wie es den Leuten hier eben geht. Besorgniserregend ist es nicht, in Anbetracht der Umstände. Wenn jemand zu Hause in Boston in solcher Verfassung zu mir käme, na das wäre …«

Mehr hörte Jonas nicht, die beiden mussten sich während ihrer Unterhaltung vom Zelt entfernt haben.

Er sank in einen wohligen Dämmerzustand. Etwas später bemerkte er, wie der Reißverschluss des Zelts geschlossen wurde, und nahm an, Marc sei zurückgekehrt. Plötzlich fühlte er jedoch jemanden neben sich. Ein Körper drängte sich an ihn.

Dieses Parfüm kannte er. Er kannte auch diese Arme. Und es gab auf der Welt nur einen Menschen, der ihn auf diese Art streichelte, von der Stirn über die Nase und zurück. Es gab nur eine Frau, die ihn so am Kinn fasste, nur eine, deren Haar so roch und ihn so im Gesicht kitzelte, nur eine, die ihn so küsste.

Die Intimität ihrer Lippen auf seinen ließ ihn hochschrecken. Mit jagendem Puls und weit aufgerissenen Augen saß er da.

Neben ihm war niemand. Es war niemand da, niemand außer ihm.

Draußen hörte er die Geräusche, die die Sherpas beim Aushacken eines Zeltplatzes machten, hörte ihre Stimmen, hörte das Husten eines Mannes. Er musste selbst husten, lange und heftig.

36

Alles wurde anders.

Alles schien sich zu verändern, die Menschen, die Umstände, die Stimmung der Welt. Vera kam, sie lagen miteinander im Bett, sie diskutierten über ideale Surfergefilde, sie kochten mitten in der Nacht aufwendige Fischgerichte, sie jagten sich gegenseitig durchs ganze Haus und schrieben einander mit Kugelschreiber Nachrichten auf die Haut, und doch stand etwas zwischen ihnen. Ob sie zu zweit waren, ob Werner dabei war oder Anouk, die ihn jede zweite Woche besuchen kam, es war nicht mehr wie früher. Und Jonas dämmerte, dass es vielleicht nie so gewesen war wie früher.

Werner blieb oft in seinem Zimmer. Er war ernster als vor dem Sommer. Über den Postboten sprachen sie nie. Jonas wusste, dass ihm Werner im Stillen zustimmte, egal was geschehen war oder was er hatte geschehen lassen. Dennoch schien das, was Werner beschäftigte, unter anderem mit diesen Ereignissen zu tun zu haben. Dabei hatte sich nichts an der Vertrautheit zwischen ihnen geändert, und sie trieben Kindereien wie eh und je.

Natürlich sprach er ihn darauf an. Werner schüttelte nur den Kopf.

»Ich weiß nicht. Etwas fehlt.«

»Kannst du sagen, was?«

»Nein. Am ehesten lässt sich das, was ich fühle, mit Eifersucht vergleichen.«

»Auf wen bist du eifersüchtig? Auf mich?«

»Ich bin auf keine Person eifersüchtig. Eher auf einen Zustand. Keine Ahnung.«

Auch Zach und Picco waren anders.

Zach behandelte Jonas nach diesem Sommer wie einen Erwachsenen. Und Picco ging es offensichtlich rapide schlechter. Er magerte stark ab, verschwand für vier Wochen in einem Sanatorium, dessen Lage er nicht verriet, weil er nicht besucht werden wollte, und als er zurückkam, schloss er sich die meiste Zeit des Tages in seinem Arbeitszimmer ein, dem Zimmer mit dem grässlichen Reiterbild an der Wand.

Es gab nur drei Konstanten. Regina kochte gleich schlecht. Gruber war griesgrämig wie immer. Und Hohenwarter fragte römische Geschichte ab.

Vielleicht ist es der Herbst, dachte Jonas morgens, während er sich anzog, mit einem Blick auf den Wald hinter dem Anwesen, an dessen Bäumen sich die Blätter zu färben begannen.

Er ließ das Frühstück ausfallen und ging hinüber zu Piccos Arbeitszimmer, der seit einiger Zeit Frühaufsteher war. Die offenstehende Tür überraschte ihn, vermutlich hatte der Boss zu dieser Stunde nicht mit Besuch gerechnet.

Jonas klopfte an den Türrahmen. »Darf ich?«

»Immer herein mit dir!«

Jonas setzte sich in einen der tiefen Ledersessel und gab sich Mühe, das Gemälde hinter Picco zu ignorieren. Erst jetzt fiel ihm Dagobert auf, der auf Piccos Schoß saß und sich das Fell kratzte.

»Ich wollte dich um etwas bitten.«

»Schieß los.«

»Das ist nicht so einfach. Ich frage mich, wieso ich nicht schon früher zu dir gekommen bin.«

»Ah!« Picco legte die Füllfeder aus der Hand und setzte die Lesebrille ab, die er mittlerweile benötigte. Dem Kater war das zuviel an Bewegung, er sprang hinunter und verschwand unter dem Schrank. »Es geht um deine Mutter, habe ich recht?«

Woher weiß er das schon wieder, fragte sich Jonas, der Mann wird mir immer ein Geheimnis bleiben.

»Du bist ihr nichts schuldig.«

»Das weiß ich«, sagte Jonas. »Trotzdem muss sich jemand um sie kümmern.«

Picco setzte die Brille wieder auf und sah Jonas über den Rand hinweg an.

»Mein Junge, es gibt Menschen, denen kann man helfen. Es gibt Menschen, denen kann niemand helfen. Und es gibt Menschen, denen soll niemand helfen.«

»Zu letzteren zählst du dich wohl selbst.«

Picco lachte. »Ich denke da eher an deine Mutter.«

»Aber –«

»Glaub mir, ich habe es versucht. Du weißt vieles nicht. Vergiss es, denk nicht mehr daran. Du bist ihr nichts schuldig. Niemand ist ihr etwas schuldig, sie gehört zu den Menschen, die sich selbst immer etwas schuldig bleiben, ihr ganzes Leben. Diese Leute können sich nur selbst helfen.«

Picco griff wieder nach seiner Füllfeder. Er fing an, rätselhafte Zeichnungen in sein Heft zu kritzeln, und sah nicht mehr auf.

Jonas ging zurück in sein Zimmer, holte seine Arbeitsmappe und machte sich auf den Weg in die Bibliothek, wo die Kommission wartete, die Werner und Jonas das mündliche Abitur abnahm, wozu aufgrund ihres Alters eine Ausnahmegenehmigung des Ministeriums notwendig gewesen war.

Eine Woche nach den Prüfungen eröffnete ihm Vera, sie würde mit ihrer Mutter nach Deutschland zurückziehen.

»Nach Kiel?« fragte Jonas betroffen. Er dachte an die Fotos, die zwei Meter von ihnen entfernt in seiner Schreibtischschublade lagen.

»Nach Osnabrück. Sie hat da eine Stelle angeboten bekommen. Sie meint, ich hätte mich innerlich so weit gefestigt, dass wir es wagen könnten, nach Deutschland zurückzukehren. In ihrer Vorstellung gibt es in österreichischen Kleinstädten keine Drogen, in Städten wie Osnabrück ein wenig Drogen, in Kiel durch einen ärgerlichen Zufall viele Drogen, und in Molochen wie Berlin regnet es Drogen, die laufen einem dort quasi nach, viele viele Drogen sitzen da auf der Straße und warten nur darauf, junge Mädchen zu überfallen.«

»Osnabrück.«

»Ja.«

»Ich weiß nicht mal, wo das liegt.«

»Ich schon, aber es hat mich bislang nicht interessiert. Ich soll dort die Schule fertig machen.«

»Hm.«

»Du bist ja schon fertig.«

»Hm, ja.«

»Ich will auf etwas hinaus, Mann!«

»Ja?«

»Du könntest doch mitkommen.«

»Nach Osnabrück?«

»Warum nicht?«

»Was mache ich in Osnabrück?«

»Was machst du hier?«

»Leben.«

»Genau.«

Der Wind raschelte in den Bäumen, vor der Garage hantierte Gruber mit Werkzeugen, die ihm ständig aus der Hand rutschten, Regina stocherte ungeschickt im Gemüsegarten herum, schmiss mit ausgerissenem Unkraut um sich und schimpfte zu Gruber hinüber.

Jonas stand vom Holztisch auf, an dem sie sich nach ihrem Waldspaziergang niedergelassen hatten, und pflückte einen Apfel. Er schmeckte sauer. Jonas schleuderte ihn über das Haus. Plötzlich war ihm kalt.

Alleinsein und Einsamkeit waren verschiedene Dinge, das hatte er schon früher gewusst, doch als Vera immer mehr zu einer bloßen Erinnerung wurde, lernte Jonas, worin der Unterschied wirklich bestand. Wenn er Zeit mit der Familie verbrachte, war er weder allein noch einsam, und es ging ihm gut. Wenn er durch den Ort schlenderte oder in seinem Zimmer lag und las oder Musik hörte, war er allein, und es ging ihm gut. Wenn er sich nachts von einer Seite auf die andere wälzte, wenn er nachmittags zufällig am See landete oder an einem anderen Ort, den er mit Vera verband, ging es ihm nicht gut, und er war einsam.

Ohne es auszusprechen, war ihm immer bewusst gewesen, dass die Zeit mit Vera ein Ende haben würde. Unklar war nur, Wann und Warum. Wann, das wusste er nun, warum, das wusste er noch immer nicht. Denn Osnabrück war kein Grund, Osnabrück war nur ein Anlass. Veras Mutter hatte ihnen eine schwierige Entscheidung abgenommen.

Woran merkte man, dass man jemanden nicht mehr liebt?

Wie erfuhr man, ob es Sinn hatte, es weiter zu versuchen? Und wie gewöhnte man sich wieder daran, nicht umarmt zu werden, nicht geküsst, nicht begehrt? Allein zu sein und zuweilen einsam?

Gewiss, es gehörte zum Leben. Doch wie gewöhnte man sich an das Leben, ohne aufzuhören, es ernst zu nehmen?

Am Tag vor Silvester rief der Boss die Jungen nacheinander in sein Arbeitszimmer. Er wollte von ihnen erfahren, wie sie sich ihre Zukunft vorstellten.

»Geld ist kein Problem«, sagte er, »das versteht sich von selbst. Du wirst nie gezwungen sein zu arbeiten, du wirst über deine Zeit frei verfügen können. Was schwebt dir vor?«

»Das kann ich noch nicht beantworten, tut mir leid«, sagte Jonas. »Mich interessiert alles und nichts.«

»Ich glaube, du bist jetzt alt genug, um diesen Rat anzunehmen: Entschuldige dich nie. Das ist ein Zeichen von Schwäche. Ganz egal, wem gegenüber, ganz egal, was du getan hast, entschuldige dich niemals.«

»Tut mir leid, diesen Rat werde ich wohl eher nicht beherzigen, aber danke.«

An der Art, wie Picco lachte, erkannte Jonas, dass es ihm besserging. In seinem Blick lag wieder mehr Energie, er wirkte unternehmungslustig und fast schalkhaft. Jonas schöpfte Hoffnung. Eine Weile hatte es schlecht ausgesehen.

»Auch recht«, sagte Picco. »Willst du studieren?«

»Vielleicht.«

»Also nicht?«

»Ehrlich gesagt zweifle ich daran, in einer Universität das zu finden, was ich suche.«

»Was suchst du denn?«

»Die lange Antwort oder die kurze?« fragte Jonas und erschauerte, weil er einen Blick auf das Reiterbild geworfen hatte.

»Die lange.«

»Ich suche Zusammenhänge. Ich möchte verstehen, wie es in der Welt von A bis Z kommt, mir genügt es nicht zu beobachten, wie A zu B wird und B zu C. Ich will wissen, warum man liebt, warum man nicht liebt, was gut und was böse ist und ob es beides gibt, ich will wissen …«

»Danke, das reicht«, unterbrach ihn Picco, »das ist ja fürchterlich. Und die kurze Antwort?«

»Antworten werden überschätzt.«

»Sehr gut! Ausgezeichnet! Aber diesmal will ich trotzdem noch eine hören. Was suchst du?«

»Mich natürlich! Ich bin siebzehn. Ich schreibe schwülstige Gedichte und lese die Romantiker.«

Wieder lachte Picco. »Du tust nichts dergleichen, und du bist nicht siebzehn. Du bist etwa sechsundzwanzig. Vielleicht achtundzwanzig. In deinem Alter war ich ungefähr dreiundzwanzig.«

»Sechsundzwanzig bin ich? Davon merke ich leider nichts.«

»Nun, was immer du tun musst, tu es. Die einzige Sünde ist Nichtstun. Das würde ich euch nie verzeihen. Wer so geboren wird und aufwächst wie ihr, hat auch eine Verpflichtung.«

»Die Verpflichtung wozu?«

»Euch auszuschöpfen, eure Grenzen auszuloten. Die Menschen zu werden, die zu werden euch möglich ist.«

»Da sind wir einer Meinung. Ich kann bloß nichts Großartiges in mir erkennen.«

»Das wird sich hoffentlich ändern. Wichtig ist im Leben eigentlich nur, dass man offen bleibt und dass man den Mut hat, ein neues Leben zu führen, eines, das noch niemand zuvor gelebt hat. Die meisten Leute sind feige und beschränken sich darauf, eines zu leben, das es schon oft gegeben hat. Mit denen wirst du Schwierigkeiten kriegen, aber das braucht dich nicht zu kümmern. Sie sind neidisch, und sie haben Angst vor dir, und mit beidem haben sie durchaus recht.«

Am Silvesternachmittag stieß er in der Bibliothek auf Anouk, die mit einem Buch auf der Couch lag, ein Glas Rotwein neben sich.

»Störe ich?«

»Nicht wirklich.« Sie setzte sich auf. »Ich würde ohnedies nur einschlafen.«

»Vielleicht keine schlechte Idee, jetzt zu schlafen. Dann verkraftest du leichter, was nachher passiert.«

»Jonas, ich bin vierundzwanzig, nicht vierundachtzig, ich kann schon mal ein paar Stunden länger aufbleiben, ohne vorschlafen zu müssen.«

»Du kennst Zach nicht.«

»Was hat das mit ihm zu tun?«

»Er feiert nie und trinkt nie, mit einer Ausnahme im Jahr. Silvester hat für ihn eine große Bedeutung. Einmal haben wir ihn erst am 5. Januar wieder unter Kontrolle bringen können.«

»Und was ist in der Zwischenzeit geschehen?«

»Das möchtest du nicht wissen.«

»Und wie ich das wissen will!«

»Nun, möglicherweise willst du es wissen, aber hinterher wirst du es nicht gewusst haben wollen.«

»Jetzt machst du mich erst recht neugierig. Erzähl!«

»Ich sage kein Wort, denn damit riskiere ich mindestens einen gebrochenen Daumen. Du kannst ja Werner fragen. Jedenfalls wirst du frühestens übermorgen wieder schlafen können. Du wirst Angst haben, dass du im Schlaf verbrennst. Lach nicht, ich meine das ernst. Du wirst kein Auge zutun, und du wirst, weil es das erste Mal ist, die Sache nicht lustig finden.«

»Wer ist Zach überhaupt?«

»Frag ihn doch.«

»Ich frage dich.«

»So genau wissen wir das nicht. Als Kinder haben wir uns die wildesten Geschichten über ihn ausgemalt. Söldner der Fremdenlegion, Berater asiatischer Könige, etwas in die Richtung. Jetzt spielt es keine Rolle mehr.«

»Und wieso unternimmt niemand etwas dagegen, wenn er so eskaliert?«

Bei der Vorstellung, wie er und Werner versuchten, etwas gegen den betrunkenen Zach zu unternehmen, kicherte Jonas in sich hinein.

»Erstens ist es nicht so einfach, Zach zur Vernunft zu bringen, wenn er feiert. Manchmal hilft es, an seine Verantwortung allem Ungeborenen gegenüber zu appellieren, aber verlassen kann man sich nicht drauf. Zweitens mögen wir ihn. Wir mögen ihn sogar sehr.«

»Ja und? Das ist doch kein Grund, sich anzünden zu lassen.«

»Ach was. Wir passen eben auf, es passiert schon nichts. Wenn man jemanden wirklich gern hat, sieht man über seine Schwächen hinweg.«

Anouk nickte beifällig, doch in ihrer Stimme lag unverkennbar Spott, als sie sagte:

»Sehr weise für dein Alter.«

»Nicht wahr? Weißt du denn, wie alt ich bin?«

»Auf den Tag genau so alt wie Werner, ich habe eure Geburtstagsfeier nicht vergessen.«

»Also warum bist du mit ihm zusammen?«

»Ich verstehe die Frage nicht.«

»Du bist vierundzwanzig, er siebzehn. Ich habe keine moralischen oder andersgearteten Einwände dagegen –«

»Vielen Dank!«

»Ich will es nur verstehen. So etwas ist ja ungewöhnlich.«

»Da hast du recht. Wenn die Frau älter ist, ist es ungewöhnlich, stimmt. Du meinst, warum bin ich mit ihm zusammen, abgesehen davon, dass ich ihn liebe? Oder warum ich ihn liebe?«

»Keine Ahnung. Beides irgendwie.«

»Abgesehen davon, dass er der beste Mensch überhaupt

auf diesem Planeten ist, der mitfühlendste und sensibelste und zugleich stärkste und witzigste? Weil ich Genies mag.«

Jonas wusste nicht recht, was er darauf erwidern sollte.

Anouk goss sich Wein nach und schenkte auch ihm ungefragt ein Glas ein.

»Jonas, ich war zusammen mit einem Bodybuilder, der war gar nicht so dumm, aber er war langweilig. Ich war zusammen mit einem Manager, der war auch nicht dumm, aber er hatte nur Autos und Zahlen und sein blödes Pferd im Kopf. Ich war zusammen mit einem Blumenhändler, der war dumm und hatte immer schmutzige, zerschnittene Hände. Ich war zusammen mit ein paar Jungs, an deren Namen ich mich nicht mehr erinnere und die wahrscheinlich nicht einmal ihren eigenen Namen schreiben konnten. Ich hatte einen Barbesitzer, einen Surflehrer, einen Vagabunden, einen Lehrer. Ich hatte einen Universitätsprofessor, der ein wandelndes Lexikon war, und einen Fußballer, der seine freie Zeit am liebsten damit verbrachte, mit Kindern aus den Elendsvierteln auf der Straße zu spielen, um sie von den Drogen abzuhalten. Sie alle waren gute Männer, und sie alle waren einfach, im Gegensatz zu Werner, der der komplizierteste Mensch der Welt ist.«

Sie drehte den Stiel ihres Glases zwischen den Fingern und sah ihn darüber hinweg an.

»Keiner von ihnen hatte etwas, das ihn groß machte. Werner hat das. Irgendwann wird er mich nicht mehr wollen, doch bis dahin nehme ich mir alles, was ich von ihm kriegen kann. Geistig, meine ich natürlich. Geld interessiert mich nicht.«

Jonas ließ Anouks Worte auf sich wirken. Im Haus mehrten sich fremde Stimmen, offenbar trafen die ersten Gäste ein. Er blickte hinaus auf die Schneelandschaft und fragte sich, ob er selbst je so eine Liebeserklärung zu hören bekommen würde.

»Und du bist überzeugt, er wird eines Tages von dir genug haben? Nicht umgekehrt?«

»Ich werde von diesem Jungen niemals genug haben.«

Wenn er später zurückdachte, meinte er sich zu erinnern, dass er sich schon während dieser Unterhaltung anders gefühlt hatte als sonst. Noch nicht direkt krank, aber anders.

Das Fieber kam nach dem Essen. Zu diesem Zeitpunkt war Zach bereits unternehmungslustig, und Picco erwog mit Hohenwarter, ob sie ihn unter einem Vorwand in die Garage schicken sollten, um ihn dort einzusperren. Jonas dachte, der Schwindel und das Hitzegefühl rührten vielleicht von dem Glas Wein am Nachmittag, und wollte sich für eine Stunde hinlegen.

Wochen später erfuhr er, dass sie kurz vor zwölf versucht hatten, ihn zu wecken, er aber nicht mehr ansprechbar gewesen war. Sein Zustand war offensichtlich derart besorgniserregend, dass selbst Zach schlagartig nüchtern wurde, seine römische Toga ablegte und ihn in ein Krankenhaus brachte.

Das erste Mal wach wurde Jonas drei Wochen später. Er begriff, wo er war, und verlangte von der Schwester, die gerade seinen Tropf einstellte, mit Nachdruck zu erfahren, um welches Krankenhaus es sich handelte. Als er hörte, es sei nicht das, in dem Mike gestorben war, schlief er wieder ein.

Der erste Mensch, den er wiedersah, war kurioserweise Harry, der Schweinehirte, der ihn besuchte, drei Tage danach.

»Wie geht es Gruber?« murmelte Jonas.

»Was will er denn mit dem?« fragte Zach, der irgendwo in der Nähe stand.

»Er meint eine Sau«, erklärte Harry. »Es geht ihr hervorragend. Wie den anderen auch. Du musst sie bald besuchen kommen. Kannst du mir Geld leihen?«

Der letzte Satz war geradezu schmerzhaft leise gesprochen, und Jonas fragte sich beim Umdrehen, ob er ihn sich eingebildet hatte.

Wieder zwei Tage später erwachte er, ohne erneut ins Koma zu fallen.

Er war allein im Zimmer. Mehrere Blumensträuße schmückten den Raum, der Fernseher lief ohne Ton, ein Wintermantel über einer Stuhllehne zeugte von einem abwesenden Besucher. Vergeblich versuchte Jonas zu ergründen, wem er gehörte.

Als Nächstes stellte er fest, dass er es zu oft mit Krankenhäusern zu tun hatte und ihm das allmählich auf die Nerven ging.

Er hasste alles hier. Er hasste den Geruch, er hasste die Farbe an den Wänden, er hasste die Betten mit dem abblätternden Lack, er hasste den Linoleumboden, er hasste das Kreuz an der Wand, er hasste die Trostlosigkeit der alten Fenster, er hasste den Gedanken daran, dass in diesem Zimmer bestimmt schon Menschen gestorben waren, so wie er den Gesichtsausdruck der nächsten Schwester hassen würde, die hereinkam, diesen neutralen bis gespielt fröhlichen Gesichtsausdruck, der eine Maske war für ihre Patienten und für sie selbst.

Krankenhäuser waren Grauzonen. Entweder leben oder tot sein, alles dazwischen war unappetitlicher Hohn.

Je länger er wach in seinem Bett lag, desto größer wurde seine Wut.

Wozu das alles? Was für eine grundsätzliche existentielle Bedeutung hatte etwas so Unsympathisches wie die Krankheit an sich, welchen Sinn brachte sie, warum war sie in der Welt? Was war ihre Berechtigung? Wozu hatte die Macht, die hinter diesem Kreuz dort stand, die Krankheit erfunden? Krieg war logischer als Krankheit. Menschen waren Bestien, aber wieso wurden sie krank? Vielleicht wurden sie zu Bestien, weil sie krank wurden?

Vielleicht sollte er Medizin studieren und Arzt werden? Aber dann hätte er wieder mit Krankenhäusern zu tun.

Über der Betrachtung dieses Problems vergingen weitere zehn Minuten, bis er merkte, wie dringend er zur Toilette musste. Er wollte seine Beine aus dem Bett schwingen und erlebte den größten Schrecken seines bisherigen Lebens. Er konnte sie nicht bewegen.

Erst schlug sein Herz zweimal die Sekunde, dann dreimal. Er versuchte es abermals, doch in seinen Beinen war keine Kraft.

Reiß dich zusammen, dachte er. Wer weiß, wie lange du hier liegst. Das nennt man Muskelschwund. Wer zwei Wochen im Bett liegt, muss erst wieder gehen lernen.

Er kratzte sich am Bein. Er spürte etwas.

Viel spürte er nicht.

Es könnten die Medikamente sein. Er war noch nicht gesund. Was immer ihn in dieses Bett gezwungen hatte, es war nicht vorüber.

Eine dicke, rotbackige Schwester betrat das Zimmer. In ihrer Aufregung, ihn wach anzutreffen, wollte sie gleich wieder umdrehen, um die Neuigkeit zu verbreiten. Er rief sie zurück und erklärte ihr seine Notlage.

»Toilette, machen wir gleich«, sagte sie in jenem fröhlichen Ton, der Ungezwungenheit ausdrücken sollte und den er sofort hasste, obwohl er wusste, dass es die Frau gut mit ihm meinte.

Starr verfolgte er, wie sie eine Schüssel unter dem Bett hervorholte. Er konnte gerade noch die Arme heben, um ihr zu zeigen, dass er nichts Derartiges im Sinn hatte, worauf sie die Schüssel an ihren Ort zurückstellte und ein Gefäß mit schnabelartiger Öffnung hervorzauberte, das sie ihm unter die Decke schob. Er fühlte ihre feuchtkalte Hand an seinem Penis, fühlte, wie dieser in den Schnabel gesteckt wurde, und hielt den Atem an. Er war nicht einmal zu dem Einwand in der Lage, dass er das auch selbst geschafft hätte.

Die Schwester wandte sich um und schaute zu den Neonleuchten an der Decke hoch.

Das kann alles nicht wahr sein, dachte er.

Von Scham und Wut erfüllt, wartete er auf eine Erleichterung, die nicht kommen wollte. Die Schwester stand da, er lag da, niemand sprach, draußen auf dem Gang waren Stimmen zu hören, es roch nach Kaffee.

Sein erstes Gespräch mit Zach kam ihm in den Sinn. Es hatte ebenfalls in einem Krankenhaus stattgefunden, damals, als ihn der Freund seiner Mutter verprügelt hatte. Damals hatte ihm Zach etwas Wichtiges mitgegeben. Immer daran denken, wie schlimm es anderen geht, um wie viel schlechter als dir. Auf der großen weiten Welt gibt es Unglücksraben, die berühren mit nassen Händen schadhafte Elektrogeräte, und ihre nackten Leichen bereiten Zimmermädchen schlaflose Nächte. Es gibt immer jemanden, dem es mieser geht als dir, und es gibt etwas Positives an jeder Situation.

Na ja, dachte er, den unnatürlich breiten Rücken der Schwester betrachtend. Immerhin habe ich nicht jedes Gefühl da unten verloren.

Und als Zach ins Zimmer kam, fragte sich Jonas, was wohl eigentlich mit dem Freund seiner Mutter geschehen war, damals, vor so langer Zeit.

Rollstuhl.

Immerzu sitzen oder liegen zu müssen, umgeben von Menschen, die sich gekünstelt benehmen, solange sie in der

Nähe sind, und aufatmen und fröhlich werden, sobald sie sich außer Hörweite wähnen. Als stünde es ihnen nicht zu, in Gegenwart eines Unterprivilegierten guter Laune zu sein, als wäre das ein Zeichen mangelnder Solidarität.

Selbst Werner verhielt sich am Anfang zurückhaltend. Ihm trieb Jonas das schnell aus, indem er ihm beim Essen Bier über den Kopf schüttete, ihn mit Totenmasken erschreckte und sich noch einige andere Streiche leistete, die Werner verdeutlichen sollten, dass er denselben Menschen wie früher vor sich hatte. Bald begann er, es Jonas wieder mit gleicher Münze heimzuzahlen.

Alle anderen taten sich damit schwerer, auch Zach. Einmal strich er Jonas sogar über den Kopf.

»Wirst du alt, Zach?«

»Ich hoffe, aber ich glaub's nicht.«

Über seine rätselhafte Krankheit erfuhr Jonas nicht viel, weil niemand viel darüber wusste. Eine Gehirnhautentzündung war diagnostiziert worden, die Komplikationen nach sich gezogen hatte, wobei schon am Ton, mit dem die Ärzte das Wort »Komplikationen« aussprachen, zu hören war, dass sie nicht die leiseste Ahnung hatten, wie es zu ebendiesen gekommen war, worum es sich bei ihnen eigentlich handelte und warum er nach wie vor Fieberschübe bekam, die sich meist nach wenigen Stunden legten. Und was mit seinen Beinen los war, konnte auch niemand erklären.

»Du faules Schwein«, sagte Werner. »Du Aas, du Nichtsnutz, du Tagedieb, du willst dich doch bloß von mir rumschieben lassen.«

»Bring mir Kaffee, aber schnell.«

Er ging wirklich auf der Stelle los. Mit schlechtem Gewissen rief ihn Jonas zurück.

»Doch, du könntest mir aber einen Gefallen tun.«

»Ich weiß«, sagte Werner, »aber ich mach's nicht.«

Wenn er später an diese Wochen und Monate dachte, roch diese Zeit für ihn nach Gummi. Nach heißem, verschmortem Gummi. Den Geruch von Benzin hatte Jonas immer gemocht, doch der von Gummi war nicht angenehm.

Er übersiedelte in ein freies Zimmer im Erdgeschoss, und Picco fragte ihn rundheraus, ob es ihm dort gefiel oder ob er einen Lift einbauen lassen sollte.

»Ich werde bald wieder gehen können«, sagte Jonas.

Er wusste es. Er würde sich freimachen von der Kraft seines Gegners. Er hatte zwar noch keine Ahnung wie, aber es würde ihm gelingen, das stand fest.

Die Ärzte waren skeptisch. Nur einer, sein Name war Dr. Schwarzenbrunner, er war bei weitem der jüngste, klang optimistischer.

»Irgendwoher ist es gekommen«, sagte er beschwörend, »irgendwohin wird es verschwinden, irgendwann.«

»Sie sind mir ja ein toller Arzt«, sagte Picco.

»Wie kriegt man überhaupt eine Gehirnhautentzündung?« fragte Zach.

»Die kann jeder kriegen«, sagte Werner. »Hast du sicher mal gehabt.«

Zach machte ihm ein verstecktes Zeichen, das Werner signalisieren sollte, er würde ihm bei Gelegenheit die Kehle durchschneiden, doch der Arzt riss das Gespräch mit einer wortreichen Ansprache an sich, in der er seine Zuversicht bekundete.

»Ihrem Enkel fehlt nichts Organisches«, schloss er, »zumindest ist weder auf dem CT noch auf dem MR noch in seinem Blutbild etwas Ungewöhnliches zu finden.«

»Dann steh auf!« sagte Picco. »Sehen Sie? Er steht nicht auf.«

»Warten Sie ab.«

»Wie lange? Monate? Jahre?«

»So lange wird es nicht dauern, glaube ich.«

»So lange wird es ganz bestimmt nicht dauern«, sagte Jonas.

»Und wieso bist du dir da so sicher?« erkundigte sich Werner mit hörbarem Zweifel.

»Weil ich es will.«

»Viele Leute wollen viele Dinge und kriegen sie nicht.«

»Die sind nicht ich und nicht in meiner Situation. Ich will. Ich werde.«

»Wie wäre es, wenn du deinem Willen die Bedeutung des menschlichen Konstrukts der Zeit verdeutlichst?«

»Du könntest mir einen Gefallen tun«, sagte Jonas.

»Ich weiß«, sagte Werner. »Mach ich nicht.«

Anfang Februar war Jonas aus dem Krankenhaus entlassen worden, Ende März, wenige Tage nach einer Fieberattacke, bemerkte er erstmals wieder Gefühl in seinen Oberschenkeln, und in der zweiten Aprilwoche kehrte ein wenig Gefühl in seine Kniekehlen zurück. Aufstehen konnte er noch nicht, doch er sah den Fortschritt und war mehr denn je entschlossen, sich in sein altes Leben zurückzukämpfen.

Werner war der einzige, dem er von diesen Entwicklungen erzählte, er wollte niemandem falsche Hoffnungen machen. Zwar war er überzeugt, dass er am Ende aus diesem Rollstuhl aufstehen und ihn mit eigenen Händen in die Garage schieben würde, aber er wollte besonders Regina, die sich die ganze Sache sehr zu Herzen nahm und sogar ihr eigenes Essen verdächtigte, für die Krankheit verantwortlich zu sein, nicht unnötig aufregen, weder im Guten noch im Schlechten.

»Sie könnte recht haben«, sagte Werner.

»In Bezug worauf?«

»Ihr Essen. Diese Nudeln zu Silvester. Ein Wunder, dass es keine Toten gegeben hat.«

»Kannst du dich an Anouks Gesicht bei ihrem ersten Bissen erinnern?«

Werner kicherte.

»So etwas hat die Arme in ihrem ganzen Leben nicht vorgesetzt bekommen.«

Werners Lachen steckte Jonas an. Auf dem Höhepunkt ihres Lachanfalls warf Jonas den Tennisball, den er schon den ganzen Tag knetete, um die Arme trainiert zu halten, Werner mit voller Wucht zu, und der fing ihn keine drei Zentimeter vor seiner Nase mit einer Hand auf. Kurz darauf kam der Ball ebenso unerwartet zurück, da lachten sie noch immer. Jonas fing den Ball und sagte:

»Du könntest mir einen Gefallen tun.«

»Werde ich wohl müssen, nicht?«

»Jetzt?«

»Wenn du bereit bist?«

»War ich immer.«

»Dann los.«

Der Kombi wäre für diese Zwecke praktischer gewesen, doch mit dem war Gruber einkaufen gefahren. Werner setzte Jonas auf den Beifahrersitz des Mercedes. Den Rollstuhl klappte er zusammen und legte ihn in den Kofferraum, ohne sich darum zu kümmern, dass sich der Deckel nicht mehr schließen ließ und ihm bei der Fahrt die Sicht nach hinten versperrt war.

»Wohin unterwegs?« fragte Zach, der wie üblich aus dem Boden zu wachsen schien.

»Ausflug«, sagte Werner.

»Vorsichtig sein«, sagte Zach.

»Sind wir doch immer.«

»Ihr seid so vorsichtig wie Dschingis Khan.«

Jonas war neugierig, ob Werner tatsächlich erriet, welchen

Gefallen er meinte, doch wahrscheinlich wusste er es genau. Manche Dinge mussten nicht ausgesprochen werden. Die Richtung, in die er fuhr, stimmte jedenfalls.

Unterwegs hielt sie Angerer auf, der Dorfgendarm, der sie seit ihrer Kindheit kannte und dessen Frau sie in den ersten zwei Schuljahren unterrichtet hatte. Sie war dabei fast verzweifelt, was nichts an des Gendarmen Sympathie für die Jungen geändert hatte.

»Na, Burschen, eine Spritztour?«

»Wir wollen Bärlauch pflücken. Wie geht es Ihrer Frau?«

»Bärlauch, so seht ihr aus. Und es geht ihr gut, sie hat gerade heute von euch geredet. Ihr seid mir hoffentlich vorsichtig.«

»Sind wir immer.«

Angerer schüttelte melancholisch den Kopf und winkte sie vorbei.

»Ob der weiß, dass wir keinen Führerschein haben?«

»Weiß er, und es ist ihm egal. Er will keinen Ärger. Eine gesunde Einstellung für einen Vertreter der Staatsgewalt. Außerdem glaube ich, er weiß noch viel mehr, er ist nämlich nicht ganz dumm.«

»Woran denkst du?«

»Jonas, wenn Hilfsarbeiter, Zahnärzte und Postboten verschwinden, fällt das irgendwann auf, speziell in einer Gegend, wo gewöhnlich keiner verschwindet. Und wenn Zeugen berichten, der Zahnarzt sei zuletzt mit zwei Männern gesehen worden, von denen der eine weit über zwei Meter groß war, muss man ja kein Raketenwissenschaftler sein, um dahinterzukommen, dass es davon in der Gegend nur einen gibt.«

»Auch richtig.«

»Hast du gezählt, wie oft Angerer schon mit Picco im Weinkeller war? Und kennst du sein Auto? Sein Haus? Kann sich ein einfacher Landgendarm so etwas leisten?«

Am höchsten Punkt der Straße, wo die Piste begann, parkte Werner den Wagen neben einem Stapel frisch gefällter Bäume in der Wiese.

»Und du willst das wirklich tun?«

»Schon viel länger, als ich hier drin sitze. Wieso, fällt dir etwas Besseres ein?«

»Einiges«, lachte Werner und lud den Rollstuhl aus. »Oder nein, eigentlich nicht. Ich ärgere mich nur, dass immer du die besten Ideen hast.«

Er setzte Jonas in den Rollstuhl und schob ihn auf die Straße.

»Von hier an bist du allein verantwortlich«, sagte er. »Stoß werde ich dir keinen geben.«

»Ist nicht notwendig«, sagte Jonas und beschleunigte die Räder mit den Händen, bis der Stuhl über die Kuppe rollte.

»He!« rief Werner hinter ihm. »Keine großen letzten Worte?«

»Nachher«, rief Jonas zurück.

Über diesen Moment hatte er lange nachgedacht, und er war sich sicher, dass ihm nichts zustoßen würde, solange ihm kein Auto entgegenkam, denn der Rollstuhl war bei einem solchen Tempo wohl kaum zu lenken. Bremsen gab es keine, und dementsprechend geschockt war Jonas, als er auf der anderen Seite des Tals ein Auto auftauchen sah.

Er saß auf seinem rollenden Marschflugkörper, der jede Sekunde auseinanderzufliegen drohte, und dachte nach. Eine Möglichkeit, dem anderen Fahrer, der vielleicht von der Sonne geblendet wurde, ein Zeichen zu geben, fiel ihm nicht ein. Er musste lachen.

Schöne Scheiße, dachte er. Das war's.

Das war's natürlich nicht, dachte er. Irgendwann wird es das gewesen sein, aber nicht hier und nicht heute.

Sich mit aller Kraft nach hinten stemmend, um nicht kopfüber auf die Straße zu fallen, stellte er fest, dass er dem Autofahrer immerhin schon aufgefallen war, denn dieser betätigte hektisch die Lichthupe, ohne jedoch auf die Idee zu kommen, seinen Wagen anzuhalten oder vielleicht gar auf die Seite ins freie Feld zu lenken.

Heiliger Jesus, dachte er, was ist das für ein Trottel?

Später würde er Werner und noch viel später Marie erzählen, wie lebendig er sich in diesen Sekunden gefühlt hatte, wie lebendig und unantastbar. Er würde ihnen berichten, wie sehr er trotz seiner Angst jeden Moment genossen und sich zugleich wie ein Narr gefühlt hatte. Er kam sich albern vor in diesem Mörderstuhl, doch dieses Gefühl, zwischen ihm und der Ewigkeit läge nichts als ein kurzer Augenblick, ein Farbwechsel, ein Wimpernschlag, ein Ton, berührte ihn nachhaltig. Es war noch großartiger, als er es sich ausgemalt hatte.

Allerdings musste nun das Problem mit dem entgegenkommenden Wagen gelöst werden.

Er erkannte den Kombi kurz vor der Talsohle, als er die Höchstgeschwindigkeit erreicht hatte und der Rollstuhl ihn zusätzlich mit einem hässlichen metallischen Knirschen zu beunruhigen begann. Hinter dem Steuer sah er das dumme Gesicht Grubers, der, die Augen schockgeweitet, beinahe ins Lenkrad zu beißen schien. Jonas gelang es noch, die Hand zum Gruß zu heben, ehe er den Stuhl mit einem kurzen, kräftigen Ruck nach rechts in den Graben lenkte.

Der Stuhl stoppte an einem großen Stein, und Jonas hob ab.

37

Beim Abstieg begegnete Jonas kurz vor Lager 1 einem Mann, der ihm ansatzlos ins Gesicht spuckte.
Ein Irrer, dachte er, ein Höhenkranker.
Der Mann stieg jedoch mit kräftigen Schritten weiter auf, und nichts an ihm wirkte, als sei er in irgendeiner Weise verwirrt oder geistig eingeschränkt. Rasch wischte sich Jonas den Speichel ab, ehe dieser womöglich festfror, und beschloss, nicht weiter darüber nachzudenken. Auf ihn wartete der Khumbu, und der würde seine gesamte Konzentration beanspruchen.

Er schaffte es auch ein sechstes Mal ohne Zwischenfall durch das Labyrinth an Eistürmen, und die Luft, die er darauf im Basislager atmen durfte, erschien ihm dick und belebend wie nie zuvor.

»Habe ich dir ja prophezeit«, sagte Hadan. »Der Anfang ist zäh, aber wenn man durchhält, gewöhnt man sich an fast alles.«

Jonas schilderte ihm sein seltsames Erlebnis vor dem Eisfall. Hadan bat ihn, den spuckenden Bergsteiger zu beschreiben.

»Ein knallgelber Daunenanzug, sagst du? Schau mal da rüber.«

Jonas wandte den Kopf in die angezeigte Richtung. Vor dem gelben Hauptzelt des Nachbarteams wehte die gelbe Flagge ihres Sponsors, und alle Mitglieder liefen in gelben Daunenanzügen herum. Es waren die Bulgaren.

»Ach ja, richtig«, sagte Jonas.

»Das kann nur Hristo gewesen sein. Ich bin mir sicher, dass er es war.«

»Und was treibt ihn zu so einer Feindseligkeit? Ich bin dem Menschen doch im ganzen Leben nicht über den Weg gelaufen.«

»Das macht für ihn keinen Unterschied. Er denkt anders. Betrachte mal dieses Bild, ein einziges gelbes Gewimmel. Für ihn heißt es nicht, er gegen mich, sondern sie gegen uns. Ich hatte gestern eine kleine Auseinandersetzung mit ihm, als er erst demonstrativ unsere Luxustoilette benützte und sich danach weigerte, zur Teamleiterbesprechung zu kommen. Offenbar hat er dich da oben als Mitglied meines Teams identifiziert, und das ist bereits ausreichend für offene Animositäten.«

»Was ist passiert?« fragte Nina. »Was habe ich da gehört, er hat dich angespuckt?«

Binnen Minuten hatte sich die Neuigkeit im ganzen Team herumgesprochen, was Jonas, der die Sache auf sich beruhen lassen und ganz bestimmt nicht im Mittelpunkt des Interesses stehen wollte, so unangenehm war, dass er trotz seiner Erschöpfung nach dem Abstieg nicht zu seinem Zelt ging, sondern am anderen Ende des Basislagers in der Buddha Bar einkehrte. Er bestellte beim Rastamann eine Literkanne Tee, ehe ihm einfiel, auf die Uhr zu sehen. Bis zur Teambesprechung blieb noch eine Dreiviertelstunde.

Neben ihm saß ein junges Paar, von der Kleidung her mehr Trekker als Bergsteiger, das über die Sonnenfinsternis redete. Die Frau kam ihm bekannt vor, er war sich beinahe sicher, ihr schon einmal begegnet zu sein. Er erinnerte sich jedoch weder an ihren Namen, noch daran, wo das gewesen sein mochte.

Wie viele Menschen es gab, die den Eklipsen überall auf der Welt hinterherreisten, die der Sonne dabei zusehen wollten, wenn sie sich kurz versteckte, hatte ihn verblüfft. Marie war es, die ihm einige dieser Leute vorstellte und ihn in einen Kreis von Männern und Frauen einführte, die so süchtig nach dem existentiellen Ereignis einer Sonnenfinsternis waren, dass sie sich oftmals schon Wochen davor an den reizvollsten Orten verabredeten, um die Zeit bis zu jenen magischen drei oder vier oder gar fünf Minuten mit Partys, Sex und Gesprächen zu verbringen, sich die Nächte um die Ohren zu schlagen, neue Drogen auszuprobieren und abenteuerliche Ausflüge zu unternehmen. Jonas war nicht besonders gesellig, doch unter diesen Jüngern der Sonnenfinsternis, die argwöhnisch darüber wachten, dass sich niemand in ihren Kreis einschlich, der nicht zu ihnen passte, gab es einige unkonventionelle Leute, die selbst bloß ein paar aufregende Tage erleben wollten. Die Frau neben ihm hier in dieser Bar – er kannte sie, er war mit ihr zusammengetroffen, irgendwann, irgendwo, in Kapstadt oder in Patagonien.

Einer von den Männern, die ihm Marie vorgestellt hatte, Sebastien, war es auch gewesen, der ihm die Augen dafür geöffnet hatte, wie berühmt Marie als Musikerin wirklich war. Jonas war nämlich mit einem Star zusammen. Nicht ganz so berühmt, dass Passanten bei ihrem Anblick zu kreischen begannen, aber doch berühmt genug, um in jeder Großstadt trotz Sonnenbrille um Autogramme gebeten zu werden, im Hotel, in der Bar, im Bus, im Taxi.

»Dich lässt das völlig kalt, wie?« fragte sie.

»Natürlich, warum?«

»Weil Berühmtheit den meisten Menschen auf lästige Weise imponiert oder sie einschüchtert. Du bist der erste Mann, dem das gleichgültig zu sein scheint.«

»Mir imponiert nicht deine Berühmtheit, sondern wie gut das ist, was du machst. Der Rest ist mir egal. Hauptsache, du hast Freude an dem, was du tust, und die Leute lassen uns in Ruhe.«

»Prominenz fasziniert dich nicht? Der rätselhafte Zauber vielfach abgebildeter Gesichter?«
»Nicht die Spur.«
»Sexy«, sagte sie.
»Ach was«, sagte er. »Normal ist das.«

Hadan war noch nicht da. Jonas ging zu Padang, um sich zu bedanken und die drei Tabletten zurückzugeben, die er nicht gebraucht hatte.
»Ah, hat die eine geholfen?«
Der Sherpa lachte über das ganze Gesicht.
»Und wie! Du hast mich gerettet, mein Freund!«
Der Sherpa strahlte noch mehr.
»Dieses Grinsen finde ich allmählich doch verdächtig«, sagte Jonas.
»Und ich finde es schön, wie gut Bonbons gegen Krankheit helfen. Nepalesische Bonbons, ich werde damit ein großes Geschäft aufziehen. Willst du welche mit nach Hause nehmen? Sagen wir, zwanzig Dollar das Stück! Sind sie eindeutig wert, oder?«
»Padang, du krummer Hund, du hast mir ein Placebo gegeben?«
»Ich bin ja kein Arzt! Ich trage eine Verantwortung für Leute wie dich, ich gebe dir bestimmt keine Pillen, die dir vorgaukeln, es würde dir gutgehen.«
»Padang, du hast mir Bonbons gegeben und mich mit Fieber in den Eisbruch laufen lassen?«
»Genau.«
»Bist du des Wahnsinns?«
»Ach was. Wenn du zusammenbrichst, dann wohl bald, und für diesen Fall war Dawa bei dir.«
»Wer ist Dawa?«
»Der junge Sherpa, den ich dir mitgeschickt habe. Er ist

mein Cousin. Er war die ganze Zeit neben dir, er hat dich bis kurz vor Lager 1 begleitet. Er sagte, du hast dich bis zuletzt gut gefühlt und nicht krank gewirkt. Hast du ihn vergessen?«

»An den größten Teil der Strecke kann ich mich nicht erinnern. Außerdem war es anfangs noch dunkel.«

»Macht nichts, ist ja alles gut gelaufen.«

»Wissen Hadan und Helen von der Geschichte?«

Der Sherpa schüttelte den Kopf.

»Das bleibt unser Geheimnis. Auch in meinem Interesse. Die Expeditionsleiter wissen selten alles, sie glauben das nur. Und wir lassen sie gern in dem Glauben. Wichtig ist, dass niemandem etwas zustößt.«

Hadan erschien mit einem knorrigen Gruß und postierte sich an einer zentralen Stelle des Messezelts, während Jonas darüber nachsann, was nun eigentlich mit ihm und seinem Körper an jenem Morgen passiert war. Er hatte sich inzwischen an seine ominösen Fieberschübe gewöhnt, doch dieser war anders gewesen, er war zu schnell vorbeigegangen.

»Heute habe ich nur zwei Dinge anzusprechen«, sagte Hadan.

»Mehr können wir uns auch nicht merken«, krächzte Sam.

»Zum einen bitte ich euch, die Kontakte zum bulgarischen Team auf das Allernötigste zu reduzieren. Sollte die eine oder andere Rechnung offenbleiben, ist nach dem Gipfel Zeit genug, sie zu begleichen. Ich will vorher keine Reibereien, keine weiteren Zwischenfälle, keinen Ärger, denn all das bedeutet nichts als Stress, und weiteren Stress können wir uns nicht leisten. Tiago, ich sehe, du möchtest etwas sagen. Lass es lieber sein.«

Tiago, der in der ersten Reihe stand, lachte höhnisch, blieb jedoch still.

»Der zweite Punkt betrifft die Ernährung. Ich musste

feststellen, wie sehr bei einigen von euch allmählich gewisse Versäumnisse ins Gewicht fallen, auf die ich euch mehrmals und mit Nachdruck hingewiesen habe. Ihr merkt doch selbst, wie sehr ihr sogar hier im Basislager körperlich abbaut, ihr werdet weniger und weniger, euer Körper, auf der verzweifelten Suche nach Energie, frisst euch auf. Wenn ihr nichts zu euch nehmt, wird dieser Prozess naturgemäß beschleunigt.

Mir ist schon klar, dass von großem Appetit bei keinem die Rede sein kann. Doch macht euch bitte bewusst, wie sehr euer Erfolg und sogar euer Leben davon abhängen, ob ihr genug esst und trinkt. Am Gipfeltag allein werdet ihr zwischen 12000 und 15000 Kalorien verbrauchen. Könnt ihr euch ungefähr vorstellen, was das heißt? Ihr kommt vielleicht rauf, aber dann ist die Batterie leer, und ihr kommt nie mehr runter. Padang!«

Auf dieses Kommando hin begannen Padang, Pemba und die Küchenjungen damit, Teller mit dem üblichen Gemisch von Reis und Weizenkleie und Gemüse aufzutragen, das Jonas schon beim Hinsehen den Magen umdrehte. Er nahm sich eine halb gefrorene Banane, die er sich umständlich unter seinem Anorak in seine Achsel steckte, um sie aufzutauen, und verschwand in Richtung seines Zelts.

Er fasste das Duschzelt ins Auge, das am Rand des Lagers aufgestellt worden war. Beim Gedanken, jemand könnte jetzt in dieser Kälte eine Dusche nehmen, schüttelte es ihn.

Wirklich, eine grauenhafte Vorstellung.

Er bat einen der Sherpas, ihm aus dem Küchenzelt zwei Gießkannen mit heißem Wasser zu bringen. Er kroch in sein Zelt und holte sich ein Handtuch und frische Kleidung. Die Banane steckte er unter sein Kopfkissen.

Jonas hatte extreme Kältesituationen in verschiedenen Teilen der Erde erlebt, er wusste, wie kalt es nahe dem Südpol werden konnte, er kannte die Nachtkälte der Wüste und die eisige Luft auf offener See, doch eine Dusche in diesem Zelt, das nur aus vier dünnen, nicht ganz bis zum Boden reichenden Planen bestand, die im Wind wehten, bedeutete auch für ihn eine gewisse Überwindung.

Er zog sich aus, biss die Zähne zusammen, fügte dem Wasser in der Gießkanne ein paar Hände voll Schnee hinzu, hängte die Kanne in die dazugehörige Vorrichtung über sich, goss sich endlich das warme Wasser über den Kopf und bemühte sich, nicht an die Kälte zu denken.

Er wusch sich die Haare, was dringend notwendig gewesen war, und stellte danach zu seinem Erstaunen fest, dass sie eingefroren waren. An den Spitzen hingen Eiszapfen, über die er so herzhaft lachen musste, dass er für einen Moment sogar die Kälte vergaß.

Ich bin ein Idiot, dachte er, besser stinken als erfrieren.

Als er über spitze kalte Steine aus der Dusche stieg, das Badetuch um die Hüften geschlungen wie in einer warmen Wohnung, stand Marc vor ihm.

»Du hast dich nicht verändert.«

»Inwiefern?«

»Um diese Uhrzeit hier zu duschen, das fällt nur einem völlig Übergeschnappten ein.«

»Ich bin keineswegs übergeschnappt, ich bin bloß reinlich.«

»Was ist das für ein Tattoo auf deinem Arm?« fragte Marc.

»Ein Tattoo eben«, sagte Jonas, zog sich zähneklappernd an und ging zu seinem Zelt.

38

Als Kind hatte sich Jonas einmal die Hand gebrochen, als er während des Essens harmlos mit dem Stuhl umgekippt war, und so verwunderte es ihn sehr, dass er einen Zwanzig-Meter-Flug und eine Landung im freien Feld mehr oder minder unverletzt überstanden hatte und den Menschen, die voller Sorge zum Unglücksort gerannt kamen, fröhlich zuwinkte. Zwar konnte er einige Minuten lang Werner nicht von Gruber unterscheiden, doch das legte sich, und die paar Kratzer an Armen und Beinen erschienen ihm geradezu läppisch in Anbetracht dessen, was hätte geschehen können.

»Wir fahren dich trotzdem ins Krankenhaus«, beharrte Werner.

»Das werdet ihr sicher nicht tun«, sagte Jonas.

»Sagt dir der Begriff innere Verletzungen etwas?«

»Du bringst mich bestimmt in kein Krankenhaus. Ich will nie wieder in ein Krankenhaus. Wir fahren nach Hause. Wenn es dich beruhigt, ruf Schwarzenbrunner an, er kann ja vorbeikommen. Aber mir fehlt wirklich nichts.«

Er ging zum Mercedes, mit dem Werner hinter ihm die Piste hinabgerast war und der nun mitten auf der Straße parkte.

Werner und Gruber starrten ihn an.

»Was ist los?«

»Du gehst«, sagte Werner.

Jonas schaute auf seine Beine, als müsse er sich selbst überzeugen. Er sah Werner an, sah Gruber an, schaute wieder auf seine Beine.

»Stimmt eigentlich«, sagte er.

Die Lähmung war weg und kehrte nicht zurück. Was blieb, waren die gelegentlichen Fieberschübe, die sich keiner der Ärzte erklären konnte, niemand fand eine Ursache, nicht einmal der eifrige Schwarzenbrunner.

»Krankheiten eben«, sagte Picco. »Es gibt sie, und Ärzte verstehen sie nicht.«

»Und wir haben sie am Hals«, sagte Hohenwarter.

»Die Krankheiten oder die Ärzte?« fragte Zach.

»Könntet ihr bitte einfach essen?« meinte Regina. »Ich will nichts mehr von Krankheiten hören.«

»Und was, wenn jede Krankheit eine doppelte Ursache hat?« fragte Jonas und schob unauffällig seinen Teller von sich. »Wenn nur wir Menschen sie nicht verstehen? Wenn jede Krankheit durch etwas Reales ausgelöst wird, das wir nicht sehen und erkennen können, obwohl es da ist so wie wir?«

»Was liest du gerade?« fragte Hohenwarter säuerlich, wurde jedoch von Picco unterbrochen.

»Ruhig! Lass ihn reden. Was meinst du, Jonas?«

»Woher kommen Krankheiten wie Krebs? Vielleicht werden sie den Menschen implantiert? Alle Kunden einer Tankstelle bekommen Krebs, alle, die diese Tankstelle an einem bestimmten Tag zu einer bestimmten Uhrzeit besucht haben? Versteht ihr, die Tankstelle ist eine Krebsfalle, vor 13.02 Uhr und nach 13.05 Uhr ist es eine normale Tankstelle, doch während dieser drei Minuten verwandelt sie sich in eine Todeszone. Ähnlich verhält es sich mit dem Verlieben, man betritt zwischen 16.03 Uhr und 16.05 Uhr ein Lokal und trifft die Frau seines Lebens. Manche allerdings nie, so wie manche nie krank werden. Ausgelöst wird das alles durch eine unsichtbare Macht, ein Wesen, das uns vielleicht weder Gutes noch Böses will, alles hängt mit Naturgesetzen zusammen, die wir nicht verstehen.

Ich sage nicht, dass es so ist, ich sage bloß, es ist genauso wenig auszuschließen wie alles andere. Eben weil wir Menschen fast nichts von unserer Wirklichkeit begreifen. Wir kennen von unserer Welt nicht mehr als drei Prozent.«

»Iss weiter, Jonas«, sagte Regina.

Mit einer versteckten Geste Richtung Werner, die Verzweiflung signalisieren sollte, zog er den Teller mit den widerwärtigen Honignudeln wieder an sich. Dabei bemerkte er, dass hinter ihm Anouk mit ihrer Mutter telefonierte. Er war nicht neugierig, doch sie sprach nun so laut, dass er sich die Ohren hätte zuhalten müssen, um nicht mitzuhören. Unwillkürlich versuchte er zu verstehen, was sie sagte, und da geschah es.

Etwas schien in seinem Kopf einzuschnappen, umzuschalten, er spürte es genau. Und im nächsten Moment sprach Anouk Deutsch.

Er verstand jedes Wort, sie sprach mit ihrer Mutter Deutsch. Zugleich wusste er, dass sie Französisch sprach, und zwar ausschließlich Französisch, sie hatte sich sogar geweigert, auch nur drei Worte Englisch zu lernen.

Das ist nicht gut, dachte Jonas.

Er ließ alles stehen und ging nach oben in sein Zimmer. Im Regal fand er eine Platte mit französischen Chansons, die ihm Werner geschenkt hatte, ein übler Scherz, denn nur Reggae fand Jonas noch schlimmer als Chansons. Er legte den Tonarm auf die Scheibe und wartete gespannt auf den Text.

Französisch.

So glücklich war Jonas noch nie gewesen, dieses Herzgeträller zu hören. Was immer da unten passiert war, es hatte sich um einen Irrtum gehandelt.

Anouk kam ins Zimmer.

»Was ist denn mit dir los?« fragte sie auf Französisch. »Du

lässt das Essen stehen, um Charles Aznavour zu hören? Aha! Wie heißt sie? Du hast Liebeskummer! Eines seiner schönsten Lieder, findest du nicht auch?«

Unweigerlich konzentrierte er sich auf den Gesang, und diese kleine Anstrengung genügte, um ihn jedes Wort verstehen zu lassen, mehr noch, die französischen Worte verwandelten sich in seinem Kopf in deutsche.

»Was ist passiert?« fragte Werner, der Anouk gefolgt war. »Du bist ja weiß wie die Wand.«

»Die Wand ist alles andere als weiß«, sagte Jonas. »Kannst du bitte ein paar Sätze auf Englisch sagen?«

»Wieso das denn?«

»Frag nicht, tu's einfach!«

Werner setzte sich auf den unförmigen Gesundheitsstuhl, den sie vor Jahren gemeinsam unter Grubers Anleitung gebaut hatten und der laut Picco das hässlichste Möbelstück war, auf dem je ein Christenmensch hatte sitzen müssen, und begann die amerikanische Unabhängigkeitserklärung zu deklamieren.

Die ersten Worte hörte Jonas auf Englisch, doch als er sich auf sie konzentrierte, schienen sie sich auf dem Weg von seinem Ohr in seinen Kopf zu verwandeln, zu biegen, zu strecken und zu verzerren, gleichsam aus eigenem Antrieb und mit eigenem Willen. Es war, als seien Worte etwas Physisches, etwas, das sich gummiartig in seinen Kopf schlängelte und dort als etwas anderes, in anderer Form wiederauferstand.

Er hörte weg. Im Hintergrund vernahm er Werners Sätze als Gemurmel, ein Gemurmel in englischer Sprache. Nun versenkte er sich in den Inhalt, und nach wenigen Sekunden kamen die Sätze auf Deutsch an.

»Alles in Ordnung?« fragte Werner.

Über diese seltsame Entwicklung in seinem Kopf sprach Jonas nur mit Werner. Er hatte keine Lust, sich in ein Forschungsobjekt verwandeln zu lassen. Stattdessen gruben sie in Bibliotheken fremdsprachige Bücher aus und kauften dem traurigen alten Mann am Bahnhofskiosk alle ausländischen Zeitungen ab. Werner las ihm italienische Balladen vor, russische Beipackzettel, serbische Kriegsansprachen und griechische Sportberichte, und sobald sich Jonas konzentrierte, kamen Werners Sätze auf Deutsch bei ihm an. Allerdings funktionierte das nur bei englischen, französi- schen, italienischen und russischen Texten, also bei Sprachen, die er zumindest in Ansätzen beherrschte. Vom Serbischen und Griechischen verstand er trotz aller Konzentration kein einziges Wort.

Werner war von dieser Entwicklung begeistert, Jonas weniger.

Ich will das nicht, dachte er. Ich höre, was mein bester Freund denkt. Wenn mein Bruder stirbt, weiß ich es vorher. Ich verstehe Fremdsprachen, die ich bisher nur rudimentär beherrscht habe. Was kommt als Nächstes, fliege ich über die Häuser und spreche mit Hunden? Was bin ich? Ein Ungeheuer? Ein Medium? Sehe ich bald Tote?

Ich will das nicht, dachte er.

»Da ist noch etwas, was ich tun muss«, sagte Werner.

»Da ist noch einiges, was du tun musst«, sagte Jonas. »Was genau meinst du?«

Statt einer Antwort führte ihn Werner zum Kombi und öffnete den Kofferraum. Vor Jonas stand ein neuer Rollstuhl.

»Was um alles in der Welt hast du jetzt wieder im Sinn?«

»Errätst du es nicht?«

»Ich will nichts mehr erraten«, sagte Jonas, obwohl er genau wusste, was Werner vorhatte. »Sag du es mir.«

»Steig ein.«

Während der Fahrt hatte Jonas kein gutes Gefühl.

Ich will nie mehr kein gutes Gefühl haben, dachte er. Ich möchte wenigstens einen Tag so sein wie die anderen. Sehen, was sie sehen, empfinden, was sie empfinden, mögen, was sie mögen, nicht allein auf meiner Seite stehen.

»Ich muss das tun, das weißt du«, sagte Werner.

»Nein, das weiß ich nicht. Willst du nicht warten, bis du so alt bist, dass du sowieso in so einem Ding rumgeschoben wirst? Die Piste läuft dir nicht davon, die wird immer hier sein, auch in siebzig Jahren noch.«

»Heutzutage kann man sich auf Straßen nicht mehr verlassen. Außerdem will ich es jetzt wissen.«

»Neugier bringt die Katze um.«

»Was ist los mit dir? So kenne ich dich gar nicht.«

»Ich habe ...«

»... kein gutes Gefühl bei der Sache? Aber ich muss das tun, ich will unbedingt wissen, wie sich das anfühlt.«

»Ich weiß, wie sich das anfühlt! So toll ist es auch wieder nicht. Sei nicht kindisch.«

»Natürlich bin ich kindisch, ich bin gern kindisch! Das ist doch nichts Neues.«

Werner war erhitzt und fahrig und beinahe aggressiv. Jonas konnte sich nicht erinnern, ihn schon einmal so gesehen zu haben.

»Werner, hast du irgendwas genommen? Dich zufällig mit Harry getroffen? Wollen wir nicht lieber den Schweinen einen Besuch abstatten, was kiffen und Ruhe geben?«

»Wir werden der Piste einen Besuch abstatten.«

Jonas wusste, es war zwecklos. Er rätselte, was in Werner vorging, etwas war anders als sonst, er konnte nicht zu ihm durchdringen.

Auf dem Hügel stellte Werner wie üblich den Wagen neben den gefällten Baumstämmen ab, wo es satt und beißend nach Holz roch und das einsame Klopfen eines Spechts zu hören war. Die Hände in den Hosentaschen, beobachtete Jonas schweigend Werners Vorbereitungen. Verzweifelt überlegte er, wie er Werner von seinem Vorhaben abbringen konnte, doch es fiel ihm nichts ein.

»Keine großen letzten Worte?« fragte er, als Werner losrollte.

»Nachher!« rief Werner.

In diesen Sekunden war es, als zöge sich der Himmel über ihnen zusammen. Es schien dunkler zu werden. Die Vögel schienen nicht zu fliegen, sondern in der Luft zu hängen und jeden Moment herabzufallen, der Wind war unbewegt, die Wirklichkeit eine knitternde Folie. Jonas fühlte eine ungeheure Beklemmung, es war ihm, als sähe er etwas Bösem ins Gesicht. Etwas Tiefschwarzem, Unheilvollem und konzentriert Bösem.

Nie vergaß er diesen Anblick. Werner von hinten, die Arme jubelnd hochgestreckt und offenbar ganz ohne Sensorium für die Düsterkeit des Moments, den Berg hinabrasend, während sich über ihm am Himmel nichts rührte, keine Wolke, kein Vogel, kein Lüftchen, so wie sich auch in der Wiese kein Grashalm regte, kein Insekt aufflog, keine streunende Katze zuckte. Für ein paar Minuten war die Welt eine andere, schwarz, brutal, gnadenlos. Keine Schonung. Kein Heil.

39

Auf dem Weg zum Internetcafé begegnete er Michel, dem Belgier mit dem Pferdeschwanz, der verstört und aufgebracht wirkte.

»Was ist passiert?« fragte Jonas.

»Tot ist er! Er ist gestorben!«

»Dein Freund mit dem gebrochenen Bein?«

»Die Ärzte sind schuld! Wir haben ihn mit dem Hubschrauber nach Kathmandu fliegen lassen, seine Eltern haben alles bezahlt, und jetzt ist er tot! Und von mir wollen sie wissen, was geschehen ist! Was kann denn ich wissen? War ich dabei? Was weiß ich, was die im Krankenhaus mit ihm gemacht haben!«

Jonas wusste nicht, was er sagen sollte. Er legte Michel die Hand auf die Schulter. Dieser schrie auf, drehte sich um und verschwand zwischen den Zelten.

Vor dem Internetcafé standen die Leute in einer langen Schlange an. Jonas reihte sich ein und fragte sich, ob die Zunahme von Trekkern, die seit Tagen das Basislager bevölkerten, etwas mit der Sonnenfinsternis zu tun hatte. Denkbar war es schon, doch er konnte sich nicht vorstellen, dass sie alle so lange bleiben würden. Vermutlich wollten sie bloß einmal das berühmte Basislager sehen und dann nach Kathmandu oder Indien weiterfahren.

Jemand rempelte ihn von hinten an. Überzeugt, sogleich in eine Auseinandersetzung mit dem seltsamen Hristo zu geraten, drehte er sich um, doch es war Marc, an einer fettigen Hühnerkeule nagend.

»Was machst du hier? Haben wir kein Internet im Team?«

»Hadan hielt solches Equipment für verzichtbar, er

meinte, es würde uns nur unnötig ablenken, wenn wir ständig unsere Erlebnisse in irgendwelchen Blogs und Zeitungsberichten ausbreiten.«

»Der elende alte Geizkragen. Hast du einen Blog?«

»Sehe ich so aus, als hätte ich einen Blog?«

»Komm mit zu den Argentiniern, da musst du nicht so lange warten wie hier.«

»Vielen Dank, lieber nicht. Da will dieser Oscar wieder von mir wissen, ob mir eine Insel gehört.«

»Das tut mir echt leid. Kommt nie mehr vor. Du weißt ja, man sitzt abends beim Bier zusammen, jeder erzählt eine Geschichte ...«

»Hast du's schon gehört? Dieser junge Belgier ist gestorben.«

»Ich habe den Typen mit dem Zopf getroffen, der irrt durchs Basislager und erzählt es jedem, der ihm über den Weg läuft. Um den wird man sich kümmern müssen. Ich werde ihm Paco auf den Hals hetzen.«

Er hielt ihm die Hühnerkeule hin. »Magst du?«

Jonas konnte nicht antworten, ihn überfiel ein Hustenkrampf, der so schlimm war, dass er meinte, es würde seinen Brustkorb zerreißen. Seine Lungen brannten ebenso wie seine Kehle, die von der eisigen, sauerstoffarmen Luft entzündet war.

»Ob du es glaubst oder nicht«, sagte Marc, »es laufen hier Leute rum, die einen noch übleren Husten haben als du.«

»Glaube ich nicht«, stieß Jonas hervor.

Es dauerte nicht eine Stunde, wie von Marc vorhergesagt, sondern etwas über zwei, bis Jonas endlich am Computer saß.

Keine Nachricht von ihr.

Wie gewöhnlich waren die meisten E-Mails von Tanaka. Bis auf eine betrafen sie Geschäftliches, wobei es entweder um den Ankauf von Grundstücken oder um eines der Hilfsprojekte ging, die Jonas in verschiedenen Teilen der Welt ins Leben gerufen hatte und die zwar miteinander kooperierten, jedoch keinen gemeinsamen Namen hatten und auch sonst auf keine Weise zu ihm zurückverfolgbar waren, denn in der Öffentlichkeit als wohltätiger Spender dazustehen war so ungefähr das Letzte, wonach er sich sehnte. In seiner letzten Mail kündigte Tanaka an, nach Kathmandu zu fliegen.

»Ich will in Ihrer Nähe sein«, schrieb er. »Falls etwas passiert.«

Das schätzte Jonas an Tanaka, seine Ehrlichkeit. Auf andere mochte er undurchsichtig wirken, und in gewisser Weise war er es natürlich, aber mangelnde Aufrichtigkeit zählte nicht zu seinen Schwächen.

Tic war zurück in Oslo, sie schickte ihm Grüße und fragte, wann er vorbeikäme. In Anouks Mail ging es nur um Surfen, sie wollte alles über Jaws wissen. José hatte eine Lebensmittelvergiftung überstanden und schilderte sämtliche Details. Shimon hatte zwei relativ besorgt klingende Nachrichten geschrieben, nach deren Lektüre Jonas bereute, ihn eingeweiht zu haben.

Für die halbe Stunde, die er am Computer verbracht hatte, bezahlte Jonas doppelt so viel wie beim letzten Mal.

»Das ist Kapitalismus«, sagte der Jüngling, dem er die Geldscheine auf den Tisch blätterte. »Und wenn das so weitergeht, verlange ich morgen noch mal das Doppelte, ob es dir passt oder nicht.«

»Und wenn du das tust, gebe ich dir deine hübsche Ledergeldtasche zu fressen«, sagte Jonas. »Ob es dir passt oder nicht.«

Um sich auf die Teambesprechung vorzubereiten, die ihm von Tag zu Tag lästiger wurde, kehrte er beim tätowierten Kellner in der Buddha Bar ein. Nach dem ersten Schluck Bier schob er die Flasche von sich. Er trank sowieso wenig Alkohol, doch in dieser Höhe wirkte er auf ihn wie ein Schlafmittel. Er bestellte sich stattdessen Tee, darin sprudelte wenigstens keine Kohlensäure, die ihm den Hals verätzen konnte.

Beim Zahlen fiel ihm ein Mann auf, der einen breiten Federhut trug und auf einem Barhocker lümmelte. Ihn hatte er mit Sicherheit schon mal gesehen, an diesen Kopfschmuck erinnerte er sich. Hoffentlich erinnerte sich der Mann nicht an ihn.

Am liebsten wollte Jonas der Sonnenfinsternis im Western Cwm beiwohnen, im Tal des Schweigens, das wäre der Höhepunkt all dessen, was er je gesehen, die schönste Sonnenfinsternis, die er je erlebt hatte. Doch allein war man am Everest nie. Und der Zeitpunkt für seinen Gipfelversuch stand noch nicht fest.

An einem Verkaufsstand, an dem eine alte Sherpafrau Bilder und Ketten anbot, kaufte Jonas ein paar Mitbringsel für Freunde. Als er sich umdrehte, stieß er tatsächlich fast mit dem Mann zusammen, der ihn vor dem Khumbu angespuckt hatte. Hristo murmelte etwas auf Bulgarisch. Jonas gab sich nicht die Mühe, es zu verstehen, und setzte hustend seinen Weg fort.

Diesmal hörte der Hustenkrampf nicht auf. Einige Bergsteiger lachten, als er an ihnen vorbeikam. Atemlos winkte er ihnen, sie winkten zurück und riefen ihm aufmunternde Sprüche zu.

Er hustete bis zu seinem Lager, er hustete bis zu seinem Zelt, er setzte sich auf seinen Klappstuhl und hustete. Es fühlte sich an, als würde sein Brustkorb bersten.

Er spürte, wie eine seiner Rippen, im Krampf gebogen, dem Druck nicht mehr standhielt und brach, er meinte sogar, das Knacken des Knochens zu hören.

Erst wollte er es nicht glauben. Er saß da und schnappte in

schnellen, aufgeregten Zügen nach Luft. Der Schmerz und der körperliche Schock waren so groß, dass sogar der Hustenreiz wich. Ihm wurde schwindlig. Er merkte, wie sein gesamter Kreislauf absackte.

Einer der Küchenjungen schleppte gerade einige Vorräte vorbei. Jonas hielt ihn auf und bat ihn, Marc und Helen zu holen. Keine zwei Minuten später trat Marc aus dem Messezelt, zwei dampfende Tassen in der Hand, und stieg mit großen Schritten den steinigen Weg hinauf.

»Was ist los, schlechte Nachrichten? Hier, trink das.«

Kurzatmig und mit Unterbrechungen erzählte Jonas, was geschehen war.

»Eine Rippe gebrochen, beim Husten?« rief Marc.

»Sag mir bitte, dass das nicht möglich ist.«

»Das passiert leider. Ich habe mir mal einen Knorpel in der Brust gerissen, auch nicht angenehm. Da kommt deine Wunderärztin, die wird dir gleich mehr sagen.«

Nach einer kurzen, schmerzhaften Untersuchung schüttelte Helen unwirsch den Kopf.

»Und?« fragte Marc. »Hat er recht?«

»Keine Ahnung.«

»Keine Ahnung?«

»Könnte sein.«

»Und was heißt das?«

»Viel Freude wird er damit nicht haben.«

»Helen«, sagte Jonas, »ich werde da hochgehen, und nichts wird mich davon abhalten.«

»Machst du dir eine Vorstellung von den Schmerzen, die dir da oben bevorstehen?«

»Unten zu bleiben würde noch mehr weh tun.«

»Na gut. Sind ja deine Rippen. Spuck mal aus. Sehr gut, kein Blut, wenigstens hast du dir nicht die Lunge angestochen.«

»Wohin gehst du?« rief Jonas hinterher.

»Ich verständige Hadan. Und schaue nach, ob ich so etwas wie ein Korsett für dich finde.«

»Das Korsett kannst du dir selbst umbinden, ich will ein paar Schmerztabletten, aber schnell!«

»Ich bin ja gegen Schmerzmittel«, sagte Marc.

»Ich nicht«, sagte Jonas, »ich absolut nicht, ich überhaupt nicht, o nein!«

40

Im Gegensatz zu jenem von Mike erinnerte sich Jonas auch nach Jahren noch an jedes Detail von Werners Begräbnis, worüber er sich später selbst wunderte, denn immerhin war er davor fast eine Woche lang mit Beruhigungstabletten und Rotwein vollgepumpt zu Hause, bei Harry oder bei Dr. Schwarzenbrunner gelegen, und diese Woche war für ihn wie ausgelöscht.

Die Aufbahrung, die Verabschiedung, priesterlos und ohne Ansprache, die stummen starren Gesichter, Piccos Trauer, Werners Eltern, verloren in einer Ecke. Er erinnerte sich an alles, doch er wollte sich nicht erinnern, und er verbannte diesen Tag aus seinem Gedächtnis. Auch das Grab besuchte er niemals. Was nun dort neben seinem Bruder lag, war nicht sein Freund, es war ein verwesendes absurdes Nichts, eine unzuverlässige Hülle, wie er selbst in einer steckte, in ihr herumlief und sich fragte, was das für eine Welt war, was für ein Leben, was für eine Zeit.

Einige Wochen verbrachte er in Irland. Er hatte ein kleines Haus an der Küste gemietet, wo ihn Zach ablieferte und am Ende abholte, und dazwischen lag Jonas nur da und heulte, saß am Meer und heulte, fuhr mit dem Fahrrad in ein Pub, aß eine Kleinigkeit, sperrte sich in der Toilette ein und heulte und fuhr wieder nach Hause, um dort zu heulen und die Welt zu verfluchen. Wenn er las, glitten seine Gedanken ab, wenn er auf das Meer hinaus schaute, dachte er nur an Werner und an das, was sie gemeinsam hatten erleben wollen, und nachts schrak er aus Träumen hoch, in denen sie beide noch dagewesen waren, Werner und Mike, und dann sprang er auf und schrie herum und warf Pfannen und Tassen ins Freie. Bald konnte er den Ort, an den es ihn verschlagen hatte, nicht mehr ertragen, er sah überall nur noch Ärger und Trauer und Schuld, und am liebsten hätte er die ganze Hütte angezündet. Als Zach ankam, blieben sie nicht einmal fünf Minuten.

»Geht's dir besser?« fragte Zach im Auto.

»Jetzt, ja. Solange ich nicht in den Rückspiegel schaue.«

»Beim Autofahren gibt es einen Trick, wie du sowieso nie in den Rückspiegel schauen musst.«

»Da bin ich ja gespannt.«

»Du musst bloß grundsätzlich schneller fahren als alle anderen.«

Nach seiner Krankheit hatte Jonas beschlossen, er würde nie wieder zulassen, solche Schwäche zu erleben, seinen Körper nicht kontrollieren zu können, er würde diesen Körper als Werkzeug verstehen und nützen. Daher lief er jeden Tag zehn Kilometer durch den Wald, er machte Gymnastik und trainierte mit Hanteln, und wenn der Muskelschmerz und die Erschöpfung am größten waren, war sein Kopf leer, und das war der schönste Lohn für die Anstrengung. Nichts zu denken, nichts zu spüren außer dem Schmerz in den Armen, das war alles, wonach er verlangte.

Der einzige Mensch, mit dem er noch Zeit verbrachte, war Zach. Manchmal übten sie Wing Chun, doch ohne Werner hatte Jonas kein richtiges Interesse mehr daran. Sie waren im Wald unterwegs, fuhren mit dem Mercedes herum, unterhielten sich auf Autobahnraststationen, in Kaufhauscafés und vor Almhütten.

»Weißt du schon, was du mit dir anfangen willst?« fragte Zach.

»Ich glaube, ich will nichts Konkretes tun, jedenfalls jetzt noch nicht.«

»Was heißt das? Willst du auf der faulen Haut liegen?«

»Keine Ahnung.«

»Was willst du denn überhaupt?«

»Ich möchte erfahren, ob es mir gelingt, immer das Richtige zu tun und nie zu lügen.«

»Das kannst du vergessen«, sagte Zach.

»Wieso hast du eigentlich keine Frau oder Freundin?«

»Wer sagt, dass ich keine habe?«

»Gesehen habe ich jedenfalls keine, und erzählt hast du auch nie von einer.«

»Weil du nie gefragt hast. Klar gibt es eine Freundin, aber leider lebt sie nicht hier.«

»Und ihr seid zusammen?« fragte Jonas argwöhnisch.

»Was genau, denkst du, ist mit Freundin gemeint? Ich sehe sie eben nur alle zwei Wochen.«

»Wieder etwas gelernt.«

»Was findest du daran so ungewöhnlich?«

»Ich weiß nicht. Wir haben nie über solche Themen geredet. Liebe und so.«

»Darüber reden ist auch nicht leicht. Man empfindet, wie man nie zuvor empfunden hat, und kann es lange nicht einordnen. Wenn man die ganze Sache verstanden hat, ist es meist schon zu spät. Das ist Liebe.«

»Was wäre ich ohne deine Weisheiten«, sagte Jonas, und Zach warf einen Schuh nach ihm.

Gegen Ende jenes Sommers fand ein Gespräch zwischen ihnen statt, das Jonas für immer in Erinnerung blieb. Es waren jene Wochen, in denen die Jahreszeiten noch miteinander rangen, in denen es an einem Tag strahlend sonnig war und anderntags kalter Morgenwind aufzog, der einem unfreundlich ins Gesicht peitschte.

Jonas lag wie betäubt im Baumhaus und dachte an jene, mit denen er so oft hier gewesen war. Zach lehnte unten am Stamm des alten Kastanienbaums und versuchte vergeblich, Jonas nach unten zu locken. Schließlich kletterte er hoch.

»Wie hältst du das Gejaule aus?« rief er und schlug auf das Radio. »Davon wird man ja trübsinnig!«

Jonas drehte das Gesicht auf die andere Seite. Durch ein Astloch im Boden konnte er hinabsehen, auf die Brombeersträucher, in denen sie sich früher versteckt hatten, auf einen verschlissenen, lehmigen Fußball, schon lange unberührt, auf etwas Kleines, Glänzendes in der Wiese, in dem er eines von Mikes Matchbox-Autos vermutete.

»Ich würde gern mal mit dir über Selbstmitleid reden«, sagte Zach.

»Ich bin nicht selbstmitleidig, ich versuche den Dingen bloß auf den Grund zu gehen.«

»Keine Ahnung, was das heißen soll, ist ja auch egal. Ich fürchte jedenfalls, wir müssen uns darauf vorbereiten, dass die Lage nicht besser wird.«

»Was meinst du?«

»Der Alte.«

»Er wird sterben, nicht?«

»Sieht leider danach aus.«

Jonas drehte sich zu Zach um.

»Wieso das alles?« fragte er.

Zach zuckte die Schultern. »Mit solchen Fragen kommst du nicht weit.«

»Mit welchen dann?«

»Ich glaube, mit keiner. Er sagt ja immer, Antworten werden überschätzt. In dem Fall dürfte er recht haben.«

Sie schwiegen eine Weile, ohne einander anzusehen. Irgendwo unter ihnen klopfte Regina einen Teppich aus.

»Sie haut noch immer ganz anständig zu, wie?«

»Ja«, sagte Jonas. »Tut sie.«

»Noch ist es nicht soweit«, sagte Zach.

Er strich Jonas über den Kopf und kletterte wieder hinunter.

Jonas schaltete das Radio an, legte sich auf den Rücken, verschränkte die Arme hinter dem Kopf und beobachtete die Insekten, die um die Laterne schwirrten.

Wann bin ich dran, dachte er, morgen? In zehn Jahren? In hundert?

Es fiel Jonas inzwischen schwer, Picco gegenüberzutreten. Er sah gezeichnet aus, ausgemergelt, erschöpft und leer, wie ein sterbender Vogel, fand Jonas, wie ein stolzes Tier, das den Tod nahen fühlt. Doch der Boss versteckte sich nicht, er zeigte nicht, wie sehr er litt, er klagte nicht und war sichtlich noch nicht am Ende seiner geistigen Reserven angelangt.

Nein, dachte Jonas, nein, nein, nein.

Es kam sein achtzehnter Geburtstag.

Er hatte gewusst, es würde bald geschehen, er hatte es geahnt, gefühlt, befürchtet, gewusst. In der Woche zuvor hatte sich Picco kaum gezeigt, er war in seinem Zimmer geblieben, nur Regina war zweimal bei ihm gewesen und hatte danach kein Wort gesprochen.

Nach dem Frühstück erschien Hohenwarter. Er führte Jonas ins Arbeitszimmer und bat ihn zu warten. Kurz darauf geleitete er Picco herein. Jonas sprang auf, um zu helfen, doch der Boss bedeutete ihm, sitzen zu bleiben.

Nachdem Hohenwarter sie allein gelassen hatte, nickte Picco langsam.

»Heute.«

Jonas schnürte es die Kehle zusammen.

»Das ist aber kein schönes Geburtstagsgeschenk«, sagte er.

»Ist mir klar. Und würde ich Entschuldigungen nicht grundsätzlich so negativ gegenüberstehen, würde ich jetzt sagen, dass es mir leid tut. Es gibt eine so einfache wie bittere Erklärung dafür. Wenn ich es nicht heute tue, habe ich es nicht mehr selbst in der Hand. Spätestens morgen liege ich in einem Krankenhausbett, in mir stecken unzählige Schläuche, ich wache nur noch alle paar Stunden kurz auf und habe keine Kontrolle mehr über mein Leben. Das war ich jedoch immer gewöhnt, und ich werde kurz vor Schluss keine Ausnahme machen.«

»Ich verstehe«, sagte Jonas und zwang sich, nicht wegzusehen. Picco anzusehen und das schaurige dunkle Bild hinter ihm, das an diesem Tag noch größer wirkte als sonst.

Diese Augen. Sie werden morgen um diese Zeit nichts mehr sehen. Diese Nase, diese Ohren, dieses unrasierte Kinn, sie werden morgen tot sein. Fast tote Nase, bald tote Ohren, so gut wie totes Kinn. Jetzt spricht der Mund. Morgen wird diese Stimme Geschichte sein und nie wieder gehört werden. Finger bewegen sich, morgen nicht mehr, ab morgen verwesen sie, obwohl der, dem sie gehören, sie gerade noch ansieht und sie sich bewegen sieht. Und obwohl er weiß, was ich weiß, sieht er seine bald starren Finger und hört seine bald vergehende Stimme, und diese Welt ist eine einzige Unfassbarkeit.

»Wenn du Fragen hast, solltest du sie jetzt stellen«, sagte Picco.

»Fragen?«

»Was immer du fragen willst. Vielleicht lange fragen wolltest. Jetzt wäre ein geeigneter Zeitpunkt. Nächste Woche wäre ungünstig.«

Jonas hustete, seine Finger zitterten. Er verschränkte die Arme und bemühte sich, nicht zu weinen.

»Sei nicht traurig«, sagte Picco leise.

»Bin ich aber«, sagte Jonas und begann zu weinen.

»Das solltest du nicht«, sagte Picco.

»Ich bin es aber!«

»Ich liebe dich, mein Junge«, sagte Picco.

»Ich dich auch«, sagte Jonas und schluchzte.

»Sei nicht traurig, Trauer kostet Kraft und erstickt allen Elan. Was deine Zukunft betrifft, musst du dir über die materielle Seite keine Gedanken mehr machen. Hohenwarter hat letzte Woche so gut wie alles erledigt, und um den Rest kümmert er sich heute Vormittag. Tatsächlich bin ich nun ein armer Mann und du reicher, als du es dir ausmalen kannst. Du wirst dich wundern.«

»Ich pfeif auf Geld!« stieß Jonas hervor.

»Ich weiß. Aber es kann nicht schaden, welches zu haben. Man kann viele gute Dinge damit tun.«

»Solange man lebt, ja«, sagte Jonas und schneuzte sich.

»Man sorgt eben vor seinem Tod dafür, dass das Geld in die richtigen Hände kommt«, sagte Picco aufgeräumt.

»Ja, ja, ja.«

»Geht's wieder?«

»Na ganz wunderbar geht's.«

»Also, hast du Fragen?«

Unter Tränen lachte Jonas. »Wieso hast du uns immer alles durchgehen lassen? Wir hätten ja den ganzen Ort niederbrennen können!«

»Eine sehr gute Frage. Zwei Gründe gab es dafür. Erstens wollte ich, dass ihr Menschen werdet, die sich vor nichts und niemandem fürchten, solche, die es mit Teufeln und Mördern und Schatten aufnehmen. Ich fand schon immer den Gedanken tröstlich, dass es irgendwo da draußen Menschen gibt, die andere retten, weil sie auf eine rätselhafte Weise stärker sind, Menschen, die Dinge tun, die andere nicht können, und damit mir und anderen Mut machen. An Gott glaube ich nicht, aber an den Teufel. Den gibt es, den habe ich oft gesehen, und ich will, dass es Menschen gibt, die sich nicht vor ihm fürchten, das ist sich das Menschengeschlecht selbst schuldig.«

»Und du meinst, deine Erziehungsmaßnahmen ...«

»Der zweite Grund war: Ich fand es wahnsinnig komisch. Besser als Fernsehen! Was ich gelacht habe. Es hat solchen Spaß gemacht, zuzusehen, wie ihr den halben Ort terrorisiert und niemand sich einzuschreiten traut, hahahaha! Das hätte ich mir als Kind auch gewünscht.«

»Glaubst du, dass ich mich vor keinem Teufel fürchte? Da muss ich dich vielleicht enttäuschen, ich bin mir da nicht so sicher.«

»Das kannst du noch gar nicht wissen. Außerdem darfst du das nicht zu wörtlich nehmen. Ich wünschte mir, ihr werdet Menschen, die nie aufgeben, selbst wenn tausend Teufel gegen sie ziehen. Werner war so. Und du bist so. Anders als mein eigener Sohn, Werners Vater. Ich bin stolz auf dich. Sehr sogar.«

Jonas sagte nichts.

»Werners Vater hat eine Verzichtserklärung für das Erbe unterschrieben, schon vor langer Zeit. Falls du dich wunderst.«

»Ich will nichts! Ich brauche nichts! Mir ist Geld nicht wichtig!«

»Das glaube ich dir, aber mir ist wichtig, dass du welches hast. Weitere Fragen?«

Fragen, welche Fragen, was konnte er fragen, was wollte er wissen? Die Gedanken jagten durch seinen Kopf, keiner ließ sich fassen.

Doch, da war einer.

Jonas zögerte.

»Frag nur, wenn du die Antwort erträgst«, sagte Picco.

»Ja. Auf alle Fälle ertrage ich die Antwort, ich ertrage jede Antwort. Wie war das mit meiner Mutter?«

»Das willst du wirklich wissen?«

»Deshalb frage ich.«

»Sie kam zu mir, nicht umgekehrt. Nachdem du ins Krankenhaus gekommen warst, hat sie mich gebeten, euch aufzunehmen. Sie war überfordert. Das waren ihre Worte.«

»Und dann hat sie uns einfach ... weggegeben?«

»So sieht es aus.«

»Das ist allerdings nicht ganz leicht zu hören.«

»Ich weiß. Jonas, wir haben nicht viel Zeit.«

»Was ist eigentlich mit dem Kerl passiert, der mich damals ins Krankenhaus geprügelt hat? Dem Freund meiner Mutter?«

Piccos Miene wurde hart.

»Alles musst du doch nicht wissen. Noch Fragen offen?«

Kopfschüttelnd saß Jonas da und raufte sich buchstäblich die Haare.

»So viele hatte ich immer, und jetzt sind sie alle weg! Mir fällt nichts ein.«

»Antworten werden ja sowieso überschätzt«, sagte der Boss und stand mühsam auf.

Sie umarmten sich. Den Geruch, den Picco in diesem Moment verströmte, vergaß Jonas nie, es war ein strenger Geruch, ein Geruch, den Jonas nicht gekannt hatte, es war der Tod. So wie er seine Gedanken dabei nie vergaß: Das letzte Mal, Abschied, Ende. Und wie er seinen Kummer nie vergaß, seine Wut, die Leere, die er wiedererkannte, die er vergessen hatte, die dagewesen war, ehe Picco ihn aufgenommen hatte.

Danke, dachte Jonas, ich danke dir, wer immer du bist und gewesen bist.

41

»Willst du dir das wirklich antun?« fragte Sam. »Willst du in deinem Zustand wirklich da hoch?«

»Das fragt ausgerechnet einer, den man kaum noch verstehen kann«, sagte Manuel anstelle von Jonas, wobei er Sams heiseres Flüstern nachahmte. »Keine Stimme ist kein Problem. Eine gebrochene Rippe ist ein Problem.«

»Ach was, mir geht es besser als vorher«, versicherte Jonas. »Immerhin bekomme ich jetzt richtige Schmerzmittel und werde von unserem ärztlichen Team mit Fürsorge geradezu überhäuft.«

»Steht schon fest, wann es losgeht?« fragte Nina, die mit Manuel am Vormittag die fünfhundertste Partie Backgammon gespielt und dafür von den Sherpas eine Medaille aus Karton bekommen hatte, auf der sie von einem zeichnerisch begabten Küchenjungen verewigt worden war.

»Morgen sicher nicht«, sagte Marc, der soeben ins Zelt gestürzt war.

»Neue Probleme?« fragte Ang Babu.

»Das kann man sagen. Bruce und Sven haben sich irgendetwas eingefangen, und das Team steht plötzlich so gut wie ohne Bergführer da. So können wir nicht aufbrechen, da hat Hadan völlig recht.«

»Aber wir werden alle langsam verrückt hier!« rief Nina. »Müssen jetzt zwanzig Leute darauf warten, bis diese zwei ihre Magenverstimmung auskuriert haben oder ihre Erkältung oder was es eben ist?«

»Glaub mir«, sagte Marc und legte ihr die Hand auf die Schulter, »du willst da oben nicht ohne deine Bergführer sein, nicht ohne deine gesunden, kräftigen, ausgeruhten Bergführer, die dich im Fall des Falles an der Hand nehmen und dir Mut zusprechen und dich von da oben runterbringen. Ärgere dich nicht, länger als zwei Tage kann es nicht dauern. Wer weiß, vielleicht ersparen wir uns auf diese Weise einigen Stau an den Fixseilen.«

Hadan trat ins Zelt, gefolgt von Tiago, der mit rotem Kopf so laut auf ihn einschrie, dass Alex dazwischensprang. Marc gab Jonas ein Zeichen, ihm nachzukommen, und schaffte es an den Streitenden vorbei nach draußen, ohne aufgehalten zu werden.

Zunächst führte er Jonas zu seinem eigenen Zelt, wo er sein Notebook holte. Nach einem Blick auf die Uhr schlug er einen Abstecher in die Buddha Bar vor.

»Und was ist mit der Teambesprechung?«

»Die kriegst du jetzt von mir.«

In der Bar bestellte Marc zwei Kannen Tee und fragte den Barkeeper, ob er auch Energieriegel hatte.

»Klar, sind aber nicht ganz billig.«

»Egal, für jeden drei.«

Marc klappte das Notebook auf und tippte mit seinem Kugelschreiber auf einen Abriss des Everest-Massivs, der auf dem Bildschirm erschien.

»Ich nehme an, du kannst Karten lesen?«

»So leidlich.«

»Ich erkläre dir nun mal im Detail, was dir bevorsteht. Du kennst den Berg bis Lager 3, bis knapp zur Hälfte der Lhotse-Wand, und über den Rest erzähle ich dir lieber jetzt schon einige grundlegende Dinge. Ich werde immer bei dir sein, ich werde dich führen, du brauchst dir keine Sorgen zu machen. Aber da oben kann alles passieren, und wenn mir irgendein kenianischer Vollprofi seine Steigeisen in die Halsschlagader rammt, stehst du allein da und fragst dich, wie du heimkommst. Das wollen wir nicht, und deshalb hörst du gut zu und merkst dir alles.«

»Aye, aye, Sir. Lager 3. Wie geht's jetzt weiter?«

»Schön langsam.« Marc tippte mit einem der Schokoriegel, die mit dem Tee gebracht worden waren, gegen den Bildschirm. »Du brauchst dir nicht den Hals zu verrenken, du siehst von hier aus nichts von dem, was ich dir zeigen will. Wir übernachten in Lager 3. Wenn es dir dort schlechtgeht, wirst du zum ersten Mal künstlichen Sauerstoff atmen. Mach dich auf eine nicht allzu angenehme Erfahrung gefasst. Die Maske ist eng und beklemmend, manche reißen sie sich da oben vom Gesicht, weil sie glauben, sie hindere sie am Atmen, nur um recht schnell festzustellen, dass sie ohne sie gar keine Luft mehr kriegen. Diesen Fehler begehst du bitte nicht. Wenn du das Gefühl hast, keine Luft mehr zu bekommen, sagst du es mir, es kann immer sein, dass das Ventil vereist oder die Flasche ganz einfach leer ist.«

»Das merke ich also nicht? Wenn die Flasche leer ist?«

»Klar merkst du es, dir geht es nämlich plötzlich ziemlich mies. Du wirst die Maske also lassen, wo sie hingehört, denn ohne sie hast du keine Chance auf den Gipfel. Dass das kein echtes Bergsteigen ist, muss ich gar nicht dazusagen. Echtes Bergsteigen kommt ohne künstliche Hilfsmittel aus. Aber du willst ja nur rauf auf den Berg und heil wieder runter, ohne dir einzubilden, zur Weltelite der Höhenbergsteiger zu gehören. Oder?«

Marc sah ihn mit gespielter Strenge an.

»Sind nicht auch Eispickel und Steigeisen künstliche Hilfsmittel?« fragte Jonas. »Nicht zu erwähnen die Leitern im Eisbruch?«

»Sind sie, aber nicht so künstlich. Du wirst also im Notfall nachts in Lager 3 Flaschensauerstoff atmen. Frühmorgens steigen wir wieder in die Wand ein. Dort gibt es zwei besonders markante Punkte, zum einen das Gelbe Band, ein steiler Absatz aus Kalkstein, und den Genfer Sporn, ebenfalls ein massiver Felsvorsprung. Wenn du dort bist, hast du es bald zu Lager 4 geschafft. Das befindet sich auf dem Südsattel, etwa in 8000 Meter Höhe. Ein Ort, der, um es mal mit den Worten des Engländers zu sagen, den ich vor ein paar Jahren raufgebracht habe, landschaftlich wenig zu bieten hat.«

»Lebt der Engländer noch?«

»Wirklich sehr witzig. Der Wind auf dem riesigen Plateau ist stärker als auf dem Gipfel, und wenn wir das Pech haben, dort in einen Sturm zu geraten, sollten wir uns gut anschnallen, denn er kann uns auf der einen Seite über tausend Meter zum Western Cwm hinabbefördern, er kann uns aber auch östlich die Kangshung-Flanke hinunterblasen. Es gibt auf diesem Plateau nichts als Eis und Felsen. Alles, was nicht entsprechend schwer oder festgefroren ist, wird früher oder später fortgetragen. Ich habe an dieser Stelle Menschen fliegen sehen. Wie schwierig es ist, dort Zelte aufzubauen und dafür zu sorgen, dass sie stehen bleiben, kannst du dir vorstellen.«

»Ich will mir das gar nicht vorstellen. Die Sherpas sind zähe Burschen.«

»Spätestens jetzt befindest du dich in dem Bereich, den die Zeitungen Todeszone nennen. Das wird oft fehlinterpretiert. Sie wird nicht so genannt, weil dort besonders viele Unfälle geschehen, sondern weil dich der Berg in dieser Höhe über kurz oder lang umbringt, selbst wenn du wie ein Wickelkind in deinem Zelt liegst und dich füttern lässt. Dein Organismus hält die extremen Bedingungen nicht lange aus. Und deshalb musst du schnell sein.«

»Was ist mit der Leichengasse?«

»Der Begriff ist dir also schon untergekommen? Ich wollte

sie nicht eigens erwähnen, ist nämlich kein angenehmer Anblick.«

»Umso wichtiger, darauf vorbereitet zu sein.«

»Soweit ich weiß, hast du in deinem Leben bereits Tote gesehen. Es ist im Übrigen nicht möglich, den Everest zu besteigen, ohne auf Tote zu stoßen. Die Leichen, die du am Südsattel sehen wirst, sind festgefroren. Ein Freund von mir liegt auch da oben. Ich will echt nicht darüber reden.«

»Sind es denn wirklich so viele?«

»Zu viele.«

Beide aßen wie zwei Jungen ihren nächsten Schokoriegel, ohne ein Wort zu sagen.

»Wann brechen wir vom Südsattel auf?« fragte Jonas. »Bei Sonnenaufgang?«

Marc lachte. »Da könnten wir gleich wieder runtergehen. Wir starten um Mitternacht, sofern es das Wetter erlaubt. Andernfalls haben wir keinerlei Aussicht, es rechtzeitig auf den Gipfel zu schaffen. Das Wichtigste überhaupt bei der ganzen Unternehmung ist nämlich, dass du dir die Umkehrzeit einschärfst und sie einhältst. Wenn du es nicht bis 14 Uhr auf den Gipfel geschafft hast, drehst du um, selbst wenn er direkt vor deiner Nase steht. Wenn du weitergehst, bist du tot.«

»Moment, ganz langsam. Wir gehen um Mitternacht los? Sind gegen 14 Uhr auf dem Gipfel? Und müssen dann erst wieder runter? Da sind wir aber eine ganze Weile unterwegs.«

»Hat ja auch niemand behauptet, dass es ein Spaziergang wird.«

»Vierzehn Stunden Aufstieg, in dieser Höhe, und dann wieder runter!«

»Vieles hängt vom Wetter ab. Vieles davon, wie viele andere Teams in dieser Nacht den Aufstieg versuchen und was sich innerhalb dieser Teams abspielt. Deswegen wäre es auch so wichtig, sich unter den Expeditionsleitern abzustimmen. Aber zum einen sind Leute wie Hristo nicht besonders kompromissfähig, zum anderen machen all diese kleinen Teams, diese Zwei-Jungs-gehen-mal-zum-Everest-Teams sowieso, was sie wollen. Es könnte daher an den Fixseilen Stau geben, dann bricht das totale Chaos aus, und am Ende gibt es Tote. Wäre ja nicht das erste Mal. Deswegen musst du unter allen Umständen die Umkehrzeit einhalten. Ich werde dich am Kragen runterschleifen, wenn es sein muss, doch sollte ich aus irgendeinem Grund nicht bei dir sein, hältst du dich gefälligst an das, was ich gesagt habe, sonst kommst du nicht zurück.«

»Sonst komme ich nicht zurück?«

»Jonas, das ist kein Witz. Wenn du bei Einbruch der Dunkelheit nicht wieder im Lager bist, überlebst du die Nacht nicht. Dann sitzt du auch bei denen da oben.«

»Glaube ich nicht. Du würdest mich bestimmt später runterschaffen.«

»Ich bin ja nicht blöd. Ein solcher Versuch wäre vollkommen aussichtslos und würde mich bloß in Gefahr bringen. Wenn es so kommt, sitzt du eben ewig da oben, das kann ich dann auch nicht mehr ändern. Dir muss bewusst sein, dass ich ab einer gewissen Höhe nur mehr begrenzte Möglichkeiten habe, dir zu helfen. Von da oben muss man selbst wieder runtergehen, sonst bleibt man dort. Ich kann dich nicht auf meine Schultern packen und hinuntertragen, es ist ein Ding der Unmöglichkeit. Es hat hier schon einige herzzerreißende Szenen gegeben zwischen Menschen, die sich gegenseitig im Stich lassen mussten, um wenigstens das eigene Leben zu retten, und ich garantiere dir, ich werde das auch tun, ich werde nicht aus Solidarität mitsterben, das kannst du schön allein machen. Damit das nicht passiert, wirst du brav alles tun, was ich sage, sobald wir losgegangen sind, darauf gibst du mir dein Wort.«

Jonas schüttelte die dargebotene Hand.

»Sind auf der Route Fixseile angebracht?«

»An sehr vielen Stellen. Auf die würde ich mich jedoch nicht verlassen. Bleib wachsam. Ich weiß, dir ist viel zuzutrauen, du hast immerhin den Aconcagua geschafft, und das ist ein schwerer und widerlicher Berg. Hier bist du aber noch mal zwei Kilometer höher. Du musst ständig deine Wahrnehmung überprüfen. Wenn dir ein dreiköpfiges Huhn oder Kaiser Barbarossa erscheint, sagst du Bescheid, und wir drehen auf der Stelle um.«

»Wieso sollte ich Bewusstseinstrübungen haben? Ich atme ja den Flaschensauerstoff.«

»Und was meinst du, was da drin ist, irgendein Zaubergas? Der lässt dich zwar die 8000 Meter wie 7000 erleben, aber 7000 Meter sind auch keine Kinderei. Es kann viel passieren, und vor einem Ödem in der Lunge oder im Hirn schützt dich der Sauerstoff nicht.«

»Verstanden. Was muss ich noch wissen?«

»Auf der Route zum Gipfel passierst du den sogenannten Balkon auf etwa 8500 Metern. Je nach Wetter und Uhrzeit solltest du dort eine gute Aussicht auf die Erdkrümmung haben. Es gibt nur ein paar Berge, auf denen man sie sehen kann, sonst muss man sich für dieses Vergnügen in ein Flugzeug setzen. Ich finde diesen Moment immer sehr ergreifend. Er macht mir bewusst, wo ich bin.«

»Darauf freue ich mich am meisten, fast mehr als auf den Gipfel.«

»Der Südgipfel liegt auf 8700 Meter, dort werden wir frische Sauerstoffflaschen vorfinden. Die schwierigste Passage ist vermutlich der Hillary-Step, wo viele Bergsteiger schon zu schwach sind, um sich an den Fixseilen nach oben zu ziehen, also mach dir die Leistung derer bewusst, die da frei hochgeklettert sind und diese Seile angebracht haben. Manche der Amateure stürzen hier auch beim Rückweg ab. Jedenfalls eine Stelle mit Stau- und Katastrophenpotential. Warum schaust du so, überlegst du dir, wie du das mit deiner Rippe schaffen sollst?«

»Die Rippe ist kein Problem. Mach nur weiter.«

»Nun haben wir den Gipfelgrat vor uns, da brauchst du echt starke Nerven. Links und rechts geht es zweitausend Meter hinunter, und das auf einem Weg von fünfhundert Metern, während du vom Wind immer wieder außer Tritt gebracht wirst. Ein falscher Schritt, und du hast etwas sehr Unangenehmes vor dir.«

»Und der Gipfel?«

»Der ist nur bei absolut klarem Wetter wirklich spektakulär. Das innere Gefühl natürlich, das ist einzigartig, das vergisst man nie. Trotzdem, dort oben ist es unglaublich gefährlich. Wir schießen das Gipfelfoto und sehen zu, dass wir so schnell wie möglich nach unten kommen. So, was hast du dir gemerkt?«

Marc klopfte mit dem Kugelschreiber auf seine Armbanduhr.

»Die Umkehrzeit natürlich«, sagte Jonas. »16 Uhr.«

Marc wollte anfangen zu schimpfen, doch ein Blick in Jonas' Gesicht brachte ihn zum Lachen.

»Ab Lager 3 gibt es aber keine Witze mehr, ich hänge an meinem Leben. Was hast du dir noch gemerkt?«

»Gelbes Band, Genfer Sporn, Südsattel, Wind, Leichen, Mitternacht, Balkon, Erdkrümmung, Südgipfel, Sauerstoff, Hillary-Step, Dankbarkeit, Gipfelgrat, Umkehrzeit spätestens 14 Uhr.«

»Perfekt. Übrigens klettern wir beide außerhalb des Teams. Wir sind ohne die anderen unterwegs.«

»Was bedeutet das?«

»Wir ersparen uns Rücksicht, so brutal das auch klingen mag. Wir müssen nicht warten, bis Hadan Entscheidungen trifft, die von den Interessen der ganzen Gruppe bestimmt sind. Wir gehen unser Tempo und sind unser eigenes Team, du und ich. Ein Zweierteam, so wie im guten alten klassischen Bergsteigen.«

»Ich habe aber nichts gegen die anderen. Und ich passe gern auf andere auf.«

»Ich habe auch nichts gegen die anderen, und ich passe auch gern auf andere auf, und wenn jemand in Not gerät, helfe ich ihm, so gut ich kann, egal wer es ist. Trotzdem bin ich lieber unabhängig. Du wirst genug damit zu tun haben, auf dich selbst aufzupassen.«

Sie wurden von einem der Südamerikaner unterbrochen, der zufällig vorbeigekommen war und wissen wollte, wann sie aufbrechen würden. Es stellte sich heraus, dass Oscars Gruppe sich denselben Gipfeltag ausgesucht hatte wie Hadan. Marc konnte seinen Zorn kaum zurückhalten.

»Ich dachte, ich hätte das mit ihm besprochen. Er wollte einen Tag früher gehen. Ihr seid achtzehn Leute, Hadan hat zwanzig, dazu die Sherpas, das ist absurd.«

»Es war nicht meine Entscheidung«, sagte der Mann, den Marc nun als Gustavo vorstellte.

»In Ordnung«, sagte Marc. »Ich rede noch mal mit ihm. Ihr seid doch stark, ihr könnt durchaus einen Tag früher gehen.«

»Ich richte es ihm gleich aus«, sagte Gustavo und stapfte davon.

Marc schüttelte den Kopf.

»Lauter Chaoten. Übrigens, dein Husten ist besser geworden, nicht wahr?«

»Paco hat mir Steroide und bronchienerweiternde Mittel

gegeben. Helen weiß nichts davon, also tu mir den Gefallen und erwähne es nicht.«

Auf dem Hang gegenüber ging grollend eine Lawine ab. Einige Trekker, die gerade eingetroffen waren und diesen Anblick noch nicht kannten, schrien begeistert durcheinander und zückten ihre Fotoapparate. Marc nickte einer auffallend hübschen Frau zu, die am Nebentisch Platz genommen hatte, riss die Folie seines dritten Eiweißriegels auf und biss in die Schokolade. Ungeniert schmatzend sagte er:

»Hätte ich mir nicht gedacht, damals in Hossegor. Dass wir mal hier sitzen würden.«

»Ich habe es zumindest nicht ausgeschlossen.«

»Als wir uns das erste Mal begegnet sind?«

»Damals war der Gedanke an den Everest längst in meinem Kopf. Wenn einem dann bei einer Freundin ein Himalaya-Bergsteiger über den Weg läuft, stellt man sich vieles vor.«

»Und ich frage dich noch einmal, wieso hast du mich nicht angerufen, sondern dich bei Hadan eingekauft?«

»Weil ich Hadan mag. Und wegen Helen. Hat sich halt irgendwie ergeben.«

»Ihr hattet etwas miteinander.«

»Wieso interessiert dich das so? Das ist doch unwichtig.«

»Für dich vielleicht, ich finde so etwas immer interessant. Und gab es nicht noch einen Grund?«

Jonas zögerte mit der Antwort.

»Hatte es etwas mit mir zu tun?«

»Nein.«

»Was war es dann?«

»Ich wollte allein sein.«

»Ist das noch immer so?«

»Nein. Ich bin ziemlich froh, dass du da bist.«

»Ich auch«, sagte Marc und winkte dem Kellner, der gerade begonnen hatte, vor zwei Bulgarinnen mit Whiskyflaschen zu jonglieren. »Du bist einer von denen, die gern oben bleiben.«

»Was soll das denn bedeuten?«

»Es gibt Menschen, die da oben eher festfrieren als andere. Leider zählst du zu ihnen, und es freut mich, dass ich das verhindern werde.«

42

Kurz nach Piccos Beisetzung packte Jonas seine Reisetasche. Er fuhr zum Flughafen, um den nächstbesten Flug zu buchen.

»Hin- und Rückflug?« fragte die Frau in der roten Uniform.

»Einfach, bitte.«

»Weihnachten in Rom? Das klingt nett.«

»Weihnachten? Ist es denn bald soweit?«

»In acht Tagen. Haben Sie denn keinen Adventskalender gekriegt?«

»Wenn Sie mir Ihre Adresse sagen, schreibe ich Ihnen eine Karte.«

Er hätte nicht damit gerechnet, doch sie kritzelte tatsächlich etwas auf ein leeres Ticketformular und wandte sich hastig einem Mann zu, der hinter sie getreten war und bei dem es sich offensichtlich um ihren Chef handelte.

In Rom brachte ihn ein Arien singender Taxifahrer in die Innenstadt. Jonas aß am Campo de' Fiori, und als es dunkel wurde, nahm er sich ein paar Schritte weiter auf dem Corso Vittorio Emanuele ein Zimmer. Anstatt am Abend auszugehen, verlangte er vom Rezeptionisten das Branchenverzeichnis und schrieb sich die Nummern einiger Immobilienmakler heraus. Er legte sich früh ins Bett und dachte an die Zeit, als er ein Kind gewesen war. An die Klänge, an die Gerüche, an die Übersichtlichkeit der Dinge.

Die nächsten zwei Tage fuhr er auf einem gemieteten Scooter von Adresse zu Adresse, bis er gefunden hatte, was er suchte. Eine Wohnung nahe der Engelsburg, zwei Zimmer, hohe Räume, ein bisschen schäbig und abgewohnt, doch mit Telefon und Waschmaschine und sofort bezugsbereit. Er unterschrieb den Vertrag an Ort und Stelle, blätterte die Vermittlungsgebühr bar auf den Tisch und bekam die Schlüssel ausgehändigt.

Tags darauf schrieb er Zach, er solle sich keine Sorgen machen, wenn er eine Weile nichts von ihm hörte, und ging einkaufen. Er besorgte Briefpapier, kistenweise Hygieneartikel, Reinigungsmittel, Wäsche, mehr als ein Dutzend Fremdsprachenlehrbücher sowie den halben Bestand der englischsprachigen Buchhandlung. Er kontrollierte, ob er genug Bargeld hatte, und schloss die Tür.

Das ist es. Dieser Moment. Diese Türklinke, heute, jetzt. Dieser Geruch nach gebratenem Fisch im Treppenhaus, der zu dir hereindringt, jetzt. Deine Stirn, die an der Tür lehnt, jetzt.

Er verließ die Wohnung zwei Jahre lang nicht.

Niemand wusste, wo er war, er rief niemals zu Hause an. Er öffnete die Fenster, um zu lüften, doch er schaute nie auf die Straße. Er kannte die Geräusche und Stimmen seiner Nachbarn, er war ebenso vertraut mit den Duschgewohnheiten der jungen Frau nebenan wie mit ihren wechselnden, oft von Auseinandersetzungen geprägten Liebschaften, er hörte am Husten des alten Mannes über ihm, ob dieser erkältet war oder bloß am Vorabend zuviel geraucht hatte, er kannte die Streitigkeiten der Familie unter ihm, die meist das Ausgehverhalten der ältesten Tochter zum Inhalt hatten, doch zu Gesicht bekam er niemanden, die ganze Zeit über nicht.

Das Essen brachte der Lieferdienst. Sooft wie möglich rief Jonas eine andere Pizzeria an, damit ihn die Boten nicht wiedererkannten und es zu keinen Vertraulichkeiten kam. Er machte Liegestütze und lief Hunderte Male am Tag die sieben Meter zwischen Bett und Wohnungstür hin und her.

Griechisch. Japanisch. Türkisch. Arabisch. Nepali. Hindi. Mandarin. Suaheli. Norwegisch. Schwedisch. Ungarisch und Finnisch. Russisch. Serbokroatisch. Spanisch. Italienisch. Slowakisch. Polnisch.

> Oft lag er auf seinem Bett und schaute zur Decke.
> Das ist eine römische Decke.
> Es gibt sie schon lange.
> Es gibt sie länger als mich.
> Viele haben sie gesehen.
> Viele werden sie sehen.
> Ihnen allen ist die Decke egal.
> Weil sie nur eine Decke ist.
> Ich bin jetzt hier.
> Mir ist die Decke nicht egal.
> Ich bin der Decke egal.

Am 18. Dezember hatte er sich eingeschlossen, am 18. Dezember zwei Jahre darauf packte er ohne Hast seine Sachen. Bis auf einen abgekauten Bleistift, den er in der ersten Woche auf einem Regal gefunden hatte, ließ er alles, was aus Rom war, hier, auch die Kleidung, er nahm nur mit, was er von zu Hause mitgebracht hatte. Er legte Geld für die Reinigung auf den Tisch, zuletzt machte er Fotos.

Das Bett. Der Schrank. Die Decke. Das Zimmer.
Die Küche, der Herd, der Tisch.
Das Bad, die Waschmaschine, die Dusche.
Das Fenster, aus dem er nie auf die Straße gesehen hatte, kein einziges Mal.

Er ging hin und schaute auf die Straße.
Er fühlte Schwindel. Es war angenehm.

Nachdem er die Schlüssel beim Makler abgegeben hatte, rannte er nach Fiumicino. Er lief neben der Straße, die Reisetasche auf dem Rücken. Autos hupten, Menschen kurbelten die Fenster hinunter und riefen ihm aufmunternde Witze zu. Er schlief in einem Hotel am Flughafen, flog nach Buenos Aires, ging in die nächste Toilette, betrachtete das Waschbecken und den Spiegel und dachte: Das ist eine Toilette in Buenos Aires. Dann flog er zurück, mit der nächsten Maschine.

In Fiumicino, wo alles so aussah wie zwei Tage zuvor und wo er doch das Gefühl hatte, etwas völlig anderes zu sehen, bekam er ein Ticket nach Oslo. Als er es einsteckte, fand er den Zettel, auf dem die Frau im Reisebüro ihm damals ihre Adresse notiert hatte. Sie hieß Irene.

Einige Minuten blieben ihm noch. Er sprintete mit seiner Reisetasche zum nächsten Laden, fand eine Weihnachtskarte, schrieb ein paar Zeilen, fügte die Adresse hinzu und bat die Frau, die hinter ihm wartete, die Karte für ihn mit einer Marke zu versehen und einzuwerfen. Er warf ihr die Karte und einen Geldschein in die geöffnete Handtasche und rannte Richtung Sicherheitskontrolle.

In Oslo brach schon nachmittags gegen halb vier die Dämmerung an. Jonas nahm sich ein Zimmer und ging essen. Alles erschien ihm neu, die Töne, die Gerüche, die vielen Menschen, und er fühlte sich wohl unter ihnen. Er gehörte zu ihnen, wenigstens für ein paar Stunden.

Am Nebentisch unterhielten sich drei junge Frauen, offenbar schon jetzt für den Abend zurechtgemacht, zwei trugen extrem kurze Röcke, die dritte eine durchsichtige Bluse und enge Jeans. Eigentlich wollte Jonas nicht zuhören, doch eine von ihnen war so hübsch, dass er es sich nicht verkneifen konnte, immer wieder hinzusehen. Wie er zu seinem grenzenlosen Erstaunen feststellte, redeten sie über Baumhäuser. Ohne lange nachzudenken sprach er die Frau einfach an.

»Du baust wirklich Baumhäuser?«

»Ich bin Baumhausarchitektin«, lautete die Antwort.

»Und du verstehst Norwegisch?«

Die zwei anderen Frauen kicherten, die Architektin jedoch betrachtete Jonas mit sichtlichem Interesse.

»Hast du tatsächlich etwas für Baumhäuser übrig, oder war das nur ein Vorwand?«

»Beides irgendwie. Kann ich bei dir ein Baumhaus bestellen?«

»Das kostet viel Geld.«

»Mit welcher Summe muss ich denn rechnen?«

»Kommt drauf an, wie groß es sein soll und wo du es haben willst.«

»Riesig. Wo, weiß ich noch nicht genau.«

»Riesig kostet eine halbe Million Dollar.«

»Sagen wir eine ganze Million, und du machst es noch ein Stockwerk höher.«

Sie lachte. Er streckte ihr die Hand entgegen und nannte seinen Namen. Sie hieß Tic, ihre Freundinnen stellte sie als Dolly und Gloria vor. Nur Tic war gebürtige Norwegerin, Dolly und Gloria stammten aus den USA.

Nach dem Essen gingen sie gemeinsam in eine Bar, danach zeigten die Frauen Jonas das Nachtleben von Oslo. Um sieben Uhr morgens wollte Tic nach Hause, doch sie verabredeten sich gleich für den nächsten Abend in einem Club.

Er fuhr mit dem Taxi ins Hotel, frühstückte, ging nach

oben, duschte lange und schaltete den Fernseher ein. Mehr als eine Stunde lang sah er sich einen alten Western an, ohne das geringste Detail von der Handlung mitzukriegen, er dachte nur an diese dunkelhäutige Frau mit dem langen Haar.

Nachdem er ein paar Stunden geschlafen hatte, mietete er eine Fünfzimmerwohnung in der Nähe des Königlichen Schlosses und des Grand Café. Bis auf einen alten Mahagonitisch, auf dem verblichene Zeichnungen lagen, war sie völlig leer. Er legte den Bleistift und die Fotos aus der Wohnung in Rom dazu.

Nach ein paar Tagen mit Tic verließ er Oslo und flog über Wien nach Hause. Zufällig waren alle unterwegs, Zach, Gruber und sogar Regina, und er traf nur eine Frau an, die er nicht kannte und die sich als Zachs Freundin vorstellte.

»Und Sie wohnen hier?« fragte er.

Die Frau wirkte eingeschüchtert.

»Ja, wenn Sie nichts dagegen haben.«

»Was hat Ihnen Zach, ich meine, Ihr Freund, denn über mich erzählt? Ich freue mich sogar sehr, wenn Sie hier sind, ich konnte ihn mir nur nie mit einer Frau vorstellen.«

»Ich frage mich gerade, ob das ein Kompliment ist.«

»Klingt wirklich nicht danach. Ist aber eins, glaube ich.«

Er ging nach oben in sein Zimmer, wo er seine Hosen und Hemden der vergangenen zwei Jahre in den Schrank legte und frische Sachen auswählte, die er in eine andere Reisetasche packte. Er warf noch einen Blick in Mikes Zimmer. Nichts hatte sich verändert.

Komisch, dachte er, mir gehört so vieles, mir gehört sogar jeder Zentimeter dieses Hauses, aber es ist mir egal.

»Sie wollen doch nicht schon wieder weg?« fragte die Frau.

»Sagen Sie bitte allen, ich komme bald wieder, und grüßen Sie sie von mir.«
»Feiern Sie Weihnachten nicht mit uns?«
»Seit wann wird hier Weihnachten gefeiert? Der Boss rotiert im Grab. Frohes Fest!«
Am Flughafen hatte er plötzlich keine Lust, gleich wieder in ein Flugzeug zu steigen. Er fuhr zum Bahnhof und kaufte sich eine Karte für den Zug nach Amsterdam. Dort nahm er sich vor, achtundvierzig Stunden ohne Unterbrechung in der Stadt spazieren zu gehen, und er schaffte es.

Er fuhr weiter nach Brüssel, blieb wegen eines Fieberschubs einen Tag länger als geplant, nämlich drei, fuhr weiter nach Paris, verbrachte dort knapp eine Woche. Zu Silvester lag er in einem schmalen Hotelbett, das bei jeder Bewegung krachte, hörte den Feiernden auf der Straße zu und stellte sich vor, wie schön es wäre, einer von ihnen zu sein und mit ihnen zu feiern.

Von Paris flog er nach Istanbul und von dort nach einem Tag weiter nach Stockholm, wo er den Zug nach Oslo nahm.

Sein erster Weg führte ihn in die Wohnung, die er angemietet hatte und in der sich noch immer nichts befand als der Tisch, auf dem seine römischen Relikte lagen. Er hinterließ einen Regenschirm, den er in Paris aus einem Schirmständer gestohlen hatte. Auf einem Zettel, den er daran befestigte, standen Datum, Ort und eine Beschreibung, wie der Schirm in seinen Besitz gelangt war.

»Das nächste Mal warnst du mich bitte, wenn du vorhast, länger wegzubleiben«, sagte Tic, den Kopf an seiner Brust.
Er hörte weniger, was sie sagte, als er es erahnte, weil sie in seine Brusthaare hinein murmelte.
»Wann kann es losgehen?« fragte er.
Sie hob den Kopf und schaute ihn fragend an.

»Ach Quatsch, mit dem Baumhaus, meine ich!«

»Jonas, ich habe weder die Zeit noch das Geld, dir einfach so ein Baumhaus hinzustellen, ich muss mich um echte Aufträge kümmern. Meine Eltern halten mich sowieso für verrückt und prophezeien mir das Schlimmste, sie sagen, das ist eine Schnapsidee, davon kann man nicht leben. Und vielleicht haben sie recht, es gibt nämlich wirklich nicht viele Leute, die Baumhäuser brauchen. Ich kann dir jedenfalls den Gefallen nicht tun, tut mir leid.«

»Es ist ein echter Auftrag.«

»Hör doch mit den Witzen auf!«

»Gib mir deine Kontonummer.«

Sie nannte ihm ihre Bankverbindung, und als er sich nicht rührte, fragte sie:

»Willst du sie dir nicht aufschreiben?«

»Hab sie mir gemerkt.«

»Ja, genau.«

An den nächsten Tagen unternahm sie alles, um Jonas ihre Heimatstadt näherzubringen. Sie schleifte ihn durch das Munch-Museum, die Nationalgalerie, zum Dom und durch die Karl Johans gate und die gesamte Altstadt, und anderntags standen sie gemeinsam auf dem Deck der Fram, die Amundsen in die Antarktis und zurück gebracht hatte. Zwischendurch warfen sie einander Blicke zu und machten, dass sie schnell in Tics Wohnung kamen.

Im Fall der Fram ging das nicht, weil das Fram-Museum weiter draußen lag, und so erlebte Jonas zum ersten und wohl auch letzten Mal einen Liebesakt auf einem historischen Schiff, und zwar in einer winzigen Kabine, die er kurzerhand aufgebrochen hatte. Erst als sie danach das Schild lasen, wurde ihnen klar, dass sie gerade in Roald Amundsens Koje miteinander geschlafen hatten.

Am fünften Tag wollte Tic ihren Kontoauszug holen, weil sie eine dringende Überweisung erwartete. Jonas blieb draußen und studierte den Stadtplan. Sie kam aus der Bank gestürzt, wedelte mit mehreren Papieren vor seiner Nase herum und rief:
»Wer bist du? Sag mir, wer du bist!«
»Wir kennen uns bereits.«
»Wer bist du? Wie ist das möglich? Was hast du gemacht?«
»Baust du mir nun das Haus oder nicht?«
»Ich muss was trinken.«
Sie zog ihn in eine Bar. Sie sah tatsächlich etwas mitgenommen aus, ihr Gesicht war fleckig, ihr sonst so sorgsam gebürstetes Haar stand in alle Richtungen ab, ihre Hände zitterten. Jonas konnte sich ein Lächeln nicht verkneifen.

Als die Getränke da waren, tippte sie mit dem Zeigefinger gegen seine Brust.
»Wer bist du?«
»Jemand, dem du ein Baumhaus bauen wirst.«
»Ja«, sagte sie. »Ja. Ich baue dir das schönste Baumhaus der Welt.«
»Ich erwarte auch nichts Geringeres.«
»Und wo möchtest du es haben?«
»Im Nichts.«
»Was soll das heißen?«
»Das wirst du dann schon sehen.«
»Aber trotzdem, woher hast du soviel Geld?«
»Irgend jemand muss es ja haben. Mir wäre es trotzdem lieber, wenn du nicht fragst. Keine Angst, es steckt nichts Illegales dahinter.«
»Wäre mir auch egal. Hey, ich bin Millionärin!«
Sie gingen zu ihr nach Hause. Nachdem sie miteinander geschlafen hatten, sprang sie aus dem Bett und kehrte mit einem Stapel von Mappen und Ordnern zurück.

»Was ist das alles? Unbezahlte Rechnungen?«
»Sehr lustig. Das sind meine Entwürfe.«
Sie hüpfte neben ihm aufs Bett und schlug die erste Mappe auf.
»Hier geht es los! Was schwebt dir vor? Wie groß soll es sein? Wie viele Stockwerke soll es haben? Denkbar ist fast alles, ich habe sogar schon Entwürfe für ein Hotel in Bäumen gemacht, für eine Kirche, die ist in der anderen Mappe, ich habe Ideen für eine Bowlingbahn in zehn Metern Höhe, das geht auch. Wie soll deines aussehen, so wie das? Oder wie das? Oder so?«

Drei Tage später, als er mit Kaffee aus der Küche kam, fragte sie ihn:
»Bist du schon mal in deinem Leben zweiundsiebzig Stunden im Bett gelegen, ohne krank zu sein?«
»Ist schon mal vorgekommen.«
Als er ihren Blick bemerkte, fügte er hinzu: »Da war ich allein.«
Durch die heruntergelassenen Jalousien spähte er hinunter auf die Straße.
Es war nicht wichtig, was dort geschah. Wichtig war, dass die Welt sich drehte und die Sonne auf- und unterging. Hier ging sie um neun auf und um halb vier am Nachmittag schon wieder unter. Karg. Karge Sonne.

Ende Januar verabschiedete er sich. Ihre Frage, wann er zurückkäme, konnte er nicht beantworten, er versprach jedoch, nicht länger als vier Wochen wegzubleiben und sich jeden Tag zu melden.
Du wolltest nie lügen, dachte er, als er im Flugzeug nach Tokio saß.

43

Am Nachmittag herrschte im Lager stille Anspannung.

Jeder war mit seinen eigenen Angelegenheiten beschäftigt. Nina fand keinen Spielpartner, Padangs Kraftnahrung wollte keiner essen, über Sams Witze lachten nicht einmal mehr die Höflichsten, und Carla fiel es schwer, alle Unterschriften für ihr Expeditionsbuch zusammenzubekommen. Die rumänische Journalistin, die auf der Suche nach Interviewpartnern war, hatte im Messezelt ebenso wenig Glück wie der holländische Fotograf, der Bergsteiger für seinen Bildband fotografieren wollte. Alle Teammitglieder schienen ihren Gedanken nachzuhängen. Auch gesprochen wurde kaum, und wenn, dann gedämpft, als würden Geister umgehen.

»Wer begleitet mich heute Abend zur Party der Römer?« fragte Nina. »Carla und Ennio haben mich eingeladen, weil sie dort alte Freunde treffen sollten, aber nun wollen nicht mal sie hin.«

»Und du bleibst auch hier«, sagte Hadan. »Wie ihr alle! Ich kann mich noch an unseren ersten Khumbuausflug nach einer Party erinnern. Übermorgen ist es soweit, und bis dahin gibt es keine Dummheiten mehr.«

»Übermorgen? Ganz sicher?«

»Die Wetterprognose ist gut.«

Jonas entzog sich den rund um ihn losbrechenden Begeisterungsstürmen, indem er sich aus dem Messezelt schlich und mit einem Buch vor sein Zelt setzte. Er war nicht weniger froh als die anderen, doch er hielt die Enge im Messezelt von Tag zu Tag weniger aus.

Er grüßte Vorbeigehende, putzte sich die Nase, verdrängte den einen oder anderen Gedanken, aß einen Energieriegel, trank Tee, wartete auf irgendetwas, starrte ins Leere. Ab und zu hob er den Kopf, weil er eine Lawine abgehen hörte.

Er konnte sich weder auf das eindrucksvolle Naturschauspiel noch auf sein Techniklexikon konzentrieren, denn er wusste, er hatte noch etwas zu erledigen, das er vor sich herschob. So war ihm die Ablenkung durch Marc und Paco sehr willkommen, die sich mit einigen Flaschen Chang bei ihm einstellten.

»Der Doktor will sich uns beide noch mal ansehen, bevor wir aufbrechen«, erklärte Marc. »Was gibt's Neues von der Rippe?«

»Nicht viel. Wenn ich huste, geht die Welt unter, und zum Lachen sollte man mich nach Möglichkeit auch nicht bringen.«

»Und bei Bewegung?« fragte Paco, der wie üblich eine Zigarette im Mundwinkel hatte und seine Taschen nach der Packung abklopfte.

»Wenn ich stehe oder liege, ist es auszuhalten, selbst beim Gehen macht sie keine großen Schwierigkeiten. Bloß wenn ich das linke Bein anwinkle, bleibt mir die Luft weg.«

»Was beim Aufstieg sicher besonders viel Spaß machen wird«, sagte Marc.

»Nur keine Sorge um ihn«, sagte Paco. »Ich erkenne die, die es schaffen. Ich sehe es. Ich sehe, wer es nicht nur nicht schafft, sondern sogar, wer draufgeht. Der da drüben hat eine schwarze Aura, er bleibt für immer oben. Meine Mutter war eine Hexe.«

»Meinst du den Kerl da im gelben Anzug?« fragte Marc. »Das ist einer, um den ich nicht weinen würde. Abgesehen davon ist so eine Gabe praktisch, du ersparst dir ja einige Arbeit.«

»Wieso das?«

»Na du wirst dir doch nicht die Mühe machen und die mit

der schwarzen Aura behandeln! Das zahlt sich doch überhaupt nicht mehr aus.«

»Können wir aufhören, über ominöse Gaben zu reden?« bat Jonas.

»Ihr zwei seid komisch«, sagte der Arzt und schnaufte erleichtert, weil er seine Zigaretten gefunden hatte. »Der eine spottet, der andere hat Angst. Du brauchst keine Angst zu haben, diese Dinge sind ganz natürlich und gehören zu dieser Welt. Es hätte auch keinen Sinn, den gelben Mann zu warnen, er würde ohnehin nicht hören. Und selbst wenn, würde er wohl auf andere Weise sterben. Hier sterben die Leute schnell.«

»Du hörst dich an, als würde dir das sogar ein wenig gefallen.«

»Es gefällt mir nicht, aber es beunruhigt mich auch nicht. So ist die Welt. So ist der Everest.«

»Hast du dich schon einmal getäuscht?« fragte Marc. »Bist du bei deinen Ahnungen schon mal danebengelegen?«

»Vielleicht ein- oder zweimal«, räumte Paco ein.

»Und was ist mit mir?« fragte Marc. »Schaffe ich es oder nicht?«

Paco nahm drei schnelle Züge von seiner Zigarette und kniff die Augen zusammen.

»Seltsam, bei dir spüre ich gar nichts. Keine Ahnung. Wahrscheinlich ist es bei dir schon selbstverständlich, dass du da hoch- und wieder runterspazierst wie andere bei einem Sonntagsausflug ins Grüne.«

»Und welche Farbe hat meine Aura? Ich hoffe doch, sie erstrahlt in den leuchtendsten Farben!«

»Du sollst nicht spotten, mein Freund! Ich muss los, auf mich warten noch andere Patienten. Es gibt hier ja Menschen, denen es wirklich schlechtgeht.«

Er stand auf und schüttelte Jonas und Marc die Hand. »Alles Gute, falls wir uns nicht mehr sehen.«

»Hast du deinen Wimpel angebracht?« fragte Jonas.

»Er ist unterwegs zu seinem Bestimmungsort«, sagte der Arzt feierlich und winkte ihnen zum Abschied.

»Er hat mich doch jetzt gar nicht untersucht, oder?« fragte Jonas.

»Braucht er nicht. Er ist immerhin aurasichtig. Freust du dich? Er sagt, du schaffst es nach oben.«

»Dann steht es jetzt eins zu eins.«

»Inwiefern?«

»Eine Sherpafrau hat mir Unheil prophezeit, wenn ich hochgehe.«

»Ach, die reden so viel.«

Nun endlich wollte sich Jonas überwinden und seine Sachen im Zelt ordnen, doch Marc schlug einen Besuch der Buddha Bar vor, wo am Vorabend nach einigen Tagen wieder die schöne Kellnerin aufgetaucht war.

»Sei kein Sack, du musst mitkommen«, sagte Marc. »Es fällt auf, wenn ich da jeden Tag allein rumhänge.«

»Seit wann stört es dich, aufzufallen?«

»In diesem Fall schon. Eine Frau, der man zu früh zeigt, wie sehr man sich für sie interessiert, wendet sich ab. Man muss ihren sportlichen Ehrgeiz wecken. Dann wird es ein offener Wettkampf.«

Der Kerl hat komische Sorgen, dachte Jonas und steckte ein paar Dollarscheine ein.

Schon als sie sich in der Bar an einem Klapptisch niederließen, bereute er jedoch, dass er sich zu diesem Abstecher hatte breitschlagen lassen, denn auf einem Hocker ganz in seiner Nähe erkannte er den Engel, einen dicken österreichischen Aristokraten, dessen zarte Gesichtszüge und goldene Locken ihm seinen Spitznamen eingetragen hatten und der einen gewissen Ruf genoss. Jonas hatte mehrere Abende in seiner Gesellschaft verbracht und mochte ihn, doch im Augenblick erschien ihm der Engel als Teil einer fernen Welt.

Wie war dieser umtriebige Mensch mit seiner ganzen Leibesfülle bloß hier heraufgekommen? Und wer begleitete ihn?

Bei der Vorstellung, Marie könnte bei ihm sein, wurde ihm buchstäblich schwindelig vor Angst.

Bis vor einigen Minuten war er davon überzeugt gewesen, es wäre unmöglich, ihr hier zu begegnen. Zwar verabscheute sie die Berge nicht gerade, aber für längere Wanderungen hatte sie wenig übrig, und das Basislager des Mount Everest, so hätte er gedacht, war für sie vollkommen unerreichbar. Doch nun nahm die Zahl der Gesichter, die er kannte, ständig zu, und das machte ihn nervös. Um nichts in der Welt wollte er sie treffen, schon bei dem geringsten Gedanken an sie fühlte er jenes Ziehen zwischen Brust und Magen, von dem er nur zu gern gewusst hätte, wann es endlich schwächer werden würde.

Liebeskummer endet, hatten alle gesagt. Das gibt sich. Nach drei Monaten bist du darüber hinweg. Von einem Tag auf den anderen wird wieder alles gut sein.

Lauter Fehlinformationen, wie er feststellen musste. Jedes Mal, wenn er unvermittelt an sie dachte, war es, als würde etwas seinen Brustkorb einzwängen, auch jetzt noch, neun Monate, zwei Wochen, drei Tage und ein paar Stunden nachdem sie gegangen war. Und was sollte er mit der Frau reden, die ihn verlassen hatte? Guten Tag, ich hätte dich gern zurück? Das wusste sie vermutlich.

»Was drehst du ständig den Kopf herum wie ein Rabe?« fragte Marc.

»Ich halte Ausschau.«

»Und wonach?«

»Nach der Bedienung. Nach dem tätowierten Rastakellner.«

»Der steht da drüben. Alles in Ordnung?«

»Nein. Da drüben sitzt jemand, von dem ich nicht gesehen werden möchte.«

»Hier sitzt ein ganzer Haufen Leute, von denen ich nicht gesehen werden möchte, aber was soll ich machen. Wo steckt diese Kellnerin? Hat die nur abends Dienst? Ich glaube allmählich, das ist gar keine Bergsteigerin, die ist wirklich bloß Kellnerin. Was soll's, ich werde wohl bis zum Abend hier sitzen müssen.«

»Ich bestimmt nicht.«

»Du musst nicht nervös werden. Wir haben alles im Griff. He, Meister! Bring uns zwei Chang! Oder nein, gleich vier! Und sag mir, wo ist denn deine Kollegin von gestern Abend?«

»Ina? Die kommt erst später«, sagte der Kellner und machte sich daran, die vollen Aschenbecher an den Nachbartischen einzusammeln.

»Vier Chang?« wiederholte Jonas. »Findest du nicht, du übertreibst ein bisschen?«

»Du siehst doch, wie lange das hier dauert.«

»Ich wollte sowieso nur eines trinken. Mit den restlichen drei kannst du dich dann ja an die Kellnerin heranpirschen.«

»Was ist denn los mit dir? Du warst doch nie einer, den man zu Partys prügeln musste.«

»Da hatte ich auch nie vor, sechsunddreißig Stunden später auf den Mount Everest zu steigen.«

»Wenn man es so betrachtet, hast du recht.« Marc schien mit der Zunge in seinem Gebiss nach Überresten des Mittagessens zu suchen. »Übrigens, da ist etwas, das ich dir zu sagen vergessen habe. Solltest du dir da oben mal die Lippen einschmieren, bleib mit den fettigen Fingern von den Ventilen der Sauerstoffflaschen weg.«

»Wieso, gehen sie sonst kaputt?«
»Nein, es bläst dir sonst den Kopf weg.«
»Was redest du denn schon wieder? Es bläst mir den Kopf weg?«

Marc nickte und untermalte seine Aussage mit drastischer Gestik. Ehe Jonas nachfragen konnte, hörte er hinter sich seinen Namen, im nächsten Moment tippte ihm jemand auf die Schulter.

In der Erwartung, dem dicken Engel ins Gesicht zu schauen, drehte er sich um. Vor ihm standen jedoch Tom und Chris, zwei junge Kerle, mit denen er rund um eine Sonnenfinsternis in Patagonien Ausflüge unternommen und mit denen er einmal achtundvierzig Stunden lang eine Zelle in einem chilenischen Gefängnis geteilt hatte, ehe es Tanaka gelungen war, sie freizubekommen.

In spontaner Freude umarmte Jonas die beiden. Nachdem er sie mit Marc bekanntgemacht hatte, bestellte er an der Bar eine Flasche Whisky, die er sogleich bezahlte und an ihren Tisch liefern ließ. Er hielt nach dem Engel Ausschau, doch der war verschwunden, sonst hätte er ihn auch gleich begrüßt und zu den anderen geschickt, jetzt war schon alles egal.

In diesem Augenblick entdeckten Tom und Chris einen Bekannten, den sie mit Gejohle zu sich baten. Die Begrüßungszeremonie gab Jonas Gelegenheit, die Bar hintenrum zu verlassen und sich auf den Weg zu seinem Zelt zu machen.

Als er im Lager ankam, fand gerade die Teambesprechung statt. Ohne von jemandem bemerkt zu werden, umschlich er das Messezelt, aus dem Rufe und fragende Stimmen kamen.

Wie wird es sein? dachte er in seinem Zelt.

Wie ist es, abzustürzen? Zu fallen? Wie wird es sein, diese langsamen schnellen Sekunden zu erleben, mit dem Unterschied, dass es anders als die Male davor diesmal über die Kante hinausgeht?

Wenn es passiert. Es muss ja nicht passieren. Es könnte nur.

Wie ist es, sitzen zu bleiben und zu erfrieren, hinüberzudämmern dorthin, wo das Hatta ertönt, die Farben Formen werden, alle Worte sichtbar, die ungesagten wie die gesagten, und nichts mehr weh tut?

Werde ich arm sein, wenn ich abstürze? Ein armer Kleiner? Werde ich mit mir selbst Mitleid haben in den letzten Sekunden? Werden mir meine Arme und Beine leid tun, die gleich nicht mehr funktionieren, sondern zerschmettert am Fuß einer Felswand liegen werden?

Meine Augen, nicht mehr blicken, mein Mund, nicht mehr schmecken. Meine Stimme, nicht mehr klingen, meine Nase, nicht mehr riechen, meine Ohren nicht mehr hören. Meine Finger nicht mehr greifen, meine Zähne nicht mehr beißen, meine Lippen nicht mehr küssen, meine Haare nicht mehr wachsen.

Werden meine Haare arm sein?

Picco und sein letztes Gespräch mit ihm kam ihm in den Sinn. Er überlegte, dann nickte er.

Ach was, dachte er. Soll er nur kommen. Mich bringt er nicht um. Ich sehe die Zeichen, und ich bin stark. Meine Haare werden vielleicht arm sein, doch erst in Jahrzehnten werden sie arm sein.

44

In Tokio fühlte er sich wie in einer Weltraumstation. Alles war klaustrophobisch und fremd. Die Menschen etwa sahen nicht nur anders aus, sie waren es auch. Es gab eine strenge Rangordnung. Frauen galten wenig, junge Mitarbeiter dienerten dem Auto, in dem ihr Chef saß, noch hinterher, selbst wenn es schon längst um die Ecke gebogen war, und schienen sich weder voreinander noch vor sich selbst dafür zu schämen.

Das Essen war anders, die Autos sahen anders aus, die Menschen sprachen eine Sprache, die Jonas zwar in Rom zu lernen versucht hatte, um den geheimnisvollen Übersetzungscomputer in seinem Kopf zu aktivieren, die aber aus rätselhaften Gründen verdreht in seinem Kopf ankam, als merkwürdig altertümliches Deutsch, sodass er bald dazu überging, sich nicht mehr auf die japanischen Worte zu konzentrieren und mit den Einwohnern auf Englisch zu kommunizieren.

Tagsüber schlief er, abends las er, nachts ging er aus. Am öftesten zog es ihn nach Roppongi, und mit Vorliebe trieb er sich in jenen dunklen Gassen herum, vor denen Ausländer in Reiseführern gewarnt wurden. Manchmal, wenn er meinte, dass gefährliche Menschen in den Spelunken saßen, in die es ihn verschlagen hatte, wedelte er beim Zahlen auffällig mit seinem Geldbündel und wartete dann vor der Tür.

Ab und zu, eher selten, ging ihm jemand nach. Mal waren es zwei, mal drei, einmal fünf. Unerklärlicherweise passierte niemals etwas. Sie sahen ihn da stehen und sie anstarren und kehrten entweder verlegen in die Bar zurück oder verschwanden in einer Seitengasse.

Eines Abends, es war in der dritten Woche seines Aufenthalts, betrat er in Shinjuku eine Bar, in der es verdächtig still war. Die Augen sämtlicher Gäste waren auf das Geschehen in der düsteren linken Ecke gerichtet.

Es wird interessant, dachte Jonas.

Zwei stämmige junge Männer mit langen Haaren standen vor einem gepflegt wirkenden Mann in weißem Hemd und teurem weißen Anzug. Es war Jonas ein Rätsel, wie der Weiße in diese Gesellschaft geraten war, doch es blieb nicht viel Zeit, über solche Fragen nachzudenken, denn der Bedrängte blutete aus Mund und Nase. Einer der jungen Kerle hielt ihm ein Messer an die Kehle, während der zweite nun auf ihn einschrie. Einige Gäste liefen heraus.

Faszinierend, dachte Jonas, als er sich den mit dem Messer vornahm, jetzt stechen mich irgendwelche Halbstarken ab. Auch eine Variante, auch eine Lösung, nicht angenehm, aber was sein muss, muss sein.

»Wo haben Sie das gelernt?« fragte der Weiße in akzentfreiem Englisch, als sie sich ins Taxi setzten.

»Von einem Freund.«

»Ein guter Freund.«

»Das ist er. Wir bringen Sie in ein Krankenhaus.«

Der Weiße nannte dem Fahrer eine Adresse, und sie fuhren los.

»Es reicht, wenn Sie mich vor dem Krankenhaus absetzen«, sagte der Mann zu Jonas. »Bitte greifen Sie in meine Tasche. Darin befinden sich meine Visitenkarten. Es wäre unschön, sie mit den blutigen Fingern zu verschmutzen. Bitte nehmen Sie eine.«

Der Name auf der Karte lautete Kazuyoshi Tanaka, darunter standen Adresse und Telefonnummer. In dem Moment, als er den Namen las, wusste Jonas, dass er falsch war. Es kümmerte ihn nicht.

»Sie fragen gar nicht, was ich mit diesen Leuten zu tun gehabt habe?«

»Nein.«

»Interessiert es Sie?«

»Nein.«

»Wollen Sie zu diesem Zwischenfall noch etwas sagen?«

»Nein.«

»Wie erfreulich. Bitte besuchen Sie mich morgen Abend zu Hause.«

»Morgen Abend werden Sie im Krankenhaus liegen.«

»Morgen Abend werde ich auf Sie warten. Ich bitte Sie, mich zu besuchen. Ich verdanke Ihnen mein Leben und wünsche mir nichts mehr, als mich in angemessener Umgebung bedanken zu können.«

»Es ist kein Dank nötig, das war selbstverständlich.«

»Sie wissen nicht, was Sie getan haben. Glauben Sie mir, es war nicht selbstverständlich. Außer Ihnen hätte niemand in dieser Bar auch nur einen Finger für mich gerührt, und zwar aus guten Gründen.«

Sie schwiegen, bis sie am Krankenhaus angelangt waren.

»Meinen Sie wirklich?« fragte Jonas, als Tanaka ihm beim Abschied statt der blutigen Hand den Ellbogen hinstreckte. »Die zwei hätten Sie getötet? Sie wollten Sie nicht bloß einschüchtern?«

»Unglücklicherweise kann man mich nicht einschüchtern. Man muss mich töten. Das wissen diese beiden.«

»Also mich kann man einschüchtern«, murmelte Jonas.

»Davon habe ich nichts gemerkt. Bis morgen, bitte.«

»Warten Sie!« rief Jonas dem aussteigenden Tanaka hinterher. »Eines möchte ich doch wissen – was für einen Beruf üben Sie denn aus?«

»Ich bin Anwalt. Man könnte auch sagen, ich vertrete Interessen. Wir sehen uns morgen, bitte.«

»Und um wieviel Uhr?« rief Jonas, doch der Weiße war weg.

Die Frage, wann er den Anwalt aufsuchen sollte, beschäftigte Jonas während seines Frühstücks, das aus drei Portionen Misosuppe bestand. Er beschloss, um sieben an der angegebenen Adresse zu sein. Wenn dem Mann diese Zeit nicht passen sollte, hätte er sich eben präziser ausdrücken müssen.

Er klingelte. Es dauerte eine Weile, bis sich hinter der Tür etwas regte. Nicht Tanaka öffnete ihm, sondern ein tätowierter Bodybuilder mit Anzug und Krawatte. Der Riese bat Jonas höflich, ihm zu folgen, und geleitete ihn durch einen schmutzigen Hinterhof zu einer Limousine, deren Fahrer nicht viel gutmütiger wirkte als der Mann an der Tür.

Nach einer Fahrt von zwanzig Minuten, während der sich Jonas halb belustigt, halb verärgert fragte, ob er in einer japanischen Version von James Bond gelandet war, hielten sie vor einem unscheinbaren Haus in Shibuya, wo ihn Tanaka, wieder ganz in Weiß gekleidet, auf der Straße erwartete und sich für die Umstände der Anfahrt entschuldigte.

»Sie fürchten die zwei von gestern?«

Tanaka lachte nur leise, schüttelte den Kopf und bat ihn hinein.

»Ich habe mich noch gar nicht vorgestellt«, sagte Jonas und nannte seinen Namen.

»Ich weiß bereits, wer Sie sind«, sagte Tanaka und führte ihn in ein Arbeitszimmer, das Jonas ein wenig an das von Picco erinnerte, jedoch mit einer alten Kalligrafie anstelle des Reiterbilds an der Wand. »Ich habe mir erlaubt, Erkundigungen über Sie einzuholen.«

»Sie wissen, wer ich bin? Das sollte mich wundern. Hier kennt mich niemand.«

»Da irren Sie. Ich weiß, wo Sie in Tokio wohnen, ich kenne Ihre Adresse in Oslo, ich weiß von Tahita Bredesen, deren Rufname Tic Ihnen geläufiger sein dürfte, und ich kann Ihnen sogar einiges über Ihren Adoptivgroßvater und über Ihren Freund erzählen, dem ich indirekt wohl mein Leben verdanke. Innerhalb von zwölf Stunden kriegt man so einiges heraus. Bitte entschuldigen Sie dieses Eindringen in Ihre Privatsphäre, doch ich musste einen Weg finden, mich bei Ihnen zu revanchieren. Nun bin ich immerhin darüber im Bilde, dass Sie keiner materiellen Hilfe bedürfen.«

Jonas verfolgte sinnend, wie Tanaka eine Karaffe Whisky auf den Tisch stellte und zwei Gläser füllte. Er wusste nicht, was er sagen sollte.

»Bedeutet Ihr Schweigen, dass Sie überlegen, ob ich unrecht gehandelt habe?«

»Im Augenblick wundert mich gar nichts«, sagte Jonas, »aber vielleicht kommt das noch. Jetzt bin ich ganz Ohr. Wie haben Sie das angestellt?«

»Das gehört zu meinem Beruf. Und von jetzt an stehen Ihnen meine Dienste zur freien Verfügung, solange ich lebe.«

»Was darf ich mir darunter vorstellen, Herr Tanaka?«

»Ich habe gestern einen blamablen Fehler begangen, für den ich mich schäme und der in meiner Laufbahn beispiellos ist. Ich hatte Glück, denn Sie kamen und lösten mein Problem. Möglicherweise haben Sie sich damit Feinde gemacht, ich werde das in Erfahrung bringen, doch darum müssen Sie sich nicht kümmern. Ich erledige das, so wie ich alles andere von nun an gern für Sie erledigen werde.«

»Ich kapier's nicht«, sagte Jonas.

»Ab sofort vertrete ich Ihre Interessen und löse bei Bedarf

Ihre Probleme. Egal, wo auf der Welt Sie sich aufhalten. Sie reisen doch gern, oder? Hier ist eine Liste von Telefonnummern, die Sie jederzeit anrufen können. Wenn Sie etwas brauchen, melden Sie sich. Und bedenken Sie immer: Nicht ich erweise Ihnen einen Gefallen, sondern Sie mir.«

Tanaka erhob sich und zupfte an den Bügelfalten seiner Hose, ehe er sich verbeugte.

»Zu meinem Bedauern habe ich noch einen Geschäftstermin und muss Sie daher wieder verlassen. Ich danke Ihnen für alles. Akaki wird Sie nun fahren, wohin Sie wollen.«

Wochen später flog Jonas nach Oslo, wo er auf dem Tisch in seinem Privatmuseum einige Bierdeckel, zwei Reklamezettel und einen Radiowecker abstellte, den er in seinem Tokioter Hotelzimmer gestohlen hatte. Er rief Tic an und hörte schon an ihrer Begrüßung, wie schlecht es ihr ging.

»Was machst du?« fragte sie eine Stunde später in dem Café unter ihrer Wohnung. »Wohin verschwindest du?«

»Ich weiß es nicht.«

»Hast du eine andere?«

Unwillkürlich lachte er auf. »Immer diese Frage! Nein, habe ich nicht.«

»Was tust du, wenn du weg bist?«

»Das ist schwer zu erklären.«

»Erklär es mir trotzdem. Sag mir, es hat mit Geschäften zu tun, damit kann ich leben. Aber lass mich nicht im Dunkeln tappen, und vor allem lass mich nicht einfach so sitzen!«

»Es hat nichts mit Geschäften zu tun.«

»Du könntest wenigstens lügen.«

Er senkte den Blick.

Sie schwiegen einige Zeit.

»Noch mal«, sagte sie. »Was tust du, wenn du weg bist?«

»Ich weiß es nicht genau. Ich glaube, ich suche etwas, aber nicht einmal darin bin ich mir sicher.«

»Was suchst du?«

»Keine Ahnung.«

»Das ist doch absurd!«

»Vielleicht so etwas wie eine Entschuldigung«, sagte er.

»Was für eine Entschuldigung?«

»Eine Entschuldigung dafür, dass die Menschen Menschen sind, oder was weiß ich. Ich kann es nicht sagen.«

»Jonas, das ist seltsam.«

»Ich finde es gar nicht seltsam. Spielt das überhaupt eine Rolle? Es ist, was es für mich ist. Ich erwarte nicht, dass dich meine Erklärungen befriedigen, aber ich habe keine besseren, und ich werde nichts ändern. So bin ich, so sind die Dinge.«

Sie schaute auf ihre Fingernägel. Sie waren himmelblau lackiert. Auf dem Handrücken hatte sie einen großen roten Fleck, den sie unentwegt kratzte.

»Ist das eine Allergie?«

»Keine Ahnung, was das ist«, sagte sie wütend. »Also, willst du das Baumhaus noch? Oder soll ich dir das Geld zurückgeben?«

Er fasste nach ihren Händen, sie waren eiskalt und feucht.

»Tic, schau mich an. Schau mich bitte an. Ich will dieses Baumhaus unbedingt, und ich will keinen Cent von dem Geld zurück. In einem Monat, wenn es warm genug für Ausflüge ist, bin ich wieder da, und dann zeige ich dir, wo es stehen soll. Möchtest du es noch bauen? Wenn nicht – das Geld kannst du auch so behalten.«

Sie sah ihn nicht an. Sie schwieg. Lange saßen sie wortlos einander gegenüber.

»Erklär es mir«, sagte sie. »Versuch es.«

Er rieb sich die Augen, sie tränten vom Zigarettenrauch,

der vom Nachbartisch kam. Er setzte zu sprechen an, überlegte es sich wieder.

»Also?«

»Okay«, sagte er. »Du kaufst dir ein Ticket, du fährst zum Flughafen, du setzt dich ins Café und wirst versorgt. Du wechselst Geld, du gehst zur Toilette, du gehst in die Lounge und wirst versorgt. Du setzt dich ins Flugzeug und wirst versorgt. Du steigst aus – und darfst, kannst, sollst deine Wege gehen. Du bist, was du immer warst. Allein.«

Sie schüttelte den Kopf. Sie sagte nichts.

Er flog nach Uruguay, und zwar deshalb, weil ihn der Klang dieses Namens bereits als Kind fasziniert hatte, ebenso wie der der Hauptstadt. Montevideo, Uruguay. Ein fernes Geheimnis, eine Verlockung.

Von der Stadt selbst sah er nicht viel. Er las und dachte nach und sah fern, bis zu jenem Morgen, an dem ihm Osvaldo, der Rezeptionist, bei dem sich Jonas nach dem Weg zur nächsten Pizzeria erkundigte, freudestrahlend verkündete, dass er den Nachmittag nun doch freibekommen hatte.

»Das freut mich sehr für Sie«, sagte Jonas und fragte sich, was das mit seiner Pizza zu tun hatte.

»Wo werden denn Sie sein?« wollte Osvaldo wissen.

»Wo ich sein werde? Wann?«

»Na zur Sonnenfinsternis!«

»Es gibt eine Sonnenfinsternis?«

»Wissen Sie das etwa nicht? Wozu sind Sie denn nach Uruguay gekommen? Nehmen Sie eine Schutzbrille aus dem Ständer dort drüben! Wenn Sie ohne Brille in die Sonne schauen, erblinden Sie. Meinem Großonkel ist das im Jahr '66 passiert, wir mussten ihm bis zu seinem Tod aus der Zeitung vorlesen, und wenn wir versehentlich etwas vom Wetterbericht sagten, bekam er sofort einen Wutanfall.«

»Was hatte er denn gegen den Wetterbericht?« fragte Jonas verwirrt.

»Na darin geht es doch auch immer um die Sonne. Sonnenstrahlen, Sonnenlicht, Sonnenschein, das durfte man alles nicht mehr sagen.«

Auf einen Ausflug hatte Jonas keine Lust, also fuhr er zu der angegebenen Zeit mit dem Lift nach oben und gesellte sich zu den ausgelassenen Hotelgästen, die auf der Dachterrasse eine Eklipsen-Party feierten. Eine Kapelle spielte, die meiste Zeit schief, ein Showdieb unterhielt die Paare an den Tischen, und eine große Digitaluhr zeigte den Countdown bis zur Totalität an.

»Hoffentlich hält das Wetter«, sagte der livrierte Barkeeper. »Alle, die zum Santa Lucia gefahren sind, dürften Pech haben, von Westen ziehen dichte Wolken auf. Gerade haben sie es durchgegeben. Bei uns sollte es sich gerade so ausgehen.«

Jonas nickte, bestellte einen Cocktail und schaute auf die fremde Stadt hinunter, die vor ihm lag. Der Himmel interessierte ihn wenig, bis zu jenem Moment, als kühler Wind aufkam, der Mondschatten auf ihn zuraste und gleich darauf Finsternis einsetzte.

Die Menschen ringsum machten Ah! und Oh!

Jonas sagte nichts.

Er nahm seine Schutzbrille ab und sah zur Sonne hoch. Ein heller Kranz um eine schwarze Scheibe.

Mein Gott, dachte er, Herr der Geschicke, Lenker der Welt, was ist das nur Gewaltiges.

Hätte ihn jemand mit einer Waffe bedroht, er hätte mit den Schultern gezuckt. Wäre ein Kampfbomber im Tiefflug über das Hotel gedonnert, er hätte es nicht gemerkt. Erdbeben, Außerirdische, Überflutungen, nichts davon wäre in sein Bewusstsein gedrungen. Was da oben stattfand, war viel stärker als alle Erschütterungen der Erde. Das da oben: Unheimlich. Bedrohlich. Wunderschön. Größer als etwas so Lächerliches wie eine Menschheit.

Minute um Minute verging. Minuten, unbezahlbar. Platinsekunden. Nicht von Menschen gemacht.

Die Hunde heulten und kläfften, einem Kellner fiel ein Tablett mit vollen Sektgläsern herunter, eine alte Frau verschluckte ein zu großes Stück Käse und wurde von ihrem Nebenmann mit dem Heimlich-Handgriff gerettet. Die Blumen in den mächtigen Ziertöpfen schlossen ihre Blüten, und der Boden schimmerte silbrig.

Neben ihm stürzte ein Hund vom Dach. Jonas bekam den Unfall mit, doch weder verstand er, wie es dazu gekommen war, noch interessierte es ihn, nicht einmal das Gezeter der Besitzerin drang an ihn heran, was gut für sie war, denn sonst hätte er sie wohl hinterhergeworfen.

Er stand vor etwas Großem, er hatte das Gefühl, ein altes Geheimnis zu erkunden, dem Universum die Hand zu reichen, für flüchtige Minuten ein Wunder zu erleben, und zugleich erregte ihn der Gedanke, dass es da draußen womöglich eine Frau gab, die in diesem Moment sah, was er sah, deren Blick den seinen da oben kreuzte, die er lieben würde und die ihn lieben würde und die vielleicht in diesem einzigartigen Moment an ihn dachte so wie er an sie.

Tic, das erkannte er mit letzter Deutlichkeit, war diese Frau nicht.

Später hatte er oft versucht, seine Verlorenheit zu beschreiben, als dieses erste Mal die Sonne wiederkehrte und die Menschen rings um ihn, ihm so fern, erneut zu ihren Ohs und Ahs ansetzten. Marie musste er nichts erklären, ihr war es wie ihm gegangen. Er wusste, er würde diesem Ereignis nachfliegen, er würde wieder erleben wollen, was er gerade erlebt hatte, und er würde die ganze Welt absuchen nach Momenten wie diesen.

Nach einigen Wochen in südamerikanischen Städten, Ortschaften und Bergdörfern kehrte er nach Norwegen zurück, wo er mit Tic eine Wanderung in den Wäldern um Østerdalen unternahm.

»Gibt es so etwas wie Pfadfinder bei euch?« fragte er.

»Klar, ich war drei Jahre dabei!«

»Das heißt, du kannst einen Kompass bedienen?«

»Wie tief willst du in diese Wälder rein?«

»Lassen wir uns überraschen.«

Nach einem halben Tag gelangten sie an eine alte Forststraße.

»Merk dir diesen Punkt«, sagte er.

»Okay, und weiter?«

Sie wanderten noch zehn Minuten, bis sie zu einer freundlichen Lichtung mit Sträuchern und einer kleinen, sattgrünen Wiese kamen, die auf Jonas vertraut wirkte. Er warf seinen Rucksack ins Gras, drehte sich im Kreis und deutete schließlich auf einen Baum, der größer war als alle anderen und dessen Gattung er nicht kannte.

»Was ist das für einer?«

»Weiß ich auch nicht. Noch nie gesehen.«

»Der ist es.«

»Was?« rief Tic aus. »Hier? Wie stellst du dir das vor? Die Arbeiter müssen das ganze Baumaterial irgendwie hierher befördern!«

»Da hinten war eine Straße. Und die paar Minuten zu Fuß schaffen sie schon.«

»Ist das dein Ernst?«

»Drei oder vier Stockwerke. Das schönste Baumhaus der Welt. Du wirst es mir bauen. Versprichst du es mir?«

Sie senkte den Kopf und nickte.

Er umarmte sie.

»Es tut mir leid«, raunte er in ihr Haar, das verschwitzt war und kaum noch nach ihrem blumigen Shampoo roch.

»Ist schon okay«, sagte sie. »Du kannst ja nichts dafür.«

Während Tic umherstreifte und Fotos machte, ging er zu dem Baumriesen und betrachtete ihn aus der Nähe. Als er ihn das erste Mal berührte, schloss er die Augen.

Du bist es. An dich werde ich denken. Dort und dort und dort.

Von Oslo flog er nach Gabun. Dort setzte er sich in einen Bus, der keine Stoßdämpfer und keine Türen hatte und dessen Zielort ihm unbekannt war. Er fragte nicht nach und landete in einem staubigen Dorf, in dem mehr Uniformierte als Zivilisten herumliefen. Er fand eine Unterkunft, bekam einen Fieberschub, fuhr zwei Tage später weiter, von Stadt zu Stadt, von Ort zu Ort. Er überquerte Staatsgrenzen, indem er die Beamten bestach, und fand sich irgendwann in Harare wieder. Er blieb eine Woche, versteckte unter dem Holzboden seines Hotelzimmers Nachrichten an sich selbst, an den, der er sein würde, wenn er eines Tages wiederkam. Abends schlief er, spätabends zog er los und ließ sich von Einheimischen in gefälschten Adidas-T-Shirts die Bars der Umgebung zeigen.

Er flog nach Belfast, des Namens wegen. Er flog nach Leicester, nach Edinburgh, nach Birmingham, Fieberschub, Nachrichten im Hotelzimmer. Mit dem Flugzeug nach Prag, von Prag mit dem Nachtzug nach Rom, wo er zu dem Haus spazierte, in dem er zwei Jahre gewohnt hatte, und zu seinen alten Fenstern hochschaute, hinter denen sich nichts regte. Im Zentrum entdeckte er einen Laden, der die besten Weine und Antipasti führte, er blieb vier Tage und freundete sich mit Salvo an, dem Besitzer, der einzige rothaarige Italiener, den Jonas je gesehen hatte. Er mietete sich ein Auto und fuhr nach Bologna, wo er sich in Susan verliebte, eine Studentin aus Connecticut, deren verzogenen Cockerspaniel Minki er vier Monate lang dreimal täglich ausführte und der er Handtaschen von Prada und Kostüme von Chanel kaufte, bis er seine Augen nicht mehr vor der Tatsache verschließen wollte, dass sie morgens im Bett ihren Hund öfter und inniger küsste als ihn.

Er rief Tanaka an.

»Können Sie wirklich Probleme lösen?«

»Ich denke schon.«

»Sagt Ihnen der Name Prypjat etwas?«

»Der Ort bei Tschernobyl?«

Jonas erklärte ihm, was er vorhatte, und Tanaka versprach, sich binnen zwei Tagen zu melden.

Das Telefon läutete nach vier Stunden.

»Sie fliegen morgen nach Minsk«, sagte Tanaka. »Am Flughafen erfahren Sie den Namen Ihres Hotels, dort ist alles für Sie hinterlegt. Geben Sie nicht mir die Schuld an der Unterkunft, die sucht Jurij aus. Den treffen Sie auch morgen. Mögen werden Sie ihn nicht.«

»Das ist kein Hindernis, solange er mich hinbringt.«

»Das wird er.«

»Wie kann ich mich bei Ihnen erkenntlich zeigen?«

»Gar nicht. Ich schulde Ihnen mehr, als ich Ihnen jemals geben könnte.«

Vielleicht lag es an der Erkältung, die er sich bei den frühmorgendlichen Spaziergängen mit dem Hund zugezogen hatte, vielleicht war es der Trennungsschmerz, jedenfalls empfand Jonas während seines Streifzugs durch fast unbeleuchtete Straßen Minsk als eine der scheußlichsten Städte, die er je gesehen hatte. Die meisten osteuropäischen Länder mochte er nicht besonders, die Menschen taten ihm leid, weil sie in solchem Grau leben mussten. Von Jurij, einem ehemaligen Offizier der Roten Armee, hatte er sich rasch verabschiedet, weil ihm seine Ausstrahlung unangenehm war und er ihn ohnehin noch den ganzen nächsten Tag während der Autofahrt in die Ukraine würde ertragen müssen. Er streunte allein durch heruntergekommene Viertel, verscheuchte hungrige Hunde, die nach ihm schnappten, dachte an Susan, dachte an das, was ihn in Prypjat erwartete, bis ihm ein Loch in der Straße auffiel, in dem er einen schwachen Lichtschein wahrnahm.

Sein Sensorium für Gefahren ließ ihn mehrmals in alle Richtungen spähen, ehe er hinging und sich ein Bild von der Sache machte. Der Anblick, der sich ihm bot, überraschte selbst ihn, obwohl er mittlerweile nur schwer aus der Fassung zu bringen war. In diesem Loch unter der Straße hockten zerlumpte Kinder und wärmten sich an einem kleinen Feuer.

Sie wirkten entkräftet, keines von ihnen sprach. Als sie sein Gesicht über ihnen entdeckten, schrien sie nicht etwa, sondern verkrochen sich bloß ein Stück nach hinten, wo sie ergeben darauf zu warten schienen, was Jonas mit ihnen anzustellen gedachte, der nach einem letzten vorsichtigen Blick auf die Straße durch die Öffnung nach unten gesprungen war.

»Ich will euch nichts tun!« rief er auf Russisch.

»Das sagen sie alle«, meinte einer der Jungen halblaut.

Ein anderer lachte, die übrigen blieben, wo sie waren, still und beinahe apathisch.

»Ich will mich nur am Feuer wärmen«, sagte Jonas und setzte sich.

»Das sagen sie alle«, sagte der Junge von vorhin, schon etwas lauter, während die anderen unverändert stumm blieben. »Hat der mit dem Hund auch gesagt.«

Jonas beschloss, ihnen Zeit zu geben. Immer wieder blickte

er zu dem Loch in der Straße hinauf, weil er insgeheim mit irgendeiner hässlichen Überraschung rechnete, denn das hier sah ganz nach einer Falle aus. Wenn es jedoch keine war, gab es für ihn etwas zu tun.

Er rieb sich die Hände am Feuer, das die Kinder offenbar aus den Überresten einer Parkbank entfacht hatten, und überlegte, wie er das Vertrauen der Jungen – Mädchen hatte er keine gesehen – gewinnen könnte. Da fielen ihm die Kekse aus dem Flugzeug ein, die das Bordpersonal als Entschädigung für die zweistündige Verspätung verteilt hatte. Sie steckten noch in seiner Jacke.

Als er die Packung hervorzog, entstand zwischen den Schutthaufen um ihn Bewegung. Zwar tönte der eine Junge wieder: »Kekse hat der mit dem Hund auch gehabt!«, doch keine Minute darauf saß er mit den anderen vor Jonas und hielt die schmutzige kleine Hand auf.

Was Jonas in der folgenden Stunde hörte, erschütterte ihn so sehr, dass er zeitweise abschalten und an etwas anderes denken musste. Diese Jungen waren von zu Hause weggelaufen oder fortgejagt worden und lebten in einem Loch unter der Straße. Sie erbettelten sich ihr Essen oder stahlen dafür, sie tranken aus Pfützen oder leerten weggeworfene Schnapsflaschen, in denen sich noch ein Rest fand, von dem sie vorher nie wussten, ob es Wodka war oder Urin. Sie wurden verprügelt und vergewaltigt, und in den letzten zwölf Monaten waren zwei aus ihrer Gruppe getötet worden und zwei auf mysteriöse Weise verschwunden. Sie waren zwischen zehn und vierzehn Jahre alt, nur der eine, der mit seinem großen Bruder gekommen war, von dem es keine Spur mehr gab, sei erst sieben, erzählte der Wortführer, der struppige Junge, der vor dem Mann mit dem Hund gewarnt hatte.

»Wie du siehst, habe ich keinen Hund. Dafür habe ich das da.«

Aus seinen eben noch leeren Händen zauberte Jonas einen Kugelschreiber, der in vier verschiedenen Farben schreiben konnte.

Der Siebenjährige war begeistert, der kleine Kapo weniger:

»Hätten Sie nicht vielleicht auch etwas Geld für uns?«

Jonas hatte nur Dollar bei sich, und er konnte sich nicht vorstellen, dass irgendeine Bank diese Gestalten einlassen würde. Erwachsene, bei denen sie das Geld zu wechseln versuchten, könnten sie übers Ohr hauen oder ihnen gar Schlimmeres antun.

»Ihr werdet Geld bekommen«, sagte er.

Nachdem er sich aus dem Loch gezogen hatte, wo er resignierte Gesichter zurückließ, und ein paar Meter gegangen war, übergab er sich. Da, wo das Licht in der Straße flackerte, erklang gedämpftes Gelächter.

Er notierte sich die Adresse des Hauses, vor dem dieses Höllenloch zu finden war, winkte ein Taxi heran und fuhr zum Hotel zurück. Dort duschte er eine halbe Stunde lang. In einem zu engen, abgetragenen Hotelbademantel setzte er sich ans Telefon.

»Tanaka.«

»Schlafen Sie eigentlich nie?«

»Nicht, wenn es sich vermeiden lässt.«

»Können Sie auch große Probleme lösen?«

»Ich bin zuversichtlich.«

Jonas schilderte, was er erlebt hatte, und schloss:

»Ich will nicht nur, dass spätestens morgen früh zwei vertrauenswürdige Frauen dort auftauchen und die Kinder rausholen, ich will eine dauerhafte Lösung für sie. Und zwar am besten für alle, die hier so leben müssen. Holen Sie sie von der Straße. Ich werde eine Überweisung veranlassen, ein Mann namens Hohenwarter wird Sie anrufen. Wichtig ist, dass Frauen hingehen, keine Jurijs. Können Sie das alles für mich erledigen, oder mache ich mir ein falsches Bild von Ihren Möglichkeiten?«

»Ohne unbescheiden klingen zu wollen, darf ich Ihnen bestätigen, dass Sie sie nicht überschätzen.«

»Herr Tanaka, ich mag Ihre Einstellung.«

»Eine Frage noch, als Freund. Wissen Sie, wie groß die Welt ist und wieviel Elend in ihr?«

Jonas drosch den Hörer auf die Gabel. Er ging nochmals duschen, kalt, und als er zähneklappernd zurückkam, zertrümmerte er das halbe Hotelzimmer, bis jemand gegen die Tür trommelte und verschiedene aufgebrachte Stimmen zu hören waren.

In Prypjat, wo 30 000 Menschen gelebt hatten und das zwei Tage nach dem Reaktorunfall geräumt worden war, herrschte noch immer bedenklich hohe Strahlung, doch die Hauptstraßen und einige Häuser waren von der sowjetischen und später von der ukrainischen Armee so weit gesäubert worden, dass der Geigerzähler, den Jonas von Jurij am letzten Checkpoint bekommen hatte, keine kritischen Werte anzeigte.

Vielleicht ist das Scheißding ja kaputt, dachte Jonas, vielleicht findet Jurij mich genauso unsympathisch wie ich ihn.

Er schlug sein Lager in einer leeren Wohnung auf, die offensichtlich trotz der radioaktiven Gefahr geplündert worden war und von der aus er auf die rostigen Rutschen und Schaukeln eines Kinderspielplatzes blickte. Wenn er die Kontrollposten passierte, um einkaufen zu fahren, grüßten ihn die Soldaten, schüttelten die Köpfe und lachten. Er verteilte Zigaretten, hörte sich ihre Warnungen an und trank hier und da ein Bier mit ihnen.

Nach einer Woche bekam er Fieber. Er nahm an, es sei einer der üblichen Schübe. Nach zwei Tagen war es vorbei.

Er notierte sich das Datum, skizzierte seine Lebenssituation in wenigen Worten und versteckte den Zettel, den er zuvor in eine Plastiktüte gepackt hatte, hinter einem lockeren Stück Mauerwerk in der Wand.

Er blieb einen Monat in Prypjat. Allein, in seiner Wohnung, wo der Verputz von den Wänden bröckelte und wo er nachts im Dunkeln der Musik aus seinem Weltempfänger lauschte, während Tic in Østerdalen über Bauarbeiten wachte, Tanaka in Tokio Interessen vertrat, der Rezeptionist in Kiel trank und schwitzte, Anouk in Hossegor Cocktails verkaufte und sich danach sehnte, einem Genie zu begegnen, Kinder in Löchern hausten, Susan in Bologna mit Pietro schlief und die Welt sich der nächsten Sonnenfinsternis entgegendrehte, voller Menschen mit Wünschen und Sehnsüchten.

45

Gewöhnlich wachte er im Basislager so zerschlagen auf, als hätte er kaum oder gar nicht geschlafen, doch nun, am letzten Tag vor dem Aufbruch zum Gipfel, fühlte er sich frisch wie zuletzt in Kathmandu. Er nahm es als gutes Omen.
»Was machst denn du schon hier?« fragte Pemba im Messezelt.
»Tee trinken hoffentlich.«
»Gleich da.«
Kaum stand die Tasse vor ihm auf dem Tisch, betrat Nina das Zelt. Nachdem sie die Kopfhörer abgesetzt, guten Morgen gewünscht und er ihre obligatorische Bitte um eine Partie Backgammon abgeschlagen hatte, fragte er aufgeräumt:
»Was ist das für ein Lied?«
»Welches Lied?«
»Du summst seit Tagen immer dieselben drei Noten, geht das Lied noch weiter?«
»Ach so? Merke ich selbst gar nicht. *The older I get the deeper I fall.* Kennst du das?«
Er kannte es nicht nur, er wusste auch, wann und wo es geschrieben worden war, nämlich in seinem Bett in Tokio.
Er wankte aus dem Zelt.
»Was hat der denn?« hörte er Nina hinter sich.

Am Vormittag machte er sich endlich daran, seine Sachen zu ordnen. Den angefangenen Brief an Marie zerriss und entsorgte er mitsamt einigen Fotos, die zu intim waren, um sie andere sehen zu lassen. Sein Tagebuch, in dem er nur alle paar Monate einige wenige Sätze notiert hatte, steckte er in ein Kuvert und adressierte es an Zach. Er packte das meiste ein, warf manches weg, hinterließ keinen Müll. Sollte er nicht mehr zurückkehren, ersparten sich Hadan und die anderen die unangenehme Aufgabe, in den persönlichen Gegenständen eines toten Kameraden wühlen zu müssen.

Auf seinem Klappstuhl vor dem Zelt fiel ihm ein, was er geträumt hatte. Er stand mit einer gesichtslosen Frau am Strand einer einsamen Insel, als sich am Horizont ein ungeheurer Tsunami erhob. Die Welle rollte heran, kam näher und näher, erstarrte plötzlich. Die Frau beugte sich zu ihm hinüber und flüsterte ihm etwas ins Ohr, das er nicht verstand.

Er wusste nicht mehr, wie es weitergegangen war, er musste bald danach aufgewacht sein, doch er erinnerte sich an ihre warme Hand in seiner und an den Duft ihres Haars, dunkel und salzig.

Wenn das hier vorbei ist, fliege ich direkt nach Moi, dachte er.

Den Rest des Tages hielt er sich vom unteren Teil des Lagers mit den Bars fern, er wollte keinen alten Bekannten mehr über den Weg laufen. Marc, der am Nachmittag vorbeikam, um die Steigeisen zu kontrollieren, erzählte, Tom und Chris seien über sein Verschwinden nicht überrascht gewesen.

»Ich übrigens auch nicht«, sagte er. »Nur für den Fall, dass du dich entschuldigen wolltest.«

»Du hast ihnen nicht gesagt, wo unser Lager steht? Die tauchen hier nicht auf?«

»Sie haben gar nicht gefragt. Sie scheinen dich ganz gut zu kennen. Nette Jungs. Habe mich nach dem, was mir den Argentiniern gegenüber rausgerutscht ist, natürlich gehütet, mit denen über dich zu reden.«

»Gut so«, sagte er.

Wenn sie hier wäre, wüsste ich es bereits, dachte er. Sie hätten es Marc gesagt, er hätte es mir gesagt.

»Hast du noch Fragen wegen morgen?«
»Eigentlich nicht.«
»Es erwartet dich nichts Unbekanntes. Die Strecke kennst du ja schon. Interessant wird es ab Lager 3, aber da sind wir erst in drei Tagen. Ich weiß nicht, wieso die Leute wegen morgen so ein Theater machen. Sogar Hadan vergisst seine Manieren.«

Den Nachmittag und Abend verbrachte Jonas mit einem Buch über den amerikanischen Bürgerkrieg. Irgendwann merkte er, dass nun auch in ihm eine gewisse Unruhe aufstieg.

Er drehte sich auf den Rücken, schaute auf die kleine Lampe an der Zeltdecke, die er in den vergangenen Wochen so oft angestarrt hatte, und fragte sich, ob er vorbereitet war. Hatte er an alles gedacht?

Die Haare von Mike, die er auf dem Gipfel lassen wollte, steckten in seinem Rucksack, ebenso wie die Kamera. Glücksbringer hatte er keinen, doch er hatte ein Gebet ans Universum geschickt, er hatte abgeschlossen mit allem, mit dem er abzuschließen vermocht hatte, und das war einiges.

Und doch, vieles war offen. Möglicherweise kam etwas auf ihn zu, dem er nicht gewachsen war. Man wusste es vorher nicht. Man wusste vorher gar nichts.

»Jonas?«

Er verhielt sich still.

»Bist du da, Jonas?«

War das da draußen Padang oder Pemba? Da Jonas mit Marc gehen würde, musste er nicht zur Teambesprechung, aber es konnte trotzdem etwas Wichtiges sein.

Als er aus dem Zelteingang schaute, hielt ihm Padang einen Umschlag hin.

»Für dich abgegeben worden. Von zwei Männern. Der eine hieß Tom, den anderen Namen habe ich nicht verstanden. Sie sagten, sie sind Freunde von dir.«

Jonas spähte misstrauisch ins Dunkel hinaus.

»Sind sie noch da?«

»Sie haben nur das hier abgegeben und sind wieder verschwunden. Ich soll dir Glück für morgen und die kommenden Tage wünschen, und du bist ein verrückter Hund.«

Jonas nahm den Brief entgegen. Die Handschrift, in der sein Name auf das Kuvert geschrieben war, erkannte er mit einem flüchtigen Blick. In seinen Armen und Beinen begann es ebenso zu brennen wie in seiner Magengrube, er stieß einen Schrei aus und sprang hoch. Dabei prallte er mit dem Kopf gegen die Lampe, die herabfiel, erlosch und sich nicht mehr anschalten ließ.

»Alles in Ordnung?« fragte Padang. »Die Dinger halten nichts aus. Ich bringe dir eine neue.«

Jonas hielt es nicht im Zelt aus. Den Brief in der ungeschützten Hand, die in der eisigen Abendkälte binnen Sekunden zu erfrieren begann, lief er im Dunkeln umher und versuchte, sich zu fassen, zumindest so weit, dass er sich zwischen den Steinen und all dem Geröll nicht den Hals brach. Als er endlich merkte, wie durchgefroren er war, legte er sich wieder ins Zelt und verkroch sich im Schlafsack.

Padang brachte die neue Lampe gleich selbst an.

»Soll ich sie eingeschaltet lassen?« fragte er.

»Lieber nicht.«

»Willst du schon schlafen?«

»Bald.«

»Schlechte Nachrichten?«

»Was, wieso?«

»Der Brief. Du hast geschrien.«

»Ach so, nein. Alles in bester Ordnung.«

»Na dann. Hast du Angst?«

»Ja.«

»Das ist gut«, sagte der Sherpa. »Wer Angst hat, den beschützen die Götter.«

»Es sind sicher schon Leute gestorben, die sehr viel Angst hatten.«

»Da hast du wahrscheinlich auch recht«, sagte Padang und zog von außen den Reißverschluss zu.

46

Das wurde sein Leben.

Er flog von Peking nach Beirut, von Ankara nach Sidney, von Belgrad nach Madrid, von Wien nach Paris, von Bangkok nach Kapstadt, von La Paz nach Kairo, von Dallas nach Honolulu, von Shanghai nach Astana, von Casablanca nach Genf, von Male nach Lissabon, von Porto nach Stockholm, von Frankfurt nach Moskau, von Delhi nach Kiew, von Salzburg nach Bukarest, von Venedig nach Barcelona, von Oslo nach Havanna, von Los Angeles nach Mexico City, von Melbourne nach Bagdad, von Budapest nach London, von Teheran nach Damaskus, von Helsinki nach Zagreb, von New York nach Berlin.

Er fuhr mit Zug und Bus von Stadt zu Stadt, von Dorf zu Dorf, auf der Suche nach etwas, das er weder benennen noch fassen konnte, von dem er jedoch wusste, dass es existierte. Irgendwo hinter einer dünnen Membran wartete es auf ihn, auf seine Bereitschaft, es zu erkennen. Es war da, und er war da.

Er hatte vier verschiedene Pässe, die dank der professionellen Arbeit von Tanakas Leuten nie beanstandet wurden. Er hatte Affären, verliebte sich, verließ, wurde verlassen. Er sah eine Sonnenfinsternis in Bangkok, eine in Ulan-Bator, eine auf den Galápagos-Inseln, eine zu Hause im verwilderten Garten der Burg an der Seite Zachs, wo er zuvor den alten Dagobert begraben hatte, der unter ein Auto gekommen war. Er wurde Zeuge von Millionen Belanglosigkeiten und einiger Katastrophen. Beim Erdbeben in Kobe sah er das Wasser in einem Bach abheben und tanzen, beim Brand in einem Krakauer Wohnhaus rettete er gemeinsam mit einem anderen Passanten eine alte Frau, und einmal beobachtete er in der Nähe von Málaga, wie ein Kleinflugzeug abstürzte. Ein halbes Jahr lebte er als Gärtner in einem ostslowakischen Dorf, bis er für einige Monate nach Serbien zog, um in einem kleinen Dorf einen Laden zu führen, in dem er ausschließlich indische Tageszeitungen anbot. Das Geschäft lief nicht besonders gut. Aber er wusste: Der eine, der ihm eine Zeitung abkaufte, der war etwas Besonderes. Auf solche Stunden galt es zu warten. Immer, überall.

Er lernte die beliebtesten Wellen der Surferwelt kennen, Jaws, Maverick, Teahupoo, und als er einmal vor Nazaré auf einer mindestens fünfzehn Meter hohen Welle ritt, hatte er eine klare Vision von Werner, der am Strand stand und ihm zuschaute, während Mike neben ihm im Sand nach Muscheln suchte. Er wollte ihnen zuwinken, doch da verblasste das Bild, und Jonas war wieder umgeben vom Donnern der Welle.

Sooft es ihn hinzog, wohnte er in Tics fünfstöckigem Baumhaus mit seinen weichen, runden, fließenden Formen, in dem eine Wendeltreppe vom Wohnzimmer zum Schlafzimmer führte, vom Schlafzimmer ins Arbeitszimmer, vom Arbeitszimmer ins Gästezimmer, vom Gästezimmer in die Küche, nur die Toilette war auf dem Boden gebaut worden. Alles in allem erinnerte ihn das Haus an Gaudí, doch während die Sagrada Família nichts Geheimnisvolles für ihn barg, hatte Jonas hier im Wald das Gefühl, in einem Märchen gelandet zu sein, in einer Zuckergussphantasie voller komplexer Verzierungen, in einem elegant kalkulierten Traum. Dieser einsame Ort, an den sich nie jemand außer ihm verirrte, war für ihn der schönste der Welt. Sommers wie winters verbrachte er immer wieder einige Tage dort, bevor er in die Zivilisation zurückwanderte.

Im Figurenpark von Malavasi übernachtete er wochenlang unter freiem Himmel, auf den Kilimandscharo wanderte er allein und ohne Karte, und nachts hörte er Löwen brüllen. In der Zona del Silencio in Mexiko blieb er vier Monate, er sah sich die Megalithe von Carnac an, er schlich sich nachts ins Hypogäum von Ḥal-Saflieni, er besuchte den Friedhof der Namenlosen in Wien und in Kolymvari den vielleicht ältesten Olivenbaum der Welt, er segelte zum Pazifischen Pol der Unzugänglichkeit, er fuhr zum Goldenen Felsen in Myanmar, er schlief nahe den Moai auf der Osterinsel, er wanderte über den Inka-Pfad nach Machu Picchu, im Yosemite boulderte er und betrachtete mit José, den er dort kennengelernt hatte, ehrfürchtig die Granitwand des El Capitan, kurz darauf wagte er sich immerhin durch die Scala del Menighel, jene hundert Meter hohe, senkrechte Wand, die man auf kurzen Eisenstiften überwinden musste, Jonas tat es ohne Sicherung und fühlte dabei, wie die Tiefe an ihm zerrte und zog. Sie wollte ihn haben, sie bekam ihn nicht.

Zwischendurch gelang es ihm, über ein Jahr lang mit niemandem ein Wort zu wechseln, die üblichen Floskeln an Sicherheitskontrollen und Rezeptionen ausgenommen. Er wurde zum Geist, er flog durch die Welt mit einem Bewusstsein, das sich mehr und mehr von dem der anderen Menschen entfernte. Immer wieder musste er sich selbst zurückrufen, um sich nicht im Getöse dieses Nichts zu verlieren. Zugleich wusste er, wenn es einen Weg gab, zu irgendeiner Form von Befreiung oder Erkenntnis zu gelangen, dann war es dieser. Unglücklich war er selten, glücklich nie.

In Bonn gab er sich als Fotograf aus und trat einer Laientheatertruppe bei, mit der er in sechs Vorstellungen von »Endstation Sehnsucht« den Kowalski spielte, ehe er weiterzog. Er arbeitete bei der Lokalredaktion einer Zeitung, hütete einen Sommer lang Kühe auf einem Bergbauernhof, lernte in Málaga schweißen, verdingte sich in einem Ort nahe São Paolo als Masseur. Er gründete Stiftungen gegen Tierversuche, arbeitete in Behindertenheimen, befüllte sein Museum in Oslo mit den absonderlichsten Devotionalien und wurde in Hamburg drogensüchtig.

Das also auch noch, dachte er, als er feststellte, wie elend es ihm irgendwann ging, wie schwierig es wurde, mit offenen Augen zu reisen, wie hohl er war und wie wenig noch in ihm nachschwang von dem, was er erlebte, wie oft er in einem Zugabteil oder einem Flugzeug oder in irgendeinem Hotel nur noch dahindämmerte und an Dinge dachte, die lange zurücklagen und die nichts auf der Welt ändern konnte. Er schlug wahrhaftig seine Zeit tot, und diese Erkenntnis erschreckte ihn über alle Maßen.

Er versuchte, von seiner Sucht wegzukommen, doch das war schwieriger als gedacht, denn es genügte schon, die Toilette einer Bar aufzusuchen, und sofort verlangte es ihn nach dem Rausch, nach diesem Ereignis in seinem Kopf, das die Welt entzündete, das aus der Wirklichkeit ein Phänomen von beruhigender Übersichtlichkeit machte und aus ihm jemanden, dem nichts und niemand etwas anhaben konnte.

Er musste auf schmerzhafte Weise erkennen: Eine Droge ist ein Gegner, der genauso ist wie man selbst. Genauso groß, genauso breit, genauso kräftig. Keinen Zentimeter größer, keinen Zentimeter kleiner. Nicht schwerer und nicht leichter, nicht stärker und um nichts schwächer. Wie besiegt man so jemanden? Wie besiegt man jemanden, der genauso ist wie man selbst?

Mila war Galeristin. Die Bilder, die sie verkaufte, gefielen Jonas nicht immer, doch zu ihr fühlte er sich schnell hingezogen. Sie war schlank und sportlich, hatte kurzes Haar und einen weichen dunklen Teint, und wenn sie sich abends in ihrer Hamburger Galerie mit all den edel gekleideten Kunstliebhabern unterhielt, war sie sogar noch in Jeans die eleganteste Erscheinung. Ihre Bewegungen hatten etwas Katzenhaftes, sie trug ebenso gern Sportschuhe wie High Heels, die mehr kosteten als so manches Bild in ihrer Galerie, und sie war die erste Frau, der er begegnete, die alles, aber auch alles anziehen konnte und immer anmutig blieb, selbst wenn sie im Malerkittel eines Fettsacks steckte oder in Turnhosen oder in einer Kostümierung für einen Kindermaskenball.

Wenn sie einander beim Abendessen gegenübersaßen, sah er in ihren braunen Augen, dass sie Tiefen hatte, die sie selbst nicht kannte, und dass sie zu vielem fähig war, was sie sich niemals zugetraut hätte. Einmal wischte sie alles, was auf dem Tisch stand, Gläser, Teller, Schüsseln, Kerzen, mit einer langsamen Armbewegung zu Boden, einmal schlug sie ihrer Nachbarin ansatzlos mit einer Salatgurke über den Kopf, einmal bedrohte sie ihre Putzfrau mit einem Grillspieß, und an nichts von all dem konnte sie sich später erinnern.

Bezeichnend, dachte Jonas, die Frauen, die mich am meisten faszinieren, sind potentielle Mörderinnen.

»Was findest du eigentlich an mir?« fragte Jonas sie einmal, als er sich bei einer Vernissage plötzlich fehl am Platz fühlte, so weit weg von den Menschen, die ihn umgaben und versunken die Bilder begutachteten.

»Du ruhst in dir«, sagte sie, ohne sich über die Frage zu wundern. »Du ruhst mehr in dir als alle Männer, denen ich je begegnet bin. Nichts wirft dich um. Du bist ein Berg.«

Im Bett war sie still und auf seltsame Weise direkt, obwohl sie sich nur von hinten nehmen ließ. Eines Tages gestand sie ihm, in ihrem ganzen Leben noch keinen Orgasmus gehabt zu haben. Sie war rastlos und nervös, doch wenn er nachts bei ihr lag, ob den Kopf voller Gift oder nicht, wurde er ruhiger, so ruhig, dass er eines Tages erkannte, wie weit es mit ihm gekommen war.

Dieser Zustand, in den man hinabgleitet, die tiefe Dunkelheit, in der man sich selbst nicht mehr spürt, sich eher als Teil eines Ganzen empfindet, angeschlossen an die Hauptader, hörend und sehend. Er war ein einzelner, vierundzwanzig Stunden am Tag, dreihundertfünfundsechzig Tage im Jahr.

Er verstand nie, warum er der Überzeugung war, Mila viel zu verdanken. Er verdankte ihr jedenfalls den Geruch dieser Zeit, es war der Geruch ihres Schlafzimmers, es roch nach Holz und Stoff, und das war besser als der Geruch der Toiletten von Bars und Lokalen, den er auch schon zur Genüge kannte und den er manchmal wochenlang nicht mehr aus der Nase bekam.

Der Sportwagen gehörte ihr. Es war das schnellste für die Straße zugelassene Auto überhaupt, was gut zu Mila passte, die eine sehr gute Fahrerin war. Sie lieh es ihm für einen Ausflug nach Hause, wo er Zach und die anderen besuchen und mit Hohenwarter einige Geschäftsangelegenheiten besprechen wollte.

Auf der Autobahn beschleunigte er auf über 300. Ihn verblüffte, wie still es um ihn wurde, wie leise doch der Motor lief, bis er verstand, dass es nicht nur der Motor war. Die Welt wurde leise, wurde ausgedimmt, er näherte sich einer gewissen Grenze, von der er das Gefühl hatte, nicht mehr Teil dieser Wirklichkeit zu sein. Es war ein Erlebnis von tröstender Unbehaglichkeit, von absoluter Konzentration und einem neuen Verständnis von Räumlichkeit, es waren Stunden eines fremden Rausches.

Zu Hause gab es eine Auseinandersetzung mit Zach, der sofort bemerkte, in welcher Verfassung Jonas war. Jonas stieg wütend ins Auto, fuhr umher, hörte Musik, trank Kaffee in einem Landgasthaus, machte sich auf der Toilette frisch, stritt sich mit der Kellnerin, fuhr weiter. Er schaute bei Harrys Schweinen vorbei und war traurig, weil er den gefleckten Kopf Grubers nirgends entdeckte.

Irgendwann gelangte er zur Piste. Welche Geschwindigkeit er dort erreichte, ehe das Kind vor ihm aufgetaucht war, konnte er später nicht mehr rekonstruieren.

Er konnte auch nicht rekonstruieren, ob dieses Kind wirklich dagewesen war.

Als er auswich und von der Straße abkam, war es, als würden sich die Sekunden endlos ausdehnen. Entsetzt begriff er, dass er keinen Einfluss mehr hatte auf das, was nun kommen würde.

Er durchstieß Laternenmasten und Zäune, ihm flogen Holzlatten und Eisenstangen entgegen, die Geräusche, die er hörte, waren erschreckend schicksalhaft, und neben Angst fühlte er vor allem Ärger, ja Wut auf sich selbst.

Er bereitete sich auf das Hatta vor. Jetzt kommt es, dachte er, jetzt lerne ich es kennen. Dann landete sein Gesicht im Airbag, der Wagen oder das, was von ihm übriggeblieben war, stand still, und Jonas befühlte seine Glieder, ob wirklich alles an ihm heil geblieben war.

Wieso zum Henker lebe ich noch? dachte er und wollte aussteigen, doch die Fahrertür klemmte.

Er musste husten, seine Augen tränten. Alles war voller Staub aus dem Airbag. Er rutschte hinüber auf die Beifahrerseite. Die Tür klemmte ebenfalls. Er drehte sich um, aber hinten gab es weder Türen noch Sitze.

Das war der Moment, in dem es zu qualmen begann.

Er versuchte die Fenster zu öffnen, doch die elektrischen Fensterheber funktionierten nicht. Er schlug mit dem Ellbogen gegen die Scheiben, sie schienen aus Panzerglas zu sein.

Alles, nur das nicht, dachte er.

Die Angst, die er beim Unfall gefühlt hatte, war nichts gegen das, was nun in ihm hochstieg. Verbrennen erschien ihm als eine entsetzliche Art zu sterben. Am meisten belastete ihn jedoch die Erkenntnis, dass es nicht soweit hätte kommen dürfen, dass sich irgendwo ein Fehler eingeschlichen hatte, für den er zumindest mitverantwortlich war.

Es verstrichen noch einige Minuten, bis der Wagen zu brennen begann, Minuten, über die er später nicht sagen konnte, was er während ihnen gemacht oder gedacht hatte. Aber als seine Angst am größten war, wurde ihm ein Bote Gottes gesandt, zumindest kam es Jonas so vor, als er neben dem brennenden Auto eine Gestalt auftauchen sah, der es kurz darauf gelang, die Fahrertür einen Spalt aufzudrücken, gerade so weit, dass sich Jonas aus dem Auto ziehen konnte. Bis er seinen Retter erkannte, der mit einem Handfeuerlöscher die Flammen bekämpfte, dauerte es eine Weile.

»Gruber, Sie schickt der Himmel!« rief er schließlich.

»Nein, das war Zach.«

Als sie nach Hause kamen und Jonas hinaufgehen wollte, um sich hinzulegen, fand er auf seinem Nachttisch einen Schlüssel. Es war der erste seit sieben Jahren, und obwohl Jonas vom Unfall noch benommen war, lief er gleich wieder nach unten, um sich Zachs Wagen zu leihen.

»Willst du mein Auto auch noch verschrotten?«

»Es kommt ohne Kratzer zurück. Du hast den Schlüssel hingelegt, nicht wahr?«

»Welchen Schlüssel?«

»Den auf meinem Nachttisch natürlich.«

»Ich war vor etwa zehn Jahren zuletzt in deinem Zimmer. Pass ja auf den Wagen auf!«

Jeder einzelne Hausbewohner einschließlich des herbeigeeilten Hohenwarter, den Regina telefonisch vom Unfall verständigt hatte, schwor, nichts von irgendwelchen Schlüsseln zu wissen und Jonas' Zimmer seit Jahren nicht betreten zu haben.

Irgendjemand führt mich an der Nase herum, dachte er. Aber egal.

Auf dem Weg zur Burg fuhr er übertrieben vorsichtig, um Zachs Karosse nicht auch noch zu demolieren. Er stürmte ins Haus, zu den sieben Türen, und schon an der zweiten passte der Schlüssel. Jonas drückte sie auf und stand in einem Krankenzimmer.

Es war ein Zimmer, wie er sie aus Spitälern kannte. Ein Krankenbett, mehrere Bildschirme und medizinische Gerätschaften, ein alter Fernseher, Desinfektionsmittel, Infusionsflaschen, Spritzen, ein kleines Waschbecken, ein Spiegel darüber.

Auf dem Rückweg nahm Jonas weniger Rücksicht auf das Auto. Zach wartete schon vor dem Haus, er ging nervös auf und ab und schlug ein Kreuz, als Jonas vor der Garage im allerletzten Moment auf die Bremse stieg.

»Gib zu, dass du den Schlüssel neben mein Bett gelegt hast!« rief er, noch ehe er ausgestiegen war.

Zach wurde ärgerlich. »Damit habe ich nichts zu tun! Eure Schlüsselspiele fand ich immer schon seltsam, lass mich damit in Ruhe. Sieh lieber zu, dass du den Kopf wieder freikriegst. Dir muss man helfen, Jonas.«

»Das mit dem Krankenzimmer warst nicht du?«

»Jonas, ich schwöre dir bei der Seele unserer lieben Freunde, dass ich nichts mit irgendeinem Krankenzimmer oder irgendeinem deiner dämlichen Schlüssel zu tun habe! Wehe, du hast das Getriebe ruiniert.«

Er bezahlte Mila den Wagen. Er wusste, zwischen ihnen war es vorbei. Wieso, wusste er nicht. Tanaka vermittelte ihm ein Sanatorium auf den Philippinen, das nicht wie ein solches aussah und wo er eine Entgiftungskur machte. Danach zog er nach Jerusalem und ließ fortan die Finger von Drogen.

Was du suchst, dachte er, ist schon in dir. Du brauchst nicht mehr versuchen, es dir zuzuführen.

Einmal kam ihn Tanaka besuchen. Sie gingen essen und redeten vor allem über Jonas' Kinderhilfswerk, bei dem es zu finanziellen Unregelmäßigkeiten gekommen war, für die sich ein Sekretär vor Ort als verantwortlich herausgestellt hatte. Tanaka bestand darauf, Jonas die Summe zu ersetzen, Jonas hingegen weigerte sich, das Angebot anzunehmen. Sie waren noch zu keiner Übereinkunft gekommen, als Jonas sagte:

»Ich hätte vielleicht ein heikles Anliegen.«

»Ah! Das klingt interessant.«

»Könnten Sie in Erfahrung bringen, wer mein Großvater war? Wer er wirklich war?«

»Ja«, sagte Tanaka nach einigem Zögern.

»Könnten Sie in Erfahrung bringen, woher sein Vermögen stammt?«

»Wollen Sie das wirklich wissen?«

Jonas überlegte einige Minuten.

»Sie wissen es schon, nicht wahr?«

Tanaka nickte.

»Wollen Sie mir etwas darüber sagen?«

»Woher das Geld stammt, ist heute nicht mehr wichtig. Tun Sie damit das Richtige, das ist wichtig.«

Loslassen. Über der Welt sein. Auf dem Wind reiten, fern von allem, was irdisch ist. Ungemütliche Orte besuchen, um zurückzukehren, zu den Betten und den Duschen, zur Bequemlichkeit, zum Schlaf. Ein Zug macht viele einzelne Geräusche.

Die Monate um den Jahrtausendwechsel verbrachte Jonas meistens in Jerusalem. Nirgendwo auf der Welt hatte er mehr Verrückte gesehen, die von dieser Stadt wohl schon immer angezogen wurden. Jetzt jedoch, kurz vor Beginn des Heiligen Jahres, traf er Menschen, die sich für Jesus hielten, Menschen, die Verwünschungen gegen bestimmte Farben aussprachen, Junkies, die sich Heilung erhofften, mehrere Inkarnationen der Jungfrau Maria, von denen eine ein Mann war, Sänger, die nicht singen konnten und es an der Grabeskirche über Nacht zu lernen glaubten, Bettlerinnen, die ohne Telefon mit Gott telefonierten, sowie einen Mann, der sowohl seinem Sohn als auch seinem Frettchen einen Maßanzug hatte schneidern lassen und die beiden zu seinem Frühstückskaffee im Tmol-Shilshom mitnahm, wo sie allerdings vor der Tür warten mussten.

Nur einmal verließ Jonas die Stadt. Er flog nach Rom, spazierte wieder zu seiner alten Wohnung, dachte an früher. Er fuhr bei der Maklerin vorbei, die sie ihm damals vermietet hatte. Die Frau arbeitete nicht mehr für das Büro, doch ihre Nachfolgerin eröffnete ihm, die Wohnung stünde seit fast zehn Jahren leer.

Kaum hatte Jonas das Haus verlassen, rief er Tanaka an und bat ihn, den Kauf für ihn abzuwickeln.

»Ich hatte mich schon gefragt, wann es soweit sein würde.«
»Sie wissen, welche Wohnung das ist?«
»Ich weiß, welche Wohnung das ist«, sagte Tanaka und legte auf.

Jonas interessierte sich nicht für gehobene Küche wie zum Beispiel Tic, die ihr Geld vor allem für Essen in Luxusrestaurants ausgab, oder wie Mila, die es in edle Weine investierte. Eine Ausnahme gab es jedoch. Jedes Mal, wenn er zu Mittag bei Salvo einen kleinen Teller Antipasti und ein Glas Hauswein serviert bekam, obwohl er nur einen Espresso haben wollte, blieb er bis zur Sperrstunde und aß und trank, bis ihn Salvo irgendwann aus dem Lokal zog und auf den Campo de' Fiori führte.

Eines Abends gewann er gegen den Wirt eine Wette und durfte sich über Nacht im Delikatessenladen einschließen lassen. Davor und am nächsten Morgen wurde er gewogen, zudem wurde sein Alkoholwert gemessen. Er bezahlte je Promille und pro Gramm Gewichtszunahme. Die ganze Nachte hörte er bei heruntergelassenen Rollbalken Musik, schrieb SMS an Freunde – sogar Zach hatte inzwischen ein Handy –, verfolgte durch ein Guckloch die Schlacht zweier Hooligangruppen, und ab zwei Uhr früh wurde er melancholisch und dachte an Mike, an Werner, an Picco. Daran, wie sehr sie ihm fehlten, und daran, wie sehr ihm alles von damals fehlte, die Leichtigkeit, die Wunschlosigkeit, die Ausblicklosigkeit. Das Kindsein.

Am Flughafen schrieb er Ansichtskarten. Eine schickte er an Mila, die sich innerhalb von drei Wochen mit einem serbischen Banker verlobt und verheiratet hatte, eine an Gruber, eine an die Frau in dem Reisebüro, die ihm damals das Ticket nach Rom verkauft und die er nie wiedergesehen hatte. Eine bekam Anouk, zwei gingen an Vera.

Was sie wohl macht, dachte er. Wie sie wohl aussieht?

Er konnte sich noch an alles erinnern, an die Details ihres Körpers, an das himbeerförmige Muttermal am Ansatz ihres Oberschenkels, an eine Narbe am Bauch, an die spezielle

Art, wie sie ihre Haare zurückstrich, an ihren Geruch, vor allem an ihren Geruch.

Das alles war schon so lange vorbei.

Kurz entschlossen flog er nach Auckland. Am Flughafen mietete er ein Auto, das er jedoch zunächst stehenließ, um sich von einem Taxi zum Sky Tower bringen zu lassen. Er fuhr zweihundertzwanzig Meter nach oben, schaute auf die Stadt, setzte sich in das Drehrestaurant, das sich innerhalb einer Stunde um die eigene Achse drehte, trank eine Flasche Wein, ging zu Fuß hinunter und stieg ins Taxi, das ihn zu seinem Mietwagen brachte.

Er hatte keine Straßenkarte dabei, und er kümmerte sich weder um die Landschaften, durch die er fuhr, noch um die wenigen Leute, mit denen er zu tun hatte. Nach drei Tagen in halbleeren Motels und auf kaum befahrenen Nebenstraßen setzte er sich an einem aufgelassenen Bahnhof, wo das Gras zwischen den Schienen wucherte, ein alter Güterwaggon vor sich hin rostete und unbekannte Vögel sangen, auf die Motorhaube seines Jeeps und dachte an die anderen.

An die Menschen, die überall auf diesem Planeten verstreut waren, die er gekannt hatte, die er kannte, von denen er einige geliebt oder jedenfalls sehr gern gehabt hatte. Sie betraten in diesem Moment den Supermarkt und waren nicht hier oder grüßten ihre Kollegen und waren nicht hier oder legten sich ins Bett und waren nicht hier, während er diese Einöde hier betrachtete. Diesen sinnlosen neuseeländischen Güterwaggon. Den keiner mehr wollte und keiner mehr brauchte.

»Hey, du!« rief er über die Schienen. »Dich haben sie hier vergessen, wie?«

Irgendwo da draußen lebte sie. Sie arbeitete, sie lernte, sie duschte, sie kochte, sie aß und trank, sie las und sah fern, sie hatte Sex, sie dachte an gestern und morgen, sie träumte. Und sie dachte an ihn. Er wusste es.

Unterwegs zum Flughafen rief er Tanaka an.
»Die Wohnung gehört Ihnen. Sie war übrigens günstig.«
»Sie sind ein Genie«, sagte Jonas.
»Wo stecken Sie gerade? Wollen Sie mich nicht besuchen? Wir haben uns schon zu lange nicht mehr gesehen.«
Jonas überlegte kurz. Tokio lag eigentlich auf dem Weg. Er versprach zu kommen.
»Das freut mich sehr«, sagte Tanaka. »Was darf ich heute sonst noch für Sie tun?«
»Ich möchte, dass Sie in Österreich oder Deutschland nahe an meinem Zuhause einen alten Bahnhof finden, der nicht mehr benützt wird, und ihn mieten. Danach kaufen Sie hier einen bestimmten Güterwaggon seinem Besitzer ab, lassen ihn nach Europa transportieren und auf meinem neuen Bahnhof abstellen. Auf dem Konto sollte ja trotz der Wohnung noch genug Geld sein. Wenn nicht, rufen Sie bitte Hohenwarter an.«
»Kein Problem. Könnte nur ein wenig Zeit in Anspruch nehmen.«
»Was finden Sie eigentlich schwer?«
»Jonas, schwer ist es, amerikanischer Präsident zu werden, sich in die richtige Frau zu verlieben, Kinder großzuziehen oder den Mond abzuschießen. Was Sie von mir verlangen, ist nicht schwer.«
»Den Mond brauche ich noch. Bis bald.«

Jonas blieb eine Woche in Tokio. In Shibuya kaufte er über Tanakas Vermittlung eine Wohnung, die er sich an zwei Nachmittagen einrichten ließ. Er hatte beschlossen, früher oder später dauerhaft in Tokio zu leben. Es war die Stadt, die er am wenigsten verstand, und zugleich jene, in der ihn nicht ständig ein Gefühl von verborgener Unsicherheit quälte. Hier war die Unsicherheit nicht unterschwellig, sondern allgegenwärtig. Hier wusste er, was und wer er war, hier war die Welt ehrlich zu ihm.

Am Abend vor seiner Abreise lud er Tanaka zum Essen in eines der traditionellen Lokale ein, in denen man die Schuhe auszog und kniend zehn oder zwölf kleine Gänge hintereinander einnahm.

»Ich habe allmählich das Gefühl, Sie auszunutzen«, sagte Jonas und sah zu, wie in Tanakas Mund eine noch zappelnde Tentakel verschwand.

»Wollen Sie nicht essen?« fragte Tanaka.

»Vielleicht den nächsten Gang.«

»Sie nutzen mich nicht aus, Sie erweisen mir einen Gefallen um den anderen. Ich meine das ernst. Erstens stehe ich in Ihrer Schuld, solange ich lebe. Zweitens bereiten mir Ihre Aufträge im Gegensatz zu denen meiner anderen Klienten großes Vergnügen. Ich habe zum Beispiel bereits einen alten Bahnhof in der Nähe Ihres Heimatortes gefunden, und der Güterwaggon gehört so gut wie Ihnen.«

»Vielen Dank. Was ich diesmal von Ihnen brauche, ist aber noch eine Nummer größer.«

Tanaka strahlte. »Es freut mich sehr, das zu hören. Worum handelt es sich?«

»Kennen Sie jemanden, der ein Segelschiff bauen kann?«

»Es wird nicht schwierig sein, eine solche Person ausfindig zu machen.«

»Ganz so einfach ist die Sache nicht. Ich suche jemanden, der mir eine historische Drei-, Vier- oder gar Fünfmastbark baut, das ist ein sehr mächtiges Schiff. Ich brauche eine vertrauenswürdige Besatzung, und dann brauche ich noch eine Insel.«

»Eine Insel?«

»Eine Insel.«

»Wo soll sie liegen?«

»Mir egal, es soll bloß das ganze Jahr über warm sein. Und das nächste Stück Land muss mindestens fünfzig Kilometer entfernt liegen. Hundert wären besser.«

»So gut wie erledigt«, sagte Tanaka. »Wollen Sie nicht zugreifen?«

»Nein, danke. Manchmal sind Sie mir unheimlich.«

Tanaka goss Jonas Sake nach und überlegte eine Weile.

»Ich nehme an, Sie werden die Pläne sehen wollen, ehe das Schiff gebaut wird?«

»Nein, das überlasse ich ganz Ihnen.«

»Ich verstehe nichts von Segelschiffen.«

»Das werden Sie bestimmt schnell nachholen.«

»Auch richtig. Man soll Sie als Besitzer nicht zurückverfolgen können?«

»Ganz genau.«

»Wir werden eine gemeinsame Firma gründen, über die der Auftrag abgewickelt wird. Wie groß soll die Insel sein?«

»Groß genug, um so ein Schiff dort zu verstecken, und ansonsten unbewohnt. Die Mannschaft wird bei Bedarf hingebracht. Ich will dieses Schiff haben. Ich brauche es.«

»Mir müssen Sie gar nichts erklären. Ich kümmere mich nur um Ihre Wünsche.«

Jahre später konnte er sich noch an den Geruch erinnern, der an diesem Tag in der Luft lag. Er fand nie heraus, woher dieser strenge, saure Geruch rührte, es war, als hätte jemand Zitronenlimonade zerstäubt. Es roch seltsam, und es war laut. Ein Autofahrer, dessen Garage blockiert war, hupte wie verrückt, nicht weit entfernt heulte eine Polizeisirene, und von einer nahen Baustelle drang das Getöse von Maschinen.

Jonas wartete an der Bushaltestelle, neben ihm stand ein Junge aus der Nachbarschaft, dessen Namen er nicht wusste, mit dem er sich aber schon einige Male unterhalten hatte.

»Wenn dir eine Fee erschiene und drei Wünsche erfüllen würde, was würdest du wählen?« fragte ihn Jonas.

Der Junge dachte nicht lange nach. »Mehr Wünsche.«

»Gilt nicht.«

»Dann eine Stereoanlage, ein neues Fahrrad, einen Internetanschluss und eine Reise nach New York.«

»Das sind aber vier Wünsche.«

»Na, vielleicht verzählt sie sich ja.«

Jonas griff in die Tasche, um sich die Adresse des Jungen aufzuschreiben, und stellte dabei fest, dass er sein Handy zu Hause vergessen hatte.

»Warte mal kurz«, sagte er und lief los.

Er wohnte nur zwei Häuser von der Haltestelle entfernt. Als er mit dem Telefon wiederkam, war der Bus jedoch schon da und der Junge eingestiegen. Jonas schaffte es nicht mehr rechtzeitig, und ihm blieb nur mehr, dem Jungen hinterherzuwinken, der sich in die letzte Reihe gesetzt hatte und ihm zurückwinkte.

In dem Moment, als die Bombe den Schulbus zerriss, schien es auch den winkenden Jungen zu zerreißen. Die Druckwelle fegte Jonas zu Boden, doch er sah jedes Detail, er sah die Körperteile fliegen, er sah das Feuer, er hörte die Schreie der Kinder, er fühlte aber nichts von der Hitze der Explosion und des Feuers auf seinem Gesicht, er fühlte die Glassplitter nicht, die auf ihn einprasselten, er fühlte nur das Böse, das irgendwo da vorne stand, er fühlte jenes Etwas, das keine Vergebung und kein Mitgefühl kennt.

An diesem Tag begegnete er zum ersten Mal Shimon, der in seiner gelben Weste in der Nähe des Busses nach Körperteilen suchte. Shimon gehörte zur ZAKA, und an einem Anschlagsort auch noch die kleinsten Hautreste und den letzten Blutstropfen der Opfer vom Boden aufzusammeln betrachtete er als seine religiöse Pflicht.

Ihn und seine Frau Abigajil, die zwar orthodoxe Juden waren, aber keineswegs rückwärtsgewandt, lernte Jonas bald besser kennen. Allerdings sah er sie meistens außerhalb von Jerusalem. Dorthin kehrte er nur noch höchstens einmal im Jahr zurück. Jedes Mal, wenn er dort aus dem Bus stieg, hatte er wieder den Zitronengeruch in der Nase, sah er den Bus wie in Zeitlupe explodieren, sah er dieses kleine, kluge Gesicht, das in seiner letzten Sekunde erstarrte, als hätte er noch gemerkt, dass etwas Schreckliches im Gange war.

Bei Shimon lernte Jonas Schach. Als Kind war für einige Monate ein Schachgroßmeister sein Mathematiklehrer gewesen, doch da hatte ihn das Spiel nicht interessiert. Bei Shimon verstand er erstmals, worum es dabei wirklich ging, er verstand die Schönheit und die Tiefe, und am meisten faszinierte ihn, dass beim Schach auch zwei Partner von ganz unterschiedlicher Spielstärke Freude am gemeinsamen Spiel haben konnten. Dieses Spiel war komplex und zugleich von verblüffender Einfachheit, und wer immer es erfunden hatte, konnte wohl selbst nicht ganz verstanden haben, welches Wunder er da in die Welt setzte.

Shimon verließ Israel nur ungern, Abigajil tat es gar nie. Ab und zu begleitete ihn Jonas zu Verwandtenbesuchen in die USA oder nach Europa, denn Shimon war überzeugt, dass auf Reisen immer etwas schief ging, und er wollte dabei nicht allein sein. Und so saß Jonas am Tag der New Yorker Terroranschläge mit Shimon im Central Park und spielte Schach. Im Chaos der Ereignisse der nächsten Stunden verloren sie sich mehrmals aus den Augen, trafen sich durch Zufälle wieder, um sich erneut zu verlieren, bis sie sich plötzlich an derselben Versorgungsstation wiederfanden, Wasser an Passanten verteilten und kleinere Wunden verbanden.

Dann sahen sie sich eine längere Zeit nicht, denn nachdem Jonas dieselbe Kleidung von zu Hause geholt hatte, die er schon beim ersten Mal dabeigehabt hatte, flog er nach Rom und sperrte sich abermals für zwei Jahre in der Wohnung ein.

Das darf nicht wahr sein, dachte er. Jetzt bin ich wieder hier.

Niemand wusste, wo er war, und er kommunizierte mit niemandem. Die Gesichter der Pizzalieferanten hatten sich verändert, die Geräusche im Haus nicht wesentlich. Der rachitische alte Mann war gestorben, nun hustete in seiner Wohnung eine Frau, bei der es sich um seine Schwester zu handeln schien. Die Familie unter ihm stritt nicht weniger, die Tochter wohnte noch immer bei den Eltern. Die Frau nebenan pflegte nach wie vor ihren promiskuitiven Lebensstil, der zu Auseinandersetzungen und Gewalt führte.

Die Decke über ihm war eine römische Decke.
Es gab sie schon lange.
Es gab sie viel länger als ihn.
Viele hatten sie gesehen.
Viele würden sie sehen.
Ihnen allen war sie egal.
Weil sie nur eine Decke war.
Er war jetzt hier und würde noch lange hier sein und würde wiederkommen, wieder und wieder.

Ihm war die Decke nicht egal.

Er war der Decke egal und würde ihr morgen egal sein, und in zehn Jahren würde er ihr egal sein, und wenn er tot war, würde er ihr egal sein, er würde ihr egal sein.

Nach Ablauf der zwei Jahre betrat er Salvos Laden, als sei er gerade erst in Rom angekommen. Er aß und trank und hörte sich Geschichten an, und nachts telefonierte er mit Tanaka.
»Ich wusste, wo Sie sind.«
»Haben Sie mir nachspioniert?« fragte Jonas.
»Das würde ich mir nie erlauben.«
»Woher wussten Sie dann, wo ich bin?«
»Ich kenne Sie inzwischen ein wenig.«
»Das könnte stimmen.«
»Mittlerweile sind Sie Besitzer der Insel Moi im Indischen Ozean. Ihnen gehört auch eine nagelneue Viermastbark, die Sie jedoch achtzig Seemeilen entfernt auf einer anderen Insel vorfinden werden, weil man sie nicht einfach so herumschwimmen lassen kann und sie Aufsicht und Pflege benötigt.«
»Tanaka-san, Sie sind einmalig! Und der Waggon?«
»Steht, wo er stehen soll. Ich schicke Ihnen eine E-Mail.«
Jonas blieb noch drei Tage in Rom, fuhr dann nach Hause, verstaute seine Kleidung im Schrank und holte sich neue. Er flog nach Oslo, deponierte wie üblich einige Devotionalien in seinem Museum, tags darauf besuchte er mit Tic das Baumhaus. Es galt einige Reparaturen in Auftrag zu geben, was sie zu erledigen versprach, obwohl das Geschäft gut lief und sie schon mehrere Baumhäuser in halb Europa zu betreuen hatte. Er übernachtete eine Woche bei ihr und fuhr danach mit dem Zug nach Hossegor, wo er gleich am ersten Tag mit Anouk eine Zehnmeterwelle erwischte.

Plötzlich war da etwas an ihr, das er nie zuvor bemerkt hatte. Er entdeckte es auf der Welle. Anouk war etwa zwanzig Meter von ihm entfernt, sie stand in ihrem leuchtend roten Neoprenanzug auf dem gelben Brett, und mit einem Mal strahlte sie eine unerreichbare Größe aus.

Werner war ein Genie gewesen, Anouk hatte recht gehabt, und Werner hatte recht gehabt, Anouk war einzigartig.

Er sah die Angst in ihrem Gesicht und wunderte sich, ehe er erkannte, dass sie sich nicht um sich selbst sorgte. Im nächsten Moment geriet er unter die Walze der gigantischen Welle. Er wurde ganz nach unten gespült, in die totale Dunkelheit, wo ihn der Sog der Strömung unentrinnbar festhielt und seine Ohren zu explodieren schienen. Seine Lungen brannten, er wusste, er würde jeden Moment nach Luft schnappen, und dann wäre es vorbei.

Er hatte einen Fehler gemacht. Oder mehrere. Keine Auftriebsweste zu verwenden war mit Sicherheit einer gewesen.

Er merkte, wie sich sein Organismus Zentimeter für Zentimeter, Organ für Organ abzuschalten begann. Aus irgendeinem Grund hatte genau dies für ihn die Erkenntnis zur Folge, in eine Art metaphysische Falle getappt zu sein. Er war hier, er, den Jonas so verabscheute, und was immer auf der Welt geschah, er durfte Jonas nicht kriegen. Und er würde ihn auch nicht kriegen, weder heute noch an einem anderen Tag, das stand fest.

Er lächelte, tief unten im Bauch der Welle.

Irgendwie wurde es wieder hell. Er hatte nur eine Sekunde über Wasser, dann zog ihn die Welle erneut nach unten, doch diese eine Sekunde nützte er, er holte genug Luft, um die eineinhalb oder zwei Minuten, die sie ihn behielt, ehe sie ihn endlich ausspie, zu überleben. Dass sie ihn dabei über das Riff zog und ihm Korallen und Felsen die Beine zerschnitten, merkte er nicht einmal.

Mittlerweile hielt Anouk auf einem Jetski zwischen den Bojen nach ihm Ausschau. Als sie Jonas an der Oberfläche des Weißwassers treiben sah, raste sie trotz der heranbrausenden Wellen auf ihn zu, ein roter Blitz, an den sich Jonas klammerte und der ihn aus der Gefahrenzone beförderte. Rund um ihn donnerte das Wasser, sprühte die Gischt, und Jonas lachte hysterisch.

»Ich dachte nicht, dass du es noch schaffst«, sagte Anouk am Strand.

Er sagte nichts. Aber das, was er vorhin an ihr erkannt hatte, war mit einem Schlag verschwunden.

»Geh jetzt nicht raus«, sagte er. »Versprich mir das.«

Sie schüttelte den Kopf. »Darauf habe ich heute wirklich keine Lust mehr.«

An der Erste-Hilfe-Station ließ er sich notdürftig zusammenflicken. Als er zur Strandbar zurückkehrte, wollten die anderen Surfer Einzelheiten von seinem Ritt wissen, vor allem jedoch erzählt bekommen, wie er gewaschen worden war. Eine halbe Stunde fertigte er sie mit Floskeln und Halbsätzen ab, dann kam die Nachricht von einem weiteren Unfall, der allerdings kein glückliches Ende fand. Der junge Kanadier, den die Welle abgeworfen hatte, wurde tot aus dem Wasser gezogen.

Ein paar Tage später, als die Schnittwunden an seinen Beinen nicht mehr bei jeder Bewegung brannten, unternahm Jonas einen langen Spaziergang.

Bei Einbruch der Dämmerung gelangte er an die äußerste Spitze einer Landzunge, der eine offenbar unbewohnte kleine Insel gegenüberlag, etwa vierzig oder fünfzig Meter entfernt. Dort schien jemand ein großes graues Schwimmbecken vergessen zu haben.

Jonas beobachtete es lange, er beobachtete es, bis die Nacht hereingebrochen war und darüber hinaus. Er stand die ganze Nacht an derselben Stelle, hörte das Meer anbranden und wartete auf den Tag.

Im Morgengrauen war das Schwimmbecken verschwunden. Jonas wanderte zurück zu Anouks Strandhaus und machte Frühstück, ohne sie zu wecken.

Moi hieß die Insel, die Tanaka für ihn gefunden hatte, sie lag mitten im Indischen Ozean, und für die kleine Motorjacht, mit der er hinfuhr, brauchte man einen Bootsführerschein, den er nicht hatte. Tanaka hatte ihm jedoch versichert, es würde keine Schwierigkeiten geben, er sollte bloß Kurs halten und sich vor Stürmen hüten.

Es war alles vorbereitet. Auf der ganzen Insel gab es nur ein Haus, das allerdings recht geräumig war und in dem jemand noch wenige Tage zuvor den Kühlschrank gefüllt hatte. Jonas war dankbar, dass Tanaka weder die Stromgeneratoren noch die Jetskis vergessen hatte.

Er unternahm einen Rundgang. Neben dem Haus war zwischen zwei Palmen eine Hängematte gespannt, dahinter gab es eine Grillstelle, ein kleiner Schuppen enthielt verschiedene Gerätschaften, und in etwa hundert Meter Entfernung sah Jonas einen kleinen Wasserfall vor einem Felsen. Die Luft flirrte vor Hitze, und am Horizont zogen Gewitterwolken auf.

Er nahm sich ein kaltes Bier und warf sich auf das frisch überzogene Doppelbett, das nach einem fremden Waschmittel roch. Er schloss die Augen, lauschte der Meeresbrandung, nickte kurz ein. Irgendwann schrak er hoch, weil ihn die Vision einer riesigen Welle heimgesucht hatte, und trank die Dose leer. Er setzte sich vor dem Haus unter einer Palme in den Sand und wusste, er brauchte Musik. Hier, an diesem Ort, wollte er Musik hören, so laut, wie es nur ging.

Er blieb ein paar Tage, während derer er sich einen Sonnenbrand holte, schwamm, tauchte, mit dem Jetski umherfuhr, selbstgefangenen Fisch grillte, jeden Morgen einen

Dauerlauf um die ganze Insel unternahm. Er war fast glücklich.

Die Wochen darauf, ehe er für die Sonnenfinsternis nach Südamerika abreiste, wo er sich am Rio Santos für eine Woche eine Villa gemietet hatte, verbrachte er zur Freude Zachs in seinem alten Zuhause. Jeden Tag lief er die acht Kilometer zu dem alten Bahnhof, wo der Güterwaggon einsam in der Sonne stand, wie er früher einsam in Neuseeland gestanden war.

Stundenlang saß Jonas auf einer von Kindern bekritzelten Bank, auf der vor Jahrzehnten Fahrgäste auf ihre Bummelzüge gewartet haben mochten, roch den Geruch des Stahls, den die heißen Schienen verströmten, hörte die Grillen in den Gräsern, die die Gleise überwucherten, und betrachtete den Waggon. Manchmal ging er hin und berührte ihn.

Damals warst du da.

Jetzt bist du hier.

Es macht keinen Unterschied.

Macht es keinen Unterschied?

47

Ohne das Kuvert unter seinem Kissen hätte er vermutlich genauso gut geschlafen wie in der Nacht zuvor.

Es zu öffnen war ihm unmöglich. Jedenfalls, bevor er nicht vom Berg zurück war, denn er bezweifelte, ob er sonst noch die Kraft haben würde loszugehen.

Er lag da und grübelte. Was um alles in der Welt mochte sie ihm nur geschrieben haben?

Zwischen Hoffnung und Resignation schwankend, schlief er irgendwann doch ein. Er träumte einen idiotischen Traum, in dem er bei einem Fußballspiel gegen Argentinien mit seinem Penis ein Tor schoss. Danach tauchten Werner und Mike auf, Wellen kamen vor, schließlich war Marie da, und natürlich waren sie zusammen.

»Du hast geschrien«, sagte Marc, der ihn rüttelte.

Jonas setzte sich auf und versuchte zu ergründen, wo er war.

»Bist du bereit?«

Und wie. Und wie bereit ich bin.

Jonas zog sich an, schob den Brief ungeöffnet in eine Tasche seines Daunenanoraks, wo er ihn jederzeit erreichen konnte, und nahm seinen Rucksack auf. In der Eiseskälte vor dem Zelt wartete Marc mit seiner Stirnlampe und grinste ihn an.

»Haben Sie noch etwas zu sagen?«

Er überlegte, ob er noch etwas zu sagen hatte, bis sie den Eisbruch erreichten und die Steigeisen anschnallten. Als seine Zwölfzacker in den Gletscher bissen, hatte er nichts mehr zu sagen.

Er war unterwegs zum Gipfel des Mount Everest.

48

Und dann traf er sie.

Jene Sonnenfinsternis und sein wahnwitziger Sprung von der steinernen Plattform in das Wasser tief unter ihm führte sie zusammen, und er konnte monatelang nicht glauben, dass so etwas möglich war, dass es so intensive Gefühle gab, dass man morgens nicht wusste, ob der Muskelkater vom Lachen oder von der Liebe kam.

Ihr erzählte er alles. Sie war der erste Mensch, der die ganze Geschichte hörte, vom Anfang bis zum Ende.

Während er sein Leben vor ihr ausbreitete, dachte er daran, dass die Geschichten, die man erzählte, einem nicht mehr gehörten, doch es war ihm recht. Mit ihr teilte er alles. Seine Mutter, sein Vater, Mike, Werner, Picco, die ganze Welt. So wie sie alles mit ihm teilte, von ihrem Vater erzählte, der Unternehmer war, von der verträumten Mutter, die heimlich Gedichte geschrieben hatte, von dem Lehrer, der sie missbraucht hatte und dann an Krebs gestorben war, davon, wie sie sich selbst Gitarre und Schlagzeug beigebracht hatte, von ihrer Großmutter, die sie sehr geliebt hatte, von ihren Verstecken als Kind, von ihrer Geheimsprache. Oft kamen sie tagelang nicht aus dem Bett, sie redeten und hatten Sex und redeten und hatten Sex und redeten und redeten und redeten, bis Marie zusammenklappte und sie realisierten, dass der Pizzamann das letzte Mal vor drei Tagen vorbeigekommen war.

Es traf etwas ein, was er gehofft, aber nicht recht erwartet hatte: Sie verstand ihn.

»Na klar«, sagte sie. »Das meiste von dem, was du getan hast, kann ich durchaus verstehen. Eines bleibt allerdings offen.«

»Da bin ich gespannt.«
»Hast du je etwas Böses getan?«
»Reicht dir das mit dem Postboten nicht?«
»Das war nicht böse.«
»Was denn sonst?«
»Das war richtig.«
»Ist das dein Ernst?«
»Mit so was macht man keine Witze. Falls du deswegen ein schlechtes Gewissen hast – vergiss es. Aber da war noch etwas anderes, ich sehe es doch. Erzähl es mir.«
»Auf dein eigenes Risiko.«
»Na klar. Los!«
»Später«, sagte er. »Nicht hier.«

Eingezwängt zwischen amerikanischen Touristen und römischen Journalisten, saßen sie bei Salvo, der ihnen gerade erst eine neue Flasche gebracht hatte. Zahlen durften sie nicht, er schlug ihnen spielerisch mit der Stoffserviette, die er immer auf der Schulter liegen hatte, über den Rücken und sagte, sie sollten verschwinden und schnell Babys machen gehen.

»So habe ich ihn noch nie gesehen«, raunte Salvo Marie an der Tür zu.

Jonas zog sie auf die Straße. »Nehmen wir ein Taxi oder laufen wir?«

»Wieso übernachten wir eigentlich im Hotel, wenn du hier eine Wohnung hast?«

Es dauerte einige Sekunden, bis er die Frage begriff. Sie wusste, was ihm diese Wohnung bedeutete, sie wusste, dass er immer allein dort gewesen war und dass er nicht im Traum daran gedacht hatte, jemals einen anderen Menschen in das einzulassen, was er sich dort geschaffen hatte und für das es keine passenden Worte gab.

»Einverstanden«, sagte er.

»Freut mich«, sagte sie.

»Dorthin können wir zu Fuß. Oder wollen wir vorher unsere Sachen aus dem Hotel holen?«

»Was brauchen wir davon schon?« fragte sie und drückte sich an ihn.

Er wusste nicht, was ihn in diesem Moment mehr überraschte: Wie sehr es ihn freute, dass sie die Wohnung sehen wollte, oder wie sehr er sich plötzlich danach sehnte, sie ihr zu zeigen. Er lachte auf. Er war ein Esel. Ein glücksbesoffener Esel.

»Hör auf zu lachen und erzähl mir lieber endlich, was du Böses getan hast.«

»Hier? Jetzt?«

Sie überquerten gerade die Tiberbrücke, die zur Engelsburg führt. Junge Skandinavier wankten grölend vorbei, Japaner schossen Fotos, die Illegalen hatten ihre gefälschten Markenhandtaschen vor sich auf ihren Decken ausgebreitet, bereit, diese jederzeit zusammenzuraffen und zu verschwinden.

»Du hast recht«, sagte sie. »In der Wohnung.«

Nichts hatte sich verändert. Es gab keinen Wasserschaden, das Handtuch im Badezimmer hing unberührt auf dem Halter, in der Korktafel im Vorzimmer steckte der Stadtplan von Rom, den er Tausende von Malen angestarrt hatte, immer überrascht, wie nah all diese Straßen und Plätze waren und wie einfach es wäre, einen guten Freund zu treffen, der um die Ecke in seinem Laden saß.

Auf dem Küchentisch lag noch die Abschiedsnotiz, die er sich selbst hinterlassen hatte. Allerdings war er davon ausgegangen, sie erst in einigen Jahren wieder zu Gesicht zu bekommen.

»Hallo Jonas, dein Jonas«, las Marie und nickte.

»Was denkst du?«

»Dass wir aus der Flasche trinken. Die Gläser sind staubig.«

Sie unternahm einen ausgedehnten Rundgang. Bisweilen betrachtete sie einen Gegenstand einige Zeit, lächelte oder warf Jonas einen Blick zu, den er nicht immer deuten konnte. Es war aufwühlend, ihre Miene zu beobachten, hier, wo er in jenen insgesamt vier Jahren so vieles erlebt oder eben nicht erlebt, auf alle Fälle jedoch gedacht hatte, gedacht und wieder gedacht.

Sie setzte sich mit Salvos Flasche an den schmalen Küchentisch mit dem altmodischen karierten Tischtuch und trank einen Schluck.

»Also?«

»Was also?«

»Stehst du rum, oder setzt du dich zu mir und erzählst mir die böse Geschichte?«

Er setzte sich und streckte den Arm aus.

»Erst einen Schluck.«

Während er trank, befielen ihn Zweifel, ob es wirklich klug war, es ihr zu erzählen. Selbst Tanaka war damals ein wenig irritiert gewesen, obwohl er wie üblich alle Schwierigkeiten aus der Welt geschafft hatte. Doch wenn sie war, wofür er sie hielt, würde sie ihm deswegen auch nicht davonlaufen.

»Ich war in der Türkei unterwegs, in Anatolien, ich weiß nicht einmal genau wo. Sieben oder acht Jahre muss das jetzt hersein. An der einzigen Tankstelle weit und breit spricht mich ein ziemlich schmieriger Kerl an, ob ich Lust auf eine ganz neue Erfahrung hätte.«

»Klingt nach Sex mit Kindern.«

»Bei uns im Ort gab es so jemanden, aber der hat irgendwann Besuch von meinem Sportlehrer bekommen.«

»Diesen Zach möchte ich so unbedingt kennenlernen. Ich glaube, den mag ich.«

»Jedenfalls knöpft mir der Bursche fünfhundert Dollar ab und bringt mich mit einem Geländewagen aus der Zwischenkriegszeit über Stock und Stein in ein menschenleeres Tal, wo wir aussteigen. Nichts als Geröll und Felsen da, aber landschaftlich sehr schön, so schön, dass ich allein dafür bezahlt hätte, wenn auch nicht gleich fünfhundert Dollar.

Nach einer Weile merke ich, dass etwas nicht stimmt. Der Boden sieht seltsam aus. Hier und da bräunlich gefärbt. Dann entdecke ich Knochenteile, dann Fleischfetzen, bis ich realisiere, dass ich umgeben von etwas bin, was die Anwesenheit der Geier über mir erklärt.«

Er nahm einen Schluck aus der Flasche.

»Ich weiß nicht, ob ich weiter ...«

»Auf der Stelle! Ich will das jetzt wissen!«

»In dem Moment ruft der Kerl, den ich einige Zeit nicht beachtet habe, mir zu: ›Mister, Mister!‹ Ich schaue auf und sehe dreißig Meter vor mir eine Ziege. Der Kerl steht zehn Meter neben mir, also zu weit entfernt, um einzugreifen. Auf der Schulter hat er eine Panzerfaust. In der nächsten Sekunde kracht es, und die Ziege wird zerfetzt.«

Marie verzog das Gesicht, als müsse sie sich gleich übergeben.

»Tut mir leid. Wenigstens brauche ich nicht mehr weiter zu ...«

»Los! Weiter! Was war dann?«

»Willst du es wirklich hören?«

»Von dir will ich alles hören. Alles.«

Jonas behielt die Flasche in der Hand. Er überlegte, wie er den schwierigeren Teil der Geschichte einleiten sollte.

»Du weißt, ich mag Tiere. Anders als früher esse ich sie

manchmal, wenn ich genau weiß, woher das Fleisch stammt. Zu Wild zum Beispiel, zu gewissen Zeiten im Jahr, lasse ich mich überreden. Aber es wird immer ein heikles Thema bleiben. Ich glaube, in ein paar hundert Jahren wird man die Tatsache, dass wir Tiere gegessen haben, auf eine Stufe mit der Sklaverei stellen. Nicht zuletzt wegen der Art und Weise, wie wir sie gehalten haben und was wir ihnen dabei angetan haben.«

»Kann alles sein, aber was war in dem Tal?«

»Nachdem der Mann die Ziege getötet hatte?« fragte er. »Da geht einem manches durch den Kopf. Vor allem, wenn einem dieser Unmensch eine zweite Panzerfaust bringt und gleich an einem Seil die nächste Ziege herbeizerrt, die natürlich vollkommen panisch ist. Und wenn man sieht, dass da, wo die Ziege herkommt, noch Dutzende andere Tiere hinter einem Zaun wild schreiend durcheinanderlaufen, darunter ein dürres Pferd, mehrere Hühner, ein paar Wasserschweine und ein abgemagerter Ochse. Was hättest du gemacht?«

»Ich hätte dem Mann links und rechts eine runtergehauen.«

Er sah sie von der Seite an.

»Tja, das ... das habe ich nicht gemacht.«

»Na los, was hast du stattdessen gemacht? Was ist passiert?«

Er sagte es ihr.

Sie blieb still. Fünf Minuten, zehn Minuten. Scheiße, dachte er.

Dann nickte sie. Sie stand auf, fasste ihn an der Hand, führte ihn nach nebenan und dirigierte ihn zum Bett.

Binnen zehn Sekunden war sie nackt. Als er noch immer untätig dastand, knöpfte sie seine Hose auf, zog sie nach unten und stieß ihn auf die Matratze.

Eigentlich hatte Marie keine besondere Vorliebe für diese Position, doch diesmal saß sie die meiste Zeit auf ihm. Er suchte ihren Blick, er umfasste ihre Schenkel, er betrachtete ihre schaukelnden Brüste, und wenn sie sich aufbäumte, sah er hoch zur Decke und erinnerte sich an all die Male, die er hier gelegen und dasselbe gedacht hatte.

Die Decke über ihnen war eine römische Decke.

Es gab sie schon lange.

Es gab sie viel länger als sie beide.

Viele hatten sie gesehen.

Viele würden sie sehen.

Ihnen allen war sie egal.

Weil sie nur eine Decke war.

Sie beide waren jetzt hier und würden ewig hier sein.

Im Augenblick war ihnen die römische Decke ziemlich egal.

Er drehte Marie auf den Rücken und stieß immer heftiger in sie. Er küsste ihren Hals, er achtete darauf, dass sie freie Sicht nach oben hatte. An ihren Kontraktionen spürte er, wie sie sich ihrem Höhepunkt näherte, und bewegte sich schneller.

So etwas wie uns hat die Decke noch nie gesehen, dachte er, als er kam, fast zugleich mit Marie, in einem Ausbruch, der in ihm widerhallte, lauter als das Krachen einer Panzerfaust auf der eigenen Schulter, lauter als alles, was er je gehört hatte.

Später lagen sie umschlungen nebeneinander und blickten nach oben, bis Marie aufsprang und nicht mehr zurückkehrte. In plötzlicher Furcht, dieser Akt sei ihre Art gewesen, Abschied zu nehmen, ging er in die Küche, wo er sie am Tisch vorfand, über ein Notizbuch gebeugt.

»Gib mir eine Stunde«, bat sie. »Geh runter in die Kneipe

und nimm einen Schluck. Und dann komm mit einer neuen Flasche hoch. Die hier wird leer über den Boden rollen, wenn du zurück bist.«

Marie erwähnte den Ziegenmörder kein einziges Mal mehr, aber ihre seltenen Anspielungen machten Jonas deutlich, dass sie zwar das Leben eines Menschen über das eines Tiers stellte, in diesem einen Fall jedoch ein gewisses Verständnis für seine Handlung aufbrachte. Auf ihrer nächsten CD erschien ein Song, in dem es um eine alte Wohnung in Rom ging, um zwei Menschen, die darin wohnten und einander alles erzählten, darunter auch grausame Geschichten.

Jonas hätte ihre Musik auch gemocht, wenn er Marie nicht gekannt hätte, doch ihr Beruf nahm ihnen auch Zeit weg, Zeit, die er mit ihr verbringen wollte, und wenn sie sich wochenlang mit ihrer Gitarre und ihrer Geige zurückzog, fühlte er sich zuweilen ein wenig verloren. Er war ihre Gegenwart inzwischen so gewöhnt, dass er ohne sie immerzu das Gefühl hatte, irgendetwas stimme nicht.

Während er in Brasilien, Algerien, Griechenland und Mexiko seinen Namenszug in winziger Größe auf entlegenen öffentlichen Plakatwänden hinterließ, schrieb sie nicht mehr als ein einziges Stück, und als er in der Woche darauf die gleiche Tour noch einmal unternahm, um seine Schriftzüge zu betrachten, die sieben Tage dem Regen ausgesetzt waren, die von der Sonne beschienen wurden und an denen Leute vorbeigekommen waren, ohne dass er es mitverfolgt hatte, da bat sie ihn am Telefon, eine Woche länger fortzubleiben, der Song sei noch nicht perfekt. Und so tröstend der Gedanke daran war, dass es sie nun gab in seinem Leben, so unvollkommen fühlte er sich mitunter, wenn er in irgendeinem Hotel allein zur Decke starrte. Daran änderte auch sein Verständnis für ihre Arbeit nichts. Am liebsten hätte er sie mit sich herumgetragen, jedenfalls in diesen ersten Monaten.

In Tokio richteten sie sich seine Wohnung gemeinsam neu ein, dies wurde ihre Basis und ihr Zuhause. Von hier flogen sie in die Welt, eine Frau, die Musik lebte, die Musik dachte, die in allem, was sie sah, Musik erkannte, ob es Äpfel waren oder Motorboote oder Farben, und neben ihr ein Geist, ein Geist auf einer undurchsichtigen Mission.

In Oslo zeigte er ihr das Museum. Sie nannte es das wunderbarste, zauberhafteste, verrückteste und melancholischste Abbild der Zeit, in der sie lebte, das ihr je untergekommen war, und sie bat ihn, es für einen Song verwenden zu dürfen.

»Als hätte ich das nicht gewusst.«

»Was meinst du?«

»Dass du darüber singen willst. Du willst immer alles ausdrücken. Bei mir ist es umgekehrt.«

»Also, so einfach ist es auch wieder nicht, Jonas.«

Der Song hieß schließlich »Weltmaschine«, und sie nahm ihn gemeinsam mit einem berühmten Operntenor auf, den Jonas bei einer Sonnenfinsternis kennenlernte. Auch ihm sollte Jonas nach Maries Wunsch das Museum zeigen, doch Jonas sagte nein. Sie. Nur sie.

Drei Wochen lang wohnten sie im Baumhaus, wo er einen schweren Fieberschub erlitt und drei Tage im Schlafzimmer vor sich hin vegetierte, während Marie in der Küche auf einem Gaskocher Tee braute oder mit einem Buch neben ihm lag, wenn ihr nicht gerade die Idee für einen Song kam, die sie mit ihrem Notizbuch in ein anderes Stockwerk wandern ließ, worauf er dann irgendwo über oder unter sich stundenlang ihren Sprechgesang hörte, den Gesang und den ständig leicht variierenden Rhythmus, den sie auf den Tisch klopfte.

Sie machten eine Reise in die Antarktis, sie streiften durch

St. Petersburg, Madrid, Santiago, Bangkok, Zürich, aber auch durch namenlose Orte im Nirgendwo, in Europa, in Asien, in Amerika. Sie erlebten Sonnenfinsternisse von solcher Intensität, dass sie danach stundenlang kein Wort sprachen. Sie frühstückten auf den Dächern von Wolkenkratzern, wo ihnen der Wind Salz und Zucker in die Haare fegte, sie schliefen in Jurten, wo es bestialisch nach Jauche stank, sie fuhren in den Alpen Ski, verirrten sich im Regenwald, schauten in Motels Vorabendserien an.

Viel Zeit verbrachten sie in Havanna, weil Marie die karibische Musik kennenlernen wollte, die sie seit ihrer Kindheit angezogen hatte, und wenn sie mit zahnlosen Straßenmusikanten über ihre Traditionen fachsimpelte, saß er daneben in der Sonne, trank Mojitos, rauchte eine Zigarre nach der anderen und kniff die Augen zusammen vor Vergnügen.

Am Grand Canyon waren sie dreimal. Er schaute, auf dem Bauch in der Sonne liegend, in die gewaltige Tiefe vor sich, glücklich und verwirrt, während Marie neben ihm das Lied über eine Frau schrieb, die vor Jahrhunderten den Berg hochgejagt und getötet worden war und von der sich schließlich herausstellte, dass diese Frau Marie selbst gewesen war, in einem anderen Leben.

Er lernte auch Maries Welt kennen. Nicht nur die Konzerte, die Touren, die diensteifrigen Veranstalter und die Wichtigtuer, denen sie Interviews geben musste und die sie alle ins Bett kriegen wollten. Sie fuhren zu ihr nach Hause nach England, sie stellte ihm ihre Mutter vor, er durfte die Kinder ihrer Schwester zur Schule bringen, sie zeigte ihm ihre erste Gitarre, auf die er seinen Namen schreiben musste, und alle Orte ihrer Heimatstadt, mit denen sie etwas verband.

Und dann, eines Nachmittags, knapp ein Jahr nach seinem Sprung in den Rio Santos, bat sie ihn, ganz ehrlich zu ihr zu sein.

»Ich bin doch immer ganz ehrlich zu dir.«

»Ich weiß schon. Ich meine es anders. Heute darfst du nichts tun, was du nicht hundertprozentig willst.«

»Ich habe seit meiner Kindheit noch nie etwas getan, das ich nicht hundertprozentig wollte.«

»Das glaubst auch nur du, mein Herz.«

Sie verband ihm während der Taxifahrt nicht die Augen, doch ihm wäre das sogar recht gewesen. Er hatte keine Ahnung, was ihm bevorstand, wollte es aber auch nicht zu früh erfahren.

Als der Wagen hielt, zahlte er mit gesenktem Blick. Beim Aussteigen machte er die Augen zu, worauf er um ein Haar von einem Bus überfahren worden wäre, hätte Marie ihn nicht zurückgerissen. Wie üblich kommentierte sie den Zwischenfall mit keinem Wort.

Das Motorengeräusch des Taxis verklang in der Ferne, und Jonas fand sich in einer menschenleeren Straße wieder, in der nicht einmal Autos parkten. Die zwei Häuser gegenüber wirkten verlassen, im Graben lag das Wrack eines uralten Rasenmähers, und der Wind trug die Gerüche einer Müllkippe heran.

»Wie romantisch«, sagte er gedehnt.

»Wohin ich mit dir will, ist da vorne um die Ecke, aber ich muss dich vorher etwas fragen.«

»Na da bin ich ja gespannt.«

Sie schob den Ärmel ihres T-Shirts hoch.

»Gefällt dir dieses Tattoo?«

»Es gefällt mir sogar sehr«, sagte er mit brüchiger Stimme, denn nun hatte er verstanden.

Es fiel ihm schwer, ruhig stehenzubleiben. Er bemühte sich nach Kräften, die Situation in seine innere Galerie ewiger Augenblicke aufzunehmen. Er betrachtete das Tattoo, sah ihr in die Augen, strich ihr mit zitternden Fingern ungeschickt über die Schulter und über den Arm, fuhr ihr durchs Haar wie ein Kobold.

»Weißt du, was es bedeutet?«

Er nickte.

»Du weißt, was es für mich bedeutet? Du erinnerst dich?«

Wieder nickte er.

»Möchtest du das gleiche haben?«

Er nickte.

»Jetzt sofort?«

Er sagte kein Wort. Er zog sie an sich.

Von jenem Tag an waren sie für ihn verheiratet. Wenn sein Blick unter der Dusche oder beim Sport auf seinen Oberarm fiel, sah er ihr Zeichen, eingestochen in seinen Körper. Er gehörte ihr, und er wollte ihr gehören. Sie gehörte ihm, denn sie wollte ihm gehören. Mochten manche darüber lächeln, es kitschig finden oder gar albern, für sie beide war das Zeichen wertvoller als jeder Ring, denn es hatte viele Jahre auf ihn gewartet.

Im Übrigen herrschte zwischen ihnen niemals Zwang, zumindest meinte Jonas damals noch, sie zu nichts zu zwingen, sie nicht zu etwas zu drängen, was nicht ihrem Willen entsprach. Es war, was er sich gewünscht hatte, doch es war noch viel mehr, es war so komplex und so unergründlich, dass in Wahrheit alles passieren konnte, doch das verstand er damals nicht.

Oft lag er neben ihr, wenn sie schlief, und fragte sich, was sie wohl in jenen Momenten getan hatte, als er sie sich ausgemalt hatte, früher, lange ehe sie sich kannten. Hatte sie an ihn gedacht? Hatte sie getanzt, gesungen, geschrieben? War sie in einem Bett gelegen wie jetzt gerade, neben einem anderen? Sie hatte vor ihm so einige Männer gehabt, was ihn jedoch keineswegs belastete. In jedem Leben gab es ein Davor und ein Jetzt.

Direkt im Anschluss an diese nebligen, glücklichen Tage in ihrem Heimatort zeigte er ihr Mavericks, jene berüchtigte Welle südlich von San Francisco, von der die wagemutigsten und besten Big-Wave-Surfer der Welt angezogen wurden, mit denen Jonas auch mit dem aufwendigsten Training niemals hätte mithalten können. Er fuhr mit dem Jetski so nahe ran, wie es ihm vertretbar erschien, und ließ Marie die unglaubliche Energie dieser wunderschönen Walze beobachten.

Von den Haien erzählte er ihr lieber nichts.

»Du willst da jetzt doch nicht etwa rausgehen«, sagte Marie zu ihm, als er nach dem Frühstück wieder in seinen Neoprenanzug schlüpfte.

»Was denn sonst?«

»Weil du so etwas nicht machen kannst, wenn ich dabei bin.«

»Siehst du den langen Kerl da drüben? Das ist Kim. Kim ist mein Partner hier, ich stelle euch gleich vor. Wenn ich stürze, fischt er mich raus. Später tauschen wir, er surft, und ich ziehe ihn mit dem Jetski auf die Welle.«

Er stieg in seine Stiefel und setzte die Mütze auf.

»Warum schaust du so? Hier surfen wir alle angezogen, wir sind leider nicht in Hawaii. Ich finde das ja auch nicht gut, weil mir das Gefühl in den Füßen fehlt. Aber anders geht es eben nicht.«

Erst als sie sich abwandte, bemerkte er, dass etwas nicht stimmte.

»Hey! Was ist denn los?«

»Du hast mich nicht verstanden.«

»Was habe ich nicht verstanden?«

Sie konnte kaum sprechen, ihre Stimme setzte immer wieder aus, und sie schluckte unentwegt.

»Wenn ich nicht dabei bin, mach, was du willst. Aber in

meiner Gegenwart bringst du dich sicher nicht um. Bitte. Ich ertrage das nicht, ich kann da nicht zusehen.«

Jonas schämte sich. In seiner Sehnsucht nach dem Meer war ihm Maries Besorgnis gar nicht aufgefallen, er hatte nur sein Vergnügen vor Augen gehabt und sich nicht mehr darum gekümmert, wie diese Welle auf jemanden wirken musste, der das erste Mal hier war.

Er zog sich um, warf die ganze Ausrüstung in den Leihwagen und alberte auf dem Rückweg in die Stadt so lange herum, bis sie wieder zu lachen anfing.

Überhaupt schätzte Marie keine allzu aufregenden Freizeitbeschäftigungen, auch als Schülerin war sie nur deshalb Turmspringerin geworden, weil sie in den Trainer verliebt war. Niemals hätte sie sich mit dem Fallschirm aus einem Flugzeug gestürzt, sie bekundete keinerlei Interesse an schnellen Autos oder am Drachenfliegen, beim Skilaufen wurde sie von Anfängern und kleinen Kindern überholt, von Sport hielt sie generell nicht viel, ja sie hasste es sogar zu wandern, und als Jonas das begriffen hatte, erschien ihm ihre Bereitschaft, mit ihm stundenlang durch tiefsten Wald zum Baumhaus zu marschieren, noch einmal in neuem Licht.

Marie liebte das Meer. Sie liebte Stille. Sie liebte es, an schönen Orten zu sitzen, einem Geräusch oder einer Melodie nachzuspüren und sich treiben zu lassen. Mehr brauchte sie nicht. Jedenfalls keine jener bewegungsintensiven Unternehmungen, die in seinem Leben eine wichtige Rolle spielten. Gewalt in Filmen irritierte sie, und speziell gegen Messer hatte sie eine so große Abneigung, dass sie Gemüse beim Kochen nur mit der Schere zerteilte.

»Ich habe auch so genug Angst vor dem Tod«, sagte sie im Flugzeug, das sie von San Francisco nach New York brachte, von wo es dann zu ihm nach Hause gehen sollte.

»Wer hat das schon.«

Auf ihren fragenden Blick fügte er hinzu:

»Man kann nicht genug oder zuviel Angst vor dem Tod haben. Ich glaube, das ist falsch gedacht.«

»Ich habe große Angst vor dem Tod«, beharrte sie. »Vor dem Tod der anderen fast noch mehr als vor meinem. Und ich will nicht leiden müssen. Der Tod selbst erschreckt mich weniger. Allerdings ertrage ich die Vorstellung nicht, geliebte Menschen zurücklassen zu müssen.«

»Das verstehe ich gut.«

»Entschuldige.«

»Nein, schon in Ordnung.«

»Hast du denn gar keine Angst vor dem Tod?«

»Angst ist nicht der richtige Begriff. Ich glaube, es geht nicht um den Tod, denn sterben müssen wir alle. Es geht um die Umstände.«

»Du meinst, ob man dahinsiecht oder schnell stirbt?«

»Nein, davon rede ich auch nicht, obwohl mir zum Beispiel der Gedanke an ein Wachkoma wirklich Angst macht. Ich will sagen, es geht vielleicht mehr um die Umstände des Todes, die ihn leichter oder schwerer machen. Ob man dabei von Dunkelheit umgeben ist, oder ob etwas Böses, Fremdes auf den Sterbenden einwirkt. Ob er in den Händen des Guten ist oder ob sich etwas über ihm zusammenbraut. Insofern verstehe ich Menschen, die nach der Letzten Ölung verlangen. Ich denke, sie wollen etwas bannen.«

»Keine Ahnung, was du meinst, du König der Zeitkapsel.«

»Hört sich alles ein wenig idiotisch an, stimmt.«

Sie lachte.

Er betrachtete sie eine Weile von der Seite.

»Was machst du da?« fragte sie lächelnd, ohne von ihrem Buch aufzusehen.

»Dich besiegt er auch nicht«, sagte Jonas.

»Wie bitte, wovon redest du?«

»Ich wollte nur sagen, du lässt dir nichts gefallen, das mag ich.«

Er setzte sich zurecht und schlug einen heiteren Ton an.

»Rate mal, wie hoch die Welle in der Lituya-Bucht war!«

»Ich kenne keine Lituya-Bucht, und ich finde Surfen nicht so faszinierend wie du, mein Schatz.«

»Auf der hätte ich nicht surfen wollen, denn sie war zwischen dreihundert und fünfhundert Meter hoch. Oder vielleicht hätte ich doch ...«

Sie legte ihr Buch weg, umfasste seinen Nacken, zog ihn an sich und küsste ihn.

»So. Geht's wieder? Fünfhundert Meter?«

»Ein Stück vom Berg war in die Bucht gestürzt, wenn ich mich recht erinnere. Die Welle war wirklich so hoch. 1963 oder 1964 ist das gewesen. Einer von denen, die damals auf See waren, hat diesen Monstertsunami sogar überlebt.«

»Du willst mir erzählen, jemand überlebt eine Dreihundertmeterwelle, die über ihn hinwegfegt? Von Physik hast du offenbar gar keine Ahnung.«

»Ich behaupte nicht, sie sei über ihn hinweggefegt. Er hat mit seinem Kutter direkt darauf zugehalten. Ist frontal darauf zugefahren. Die Welle hebt seinen Kahn, hebt ihn und hebt ihn, und auf der anderen Seite geht es abwärts. Solange man noch weit genug draußen ist und die Welle nicht bricht, ist der zweite Teil viel gefährlicher. So funktionieren Wellen.«

»Jonas! Dreihundert Meter?«

»Fünfhundert!«

Sie lachten beide. Dann sahen sie sich eine Komödie im Bordfernsehen an und lachten weiter. Sie lachten den ganzen Flug hindurch, sodass sich die Leute nach ihnen umdrehten.

Zach sah verändert aus. Zuerst dachte Jonas, es seien die Haare, die allmählich grau zu werden begannen, bis er begriff, dass es sein Gesichtsausdruck war. Er umarmte Jonas schon am Bahnhof bei jeder Gelegenheit, packte ihn an den Schultern und schüttelte ihn, er machte Marie Komplimente und ließ immer wieder Bemerkungen über Familienplanung fallen.

»Willst du dich vermehren, Zach? Nur zu. Darf ich Taufpate sein?«

»Erstens handelt es sich nicht um mich. Zweitens werden in diesem Haus keine Kinder getauft, sonst steigt der Alte aus der Gruft und rasselt nachts mit der Kette. Drittens würde ich nur Mädchen kriegen, und dann würde ich deine Freundin fragen, ob sie Patin werden will.«

Als Jonas mit Marie die Burg betrat, wurde ihm erst bewusst, wie lange er nicht mehr dagewesen war. Und auch sonst niemand, was die Spinnweben an der Tür und den Fenstern, ja sogar an Stühlen und Tischbeinen bezeugten.

Bis auf den Staub sah alles aus wie beim letzten Mal. Nur der Schlüssel war damals mit Sicherheit noch nicht auf dem Tisch gelegen.

»Hast du den da hingelegt?« fragte Jonas.

»Wieso sollte ich das?« entgegnete Marie. »Um dich zu foppen?«

»Als ob du das nie tätest.«

»Stimmt, aber in dem Fall nicht. Ich weiß ja, was diese Schlüssel bedeuten. Ich ärgere dich gern, aber sogar ich habe Grenzen. Außerdem wirst du sonst grummelig wie neulich.«

»Wann war ich bitte grummelig?«

»Können wir das bitte lassen? Probier endlich den Schlüssel aus! Los, los, mach schon!«

Es war der Schlüssel zur roten Tür. Die allerwichtigste Tür. Die Tür aller Türen.

Jonas hielt einen Moment inne. Er dachte daran, wie er vor etlichen Jahren hier mit Werner gestanden war, und hatte sofort den Geruch jener Zeit in der Nase, den Duft des anbrechenden Frühjahrs, der aufblühenden Bäume und Sträucher.

Ob Werner gerade in der Nähe war? Oder Picco?

»Bleiben wir hier stehen?« flüsterte Marie. »Oder willst du auch mal reingehen?«

»Kannst du vielleicht meine Hand nehmen?« bat Jonas, als er die Tür aufstieß.

Sie betraten das Zimmer. Er drehte sich einmal um die eigene Achse und sagte nichts.

»Jonas, das ist ein Schlafzimmer. Mit einem Ehebett.«

Er nickte.

»Das muss Zach gewesen sein«, meinte sie. »Es passt zu gut.«

»Er war es garantiert nicht.«

»Woher weißt du das?«

»Weil der sich eher eine Hand abhacken würde, als mich anzulügen.«

»Tja, dann weiß ich auch nicht. Hübsch ist es ja, sehr sogar. Ein wenig aus der Mode gekommen vielleicht. Aber ich mag so was. Muss dringend gelüftet werden.«

Minutenlang stand er da und schaute sich um. Erinnerte sich an die Zeit, als er mit Werner durchs Schlüsselloch gespäht hatte, um einen Blick auf das zu erhaschen, was nun vor ihm lag. All das war schon damals hier gewesen, genau so wie heute. Eine Zeitkapsel, wie Picco gesagt hatte. Leider hatte Werner nichts davon zu Gesicht bekommen.

Eine Erklärung fand Jonas dennoch nicht. Alle Hausbewohner einschließlich Hohenwarter hatten ihm mehrfach geschworen, sie hätten mit den Schlüsseln und der ganzen Burg nicht das Geringste zu tun. Doch irgendwo schien es jemanden zu geben, der alles steuerte. Der über ihn wachte.

»Danke«, sagte Marie.
Er sah sie fragend an. Sie strich ihm über den Oberarm und nickte.

Er war mit Marie in der Burg. Er übernachtete mit ihr in der Burg. Er war mit ihr in der Burg.
»Jonas, ich bin glücklich«, sagte sie am Morgen neben ihm im Bett, als er schlaftrunken den Arm um sie schlang.

Am Tag, ehe sie abreisten, zeigte er ihr die Piste. Sie gehörte dazu. Er hatte Marie alles darüber erzählt, und sie wollte auch diesen Ort sehen.

Sie stiegen neben den Baumstämmen aus, wo immer noch der gleiche dunkle Geruch nach frischem Holz über dem Hügel lag. Nebel hing über den Feldern. Das Gras war nass, weil es bis wenige Minuten zuvor noch geregnet hatte, und der Gesang der Vögel klang beinahe erleichtert. Jonas fiel ein, wie Vera damals ihre Kleidung bei ihrem Sprung in die Pfütze ruiniert hatte, als sie vom Traktor geflüchtet war, und er lächelte.

Wo sie sich wohl herumtrieb? Ob es ihr gutging? Er war ihr dankbar. Er war allen, die auf sie gefolgt waren, heute dankbar.

Er schaute ins Tal, und seine Stimmung sank augenblicklich. Marie neben ihm schwieg ebenfalls. Eine Viertelstunde und noch länger stand sie da und drückte sich an ihn, bis sie ihn sanft am Ohr zog und ihm zuflüsterte:

»Du wirst nicht wieder von hier verschwinden, bevor du das nicht erledigt hast.«

»Keine Ahnung, was du meinst. Was muss ich erledigen?«

Sie stellte sich vor ihn hin, sah ihn fest an, wies mit dem Daumen hinter sich auf die Straße, dann bohrte sie ihm ihren Zeigefinger in die Brust.

»Das.«

»Tut mir leid, bei Activity war ich immer mies.«

»Auf der Herfahrt habe ich gesehen, wo wir hinmüssen. Ich lotse uns an dein Ziel.«

Entschlossen strebte sie dem Auto zu. Er folgte ihr langsam.

»Und wenn ich da gar nicht hinwill?«

»Dann machst du es für mich.«

Ihre Blicke trafen sich, er sah sofort wieder weg.

Mit einem lauten Seufzen setzte er sich ans Steuer. Ihm stand zweifellos etwas Unangenehmes bevor, doch er ahnte noch nicht, was sie im Sinn hatte. Widerwillig lenkte er den Wagen nach ihren Anweisungen über die nassen Straßen, die er ewig zu kennen schien, und versuchte erfolglos, Marie durch Anekdoten und Witze aus dem Konzept zu bringen. Die Zeit verrann, und bald hielten sie vor dem Friedhof.

»O nein«, sagte er, »nicht das!«

»O doch«, sagte sie, »das!«

Er zog den Zündschlüssel ab und drehte Zachs grässlichen Fuchsschwanzanhänger zwischen den Händen, ohne Marie anzusehen. Beide schienen auf etwas zu warten. Er hatte das Gefühl, sich verteidigen zu müssen, und sprach als erster.

»Marie, ich habe ihre Erinnerung. Ich brauche diesen Ort nicht.«

»Ich glaube dir nicht.«

»Du meinst, ich sage die Unwahrheit?«

»Nein, du würdest mich niemals belügen, das weiß ich. Ich glaube, du bist dir nicht darüber im Klaren, was du mit dir herumschleppst. Es wird Zeit, deine Bürde hierzulassen, denn hier gehört sie hin.«

Sie stieg aus, öffnete die Fahrertür und zupfte ihn am Ärmel. Sie zupfte noch mal, wieder und wieder, ein unschuldiges Lächeln im Gesicht, bis er lachen musste und sich schließlich bis zur Friedhofspforte begleiten ließ. Auch danach blieb sie an seiner Seite, und auf seine Bemerkung, er würde den Weg nun schon allein finden, schüttelte sie nur den Kopf.

Und dann stand er vor dem Grab, in dem sie alle lagen. Hier ließ Marie ihn allein, nachdem sie sich vor dem Grabstein bekreuzigt hatte.

»Wenn das Picco gesehen hätte«, rief er ihr nach, im Versuch, mit einem Witz seiner Beklemmung Herr zu werden.

Sie zeigte ihm die Zunge. »Soll er rauskommen und sich beschweren.«

Er blieb, und er blieb lange. Er blieb viel länger, als er gedacht hatte. Es war schwer, und es war viel schwerer, als er es sich hätte träumen lassen, in Tokio oder in Oslo oder in Košice oder in Mailand oder in Madrid oder in Havanna oder in Buenos Aires oder in Jerusalem oder in seinem Baumhaus oder in Rom.

49

Zum vierten Mal erlebte Jonas das Morgengrauen und den Vormittag im Khumbu-Eisbruch, und diesmal fühlte er sich besser als bei allen Aufstiegen zuvor, obwohl es wärmer als vorhergesagt war und er seit einer Stunde jämmerlich schwitzte. Gern hätte er eine Pause gemacht, um überflüssige Kleidung auszuziehen und auf den Rucksack zu packen oder einem vorbeiziehenden Sherpa mitzugeben, doch Marc, der ein hohes Tempo vorlegte, war nicht zum Anhalten bereit.

»Das hier ist der gefährlichste Teil der gesamten Route«, entgegnete er, als Jonas eine Stunde später zum dritten Mal über die Hitze klagte. »Nirgendwo auf dem Berg sind mehr Menschen gestorben als in diesem Eisbruch. Du brauchst zum Umziehen eine Viertelstunde, ich kenne das. Außerdem stimmt hier etwas nicht. Ich will schnell raus.«

»Wie kommst du darauf, dass ich eine Viertelstunde brauche, um eine Jacke und einen Pullover auszuziehen?« schnaufte Jonas hinter ihm. »Und was heißt denn, hier stimmt etwas nicht?«

»Das kann ich dir auch nicht sagen. Irgendetwas stimmt mit diesem Tag nicht. Bin froh, wenn wir in Lager 2 ankommen.«

»Jetzt geht das bei dir auch schon los mit den Ahnungen.«

»Nenn es, wie du willst. Aber ich konnte mich bisher immer ganz gut auf meine innere Stimme verlassen.«

»Ich auch auf meine, und die sagt: Stop! Dehydration! Hitzestau! Kreislaufkollaps!«

»Also gut, da vorne können wir kurz rasten. Du ziehst die Jacke aus, so schnell du kannst, wir trinken so viel Tee, wie wir runterbringen, und dann nichts wie weiter!«

Als sie an die Stelle kamen, wischte sich Jonas den Schweiß von der Stirn und aus dem Gesicht, zog die Daunenjacke aus und wechselte die Handschuhe. Genau das war der Moment, in dem er das Geräusch hörte, ein Knacken, das innerhalb von zwei Sekunden zu einem unheimlichen Getöse anschwoll. Darauf ertönte ein peitschendes Krachen, als seien fünf oder sechs Lastwagen vom Himmel gefallen. Die Luft schien ebenso zu vibrieren wie der Boden, und Jonas sah riesige Eisbrocken auf sie zuspringen wie gigantische weiße Gummibälle.

»Deckung!« schrie Marc hinter ihm.

Deckung, dachte Jonas, es gibt hier keine Deckung. Ich kann nirgendwohin.

Das Bombardement dauerte zwanzig oder dreißig Sekunden, während denen Jonas ruhig dastand und sich einige Male zur Seite drehte, als gäbe er dem Drängen einer Welle nach. Er wartete immer so lange wie möglich, bis er vorhersagen konnte, wohin der nächste Eisklotz unterwegs war, erst dann spannte er alle Muskeln an und sprang. Er hatte keine Ahnung, wo sich Marc befand, er konnte nicht nach hinten schauen, er konnte bloß aufmerksam bleiben und versuchen, den Eisgranaten auszuweichen.

Nachdem ein Brocken von der Größe einer Waschmaschine an Jonas vorbeigerauscht war, kehrte Stille ein. Aber nur kurz.

Jonas erkannte an Marcs Schrei, dass etwas passiert sein musste. Er vergewisserte sich, ob sie nicht gleich von der nächsten Lawine überrascht wurden, und lief zurück zu Marc, der einige Meter nach unten geschleudert worden war.

»Was für ein Glück«, rief er aus, »ich dachte schon, ich muss dich unter diesem Block herauskratzen!«

»Das Mistding hat mich ja auch erwischt«, sagte Marc mit schmerzverzerrtem Gesicht, »hat sich aber nicht zum Bleiben überreden lassen. Da unten ist es mir draufgeknallt! Drecksbiest, elendes!«

Er zeigte auf seinen Unterschenkel. Obwohl die Überhose zerfetzt war, konnte Jonas weder Blut noch andere Spuren einer Verletzung ausmachen.

»Kannst du stehen?« fragte er. »Kannst du weitergehen?«

Marc legte den Kopf zurück und lachte, obwohl er von Sekunde zu Sekunde blasser wurde.

»Was ist denn daran so komisch?«

»Ich muss an Paco denken. Hahahaha, das ist wirklich saukomisch! Jetzt weiß ich, warum er bei mir nichts gesehen hat! Weil ich gar nicht hinaufgehe! Hahahaha!«

»Was redest du da für wirres Zeug? Hast du auch was am Kopf abgekriegt?«

»Hahahaha! Weißt du, was das Beste ist? Hahahahaha, ohne die Pause, hahaha, ich kann nicht mehr ...«

»He, was ist los mit dir?«

»Hahaha, ohne deine blöde Rast wären wir jetzt so was von tot, ist dir das klar? Hahahaha! Gratuliere! Das hast du gut gemacht! Immer schön warm anziehen! Hahahaha! Aua! Verdammt!«

Jonas wusste nicht, was er sagen, geschweige denn was er nun unternehmen sollte.

Marc nestelte in seiner Jacke und förderte ein Schweizermesser zutage. Er reichte es Jonas und deutete auf sein Bein.

»Abschneiden?«

»Aufschneiden. Die Hose und die Unterhosen.«

»Aber dann kannst du doch nicht weiter hoch!«

»Jonas, ich weiß, dass du unter Schock stehst, das war ziemlich knapp. Aber wir haben keine Zeit mehr für lange Unterhaltungen, ich beruhige mich auch wieder. Der nächste Sérac kann jederzeit zusammenkrachen. Mein Gott, ich hasse diesen Eisbruch, ich habe ihn immer gehasst!«

»Okay, was soll ich machen? Sag mir, was ich machen soll!«
»Du schneidest mir das Hosenbein auf. Wir müssen erst mal wissen, was da los ist. Ich glaube aber, ich weiß es schon. Verdammte Scheiße!«

Jonas nahm das Messer und schnitt nach Marcs Anweisungen dessen Beinbekleidung auf. Je tiefer er kam, desto schwieriger wurde es. Jede einzelne Stoffschicht war blutgetränkt, und Marc zuckte immer wieder zusammen. Zur untersten Hose musste Jonas nicht mehr vordringen, der gebrochene Schienbeinknochen hatte nicht nur Fleisch und Haut, sondern auch den Stoff durchbohrt.

»Marc, wir haben ein Problem.«
»So kann man's auch sagen, ja.«
»Wir haben ein richtiges Problem, Marc.«
»Nein, ich habe ein Problem. Du gehst auf der Stelle weiter!«
»Ich gehe nirgendwohin! Du wirst jetzt verarztet! Dieses Bein muss geschient werden, oder es geht dir wie dem armen Belgier.«

Marc lachte. »Der Belgier! Mir ist der gleiche Mist passiert wie diesem Sonntagswanderer! Hahahaha! Zum Glück hat mein Sanitäter mehr Grips!«

»Marc, ich werde dein Bein nicht anrühren. Wir warten auf einen Arzt, der dich hier versorgt, danach befördern wir dich runter.«

»So? Da gibt es nur ein Hindernis.«
»Ich sehe keines.«
»Hier ist schon eine Weile niemand mehr vorbeigekommen, und zwar genau seit dem Einsturz dieses Sérac. Ja?«
»Jetzt, wo du es erwähnst...«
»Das hat einen Grund. Wir sollten davon ausgehen, dass der Weg hinunter momentan unpassierbar ist. Entweder kommt man an den Eisklötzen nicht vorbei, oder es liegt an

einer zerstörten Leiter. Ich tippe auf Variante 2, und das kann dauern. Bis dahin sitzen wir fest. Das heißt, ich sitze fest. Du gehst hoch, und zwar sofort.«

Jonas überlegte kurz.

»Gib mir mal dein Funkgerät«, befahl er.

»Was willst du denn damit?«

»Na was wohl? Wir sollten da unten mal Bescheid sagen. Sind die Schmerzen sehr stark?«

»Ich versuche sie auszublenden. Wenn ich es schaffe, mich keinen Zentimeter zu bewegen, geht es. Falls dir ein Handschuh runterfällt und mein Bein trifft, werde ich zum Tier.«

Im Basislager meldete sich Helen, sie war klar und deutlich zu hören. Jonas erklärte ihr, was passiert war, und bat sie, sich mit Hadan in Verbindung zu setzen.

»Ist er vor oder hinter uns, was meinst du?« fragte er Marc.

»Hinter uns, garantiert. Er sammelt gern die Nachzügler ein.«

»Wie weit ist es von hier noch bis Lager 1?«

»Keine zwanzig Minuten.«

»Okay. Helen, hörst du mich?«

»Was habt ihr jetzt vor? Wir schicken euch Ang Babu und Mingma!«

»Wir müssen warten, bis die Route wieder frei ist. Kannst du in der Zwischenzeit Hilfe von oben organisieren? Wir sind zwanzig Minuten unter Lager 1. Wir brauchen einen Arzt, Träger und eine Trage.«

»Verstanden«, sagte Helen. »Kümmere mich um alles.«

»Da hörst du es«, sagte Jonas zu Marc. »Sie ist besser, als du denkst.«

»Vielleicht taugt sie als Organisatorin, als Ärztin ist sie gemeingefährlich. Aber das ist jetzt nicht mein Hauptproblem.

Hier ungeschützt dazuliegen macht mich nervös! Wenn noch so ein Ungetüm da runterkommt, kann ich ja kaum davonfliegen, das walzt mich platt.«

»So viel zu ›Wir klettern getrennt vom Team‹ und zu ›Wenn jemand in Not gerät, helfen wir natürlich‹. Die müssen jetzt uns aus der Tinte ziehen.«

»Ach, lass mich in Ruhe.«

Besorgt musterte Jonas seinen Freund. Marc war bleich, auf seiner Stirn sammelte sich Schweiß, ab und zu biss er die Zähne zusammen und stöhnte leise.

»Hast du für solche Fälle nichts dabei?« fragte Jonas. »Eine Morphiumspritze oder Ähnliches?«

»Was willst du denn mit Morphium?«

»Na was wohl, nehmen würde ich es an deiner Stelle!«

»Jonas, das ist nicht mein erstes gebrochenes Bein.«

»Auch recht. Trotzdem lagern wir es jetzt hoch. Wird nicht ganz angenehm, muss aber sein.«

Als die Daunenjacke, die er vor dem Unglück ausgezogen hatte, unter seinem Rucksack zum Vorschein kam, nahm er den Brief heraus und steckte ihn in den Rucksack. Er bettete Marc auf die Jacke und schob den anderen Rucksack unter das verletzte Bein, während er von seinem Freund mit einigen Schimpfwörtern bedacht wurde.

»Das hat man von seiner Fürsorge«, sagte er und machte sich auf den Weg nach unten, um in Erfahrung zu bringen, ob es da wirklich kein Durchkommen gab.

Weit musste er nicht gehen. Einer der Eisbrocken hatte die zwei Leitern, die man über einer Gletscherspalte zusammengebunden und als Brücke benützt hatte, aus der Verankerung und in die Tiefe gerissen.

Auf der anderen Seite des Abgrunds herrschte bereits rege Betriebsamkeit. Die westlichen Kunden liefen hektisch umher und gestikulierten, Sherpas und Bergführer hielten sich

Funkgeräte ans Ohr. Jonas erkannte unter den Wartenden Sven und Alex, dahinter standen Ennio, Carla und Sam. Von Hadan war nichts zu sehen.

»Alles in Ordnung bei euch?« rief Sven über die Spalte.

»Marc ist verletzt und muss runter! Wann kommt man hier wieder durch?«

»Ist in Arbeit! Kann es nicht abschätzen!«

Jonas streckte einen Daumen hoch und erstattete Marc Bericht.

»Das klingt ja großartig«, sagte dieser und seufzte.

Jonas sah auf Marc hinunter und fluchte innerlich. Marcs Schmerzen schienen immer stärker zu werden, und seine Gelassenheit machte Jonas sprachlos. Er selbst hätte vermutlich mit seinem Geschrei den nächsten Sérac zum Einsturz gebracht.

Unvermittelt packte ihn Marc am Hosenbein und zog ihn zu sich hinab.

»Hör gut zu: Du bist ab sofort wieder Teil von Hadans Team! Du kletterst ohne mich weiter! Mich transportieren ein paar Sherpas runter, um mich brauchst du dir keine Gedanken machen.«

»Sicher nicht! Ich begleite dich bis Pheriche oder nach Kathmandu, oder wohin immer sie dich verfrachten. Was würdest denn du an meiner Stelle tun?«

»Ich würde auf diesen blöden Berg steigen, verflucht! Dann würde ich runterkommen und dir eine Flasche Whisky ins Krankenhaus bringen, das würde ich machen! Jonas, ich brauche dich nicht! Ich bin kein kleines Kind, und das ist das siebente oder achte Mal, dass mir ein Bein wieder zusammengenagelt werden muss! Willst du mir im Aufwachraum die Hand halten?«

»Ich lasse dich doch nicht allein!«

»Ich hau dir so aufs Maul, du ...«

»Stop!« Jonas musste lachen. »Wir warten auf einen Arzt, danach sehen wir weiter.«

»Jonas. Hör gut zu. Hör mir zu. Jonas, schau mich an. Dieses Schönwetterfenster wird sich schließen. So schnell wie möglich rauf, ganz schnell wieder runter, das ist deine Chance. Glaubst du, du kannst in einer Woche wiederkommen und dann dein Glück versuchen? Der Monsun ist fast da! Entweder jetzt oder nächstes Jahr! Dann heißt es aber zurück zum Start!«

Jonas fiel keine Antwort ein.

»Denk mal darüber nach, bis der Arzt da ist. Wenn einer kommt. Mein Gott, hoffentlich ist es nicht Helen selbst, sonst bin ich tot!«

»Ich sage doch, so schlimm ist sie nicht.«

»Oder der verrückte Hautarzt! Ich kann mir gut vorstellen, wozu der imstande ist. Der hält dieses Knochenstück für ein Geschwür und packt den Bunsenbrenner aus.«

Irgendwann versiegte Marcs Redestrom, und Jonas wusste nicht, wie er ihn noch aufheitern konnte. Ihm blieb nur, ihm wie in einem billigen Film den Schweiß von der Stirn zu wischen und darauf zu achten, dass er es warm genug hatte. Über die Gefahr, die ihnen jederzeit von oben drohte, dachte er nicht nach.

Mehrmals ging er zur Gletscherspalte, so hatte er wenigstens das Gefühl, etwas zu unternehmen. Eine neue Leiter war noch nicht in Sicht. Dafür tummelten sich auf der anderen Seite bereits Dutzende Bergsteiger. Einige ungeduldige Westler versuchten rechts und links der Spalte Alternativen zur Leiter auszukundschaften, was die Sherpas in Aufregung versetzte, die sie unentwegt anflehten, nicht vom geplanten Weg abzuweichen.

»Die drehen völlig durch«, sagte Marc, als ihm Jonas darlegte, was sich hinter ihnen abspielte. »Wahrscheinlich schaffen sie es, noch einen Eisturm einstürzen zu lassen. Wir sollten Helen verständigen, damit sie Hadan klarmacht, dass er seine Leute da schleunigst wegholen muss.«

Kurz nachdem Jonas den Funkspruch abgesetzt hatte, hörten sie von oben Stimmen, die rasch näher kamen. Bald darauf tauchten bekannte Gesichter über der Eiskuppe vor ihnen auf.

»Das Ding hier ist ziemlich behelfsmäßig, aber für die Strecke bis zum Basislager sollte es funktionieren«, sagte Tiago und legte eine Trage neben Marc ab. »In der Eile konnte ich leider nichts Besseres zusammenzimmern. Der Arzt kommt gleich hinter uns.«

»Sherpas, die dich runterschaffen, sind auch unterwegs«, sagte Anne, »müssen jeden Moment da sein. Horcht, sind sie das schon?«

»Los«, Tiago zog Anne mit sich, »ich will aus dieser Scheiß-Mausefalle raus. Wir sehen uns!«

»Alles Gute!« sagte Anne.

Jonas rief ihnen einen Dank hinterher, doch sie waren schon wieder hinter der Eiskuppe verschwunden.

»Da wundert man sich doch«, sagte Jonas.

»Mit denen hätte ich nicht unbedingt gerechnet«, gestand Marc. »Aber ich nehme die Trage von jedem an, und wenn der Typ, der sie mir hinstellt, hinkt und Hörner hat.«

»Nein, darüber müssen wir uns noch unterhalten.«

Bald darauf erschien über der Eiskuppe Bernie, jener Arzt, der in Lager 2 erst den Belgier versorgt und tags darauf auch Jonas untersucht hatte, und ihn begleiteten vier Sherpas, unter ihnen Dawa.

»Das klappt hier ja wie geschmiert«, freute sich Jonas.

Der Arzt warf einen Blick auf Marcs Bein und kratzte sich an der Schläfe.

»Dir muss ich nichts vormachen, oder?«

»Musst du nicht. Danke fürs Kommen.«

»Ich schiene dir diesen Bruch notdürftig, danach schleppen dich die Herren hier runter. Ich fordere einen Hubschrauber an, irgendjemand wird den schon bezahlen.«

»Ja, und zwar ich«, sagte Jonas.

»Den kann ich mir gerade noch leisten«, sagte Marc. »Nach unten tragen wird allerdings nicht so schnell möglich sein.« Er deutete mit dem Daumen hinter sich. »Da fehlt eine Leiter.«

»Die Leiter hängt wieder!« rief einer der Sherpas, und zur Bestätigung stampften die ersten Westler, die an der Spalte ausgeharrt hatten, nach oben. Keiner von ihnen hatte einen Blick übrig für Marc, an dem sie vorbeisteigen mussten.

»Was sind denn das für Leute?« empörte sich Jonas.

»Ganz recht haben sie«, widersprach ihm Marc, während Bernie daranging, die Schiene anzulegen. »Alles taut und schmilzt, es ist nur eine Frage der Zeit bis zum nächsten Einsturz. Was sollen sie sich bei mir aufhalten? Helfen können sie mir sowieso nicht. Au! Bist du ... aua! Geht das nicht etwas sanfter?«

»Sicher geht das sanfter, du musst dich bloß vorher von mir k. o. schlagen lassen«, sagte Bernie grimmig.

»Hau jetzt ab!« befahl Marc Jonas. »Ich spreche mit Hadan, wenn er vorbeikommt oder ich ihm unterwegs begegne. Ihr trefft euch in Lager 1.«

»Das kann ich nicht.«

»Hör auf mit dieser albernen Ritterlichkeit!« schrie Marc. »Du bist ohne mich nach Nepal geflogen, um den Everest zu besteigen! Mich hast du zufällig getroffen! Du trägst für mich keine Verantwortung, du trägst nur für dich selbst Verantwortung. Scher dich also endlich aus diesem Eisbruch fort, klettere da ganz hinauf und komm heil wieder runter! Ab mit dir! Wir sehen uns in Kathmandu.«

Er zerrte Jonas' Jacke unter sich hervor und schleuderte sie in seine Richtung.

»Könntest du bitte mal stillhalten?« schimpfte Bernie.

In diesem Moment kamen Sven, Carla und Ennio hinzu. Nachdem Marc sie kurz über den Inhalt ihrer Auseinandersetzung aufgeklärt hatte, nahm Sven Jonas beiseite.

»Verabschiede dich von ihm, ihr seht euch bald wieder. Du gehst jetzt mit uns zum Gipfel.«

Obwohl Sven leise gesprochen hatte, musste Marc seine Sätze verstanden haben, denn seine Miene drückte eindeutig Zustimmung aus: Endlich ein vernünftiger Mensch.

»Du meinst wirklich?« fragte Jonas.

»Man reiche mir eine Waffe«, tönte es vom Lager des Verletzten.

In Lager 1 wartete Jonas, von Sherpas mit Tee versorgt, auf Hadan. Er hatte das letzte Stück des Eisbruchs so zügig durchstiegen, dass er atemlos und mit Herzrasen im Schnee saß. Trotzdem packte er sofort wieder den Brief vom Rucksack in die Jackentasche, denn der Rucksack konnte leicht irgendwo in der Landschaft stehenbleiben.

Wohl fühlte er sich nicht, und ihm ging vielerlei durch den Kopf. Marcs Unfall, die Frage, ob er richtig gehandelt hatte, indem er ihn zurückließ, die Frage, ob er sich ohne ihn auf dem Berg zurechtfinden würde. Zudem suchten ihn Bilder der herabstürzenden Eislawine heim. Jetzt, in der relativen Sicherheit des Lagers, wurde ihm bewusst, wie knapp er dieser Gefahr entronnen war.

Jedem der neu ankommenden Teammitglieder musste er den genauen Hergang des Unglücks erzählen. Er schmückte nichts aus und ließ nichts weg, und die Reaktion der Zuhörer war immer die gleiche.

Als Hadan in das Zelt schaute, in dem sich Jonas gerade

zum Ausruhen ausgestreckt hatte, fing dieser wieder an, von jenem Moment zu berichten, in dem er das erste Krachen gehört hatte, doch der Expeditionsleiter unterbrach ihn.

»Weiß ich alles schon von Marc. Ihr habt Pech gehabt, das kann passieren.«

»Glück haben sie gehabt«, mischte sich von draußen Sam ein, »das kann man nur ein Schweineglück nennen!«

»Sam, wir haben offenkundig unterschiedliche Auffassungen von Glück«, sagte Hadan. »Egal, wir müssen nach vorne schauen. Freut mich, dass du wieder mit uns kletterst, Jonas. Mir hat diese Zweierteam-Idee von Marc sowieso nicht gefallen. Nur haben wir jetzt einen Sherpa zuwenig. Mit dir hatte ich ja nicht mehr gerechnet.«

»Also das kann ja wirklich kein Problem sein«, fuhr Sam erneut dazwischen. »Die Zahl der Sherpas spielt vor Lager 3 zumindest für uns gar keine Rolle, wahrscheinlich bis zum Südsattel nicht. Und wenn du mich fragst, werden spätestens da ein paar von uns aufgegeben haben, wodurch Sherpas frei werden.«

»Ich muss dir sagen, dass ich das Freiwerden menschlicher Ressourcen aus dem von dir erwähnten Grund bereits einkalkuliert habe. Diese Rechnung geht leider nicht auf.«

»Du bist ja ein genialer Psychologe«, sagte Jonas.

»Darf ich fragen, wem von uns du nicht mehr als den Südsattel zutraust?« rief Sam aufgebracht. »Wer von uns ist denn deiner Ansicht nach hier nur Ausflügler? Stehe ich auf dieser Liste?«

»Sam, lass es gut sein, bitte. So war es nicht gemeint. Wir werden genug Sherpas haben, glaub mir. Wir haben jetzt keine Zeit für Streitigkeiten, wir müssen weiter, wir alle. Heute Abend in Lager 2 können wir uns unterhalten. Also los!«

Es würde schwer sein, je zu beschreiben, was Jonas während seiner Wanderung durch das Western Cwm empfunden hatte. Glück? Ja. Ehrfurcht? Ganz gewiss. Angst? Irgendwo tief in sich – wahrscheinlich, ja. Aber noch viel mehr als das. Er konnte die Gefühle, die hier auf ihn einstürmten, nicht voneinander trennen, hier an diesem unermesslichen Ort zwischen diesen gigantischen Bergen, die so viel älter waren als die Menschheit. Er war eine Ameise im ewigen Eis, er kam an gewaltigen Sphinxen vorbei und musste beten, dass sie die Augen schlossen und ihn passieren ließen.

Manchmal wurde ihm für einen Moment klar, was gerade geschah. Er bewegte sich auf eine Grenze zu, eine Grenze seiner selbst, von der er nicht viel wusste. Es ging um sein Leben, auch wenn die Sonne so freundlich vom Himmel schien, das wusste er. Den höchsten Preis zahlen nannten es manche Leute, wenn jemand am Berg verunglückte. Jonas hatte diese Wendung nie gemocht, sie erschien ihm zu devot, doch nun, zwischen diesen überwältigenden Bergen, verstand er, dass genau das der richtige Ausdruck war. Man zahlte den höchsten Preis. Man zahlte und ließ alles zurück.

Der Brief! Ja, er hatte ihn umgepackt. Und er steckte noch in seiner Jackentasche.

Während des Aufstiegs verschaffte er sich Gewissheit, dass der Tote, den er hier gesehen hatte, keine Halluzination gewesen war. Der blaue Sack lag an derselben Stelle wie das letzte Mal, halb bedeckt von Schnee. Jonas nickte ihm zu.

Die letzte Stunde vor Lager 2 brachte Jonas an seine körperlichen Grenzen. Es ging steilen Fels empor, und bei jedem Schritt spürte er, wie sehr ihm die Ereignisse des Tages in den Knochen saßen. Er wurde oft überholt, von den meisten stumm, von einem Mann im gelben Anzug mit einem groben Stoß, auf den zu reagieren Jonas viel zu erschöpft war.

Gyalzen, neben Ang Babu, dem Bergsirdar, der stärkste Kletterer unter den Sherpas und fixes Mitglied des Gipfelteams, empfing ihn in Lager 2 mit Tee und einem Lächeln.

»Ich hoffe, ich werde bis zum Gipfel dein Träger sein«, sagte er.

»Für mich wäre das sehr wünschenswert, aber wieso hoffst du es?«

»Du hast Glück gehabt. Also bringst du Glück. Es wäre mein viertes Mal auf dem Gipfel, damit hätte ich meinen Bruder überholt.«

»So wie ich mich im Augenblick fühle, werde ich mir für ein Gipfelbild in Kathmandu eine Postkarte kaufen müssen.«

Jonas musste husten. Der Reiz steigerte sich zu einem Hustenkrampf, der den Bereich um seine gebrochene Rippe so stark erschütterte, dass er sich vor Schmerz spontan übergab. Er schleppte sich beiseite, weg von den Zelten, und wartete mit Tränen in den Augen auf das Ende des Anfalls, wobei er versuchte, sich in Gedanken an einen weit entfernten Ort zu versetzen, an einen warmen Ort, nach Moi.

Das ist nur dein Körper, dachte er. Das bist nicht du. Das Du steckt tiefer. Versuch den Schmerz zu sehen. Und dann schau weg.

Es war Zach, der ihm beigebracht hatte, Schmerzen zu visualisieren. Aber Zach war mit Sicherheit nie auf den Everest gestiegen.

Abends ging Hadan von Zelt zu Zelt und erkundigte sich, ob alles in Ordnung war.

Die meisten klagten über kleinere Wehwehchen. Nina hatte eine Frostbeule am Fuß, Ennio machte ein entzündeter Backenzahn zu schaffen, und mit Manuels Augen schien etwas nicht zu stimmen. Als Hadan bei Jonas vorbeikam, zeigte er sich jedoch im Großen und Ganzen zufrieden mit dem Zustand seines Teams.

»Und du«, fragte er Jonas, »hast du den Schock einigermaßen überwunden?«

»Ich glaube schon. Wie geht es Marc?«

»Dem geht es gut. Jetzt reden wir über dich. Brauchst du etwas? Kann ich dir irgendwie helfen? Hast du Fragen?«

»Ja, ich möchte wissen, wie es Marc geht.«

»Morgen legen wir ohnehin einen Ruhetag ein, den letzten. Du rastest dich aus und bist übermorgen in Topform. Hast du Kopfschmerzen? Schwindelgefühle?«

»Keine Beschwerden, bis auf diesen Husten und die Rippe.«

»Hilft das Korsett ein wenig?«

»Hab ich noch nie benutzt.«

»Das solltest du aber.«

»Darin ersticke ich. Helen findet es in meinem Zelt, wenn sie es braucht.«

Eine Hand auf sein Knie gestützt, saß Hadan eine Weile neben Jonas und sah schweigend zu, wie dieser versuchte, das Nudelgericht, das Mingma gebracht hatte, in sich hineinzulöffeln.

»Hast du etwas auf dem Herzen?« fragte Jonas, seine linke Hand betrachtend, deren Fingerspitzen sich ein wenig taub anfühlten.

»In gewisser Weise.«

»Das hört sich nach etwas Gewichtigem an.«

»Jonas, was sollen wir tun, wenn du stirbst?«

Die Tragweite dieser Frage überraschte Jonas, er duckte sich weg wie unter einem Schlag. Sein erster Impuls war, sie von sich zu weisen, sie ins Lächerliche zu ziehen.

»Wie meinst du das?«

»Was soll mit deinen sterblichen Überresten geschehen?«

Dieser Satz klang für Jonas vollends absurd, und er lachte. Hadan schüttelte unzufrieden den Kopf.
»Das war eine ernst gemeinte Frage.«
»Gut. Ich verstehe. Ja, ich könnte hier sterben. Aber was meinst du? Ich gehöre keiner Glaubensrichtung an, falls es darum geht.«
»Die Hauptfrage lautet: Sollen wir versuchen, deine Leiche zu bergen, um sie in deine Heimat zu überführen, oder sollen wir dich hierlassen?«
»Ich weiß nicht. Was bedeutet das? Was ist denn üblich?«
Nun lächelte Hadan.
»Du musst die Situation realistisch sehen. Je höher am Berg jemand stirbt, desto schwieriger ist es, die Leiche nach unten zu schaffen. Dazu kommt, dass die Sherpas abergläubisch sind und mit Toten nichts zu tun haben wollen. Ich habe über mich verfügt, meinen Körper in einer Gletscherspalte zu versenken.«
»Das stelle ich mir unappetitlich vor. Der Gletscher ist doch ständig in Bewegung.«
»Du bist dann bereits tot, Jonas.«
»Befremdlicher Gedanke.«
»Ein unangenehmer Gedanke, aber ich will nur Bescheid wissen. Wie schnell es gehen kann, hast du heute erlebt.«
»Eigentlich ist es mir egal«, sagte Jonas. »Auf keinen Fall soll sich jemand wegen meiner Leiche in Gefahr bringen. Lasst mich einfach liegen, wenn es schwierig werden sollte, mich zu bergen. Und wenn es leicht geht, macht das mit der Gletscherspalte.«
»Bist du sicher?«
»Alles andere erscheint mir unverantwortlich. Und ich bin dann ja schon tot, hast du ja selbst gesagt. Also was kümmert es mich, wo mein Körper vermodert.«

»Kleiner sachlicher Fehler, du vermoderst hier nicht. Du gefrierst.«

»Auch recht. Erzähl mal, was passiert denn, wenn ich tot bin? Je länger ich darüber nachdenke, desto neugieriger werde ich. Das ist ja wie beim eigenen Begräbnis dabeisein.«

»Wenn möglich, fotografieren wir deine Leiche. Solltest du die Kangshung-Wand hinunterstürzen, wird das nicht möglich sein, aber wenn du irgendwo da oben liegenbleibst, was am öftesten passiert, wirst du von uns fotografiert, damit deine Hinterbliebenen keine Schwierigkeiten mit Sterbeurkunden und der ganzen Bürokratie haben. Wir setzen Zeugenaussagen auf und verständigen deine Familie beziehungsweise die Personen, deren Namen du in dem Formular an der betreffenden Stelle eingesetzt hast. Du erinnerst dich?«

»Ja, ich habe da irgendetwas unterschrieben.«

»Solche Kunden lobe ich mir! Nicht lesen, was sie unterschreiben – herrlich.«

»Und kriege ich eine Zeremonie? Werden Teeblätter verbrannt, wird gesungen?«

»Machst du dich lustig? Das solltest du bleibenlassen. Das passt nicht zu dir.«

»Ich mache mich nicht lustig. Oder vielleicht doch, ein wenig. Der Tod erscheint mir so ungreifbar und fern.«

»Er ist aber da«, sagte Hadan bedeutungsvoll und öffnete den Reißverschluss des Zelts. »Da draußen ist er, und ich fürchte, in den nächsten Tagen wird der eine oder andere auf diesem Berg sterben. Ich hoffe, dass es keiner von uns sein wird. Ich werde alles tun, um das zu verhindern.«

»So ähnlich hat sich Marc auch geäußert. Sagst du mir jetzt, was es von ihm Neues gibt?«

»Der dürfte schon unterwegs nach Kathmandu sein. Wie ich ihn kenne, hat er sich im Hubschrauber eine Dose Bier aufgemacht.«

»Davon müssen wir wohl ausgehen. Und Hank?«
»Der ist auf dem Weg der Besserung. Vermutlich können wir die beiden im selben Krankenhaus besuchen.«
»Sonst noch etwas?«
»Es wird wieder geklaut. In allen Lagern sind Sachen weggekommen. Aber was sollen wir machen?«

Irgendwann in der Nacht, als draußen keine Stimmen mehr zu hören waren, nur der Wind, wie er mit sattem Klatschen gegen die Zeltwand schlug, zog Jonas den Brief hervor.

Auf dem Weg herauf, vermutlich während des Unglücks im Eisbruch, war der Umschlag zerknittert worden. Jonas strich das Papier glatt und betrachtete die Schrift.

Du Trottel, dachte er, das hier ist doch nicht *Vom Winde verweht*, mach ihn einfach auf.

Aber er konnte es nicht.

Diese Schrift. Die Frau, die das geschrieben hatte, sie war es, sie würde es immer sein. Der leuchtende Punkt ihrer Seele war das Licht, dem er sein Leben lang folgen wollte

Warum das alles, er wusste es nicht

Er holte Sauerstoffflasche, Maske und Regler, die Hadan vorbeigebracht hatte, unter dem zweiten Schlafsack hervor und begann die Handhabung zu trainieren. Es war recht simpel. In technischer Hinsicht zumindest. Die Maske auf seinem Gesicht fühlte sich allerdings fremd an, sie war eng und beklemmend und verstärkte das Gefühl von Isolation, das er ohnehin empfand. Doch ohne sie hatte er keine Chance.

Er nahm den Brief noch einmal zur Hand.

Wann und wo hatte sie ihn Tom und Chris gegeben? An irgendeinem Flughafen? Gar in Kathmandu? Oder – war sie hier?

Er wollte diesen Gedanken nicht denken, aber er lauerte ständig in seinem Hinterkopf und meldete sich mitunter ganz plötzlich, so wie jetzt, und Jonas musste sich zusammennehmen, um nicht einen Schrei auszustoßen. Er presste die Hand gegen die Brust, um seinen Herzschlag zu beruhigen, dabei schmerzte die Rippe, und er schlug wütend mit der Faust auf den Boden.

Was stand drin?

50

Jonas mochte es, Marie im Aufnahmestudio zuzusehen. Ihre Professionalität drückte sich in unzähligen Details aus, so hatte sie etwa eine genaue Vorstellung von der Raumtemperatur. Am wichtigsten war ihr aber die Stimmung, die sich durch eine CD ziehen sollte. Um diese zu erschaffen, wiederholte sie jedes einzelne Take so oft, bis alles daran stimmte, auch wenn die Techniker und die Gastmusiker immer längere Gesichter machten.

»Ich bin auch ein Profi«, sagte der Bassist in einer Zigarettenpause zu Jonas, den er offenbar für einen zufälligen Besucher hielt, »und ich kenne einen Haufen anderer Profis, doch was die da treibt, ist einfach nur idiotisch.«

»Noch so eine Bemerkung, und ich breche dir total professionell ein paar Finger.«

»Was habe ich denn gesagt?«

»Das Falsche.«

Sein Lieblingslied nahm sie ein paar Tage nach diesem Zwischenfall auf, es sollte eine Überraschung für Jonas sein: ihre Interpretation von »Memory« aus *Cats*.

Als sie ihm das Lied vorspielte, war er überwältigt, von allem, von der Idee, von der Ausführung und besonders von den bangen Blicken, die sie ihm zuwarf, unsicher, ob es ihm denn gefiele.

Er sah sich als Junge in New York neben Werner sitzen, und plötzlich verstand er, was er damals gedacht hatte, er verstand das Lied und sich selbst und seine Vergangenheit und das, was aus ihm geworden war, ein wenig zumindest. Marie spielte Klavier und sang dazu, es war eine schnelle, ausdrucksstarke Nummer ohne Kitsch, ohne Dramatik, ohne Süßlichkeit, selbstbewusst und modern, und er wusste, er durfte sich den Song nicht zu oft anhören, weil er sich jetzt schon die Augen wischen musste. Er hätte nicht in Worte fassen können, was es ihm bedeutete, ihre Stimme dieses Lied singen zu hören, ihre Stimme, die sonst so rauh und nervös klang und bei diesem Lied so glasklar.

Die Farben ihres Alltags waren hell, die Töne leicht und heiter. Sie kannten dieselben Filme und konnten einander jederzeit Zitate daraus zuwerfen, sie hatten die gleiche Abneigung gegen Wichtigtuerei und Großspurigkeit, was besonders in Restaurants zu komischen Situationen führte, sie spielten einander Streiche, über deren Unreife sie sich erst recht amüsierten. Er bemalte nachts ihre Brüste mit wasserfesten Farben, sie schob ihm furchterregende Spielzeugtiere unter die Bettdecke, aus den Krimis, die sie las, riss er die letzte Seite, sie schickte ihm unter dem Namen Peter per Fax obszöne Liebesbriefe ins Hotel, die mit riesigen Herzen verziert waren und wegen derer die Rezeptionisten ihn angrinsten oder ihm anzüglich zuzwinkerten. Langweilig war ihnen nie.

Nur wenn sie arbeitete, wenn sie noch mehr Zeit als sonst mit ihrer Musik verbrachte, wurde diese Verbindung zwischen ihnen gestört, und es kam vor, dass sie einander gegenübersaßen und sich anschwiegen. Er versuchte dann, ein Gespräch in Gang zu bringen, doch wenn sie nicht sofort reagierte, resignierte er, wohl wissend, wie wenig Zweck es hatte, sie aus sich herauszureißen zu wollen. Sie würde bleiben, wo sie war, egal was er anstellte.

Es wäre ihm leichter gefallen, sich damit abzufinden, hätte er das Gefühl gehabt, sie sei während dieser Stunden, Tage, Wochen, mitunter Monate glücklich. Aber es war offensichtlich, wie schwierig diese Phasen für sie waren, wie hart sie rang und kämpfte, für etwas, das sie selbst nicht benennen und das er nicht erkennen konnte. Es war fast wie eine Krankheit, die der eine ausbrütete, während es dem anderen oblag, abzuwarten und die Wärmeflasche ans Bett zu bringen. Vermutlich ging es ihr jedoch mit ihm oft ganz ähnlich. Also sagte er nichts.

Aber es tat weh. Denn er spürte, wie sehr sie sich trotz allem, was sie verband, während dieser Zeit von ihm entfernte und sich an einen Ort zurückzog, der nur ihr zugänglich war. Diese Distanz schmerzte ihn, obwohl er weitgehend nachvollziehen konnte, was vor sich ging, und obwohl sich Marie bemühte, ihre Abwesenheit gutzumachen, sobald sie wiederaufgetaucht war, sobald sie zurück war in ihrer gemeinsamen Welt. Indem sie versuchte, ihn zu verstehen. Und er sah deutlich, wie mitunter zwei Gegensätze an ihr zerrten.

So oft wie mit Marie war Jonas seit Piccos Tod nicht nach Hause gefahren. Sie mochte alles dort. Sie mochte die Landschaft, sie mochte die Farben, sie mochte die Lieder, die die Jäger spätabends in den Weinstuben sangen, sie mochte die Luft, sie mochte den Morgennebel, sie mochte die Burg, sie mochte Zach und die anderen, sie hatte sogar auf eine intuitive Art etwas für die Piste übrig, und am allermeisten mochte sie das Zimmer, in dem Jonas aufgewachsen war. Dort hörte sie Musik und schrieb selbst Songs, dort telefonierte sie, dort schrieb sie ihre E-Mails, dort dachte sie nach, und einmal, als er ihr eine Tasse Kaffee brachte, sagte sie:

»Weißt du, warum ich dieses Zimmer so gern habe?«

»Ehrlich gesagt, frage ich mich das schon seit einiger Zeit.«

»Weil das so sehr du bist.«

»Erkennst du mich darin so stark?«

»Ja, dich und deine ganze Vergangenheit. Du warst so klein und schon hier. Hier waren Mike und Werner und Picco und du. Sie alle waren hier, als du noch ein anderer warst und ich weit weg war.«

»Ich war schon mit acht der, der ich jetzt bin, fürchte ich.«

»Im Innersten ja. Aber du hast vieles nicht gewusst. Dieses Zimmer ist voll von Träumen und Erwartungen und dieser Energie, die nur Kinder haben.«

»Tja, für mich ist das alles schon weit weg.«

Insgeheim staunte er darüber, wie sehr sich ihre Gedankengänge ähnelten, und er war hingerissen, mit welcher Selbstverständlichkeit sie Namen von Menschen in den Mund nahm, denen sie nie begegnet war und die sich sogar für Jonas inzwischen in historische Figuren verwandelt hatten. Damit schlug sie eine Brücke, wohl ohne es selbst zu wissen, eine Brücke, durch die plötzlich alles Platz hatte in seinem Leben, das weit Zurückliegende, die letzten Jahre, das Jetzt.

»Komm mit«, sagte er. »Ich will dir etwas zeigen.«

Sie stand auf und zog sich an, ohne zu fragen. Ein Blick auf ihre Beine genügte, um in ihm den Wunsch aufsteigen zu lassen, sich mit ihr für eine Stunde in dieser alten Welt einzuschließen, doch er verschob das auf später.

»Wir sind nun doch schon eine Weile zusammen«, sagte er im Auto. »Findest du es nicht auch erstaunlich, dass bei uns noch immer ein Blick oder eine kleine Berührung reicht?«

»Das liegt an den Geheimnissen. Und an der Spannung.«

»So hätte ich das nicht gesehen.«

»Ja, an den Geheimnissen voreinander und vor uns selbst. Keiner von uns beiden würde je den anderen anlügen, aber jeder von uns hat noch so vieles, das nur ihm selbst gehört.«

»Und was meinst du mit Spannung?«

»Na ja.«
»Was heißt na ja?«
»Spannung ist ja auch etwas Gutes.«
»Was meinst du damit?«
»Du bist manchmal so – groß. So breit. Ich weiß nicht, wie ich es besser erklären soll. Und ich bin es vielleicht manchmal für dich. Das führt zu Spannung. Meist ist es gute Spannung.«

Zu weiteren Erläuterungen war sie nicht bereit. Er dachte darüber nach, was sie gesagt hatte, bis sie am Bahnhof ankamen.

Sie setzten sich auf die verfallene Holzbank. Er betrachtete den Waggon, der nun schon einige Jahre hier stand. Marie lehnte sich zurück, rollte ihr T-Shirt bis über den Nabel hoch, beschattete die Augen mit den Händen und sah sich um.

»Was willst du mir hier zeigen?«
»Das ist es schon.«
»Aha. Irgendetwas Spezielles?«
»Vielleicht.«
»Okay.«

Einige Zeit blickte sie in die Landschaft, schaute den Waggon an, verfolgte den Flug eines Schwalbenschwarms am Himmel. Sie schloss die Augen und reckte das Gesicht der Sonne entgegen. Er lehnte sich ebenfalls zurück, strich über ihr Haar und sah zu, wie eine Fliege sie belästigte, indem sie sich immer wieder auf ihrem Bauch niederließ.

Neuseeländischer Waggon. Totes Gleis. Grillen zirpen, Wespen summen. Marie neben mir. Alles ruhig. Alles gut.

Er öffnete die Flasche Wein, die er mitgebracht hatte, und probierte. Marie tippte ihm mit geschlossenen Augen auf die Schulter.

»Du willst die doch wohl nicht allein trinken?«

»Ich dachte, du liegst da und genießt die Sonne und döst vor dich hin.«
»Und deshalb trinke ich nicht mit?«
Sie setzte sich auf. Er hielt ihr die Flasche hin. Sie nahm einen Schluck, nickte, trank noch zwei.
»Erkennst du den Wein?« fragte er.
»Nein, sollte ich?«
»So einen hat uns damals Salvo mitgegeben.«
»Stimmt, der war das.«
Sie küsste ihn flüchtig auf die Wange.
»Denkst du oft an Rom?« fragte er.
»An die Nacht mit dir in der Wohnung? Oft.«
»Ich auch. Das war schön.«
»O ja, das war es.«
»Schön ist es mit dir.«
Jonas küsste sie und legte ihren Kopf gegen seine Schulter. Er betrachtete den Waggon. Die Sonne blendete ihn, er zwinkerte.
Irgendetwas stimmte nicht.

Einige Wochen darauf besuchte er Tanaka. Nachdem sie Neuigkeiten über die vergangenen Monate ausgetauscht und alles Geschäftliche besprochen hatten, fragte Jonas:
»Können Sie den Waggon an dieselbe Stelle zurückbefördern, an der ich ihn das erste Mal gesehen habe?«
»Ihre Wünsche sind immer wieder reizvoll«, sagte Tanaka.
»Können Sie das?«
»Ich denke schon.«
An diesem Abend blieb Jonas bis weit nach Mitternacht bei Tanaka, und auch an den Tagen darauf ging er lange aus. Marie war wieder in ihre Parallelwelt abgeglitten, und seine Konversation mit ihr erschöpfte sich in Banalitäten über die

Säumigkeit der Müllabfuhr und die Stärke des letzten Erdstoßes. Wären ihre Körper nicht gewesen, die sich immer wieder einander näherten, egal von welchen Gemütszuständen sie gerade dominiert wurden, hätte sich Jonas womöglich mehr Sorgen gemacht. Doch diese Art von Kommunikation zwischen ihnen funktionierte immer.

Oft erwachte er mitten in der Nacht, weil er in Marie war. Er wusste meist nicht einmal, wer angefangen hatte. Sie schliefen miteinander, ohne selbst viel beitragen zu müssen, als würden ihre Körper über ein eigenes Lustgedächtnis verfügen. Manchmal erwachte er in einem befreienden Orgasmus, öffnete die Augen und sah Marie über sich. Manchmal erwachte er, sah Marie sich unter ihm winden und wusste, dass sie gerade nicht da war, dass sie gerade schlief, dass sie weit weg war, nämlich da, wo auch er gerade noch gewesen war.

Neuseeland hatte sie immer schon sehen wollen, und er musste sie nicht lange überreden. Sie unterbrach sogar ihre Arbeit, und als sie in Auckland ins Auto stiegen, wirkte sie so entspannt, dass er beschloss, sie an diesem Tag zu fragen.

Als hätte er kein bestimmtes Ziel, fuhr er über die Landstraße. Einmal hielten sie, um zu essen, einmal tranken sie Kaffee, zwischendurch schlief Marie, die vom Flug müde war, in einer Hängematte, die im Garten eines Inns vor einem Hühnerstall ausgespannt worden war, während er in der Wiese lag, den Straßengeräuschen zuhörte und vierblättrige Kleeblätter suchte.

Der Bahnhof war genauso verlassen wie damals. Jonas sagte gar nichts, er hielt vor dem Gebäude, holte eine Flasche Wein aus der Einkaufstasche auf dem Rücksitz und fasste Marie an der Hand.

Am Bahngleis setzte er sich auf eine Bank. Es war dieselbe wie beim letzten Mal. Er schraubte die Flasche auf und betrachtete mit Gänsehaut den Waggon, der nun wieder hier stand, so wie damals.

Na, warst du im Urlaub? dachte er. Jetzt bist du wieder zu Hause. Hat es dir gefallen? Und wie geht es jetzt? Jetlag? Wie ist das Wetter so?

Weißt du noch, wer ich bin?

Marie setzte sich neben ihn. Sie warf einen Blick auf den Waggon, stutzte, schaute genauer hin, schaute lange hin. Sah Jonas von der Seite an, noch länger.

»So etwas wie dich hat es noch nie gegeben und wird es nie wieder geben«, sagte sie.

»Das trifft auf alle Leute zu.«

»Auf dich besonders.«

»Na ja.«

»Einmal in diesen Kopf hineinschauen können.«

Sie schienen in einen Vogelgarten geraten zu sein, denn rund um sie wurde wild und vielstimmig gezwitschert. Autos waren keine zu hören, und es war windstill und heiß.

»Ich muss dich was fragen«, sagte er.

Sie blieb still, und so fragte er.

»Ach, Jonas«, sagte sie.

Er wartete. Es kam nichts.

»Ist das deine Antwort? Ach, Jonas?«

Sie schwieg noch immer.

»Mit etwas mehr Enthusiasmus hätte ich schon gerechnet«, sagte er, sich um einen ungezwungenen Ton bemühend.

»Jonas, glaubst du, ich habe darüber noch nie nachgedacht? Aber Kinder zu bekommen ist wohl die größte Entscheidung, die man treffen kann.«

Sie sagte nichts mehr, und er sagte auch nichts mehr. Er war enttäuscht und verwirrt. Er hatte eher damit gerechnet, dass sie ihm um den Hals fallen und sich an Ort und Stelle daranmachen würde, das Vorhaben in die Tat umzusetzen.

Er nahm die Flasche und ging zum Auto, um die Windschutzscheibe von Vogeldreck und toten Mücken zu reinigen. Statt mit Wasser tränkte er den Schwamm mit Wein. Marie blieb sitzen. Die Vögel sangen nicht, sie schrien. Aufdringlich. Am liebsten hätte er sie heruntergeschossen.

Auf dieser Bank am aufgelassenen Bahnhof in Neuseeland, vor dem Waggon, der jahrelang im Nichts gestanden war und dann jahrelang im Nichts auf der anderen Seite der Weltkugel, um dann wieder zu Hause im Nichts zu stehen, hier hatte etwas begonnen. Vermutlich war es schon vorher dagewesen, aber begonnen hatte es für ihn hier.

Er drang immer seltener zu ihr durch. Sie schien vor etwas zurückzuschrecken, etwas arbeitete in ihr, es war keine gute Zeit für sie. Doch jedes Mal, wenn er nachhakte, antwortete sie ihm ausweichend. Nur einmal sagte sie etwas, das ihm zu denken gab, sie sagte: »Du bist so groß, du bist wie ein uralter Baum. Manchmal habe ich Angst um mich.« Und ein paar Minuten darauf: »Vielleicht liegt es daran, dass ich vor dir noch nie eine richtige Beziehung hatte. Ich bin Alleinsein gewöhnt.«

Von diesem Zeitpunkt an war Jonas alarmiert. Aber egal, wie sehr er es versuchte, in ihrem Kopf schien sich ein Gedankengang verselbständigt zu haben. Weder er noch sie konnte ihn besiegen.

Während sie Musik machte oder Musik hörte oder einfach nur im Bett lag und las oder in einem Teehaus saß und schrieb, hockte er Kat kauend in einem jemenitischen Dorf, umgeben von Einheimischen, eine Kalaschnikow neben sich wie fast jeder hier und ein Satellitentelefon, das nicht läutete, und fragte sich, ob er zuviel gewollt hatte.

In Tokio brach die Katastrophe über ihn herein. An einem Dienstag, das wusste er noch, er trank Tee aus der gelben Tasse, im Fernsehen lief eine brutale Gameshow, der Müll stank nach dem Sushi, das er für sie beide am Vortag bestellt hatte.

Sie ging. Sie sagte, sie müsse gehen, um ihretwillen, um sich zu finden oder neu zu verlieren oder wie auch immer, um Platz zu haben für sich selbst, und vielleicht käme sie dann wieder, er solle sich nicht melden, wenn das möglich wäre, sie würde es tun, wenn sie soweit wäre. Er verstand nur wenig von dem, was hinter ihren Haaren, die nach Rotwein und Zigarettenasche rochen, am Küchentisch geschluchzt wurde, er hörte nur: Ich gehe.

Das Erwachen am nächsten Tag, mit diesem ersten Gedanken im Kopf: SIE IST WEG, war wie ein Sturz ins Bodenlose.

In den ersten Tagen nach ihrem Verschwinden beschäftigte ihn vor allem der Gedanke, wie er diese Nachricht Zach beibringen sollte.

Und sie waren alle enttäuscht. Sie waren enttäuscht, und er war nicht mehr derselbe. Kein Autounfall, keine Todesgefahr unter Riesenwellen, kein jahrelanges Versinken im Nichts einer Wohnung hatten anrichten können, was ein paar Sätze angerichtet hatten. In ihm war etwas zerbrochen, das den Ausgleich geschaffen hatte zwischen Ordnung und Chaos, zwischen übermäßigem Antrieb und Passivität, zwischen Obsession und Gleichgültigkeit, zwischen Optimismus und Verzweiflung, zwischen alter und neuer Zeit.

Er dämmerte durch die Welt. An manchen Tagen war er im wörtlichen Sinn außer sich. Er sah sich, wie er mit einem vierzig Kilogramm schweren Rucksack auf dem Rücken tagelang die Treppen eines Wolkenkratzers hoch- und wieder hinunterlief, er sah sich selbst wochenlang zu, wie er den Aconcagua bestieg, er sah sich von Moskau bis Wladiwostok in der Transsibirischen Eisenbahn sitzen, dieselbe Sonne über sich, die auch über Marie leuchtete. Er sah sich in Nazaré auf einer Welle surfen, die viel zu groß und mächtig für ihn war, doch er hatte Glück. Er sah sich in Prypjat in seiner Wohnung von damals übernachten, den Zettel von damals lesen, auf seinen Geigerzähler starren, und er war dabei, als er sich in New York und Chicago herumtrieb und einmal eine ganze Woche lang nicht schlief, bis er sich benommen in einem dreckigen Hinterhof wiederfand, die Bisswunde eines Hundes in der Wade.

Danach nahm er sich zusammen. Seine Vorstellung von Selbstachtung vertrug sich nicht mit solchen Eskapaden. Er war es leid, ein jämmerliches Bild abzugeben, und traf sich mit Zach in Berlin. Berlin war zwar kein Ort, an dem man sich mit Liebesschmerzen aufhalten sollte, doch neben einem Kraftwerk wie Zach fühlte man sich niemals schwach, im Gegenteil, in Zachs Gegenwart hatte jeder das Gefühl, das Leben würde nie enden.

Er meldete sein Mobiltelefon ab und sperrte sich in Rom in seiner Wohnung ein. Ohne Zach ging es ihm noch schlechter als davor, zudem musste er ständig an jenen Abend mit Marie denken, den sie hier verbracht hatten, und so floh er nach vier Tagen zu Salvo, dessen Laden er regelrecht belagerte. Er schrieb Postkarten an Menschen, die er nicht kannte und deren Adressen er aus dem Telefonbuch herausschrieb, aber auch an Salvo, obwohl der ihm gegenübersaß, und an Irene, die Frau, die ihm sein erstes Ticket nach Rom verkauft und die er nie wieder gesehen hatte, mit der ihn jedoch schon seit Jahren diese einseitige Kommunikation verband.

»Willst du dich nicht ins Bett legen, mein Schöner?«
»Salvo, ich bin nicht müde.«
»Du siehst aber so aus.«
»Ansichtssache. Wer ist der Kerl und was will er?«
Jonas deutete auf einen jungen Mann im Anzug, der mit einem Kugelschreiber auf die Theke trommelte und schlechter Laune zu sein schien.
»Der? Das ist offenbar der Laufbursche dieses Schauspielers.«
»Welches Schauspielers?«
»Ach, irgendein Fatzke vom Film steht draußen und glaubt, dass ich meinen Laden für ihn und seine Leute räume. Er hat von mir gehört und will bewirtet werden.«
»Und was hast du geantwortet?«
»Dass er sich ins Knie ficken soll.«
Jonas ging zur Tür und schaute hinaus. Umgeben von einigen jungen Frauen und zwei vierschrötigen Kerlen stand vor dem Lokal Jack Nicholson.
»Salvo, den kennt man wirklich«, sagte Jonas.
»Würdest du ihn reinlassen?«
»Ihn schon. Den Rest nicht.«
»Na siehst du.«
Jonas schaute noch einmal hinaus. In diesem Moment verstand er, warum irgendein Taugenichts, dessen Leben von Anfang an gescheitert war, auf den Gedanken kommen konnte, jemanden wie den Mann da draußen zu ermorden, um den eigenen Namen an die Berühmtheit seines Opfers zu binden. Sinn, danach suchten alle, mehr als Sinn konnte man nicht finden.

Bei Shimon und Abigajil, die er im Haus einer Verwandten in Eilat besuchte, blieb er zehn Tage. Sie erinnerten ihn daran, dass es, um Gutes zu tun, nicht genügte, Geld zu überweisen, sondern man musste sich als Mensch einbringen, mit allem, was man war und was man hatte.

Er wohnte eine Woche bei José in Barcelona, half ihm bei der Wohnungsrenovierung, unternahm mit ihm ein paar kleinere Touren in den Pyrenäen und überredete ihn dann, mit nach Moi zu kommen. Dort lagen sie wochenlang in der Sonne, mixten Cocktails, tauchten, unternahmen mit den Jetskis Ausflüge, hörten im Ruderboot Musik, die aus seinen neuen, für ihn eigens angefertigten Kharma Grand Enigma-Boxen drang, und genossen die ungeheure Tatsache, die einzigen Menschen im Umkreis von mindestens siebzig Seemeilen zu sein. Es ging ihm nicht schlecht. Er durfte sich nur nicht fragen, wo sie gerade war.

Danach besuchte er Tic in Oslo. Tagsüber saß er in seinem Museum, dem er den inzwischen eingeschweißten Zettel aus Prypjat hinzufügte. Er betrachtete in Ruhe seine Sammlung und ließ anhand der Inventarstücke sein Leben der vergangenen Jahre an sich vorbeiziehen.

Abends gingen sie aus, nachts bemühte er sich vergeblich, etwas wiederzufinden, das woanders verlorengegangen war.

Von Oslo flog er nach London. Im *Fabric* traf er Helen wieder, mit der er vor vielen Jahren ein paar Mal nach Hause gegangen war, und unterschrieb am nächsten Morgen an ihrem Küchentisch den Vertrag für den Everest, ohne auch nur eine Sekunde nachzudenken.

Er machte einen Sanitäterkurs und begann, ehrenamtliche Dienste in Obdachlosenheimen und in Vereinen zu leisten, die für die Betreuung in Not geratener Kinder zuständig waren. Er besuchte Spitalszimmer, in denen er an Mike denken musste und wo Kinder lagen, die Stunden zuvor vom Vater vergewaltigt und von der Polizei hierhergebracht worden waren. Mit diesen Kindern zu reden, das war seine Aufgabe.

Er lernte schnell, dass er, um etwas zu erreichen, auch etwas von sich preisgeben musste.

Was er in diesen Zimmern erlebte, brachte ihn weiter an seine Grenzen, als ihm lieb war. Aber es gab ihm Mittel in die Hand, mit seinem Kummer umzugehen, der gleichzeitig um nichts schwächer wurde.

Er fuhr nach Hause, wo ihn Zach am Bahnhof erwartete. Er sperrte sich in seinem Zimmer ein, setzte sich aufs Bett und dachte: Hier war sie. Hier saß sie. Mit ihrem Notizbuch und ihrem Laptop und ihrem iPod. Hier sprach sie mit mir. Mit diesem Tattoo auf dem Arm, mit diesem hier. Es war ein Jetzt. Nun Teil eines Damals.

51

Am Morgen kam Jonas kaum hoch, als ihn Mingma weckte.

»Noch zehn Minuten«, bettelte er, »noch fünf Minuten!«

Mingma, einer der ernsteren unter den Sherpas im Team, war unerbittlich. Er rüttelte Jonas unentwegt, dazu kam die schneidend kalte Luft, die ins Zelt strömte, sodass Jonas irgendwann seinen Widerstand aufgab und sich anzuziehen begann.

Es war bereits hell, was ihn überraschte. Als er auf die Uhr schaute, stellte er fest, dass sie stehengeblieben war. Draußen begegnete er Carla, die rund um ihr Zelt durch den Schnee stapfte und im Gehen das Frühstück hinunterwürgte.

»Sehr vorbildlich«, lobte er.

Sie sagte nichts, sondern wies mit einem schadenfrohen Grinsen auf Mingma, der Jonas eine Portion Porridge brachte. Beinahe hätte Jonas den Teller den Gletscher hinabgeschleudert. In Erinnerung an die mahnenden Worte seines Expeditionsleiters bemühte er sich, den seltsam aussehenden Eintopf in seinen Magen zu befördern.

»Alles hätte der Bursche werden sollen, nur nicht Koch«, sagte Carla.

»Was bringt dich auf den Gedanken, er sei Koch?«

»Gute Frage. So. O mein Gott.« Sie warf ihren leeren Teller in den Schnee. »Jonas, kannst du heute ein Auge auf mich haben? Irgendetwas stimmt nicht mit mir.«

»Was ist denn los?«

»Mir ist schwindlig, und meine Koordination ist nicht, wie sie sein sollte.«

»Das hört sich aber nicht gut an.«

»Ich hatte Schwierigkeiten, einen Reißverschluss zuzumachen. Solche Sachen.«

»Hast du mit Hadan geredet?«

»Bin ich blöd? Der schickt mich doch sofort runter! Was denkst du, warum ich dich bitte? Wenn Ennio und du auf mich aufpassen, wird es schon gehen.«

Jonas hielt sich nicht für jemanden, der gute Ratschläge verteilen sollte, und nickte nur. Von da an hielt er sich in Carlas Nähe, bereit, jederzeit einzugreifen, und in der festen Überzeugung, er würde, wenn es darauf ankäme, restlos überfordert sein.

Der erste Teil des Weges zu Lager 3 war anstrengend, aber sowohl die Strapazen als auch die Gefahren hier waren nicht mit jenen weiter oben vergleichbar. Auf dem letzten Eisfeld vor der Lhotse-Flanke, wo alle ihre Klettergurte richteten und die Eispickel von den Rucksäcken schnallten, fragte Jonas bei Carla nach, wie sie sich fühlte.

»Relativ unverändert«, lautete die Antwort. »Das sollte eigentlich ein gutes Zeichen sein. Dass es mir nicht schlechter geht. Wäre etwas mit mir wirklich nicht in Ordnung, würde es mir doch immer schlechter gehen, oder?«

»Da bin ich überfragt. Klingt logisch, aber willst du nicht trotzdem mal mit Hadan reden?«

»Sicher nicht. Wann findet eigentlich die Sonnenfinsternis statt? Bald, oder? Sind wir da auf dem Berg?«

»In vier Tagen«, sagte Hadan, der plötzlich vor ihnen stand, »und da werden wir wahrscheinlich sogar wieder hier sein. Wie geht es euch, kommt ihr zurecht?«

»Alles bestens«, sagte Jonas und war gespannt auf Carlas Antwort.

»Perfekt«, sagte sie.

»Dann lasst uns mal ein wenig eisklettern, würde ich sagen.«

»Hadan, wie geht es Marc?«

»Hat ein paar Nägel im Bein und redet schon wieder von den Krankenschwestern.«

Das war eine aufmunternde Nachricht, und Jonas nahm die Wand, die ihm beim ersten Mal viel abverlangt hatte, mit Schwung in Angriff. Er fühlte sich stark, und der Stau, der immer wieder über ihm entstand, wenn ein erschöpfter Kletterer am Fixseil Rast machte, brachte ihn nach einiger Zeit aus der Fassung. So einen Aufstieg, bei dem überforderte Anfänger für mehr Schwierigkeiten sorgten als Wind und Wetter und der Berg selbst, hatte er noch nicht erlebt.

»Carla, alles gut bei dir?« rief er nach unten.

»Alles bestens!«

Er blickte am Fixseil entlang hinab in die Tiefe. Direkt unter ihm trieb Lobsang die Zacken seiner Steigeisen in die Wand, danach kam Carla, und hinter ihr leuchtete eine gelbe Jacke. Ihr Besitzer atmete bereits künstlichen Sauerstoff, er sah aus wie ein Kampfpilot.

»Ist das nicht ein wenig früh?« fragte Jonas nach unten.

Lobsang drehte sich um und lachte.

»Es gibt Menschen, die drehen die Flaschen schon im Basislager auf.«

»Davon habe ich einige gesehen, aber ich dachte, es handle sich um medizinische Notfälle!«

»Nein, zu denen werden sie erst.«

Es ging weiter. Zwanzig Meter Klettern, fünf Minuten Pause. Zum Glück schien die Sonne in die Wand, sonst hätte sich Jonas die Finger abgefroren. Seine dicken Handschuhe steckten im Rucksack, weil er mit den dünneren mehr Gefühl für den Eispickel und den Jumar hatte.

Zwanzig Meter Klettern, Pause. Dreißig Meter, Pause. Fünf Meter, Pause. Zehn Meter, Pause.

»Lang halte ich das nicht mehr aus«, rief Jonas nach unten, »das ist doch ein Witz!«

»Gewöhn dich besser dran«, gab Lobsang zurück.

»Ich verstehe nicht, was in solchen Leuten vorgeht. Wenn ich merke, dass ich zu langsam bin, hänge ich mich an eine Eisschraube und lasse den Pulk vorbei.«

»Meinst du wirklich, dass diese Leute alle wissen, wie eine Eisschraube funktioniert?«

»So schlimm?«

»Ich habe einige von denen vor uns gesehen. Ein paar gehören zu den Afrikanern, ein paar sind aus Trinidad, und zwei Beinamputierte und zwei Blinde sind auch dabei. Sei froh, wenn dir keiner von denen in der Wand entgegenkommt und auf den Rücken kracht. Besser, sie rasten, wenn sie müssen.«

»Ich verstehe das nicht. Ich bin ja schon kein echter Bergsteiger und habe hier eigentlich nichts verloren. Aber was wollen die hier?«

»Ich bin froh, dass sie da sind, denn von ihrem Geld können wir unsere Kinder zur Schule schicken.«

»Irgendwie traurig.«

»Jonas, es geht schon wieder weiter. Oder brauchst du eine längere Pause?«

Nach einigen Stunden wurde auch Jonas langsamer. Die Höhe machte ihm zu schaffen, die Rippe schmerzte, und das Klettern in dieser Wand wäre selbst dreitausend Meter niedriger anstrengend gewesen. Was ihm an Technik fehlte, versuchte er durch Körperkraft auszugleichen, und nun merkte er auf jedem Meter, wie zerschlagen er war.

»Alles in Ordnung, Carla?« rief er nach unten.

Keine Antwort. Er rief noch einmal. Er schaute hinab und sah Carla in der Wand stehen, die Zacken im Eis, ihr Körper merkwürdig gekrümmt.

»Mach bitte keine Sachen! Ist dir ein Handschuh runtergefallen?«

Im nächsten Moment erbrach sie sich. Sie kotzte geräuschlos in die Lhotse-Wand, und Mingmas Porridge wäre mehrere hundert Meter nach unten gefallen, wäre er nicht auf dem gelben Kampfpilot gelandet, der direkt unter Carla stand.

Der Mann riss seine besudelte Sauerstoffmaske vom Gesicht, und ein Schwall von Flüchen wurde laut. Beim Versuch, sich zu entschuldigen, merkte Carla offenkundig zu spät, wie übel ihr noch immer war, worauf am Seil ein lautstarker Streit losbrach.

Während das Wortgefecht zwischen der zerknirschten Carla, dem empörten Bulgaren und Lobsang, der sich für Carla entschuldigte, in vollem Gang war, verfolgte Jonas, wie eine Gestalt neben dem Fixseil, an der Schlange wartender Bergsteiger vorbei, ohne Sicherung allein mithilfe seiner zwei Eispickel nach oben kletterte. Als die Person bei dem Bulgaren Halt machte und auf ihn einzureden begann, erkannte Jonas, dass es sich um seinen Expeditionsleiter handelte.

Jonas war beeindruckt. Er wusste, dass Hadan ein guter Bergsteiger war, aber solche Meisterschaft in solcher Höhe hätte er ihm nicht zugetraut. Diese Vorstellung übertraf bei weitem alles, was er an Eisklettern bei José gesehen hatte, und zwar viertausend Meter tiefer, ausgeruht und mit Sicherung.

Nachdem er die Lage zwischen Carla und ihrem Opfer beruhigt hatte, kletterte Hadan weiter nach oben.

»Was soll das werden?« fragte Jonas.

»Ich will wissen, was da oben los ist. Wenn das so weitergeht, hängen wir die ganze Nacht in dieser Wand, und darauf habe ich keine Lust. Zwei Seillängen unter uns gibt es Probleme, Eva hat Krämpfe. Ich würde gern herausfinden, ob es eine Chance gibt, bald ins Lager zu kommen, oder ob ich sie besser nach unten schicke.«

»Und deshalb kletterst du hier die Wand hoch? Hast du mal nach unten gesehen?«

Hadan schaute in die Tiefe. »Wunderbar, ja. Wegen dieser Aussicht nehmen wir all die Strapazen doch in Kauf, oder?«

»Darf ich dich darauf aufmerksam machen, dass du ohne Sicherung unterwegs bist? Bist du lebensmüde?«

»Lebensmüde? Ich? Ich sollte dir das eigentlich nicht sagen, aber da, wo ich bin, ist es sicherer als da, wo du bist.«

»Wie kommst du denn auf diesen Unfug? Ich hänge am Seil, du nicht.«

»Eben.«

»Eben? Wieso?«

»Heb mal den Kopf und zähle all die Menschen, die an diesem Seil hängen. Dieses Seil ist an einer einzigen Eisschraube befestigt. Was haben wir besprochen? Wartet ab, habe ich euch gesagt, hängt euch nicht als zehnte an so ein Seil, es könnte noch vom Vorjahr sein. Nicht alle Fixseile in der Wand sind neu. Man nimmt, was man kriegen kann. Weißt du, was so ein Seil kostet?«

Jonas starrte auf den Sicherungsstrick um seine Hüften, an dessen Ende der Karabiner mit dem Fixseil verbunden war.

»Machst du Witze?«

»Hast du mich lachen sehen? Aber ihr seid alle sehr gut versichert. Ich sage das nur, weil mich die Prämie eine Stange Geld gekostet hat.«

»Das beruhigt mich aber, danke.«

»Das jetzt war ein Witz. Beim nächsten Übergang lässt du dir trotzdem Zeit und wartest, bis es über dir ruhiger geworden ist.«

»Da werden sie mich von hinten pieksen.«

»Niemand wird dich pieksen. Und sollte jemand pieksen, mach's wie Carla. Das war äußerst effizient.«

Jonas schaute nach unten. Tatsächlich hatte sich der Gelbe gut zehn Meter abgeseilt, um Abstand zwischen Carla und sich zu bringen.

»Der kommt euch bestimmt nicht mehr zu nahe, das heißt, ihr kriegt auch von hinten nicht zuviel Gewicht an euer Seil.«

»Ich werd's mir merken.«

»Ach ja, bitte in Lager 3 noch keinen künstlichen Sauerstoff verwenden, wir haben ein kleines Vorratsproblem, es wurde einiges geklaut. Bis später.«

Jonas wusste nicht, worüber er mehr staunen sollte, über die Geschwindigkeit oder über die Eleganz, mit der sich sein Expeditionsleiter die Wand hocharbeitete. Binnen weniger Minuten war er nur noch ein kleiner Punkt, der dem Himmel zustrebte.

»Hadan ist ein wunderschöner Bergsteiger«, schwärmte Lobsang.

»Hast du eben wunderschön gesagt? Er ist ein wunderschöner Bergsteiger?«

»Das ist er. Er klettert wunderschön! Und man merkt, dass er das will. Ihm liegt etwas daran, schön zu klettern.«

»Hast du mitgekriegt, was er über die Seile gesagt hat? Stimmt das?«

»Klar stimmt das.«

»Und wieso sagst du mir das nicht?«

»Weil es egal ist. Wenn da oben jemand stürzt und das Fixseil aus der Verankerung gerissen wird, poltern so viele Leute durch die Wand, dass es keine Rolle spielt, ob du da drüben oder hier kletterst. Entweder wir sterben mit den Zacken afrikanischer Steigeisen im Kopf, oder wir werden von einem Beinamputierten zerschmettert.«

»Lobsang, du hast eine ganz schön komische Art, einen zu motivieren.«

Der Sherpa sandte noch einige hämische Kommentare nach oben, doch Jonas hatte nach der langen Unterhaltung schlicht keine Luft mehr. Er beschloss, das Seil und alle anderen Gefahren weiterhin zu ignorieren, und kletterte wieder los, das Denken bewusst auf das Nötigste reduziert.

Steigen. Pickel in die Wand, Fuß in die Wand. Wieder ein Meter. Noch einer. Noch einer.

Irgendwann wirst du ganz oben sein.

Aber was machst du dann? Außer wieder runtergehen und noch immer du sein?

52

In Lager 3, mitten in der Lhotse-Wand, waren die Verhältnisse so beengt, dass sich Jonas mit Nina und Manuel ein Zelt teilen musste. Ihn kümmerte es nicht, er wollte nur mehr daliegen und die Augen schließen. Er fühlte Arme und Beine und vor allem seine Hände kaum, er hatte Wadenkrämpfe und war so abgekämpft, dass er sich auch in ein Rattennest oder einen Ameisenhaufen gelegt hätte. Hauptsache liegen. Hauptsache nicht bewegen. Vielleicht sogar schlafen. Aber wie, ohne Luft?

Manuel hatte Schweißfüße, Nina roch ebenfalls scharf nach Schweiß. An sich selbst konnte Jonas keinen Geruch feststellen, doch er fühlte ein grässliches Stechen im Kopf, von den Rippenschmerzen gar nicht zu reden. Er fragte sich, wie er bei all den Pillen und Tropfen, die er schluckte, überhaupt noch so etwas wie Kopfschmerzen empfinden konnte.

Aber im Grunde war es ihm egal. Wenn er die Augen geschlossen hielt, ging es. Solange er Ruhe hatte.

»Hier stinkt es«, sagte Manuel.

»Ich bin das nicht«, sagte Nina.

»Willst du wirklich jetzt schon anfangen?« fragte Jonas, als Nina die Sauerstoffmaske aufsetzte.

»Was bleibt mir anderes übrig? Ohne Maske überlebe ich den Gestank nicht. Was hast du bitte mit deinen Füßen gemacht, Manu?«

»Wir sind hier beim Bergsteigen, nicht in einem Violinkonzert«, gab Manuel beleidigt zurück. »Deine duften sicher auch nicht nach ätherischen Essenzen.«

»Nach ätherischen Essenzen? Wie kommst du denn auf so was?«

»Nina, ich weiß nicht, ob das gut ist«, mischte sich Jonas ein, obwohl ihm das Reden schwerfiel und er nach Luft rang. »Erstens hat Hadan gesagt, unser Vorrat an künstlichem Sauerstoff ist nicht groß genug, um uns schon in der Nacht an die Flasche hängen zu können, und zweitens frage ich mich, ob es nicht grundsätzlich zu früh ist. Morgen beim Aufstieg brauchst du die Flasche, nicht jetzt.«

»Würdest du mich bitte meinen Everest besteigen lassen, wie ich will, und deinen besteigen, wie du willst?«

Sie setzte die Maske auf und drehte sich um, als wollte sie schlafen.

»So geht das schon den ganzen Tag«, sagte Manuel, ebenfalls schwer atmend. »Im Basislager ist sie das reinste Streichelküken, und sowie es über den Eisbruch hinausgeht, beginnt sie zu spinnen. Verträgt die Höhe überhaupt nicht.«

Nina riss sich die Maske vom Gesicht und schlug Manuel damit über den Rücken.

»So kann man ja nicht atmen!« rief sie wütend. »Und dir geb ich gleich Streichelküken!«

»Es wäre möglicherweise hilfreich, den Regler aufzudrehen«, sagte Jonas vorsichtig.

»Und du komm mir nicht blöd!« sagte sie und stach mit dem Finger in seine Richtung.

Sie drehte den Regler auf höchste Durchflussstärke und legte sich wieder hin. Manuel zeigte ihr die Zunge. Jonas streckte sich neben seinem knabenhaft schmalen Nachbarn aus und bemühte sich, ihm genug Platz zu lassen.

»Wärmer wird es, wenn wir näher zusammenrücken«, sagte Manuel.

»Mir ist nicht kalt«, sagte Jonas.

»Er will ausdrücken, er ist nicht schwul«, sagte Nina unter der Maske hervor.

»Was soll der Schwachsinn?« keuchte Manuel. »Ich bin auch nicht schwul!«

»Du bist schwuler als schwul. Du bist dreimal so schwul wie Elton John.«

»Wie kommst du auf so einen Mist? Schwul, ich?«

»Das sieht doch ein Blinder. Du steigst ja sogar schwul eine Eiswand hoch. Du wackelst in der Lhotse-Wand mit dem Ärschchen.«

»Du hast einen Dachschaden, weißt du das?«

»Ich habe keinen Dachschaden, ich habe bloß eine gute Beobachtungsgabe.«

»Dann hast du einen Sehfehler.«

»Wie heißt denn deine Freundin? Ach ja, du hast sie noch gar nie erwähnt, komisch.«

»Darf man nicht Single sein?«

»Alles darf man sein, Single, schwul, verheiratet, geschieden, man darf bloß nicht so tun, als wäre man nicht, was man ist.«

»Ich tu doch nicht so, als wäre ich etwas nicht, was ich bin!«

»Doch, das machst du. Du stehst auf Männerkörper. Ich bin doch nicht blöd, ich kenne dich nun schon eine Weile, ich sehe so was. Schau dir mal deine Hände an.«

»Was hat denn das jetzt mit meinen Händen zu tun?«

»So etwas habe ich noch nie gesehen. Du machst ja sogar auf 7000 Metern Maniküre. Wo andere ums Überleben kämpfen, leckt sich der Herr das Fell.«

Während sich Jonas immer entnervter fragte, woher die beiden die Energie und die Luft für derartige Lächerlichkeiten nahmen, steckte Hadan den Kopf ins Zelt.

»Licht aus, Kinder, es wird geschlafen. Wir müssen früh – was ist denn das? Was machst du mit dem Sauerstoff? Der ist doch nicht für deinen Nachtschlummer gedacht!«

»Ich prüfe nur, ob ich damit atmen kann.«

»Natürlich kannst du damit atmen, es befindet sich Sauerstoff in der Flasche und kein Giftgas!«

»Das Giftgas verströmt schon der mit seinen Socken«, schimpfte Nina und packte Maske und Sauerstoffflasche weg. »Seine Socken haben bereits Namen und kommen bald in die Schule. Sie sprechen! Ich höre sie miteinander flüstern!«

»Wenn wir runterkommen, wirst du selbst noch weitaus schlimmer riechen«, sagte Hadan. »Und hast du eine Vorstellung davon, was so eine Flasche kostet? Ich will dich nicht noch mal damit sehen, verstanden? Wir brechen früh auf, also versucht zu schlafen. In Lager 4 schläft man erfahrungsgemäß eher wenig, also holt jetzt alles raus, was geht. Noch Fragen?«

»Ja«, sagte Nina, »kannst du Mingma auftragen, er soll uns am Morgen statt seines Porridge etwas anderes ins Zelt schieben?«

»Ich würde sogar Hühnerköpfe vorziehen«, sagte Manuel.

»Morgen gibt es kein Frühstück, jeder steckt sich einen Energieriegel in den Mund und marschiert los.« Hadan rümpfte die Nase. »Der Geruch ist wirklich nicht zu ertragen.«

»Eins noch«, rief Nina, »kann es sein, dass du Schokolade eingesteckt hast?«

Hadans Seufzen klang müde. »Manchmal habe ich den Eindruck, ich leite hier einen Schülerausflug.«

Er schloss das Zelt, und sofort setzten Nina und Manuel ihr Gezänk fort. Jonas war kurz davor, unfreundlich zu werden, da fiel ihm sein iPod ein. Gerade wollte er ihn einschalten, als ihn Manuel fragte:

»Hast du eigentlich Hunger?«

»Ich? Nein, wieso? Ich weiß gar nicht, wann ich das letzte Mal Hunger hatte.«

»Geht mir auch so. Und hast du Lust auf Sex?«
»Schwul!« trompetete Nina.
»Ich will bloß wissen, ob die Libido hier oben tatsächlich so reduziert ist, wie die Ärzte im Basislager behaupten. Ich habe an ihrem Versuch teilgenommen, es war sehr interessant. Ab 4000 Höhenmetern sinkt das Interesse an Sexualität rapide, haben sie festgestellt.«
»Deines ja offensichtlich nicht, mein Regenbogenkönig.«
»Das steht jetzt gar nicht zur Debatte.« Er schöpfte einige Sekunden Atem. »Außerdem habe ich Jonas gefragt.«

Jonas sagte nichts. Er stöpselte sich die Kopfhörer in die Ohren und drückte auf Start.

Zum Glück kein Song von Marie. Er drehte die Lautstärke auf, sodass er die beiden neben sich nicht mehr hören konnte.

Der Brief. In seiner Tasche.
Mach ihn auf.

53

Als Jonas von Mingma gerüttelt wurde, stritten Nina und Manuel neben ihm noch immer oder schon wieder, und ihm kam der ernsthafte Verdacht, mit den beiden könnte etwas nicht stimmen. Womöglich waren sie höhenkrank, womöglich war ihr Gefasel ein Hinweis auf Hypoxie. Im Basislager war man mit ihnen völlig problemlos ausgekommen, und hier oben benahmen sie sich wie Idioten, oder jedenfalls wie Menschen, die eine seltsame Infantilisierung durchgemacht hatten. Auszuschließen war es nicht, dass so etwas an der Höhe lag.

Aber woher hatten sie diese Energie? Nahmen sie irgendwelche leistungssteigernden Mittel? Er musste jeden Lebensfunken in sich sammeln, nur um sich zur Seite zu drehen oder aufzusetzen, und die beiden beharkten sich wie Kinder auf einem Spielplatz.

»Jonas, was meinst du? Sieht er aus wie ein Prinz oder nicht?«

Er beschloss, sich das nicht länger anzutun, und zog sich in Windeseile an. Er war heilfroh, als er endlich das übelriechende Zelt mit den zwei durchgedrehten Streithähnen verlassen hatte, obwohl ihm die Kälte den Atem verschlug, der dröhnende Wind ihm beinahe die Mütze vom Kopf riss und er sofort die Nähe einer großen Gefahr spürte. Hier galt es, sich zu konzentrieren. Jeder Schritt konnte der letzte sein. Und dabei musste er sich mit Bildern von Manuel herumschlagen, der Hermelin und Krönchen trug.

Er machte sich daran, die Sauerstoffmaske aufzusetzen, was mit den Handschuhen gar nicht so einfach war.

»Brutal kalt!« schrie Hadan und half ihm. »Nicht gut.«

»Rauf?«

»Ja! Aber bleib immer in der Nähe eines Sherpas! Ich gebe über Funk durch, wenn wir umkehren müssen. So, dein Regler ist offen.«

»Wer ist das, der sich gerade ins Fixseil einklinkt?«

»Gyalzen! He, Gyalzen! Warte auf Jonas!«

Jonas schulterte seinen Rucksack, der mit der Sauerstoffflasche bedeutend schwerer war als am Vortag, nahm den Eispickel und hängte sich hinter dem Sherpa ins Seil. Die Maske schob er wieder nach oben, um sich verständlich machen zu können.

»Gyalzen. Wieso brechen wir heute so früh auf? Ist es so weit? Schaffen wir es sonst nicht an einem Tag?«

»Wir schaffen alles«, kam es von oben.

»Wieso so früh?« schnaufte Jonas und setzte die Maske auf, er war schon nach wenigen Metern außer Atem.

»Sobald die Sonne in die Wand scheint, schmilzt das Eis«, schrie hinter ihm Alex, der Bergführer, gegen den Wind an. »Das System aus Fels, Schnee und Eis wird instabil, und es kommt immer wieder mal was runter. Zumindest die Stellen, die am meisten ausgesetzt sind, sollten wir vorher überwinden. Schon mal einen Felsbrocken in der Größe eines Medizinballs auf den Kopf gekriegt?«

»Sag nicht, mit so was müssen wir rechnen!«

»Mit so was müssen wir rechnen!«

»Das ist ja lebensgefährlich!« rief Jonas, und alle drei lachten.

7400 Meter. 7500 Meter. 7600 Meter. Die ersten Sonnenstrahlen funkelten in die Wand.

7700 Meter über dem Meer. Ich gehe hoch. Ich besteige den Mount Everest. Was auf mich wartet, weiß ich nicht, doch es ist etwas Großes. All das hier ist groß. All das hier kann jeden Moment vorbei sein.

Ein Leben ist nur dann geschützt, wenn es einer Sache gewidmet ist, die größer ist als der Mensch, der es lebt und der Sache dient.

Ich lebe. Ich atme. Ich atme durch diese Maske, ich bin ein Astronaut auf einem fremden Planeten. Ich erfahre, wo die Möglichkeit des Menschseins endet. Ich bin hier drin. Das da draußen ist weit weg. Aber es ist bereits Todeszone. Wir können hier nicht sein.

Dieses Eis. Diese Steine. Diese Felsen. Das ganze Jahr über sind sie allein. Während einiger Wochen kommen Menschen vorbei. Die Menschen sind bald wieder weg. Die Steine, die Felsen liegen weiterhin hier. So wie sie schon hier lagen, als Ritter mit Lanzen aufeinander losgingen, so wie sie hier lagen, als Seeräuber die Meere unsicher machten, so wie sie hier lagen und schliefen und träumten, als das Nibelungenlied geschrieben wurde, so wie sie hier lagen, als die Völkerwanderung Europa auf den Kopf stellte. Herr Stein, Karl der Große ist gestern gekrönt worden. Wer?

Diese Felsen, diese Steine: Sie sitzen hier, sie schlafen hier, sie schauen hinab auf die Welt unter sich und lassen Schnee auf sich fallen und zwinkern einander alle paar tausend Jahre zu.

Jonas stieg auf, stieg auf, stieg auf. Sein Husten marterte ihn, die Rippe war nichts als eine brüllende Wunde, ein Teil seines Körpers, der sich gegen ihn gewandt hatte, aber am schlimmsten empfand er die Erschöpfung, diese totale Erschöpfung, die letzte Station vor der Hilflosigkeit. Und die psychische Belastung, wenn er ein Ziel anvisierte und nach einiger Zeit feststellen musste, dass es viel weiter entfernt war als gedacht. Entfernungen waren hier nicht mehr, was sie an anderen Orten waren. Ihm war, als bewege er sich durch eine Märchenwelt, in der die Naturgesetze allmählich ihre Gültigkeit verloren und in der nahezu alles geschehen konnte.

Es war kalt. Es war so kalt. Nicht einmal in der Antarktis hatte er so gefroren. Der Wind peitschte in gnadenlosen Böen gegen die Wand, und Jonas spürte, wie ernst die Lage war, wie leicht nun ein Fehler den Tod bedeuten konnte. Alles um ihn war Gefahr, Menschen hatten hier keine Existenzberechtigung, sie durften nur auf einen Passierschein hoffen, auf ein Visum mit äußerst kurzer Rechtskraft.

Er stieg und stieg, und immer wenn er nach oben schaute, war da nichts als Wand. Die Wand, das Klettern. Das Klettern, die Wand. Andere Menschen um ihn, die er kaum wahrnahm. Wind. Was für ein schrecklicher, unabweisbarer Wind.

Er fühlte seine Fingerspitzen und seine Zehen nicht mehr. Der Schmerz beim Husten drückte ihm Tränen aus den Augen, die sofort vereisten. Kommunikation mit Vorder- und Hintermann war auf Handzeichen beschränkt, selbst ohne Maske hätte man bei diesem Wind kein Wort verstanden. Das war wahrlich eine Todeszone.

Hadan, eigentlich könntest du uns wieder runterschicken, hörte er sich denken.

Aber er kletterte weiter.

Als er auf dem Südsattel stand, konnte er kaum glauben, dass er es geschafft hatte. Erleichtert oder gar glücklich fühlte er sich jedoch nicht.

Vor ihm lag eine einschüchternd kahle Fläche, auf der Zelte in einem Sturm flatterten, der seine Beklemmung noch steigerte. Er beobachtete, wie sich kleine Sherpas an ihren Behausungen festkrallten, um diese auf dem Boden zu halten, und wie auch die stärksten vom Wind umgeworfen wurden. Er selbst taumelte hin und her und war weit davon entfernt, auch nur zwei Sekunden gerade zu stehen.

Er musste lachen. Das ist völlig verrückt, dachte er. Das ist völlig unmöglich.

Ihm kam der unangenehme Gedanke, Hadan hätte schon lange den Befehl zur Umkehr erteilt, Gyalzen und Alex hätten den Funkspruch im Toben des Windes bloß nicht gehört.

Er ließ den Blick noch einmal über den Sattel schweifen. Weggeworfene Sauerstoffflaschen, Felsbrocken, Steine. Menschen, die umherliefen. Weiter hinten: Menschen, die nicht umherliefen. Die sich nicht rührten.

Wenn es einen Ort gibt, an dem Menschen zwangsläufig sterben, dann ist es dieser hier, dachte er. Selbst wenn ihre Körper überleben könnten, ihr Geist könnte es nicht.

Er ging hinter einem großen Stein in Deckung und schloss die Augen.

Werft mich die verdammte Wand runter, dachte er. Ich vergehe. Immer weniger bleibt hier von mir.

Wie lange er so hinter dem Stein gekauert hatte, wusste er nicht. Jemand rüttelte ihn heftig. Er öffnete die halb vereisten Augen und sah Mingma vor sich, der ihm eine Tasse Tee hinhielt.

»Ich kann nicht«, wollte er sagen, aber er brachte es nur zu einem Kopfschütteln.

»Trink!« schrie der Sherpa. »Trink das! Du musst das trinken!«

Jonas nahm die Tasse, doch er vergaß, was er damit sollte, bis der Sherpa nach einer Weile wiederkam und sie ihm an die Lippen führte. Der Tee war kalt. Dennoch trank Jonas alles aus, und nach der zweiten Tasse fühlte er sich so weit wiederhergestellt, dass er verfolgen konnte, was um ihn geschah.

Die meisten Mitglieder des Teams schienen angekommen zu sein. Hier lag Nina, dort lag Carla, neben ihr erbrach sich Sarah, dahinter hustete Ennio, ein wenig erinnerten sie Jonas an die Opfer eines Giftgasangriffs. Dazwischen sah er überall gelbe Anzüge, Gesichter, die ihm unbekannt waren, und ständig kamen neue dazu. Die Sherpas widmeten sich der unerfreulichen Aufgabe, die Zelte aufzustellen, und während die meisten Kunden abwesend herumsaßen, lief Hadan hin und her, erteilte Anweisungen und fasste mit an, wo es notwendig war.

»Das ist doch alles die reine Unfähigkeit!« schrie ganz in der Nähe ein Mann, den Jonas am gestreiften Anorak als Tiago erkannte. »Das ist doch der Gipfel der Unfähigkeit!«

»Aber noch nicht der Gipfel des Everest, also spar dir die Luft!« schrie Hadan zurück. »Was passt dir eigentlich schon wieder nicht?«

»Die Zelte! Wir kommen hier rauf, und es sind keine Zelte da! Wieso stehen keine Zelte, wenn wir raufkommen?«

»Weil sie längst wieder weg wären!« schrie Hadan.

Mehr hörte Jonas nicht, er sah die beiden davongehen, Tiago gestikulierend, Hadan unnahbar wie immer.

Jonas hatte kein gutes Gefühl.

Wir gehören hier nicht her, dachte er. Wir müssen schnell wieder weg.

Endlich standen einige Zelte, die zu ihrer Expedition gehörten. Nachdem er beobachtet hatte, welches Zelt Nina und Manuel ansteuerten, wählte er eines aus, das ein Stück entfernt war. Kaum hatte er sich vollständig bekleidet in einen Schlafsack gewickelt, bekam er jedoch Gesellschaft von Sarah und der Bankerin, deren Namen er sich nicht merken konnte.

Mittlerweile hatte er sich so weit erholt, dass er wieder sprechen konnte. Ihm war danach, irgendeine Unterhaltung zu führen, und mochte es nur geistloses Geplapper sein, er wollte zu den Menschen zurückkehren, er wollte unter ihnen sein und nicht dort, wo er die letzten Stunden verbracht hatte. Kaum hatte er begonnen, über den Aufstieg zu reden, platzte Sarah heraus:

»Für mich war's das! Für mich ist hier Endstation!«

»Na, jetzt ganz ruhig«, sagte die Bankerin. »Willst du nicht zum Gipfel?«

»Der Gipfel kann mich mal! Ich will nach Hause! Ich will heim! Ich will zu meinem Papa!«

Sie brach in Tränen aus, so plötzlich und heftig, dass Jonas es ohne die Erfahrung der vergangenen Stunden wohl für Theater gehalten hätte. Doch es war mehr als das, vor seinen Augen ereignete sich ein totaler physischer und psychischer Zusammenbruch. Diese junge Frau hatte der Berg restlos überwältigt.

Jonas nahm all seine Kräfte zusammen und kroch aus dem Zelt, um Hadan zu holen. Mittlerweile wurde es dunkel, und er konnte ihn nicht finden. Er bat Lobsang, den er beim Schneeschmelzen antraf, ihm Hadan oder einen der Bergführer zu schicken, und kehrte zum Zelt zurück, wo sich Sarah gerade in den Armen der Bankerin übergeben hatte, was diese nicht daran hinderte, ihr den Kopf zu streicheln. Jonas ging wieder hinaus und riss bei Lobsang die erste Tasse Tee an sich, um sie Sarah zu bringen.

»Trink das«, sagte er zu ihr, den Tonfall nachahmend, mit dem ihm Mingma vor nicht allzu langer Zeit denselben Befehl erteilt hatte.

Sie schüttelte den Kopf. Die Bankerin nahm die Tasse und presste sie ihr gegen die Lippen.

»Bitte, du musst das trinken!«

Hustend drückte sich Jonas gegen Sarah, die am ganzen Körper vor Kälte und Erschöpfung zitterte. Er roch ihren

Schweiß, er sah, wie stumpf und verfilzt ihr Haar war, er dachte an die starke junge Frau, die sie vor ein paar Wochen gewesen und von der nichts übriggeblieben war, und er musste an die Menschen denken, die, weit entfernt an sie dachten, sich um sie sorgten, um dieses Bündel Mensch, für das der Berg hier zu groß war.

Wenn es sonst keiner macht, bringe ich sie nach Hause, versprach er, sich selbst, ihr, wem auch immer.

Eine halbe Stunde später, kurz nachdem die Sherpas Tee und Suppe ausgeschenkt hatten, zwängte sich Hadan zu ihnen in ihr Dreipersonenzelt.

»Beine einziehen! Da draußen halte ich keine Sprechstunde!«

Er setzte sich den dreien gegenüber, ungeachtet dessen, dass ihm der Wind das Eis, welches sich an der Innenseite des Zeltdachs gebildet hatte, bei jeder Böe ins Gesicht spritzte. Obwohl der Sturm ein wenig abgeflaut war, knatterten die Zeltwände so laut, dass man schreien musste, um sich zu verständigen.

»Gute Nachrichten: Hank wurde auf die Normalstation verlegt. Habe heute schon mit ihm gesprochen. Er wird wieder ganz der Alte. Bloß auf den Everest wird er es wohl nie mehr schaffen.«

»Das sind wirklich gute Neuigkeiten«, sagte Jonas.

Die beiden anderen schwiegen.

»Was ist los mit dir?« fragte Hadan Sarah. »Du hast schon mal besser ausgesehen.«

Anstelle einer Antwort begann sie von neuem zu weinen. Sie schluchzte beinahe hysterisch und schnappte nach Luft, doch Hadan blieb ruhig. Erst stabilisierte er ihre Atmung, indem er eine Hand auf ihren Brustkorb legte, dann säuberte er mit seinem eigenen Taschentuch ihr Gesicht.

»Sei stolz auf das, was du erreicht hast! Du hast dich aus

eigener Kraft auf fast 8000 Meter hochgeschleppt, und du warst sehr tapfer. Du bist noch jung, du kannst noch oft wiederkommen.«

Er beugte sich zu ihr und umarmte sie. Jonas rückte beiseite, um Platz zu machen, und für eine Sekunde meinte er, er sollte es jetzt sagen. Er sollte sagen, für mich war's das auch, ich gehe runter, ich habe die Hölle bereits gestreift, es langt. Stattdessen fragte er:

»Wann geht's los? Meine Uhr ist stehengeblieben, wie spät ist es? Sechs? Wann brechen wir auf?«

»Willst du bei diesem Wind da hoch?«

»Müssen wir doch. Oder?«

»Müssen wir nicht. Wir bleiben hier.«

»Was heißt denn, wir bleiben hier?« fragte die Bankerin. »Wir gehen nicht hoch?«

»Wenn das Wetter so bleibt, nein. Es sind noch andere Expeditionen angekommen. Ich höre mir mal an, was deren Leiter sagen. Im Augenblick halte ich es nicht für vertretbar, zum Gipfel zu gehen. Ich gebe euch Bescheid, wenn ich mehr weiß.«

Er zwängte sich an sechs Beinen vorbei zum Ausgang. Die Bankerin hielt ihn zurück.

»Wann gehen wir dann? Morgen? Ich will da endlich hoch, ich möchte es hinter mir haben!«

»Mit dem Wunsch bist du nicht allein, aber die Faktenlage spricht dagegen. Entweder wir brechen heute gegen Mitternacht auf, weil das Wetter umschlägt, wonach es derzeit nicht aussieht, oder wir warten weitere vierundzwanzig Stunden.«

»Vierundzwanzig Stunden? Hier? Da lege ich mich ja lieber einen Tag und eine Nacht neben die Startbahn eines Flughafens, da ist es ruhiger und sicherer!«

»Es bleibt uns nichts anderes übrig.«

»Was meint denn der Wetterbericht?«

»Laut Wetterbericht ist es gerade windstill. Soviel zum Wetterbericht. Ich kläre mal ein paar Dinge und sage euch Bescheid. Ganz ruhig, wir schaffen das schon. Kümmert euch umeinander, vor allem um Sarah! Esst und trinkt ausreichend!«

Als Hadan gegangen war, wollte keiner als erster etwas sagen. Der Wind heulte und riss am Zelt, und Jonas hoffte, dass er nicht stark genug war, um sie mitsamt dem Zelt über das ganze Plateau zu blasen.

Gewettet hätte er nicht darauf.

»Wir müssen überprüfen, ob wir noch so denkfähig sind, wie es die Situation erfordert«, sagte Jonas. »Geistige Beeinträchtigung ist hier oben ein schweres Alarmzeichen.«

»Du hörst dich ganz vernünftig an«, sagte die Bankerin.

»J-o-n-a-s.«

»Was heißt das?«

»Das ist mein Name. Ich buchstabiere ihn. Mit einem Hirnödem wäre man dazu wohl nicht imstande. Jetzt du!«

»D-u h-a-s-t s-c-h-o-n w-i-e-d-e-r m-e-i-n-e-n N-a-m-e-n v-e-r-g-e-s-s-e-n. W-a-s i-s-t a-n A-n-d-r-e-a s-o s-c-h-w-e-r z-u m-e-r-k-e-n?«

»T-u-t m-i l-i-e-d, n-i-b b-l-o-s-s m-ü-d-e.«

»Oha«, sagte Andrea.

Draußen der Sturm. Im Zelt Stille. Kraftlosigkeit, aber kein Appetit. Kälte.

Schwäche, Dämmerzustand, Warten.

Warten.

Einmal nickte er ein. Es war kein richtiger Schlaf, es war ein Dahingleiten an der Grenze zwischen Wachsein und Bewusstlosigkeit. In diesem Halbtraum war Marie nicht Gestalt, sondern nur ein Name, sie war Schrift. Er ging neben einem Namen auf der Straße spazieren, er lag neben dem Namen am Strand. Im nächsten Moment küsste er den Namen, wurde vom Namen getröstet, machte mit ihm einen Ausflug. Dazwischen schlichen sich Fetzen der Zeitrealität in die Handlung ein, jemand schluchzte, jemand brachte Tee, jemand sprach ernst, und dann surfte Jonas wieder neben dem Namen auf einer riesigen Welle.

Nach einiger Zeit kehrte Jonas in die Wirklichkeit zurück mit dem Gefühl, von etwas umgeben zu sein, das sich zu einer Katastrophe auswachsen konnte. Etwas lag in der Luft, er kannte es und wollte fern davon sein.

Die Zeit verging unendlich langsam.

Gehen oder nicht gehen. Gipfel oder warten.

Um elf Uhr nachts entschied Hadan, einen Tag verstreichen zu lassen und auf besseres Wetter zu hoffen.

»Ein Drama«, sagte Jonas.

»Ich weiß«, sagte Hadan. »Aber es ist zu gefährlich.«

»Das sehen diese Tierschützer anders«, schimpfte Andrea. »Die gehen heute Nacht, und sie sind nicht die einzigen. Auch die Polen brechen auf, habe ich gehört.«

»So, hast du gehört? Lass sie nur aufbrechen. Ich hoffe bloß, wir müssen sie nicht runterholen. Das kann nämlich nicht gutgehen, was die da vorhaben.«

»Was sagt der Wetterbericht?« fragte Jonas.

»Besserung morgen Abend. Aber jetzt bin ich misstrauisch.«

»Hadan«, rief Andrea, »du willst mir nicht erzählen, dass ich dir einen Haufen Geld gezahlt habe, mich hier heraufgequält habe, in der Kotze einer jungen Frau sitze und mein Jahresurlaub draufgegangen ist, damit ich wegen schlechtem Wetter ohne Gipfel nach Hause fahren darf? Meine Kollegen machen sich in die Hose vor Lachen, wenn sie das hören! Wie stehe ich dann da?«

»Du kanntest das Risiko, Andrea. Man weiß nie, ob das Wetter eine Besteigung zulässt.«

»Das Wetter war ziemlich lange in Ordnung, nur haben wir viel zu viel Zeit im Basislager vertrödelt!«

»Im Basislager kannst du nicht wissen, was für Winde hier oben herrschen, dazwischen liegen dreitausend Höhenmeter!«

»Dreitausend Meter, die ich allein hochgestiegen bin, ja, keine Angst, die vergesse ich bestimmt nicht!«

»Wir haben keine Zeit vertrödelt, wir sind genau zum richtigen Zeitpunkt da. Schau doch mal raus! Todd Brooks ist da, die Argentinier sind da, die Russen und Kasachen sind da, die allerbesten Expeditionen haben auf diesen Tag gesetzt. Beruhig dich und warte ab.«

»Lass mich in Ruhe mit deinem Abwarten! Und nimm die da endlich mit zu dir!«

Sie stieß die schlafende Sarah unsanft von ihrem Oberschenkel.

»Wir beruhigen uns jetzt alle!« rief Jonas und kümmerte sich um Sarah, die nur kurz die Augen öffnete und sich danach nicht mehr rührte. »Andrea, morgen wird das Wetter besser, und wir gehen zum Gipfel. Alles klar? Morgen gehen wir zum Gipfel.«

Die Bankerin sagte kein Wort mehr. Sie streckte sich aus und schloss die Augen.

Hadan deutete auf die bewusstlose Sarah, die in Jonas' Armen lag.

»Was meinst du?«

»Ich weiß nicht«, sagte Jonas.

»Macht sie uns Sorgen?«

»Eher ja.«

»Okay. Ich sehe zu, ob ich einen Arzt auftreibe. Und wie geht es dir?«

»Erstaunlicherweise wieder besser.«

»Du hast von allen hier die meisten Reserven, das weiß ich schon seit sechs Wochen.«

»Das hast du mir aber verschwiegen.«

Hadan lachte. »Du hast mir auch so einiges verschwiegen.«

54

Am nächsten Morgen hatte der Wind nachgelassen, doch der Himmel war bewölkt, und es begann leicht zu schneien. Die Teams, die nachts aufgebrochen waren, kehrten zurück, die allgemeine Stimmung sank weiter.

»Unmöglich«, sagte einer, dessen Gesicht eisverkrustet war und dem Jonas einen Becher Tee an die aufgesprungenen, zitternden Lippen hielt. »Wind. Keine Sicht.«

Das darf doch nicht wahr sein, dachte Jonas. Ich bin so nah dran.

Sarah wurde von zwei Sherpas nach unten begleitet. Auch Eva sowie Bill und Ramirez, zwei Teammitglieder, die Marc gebracht und mit denen Jonas selten zu tun gehabt hatte, gaben auf. Ramirez schenkte Jonas, dessen Uhr kaputt war, seine eigene. Jonas bedankte sich und versprach, sie heil nach unten zu bringen.

»Das solltest du unbedingt«, sagte Ramirez, »aber zurückgeben brauchst du sie nicht. Sie gehört dir. Komm bloß wieder gut runter.«

Obwohl sie bis jetzt kaum miteinander gesprochen hatten, umarmten sie sich zum Abschied. Mit einem Mal fühlte sich Jonas allen hier näher als je zuvor.

»So wie es aussieht, könnten wir gleich mit denen mitgehen«, sagte Sam, der mit einer dubiosen Energiepaste vorbeikam, die er aus der Verpackung auf einen Teller gedrückt hatte.

»Du glaubst aber nicht im Ernst, dass ich das esse, oder?«

»Wenn du klug bist, machst du es.«

Jonas kostete. Es schmeckte wie eine Mischung aus verbrannter Milch und verdorbenem Fisch.

»Du willst mich umbringen«, stellte er sachlich fest und aß weiter.

»Was meinst du«, sagte Sam, »wird das Wetter noch mal besser?«

»Ich weiß es nicht. Die Leute ringsum halten ständig Kontakt zu ihren Meteorologen auf der ganzen Welt, die solltest du fragen.«

»Offenbar wissen die auch nicht mehr, und vor allem widersprechen sie einander. Was sagt dir dein Gefühl?«

»Mein Gefühl sagt mir, du solltest nicht so viel reden. Deine Stimme wird dauerhaft Schaden nehmen. Tut das nicht weh, dieses ständige Reden?«

»Doch, aber wenn ich nicht rede, kriege ich Schiss.«

Jonas hatte in der Nacht sogar ein wenig geschlafen und fühlte sich nicht so kraftlos wie am Vortag, doch um sich nicht zu verausgaben, legte er sich wieder ins Zelt. Auch dort war es kälter als in einer Gefriertruhe, doch war er wenigstens vor dem Wind geschützt.

Zelt.
Liegen.
Dösen.

Eine Stunde hielt er es im Zelt aus, nicht länger.

Durch das Schneegestöber wanderte er über das Plateau. Ab und zu stieß er unvermittelt auf eine Leiche. Man sah sie erst im letzten Moment, sie waren zum Teil mit Schnee, zum Teil mit Steinen bedeckt. Ihr Anblick verstörte ihn weniger, als er gedacht hatte, er fühlte nur eine irritierende Trauer beim Gedanken an die Menschen, die diese Unglücklichen zu Hause zurückgelassen hatten.

Lange stand er vor einer Frau, die auf der Seite lag, als ob sie sich gerade zum Schlafen hingelegt hätte. Sie trug einen ausgeblichenen roten Anorak und zerrissene Stiefel. Ihre Haut war unnatürlich weiß, doch ansonsten wirkte sie nicht tot. Sie wirkte auch nicht lebendig, sie war vielmehr etwas, das Jonas noch nicht gesehen hatte und dem er wenig Sympathien entgegenbrachte.

Hey, du. Wie geht's?
Die Frau antwortete nicht.

Wind. Schnee. Einsamkeit. Das Gefühl, so fern von den Menschen zu sein wie nie zuvor.

Marc, er fehlte ihm. Marc mit seiner Zuversicht, seiner Unbekümmertheit, seiner Kraft und Unbeschwertheit, und, natürlich, mit seiner Erfahrung. Aber schließlich war Jonas ja auch allein hergekommen.

Zu Mittag packten weitere Teammitglieder ihre Sachen. Wind, Kälte, Schnee, das Warten, die Unsicherheit, die Höhe, die an ihnen fraß, etwas davon oder alles zusammen ertrugen sie nicht mehr.

Hadan blieben neun Kunden: Nina, Manuel, Tiago, Anne, Andrea, Ennio, Carla, Sam und Jonas. Diese neun bereiteten sich darauf vor, gemeinsam mit den Bergführern und den Sherpas den Nachmittag in diesem unbarmherzigen Wind zu überstehen, der Kopfschmerzen ganz eigener Art verursachte, dröhnende, ziehende, dunkelschwarze Kopfschmerzen. So wie die Expeditionen der Belgier, der Bulgaren und vieler anderer Teams warteten sie auf die Nachricht von der entscheidenden Wetterbesserung.

»Sie kommt«, sagte Alex, »ich weiß es. Heute Nacht.«
»Ich hoffe es, denn ob ich es noch eine Nacht und einen Tag aushalte, weiß ich nicht.«
»Und ich hoffe, dass uns dieser eine Tag nicht zu sehr aus-

gelaugt hat. Wenn wir da hochkommen, dann mit Notstrom, und vermutlich wird Hadan einige Leute zur Umkehr zwingen müssen, damit sie sich nicht umbringen.«

Jonas konnte nicht liegen und nicht sitzen, und obwohl sein Körper ihm das Gegenteil befahl, ging er umher. Geredet wurde nicht mehr viel, auch nicht unter den Sherpas. Bei allen schienen die Grenzen der körperlichen und geistigen Widerstandsfähigkeit erreicht zu sein. Nur Hadan stand unbeeindruckt in der Mitte, organisierte Transporte, kümmerte sich um die Versorgung der Lager, in denen sie beim Abstieg Halt machen würden, und sprach ständig in sein Funkgerät.

Widerwillig gehorchte Jonas seiner Aufforderung, wenigstens ein paar Löffel von der undefinierbaren Mahlzeit zu nehmen, die Mingma ihm gebracht hatte. Er besuchte erneut die Tote im roten Anorak und fragte sich, ob er richtig entschieden hatte, nicht abzusteigen.

Auf dem Rückweg fiel ihm ein Mann auf, der starr auf einem Stein saß. Nina, die gerade in der Nähe den Inhalt ihres Tellers hinter einem Felsen entsorgt hatte, bemerkte ihn offenbar im selben Moment.

»Sieh dir mal den Typen an!« schrie sie Jonas gegen den Wind zu. »Der hat ja Stielaugen!«

»Stimmt! Hast du so etwas schon mal gesehen? Kennst du ihn? Zu welcher Expedition gehört er?«

»Und er sitzt da wie ein Katatoniker. Hallo!« Sie wedelte mit der Hand vor den Augen des Mannes, ohne dass er irgendeine Reaktion zeigte. »Keiner daheim. Würde sagen, mit dem ist etwas nicht in Ordnung.«

»Mit dem ist etwas ganz gewaltig nicht in Ordnung«, sagte Jonas und holte Hadan.

Als der Expeditionsleiter einen Blick auf den Mann warf, sagte er nur ein Wort:

»Hirnödem.«

»Woran erkennst du das?«

»Ich bin kein Mediziner, aber erstens ist er völlig weggetreten, und zweitens vermute ich, der Druck im Kopf presst ihm die Augen heraus. Runter muss er auf alle Fälle sofort. Ich glaube, er gehört zu Todd Brooks Leuten. Passt der Kerl nicht auf sein Team auf? Hey, Todd! Komm mal her!«

Jonas betrachtete den apathischen Mann, der auf seinem Stein saß und jeden Kontakt zur Wirklichkeit verloren hatte. Es war ein unheimlicher Anblick. Seine weit hervortretenden Augen starrten ins Leere, sein massiger Körper konnte vom nächsten Windstoß umgeworfen werden, so wenig hatte er der Welt noch entgegenzusetzen.

»Er stirbt«, sagte Jonas.

»Er muss runter«, sagte Hadan.

Eine halbe Stunde darauf war der Mann, der John hieß, als Sonderschullehrer arbeitete, drei Kinder hatte und tatsächlich zu Todd Brooks Expedition gehörte, in Begleitung von vier Sherpas auf dem Weg nach unten.

»Wie kriegen sie den durch die Wand?« fragte Jonas.

»Ich will darüber nicht nachdenken«, sagte Nina. »Stellst du dir auch gerade vor, du wärst das?«

»Nein. Oder unbewusst vielleicht. Weiß nicht.«

»Ich schon. Ich denke dann an meine Mutter und daran, dass ich ihr das nicht antun kann. Wie es jetzt wohl seiner Frau und seinen Kindern gehen muss. Man darf solche Expeditionen nur machen, wenn man ungebunden ist. Zumindest Kinder darf man nicht haben.«

»Hast du Angst?« fragte Jonas.

»Angst nicht, aber nervös bin ich. Und ich werde immer kraftloser.«

»Wieso bist du noch hier? Wieso gehst du nicht runter?«

»Jonas, ich gehe da hinauf, und wenn es das Letzte ist, was ich tue.«

»Und warum?«

»Weil das alles sonst gar keinen Sinn gehabt hätte.«

Zelt.
Liegen.
Dösen.

Bekam er Fieber?
Nein. Nein, er war nur müde.

Draußen dunkel.
Täuschte er sich, oder war wirklich kein Wind zu hören? Er setzte sich auf. Alles war still. Er rüttelte Andrea.
»Wach auf! Wach auf!«
»Glaubst du etwa, ich schlafe?«
»Hör mal! Kein Wind!«
»Ja! Du hast recht! Kein Wind!«
»Wie spät ist es?«
»Zehn.«
»Ich frage Hadan, was jetzt ist.«
Jonas wälzte sich zum Eingang, doch da wurde der Reißverschluss schon von außen aufgezogen.
»Könnt ihr mich sehen?« fragte Hadan. »Wer bin ich?«
»Clown«, sagte Andrea. »Gehen wir hoch?«
»Nur nichts überstürzen. Wer sich stark fühlt, ich betone, wer sich stark fühlt, kann gegen Mitternacht los. Wer nicht hundertprozentig davon überzeugt ist, dass sein Körper den Strapazen, die jetzt erst so richtig anfangen, gewachsen sein wird, bleibt die Nacht über hier und steigt im Morgengrauen ab. Ihr müsst ehrlich zu euch sein.«
»Ich gehe hoch«, sagte Andrea.

»Ich auch«, sagte Jonas.

»Warum wusste ich das schon?« seufzte Hadan und machte sich auf den Weg zum nächsten Zelt.

»Fühlst du dich stark?« fragte Andrea.

»Sehr, wie nach einem Autounfall.«

»Ich auch. Aber ich gehe da trotzdem hinauf, und wenn mich meine Beine nicht mehr tragen, gehe ich auf den Händen weiter.«

»Warum?« fragte er.

Sie gab ihm keine Antwort.

55

Kurz vor Mitternacht setzte Jonas die Maske auf, reichte Gyalzen, der seine Vorhut bildete, als Zeichen ihrer Verbundenheit die Hand, und sie gingen los.

Heute ist der Tag, an dem ich auf dem Everest stehen werde.

Heute ist allerdings vielleicht auch noch ein anderer Tag.

Es war beinahe windstill, dennoch herrschten noch tiefere Temperaturen als an den Tagen zuvor, und schon nach einer Stunde bekam Jonas erste Schwierigkeiten mit der Durchblutung seiner Zehen. Er versuchte, sie in den Schuhen so oft wie möglich zu bewegen, aber er wusste, viel würde das nicht helfen.

Vor ein paar Tagen hatte er sich entschieden, ein paar erfrorene Finger oder Zehen als Preis für den Gipfel zu opfern, mehr aber nicht. Sollte er sich in Lebensgefahr wähnen, würde er sofort umkehren.

Im Kegel seiner Stirnlampe sah er das blaue, zerklüftete Eis, das unter seinen Steigeisen knirschte, und musste lachen. Was war das hier, wenn nicht höchste Lebensgefahr?

Er fand rasch einen guten Rhythmus, und Gyalzen passte ihm sein Tempo an, ohne dass sie ein Wort wechselten. Mit Gesten warnte ihn der Sherpa vor Gletscherspalten oder wies auf markante Punkte hin. Hinter seiner Maske fühlte sich Jonas abgeschnitten von dem, was rund um ihn vorging. Er hörte das Blut in seinen Ohren rauschen und den eigenen Atem, und beide Geräusche waren ihm seit jeher suspekt gewesen, wohl weil sie ihn an den Moment denken ließen, da niemand sie mehr würde hören können.

Hier und da fiel der Schein seiner Lampe auf einen toten Körper, einen Bergsteiger, der einst wie Jonas zum Gipfel aufgebrochen war und nun hier saß oder lag. Jonas hielt sich nicht lange mit Gedanken an diese Menschen auf. Später, im Basislager, oder in Kathmandu, da durfte er wieder denken.

Es gab weniger Fixseile als erwartet. Jonas erklärte sich diesen leidigen Umstand damit, dass wegen des schlechten Wetters in dieser Saison noch kaum jemand über Lager 4 hinaus hatte vordringen können, und er hoffte, dass Lobsang und die anderen Sherpas, die schon eine Stunde früher aufgebrochen waren, wenigstens an den gefährlichsten Stellen Abhilfe habe schaffen können. Durch Schneefelder zu stapfen, in denen auch ein erfahrener Sherpa die Orientierung verlieren und in denen jederzeit eine Lawine abgehen konnte, fand er ohne Fixseile noch beunruhigender. Er hatte sich an das Gefühl von Sicherheit gewöhnt, das die Seile vermittelten, auch wenn das nicht mehr viel mit echtem Bergsteigen zu tun hatte.

Geh einfach. Einfach gehen.
Stundenlang.
Sehnsucht nach der Sonne. Der einzige Gedanke: Sonne.

Eine Felswand. Klettern.
Sie kamen langsam voran, sehr langsam. Sie hatten zu einer Expedition aufgeschlossen, die vor ihnen losgegangen war. Immer wieder mussten sie warten, immer wieder im auflebenden Wind stehen und versuchen, sich warm zu halten.

»Können wir an denen nicht vorbei?« fragte Jonas.
»Keine Chance«, sagte Gyalzen. »Solange die uns nicht vorbeilassen, bleiben wir hinter ihnen.«
»Und wieso lassen sie uns nicht vorbei?«
»Hier lässt keiner jemanden vorbei.«

Als Jonas die kurze Felswand hinter sich hatte, war er so ausgelaugt, dass er sich am liebsten in den Schnee geworfen hätte, doch Gyalzen trieb ihn an.
»Nur eine kleine Rast!« bat Jonas.
»Die Rast ist es, die dich müde macht. Solange man sich bewegt, lebt man. Weiter. Da vorne gibt es eine Möglichkeit zu überholen!«
Die Aussicht, das Team vor ihnen, bei dem einige Mitglieder sichtlich Schwierigkeiten mit ihrer Ausrüstung hatten, endlich hinter sich zu lassen, erfüllte Jonas mit neuer Energie. Er folgte Gyalzen zu einem Schneecouloir, wo weit und breit keine Fixseile zu sehen waren. Die andere Gruppe zögerte, Gyalzen aber ging weiter, und Jonas blieb dicht hinter ihm, obwohl die Schmerzen in seiner Brust, als er bis zu den Knien im Schnee versank, ihm rote Funken durchs Hirn jagten und er zum ersten Mal kurz davor war, sich einfach in den Schnee fallen zu lassen und zu heulen, zu heulen und weiterzuheulen, bis diese Qual irgendwie ein Ende hätte.

Hoch. Hoch. Weiter.

Die ersten Sonnenstrahlen erschienen Jonas hinter seiner Maske wie Bilder aus einem Traum, ebenso wie die Gletscherspalten, die er im Licht besser erkennen konnte. Er dachte nicht darüber nach, was er tat, was er noch tun musste, was sich rund um ihn ereignete, er folgte nur dem schmalen Rücken vor ihm, an dem nun sein Leben hing.
Er bemerkte, dass Gyalzen ab und zu etwas ins Funkgerät sagte, doch er konnte zwischen einem Funkgerät und sich selbst keinerlei Zusammenhang herstellen. Es gab keine Restwelt jenseits dieses roboterhaften Schnaufens, das er ständig hörte. Es gab nur diese Hänge. Den Schnee. Die Kälte.

Ich habe hier nichts verloren, war sein einziger Gedanke. Echte Höhenbergsteiger sind Giganten. Ich bin keiner. Ich bin ein Eindringling in einer Welt, die für mich zu groß ist. Ich bin ein Hochstapler.

Und später, schrill lachend: Jemand wie Marc oder Gyalzen ist ein Profirennfahrer, der aus Geldmangel einem Taxifahrer Unterricht geben muss.

»Gyalzen! Gyalzen! Bin ich ein Taxifahrer?«

»Setz die Maske wieder auf!«

»Bin ich ein Taxifahrer?«

»Was?«

»Ob ich ein Taxifahrer bin!«

Er fühlte den Blick des Sherpas, doch er konnte ihn nicht sehen, mit seinen Augen stimmte etwas nicht. Er bemerkte, dass Gyalzen hinter ihm an seinem Rucksack hantierte.

»Was machst du da?«

»Ich tausche deine Sauerstoffflasche gegen meine. Deine ist leer, in meiner noch ein Drittel.«

»Wo sind wir?«

»Weißt du nicht, wo wir sind?«

»Doch, aber welche Höhe?«

»Denk nicht darüber nach. Nur Gehen. Geh einfach. Denken kostet Kraft.«

Nach ein paar Minuten kehrte wieder Leben in Jonas' Wahrnehmung zurück. Er verstand, dass er eine Weile ohne Sauerstoff geklettert war und ihm der Sauerstoffmangel die Sinne getrübt hatte.

»Kommst du ohne Sauerstoff aus?« fragte er den Sherpa.

»Wir kriegen bald neue Flaschen. Ich habe deine Durchflussrate noch einmal erhöht. Denk nicht nach. Nur gehen.«

Gehen.
Gehen.
Husten. Schmerzen. Sich krümmen und keine Luft kriegen. Das Ende nahe fühlen.
Gehen.

»Wir kommen an einen Grat«, sagte Gyalzen. »Er ist gefährlich. Verstehst du?«

»Klar verstehe ich.«

»Hier holen wir uns neue Flaschen. Das mache ich. Du trinkst.«

Gyalzen drückte ihm die Verschlusskappe einer Thermoskanne, die mit Tee gefüllt war, in die Hand. Jonas trank, wobei er das Gefühl hatte, sich siedendes Öl in seine wunde Kehle zu gießen. Als er nach unten in den Hang schaute, den sie gerade hinter sich gelassen hatten, fragte er sich, wie er es je wieder da runterschaffen sollte. Eine endlose Reihe von Bergsteigern näherte sich dem Grat.

»Wir sollten uns beeilen«, sagte er keuchend. Und als er wieder atmen konnte: »Ehe die uns überholen.«

»Das ist auch schon egal. Vor uns sind andere Teams, zu denen wir bald aufschließen werden. Ganz ruhig. Du bist toll. Du schaffst es.«

Während der Sherpa die Sauerstoffflaschen austauschte, betrachtete Jonas die Bergketten vor sich. Der Anblick war so überwältigend, dass er wegsehen musste. Er durfte sich nicht bewusst machen, dass er in dieser Sekunde hier stand, er musste den Moment in sich speichern und später abrufen, sonst würde wer weiß was passieren.

»Gyalzen, die anderen? Weißt du etwas?«

»Probleme.«

»Was für Probleme?«

»Nicht denken. Gehen.«

»Wo sind die anderen?«
»Im Stau, die meisten weit unter uns. Angeblich kommt schlechtes Wetter.
»Schlechtes Wetter?«
»Ja.«
»Und wieso kehren wir dann nicht um?«
»Weil unten das schlechte Wetter ist. Es wird sich aber verziehen.«
Jonas' Gehirn war nicht mehr in der Lage, so komplexe Informationen zu verarbeiten. Er verstand nicht, was der Sherpa ihm sagte und was das bedeutete.
»Woher weißt du das?«
»Jonas, willst du lieber hier warten oder weitergehen?«
»Weiter.«
»Dann gehen wir!«
Jonas dachte an seine Kamera, die hinten in seinem Rucksack steckte und mit der er dieses Panorama hätte festhalten können, um später zu verstehen, wo er gewesen war und was dies für ihn bedeutete, doch Gyalzen war bereits ein paar Meter voraus.
Unten gab es Probleme?
Welche Probleme?
Gehen.
Gehen.

Husten. Kälte. Wind.
Er musste lachen. Es war so sinnlos.

Der Wind wurde stärker, doch sie gingen. Jede Stelle, an die sie kamen, erreichte sein Bewusstsein, wenn überhaupt, erst Minuten oder gar Stunden später, als ob nicht er selbst unterwegs war, sondern für ihn gegangen wurde, von seinem Körper oder einem zweiten Ich. Er hatte jedes Zeitgefühl verloren, es war, als bewegte er sich mit Bleigewichten beschwert in einem Taucheranzug am Grund der Tiefsee. Er erinnerte sich an einen verschneiten, überwächteten Grat, einen langen Grat ohne Verfixung, an dem ein falscher Schritt genügt hätte, um überhaupt keine Erinnerung mehr zu haben, und an das kombinierte Gelände, das darauf gefolgt war. Er wusste noch jedes Details von dem, was Marc ihm über den Aufstieg und speziell über den Balkon gesagt hatte, aber entweder war sein Verstand an dieser Stelle abgeschaltet gewesen, oder der Balkon lag noch vor ihnen.

Die Gruppe, die sich direkt vor ihnen den Berg hinaufkämpfte und ihnen kostbare Zeit raubte, erwies sich als das Team der Belgier. Wegen der Masken erkannte Jonas keinen von ihnen, doch dann fiel ihm der Pferdeschwanz auf.

»Michel?« rief er. »Bist das du, Michel?«

»Wir gehen für Jean!« brüllte der Belgier.

»Michel! Lasst uns vorbei! Wir sind schneller als ihr!«

»Wir gehen für Jean!« brüllte Michel wieder und machte keinerlei Anstalten, in irgendeiner Weise auf die Bitte zu reagieren.

»Du wolltest es mir ja nicht glauben«, sagte Gyalzen. »Hier lässt dich niemand vorbei.«

Ans Fixseil gehängt, beobachteten sie die Belgier, die sich aufwärts mühten. Wie erschöpft die meisten von ihnen waren und mit welch dilettantischer Technik sie ans Werk gingen, war offensichtlich. Jonas war besorgt, auch um seiner selbst willen. Gyalzen stimmte ihm bei.

»Die sind gefährlich«, sagte er. »Einige sind vielleicht höhenkrank. Sie könnten auf uns fallen, sie könnten uns mitreißen. Vielleicht müssen wir sie retten.«

Jonas fühlte sich nicht in der Lage, jemanden zu retten, aber er sagte nichts. Er fühlte nur wachsenden Ärger über die jungen Männer über ihm, die für eine Felswand, an der es ein paar Meter zu klettern galt, eine volle Stunde benötigten.

Von hinten schlossen Bergsteiger auf, viel weniger, als Jonas erwartet hatte.

»Weiter unten ist eine Lawine abgegangen«, sagte einer der Bulgaren, ein älterer Mann mit gutmütigem Ausdruck. »Viele haben kehrtgemacht, um zu helfen, weil Kameraden von ihnen verschüttet sind. Außerdem sind die Fixseile weg.«

»Eine Lawine? Ich dachte, es gäbe schlechtes Wetter?«

»Wo siehst du da schlechtes Wetter, Bruder?« fragte der Bulgare.

Jonas wollte mehr wissen, doch ein anderer Bergsteiger in Gelb rief:

»Trifun! Hierher! Mit denen reden wir nicht, hat Hristo gesagt!«

»Hristo ist aber nicht da.«

»Das macht nichts. Wahrscheinlich geht es wegen denen hier nicht voran.«

Jonas drehte sich wortlos um und wandte sich an Gyalzen:

»Wieso hast du mir nichts von der Lawine erzählt? Wieso hast du von schlechtem Wetter geredet?«

»Du sollst nicht denken, du sollst gehen. Hadan hat das so befohlen.«

»Sind alle von uns wohlauf?«

»Ich glaube schon.«

»Sei ehrlich!«

»Ich weiß es nicht. Ich weiß, dass keinem Sherpa von unserem Team etwas zugestoßen ist. Aber es werden bei uns drei Frauen vermisst.«

»Wer wird vermisst?«

»Keine Ahnung. Mehr weiß ich nicht.«

Jonas packte das Grauen. Er wusste genau, wo diese Lawine abgegangen sein musste, er hatte kein gutes Gefühl auf diesem Schneefeld gehabt, und nun gab es Tote. Womöglich Menschen, die er kannte.

»Können wir überhaupt zurück?«

»Ja. Sie suchen die Vermissten und legen eine neue Route an.«

Während sie unter den Belgiern warteten, stießen weitere Bergsteiger zu ihnen, darunter Todd Brooks und einer der Argentinier, der unter Schock zu stehen schien und kein Wort sagte, danach kam von unten nichts mehr.

»Was weißt du?« rief Jonas Todd zu.

»Tote. Viele. Von meinem Team hat es niemanden erwischt, bei euch zwei oder drei.«

»Gyalzen, wir gehen sofort runter! Wir müssen helfen!«

»Du kannst niemandem helfen«, sagte Todd.

»Du kannst nicht helfen, Jonas«, bekräftigte der Sherpa, »geh hoch, tu es für Hadan! Es ist seine Expedition, es ist sehr wichtig für ihn und seine Firma, dass jemand vom Team den Gipfel erreicht! Im Moment ist nur Tiago vor uns, und der hat wegen Anne umgedreht!«

Jonas überlegte.

»Und wir können wirklich nicht helfen?«

»Noch mehr Leute würden da unten nur für Chaos sorgen«, meinte Todd.

»Wobei denn helfen?« fragte Gyalzen. »Es mag sich nicht schön anhören, aber wenn einer von ihnen tot ist, ist er bereits tot. Du kannst gar nichts mehr tun.«

Nicht denken.

Irgendwann schafften es die Belgier, die Stelle zu bezwingen, was unter den Wartenden höhnischen Applaus aufkommen ließ. Jonas hatte keine große Mühe, hinter Gyalzen die

Felsstufe zu überwinden, doch bald danach wurde ihm schwindlig. Er blieb stehen, Gyalzen ebenfalls.

»He, was ist jetzt wieder los?« tönte es hinter ihnen.

»Fühlst du dich nicht gut?« fragte Gyalzen.

»Nein, alles in Ordnung.«

Gehen.

Nicht denken.

Ein Schritt. Eine Minute Rast.
Ein Schritt. Eine Minute Rast.
Ein Schritt. Eine Minute Rast.
Ein Schritt. Eine Minute Rast.
Ein Schritt. Eine Minute Rast.
Ein Schritt. Eine Minute Rast.
Ein Schritt. Eine Minute Rast.
Ein Schritt. Eine Minute Rast.
Ein Schritt. Eine Minute Rast.
Ein Schritt. Eine Minute Rast.
Ein Schritt. Eine Minute Rast.
Ein Schritt. Eine Minute Rast.
Ein Schritt. Eine Minute Rast.
Ein Schritt. Eine Minute Rast.
Ein Schritt. Eine Minute Rast.
Ein Schritt. Eine Minute Rast.
Ein Schritt. Eine Minute Rast.
Ein Schritt. Eine Minute Rast.
Ein Schritt. Eine Minute Rast.
Ein Schritt. Eine Minute Rast.
Ein Schritt. Eine Minute Rast.
Ein Schritt. Eine Minute Rast.
Ein Schritt. Eine Minute Rast.
Ein Schritt. Eine Minute Rast.
Ein Schritt. Eine Minute Rast.
Ein Schritt. Eine Minute Rast.

Ein Schritt. Eine Minute Rast.
Ein Schritt. Eine Minute Rast.
Ein Schritt. Eine Minute Rast.
Ein Schritt. Eine Minute Rast.
Ein Schritt. Eine Minute Rast.
Ein Schritt. Eine Minute Rast.

Seine Wahrnehmung veränderte sich weiter. Er wusste es, er wusste, er war nicht mehr er selbst, doch es war egal. Er fühlte sich, als hätte er eine Flasche Whisky geleert. Er erlebte Phasen des Rausches und der Euphorie, die abgelöst wurden von solchen der Stumpfheit, der Apathie und der totalen Gleichgültigkeit. Mitunter verließ ihn neben der Orientierung auch das Interesse, lebend von hier wegzukommen, und er spielte mit dem Gedanken, sich aus dem Fixseil auszuklinken und in den Schnee zu legen, für zehn Minuten nur.

Es war Gyalzen, der sich ausklinkte.

»Jonas, ich muss umdrehen.«

»Wieso, was ist los?«

»Manuel hat Probleme mit den Augen. Ich weiß zwar nicht genau, was eine Netzhautblutung ist, aber angeblich hat er so was, und ich muss helfen, ihn runterzubringen. Es könnte auch ein Lungenödem sein, weil er Schleim hustet und sich seine Lunge nicht gut anhört, sagt Sven.«

»Und ich? Komme ich mit?«

»Es gibt zwei Möglichkeiten. Du solltest, wenn du allein weitergehst, demnächst auf Ang Babu und Lobsang treffen. Traust du dir zu, ihnen entgegenzugehen? Du könntest auch hier warten, aber dann kühlst du aus.«

Jonas dachte nach.

»Wir sind ohnehin spät dran«, sagte der Sherpa, »vermutlich zu spät, und das Wetter wird auch schlechter. Wenn ich allein absteige, bin ich schneller und kann schneller helfen, aber um ehrlich zu sein, wäre es mir trotzdem lieber, du kommst mit mir runter.«

»Ich gehe hoch«, sagte Jonas.

»Bist du sicher?«

»Absolut.«

»Ganz wohl fühle ich mich dabei nicht.«

»Ich gehe.«

»Am Südgipfel musst du unser Sauerstoffdepot suchen, wenn du bis dahin die beiden nicht getroffen hast. Weißt du, wie wir immer unsere Depots markieren?«

»Ich kenne das Zeichen. Ich finde es.«

»Ich bin sicher, du triffst die zwei vorher.«

Jonas hatte sich schon wieder eingeklinkt und bewegte sich aufwärts. Er dachte nicht darüber nach, was es bedeutete, dass Gyalzens Rücken mit dem großen Rucksack vor ihm verschwunden war.

Das Wetter wurde tatsächlich schlechter, doch Gewitterwolken sah Jonas nirgendwo, daher ging er weiter, während immer mehr Bergsteiger umkehrten und ihm entgegenkamen. Den Gipfel hatte keiner von ihnen erreicht. Sie alle meinten, es sei zu spät dafür.

»Kein guter Tag«, sagte Todd. »Du solltest auch runter.«

»Ich gehe weiter.«

»Hast du auf die Uhr geschaut?«

»Hadan braucht einen auf dem Gipfel.«

»Einer von euch hat den Gipfel erreicht, weißt du das nicht? Der Portugiese.«

»Der hat wegen seiner Verlobten umgedreht.«

»Nein, er ist bis zum Gipfel gegangen.«

»Sehr gut. Das mache ich auch.«

»Deine Entscheidung.«

Die Belgier drehten um, nachdem einer von ihnen schneeblind geworden war und ein anderer Blut gespuckt hatte. Die Expedition der deutschen Ärzte drehte um, weil sie über Funk erfahren hatte, dass es Verletzte zu betreuen gab. Die letzten Österreicher, Slowenen und Russen drehten um, auch der Argentinier trat niedergeschlagen aus der Reihe, und zuletzt gab Hristos Truppe auf.

»Hristo ist tot«, sagte der Bulgare, mit dem Jonas zuvor geredet hatte. »Ich habe den Schweinehund nicht leiden können, aber das ist schlimm. Du solltest mit runterkommen. Es wird zu spät.«

Ang Babu und Lobsang kamen ihm entgegen, zwischen sich den völlig erschöpften Tiago. Ihre Mienen waren starr.

»Weiß man etwas von den anderen?« fragte Jonas. »Was ist mit Anne?«

»Sie wollte immer, dass ich weitergehe, wenn ihr etwas zustößt«, sagte Tiago. »Und dasselbe galt umgekehrt!«

»Wir wissen noch gar nichts«, sagte Lobsang.

»Drückt mir die Daumen«, sagte Jonas.

»Du kommst mit uns runter!« befahl Ang Babu. »Es ist zu spät.«

»Ich gehe hinauf.«

»Nein, das machst du nicht! Du kommst mit uns!«

»Tut mir leid. Ich muss hinauf.«

»Es wird sogar für uns knapp, Jonas«, sagte Lobsang eindringlich. »Es sind heute schon viele Menschen gestorben. Es reicht.«

»Ich versuche es. Wenn ich es ohne Komplikationen zum Südgipfel schaffe, gehe ich weiter, sonst drehe ich um.«

»Das ist eine ganz schlechte Entscheidung!« sagte Ang Babu.

»Es ist meine.«

»Hadan wird sie nicht gut finden.«
»Hadan ist nicht hier.«
»Jonas, bitte komm mit uns!«
»Ich gehe hoch.«

»Jonas, wir können dich nicht begleiten, wir dürfen es nicht, und wir würden es sowieso nicht tun, denn wir haben nicht die Absicht zu sterben. Du wirst ganz allein sein. Wir müssen hinunter, Sam hat Probleme, wir müssen ihn hinunterbringen.«

»Ich gehe hoch.«

»Zum Kuckuck«, rief Tiago, »lasst ihn eben gehen! Ist immerhin sein Leben!«

»Nimm wenigstens dieses Funkgerät mit!« bat Lobsang.

Jonas steckte es ein und ließ sich beschreiben, wo auf dem Südgipfel das Sauerstoffdepot des Teams zu finden war. Kaum hatte er ein paar Meter zurückgelegt, rauschte es im Funkgerät, und er hörte Hadans tiefe Stimme, die aufgeregter klang als sonst.

»Jonas, bitte kommen! Jonas! Melde dich auf der Stelle!«

Jonas schob das Funkgerät tief in die Tasche. Nicht tief genug, um Hadans Rufen zu entgehen.

»Jonas, du drehst sofort um! Du kommst da runter! Jetzt! Ich weiß, dass du mich hörst! Dreh um! Ich kann dir keinen Sherpa nachschicken, ich trage diesen Menschen gegenüber Verantwortung, und außerdem brauche ich sie hier unten! Jonas! Erinnerst du dich, was ich gesagt habe? Da oben will ich mich mit dir nicht ärgern müssen, habe ich gesagt. Du drehst jetzt um!«

Jonas schaltete das Gerät aus und steckte es weg.

Nicht denken.

Nicht funken.

Gehen.

Es wurde still in seinem Kopf.

56

Es dauerte einige Zeit, bis er begriff, wo er war. Das musste der Südgipfel sein. Sauerstoffdepots. Alte, verschlissene Rucksäcke, die jemand wer weiß wann zurückgelassen hatte. Eine Leiche in einem Plastiksack, nicht zu erkennen, ob Mann oder Frau. Noch eine. Noch eine.
Jonas machte sich nicht die Mühe, das Depot seiner Expedition zu suchen, sondern nahm das erstbeste. Es gelang ihm, die Flasche zu wechseln, auch wenn er sich wegen seiner Rippe, die von Stunde zu Stunde mehr schmerzte, kaum bücken konnte.
Ein Bergsteiger, der ihm von oben entgegenkam, machte ihm ein Zeichen. Jonas verstand, er solle umkehren.
Immer diese gutgemeinten Ratschläge, dachte er. Als wüsste ich nicht, was ich tue. Als hätte ich es nicht immer gewusst. Als hätte ich nicht immer recht behalten, wenn es darauf angekommen war.

Gehen.
Wollen.

Der nicht allzu dichte, aber lästige Nebel verzog sich binnen Minuten, und Jonas hatte plötzlich freie Sicht bis zum Horizont. Er betrachtete die Bergriesen, die den Everest flankierten und von dieser Höhe aus bereits klein erschienen. Er sah auch die Erdkrümmung, diesen wunderschönsten Beweis dafür, dass die Erde keine Scheibe war. Diesmal jedoch schaute er nur kurz hin und setzte seinen Weg fort.
Eine leere Sauerstoffflasche auf dem Weg hielt er für ein

Auto, und er wunderte sich, dass hier Autos herumstanden, bis sein Verstand wieder klarer wurde.

    Einen Schritt. Eine Minute Rasten.

    Einen Schritt. Eine Minute Rasten.

Sein Gehirn funkte ab und zu Alarmsignale. Etwas war nicht in Ordnung, aber er hatte keine Ahnung, was. Es war so ein zauberhafter Tag. Warm und einfach.

Jonas erkannte den Hillary-Step sofort, jene zehn Meter hohe Felsstufe, die jemand wie er ohne Fixseile in dieser Höhe niemals hätte überwinden können, und hinter der nur noch die fünfhundert Meter des Gipfelgrats lagen, was bedeutete, dass er es fast auf 8800 Meter geschafft hatte.

    Gar nicht so ungefährlich, dachte Jonas, während er verschnaufte und sich die Stufe ansah. Wenn ich da ohne größere Schwierigkeiten raufkomme, gehe ich weiter. Sonst drehe ich um.

    Er hakte seine Steigklemme ein und zog sich nach oben.

    Er kletterte wie ferngesteuert. Es war, als würde ein unsichtbarer Helfer seine Schuhe an die richtigen Stellen setzen und dann auch noch so freundlich sein, ihn hochzuschieben. Selbst sein umwölkter Verstand begriff, dass das, was da vor sich ging, eigentlich unmöglich war. Doch er träumte nicht, es war wirklich, er kletterte den Hillary-Step hoch, als befände er sich im Turnsaal an der Kletterwand, zumindest kam es ihm so vor.

    Wer ist da? dachte er.

    Das weißt du wirklich nicht? hörte er.

    Günstiger Zeitpunkt, dachte er.

    Du bist ein richtiger Esel, weißt du das?

    Das sagt der Richtige.

    Touché.

Und jetzt?

Das letzte Stück gehen wir zusammen. Damit du da nicht hinunterrollst.

Auf dem Gipfelgrat wehte so starker Wind, dass das Fixseil vor ihm mehrere Meter horizontal in die Kangshung-Wand hinausgeblasen wurde. Hier gab es nur noch einen schmalen Weg. Einen Meter nach links, und Jonas war weg. Einen Meter nach rechts, und Jonas war weg.

Los, hörte er. Das klappt schon.

Du hast leicht reden.

Auch wahr.

Nicht denken. Nur gehen. Es wird dunkel werden und wieder hell werden, und dann werde ich feststellen, ob ich noch da bin. Immerhin bin ich nicht allein. Ich bin auf dem Höhepunkt der Schmerzpyramide. Es wird alles besser werden.

Irgendwann ging es nicht mehr höher. Jonas sah Gebetsfahnen und leere Sauerstoffflaschen. Er wusste sofort, wo er war, obwohl er es fast nicht glauben konnte.

Er stand auf dem Gipfel des Mount Everest.

Dieses Gefühl: Festhalten. Mach die Augen zu. Mach sie wieder auf. Da sein. Da sein. Merk dir diesen Moment und nimm ihn mit hinunter. Gib ihn ihr. Sonst niemandem.

Die Sonne sank. Der Himmel war in dieser Höhe schon beinahe schwarz. Tief unter ihm schmiegte sich ein Wolkenmeer um das Bergmassiv, auf dessen Spitze er nun im immer heftigeren Wind die Kamera auspackte und ein paar Fotos von sich und dem Panorama machte.

Wie oft hatte er sich diesen Punkt vorgestellt. Diese zwei oder drei Quadratmeter. Er war als Kind zu Hause gesessen und hatte von diesem Gipfel gelesen, und das, woran er gedacht hatte, war der Ort, an dem er sich nun befand, in diesem einen Augenblick, jetzt und jetzt und jetzt. Das hier hatte es damals schon gegeben. Es hatte sich nicht verändert, es hatte nur gewartet, auch auf ihn, und würde weiterhin warten. Warten und warten und sein, während der Rest der Welt lebte und kam und verging. Er würde zu Hause in Tokio sein und an das hier denken, und das hier würde genauso aussehen wie jetzt und sein wie jetzt und warten wie jetzt, warten und warten und sein.

Er steckte die Kamera weg und zog die Plastiktüte mit Mikes Haaren hervor.

Er hatte keine Ahnung, warum ihm in diesem Moment jener Tag einfiel, an dem er Mike gegen das Affe verteidigt hatte und von diesem grün und blau geprügelt worden war. Er sah den kleinen Mike vor sich, so wie er sich selbst plötzlich als Kind sah. Er sah sich als Junge vor Mike in Piccos Garten sitzen, sie schauten einander an, Jonas machte eine Geste, Mike ahmte sie nach, Mike machte eine Geste, Jonas ahmte sie nach. Jonas saß vor seinem Bruder und dachte: Das bin auch ich. Genau so sehe ich aus. Und ich bin es auch, ich bin es.

Mit den Handschuhen konnte er die Tüte nicht öffnen, doch es gelang ihm, sie zu zerreißen. Er streute Mikes Haare aus und bedeckte sie sofort mit Schnee, damit sie der Wind nicht vom Gipfel blies.

Mein Kleiner, dachte er, hoffentlich hast du's gut.
Ganz oben.
Jahre und Minuten.

Hey, hörte er.
Ja?
Das hast du ganz gut hingekriegt.
Gar nicht übel, wie?
Aber reiß dich jetzt zusammen.

Okay, ich geb mir Mühe.
Wie wäre es mit Absteigen?
Bin ja schon unterwegs.
Sieh mal, von der Nordseite kommen Menschen.
Stimmt. Also nichts wie weg von hier.

Der Hillary-Step. Abwärts vielleicht sogar schwerer zu überwinden. Doch Jonas schaffte es. Er war der müdeste Mensch der Welt, doch er schaffte es. Und obwohl er der müdeste Mensch der Welt war, ging er weiter.

Wenn er darüber nachdachte, was ihm bevorstand, schwand allerdings alle Zuversicht, denn ihm war in einer selten klaren Minute bewusst geworden, dass er den Gipfel nicht nur etwas zu spät, sondern Stunden zu spät erreicht hatte und dass nicht die geringste Aussicht bestand, vor Einbruch der Dunkelheit ins Lager zurückzukehren. Im Dunkeln konnte er nicht gehen, doch der Abstieg würde bald ohnehin unmöglich werden, denn jetzt erkannte Jonas auch die Gewitterwolken unter sich. Es waren nicht viele, aber sie würden genügen.

Das sieht nicht gut aus, wie? dachte er.
Nicht denken, hörte er. Gehen.

Den Weg zum Südgipfel legte Jonas außerhalb seines Bewusstseins zurück. Wo er sich in dieser Zeit aufhielt, wusste er nicht, doch am Südgipfel tauchte er wieder auf und wechselte seine Sauerstoffflasche gegen eine volle. Als er damit fertig war, wusste er plötzlich, es war vorbei.

Er wollte nur noch schlafen.

Er war schon dabei, sich einen Platz zu suchen, an dem es ihm gefiel, an dem es ihm behaglich genug erschien, um eine längere Zeitspanne zu verbringen, als er fühlte, wie ihn sein Begleiter weitertrieb. Ihn am Rücken fasste und anschob.

Du gehst da jetzt runter.
Ich schaffe das nicht.
Doch, du schaffst das.
Nein. Es wird dunkel. Im Dunkeln kann ich nicht gehen. Und das Gewitter wartet auch auf mich.
Ich weiß. Aber hier stirbst du, und das wäre doch schade. Wir brauchen einen besseren Platz.
Gibt's hier Gästezimmer mit Heizung?
Noch immer diese dummen Witze. Geh weiter. Los. Geh.

Jonas setzte einen Fuß vor den anderen, bis er an das Ende eines Fixseils kam und das nächste nirgends zu finden war.
Und was jetzt?
Im Kegel seiner Stirnlampe sah er einen Felsen. Dahinter sollte er ein wenig Schutz vor dem Wind haben. Gegen die Kälte würde er ihm allerdings auch nicht helfen. Wie kalt würde es werden? Minus dreißig? Vierzig? Kälter? Mit dem Wind-Chill-Faktor sicher.
Dort drüben, hörte er. Dort bleibst du, bis es hell wird.
Du weißt genau, dass ich nie wieder aufwachen werde.
Ich werde dich wecken.
Ich falle jetzt ins Koma, du weißt das.
Ich hole dich zurück.
Das klingt interessant.
Hab keine Angst.
Ich habe keine Angst. Es tut nur so weh, alles.
Ich weiß. Mach dir keine Sorgen, ich achte darauf, dass du bei mir bleibst. Irgendeinen hellen Punkt wird es in dir auch morgen früh noch geben, und das reicht mir, um dich aufzuwecken. Wenn du untergehst, hole ich dich wieder herauf.

57

Zeit. Vergeht unerbittlich. Auf Bergen. Unter Wasser. Im Leben. Gleichförmig und unerbittlich. Elegant gleichförmig. Famos unerbittlich. Heimtückisch unmerklich. Was du nicht nützt, wendet sich gegen dich.
    Stimmt.
    Ich habe die Bettwäsche, in der sie und ich das letzte Mal nebeneinander geschlafen haben, nicht abgezogen, ich habe alles, wie es war, in den Schrank gestopft. Man öffnet den Schrank und riecht eine untergegangene Welt. Gleich wieder schließen. Der Duft darf nicht entströmen. Vielleicht verstehe ich in zwanzig Jahren.
    Oder schon früher.
    Ich glaube, im oberen Stockwerk der Burg lebt jemand. Er war immer schon da, wir haben es nur nie gemerkt.
    Ich glaube auch.
    Weißt du, dass Lügen hässlich machen? Sie verändern ein Gesicht, es wird verkniffen. Das ist die Strafe für die Lügen.
    Ja, ich weiß.

Der, der abstürzt. Wäre er nicht abgestürzt, wenn er fünf Minuten später losgegangen wäre? Drei Sekunden? Eine? Nimm das eine und nicht das andere Taxi, und du veränderst die Welt.
    Erzähl mehr.
    Erzählen? Du weißt, dass man ein Stück der Geschichten verliert, die man erzählt. Manches behält man ganz für sich.
    Erzähl weiter.
    Weiter? Die Erde dreht sich weiter. Sie befindet sich jede

Sekunde an einer anderen Stelle im Universum. Alles ist in Bewegung. Viele Planeten schwirren durchs Nichts. Da und dort sitzt etwas im Nichts. Jemand, den ich nicht begreife, verpflanzt mich vielleicht mal hierhin und mal dahin, und ich bemerke es gar nicht. Wer und was man ist, kann man sich nicht aussuchen. Niemand kann sich ändern. Er kann sich höchstens zähmen. Und Liebe, Liebe ist oft selbst ein Partner, und oft ist sie Betrug, und dieser Betrug betrügt die Liebe. Manchmal liebt man nur die Idee der Liebe, man redet sich ein, dieses Große zu erleben, nicht ahnend, dass man sich selbst belügt und das Große nur simuliert.

Das ist dir zum Glück noch nie passiert.

Eine Wolke, auf die man sich bettet: Ich könnte springen. Sie würde mich auffangen und davontragen, und dann würde ich merken, dass sie in Wahrheit ein Schwimmbecken ist. Als Gast des Beckens ziehe ich über die Welt, nicht allein, aber dankbar, denn ich habe viel gesehen. Danke allen, die gut zu mir waren. Verzeihe allen, die es nicht waren. Bitte diejenigen um Verzeihung, die ich ungerecht behandelt habe. War ja meine Schuld, denn ich war dumm egoistisch engstirnig entrückt. Doch ich bin geboren worden für die Wolke. Manchmal ist sie das Schwimmbecken. Manchmal bemitleide ich mich selbst, und dann trägt mich ein warmer Wind durch die Lüfte.

Ja, Jonas.

Und dann ist er auf der Insel, und es ist endlich wieder warm.

Er hat Tanaka verständigt, die Besatzung zum Schiff zu schicken und das Schiff zur Insel. Und als sie das Schiff besteigen, tut Jonas der Besatzung gegenüber so, als wüsste er nicht, wem es gehört. Und als dann im nächsten Hafen Maries Lieblingsband auf das Schiff kommt und auf See in der

Abenddämmerung zu spielen beginnt und er ihr einen Blick zuwirft, weiß er, seine Idee war gut.

Der Wind spricht. Ich habe es noch nie gehört, doch jetzt verstehe ich es. Er spricht, und ich höre ihn.
　　Bleib da. Erzähl weiter.

Jetzt sehe ich nur verworren, so wie ein Rätsel in einem Spiegel, doch später, nach meinem Tod, werde ich so klar erkennen, wie Gott mich selbst jetzt erkennt.
　　Bleib da.

Solange ich lebe, bin ich ewig.

58

Es war schwierig, den Weg zurück zu finden, doch jemand hatte für ihn eine vertraute Spur ausgelegt, eine Fährte aus Klängen und Bildern und Gerüchen, der er folgen musste, ob er wollte oder nicht. Schritt für Schritt ging er weiter, und als er zuletzt einen Rollbalken hochziehen musste, öffnete er zugleich seine Augen.

Er zwinkerte in eine graue, zähe, überwältigende Dämmerung.

Weißt du, wo du bist?

Gib mir eine Sekunde.

Sein Körper war wie erstarrt. Nie zuvor hatte er Schmerz am ganzen Körper erlebt wie jetzt. Es war, als sei alles, was an ihm sterblich war, bereits gestorben, und er blickte heraus aus einem toten Leib in eine Welt, die eine Zumutung war.

Schön ist das nicht, dachte er.

Dann stehe auf und wandle.

Ich bin aber nicht Lazarus. Und du nicht Jesus.

Nein, du bist nicht Lazarus, sondern ein Blödmann, wie die Welt noch keinen gesehen hat, und du stehst jetzt auf und gehst da runter.

Jonas blickte sich um, so weit er den Hals noch drehen konnte. Offensichtlich hatte er in der Nacht seine Jacke ausgezogen, sie lag ebenso neben ihm wie sein Fleecepullover und seine Überhandschuhe. Der Rucksack und die Sauerstoffmaske waren weg.

Hier gehen rätselhafte Dinge vor sich, dachte er.

Ohne große Hoffnung auf Erfolg versuchte er den Pullover wieder überzustreifen. Mit ein wenig Hilfe schaffte er es dennoch, obwohl ihm der Schmerz in den Armen, die sich

anfühlten wie verbrannt, immer wieder die Luft nahm. Als er die Jacke überzog, fiel er gar nach hinten, es war, als zuckten Stromstöße wild durch seinen gesamten Oberkörper. Nur in den Händen fühlte er sonderbarerweise keinen Schmerz.
Und jetzt runter!
Ich krieg den Reißverschluss nicht zu.
Lass ihn offen! Geh!

Irgendwann fand er ein Fixseil. Er konnte sich jedoch nicht einklinken, denn seine linke Hand war nicht zu gebrauchen, und die rechte, die er unter seine linke Achsel geschoben hatte, um sie aufzuwärmen, begann nun ebenso zu brennen wie seine Arme. Er musste ohne Sicherung hinunter.

Gehen.
Gehen.
Denk lieber nicht.

59

Man kann nicht ewig gehen. Niemand kann das.
 Irgendwann ist die letzte Kraft ausgeschöpft. Man bedankt sich. Es war ja auch viel, was man geschafft hat. Der Körper hat gut gearbeitet. Der Geist ebenfalls. Nun ist es Zeit.

Der Ort, an dem sich Jonas letztlich niederließ, war schön. Schneebedeckte Felsen, ein feines Sirren in der Luft, ein weiter Ausblick auf die Berge unter ihm, und am Horizont sah Jonas, wie sich die Erde milde krümmte, nur für ihn.
 Er bemerkte, dass er Gesellschaft hatte. Zwei Gestalten lagen in der Nähe, die eine an einen Stein gelehnt und halb aufrecht, die andere, einige Meter von der ersten entfernt, ausgestreckt auf der Seite. Sie rührten sich nicht.
 Was ist denn mit euch los?
 Rede nicht mit denen!
 Wieso soll ich mit denen nicht reden? He, was ist mit euch?
 Lass die beiden in Ruhe. Die wollen nur, dass du dableibst und ihnen etwas erzählst, weil ihnen so langweilig ist.
 Na und? Dann erzähle ich ihnen eben etwas.
 Aber wir müssen weiter.
 Weiter? Ich muss nicht mehr weiter.
 Da irrst du dich, mein teurer Freund.
 Er irrt sich nicht, sagte der Mann, der am Felsen lehnte. Er kann gern bleiben. Es ist doch wirklich schön hier, und Platz gibt es jedenfalls genug für uns alle, nicht?
 Der Mann wies auf die Blumen ringsum.
 Sind das nicht schöne Blumen?
 Sag ihm, er soll sich seine schönen Blumen in den Arsch schieben.

Mein Freund scheint Sie nicht zu mögen. Was ist mit Ihrem Kollegen dort?

Der schläft gerade. Er will nicht gestört werden.

Pst. Dann dürfen wir ihn nicht stören. Wir müssen leiser reden.

Du hast ja nicht mehr alle Tassen im Schrank. Du redest mit Leichen, du Spinner. Siehst du nicht, dass die tot sind? Wie die aussehen, das ist ja abstoßend. Frag ihn mal nach dem Internet. Wetten, der weiß nicht, was das ist? Die gammeln hier schon zwanzig Jahre rum.

Mein Herr, können Sie mir etwas über das Internet erzählen?

Sehen Sie sich die schönen Blumen an.

Er soll sich seine Blumen dorthin stecken, wohin die Sonne nicht scheint, sag ihm das.

Das mache ich lieber nicht. Ich ruhe mich mal aus, und dann sehen wir weiter.

Willst du dich mit diesem Trottel ewig unterhalten? Hoch mit dir!

Wieso denn das?

Weil du hier erfrierst, wenn du sitzen bleibst.

Erfrieren? Ich? Hier? Niemals. Es ist doch so warm hier. Die Sonne scheint so nett.

Doch dann geschah etwas Sonderbares. Die Sonne verdunkelte sich, und es wurde kühl.

Was ist denn nun los? Gerade erst ist es hell geworden, und nun wird es schon wieder dunkel? So etwas hatten wir hier noch nie.

Verstehen Sie denn nicht, was passiert? Das ist ein Geschenk.

Ein Geschenk? Pah. Was für ein Quatsch. Die sollen wieder Licht machen.

Also wenn Sie nicht verstehen, wie groß das Wunder ist, dessen Zeuge Sie werden, weiß ich nicht, ob ich Ihnen noch trauen darf, mein Herr.

Endlich hast du's kapiert. Los, wir hauen ab.

Du darfst mir trauen, mein Junge. Darfst du. Du sitzt schon seit Jahren hier und erzählst mir immer das Gleiche.

Glaub ihm kein Wort!

Ich sitze seit einer Viertelstunde hier!

Das sagst du auch schon seit Jahren.

Glaub dem Arsch kein Wort. Frag ihn mal, wie du heißt. Wetten, das weiß er auch nicht?

Wie heiße ich?

Dein Name ist nicht wichtig, Jungchen.

Doch, das ist er. Das bist nämlich du, Jonas, du bist das. Und du gehst jetzt weiter, Jonas. Wenn es mal wieder hell wird.

Ich kann nicht.

Dann greif in deine Tasche. Links ist dieses Energiezeug. Rechts das Funkgerät. Die Paste isst du. Das Funkgerät schaltest du ein.

Hoffentlich verwechsle ich das nicht.

Diese Witze haben mich immer schon wahnsinnig gemacht.

Gute Witze machen kann doch jeder. Am besten sind die schlechten, wenn sie von jemandem kommen, der weiß, dass sie schlecht sind.

Mich haben sie halb verrückt gemacht, und trotzdem mochte ich sie irgendwie. Das darf man einem wie dir allerdings nicht auf die Nase binden. Könntest du bitte deinen Energieriegel zu dir nehmen?

Wieso bist du eigentlich erst jetzt da?

Ich war schon öfters da.

Ach ja? Wann?

Einmal hast du mich gesehen. Ich war am Strand, du warst auf einer Welle.

Die Sonne kam wieder, und irgendwie schaffte es Jonas, die Energiepaste aus seiner Tasche zu kramen. Die Verpackung aufzureißen gelang ihm mit den erfrorenen Händen jedoch nicht mehr, also stopfte er sich alles in den Mund und zerfetzte das Plastik mit den Zähnen.
Als er das Funkgerät in der Hand hielt, begriff er nicht, was zu tun war. Minuten vergingen, und er wurde wieder müde. Er drehte an den Knöpfen wie ein Affe, dem jemand einen Wecker in den Käfig geworfen hatte, bis er plötzlich ein Rauschen hörte und mit einem Schlag ins Denken zurückfand.
»Hallo?«
Er konnte kaum sprechen, seine Stimme hörte sich nicht an, als würde sie zu ihm gehören, ihr grobes Krächzen erschreckte ihn. Er schluckte eine Handvoll Schnee, um menschlicher zu klingen. Zwar spülte er damit auch einiges an Plastik hinunter, aber das kümmerte ihn nicht.
»Hört mich jemand?«
Es dauerte eine Weile, bis sich jemand meldete.
»Wer spricht da?«
»Jonas.«
Nun kam die Antwort innerhalb einer Sekunde.
»Ist das ein Scherz?«
»Nein.«
»Jonas, ich bin's, Helen! Wo steckst du?«
»Weiß nicht.«
»Moment! Bleib dran!«
Einige Zeit verstrich, ob Sekunden oder Minuten, wusste er nicht. Er gab sich Mühe, den Schwätzer gegenüber zu ignorieren, der ihm unablässig zuwinkte.
»Jonas? Hier Hadan! Bitte kommen!«

»Hier.«
»Wo bist du?«
»Keine Ahnung.«
»Jonas, wo immer du bist, du musst allein absteigen! Schaffst du das? Niemand von uns ist in Lager 4 geblieben, ich musste alle runterschicken. Wegen des Sturms gestern ist auch von den anderen Teams noch keiner oben, glaube ich. Wie hoch bist du?«
»Weiß nicht.«
»Ramirez hat dir doch seine Uhr geschenkt, oder?«
»Ja.«
»Sie hat einen Höhenmesser. Schau auf die Uhr und sag mir, in welcher Höhe du dich befindest!«
»Schaffe ich nicht.«
»Du schaffst es nicht, auf die Uhr zu sehen?«

Jonas entglitt das Funkgerät. Seine Augen fielen zu, und sofort wurde der Schmerz schwächer. Danke, dachte er.

Neben sich hörte er Hadans aufgeregte Stimme und fragte sich, warum der sich jetzt noch aufregte.

Er sitzt in der Steppe in jenem Land, das ihn von allen am meisten eingeschüchtert und zugleich am meisten fasziniert hat, nämlich in der Mongolei.

Es ist ein riesenhaftes Land. Jeder Mensch hier scheint allein zu sein. Die Straßen sind keine Straßen, sondern lehmige, plätschernde Wege, nach starkem Regen unpassierbar sogar für seinen Geländewagen.

Er sitzt allein in der Steppe und schaut hoch zur Sonne, die sich hinter dem Mond versteckt, und fragt sich, was ihm dieser Anblick bedeutet. Warum er ihm jedes Mal aufs Neue das Gefühl gibt, sich nicht fürchten zu müssen und immer auf sich vertrauen zu dürfen. Was hat das bloß mit der Sonne zu tun?

Und was hat dieses Gefühl mit jenem anderen zu tun: sich immerzu im Neuen, Unbekannten verlieren zu wollen, weil das Neue stärker ist als alles, was man ihm entgegenzusetzen hat?

Oder: die Sehnsucht, einmal im Leben einen Menschen zu treffen, der stärker ist als alles, was man ihm entgegenzusetzen hat.

Und all das erfordert: Mut.

Mut erfordert es, liebesfähig zu sein, oder sich selbst zu vergessen. Lieben und verzeihen und großherzig sein und sich in fremde Arme fallen lassen zu können und zu sagen: Ja. Ja. Ja.

Die Geometrie der Äcker, die an einem Zugfenster vorbeifliegen
   Die Menschen, die in diesen Häusern wohnen
   All die Menschen
   So viele Menschen
   Und eine

60

Die Stimme, die seinen Namen rief, war ihm vertraut. Er entschied sich, zuzuhören.

»Jonas! Jonas, melde dich endlich! Jonas, bitte kommen!«

Was immer da von ihm verlangt wurde, er konnte es nicht erfüllen.

»Jonas, bitte kommen!«
Nein.
»Jonas, bitte kommen!«
Nein!
»Jonas, bist du da?«
Ja.
»Jonas, bist du da?«
Nein!
»Jonas, bitte kommen!«
Ach Gott.
»Jonas, bitte kommen!«
»Jonas, bitte kommen!«
»Jonas, bitte kommen!«
»Jonas, bitte kommen!«
»Jonas, bitte kommen!«

Wie konnte man nur so lästig sein? Das ging ja durch Mark und Bein. Er wollte doch bloß seine Ruhe haben.

»Jonas, bitte kommen!«
»Jonas, bitte kommen!«
»Jonas, bitte kommen!«
»Ja?«
»Da haben wir dich ja wieder! Bleib bei mir, Jonas, bleib bei mir! Hör mir zu! Hier ist jemand, der mit dir reden will.«

»Ja.«

»Hallo Jonas, hier ist Marc!«

Es war, als würde ein klein wenig Licht in Jonas' Verstand fallen.

»Marc?«

»Ich will, dass du da sofort runterkommst, Jonas!«

»Marc?«

»Ich bin's, Marc! Ich bin im Krankenhaus in Kathmandu. Ich telefoniere über Satellitentelefon mit Hadan im Basislager, und der schaltet mich zu dir. Wie geht es dir?«

»Gut.«

»Dann komm sofort da runter!«

»Ja.«

»Stehst du? Gehst du?«

»Nein.«

»Was tust du?«

Sprechen machte so müde.

»Was tust du, Jonas?«

Antworten wurden heillos überschätzt. Machen? Jonas? Du? Ich?

»Jonas! Was du tust, habe ich gefragt!«

»Rasten.«

»Jonas, das ist deine allerletzte Rast! Die Lichter gehen aus! Willst du das wirklich?«

»Lichter?«

»Ja, die Lichter gehen aus, verdammt! Wenn du das nicht willst, steh auf und kämpf dich da runter!«

»Ja.«

»Wo bist du? Sag mir, wo du bist!«

»Ja.«

Es war so anstrengend, das Funkgerät zu halten. Aber es war ein komisches Funkgerät. Jetzt schluchzte jemand darin. Er legte es weg, nur kurz. Nur kurz! Er durfte nicht einschlafen. Was erledigen. Hier. Er musste noch etwas

Ist doch eine prächtige Aussicht, Jungchen. Schönes Licht. Viel Sonne. Ich war mal Fotograf.
Was wissen denn Sie bitte von der Sonne?
Na, sie scheint uns an. Da oben.
Sie wissen überhaupt nichts. Aber über die Sonne sollte man alles wissen, denn ohne sie gibt es kein Leben.
Na ja. Leben.
Die Sonne ist 150 Millionen Kilometer entfernt, der Mond 380 000 Kilometer. Das war nicht immer so. Vor vier Milliarden Jahren umkreiste uns der Mond in einer Entfernung von nur 25 000 Kilometern und strahlte zwanzigmal heller. Können Sie sich diese Gezeitenkräfte vorstellen? Ich muss oft daran denken, was wohl wäre, wenn er plötzlich, nur für eine Nacht, wieder an uns heranrücken würde, um uns zu grüßen. Städte versänken im Wasser.
Genieß doch einfach die Aussicht, Junge.
Damals, als er uns so nah war, drehte sich die Erde viel schneller um die eigene Achse. Der Tag dauerte nur sechs Stunden. Die Gezeitenbremse hat die Geschwindigkeit verringert, nun dauert der Tag 24 Stunden, aber das ist nicht von heute auf morgen ist das nicht passiert. Eine halbe Ewigkeit hat das gedauert. Glauben Sie an die Ewigkeit?
Ganz sicher sogar.
Der Mond wird uns davonfliegen. Er wird der Erde entwischen. Irgendwann dauert unser Tag zwanzigmal so lang wie heute, fünfundzwanzigmal. Das wird ein Theater.
Du hast ja gar keine Ahnung, wie lange ein Tag werden kann, Jungchen.

Und wissen Sie, warum es eine Sonnenfinsternis gibt? Ja? Na immerhin. Aber es wird sie nicht lange geben. Bald wird der Mond zu fern sein.

Du redest und redest und redest.

Weil ich jetzt verstanden habe, wer Sie sind. Mein Herz und die Sonne gegen Ihre Niedertracht. Wissen Sie überhaupt, was uns die Sonne schickt? Was Licht ist? Das schöne Licht, das Sie anpreisen? Verstehen Sie die Sonne? Verstehen Sie, was Gammastrahlen sind?

Reiz mich nicht, Jungchen.

Wissen Sie, wie alt das Licht ist, das Sie sehen? Es ist eine Million Jahre alt. So lange dauert der Weg der Lichtteilchen vom Kern der Sonne an ihre Oberfläche. Wir sitzen hier vor dieser Aussicht, umgeben von einer Million Jahre alten Teilchen. Gut, die Erde ist noch viel älter, aber ich bin trotzdem dankbar, dass sie sich so viel Mühe gemacht haben.

Willst du wirklich weiterreden, Junge?

Glauben Sie, ich habe vor Ihnen Angst? Weder heute noch morgen noch in einer Million Jahren. Sie wissen nicht, was eine Sonnenfinsternis ist, Sie verstehen sie zwar theoretisch, doch Sie verstehen nicht, was für ein bewegendes Ereignis das ist, das berührt Sie nicht. Haben Sie eigentlich einen Schatten? Ich frage ja nur. Vor zwei Milliarden Jahren hat der Mond auch die Korona verdeckt, in zwei Milliarden Jahren verdeckt er nicht mehr die ganze Scheibe. Und jetzt denken Sie mal, da hat man heutzutage seine achtzig Jahre, wenn's hochkommt. Wir sind nichts. Wir sind so wenig, dass es eigentlich zum Totlachen ist. Aber genau darum ist das Leben vielleicht so kostbar. Und das soll ich mir nehmen lassen? Von Ihnen nicht. Das sagt mir nämlich die Sonne, wenn sie verschwindet und wiederkehrt. Wissen Sie, dass die Mayas Menschenopfer dargebracht haben sollen, um die Sonne zurückzuholen? Die Chinesen denken, ein großer Drache

würde die Sonne verschlucken, und die Polynesier sagen, es handle sich um einen Fick zwischen Sonne und Mond.
　Ich glaube, das reicht jetzt. Er sagt nichts mehr.
　Stimmt. Er schaut ja nicht einmal mehr her.
　Dann lass uns abhauen. Du musst noch was erledigen.
　Der zweite Mann, der neben dem Felsen auf der Seite lag, zeigte Jonas den Mittelfinger.

Aufstehen kann sehr schwierig sein.
　Schmerzen können sehr schwierig sein.
　Gehen auch.
　Gehen.
　Denken.
　Nicht nicht denken.
　Dableiben in der Welt und denken.
　Denk an dein Zelt. Dort willst du hin. Denk an die Zeltdecke. Sie ist jetzt da, und dort willst du hin. Sie wartet auf dich.

Es gelang ihm nicht. Es gelang ihm nicht, ganz in der Wirklichkeit zu bleiben, aber es gelang ihm, sich weiterzuschleppen. Die Sonne wanderte über den Himmel, und die Wolken unter ihm lösten sich auf. Er begriff, dass dies gute Zeichen waren. Aber er wusste, es war noch lange nicht vorbei.

Einmal, er mochte zehn gewesen sein oder elf, hatte ihn Picco beiseitegenommen und gefragt, ob er schon etwas über die Welt wisse.
　»Ich weiß viel!« hatte Jonas beleidigt geantwortet.
　»Na? Und was weißt du?«
　»Man muss zur Schule gehen. Man muss nett zu anderen Leuten sein. Man muss baden und Zähne putzen. Man ...«
　»Solchen Schnickschnack meine ich nicht«, unterbrach

ihn Picco. »Ich meine etwas Tieferes. Verstehst du, was ich damit sagen will?«

»Ich bin ein Kind, aber ich bin nicht dumm!«

»Nun, weißt du etwas Tiefes über die Welt?«

»Vieles.«

»Verrätst du mir etwas davon?«

»Ich weiß etwas über Geheimnisse. Es ist wichtig, welche zu haben.«

»So? Was noch?«

»Ich weiß etwas über die Menschen. Im Mai sitzen sie alle draußen und tun so, als wären sie glücklich. Stimmt's?«

»Das stimmt. Was noch?«

»Über Menschen weiß ich schon einiges. Die meisten von ihnen leben nicht richtig, sie glauben es nur. Und viele sind nur für mich da, die gibt es gar nicht wirklich.«

»Du weißt eine Menge für dein Alter.«

»Ich weiß noch mehr. Ich weiß, dass ein Erwachsener, der einem Kind solche Fragen stellt, ziemlich seltsam ist.«

Picco lachte.

Er war sich nicht sicher, aber er glaubte die Stelle, an der er gerade vorbeigekommen war, wiederzuerkennen. Und wenn er recht hatte, war er nicht weit von Lager 4 entfernt, möglicherweise nicht mehr als eine Stunde. Vielleicht zwei.

Eine kurze Rast.

Du rastest nicht!

Plötzlich drehte sich alles um ihn. Ihm wurde schwarz vor Augen, dann fühlte er seine Beine nicht mehr. Auch die Schmerzen in seiner Brust waren weg, alle Schmerzen waren weg. Er sah, wie der Boden auf ihn zukam, und als sein Gesicht in den Schnee fiel, spürte er auch das kaum noch.

Es war vorbei.

Du gehst weiter!

Nein.
Du gehst!
Nein!
Los! Du gehst!
Hast du mich gerade in den Hintern getreten, sag mal?
Anders kommt man dir ja nicht bei. Los!
Jonas schleppte sich auf allen vieren weiter. Er kroch durch den Schnee, ohne sich darum zu kümmern, was mit seinen Händen passierte.
Nach einer Weile konnte er wieder aufstehen. Warum, wusste er nicht.
Siehst du, Jonas? Du stehst auf und wandelst.
Aus dir wäre nie und nimmer ein Heiland geworden.
Sag das nicht. Oder doch, solange du gehst, darfst du alles sagen.
Die Frage nach dem Glauben an Gott bedeutet: Magst du Menschen? Oder sollte sie wenigstens bedeuten. Manche verstehen den Glauben falsch. Er ist ja nicht für sie da. Er ist ja für die anderen da.
Das kann sein, Jonas.
Jeder Mensch beurteilt sich selbst nach seiner größten Leistung, und zwar so, als hätte es die Tiefen davor und danach nie gegeben, weißt du das? Ich spreche da auch und gerade von moralischen Leistungen. Wir guten Menschen, wir.
Ja, Jonas.

Die wirklich Verurteilten dieser Welt sind die, die sich an den paradiesischen Urzustand vor ihrer Geburt erinnern können, weil nichts, was sie in dieser Welt erleben werden, an das heranreicht. Weißt du das?
Ja, Jonas.

Da unten ist die Decke meines Zelts. Sie sieht gerade niemanden unter sich. Aber bald wird sie mich sehen und ich werde sie sehen und alles wird gut sein alles.

»Jonas, bitte kommen!«
»Hadan?«
»Bist du da, Jonas?«
»Bin ich.«
»Was machst du?«
»Ich gehe von diesem Berg runter, das mache ich.«

Im Funkgerät war ein Stimmengewirr zu hören, offenbar brüllten mehrere Menschen gleichzeitig ihre Freudenschreie in den Apparat.

»Jonas, hier will dich jemand sprechen.«
»Sag Marc, wir sehen uns in Kathmandu. Hab jetzt keine Luft für ihn.«
»Ich heiße nicht Marc«, sagte Marie.

Jonas blieb stehen, ging weiter, blieb stehen, ging weiter, blieb stehen, ging weiter, blieb stehen oder ging weiter, er wusste es nicht.

»Wo bist du?« fragte er.
»Na hier!«
»Hier? Kathmandu?«
»In eurem Messezelt!«
»Bitte was?«
»Hast du meinen Brief nicht gelesen?«
»Ach, der Brief ...«
»Jonas, komm da bitte sofort runter!«
»Ja. Mach ich. Bin auf dem Weg.«
»Du versprichst es mir? Ich warte hier auf dich.«
»Ich verspreche es.«
»Du bleibst nicht stehen, bis du im Lager bist?«
»Nein, ich bleibe garantiert nicht mehr stehen.«

»Es sind Menschen zu dir unterwegs, Jonas, die werden dir helfen!«

»Ich bin unterwegs nach unten, und ich bleibe nicht mehr stehen, ich falle nicht mehr um und ich schlafe nicht mehr ein. Keine Ahnung, wieso, aber es geht mir im Augenblick ganz gut.«

»Das will ich hoffen«, sagte sie, »denn ich hatte es dir ja auch geschrieben.«

»Was hattest du mir geschrieben?«

»Dass du dich nicht umbringen darfst, wenn ich dabei bin!« schrie sie.

Er musste aufpassen, die Schritte richtig zu setzen. Er konnte sich kaum noch auf den Weg konzentrieren. Er fürchtete, wieder zu halluzinieren, doch es fiel ihm keine Möglichkeit ein, herauszufinden, ob dies die Wirklichkeit war oder nicht. Er war sich allerdings relativ sicher.

»Wie war die Sonnenfinsternis?« fragte er. »Die war doch schon, oder?«

»Die habe ich verpasst, weil ich bei einer Gebetszeremonie war. Wegen der war ich aber auch nicht hergekommen.«

»Schluss jetzt«, hörte er Hadans Stimme. »Wo bist du im Augenblick?«

»Kann's nicht sagen. Kann auch nicht mehr reden. Komme runter.«

»Konzentrier dich. Geh weiter. Geh einfach weiter. Bald sind Sven und Alex bei dir.«

Eine Nacht schutzlos in der Todeszone überleben und dann vor Aufregung an einem Herzinfarkt sterben, das würde er sich nie verzeihen.

Knapp dran war er.

Jetzt wieder: Nicht denken.
Nicht denken.

Nicht denken.
Nicht denken.
Auf den Weg achten. Auf die Gletscherspalten aufpassen. Den Schmerz wegschieben. Nicht an unten denken.
Kein Hatta.

Als er Gestalten vor sich auftauchen sah, hielt er sie zunächst für Einbildung, doch die Gestalten sprachen, sie umarmten ihn, sie jagten ihm eine Injektion durch die Hose in den Hintern, sie nahmen ihn ans Kurzseil und wirkten alles in allem ziemlich real.

61

An den Abstieg hatte Jonas wenig Erinnerung. Er wurde versorgt, aber er hatte keine Ahnung, in welchen Lagern und von wem. Er wusste, dass es in Lager 2 oder 3 gewesen sein musste, wo ihn mehrere Männer und Frauen splitternackt ausgezogen und auf eine Art medizinische Matratze gebettet hatten. Er bekam Infusionen, man legte seine Hände und Füße in ein warmes Wasserbad, und ehe sie verbunden wurden, prophezeite ihm ein Arzt, er würde an jedem Fuß zwei Zehen verlieren und zwei oder drei Finger der linken Hand, möglicherweise aber keinen der rechten, was nur eines der vielen Wunder war, die Jonas erlebt hatte. Seine Nase sah auch nicht gut aus, erfuhr er, aber das alles kümmerte ihn wenig, er nahm all diese Informationen auf, als beträfen sie einen anderen. Er war noch nicht imstande, sich mit dem zu beschäftigen, was geschehen war.

Er schlief irgendwo, bewacht von Nina. Er aß eine ganze Packung Butter, so sehr verlangte sein Körper nach Fett. Er wurde erneut untersucht und den Berg hinuntergeschleift.

Woher die Traurigkeit in ihm rührte, dieser Druck tief in seiner Brust, verstand er nicht. Erst am Beginn des Eisbruchs fiel es ihm ein.

Er vermisste die Stimme in seinem Kopf. Er hatte sie so lange nicht gehört. Und nun war sie wieder weg.

Bewusstsein. Zuweilen getrübt, aber Bewusstsein. Er kehrte in die Welt zurück. Er würde ihr nicht wieder entgleiten. Und sie ihm auch nicht.

»Nina, erzähl mir jetzt alles«, bat er, ehe sie in Lager 1 aufbrachen und er zum letzten Mal den Eisbruch betrat. »Ich will es wissen, ehe ich unten bin.«

»Stimmt.« Sie nickte, doch sie schaute weg. »Du solltest alles wissen. Es sind viele Leute gestorben.«

»Menschen, die wir kennen?«

»Anne, Andrea, Carla. Die drei waren unter der Lawine, zusammen mit vier anderen Bergsteigern. Zwei Bulgaren, einem Argentinier und einem Amerikaner.«

»Mein Gott. Und ich habe es gewusst. Ich habe gewusst, dass mit diesem Schneefeld etwas nicht stimmt.«

»Das ist noch nicht alles. Beim Abstieg hat es zwei der Gehörlosen erwischt, sie sind abgestürzt. Ein Belgier ist an einem Lungenödem gestorben. Und von einer Dänin fehlt jede Spur.«

Jonas wusste nicht, was er erwidern sollte. Sein Kopf war leer. Er erinnerte sich an Carla, an Anne, an Andrea und die Stunden, die sie auf dem Südsattel miteinander verbracht hatten, und schickte ein paar Worte für sie nach oben, wer immer sie empfangen mochte.

»Hadan tut mir so leid«, sagte er.

»Es geht ihm nicht gut, aber er kommt darüber hinweg. Deine Rettung hat wohl zu so etwas wie einem versöhnlichen Ende für ihn geführt. Am Abend nach dem Unglück hättest du ihn sehen sollen. Das werde ich nie vergessen.«

Je näher er dem Basislager kam, desto nervöser wurde Jonas. Die Schmerzen in seinen Händen und Füßen ließen nach, dafür schlug sein Herz immer schneller. Die Luft kam ihm unnatürlich zäh und dick vor, und er fragte sich, wie es ihm wohl erst in Kathmandu gehen würde.

Der erste, der ihm im Messezelt um den Hals fiel, war Sam. Er drückte ihn, bis Jonas die Luft wegblieb, danach war

Hadan an der Reihe. Pemba und Padang rieben ihm die Stirn, sie meinten, auf diese Weise gehe ein wenig von seinem Glück auf sie über. Danach kamen nicht mehr viele Leute, die meisten Überlebenden waren bereits auf dem Weg nach Kathmandu. Es herrschte eine Stimmung wie nach einer tagelangen Schlacht, es wurde nicht viel geredet.

»Du blöder Hund!« rief Sam. »Du hast uns alle Nerven gekostet, das kannst du dir überhaupt nicht vorstellen! Auf jeden von uns, der glaubte, du wärst noch am Leben, kamen zwei oder drei, die dich abgeschrieben hatten. Ich war natürlich immer davon überzeugt, dass du lebst und wieder runterkommst!«

»Ich nicht. Kann ich was zu trinken haben?«

Wo steckt sie?

»Da sind ein paar Leute, die Interviews von dir wollen«, sagte Hadan. »Soll ich sie zum Teufel schicken?«

Jonas nickte und war im selben Moment froh, dass niemand hier seinen richtigen Nachnamen kannte.

»Was ist eigentlich passiert?« fragte Manuel, der mit einem Verband auf dem Auge neben ihm saß.

»Ja, jetzt erzähl! Wieso bist du denn bloß weitergegangen, das war doch Irrsinn!«

»Ich hatte mir so was bei dir schon gedacht«, sagte Padang. »Ang Babu wusste es auch. Er sagte, der wird Blödsinn machen.«

»Erzähl uns endlich, was für einen Blödsinn du gemacht hast!« drängte Sam. »Und spar nicht mit Details! Wir wollen alles wissen!«

Jonas hatte das Gefühl, fliehen zu müssen. Er fiel in Löcher, hatte Aussetzer, ab und zu zuckte ein Arm oder ein Bein unkontrolliert und schickte eine Welle von Schmerz durch seinen Körper.

Ich habe mir das eingebildet. Sie ist gar nicht da.

»Leute, mir ist das jetzt zuviel. Könnt ihr mich zu meinem Zelt bringen? Und darauf achten, dass keiner Fotos macht?«

Jonas kroch in sein Zelt und zog den Reißverschluss zu.
»Brauchst du noch was?« hörte er von draußen.
»Nichts als ein bisschen Ruhe«, sagte er. Und noch etwas, das leider nicht da ist, fügte er in Gedanken hinzu.
Er schaute nach oben zur Decke und dachte:
Dies ist eine Decke. Es ist nur eine Zeltdecke, doch es ist eine Decke.
Die Decke war hier, als ich hier war.
Die Decke war hier, als ich nicht hier war.
Die Decke war hier, als ich da oben an sie dachte, und jetzt bin ich hier und denke an da oben und bin zurück.
Der Brief kommt nach Oslo, dachte er. Ich werde ihn niemals öffnen.
Wenn du etwas zu Ende bringst, dachte er, denk an den Moment, in dem es begonnen hat.

Eine Viertelstunde darauf wurde der Reißverschluss am Eingang hochgezogen.
»Liebe Güte«, sagte sie, »hier riecht es total verbrannt!«
Sie war es wirklich. Sie war einfach da. Längere Haare, erschöpft sah sie aus, mitgenommen, müde, aber sie war es.
»Ich fürchte, das bin ich, was du da riechst.«
»Mach mal Platz da!«
»Aber gern.«
Sie legte sich zu ihm, und er dachte noch: Niemals vergessen, niemals vergessen, aber manches ist zu groß und zu wertvoll, um es behalten zu können, und man kann es niemals berichten, auch sich selbst nicht. Es war in der Sekunde weg, in der es gekommen war, es gehörte ihnen nur in genau der Sekunde, in der es passierte.

Und es passierte wirklich, und es geschah, und es war gemeint, und es war möglich, und plötzlich hatte es sein müssen, und es kam an, und sie erklärte, und er verstand, und er erklärte, und sie verstand, und er wischte, und sie wischte, und er fragte und fragte, und sie erzählte, und sie fragte, und er erzählte, und sie drückte, und er drückte, und er versprach, und sie versprach, und er nannte sich, und sie nannte sich, und sie nannte sich doppelt und dreifach und er sich auch, und er lachte, und sie lachte, und sie sagte kneif mich, und er sagte kneif lieber mich, und er zweifelte, und sie erklärte wieder, und sie redete und redete und sagte, und er nickte, und ja, und er erklärte, und sie nickte, und er fragte, und sie nickte, und er fragte noch mal, und sie sagte ja, und er lachte, und kein Traum, und beide Blick, und merken, denken, die anderen, und er wirklich, und sie ja, und sie wischte bei ihm, und er wischte bei ihr, und es war gemeint, und es war möglich, und es geschah, und sie wollte ja alle Zimmer sehen, und sie Augen, und er Augen, oder hast du denn geglaubt, und er sagte er auch, deswegen ja, und sie, nicht wegen ihr, und er, natürlich wegen ihr, und er fragte noch mal, und sie sagte ja, und bist du sicher, und ja, und sie wischten, und ohne Finger, und Hauptsache er, und auch das andere, und sie wollte es, und Hauptsache sie, und das war alles, und es passierte natürlich möglich, und ja und ja und ja, denn was denn sonst.

62

»Jonas? Seid ihr da drin?«

Er schaute aus dem Zelt. Hadan hielt ihm eine Kanne Tee hin. Jonas bedankte sich und stellte sie vor sich auf einem flachen Stein ab.

»Eine Frage muss ich dir noch stellen«, sagte Hadan. »Nicht dass das jetzt noch eine Rolle spielte, aber warst du eigentlich auf dem Gipfel?«

Jonas warf Marie einen Blick zu. Sie lächelte und wandte das Gesicht ab. Er holte tief Luft und schloss die Augen.

»Nein«, sagte er.

Thomas Glavinic im Carl Hanser Verlag

Das Leben der Wünsche
Roman
320 Seiten. 2009

Stellen Sie sich vor, Ihre geheimsten Wünsche würden wahr. So ergeht es Jonas, dem ein Unbekannter eines Tages ein unerhörtes Angebot macht: »Ich erfülle Ihnen drei Wünsche.« Der zweifache Vater, Werbetexter und leidenschaftliche außereheliche Liebhaber lässt sich auf das Spiel ein. Bis seine Frau eines Abends tot in der Badewanne liegt. Thomas Glavinic erzählt die Geschichte eines ganz normalen Mittdreißigers, der genau das bekommt, was er sich wünscht. Und noch ein bisschen mehr.

»Glavinic evoziert meisterhaft das Grauen in unschuldig banalen Situationen, das ungewollt Mörderische in scheinbar harmlos bösen Gedanken, und er staffiert *Das Leben der Wünsche* mit einem eindrucksvoll dichten Netz von symbolischen Unheimlichkeiten aus.«
Franz Haas, *Neue Zürcher Zeitung*

»Aus diesem Panikraum gibt es kein Entkommen. Ein verstörender, ergreifender Roman, der sich, wie jedes Meisterwerk, auf vielen Ebenen lesen lässt. Ein großer Liebesroman und als solcher ein Glaubensbekenntnis. Ein Panikraum und ein Horrortrip aus nächster Nähe.« Felicitas von Lovenberg, *Frankfurter Allgemeine Zeitung*

»Die Eröffnungssequenz diese seltsamen, dieses magisch zwischen Realität und Traum flirrenden Romans öffnet die Büchse der Pandora. ... Glavinic ist ein bestechender Stilist.«
Ulrich Rüdenauer, *Frankfurter Rundschau*

Thomas Glavinic im Carl Hanser Verlag

Das bin doch ich
Roman
240 Seiten. 2007

Ein Mann schreibt einen Roman. Der Mann heißt Thomas Glavinic, der Roman heißt *Die Arbeit der Nacht* und der Mann will das, was alle wollen: Erfolg. Er will einen Verlag, einen Preis, Geld. Was er hat, ist ein Manuskript, eine Literaturagentin, Kopfschmerzen und leider zumeist unerträgliche Mitmenschen. Mit vollendetem Realismus und aberwitziger Komik spielt Thomas Glavinic ein Spiel mit der Wirklichkeit und ihrer Verdopplung – ein seltenes, ungewöhnliches Lesevergnügen.

»*Das bin doch ich* – das soll das lustigste deutschsprachige Buch dieses Herbstes sein, wie es nun werbemäßig von vielen Dächern pfeift? Stimmt genau. Der in Wien lebende Schriftsteller Thomas Glavinic, 35, hat ein gerissenes, wüstes und nicht die Bohne banales Buch geschrieben über das Saufen, das Fressen, das Reden – und die Sehnsucht nach dem Deutschen Buchpreis.«
Wolfgang Höbel, *Der Spiegel*

»*Das bin doch ich* ist ein psychologisch enorm gescheites Buch, das den eigenen Nabel beschaut, ohne darüber den Kopf zu verlieren.«
Ijoma Mangold, *Süddeutsche Zeitung*

»So ein Buch gehört sich eigentlich nicht. Ein Roman über den Literaturbetrieb, der sich und seine Leser in den lakonischen Irrwitz treibt. Wer es liest, hat über Stunden hin zu lachen.«
Ursula März, *Die Zeit*

Thomas Glavinic im Carl Hanser Verlag

Die Arbeit der Nacht
Roman
2006. 400 Seiten

Jonas ist allein. Zuerst ist es nur eine kleine Irritation, als die Zeitung nicht vor der Tür liegt und Fernseher und Radio nur Rauschen von sich geben. Dann jedoch wird Jonas klar, dass seine Stadt, Wien, menschenleer ist. Ist er der einzige Überlebende einer Katastrophe? Sind die Menschen geflüchtet? Wenn ja, wovor? Mit wachsender Spannung erzählt Thomas Glavinic davon, was Menschsein heißt, wenn es keine Menschen mehr gibt.

»Ein wundersam großes Buch, ein Roman über das Selbst und die anderen, über Angst und Mut, über die Brüchigkeit jenes Alltags, der uns so fest zu umschließen scheint, und über die unsichere Grenze zwischen Wachheit und Traum – Thomas Glavinics Meisterstück.« Daniel Kehlmann, *Der Spiegel*

»Mehr als ein Roman: ein Kunststück im artistischen Sinne. ... Erzähler erzählen Geschichten, Erzähler von Rang wie Thomas Glavinic erschaffen Welten, in denen wir uns verlieren. Und ausnahmsweise ist das Unbehagen während der Lektüre ein Qualitätsmerkmal.« Ulrich Weinzierl, *Die Welt*

»Thomas Glavinic hat den Kinderglücksalbtraum beim Wort genommen und seinen Helden Jonas einen langen, sehr beeindruckenden Roman über mutterseelenallein gelassen. Ein ungeheures Wagnis. Das sich auszahlt.« Iris Radisch, *Die Zeit*

»Ein kühner, ein grandioser Wurf.« Daniela Strigl, *Der Standard*